「君に夢がないのは、他人の夢の中にいるからだ」
ブギーポップ・ダークリー
化け猫とめまいのスキャット
上遠野浩平
Kouhei Kadono
イラスト●緒方剛志
Kouji Ogata
BOOGIEPOP DARKLY
THE SCAT
SINGING C

真駒以緒。
幼なじみ。単純なヤツ。
小さい頃から一緒、いつも笑ってる。
すべてに無邪気で脳天気、悩みとかあるのか？
……でも、たまに遠い眼してるような。

相原亜子。
部活の先輩。ちょっと意地悪。
頭はいいけど、ひねくれてる。
口を聞けばイヤミかボヤキ、少し投げやり？
……でも、時々なんか寂しそうな。
じてんしゃ

無子規憐。
変な転校生。わかんねーヤツ。
無駄にえらそうで、無意味にかたくな。
周り中を馬鹿にしてて、嫌われても平気？
……でも、実は全然自信がないような。

「猫って気取ってるよな――俺ほどじゃないが」

Design : Yoshihiko Kamabe

『――ぼんやり眺めていると、
くるくると変化する、
かすんだピンぼけ映像に見えませんか？』

――――〈スキャナー・ダークリー〉より

「ぐ、ぐぐっ……」

彼女の、そのピンク色の小さな唇から呻き声が漏れた。

追い詰められている。それは今や明らかだった。

（——ど、どうなってるの……!?）

合成人間セロニアス・モンキーは、自分に加えられている攻撃を理解できなかった。

全身が傷まみれで、服もぼろぼろになっている。

出血は自ら傷口を焼くことで抑えているが、身体に残るショックの方はどうしようもない。

「ぐぐぐっ……！」

見た目こそ少女だが、このセロニアス・モンキーは最も危険度の高い任務を任される戦闘用合成人間である。通常人に数倍する体力と治癒回復力を有している。

その彼女が今、そこらへんのありふれた女の子が体育授業でマラソンをした後のように、ぜいぜいと喘いでいた。

（な、なんで――なんで敵の姿が見えているのに――避けているのに……攻撃が命中するの？）

場所は、ごくあたりまえの、ありふれた住宅街の路地だった。時間も真っ昼間で、誰かが通りかかってもおかしくない状況だったが――誰も来ない。

遠くからはざわめきが聞こえてくる。人の気配もある。だが――誰も来ない。

さっきから交戦している、その騒音が轟いているはずだった。しかしなんの反応もない。

（こ、この敵――私と戦いながら、なにかをしている……？）

だが、それがなんなのか、見当もつかない……あまりにもわからないことから、彼女はこれまで探索し続け、戦い続けてきたこの敵のことを、仮に、

〈スキャッターブレイン〉

そう呼んでいる。それは〝注意力散漫〟という意味である。こいつを前にすると、どこか曖昧にさせられてしまうことから、そう名付けたのだが――こうして直面しても、その曖昧さが一切薄れず、ますます訳がわからなくなっている――。

さっ、とまた視界を影がよぎった。スピードはあるが、決して追いつけないというわけではない。

反応できる――彼女は思いきって、隠れていた物陰から飛び出して、その影を追尾した。

はっきりとその背中を捉えた——その瞬間には、もう彼女は自分の能力〈モンクス・ムード〉を放っていた。

それは手のひらから破壊の波動を収束させて、さながらナイフを投げるようにして飛ばすというものだった。音速で飛び、鋼鉄を切り裂く空気のナイフである——それが敵の背中に命中する。

敵が倒れ込む——そこに向かって突撃していく。

そのとたん、どん、と急に背中を押された。走りだそうとしていたところだったので、勢いのままにつんのめって、そして転倒してしまう——いや、違う。押されたのではない。

(ば——馬鹿な……)

背中に、遅れてその感覚が発生する……激痛が。

(馬鹿な——この痛みは！　この衝撃は——わ、私の——)

直に喰らって、彼女はここでやっと悟る。

今まで自分が受けてきた謎の攻撃……そのすべては、

(私自身の能力——〈モンクス・ムード〉が——敵の攻撃として襲ってきていたっていうの？)

はっ、となって身を起こして、背後を振り返る。

今、自分がいる位置は——さっきまで敵がそこにいると思って攻撃をした位置だった。

(じゃあ——それじゃあ、私が今まで敵だと思っていた影は……私——？)

なにがなんだか、まったくわからない――まるで過去の自分に未来の自分が攻撃されているかのようだった。

そして現在だけが、ひたすらに曖昧で捉えどころがなくて――

なにもかもがわからない中、彼女は理解していた。はっきりしていることはたったひとつだった。

自分はこの敵に、圧倒されている――歯が立たない、ということだけが歴然と、彼女の前に聳え立っているのだった。

(私は――負けて……)

場所は、平凡な住宅街である。人々が普通に暮らしている、いつものありふれた世界――そのまっただ中で統和機構の合成人間セロニアス・モンキーは仕留められようとしていた。

音梨町という名の、大した歴史もなく、人口密度もふつうの、なんの特徴もないような土地――そこに今、MPLSスキャッターブレインが君臨しているのだった。

(な、なんとか――なんとかしなければ。せめて仲間に、この敵のことを知らせなければ……!)

そう思った瞬間、彼女の足首が何かに摑まれた。

びくっ、と反射的にそっちを攻撃してしまって、そして――失敗を悟る。

があん、といきなり殴りつけられたような衝撃が走って、吹っ飛ばされて、そしてそれをこらえようとして手を伸ばして——何かを掴む。

それはきっと、自分の足首なのだろう……未来の自分と過去の自分がぐるぐると入れ替わっている……ぐるぐる、ぐるぐる、ぐるぐる、ぐるぐる、ぐるぐる——曖昧で不明瞭な感覚に囚(とら)われながら、彼女の意識は暗闇の中に引きずり込まれていった。

*

……事件が終わる直前に、少女は死神にこう言われた。

「これはすべて、スキャッターブレインと呼ばれる者の仕業だったんだよ。君が感じた絶望も、苦悩も、混乱も、喪失も——すべてはその敵がもたらしたものだったんだ」

「て、敵って——でも、でもあれは」

「そうだね、あれは君の、とても身近なところにいたね」

「し、信じられないわ。そんな——そんな……敵だったなんて」

「君の敵ではない。だが君が、この世界の一部である以上、あれと君は敵にならざるを得ない……なぜなら、スキャッターブレインは〈世界の敵〉なのだから」

死神は、黒い帽子を被(かぶ)って、黒いマントを身に纏(まと)っている。

その白い顔には、黒いルージュがひかれている。その姿は……

「世界の敵は、いつだって君たちの近くにいる――どこにでもいるんだ。そこに境界はなく、すべてはつながっていて、簡単に世界は牙を剝く」

……その姿は、あの彼が言っていた、不思議な猫の姿とほぼ同じだった。

「ぶ――ぶ、ブギーポップ……あなたは、本物のブギーポップなの？」

そう質問しても、その黒帽子は実に曖昧に、

「本物も偽物も、ぼくが関係している領域では大して意味を持たない――そんな区別をしても、しょせんは〝生と死〟の二極の前では無駄だからね。ぼくは〝死〟の方にいる。だからこの世のすべての〝生〟の方のものとぼくは、関係がない――真偽を問うても、その答えはない。本物のブギーポップなどというものはない」

と訳のわからないことを言うだけだった。

「で、でも――あなたのことを、みんなは噂しているわ」

「それは名残に過ぎない――かつて、ぼくが〝彼女〟と戦ったときに、ぼくを無効化しようとした〝彼女〟の打った手のひとつが、まだ消えきっていないだけだ。深い意味はない。でも――そのせいで、スキヤッターブレインはぼくと出会う前にこうやって〝防御〟を固めることができたんだろうけど、ね――」

黒帽子は、やれやれ、という風にマントを揺らめかせた。肩をすくめた、のかも知れないが、その身体は完全に包まれていて、外からはまったく見えない。

「この敵は、強い――それは確かだ。少なくとも、ぼくから見て、ぼく以外にこれと戦う能力があり得るとは思えない。そう――」

黒帽子はそこで、ちょっと笑っているような、困っているような、なんとも言えない左右非対称の表情を浮かべつつ、

「自分自身で〝最強〟とか名乗っている、あの強気で脳天気な彼では、とても勝負にならない。戦いようがないはずだ。何も通用しない――このスキャッターブレインには」

と言った。少女はぶるぶると震えだしてしまう。

「……じゃあ、あのときにはもう、私はその影響下にあった、ってことなの……？」

少女の問いに、黒帽子は、

「そうだ。君だけではない。この音梨町の人々全員が、スキャッターブレインに汚染されていたんだ」

と、淡々と応えた。少女は不安と恐怖で顎をがくがくさせながら、

「……私は、一体どうなってたの？　その得体の知れない能力に支配されていた、って……私は、私じゃなくなっていたってことなの？」

と訊ねた。この問いに、黒帽子はゆっくりと首を左右に振って、

「それは違う。どっちにしろ同じことだからね」

「同じ……って、どういうこと？」

「君のいう、普通の生活も同じだよ。誰かが決めたことに従って生きている。それが特殊能力者だろうが、常識的習慣だろうが変わらない——君にとっては同じことだ。君はそれに干渉する気がない。世界がそういう風にできている、ということに対して何もしようとしないのだから、文句を言う資格はない。言ったとしても無視されて、抹殺されるだけだ」

「え、えと——」

「世界の敵を倒せる者は、この世界の中にはいない。それができるのは、自らもまた世界から逸脱することを覚悟した者か、未だ自覚しない次なる世界の敵か、それとも——ぼくのように自動的な存在だけだ」

黒帽子はここで、少女から視線を外して、何処かへとその光のない眼差しを向けた。

底無しの虚無を覗き込んでいるような目つきだった。

どこからともなく、猫の鳴き声が響いてくる……。

ブギーポップ・ダークリー

化け猫とめまいのスキャット

BOOGIEPOP DARKLY

THE SCAT SINGING CAT

一、あいまいな、彼女。

……それは『化け猫ぶぎの寝坊』というお話でのことである。誰が書いたか、伝えたか、なんとも曖昧な物語のことである。

＊

ぶぎは猫であるが、あまりにも寝ぼすけなので、朝から晩まで一日中寝てばかりいたら死ぬのを忘れてしまい、気がついたらすっかり化け猫になってしまっていた。

「やあ、まいったなあ」

ぶぎは呑気（のんき）な性格であるが、それでも友だちの猫はみんな先に死んでしまい、周りの猫はみんな知らないヤツばかりになってしまうと、さすがにちょっと切なくなってきた。

「うーん、これじゃ落ち着いて昼寝もできないな」

そう思ったので、ぶぎはもっと寝心地のいい土地へ移ることにした。といっても、ぶぎのことなので、ちょっと動いてはすぐ眠り、あっちへ行っては眠り、そっちへ行っては眠り、という有様だったので、なかなか進まなかった。

ぶぎのそんな姿は、化け猫なのでふつうの者たちにはよく見えなかったが、なかにはぼんやりと見える者もいた。あまりに動かないので、その影が身体にくっついてしまって、まるで真っ黒な帽子をかぶって、マントにくるまれているように見えたという……。

1.

人間っていうのは、なんのために生きていると思う？

なんといっても――自由。

自由に生きる、こいつが最高だ。おれはそう思う。でもこの自由ってヤツが、なかなかどうして、簡単には手に入らないんで、みんな苦労してるってワケで。

たとえばこのおれ、平凡な一中学生である少年、輪堂進（りんどうすすむ）だ。

世間的には、ごくふつうの家庭で、大した不安もなく、のほほんと生きているだけだろ、おまえなんか――とか言われそうなこのおれでも、数々の不自由に縛（しば）られている。

たとえば――寝ていたいのに、朝は決まった時間に起きなきゃならない、とか――おれの場合、さらにそれにメンドくさいことがくっついてくる。

〝……もしも神が存在するとしたら、それは未来にしかいない。世界に救済が存在するのは間違いないが、絶望も、えと……〟

ぶつぶつと壁越しに聞こえてくるその舌っ足らずな女の子の声は、本を朗読しているのである。おれん家があるマンションには欠陥があって、どういうわけかおれの部屋の壁の一部だけが妙に薄くて、隣に住んでいるヤツの声が変に響いてくるのだった。

〝えと……絶望もまたありふれて存在している。神の代弁者を名乗る者たちは神の試練という言葉でその矛盾を埋めようとするが、その説得の作業そのものが結局、大勢の味方を得られれば強い立場に立てるという、馴染み深くわかりきった人界の常識から一歩も外に出ていない。人の上に神がいるというには、その論理はあまりにも……あらぞう？　そざつ？　……粗雑って読むのかしら、これ〟

なんでこんなもんを朝から読んでいるのかというと、本人によると「いや、この作家はいいって言ってたから。末真のお姉ちゃんが。私にはまだ、ちょっと難しくてよくわかんないんだけど、でも末真のお姉ちゃんがいいって言うんだから、きっといい文章なのよ、うん」ということらしい……素直というか、単純というか。起き抜けに脳を活性化するためとか言って、朝っぱらから迷惑なことである。

「うー……」

おれはベッドをくっつけている壁に手を伸ばして、とんとん、とノックするように叩いた。

すると壁の向こうから、

〝ああ、おはよ進〟

という声が返ってきた。壁に口を近づけて喋（しゃべ）ると、こうして声も聞こえるのだった。

でもおれの方は返事をせずに起きて、首を回しながら身を起こした。向こうの方も返答を期待しているわけではなく、そのまま言葉を続けてくる。

〝あのさ、部活どうしようか。学園祭も近いのに、相原（あいはら）先輩はなまけてるし――後で相談しようね〟

一方的に言われて、向こうの部屋のドアが開いて閉じる音がぼんやりと響いてきた。

「あー、うるせえな、毎朝毎朝――よく飽きねえもんだよ……」

おれはぶつぶつ言いながら、もそもそと朝の支度（したく）を始めた。

自由。

おれは自由を求めている。

でもそんなものは、おれの生活の中にはないのだった。

マンションのエレベーターは、朝はたいてい動きっぱなしでうまく乗り合わせることはできないので、おれはもっぱら階段を使うことになる。そんでその終点には、いつもそいつが待っている。

「おはよ、進」

ついさっきマンションで壁越しに会話した癖に、そいつはいつも、まるでおれのことを初めて見るような顔で見つめてくる。どんな人間だったかいちいち思い出しているかのように。

「だから待ってるなよ、以緒」

「いいじゃん、別に。それに相談しようって言ったでしょ、聞いてなかったの？」

そいつ——マンションの隣室に住んでいて、おれと同じ学校に通っているそいつの名前は、真駒以緒という。

おれんちがこの町に引っ越してきてからのつき合いだから、まあ、幼なじみということになる。

「聞いてたよ。ていうか、朝はもっと静かにできないのかよ。近所迷惑だぞ」

「いいじゃん、進だけでしょ、声が聞こえるのって」

真駒はおれの横を歩いている。

「隣に来んなよ」

「なんで？　いいじゃない」

「……でかいんだよ、おまえは」

小声でそう言うと、真駒はけらけら笑って、

「背が低いのはあんたの方じゃない！　学年一のチビでしょ？　あたしの方こそ、あんたの横にいると可愛く見えないのに、並んでやってるのを感謝してほしいくらいだわ」

と、こっちの肩をぐーでがんがん叩きながら言った。おれはよろめいた。

まったく、小さい頃から互いを知っていると、こういうところで遠慮がない。

「くそう、おれは傷ついたぞ。死にたい、いっそ殺してくれぇ――」

ふざけてそう言うと、真駒は笑いながら、

「なによそれ。ブギーポップだって、あんたなんかは眼に入らないわよ？」

と、奇妙な名前を口にした。

「ぶぎ……？　なんだって？」

おれが訊き返すと、真駒は少しはっとなって、あわてたように両手を振る。

「い、いやなんでもないのよ。関係ないから。男子は知らなくていいの」

「なんだよそれ？」

無視されて、おれはちょっとむっとしたが、まあ、どうせ女子たちがいつもひそひそとやっている下らない噂話の類なんだろう――と思ったとき、おれの視界の隅を黒いものが、ちらっ、とよぎった。

（ん――？）

視線を動かして見ると、そこには変なヤツがいた。

猫――

らしかったが、それにしてはそのシルエットが奇妙だった。

黒っぽい影のようなものが、そいつの身体にマントの如くまとわりついていた。頭の上にも筒のような物が被さっていて、帽子を被っているみたいである。

白い顔に、キスマークみたいな形の黒いブチがついている。左右非対称のへんてこな模様だった。

……ぶぎぃ

そいつは奇怪な啼き声をあげると、また身を翻して、通りの陰にさっ、と消えてしまった。

「――――」

おれはちょっと絶句していた。今のはなんだったのか？　どこかの飼い猫が、主人にコスプレさせられたのが逃げ出したのだろうか？

（でも、おれのことを睨んでいるみたいだったけど――）

ぼんやりしてしまっていると、横の真駒が心配そうに、

「どうしたのよ？　黙っちゃって」

と訊いてきたので、我に返る。

「あ、ああ――」

「やだ、本気で怒ったの？　違うのよ、ちょっとふざけただけなのよ。ごめんね？　ね？

ね?」

焦った調子で詰め寄られる。おれは面倒くさくなって、

「いいんだよ、どうでも――」

と投げやりに言って、そのまま小走りに駆け出した。

「ああ! 待ってよ!」

真駒は確かにおれより背が高いが、足はおれの方が速いので、当然追いつかれることもなく、そのまま学校まで振り切ってしまった。

2.

……そこは国際空港の、離発着場の広大な敷地の、その合間だった。ひたすらに直線の滑走路と滑走路の中間、空港職員ですらほとんど立ち入ることのない、何もないことでしか存在価値のない、広々とした空間が広がっている。

「…………」

車でなければそこに辿り着くのも大変なその場に今、ひとりの女が徒歩でやって来た。

スーツ姿で、落ち着いた雰囲気の若い女である。ふつうのOLだといわれればそんな感じもするし、どこぞのベンチャー企業の女社長だといわれても、そんな風に思えるような、ぴしっ

としているのだが、どこか印象が定まらない女だった。

氏名は雨宮世津子。社会的には公職に就いていることになっているが、実際はそれは単なるカモフラージュに過ぎず、彼女の真の姿ではない。

彼女のことを深く知る者は、彼女のことを〝リセット〟と呼ぶ。

世界を裏から管理している、統和機構と呼ばれるシステムにあって何か問題が生じたときに、その身に秘められた超絶的な破壊能力で問題を「なかったこと」にするのが仕事の、取り消しのリセット――それが彼女だった。

「……あー」

しかし彼女の見た目は、大勢の人間を始末してきたような凄みはどこにもなく、むしろ投げやりな雰囲気さえ漂わせている。空港の真ん中で、彼女は頭をぽりぽりと掻いた。

「……先に来てるし」

そう呟いた彼女の視線の向こうには、ひとりの男が立っていた。

こちらの見た目は、少年である。身体にフィットした、紫色の学生服のような服を着て、胸元にはエジプト十字架のペンダントをぶら下げている、かなり不思議な感じの男だった。

少年のような外見なのだが、しかしその男の放つオーラが、なにやら殺気立っていて、尖っているために彼を幼いと表現しにくい。彼は名前も定まっていない。コードネームで呼ばれたり、リィ舞阪と呼ばれたりもする。だが彼のことを、彼を知る者はその性格と才能からただ

〝最強〟と称することが多い。

「遅せーぞ、リセット」

彼がそう言うと、リセットは首を振りながら彼の方へ歩いていき、

「約束の時間はまだで、私が空港に着いたときには、あなたの乗った飛行機はまだ空の上だったはずなんだけど――何、飛び降りてきたの？」

「知りたいか？」

彼がにやりとすると、リセットは肩をすくめて、

「いや、やめとくわ。あなたの行動範囲なんて聞いても、頭が痛くなるだけだから」

とぼやいてから、少し真顔になって、

「しかし、来てくれたっていうことは、話を聞いてくれるってことね、フォルテッシモ」

「おまえに呼び出されるなんて珍しいからな――俺を始末する気かも知れないって考えたんだよ」

とんでもないことを、実に楽しげに言う。

「………………」

言われたリセットの方が、少し顔が引きつっている。そんな彼女に彼は、さらに、

「おまえの能力〈モービィ・ディック〉には、ちょっとだけ興味がある――大抵の合成人間なら一発で仕留められる無敵の破壊能力だってな？　どうだろう、この俺とどっちが強いんだろ

うな？　試してみたくはないか」

と迫ってくる。リセットは少しだけ無言でいたが、やがてため息をついて、

「……まあ、ここであなたの気まぐれに殺されるとしても、そういう運命なんだろうしね——そいつはあきらめるとして、用件の方も聞いてくれないかしら。謎の、強敵の話を」

と投げやりに言った。

「強敵？」

その言葉を聞いて、フォルテッシモの眼にぎらりとした光が浮かんだ。

＊

……授業中は、このおれ輪堂進はもっぱら寝ることにしている。テストは試験前に、真駒が見せてくれるノートを復習すればいいので、実際のところ授業になんか出る必要もないんだが、しかたがない。これも世間のつきあいってヤツなんだろう。

で、放課後になるとさっさと帰りたいところではあるが、うちの学校、市立音梨中学は校則で、すべての生徒が部活動か同好会かに入らなければならず、おれは仕方なく、写真部というものに入っている。

なんでこの部活かというと、おれが自由を求める人間だからである。

写真部の部員は、おれと、副部長の相原センパイと、そしてマネージャーの真駒の三人しかいない。つまらない先輩後輩の上下関係のしがらみがなくて、実に気楽なのだった。部長はいたらしいのだが、二年の途中で〃もっと受験に有利な中学に行け〃と親に手配されて転校してしまったらしい。それ以来ずっと空席だそうだ。繰り上げで相原センパイが部長になりそうなものだが、それは本人曰く、

「やーよ、そんなの。あたし他の部の部長連中みんな嫌いだもん。無駄にエラそーでさあ、馬鹿みたい。あいつらと一緒なんてゴメンだわ」

ということらしい。実に自由だ。おれはその辺でこのセンパイを少しだけ尊敬している。

おれはいつものように、部室に顔を出して、

「ちわっす」

と声を掛けた。だが返事はない。別に驚かない。たいてい最初にここに来るのはおれだからだ。他の部の部室は鍵が掛かっていて、鍵当番というものがあるらしいのだが、ウチの部にはそんなものはない。鍵は壊れていて、そのまんま放ったらかしてある。だからいつでも好きなときに入れる。

部室といっても、なにしろ学校で最も小さい部なのでとても狭い。本来は清掃用具の物置として作られた部屋を転用しているらしい。昔の写真部ならば、現像用の暗室などが必要だったかも知れないが、今ではデジタルカメラのプリンターさえあればいいのだから、確かに広さは

要らない。その狭い部屋の壁には、べたべたと写真が貼ってある。ほぼ風景写真だが、そこに写っているのは大半がこの音梨町の景色ばかりだ。近所をうろうろして、適当にぱしゃぱしゃ撮影しているだけである。電信柱を大写しにしているだけ、というものさえある。投げやり以外の何物でもないが、おれは結構気に入っている。まあ、撮っているのが自分たちだからということもあるが。

「はああ」

おれは吐息をついて、狭い部室の真ん中にでんと置かれている折り畳みデスクの上に腰を下ろして、そのまま寝ころんだ。

薄暗い天井が見える。

それが高いのか、低いのか、なんとも曖昧な感じがした。低い天井なら、圧迫感があって、押し込められているというような感じになるし、高い天井なら、どんなに手を伸ばしても届かない、という気がする。でも、どっちでもない。触ろうと思えば触れる気もするけど、殴りつける力を込めるには半端に遠い――だからなんだ、というわけでもなく、おれはただぼんやりと思っていただけだった。そんなときだった。

ぶぎい――

また、あの猫の声がした。眼を向けると、窓の外に——屋根の上から覗き込むような姿勢で、あの変なヤツがいた。

黒い帽子と、黒いマントを着ている。だが布にしてはその黒がひたすらに暗すぎて、光がまったく反射していない。闇を身に纏っているようにしか思えない——影が立ち上がって、猫みたいな姿に見えている、みたいな——。

ぶぎい——

そいつはまた一鳴きして、そして消えてしまった。身を引っ込めたのか、それとも屋根から飛び降りてしまったのか、それを判別できないくらいに一瞬でいなくなってしまった。

「………………」

おれは、少しぼんやりとしてしまっていた。だからその声が掛けられるまで、そいつが近くに来ていることに気づけなかった。

「変な、顔」

いきなりそう言われた。

ちら、とそっちの方に視線を向けると、そこには太股があった。

女子の太股だった。

制服のスカートの端が視線より上にあって、その奥の翳りが少し見える。

おれはぎくりとして身を起こした。

開けっ放しだった部室のドアのところに、そいつは立っていた。

「なんなの、その眼」

そう言うそいつは、整った顔立ちで、まあ美少女だった。でも、ぶすっとふてくされたような顔をしていて、正直あまり近寄りたくないような雰囲気を撒き散らしていた。

「え？」

「変な眼してる——何か変なものを見たみたいな、そんな顔してる」

おれのとまどいにもかまわず、そいつは俺のことをじろじろ見ながら、

「ブギーポップでも見たの？　そんな顔してるわ、君は」

と言った。

これがおれと、なんともあいまいな女——無子規憐との初対面だった。

3.

「…………」

おれがぼんやりとしていると、その女生徒の背後から、

「あれ、憐じゃない。どしたの、こんなとこで」

　と言いながら、相原センパイがやってきた。

「亜子(あこ)先輩、この子――写真部？」

　憐と呼ばれた女生徒はセンパイにそう訊いた。

「うん、そうだけど」

「ふうん――」

　憐はうなずくと、またおれのことをじろじろと見つめてきた。

「な、なんだよ――おまえ？」

「無子規」

　そう言われて、おれは最初なんのことかわからなかった。

「えと？　なんだって？　むし――」

「虫じゃないわ。無子規。そこまでが姓で、憐が名前」

　そいつはなんだか、棒読みのような口調で名乗った。自分の名前に全然愛着がないみたいな、どうでもいい名乗り方だった。

「無子規、憐――わかった？」

「あ、ああ――ええと」

　おれは混乱しながら、相原センパイの方をちらと見た。センパイは笑いながら、

「あはは。あんた、憐に興味を持たれたみたいね」

と言った。

「光栄に思いなさいよ。何人もこいつにアタックしたのに、全員〝興味ない〟の一刀両断だったんだから」

「いや、だから——なんなの？」

おれは訳がわからず、きょとんとするしかない。

「ああ。まあ、あんたはそうよねぇ。以緒ちゃんがいるもんねぇ。他の女になんか興味ないか。でも転校生が来たって話ぐらいは聞いてたんじゃない？」

「えと——」

そういや一組に転校してきたヤツがいる、という噂は聞いていたが、男か女かも知らなかった。別に興味もなかったし、おれは自分が自由でいられればそれでいいので、どうでも良かったんだが。

「それより——何を見たのか、訊いてるんだけど」

無子規という女は、おれのことをなんだか見おろすような感じである——まあ、背が低いから大抵の女子にも見おろされるわけだが、おれは。

「いや、別に——」

「嘘よ」

きっぱり断言された。

「君は、なにか見ている。それは確か」

「……なんだその自信は」

おれがぼやき気味に言い返そうとしても、無子規は、

「もしかして、君——ブギーポップを見たんじゃないの」

と、また訳のわからない単語を口にした。

「だから、なんなんだよそれは？　今朝も以緒にそんな風なこと言われたけどよ。意味を教えてくんなかったし」

「あ、あー——憐、男子の前で、あんましその名前を言わない方がいいんだけどな」

相原センパイが頭を掻きながら困ったように言う。

「あれって女の子の間だけの伝説ってことになってるから。あんたが男子に言いふらしてるとか知られると、他の女子の反感買うわよ」

「関係ないです」

無子規は素っ気なく、ひたすらにおれのことを見おろしている。そして言う。

「そいつは、死神——少なくとも、噂ではそういうことになってる。でもほんとうは正体不明。だから君が見たものが、そうかも知れないってこと」

「し、しにがみい——？」

唖然とするおれに、無子規は淡々と説明した。

ブギーポップ。

それは人が人生で最も美しいときに、醜くなる寸前に殺してしまうという。

その噂は女の子たちの間だけで広がっていて、他の者たちは知らない。

街のどこにでも隠れていて、いつでも現れるけれど、その正体は誰も知らない——。


「……なんのこっちゃ」

おれは、そんな話を聞かされた人間が言うであろう最も平均的な意見を口にした。

「ああ——わかってないんだ。だからピンとこないんだ」

無子規はため息をついた。……なんかすげえ馬鹿にされてる感じだった。

「あのよ、いきなり——」

とおれが文句を言おうとしたら、無子規はおれから眼を逸らして、相原センパイの方を向いて、

「亜子先輩、書類とか要ります？」

と唐突に言った。おれたちはポカンとしてしまったが、相原センパイは「ああ」と気づいて、

「もしかして、入部届のこと？」

と言うと、無子規はうなずいて、

「写真部に入ります、私も」

と、しれっとした顔で言いやがった。

「はあ？」

おれが思わず大きな声を上げると、今度は、

「な、なに？　なにかあったの？」

と、遅れてきた真駒があわてて駆け寄ってきた。そして無子規を見て、

「あ、あれ？　あなた、転校生の……えと？」

不思議そうな真駒が、おれと彼女のことを交互に見返す。すると無子規はうなずいて、

「あなた、真駒以緒さんよね？　はじめまして」

と言って握手を求めてきた。真駒はきょとんとしながらその手を握り返しつつ、おれに、

「……どういうことなの、これ？」

と訊いてきたので、

「知るか」

と素直な感想を述べた。

＊

——その男が音梨町に姿を見せたのは、まだ陽の高い午後のことだった。

「あーっ、と——何から当たりゃいいんだろうな」

すらりと痩せて引き締まった身体つきだが、それほど背の高くない、少年のようなその男がぶつぶつ独り言をいうと、彼の耳にだけ聞こえる声が、その胸元のエジプト十字架のペンダントから響いてきた。

〝なんだフォルテッシモ——らしくねーじゃねーか。おまえはとにかく、なんにでも正面からブチ当たってから考えるのがポリシーじゃなかったのか？〟

「うるせえ、エンブリオ——テメエは黙ってろ」

彼は不機嫌そうに返事をするが、口は動いていない。心の中の声と口の中だけの囁きの中間のような声で言っている。

「だいたいブチかまそうにも、何に向かえばいいのかわかんねーんだから、考えるしかねーだろうが。考えるのはめんどくせーが、それぐらいなら我慢してやるさ、今回は」

〝おうおう、楽しそうだねえ？　正体不明の敵にぞくぞくしてるってか？〟

「そう願いたいもんだが、まだなんとも言えねーのが半端だな——もしかすると、つまんねー結果なのかもしれないしな」

〝そうだなあ、セロニアス・モンキーが消息を絶ったのは、単にその女がどっかの優男と恋に落ちて、駆け落ちでもしたかったから戦死を偽装しただけかも知れねーもんなぁ？〟

「だとしたら、とんだ茶番だ——腹が立つから、それだったらいっそ、そいつらの味方になって、統和機構の方と戦い始めてみるか」

〝うはは、言うねえ。おまえにしか言えねーよな、そんな科白は。……しかし、そうじゃねえとも思ってんだろ？〟

「……まあな。それだったらリセットのヤツは自分で出向いたはずだ。あいつが俺に話を回したってことは、裏にヤバイ気配を感じたから——確実に危険があると見たから、だからな」

言いながら、フォルテッシモは先刻のことをあらためて頭の中で思い返して、整理しようとした。


「もともとは、セロニアス・モンキーが報告してきたのよ」

空港滑走路のど真ん中で、リセットは説明を始めた。

「理解しがたい現象がある、それを調査する——とね」

「現象？　そいつはなんだ。一般人が殺されたり、行方不明になったりしたのか」

「いいえ。そういうものではなかったようだわ。彼女は一般人として、社会に紛れて生活しながらMPLSの探索をしていたんだけど——その生活の中で、小さな異状に気づいたという程度だったはずよ」

MPLS。彼女たちの属している統和機構と呼ばれる巨大なシステムは、自らの敵のことをそう呼んでいる。それはこの世ならぬ能力に目覚めた人間たちのことである。それが生物進化の自然な過程なのか、あるいは孤立した突然変異なのかは誰も知らない——しかし常人を遙かに超える特殊能力を持つ者は常に、世界のどこかで生まれ続けている。そいつらに世界を乗っ取られないために、統和機構は陰ながら世界を守護すると称して今日もMPLSを狩り立て続けているのだ。特殊な能力を持つ者に対抗するために、人為的に特殊能力を付加された者たち、戦闘用の合成人間を使って。

「なんだそりゃ。たとえば急に、近所のレストランの味ががた落ちしたとか、そういったもんか？」

「だと思うわ。詳しい中身を説明しようとしても、今ひとつ説得力に欠ける——そう思ったから、何か変だということしか言ってこなかった。でも——それっきり、彼女は姿を消してしまった」

リセットはここで、少しだけ言葉を途切らせた。フォルテッシモがそんな彼女に訝しげな視線を向けたとき、彼女は口を開いて、その単語を口にした。

「……〝スキャッターブレイン〟――」

その得体の知れない響きに、フォルテッシモが眉をひそめる。リセットはうなずいて、言葉を続ける。

「それが彼女が最後に伝えてきた言葉だったわ。それっきり。それがどういう意味なのか、報告すべき事項だったのか、それとも摑んだ手がかりだったのか、なにもかも不明」

「……なんのことだ？　そいつは名前か？　敵の能力の――」

「はっきりしていることはただひとつ、その名前を出した時点で、統和機構の中でも指折りの実績を持つ合成人間が、跡形もなく消されてしまったということよ」

「セロニアス・モンキーか……」

フォルテッシモは、ふうむ、と少し考えた。

「確かに――ユージン程じゃなかったが、戦闘力だけならあの娘の〈モンクス・ムード〉はそこそこやれる能力だったな。しかし挑発しても乗ってこなくて、殺すならどうぞ、とかふざけたことぬかすんでやる気をなくしたんだったが――」

「彼女が死んでいるなら、その死体を回収したいのだけど……あなたにはそこまで期待しないわ。見つけた時点で消去してもらってかまわない」

「冷たいねえ。墓にでも入れてやりゃいいじゃねーか？」

フォルテッシモはやや意地悪くそう言ったが、これにリセットは返事をしなかった。

「——まあ、俺が見つけても墓に入れてやる余裕はねーだろうけどな」

音梨町の歩道をぷらぷらと歩きながら、フォルテッシモは辺りを注意深く見回している。

〝それが奴らの生きる道、死して屍拾うものなき修羅の道、ってか？〟

「どこで覚えるんだ、そんな言い方を——エンブリオ、おまえはしょせん俺の能力が人格っぽく反射してるだけの錯覚なんだぞ。いっぱしの口利くんじゃねーよ」

ぴん、とフォルテッシモは指先でエジプト十字架のペンダントを弾いた。その中には、かつて彼が遭遇した事件の残滓——とある人物が遺した能力が亡霊のように取り憑いているのである。

〝ひひひ。それはおまえが、自分で認識しているよりも遥かにめんどくさい内面を隠しているってことだ。いってみりゃこのエンブリオは、おまえの秘められし良心ってところなんだよ。あるいは守護天使かな。ひひひ〟

「くだらねーこと言ってんじゃねえ——」

フォルテッシモは対話しながらも、視線を街の一角に向けて、かすかにうなずいた。

その先には交番が建っていて、警官が中にいるのが見える。

「まあ、困ったことがあったらまず、お巡りさんに相談、だな——」

口の端にやや凶悪な微笑みを浮かべながら、彼は音梨町東公園前交番の方へと足を向けた。

4.

真駒がなんで、写真部のマネージャーという、なんか変な役職に就いているのかといえば、それはこいつが凄まじい機械オンチだからである。

カメラを構えて写真を撮るだけなのに、真駒が撮るとすべてがピンぼけになる。オートフォーカスのデジタルカメラなのに、どうやって失敗するのかと思うが、できないのだからしょうがない。だから部活で野外撮影会などに行くときも、真駒だけカメラじゃなくて皆の分のお弁当などを持ってくることになっている。しかし地図をチェックしたりするのは得意で、山に登ったりするときは真駒が道案内などをするので、こいつがいないとそもそも活動にならないという……写真を撮れないのに部の中心メンバーという不思議な立場にいる、その真駒に今——

さらに不思議な娘が握手をしていた。

「私は無子規憐。たった今から写真部の部員です。これからよろしくね」

彼女がそう言うと、真駒は「はあ」と呆けた声を出して、おれと相原センパイの方をちらちらと見る。センパイは肩をすくめる。

「ま、そういうことらしいよ。入りたいんだってさ。物好きよね」

「は、はあ――」

「で――そっちの彼は、名前はなんていうの？」

無子規が、おれの方を見てそう言ったので、さすがにずっこけた。

「し、知らないで、あんなに迫ってたのかよ？」

「なんで私が、君のことを前から知ってなきゃならないのよ」

「そ、そりゃそうだけど……」

「ち、ちょっと進、迫ってたって……どういう意味？」

「え？　いやそれは」

「ふうん、ススムくんか。よろしくね、ススムくん」

無子規はおれの方にも手を差し出してきた。おれが反応できずぼんやりとしていると、彼女はその手をさらに伸ばしてきて、どういうわけか、おれの――あごの下をこちょこちょくすぐった。

「わっ」

おれは驚いて、思わずひっくり返った。

「な、何するのよ！」

真駒が大声を出すのを無視するように、無子規はセンパイに顔を向けて、

「いつも、この部って外に出て写真を撮り回ってるんですか？」

と訊いた。

「え？　う、うん。まあそんなトコね――」

「じゃあ、さっそく行きましょう」

「へ？」

無子規は至極(しごく)当然のように、そう言った。

*

「お、おいそんなにくっつくなよ」

「うー……」

真駒はいくら離そうとしても、おれの二の腕にしがみつくようにして、離さない。

そのおれたちの前を、無子規とセンパイが歩いていく。

「いや、私は面白いからなんでもいーんだけどさ」

相原センパイは無責任そのものの口調で言いながら、横の無子規のことをちらちらと見る。

「あんたはいいの？　せっかく部活に入るんだったら、もっとあんた向きのがあるんじゃないの？」

「そうですか？」

訊き返す無子規の横顔はほとんど無表情である。

「そうよ。言っちゃなんだけど、ウチ弱小もいいトコよ。肩身狭いんだから。軽音楽部とかに入れれば、そんだけ可愛いあんたならすぐにボーカルよ。あそこ男ばっかでチヤホヤしてもらえるだろうし」

「どうでもいいですね、私には」

「じゃあ、何があんたにとってポイントなのかしら」

この質問に、無子規は即答で、

「だから、ブギーポップですよ」

と応えた。

「本気で、あんな噂を信じてるの？」

「信じているとか、いないとか、そういうことはどうでもいいんです。ただ〝それ〟がなんなのか知りたいんです」

「——噂の出所、みたいなこと？」

「そう思ってもらってもいいです」

ここで無子規は、くるっ、と首だけ後ろに向けて、おれのことを見つめてきた。

「だから、君にも興味がある」

それは、えらく真剣でまっすぐな視線だったので、おれはなんだかむずむずしてしまった。

「お、おれ？　でもよ――」

「君が見たっていう、その変な猫――他にも見た人がいるの？　真駒さんは見たの？」

言われて真駒は、おれから手を離し、無子規とおれの間に入る位置に立った。

「み、見てないわよ、そんな変なの」

「あなたって、いつもススムくんの側にいるらしいのに、それでも気がつかなかったの」

「そ、そんなこと言われても、わかんないんだからしょうがないでしょ」

「あなたって、ぼーっとしてる娘なのかしら」

「そんなことないわよ！　ふつうよ！」

「じゃあススムくんは、ふつうとは違う特別な眼を持っているってことにならない？」

「と、特別っていうか――うーん、まあ細かいところがあるかも……知んないけど」

「だったら私も、そんなススムくんが気になってしまうのは、どうしようもないことね」

「き、きき、気になる、って――あのね、あなた――」

真駒と無子規がヘンテコな言い争いをしているのを、相原センパイが無責任に、

「うーん、面白いわ。こいつは面白い……」

と、しみじみとうなずいて観察している。すっかり置いてけぼりにされてしまったおれが、

「おーい、おれは別に、そんな――」

と、多少弱気な感じで口を挟もうとした、そのときだった。

――ぶぎぃ……

また、あの猫の声が聞こえてきた。おれは、はっ、となって相原センパイや無子規のことを見るが、二人とも表情に変化がない。気づいていないようだ。おれはその声のする方へと走り出した。

「ち、ちょっと進？」

真駒の制止を無視して、おれは猫の姿を探したが、しかし今度は見あたらない。

うーん、気のせいだったかな……きょろきょろと見回したが、公園の前で、猫が隠れてしまいそうな茂みがやたらに多く、仮に本当にいたとしても見つけられないかも知れないなあ、と思った。するとそこに、写真部のみんなが追いついてきた。

「な、なんなのよ輪堂――いきなり駆け出したりして」

センパイに訊かれても、おれははっきりと応えられず、

「いやその、えーと――変な声がしたような気がして……」

と言いかけたら、それに被さるようにして、

「――な、なんだおまえは！」

という大人の怒鳴り声が響いてきたので、おれたちはびくっ、と肩をすくめてしまった。振

り向くと、その声は公園前の交番から響いてきていた。

「ふざけるんじゃない！　公務執行妨害で逮捕するぞ！」

あきらかにお巡りさんの声である。おれたちのことを言っているのだろうか？　よくわからないまま、ビビったおれたちはそのまま逃げ出した。

＊

「まあ、そう興奮するなよ――」

フォルテッシモは自分を怒鳴りつけた巡査に向かって、ニタニタと笑いながらさらに話しかけ続ける。

「別に難しいことを頼んでる訳じゃねーだろう。ただ、この音梨町の周辺で変な噂が立ったとか、騒ぎが起きたとか、そういったトラブルの有無を質問してるだけだ。なんかあったのか、なかったのか――」

「なんでそんなことを、いきなり来たヤツに言わなきゃならないんだ！」

「どうせおまえたち、通報を受けてもなかなか出向かないし、行ったとしても民事不介入だからって何もしないんだろ？　関係ないことなら、話を聞かせてもらったところで痛くも痒くもねーはずだ。くだらん権威を振りかざしてる余裕があるなら、さっさと知ってることを全部ぶちまけろや」

フォルテッシモは、まったく遠慮というもののない言いっぷりだった。彼の年齢は誰も知らないが、見た目ではどう見ても十五歳ぐらいで、どんなに見積もっても二十歳前という風なので、特に不良めいた姿でもないこの男がどこまでも不敵きわまりないのは実に不自然で、警官にはまったく理解できないだろう。

「お、おまえは――」

焦りつつ警官は、人差し指を突き立て、一歩前に出て、フォルテッシモを叱りつけようとした。

そこで、警官は足払いを掛けられていた。あまりにも的確すぎるタイミングで、彼の身体はそのまま前のめりに倒れ込んだ――人差し指を突き立てたままだったので、それが床にもろに当たって、ひどい突き指になる……と思われたが、ここで異様な現象が生じた。

その指先を軸にして、警官の身体がヤジロベエのように、ぶらん、と立ってしまったのだ。接地しているのは指先だけで、足も何も他には支えていないのに、安定している。空手の達人がやる親指逆立ちどころではなく、転倒したその姿勢のまま、微動だにしないで、ぶらぶらと揺れている――身体が一瞬にして鋼鉄のように硬直してしまっていた。

「な――」

警官は自分の身に起きたことが信じられず、恐慌に顔が引きつっていた。

「あー、どうやら質問に答える気がないようなんで、こっからは拷問ということにさせてもらうが」

フォルテッシモは平然とした顔で、この警官のバランスを保っている身体を指先で弄ぶように揺らしながら、喋っている。

そう、これはフォルテッシモの能力の応用だった。

彼の、攻撃も防御も完璧な〝最強〟の能力とは、空間を断裂させて、あらゆる物理作用の伝播を無効化できるというものである。単純に物体を切断したり爆発させたりするだけではなく、このように、神経の伝達を遮断して、人間の身体を石のように硬直させてしまうこともできるのだった。

「この辺に音梨中学ってあるだろう？　そこにこの娘が通っているはずなんだが――見覚えがないか」

と言って、彼は懐から一枚の写真を取り出した。それはリセットから渡された、ふつうの女子中学生に扮してこの地域に潜入しているはずのセロニアス・モンキーの写真だった。

「う、ううう……？」

警官は訳がわからず、そこだけは動かせる口元からよだれを垂らしながら呻いている。

「ほれ、よく見ろ――こいつだよ。会ったことはないか？」

フォルテッシモはさらに写真を相手の顔に近づけて、問いつめようとする……そのときだった。

視界の隅を、さっ、と何かが横切った。

黒っぽい影だった。

「ん――」

彼はそっちの方に視線を向けた。その動き方は、なんとなくであったが、

(猫、みたいな――?)

彼がそう考えた、その瞬間である。

そのどこにでもあるような平凡な交番は、いきなり艦砲(かんぽう)射撃を喰らったかのように――爆発した。

5.

無敵――それは力があるだけではない。

あらゆる状況に於いても油断なく、隙がないこと――それ故に無敵なのだ。それがフォルテッシモの特性である。だからそのときも、そのように反応していた――意識するよりも先に、全方位に向かって防御を張り巡らせていた。

爆発は、それ故に生じた。飛来してきた謎の攻撃と、フォルテッシモの空間断裂が交錯し、

その境界面全体が爆炎に包まれたからであった。

交番はたちまち、跡形もなく吹き飛んでしまう――その爆発の中を、すかさずフォルテッシモは飛び出していた。

（これは――今！）

彼の眉間には、らしくない縦皺が刻まれていた。

（今この敵――どこから撃ってきた？）

それが、まるで感じられなかったのだ。本能的に防御しただけで、何を撃たれたのかさえわからなかった。

（とりあえず――）

彼が今、猫を見たと思った方角に向けて、鋭く先端を尖らせた針状の空間断列を放った。公園の木々を貫いて、まん丸の穴がずらりと並ぶ――しかし手応えはない。何もいない。

かたり、と背後で音がしたので、今度は広範囲に広がる散弾状の攻撃を放った。彼が飛び出してきた交番の方角だった。

軽い一撃を放って、さらに次の攻撃を――しようと思ったところで、彼の手がぴたり、と停まった。

彼の前に、ひらひら、と一枚の紙が落ちてきたのだった。

それはついさっき、彼が警官に見せようとしていたセロニアス・モンキーの写真だった。だがその人物の、顔が写っていたところがぽっかりと丸く、穴が空いていた……

「こ、こいつは……？」

彼は反射的に、それから飛びすさっていた。わかっていた。その穴は今、たった今——彼が放った針状攻撃によって開けられた穴に間違いなかった。

（だが——そんなことがあり得るのか？　俺は交番から飛び出したとき、写真はそこに置いたままだった——なのにその、俺の防御範囲内にあったはずの写真が外に出ていて、敵が潜んでいたかも知れない場所に移動していたっていうのか——一瞬で？）

どういうことなのか把握できない……だが混乱している余裕はなかった。

爆発の騒ぎで、周囲がざわついてきた。野次馬がやって来てしまうだろう。普段なら多少の目撃者など気にも留めないが、今はまずい。無害な者と敵との区別がまるでつかないだろう。

「ちっ——」

彼は舌打ちして、その場から去ろうとしたが、そこで「む」と眉をひそめた。交番の中で、彼が脅していた警官が倒れていた。

心臓が停まっていた。爆発の強いショックに耐えきれなかったのだろう。

フォルテッシモは、ひょい、と指をそいつに向けて振った。すると次の瞬間、警官の身体は、びくん、と大きく痙攣して、そして荒々しく呼吸を再開した。空間断裂をマッサージとして使ったのだった。

そして音梨町の人々がおそるおそるその場に近づいてきたときには、もうその場にフォルテッシモの姿はなかった。


〝おうおう、お優しいことで〟

エンブリオのからかうような声に、

「うるせえ——あそこで死んでたら面倒だろうが」

と、フォルテッシモは渋い顔で応じた。

〝おまえさんも成長したねえ。昔だったら平気で見殺しにしてたんじゃねーのか。やっぱり一回負けると、反省能力がつくらしいな〟

「やかましい。あれは負けたんじゃねえ。イナズマとは、まだまだケリをつける気がしないだけだ。いずれあいつにも『まいった』とか言わせてみせるさ——しかし」

渋い顔だったフォルテッシモの表情が真剣なものに戻る。

「今のヤツは、あれはなんだ——あれがスキャッターブレインの〝能力〟なのか？　攻撃されたにしては、俺には全然ダメージがなかったが……」

〝手玉に取られたって感じだったな。おまえの力量を探られたのかな〟

「いや、そういう感じでもなかった——試しとか本気とか、そんなんじゃなかった……次元が違う。別に俺と勝負しようとはしていないみたいな感触だ——あるいはこのまま俺が引き下がれば、それで済んじまうのかも知れねーな……」

〝引き下がるのか？〟

「馬鹿言うな。俺を誰だと思ってやがる」

〝ひひひ、それでこそおまえだな。だが正体不明の敵に対して、どうやって仕掛けようっていうんだ？〟

「むう――」

フォルテッシモは再び、渋い顔になっていた。

*

「うわ、なんだこりゃ――」

一度は交番前から逃げ出したおれたち写真部ではあったが、爆発みたいな音がしたので、またその場に戻ってきたら――交番がなくなっていた。

もうその場には他の野次馬たちもかなり集まっていて、現場そのものはよく見えなかったが、交番があった場所の屋根がなくなっているのだから、建物もないんだろうなと思った。

「なにかしら、ガス爆発？」

「お巡りさんが倒れてたって話だけど」

町の人たちがあれこれと噂している。おれたちはなんか気が引けて、後ろに控えるような位置に立っていたが、やがて無子規がぽつりと、

「ブギーポップかも知れないわ」

と言ったので、ぎくりとなった。

「え？　どういう意味よ？」

「言葉通りですよ。なんか変じゃないですか」

無子規のしれっとした口調に、おれがつい、

「変なもんは全部ブギーポップなのかよ？」

と訊いた。すると無子規は即答で、

「そうよ」

と言いやがった。

「私が理解できないものは、すべてブギーポップの仕業だと思うことにしているのよ、私は」

「……ちょっと強引じゃない？」

真駒がおそるおそるそう言っても、無子規は聞く耳持たないという感じで、

「そんなことより、どうしてこの交番が吹っ飛んでしまうちょっと前に、ススムくんがこの辺に行こうとしたのか、そのきちんとした説明を受けたいものね」

と囁いて、おれのことをまたまっすぐに見つめてきた。

おれは言いたくなかったが、仕方ないので、猫の鳴き声が聞こえた気がしたんだと素直に言った。すると無子規は、

「ほうら、ね。やっぱりそうなのよ。その猫がブギーポップなんだわ」

と、したり顔で断定した。これに相原センパイが、

「それはさすがに、いささか無理矢理じゃないの？　早とちりすぎるとは思わない？」

とたしなめると、無子規はうなずいて、

「確かに、結論を出すのは性急かも知れませんね。もう少し材料が必要かも」

「素材は多いほどいいもんねぇ」

「色々な角度から観察する必要がありますよね」

二人して意気投合している。なんだか嫌な予感がする。真駒の方をちらっと見ると、彼女もなんだか心配そうな顔になっている。

ぽん、と相原センパイがいきなり手を叩いた。

「ようし、それじゃあテーマはこれで決まりね。〝ブギーポップがいる街角、その風景〟ってね」

「てえま？」

おれと真駒が揃って上げた声に、センパイは「うむ」と大げさにうなずく。

「学園祭の展示会の、出展テーマよ——実行委員会の連中に早く提出しろってせっつかれてた

のよねえ。ちょうどいいわ。憐、あんたが展示会の責任者ってことでいいわよね？」

要は自分が面倒でやりたくないのを無子規に押しつけたいってことらしい。無責任だなあ、と思ったが、言われた無子規の方は平然と、

「まあ、構いませんけど。でもススムくんは借りますよ」

とぬかした。

「ああ、好きにすればいいわ」

「ち、ちょっと相原先輩——そんな」

真駒が文句を言いかけたところで、センパイはにやりとして、

「じゃあさ、以緒、あんたも一緒にくっついていけばいいじゃない？」

と、やや意地悪な口調で言った。

なんだか、ややこしいことになりそうな雲行きだった……。

二、あいまいな、散歩。

……『化け猫ぶぎの寝坊』によると、化け猫が見える人と見えない人がいるという。その違いはなんなのか、物語の中ではよくわからないままだ。

＊

「なんか見られてる？」

ぶぎは変な感じがした。人間の視線を感じるのだ。でもあちこち見回ってみても、それらしい人は見つからない。気のせいだろうか。

「でも、なーんか見られてる感じなんだよな……」

気になって、落ち着いて寝られない。

「よーし、逆に考えるか。どうせほとんどの人間には見えないんだから、目立つところで寝ていてやれ」

それで自分の方をちらちらと気にするヤツが、化け猫を見られる人間だろう——ぶぎはそう考えて、人通りの多い場所のど真ん中で寝ころんで、そしてすっかりくつろいでしまい、同じ場所でずっとずっと寝続けている……。

1.

音梨町はそれほど広い町ではない。それでも、そこに住んでるおれたちでも、町の隅から隅まで歩いたり、誰がどこに住んでるとか、どんな猫を飼っているのかなんて全部知ってるわけではない。

「だったら、とりあえず手当たり次第に行くしかないんじゃない？」

無子規は無責任にそう言い放った。

「意味あるのかしら？」

真駒が不満げにそう言っても、無子規はしれっとした調子で、

「それを決めるのはあなたじゃないでしょ」

と切り捨てる。そして一人でさっさと歩き出してしまう。

おれたちがぼんやりしていると、彼女は振り返って、

「何してるのよ、ススムくん。私はここに引っ越してきたばかりなのよ？　案内してもらわないと」

と当然のように言った。おれたちが憮然(ぶぜん)としていると、相原センパイが、

「うちの部のナビゲーター役って以緒なのよね。だからあんたも、以緒には気ィ使った方がい

いわよ」

　と、少しニヤつきながら言う。すると無子規は真駒の方を見て、

「ええと——どっちかしら」

　と、よくわからないことを言う。

「な、何がよ？」

「意味を説明して納得したいのかしら。それとも生意気っぽい私に謝って欲しいのかしら。ごめんなさい」

　ぺこり、と頭を下げる。真駒は困った顔になり、

「な、なによそれ！　まるで私が意地悪してるみたいじゃない。い、いいわよ別に。案内ぐらいするわよ」

　と言うと、無子規は真駒の方に寄ってきて、その手を握ってきた。

「ありがとう、あなたって優しい人みたいね」

　臆面もなく褒められて、真駒はどぎまぎしている。

「な、なんなのよもう——変な人ね、ほんと。それで、どんなところに行きたいの？」

「だからブギーポップがいそうなところなんだけど」

「わかるわけないでしょ、そんなの」

「死神だっていうなら、あの世からやって来るんじゃないの？」

センパイがまた適当なことを言う。

「なんか〝幽霊と会える小道〟とかなかったっけ？　どこかで読んだか聞いたかしたような。コンビニの角を曲がると時間の停まった異世界につながっているとか」

「いや、絶対違いますからそれ。……とにかく、ちょっと気味の悪い感じのところに案内すればいいんでしょ？」

「心当たりあんの？」

「なんで恐がりのおまえが、そんなトコ知ってるんだよ？」

センパイとおれが不思議がって訊ねると、真駒は唇を少し尖らせて、

「だから、怖そうだなって思って近寄らなかったところよ。薄暗くって、避けて通ってたところ。一人じゃ行く気はしないけど——」

と言いながら、おれと無子規をちらちらと見比べる。

「なんだよ？」

「な、なんでもないわよ。とにかく行けば文句ないんでしょ？」

「ええ。ありがとう」

無子規はまた、えらく素直に礼を言う。真駒は顔をしかめながらも、歩き出した。おれたちはその後をぞろぞろついていく。

音梨町は、昔から建っている家と新しく出来た建物とがごちゃごちゃになっているので、道

もまっすぐなものが続いたと思ったら、急にくねくねと曲がりくねったものになったりする。ふいに竹林が出てきて、道に影を落としていたりする。自然のままっぽいところと、人工的なところが重なっている。

風が吹くと、ざわざわと笹（ささ）がざわめいたりして、たしかにちょっと不気味な感じがしてきた。

「あー、確かに……」

センパイが納得したように呟く。

「なんか〝境目（さかいめ）〟って感じするわね。この影と影の間から、するるっ、と死神がやって来るとか言われたら、信じちゃいそう」

「や、やめてくださいよ、もう」

自分が皆を連れてきた癖に、真駒は少しビビっている。おれは全然ピンと来ないので、そういうもんかねえ、と疑いの眼差しを向けるだけである。

「………」

無子規はじろじろと周囲を見回していたが、やがて、

「亜子先輩、カメラ貸してください」

と手を出してきたので、先輩は「ほいよ」と自分のデジタルカメラを渡す。

無子規は辺りをぱしゃぱしゃ撮りまくる。なんか撮影がうまい気がした。おれたちは写真部と言いながら全員、そんなに手慣れた感じで撮影なんかできないし、する気もないので、プロ

みたいな無子規に感心したりもせずに、ぼけっとそんな彼女を眺めているだけである。

「こんなもんね。ここはもういいわ」

　無子規はセンパイにカメラを返しながら、真駒にそう言った。

「次のところに行きましょう」

＊

〝なんともみっともなく、恥ずかしい状況じゃねーのか、こいつは。女子中学生の部屋に忍び込んでるストーカーみたいじゃないか〟

　ひひひ、と笑うエンブリオの声に、フォルテッシモは顔をしかめながら、

「セロニアス・モンキーは、ここに住んでいたのか……」

　と、その薄暗く狭い室内を見回した。

　ワンルームマンションの一室であるここの玄関の表札には男の名前が書かれている。父子家庭が引っ越してきたという偽装をしていたからである。

　従って室内もいたって普通である。家具も食器も二人ぶんあって、使っているような並べ方をされている――しかし実のところ、配置してから一度も使っていないのがフォルテッシモにはわかった。

「ふん――」

コップを手にとって、そこに指紋がひとつも付いていないのを確認する。誰かが触ったらすぐにわかるような仕掛けが部屋中に張り巡らせてあるのだろう。

〝おいおい、べたべた触っちまったら、敵が残した痕跡を見逃すんじゃねーのか〟

「セロニアスが仕掛けていた網なんか、もう何も信用できないさ――ヤツは敵に圧倒されて、完全に負けたんだろうからな。ヤツの工夫など、全部役立たずだ」

〝冷たいねぇ〟

「ヤツはミスを犯した。それは事実だ。敵わない相手に向かっていきやがった――身の程知らずにも。とんだ馬鹿だ」

フォルテッシモは言いながら、ベッドの布団をまくり上げて、そこも一度も寝ていないことを確認する。

「布団はダミーで、どこか物陰で寝てたのか、こいつは」

〝野生動物みたいだな。常に油断せず、張り詰めたままでいるってか。おまえみたいじゃないか〟

「俺をこんな雑魚と一緒にするな。どこでも熟睡してやるよ」

次にフォルテッシモは冷蔵庫を開ける。冷凍食品のパックがぎゅうぎゅうに詰められている。エビグラタンにチキンライス。そのふたつがやたらに多い。メーカーはバラバラで、こだわりとしては半端である。安売りのものをまとめ買いしていたようだ。

「偏食家だな。好みはケチャップ味にホワイトソース――ガキみてーな舌だ」

〝おまえも人のことは言えねーだろうが。甘ったるいクレープばっかり喰ってる癖に〟

エンブリオに笑われたが、彼は無視して、教科書などが置かれているテーブルに眼を移す。

二、三冊手にとって、そのうちのノートの一冊をぱらぱらとめくったところで、む、と眉をひそめる。

〝なんだこりゃ、日記か？〟

エンブリオに言われるまでもなく、フォルテッシモにもその手書きのノートに細かい字でびっしりと書かれているその内容が、セロニアス・モンキーが日々の経過を記録したものだとわかった。

「今時、手書きかよ――まあ報告用じゃなくて、個人的なものみたいだが……」

〝なかなか文学的なヤツみたいじゃないか。若いのに古風なことだ〟

「情報漏洩したらどうするつもりだったんだ、こいつは――」

フォルテッシモはベッドに腰を下ろして、ノートを本格的に読み始めた。

『……こういうものを書いていると、不安になるのも確かだ。誰かに見られるんじゃないかと思うし、逆に読んで欲しい気持ちもあるかも知れない。どうせ読んだところでこんなもの、誰も本気にはしないはずだ。なにしろ中身は自分が戦闘用合成人間だと言い張っている女が、超越的機関に命じられて密かに他人たちの生活を監視している、という文章なのだから。妄想か、あるいは小説だとしか思わないだろう。私は世界中の大半の人から正気を疑われるような、そういう状況に生きている……』

2.

真駒は次におれたちを閉鎖された工場跡地の裏へと案内した。

「ああ、ここ知ってる」

相原センパイが声を上げて、その崩れ掛けた建物を見上げた。

「そうだわ。小学生のときに、社会科見学で来たわ。お菓子工場だったのよね、ここ」

「潰れたのは結構前だろ。ずっとそのまんまなのか？」

「よく知らないんだけど、別に潰れたんじゃなくて、別のところに移転してどうのこうのって話だったけど。土地を買った業者の方が破産したとかなんとか」

「ああ、そうよねえ。ここのお菓子ってまだ売ってるもんね。じゃ中の機械とかはもうなくて、建物だけなのかな」

入り口のところには鎖が何重にも巻いてあって、中には当然、入れない。ただ高さがまちまちな筒みたいな建物が、地面に歪な影を落としている。

おれたちが立っている場所は、一応は車道なのだろう。しかし車が来る気配は全然ない。一本道で、しかも行き止まりで通り抜けできないからだ。劣化したアスファルトのあちこちから草が生えている。

物音ひとつしないで、静まり返っている。

そんな中で、無子規だけがぱしゃぱしゃと撮影しまくっている。不気味なところを狙っているので、隅っこの方ばかりを撮っているので端から見ていると変な感じである。

「あんたさぁ——なに？　そんなにブギーポップが好きなの？」

センパイがもっともな質問をする。これに無子規は適当な調子で、

「亜子先輩は気になりませんか。なんであんな変な噂が広まっているのか」

と逆に訊き返してきた。

「まー、そー言われたら、そーかも知んないけどさぁ」

「わからないことを放っておくのって、気持ち悪くないですか」

「うーん。そりゃそうだけど、でもそんなこと言ったら、世の中なんてわかんないことだらけじゃないの」

センパイと無子規が言い合っているのを横目に、おれは路上にごろん、と寝ころんだ。

空は晴れているのだが、もう陽はだいぶ傾いてるので、暗いところと明るいところが混じり

合っている。

「おー……」

おれの喉からため息だかなんだかわからない声が漏れた。すると真駒が横に腰を下ろして、

「ねえ進、覚えてる？」

と話しかけてきた。

「あ？　なにを」

「あれって面白かったわよね——うふふ、あーおかしい」

一人で思い出して、勝手に笑っている。

「だからなんなんだよ一体」

「あれよ、ほら——進が昔、木に登って下りられなくなったことがあったじゃない」

「……つまんねーこと覚えてんなよ」

「進、あんとき泣いちゃってさ。私、ハラハラしちゃったのよ」

「それが今と、なんか関係あるのかよ？」

「いや別に。なんか想い出しただけよ」

「……あのな」

思いつきで人のトラウマを簡単にほじくり返さないで欲しい。

「ま、なんとなくだけど……引っ張り回されているこの状況が、あのときの進の困った顔を連

想させた……かな？」

「おまえのいちいち飛躍する発想には、ついていけん……」

　おれがぼやいている間も、センパイと無子規は訳のわからない会話を続けている。

「憐、あんたはそーゆー風に自主的に、積極的に動き回るのが好きなのかな」

「好き嫌いの問題ですか？」

「うーん、それはわかんないけど……あんたは結局、ブギーポップが好きなの、それとも嫌いなの」

「そういう考え方はしません。気になるってのは、そのどっちでもないことでしょう？」

「あー、そうね……じゃ、こういう訊き方をしてみるけど、あんたって何が好きなの？」

「どうしてそんなことを訊きたいんです？」

「いや、別にあんたに個人的な興味があるって訳でもなくて、私の話になっちゃうんだけど、私ってあんまり〝これが好き〟ってもんがない人間なのよね。むしろ〝こーゆーの嫌い〟ってことの方が多い人間というか」

「はい」

「だから私は、あんたを見ているとなんというか、ちょっと気になる。あんたは好きで写真部に入ろうとしてる訳でもないんでしょ。今も、そんなに楽しそうにも見えないし。じゃあなんだろう、って、それが気になる。そうね……もしかしたら、羨ましいのかも」

「そうなんですか？　そんな風には感じませんけど」

「うん、私も言ってて、少しズレてる気がした。あんたに憧れる訳じゃない――でもあんたがそんな風に写真を撮りまくってるのを見てると、なんか〝いいなあ〟って気もするのは確か。私もそんな風に写真を無茶苦茶に撮ってみたいって思う――あー、私、何言ってんだろ？」

センパイは頭をぐしゃぐしゃと掻いた。

「いいわ、気にしないで。ちょっと混乱してるの。何でかはわかんないけど」

「はい。気にしません。気になるのはブギーポップだけですから」

無子規は真顔で言った。

おれたちはぼんやりとしている。センパイはあまり、おれたちには自分の気持ちとかを喋らない人だからだ。無子規の方が気が合うということなのだろうか。それはそれで、ちょっと寂しい気もするが、しかし今の会話を聴いていても、全然口を挟めなかったのは事実で、センパイが何か悩んでいるとしても、おれにはとてもその中身がわからない。たぶん真駒もそうだろう。

それでも、ちょっとだけ口を挟んでみる。

「センパイは、進学とか考えてるんですか。それで悩んでる、とか」

「え？」

言われてセンパイは、少し顔を強張らせた。

「いや――どーなんだろ。たぶんテキトーな公立校に行くんだと思う。親もそんなに言わないし――悩んでないっちゃ、悩んでない」

あやふやな口調である。

「まあ、そうでしょうね。おれもそんな感じです」

おれもあいまいに答える。真駒も横でうなずいている。

「無子規さんは？　将来の目標とかあるの？」

そう訊かれて、彼女は、

「どうでもいいんじゃない、そんなことは。なるようにしかならないし。どこに行ったって変わらないわ」

と投げやりに言った。

「それって自信があるから、どうにでもなるってこと？」

「いいえ。どうせ私たちなんて、大したものにはなれないだろうってこと」

「……それはまた、ずいぶんと悲しい考え方だな。夢がないっつーか」

おれが顔をしかめながら異議を唱えると、無子規は微笑んで言った。

「夢ならあるわ。今も、やっている」

「ていうと……」

「私はブギーポップに会いたいわ。その噂の正体が、どんなに下らないものであったとしても、ね。それが今の、私の夢」

やっぱり真顔で、彼女はそう言った。おれたちは互いの顔を見合わせて、肩をすくめた。やれやれ、こいつが本気であることだけは嫌になるほどわかってきた。

「……どうする？　今日はこの辺でいいと思うけど」

真駒がお伺いを立てるようにおずおずと訊くと、無子規はおれの方を見て、

「そうね——暗くなっちゃったら、猫も見つけにくいだろうしね」

と言ったので、なんだか責められているような気がして、でも別におれは悪くないと思うので、ごちゃごちゃした気分になる。

「じゃ、いったん学校に帰りましょ。荷物置きっ放しだし」

「帰り道に、なにかないかしら——気をつけていてね」

無子規はおれに念押ししてくるが、そんなことを言われても自覚がないのだから努力のしようがない。

おれたちはだらだらとした足取りで、夕暮れの光を浴びながら音梨中へと戻っていく。

「うーん……」

センパイがまだ口を尖らせているので、おれは、

「どうしたんですか」

と訊いてみた。するとセンパイは、

「あのさ——輪堂、あんた変な感じがしないかな」

「どんな？」

「いや、なんかさ——前にもこんな風なことをしたり、さっきしてた話を、前にも同じことを言い合っていたような、そんな感じっつーのか」

「デジャヴとかいうやつですか」

「いや、そういうんでもなくてね——以前のことと、これから起きることが重なってるみたいな……過去と現在と未来が、なんだか混ざっているみたいな——ああもう、私なに言ってんだろ？」

　センパイは首をぶんぶんと前後左右に振り回した。

「忘れて忘れて。なんでもないわ。なんか最近、気持ちが乱れてんのよ」

「はあ……」

　思春期の女の子の気持ちなんか、おれにわかるはずもない。すると真駒が、

「相原先輩は、色々と難しく考え過ぎなんですよ。大丈夫ですよぉ」

　と言いながらセンパイの肩を後ろから両手で掴んで、

「余計なことはあれこれ思い煩わないのが一番。悩み事なんて頭の中から追い出してしまえばいいんですよ」

　と、もみもみ揉み始めた。

「凝ってますねえ、お客さん。たまには息抜きも必要ですよ」

するとセンパイは眼を細めて、

「あー、気持ちいいわあ。以緒、あんたマッサージのセンスあるわよ」

うっとりとした顔のセンパイにそう言われて、真駒はまんざらでもなさそうに、

「そうですか？　じゃあそれを目標にしようかな」

と、割と真剣な口調で言うので、おれは呆れた。

「どんな将来の決め方だよ……」

ちら、と無子規のことを見ると、帰り道でも街角の暗がりにカメラを向けて写真を撮っている。熱心なのかなんだか……しかし、

（しかしこいつ、ブギーポップを見つけたいって言うけど……見つけてどうするつもりなんだろう？　みんなに発表するのか？）

でもしょせんマイナーな噂話で、男子はまったく知らないようなものを暴いたところで、誰も感心してくれないんじゃないのか。馬鹿にされるだけなんじゃないかなあ、とおれがぼんやり考えていると、無子規が、

「……きっといるの。いるのよ。私にはわかっている……」

と、ぶつぶつ呟いているのが耳に入ってきた。それはとても真剣な調子だった。

（こいつはこいつなりに、何か摑んでいることでもあるのかな）

そうとでも思わなければ理解できない執念が、この無子規憐にはあるような気がした。そして──なんとなくおれも、それがなんなのか知りたいような気がしてきていた。

3.

『……妄想か、あるいは小説だとしか思わないだろう。私は世界中の大半の人から正気を疑われるような、そういう状況に生きている。

今日、新しい町に到着した。

いつも感じることだが、やはりこの音梨町という土地も、ごくふつうのありきたりな町という印象だった。しかし結局、ここにも裏ではろくでもないことが起きているのだろう。いつだってそうなのだ。私がそういうところにばかり配属されるからなのか、それはわからないけれど、何かを隠さずに生きている人間などいないというのは、私のそれほど長くない人生で見つけた確かなことのひとつだ。

しかしそれにしても、この音梨町には何が潜んでいるというのだろうか。統和機構はこの場所にどんな不審を察知して、私をここに派遣してきたのだろうか。

少し気になることがある。まだ本格的に町を調べたわけではないが、猫はどういうことだろう?』

セロニアス・モンキーの書いた日記をぱらぱらと読みながら、フォルテッシモはずっと眉間(みけん)に皺(しわ)を寄せている。

「独り合点(がてん)が多いな――省略しすぎだろう、こいつは」

説明が足りないことにやや苛立ちつつも読み続ける。

『学校に潜入するのは初めてではない。大抵は〝ちょっと敬遠される〟タイプになって周囲と距離を取るのだが、今回はちょっとうまく行かなかった。同級生たちにはそれなりに接しているのだが、一人だけ、妙に仲良くなってしまった人ができてしまった。図書室で郷土史を調べていたら、話しかけてきたのだった。

「つまんないもん読んでるのね。興味あんの、そんなの」

そう言われて、まさか本当のことを言うわけにもいかない。仕方なく、

「いや、みんなが自分の住んでるトコに関心なさすぎじゃないんですか」

と喧嘩(けんか)腰で言ってみて、反感を買おうと思ったら、なんか笑われて、

「鋭いわねえ。うん、でも正しいわ。結構みんな偉そうな割に肝心のこと知らないのよねえ」

と真面目に返事をされたんで、すっかり面食らってしまった。変わった人だ』

「肝心のことを書いてねーな。その仲良くなったヤツってのは誰なんだ。名前を書いとけっつーんだ」

〝こうやって誰かに盗み読まれたときにバレねーよーに、わざと、だろ？〟

「つまんねーことばかりに気が回りやがるな、この女は——冴えてるのかボケてんのか……」

ぶつぶつ言いながらも、彼はなおも日記を読み進めていく。空白を残してページが変わっていたりするのは日付も変わっているようだったが、その記載はない。やはり正確に記録していると、無関係の者が読んだときに現実的に受け取られ過ぎるから曖昧にしている、という配慮だろうか。どうせ日記自体は統和機構に提出するわけでもなく本人の趣味なのだろうし、それで構わないのかも知れない。フォルテッシモとしては具体的な行動に関する記述が増えることを期待していたが、文章はだんだん変な雲行きになっていく。

『……変な感じがする。私が自己紹介したはずの教師が、私のことを忘れているか、あるいはまったく知らないような素振りをした。教室に入ってきて、私と眼が合って、

「誰だ君は？」

と言われたのだ。転校生ですと答えたが、そんな話は聞いていないと言い出した。なんらかの嫌がらせなのかと思ったが、それにしては変な対応だった。本気でびっくりしているように見えた。名簿にも名前があることを指摘されると、本気で混乱しているようだった。クラスの

者は「あの先生変だから」という話ぐらいで終わってしまい、私としても追及しづらかったが、しかしこの異状は気に留めておく必要があるだろう。それに猫のことも気になる』

『気をつけて学校の廊下を歩いていると、あの教師と同じような視線にしばしば遭遇する。私と話をしたはずの者たちが、私のことを初めて見るような顔で見つめてくるのだ。これはどういう現象なのだろう？　彼らは私のことが記憶から消えているか、一切印象に残っていないようだった。初めて会うということを繰り返しているかのように』

『異状はどうやら、外側だけではないらしい。私は今日、知らない娘に親しげに話しかけられたが、その娘は私に小銭を借りていたと称して、お金を渡してきたのだ。しかし私にはそんな覚えがない……だがなんとなくだが、昨日誰かのジュース代を立て替えたような記憶はあるのだった。だがそれが誰に対してのものだったか不鮮明なのだ。その娘には曖昧に返事をしたが、たぶんその態度は、私のことを知らないと言った者たちと似たり寄ったりだったろう。異状は私にも侵食しているのだろうか？』

『異状はある。だがそれをうまく言葉にできない。周りの様子が変だということではあるけれど、私の方もそれに負けず劣らずおかしい。何を頼りに行動していいのか、どんどんわからなくなってくる。自分が信用できない。猫はどういうことなのか』

『統和機構との連絡がうまくつかない。何か起こっているのだろうか？　私は見捨てられたのか。抹殺(まっさつ)対象にされてしまったのか。今すぐ逃げた方がいいのか。いやこれは疑心暗鬼だ。単に私は任務中で、報告すべき情報も得ていないし、義務としての連絡時期もまだなのだから、焦る必要はないはずだった。上に無視されているわけではないと思いたい』

「……なんだこいつは？　何ぐじぐじ言ってるんだ？」

〝ほとんどノイローゼって感じだな〟

「特になんにも起こってないじゃないか。単に他のヤツから無視された風だったってことだけで、なんでこんなに過剰にビクついているんだ？　神経質なのか？」

〝繊細な女の子なんじゃないのか〟

「けっ、戦闘用合成人間が何ぬかしてやがる。気にくわないものがあったら、実力で排除できるようにって、強力な能力があるんだろうが」

〝みんながみんな、おまえみたいに割り切れてる訳じゃねーってことだろ〟

「……ちっ」

フォルテッシモはなにやら釈然(しゃくぜん)としない表情で、さらに日記を読んでいく。

『不自然な感触ばかりが積み重なってきて、すっかり疲れてしまった。包囲されてる気がするが、何に囲まれているのかがわからない。そんな中、私はどんどん彼女と仲良くなってしまう。やめなきゃやめなきゃと思うのだが、彼女と話していると気持ちが落ちつくので、ふらふらと吸い寄せられるように、彼女の言葉に惹かれていく。私が、

「何をしたらいいのかわからない」

と言ったら、彼女は、

「なるようにしかならない」

と投げやりなようで、でもまっすぐな言葉を返してくれた。その通りだと思う。やれることをやるしかないのだ』

『調べていくと、この町では行方不明者が何人か出ていることがわかってきた。引っ越していった者の中にも、その後の消息がわからない者が多い。音梨中学から転校していった者のうち、半分以上は現在地を追跡できなかった。親戚すらわからない。こうなってくると猫のことも疑わしくなってきた。関係があるのだろうか？　統和機構はこのデータを元に私を送り込んだのかも知れない。しかし確定的ではないので、私に先入観を持たせたくなかったのか。それともこのデータは私が最初に摑んだのだろうか。だとしたら報告しなければならないが、連絡がつかない。専用回線はすべて遮断されている。

しかし統和機構がひっくり返ってしまったのなら、世界中で大騒ぎになっているはずだ。私が見捨てられたのなら、とっくに殺されているはずだ。それこそあの恐ろしいフォルテッシモやリセットが私を消しに来るだろう。だがそれもない。私はこの中に隔離されているのかも知れない――』

ぴくっ、とフォルテッシモの眉が動いた。自分の名前が出てきたからではない。彼女が何を推察したのか、読む前にわかったのだった。そしてその通りのことが、その後に書かれていた。

『――もしかすると、ここに潜んでいる者は既に統和機構に対して手を打ち終わっているのではないだろうか。私はこの町の中にいる限り、統和機構に連絡が取れないのではないか。外に出て連絡を付けることを試みてみようか。

すべては不鮮明なままだが、とりあえず私はこの状況のことをこれから〈スキャッターブレイン〉と呼ぶことにする。名前でも付けて、とにかくこの私の不安定な気持ちを少しは落ち着かせたいからだが、それだけではない。この訳のわからない、同じことを繰り返させられているような閉じこめられた感覚全体をひとつの名で呼んで〝敵〟だと考えないと、私は一歩も先に進めないと思うからだ』

『今日は統和機構の構成員と接触を試みようと思う。規律違反ギリギリの選択肢だ。これでどうなるかを見極めようと思う』


そして、文章はそこで終わっていた。

そこから先は、ノートは真っ白で何も書かれていない。

「――ふむ」

フォルテッシモはノートをテーブルの上に放り出した。

「――なるほどな。とりあえず〈スキャッターブレイン〉という名前がどこから出てきたのかはわかったな。後はなんにもわからん」

〝しかし、はっきりしてることがひとつだけあるようだな〟

「そうだな――セロニアスがどうなったかは知らないが、ヤツはまったくこの敵に翻弄されっぱなしで、一矢も報いていないことだけは確実だ」

〝彼女が接触しようとしていた構成員というのが誰だか知りたくないか？〟

エンブリオにそう言われて、フォルテッシモは少し顔をしかめた。

「――やれって言うのか？」

〝やらなきゃ話が進まないだろう？〟

意地悪な口調で言われて、フォルテッシモは渋々、懐から連絡用通信機を取り出した。一般の携帯電話と見分けが付かないが、統和機構が用意した特別回線につながっている特製品だ。キーを操作して呼び出しを掛ける……だが、応答が一切ない。

「……ふん」

〝やっぱり、連絡は取れないようだな。おまえももう、隔離とやらの中に入ってしまっているというわけだ〟

「別に助けなんぞいらないから、困りゃしねーよ。それにしても……」

フォルテッシモはふん、と不快そうに鼻を鳴らした。

「猫、猫って……どういう意味だ？」

4.

おれたち写真部が学校に戻ってきたときには、もうすっかり暗くなっていた。

校門の前まで来たところで、相原センパイが「あっ」と声を上げた。

「嫌なヤツがいる——まいったわね」

そうぼやいたときには、もうその相手の方もこっちのことを見つけていた。

センパイと同学年の男が、こっちの方に小走りに駆けてきて、

「ああ、相原。君たちを捜していたんだ——あれ？」

そいつは俺たちの横に無子規がいることにも気づいて、驚いた顔になった。

「無子規憐さん？　なんで君がこいつらと一緒にいるんだ？」

「別に私が誰といようが、板垣先輩には関係ないと思いますけど」

彼女は相変わらずつっけんどんな調子で言った。

この板垣良一という男は、背が高くてテニス部の副部長で生徒会の役員で親も金持ちという、まあイヤミなヤツである。先輩なのだが、おれとしては全然敬意を払おうという気にならない。

「ああそうか、彼らと同じクラスなのかな。でも会えて良かったよ。無子規さん、君もそろそろクラブを決めなきゃならないだろ。テニス部なら、すぐに——」

板垣がそう言いかけたところで、無子規が、

「ああ、私は写真部に入りましたんで」

ぴしゃりと相手の言葉を遮ってしまった。

「え？　そんな馬鹿な。どうして？」

板垣は本気で不審がり、そして怒りだした。

「おい相原、どういうことなんだ？」

「知らないわよ——本人が入りたいっていうのに、こっちが断る理由はないでしょ」

「嘘つけ。どうせなんか脅すみたいなことして無理矢理に入部させたんだろう？」

ずいぶんムキになっている。たぶん板垣は相原センパイが言っていた〝無子規に言い寄ってきていた男〟の一人なのだろう。

「あのねえ——なんで私がそんなことしなきゃならないのよ？」

「おまえはいつも、俺に逆らうじゃないか。何が気にくわないか知らないが——いい加減にしてくれないか？」

板垣がそう言うと、センパイは苦笑して、

「別に部長にならなかったり部長会に出ないのは、あんた個人に逆らってる訳じゃないわよ」

そして肩をすくめて、

「無視してるだけよ。無視されるのに慣れてないの？　おぼっちゃまくんは」

とからかうように言うと、板垣の顔が真っ赤になった。

「な、ななな……！」

そして身体がぶるぶる震え出す。なんかヤバイ気がしたので、おれは、

「まあまあ先輩方、そんなにギスギスしなくても」

と割って入った。

「な、なんだおまえ、写真部のヤツか？」

「はいそうです。それより先輩、おれたちに用があったんでしょ？　それって学園祭のテーマをまだ提出してないってことですよね？」

「それならもう決まりましたんで。明日にでも提出しますよ。それでいいでしょ？　先輩の指示に従いますよ」

「あ、ああ……そうだが」

「う……む」

板垣は怒りの矛先(ほこさき)を逸らされて、曖昧な顔になる。そして仕方ない、という風にうなずいた。

「ま、まあそれなら問題ないだろう。しかしきちんとしてくれよ、とにかくいい加減なんだからな写真部は」

「はいはい、わかってますよ」

おれは適当に返事をした。ここで頭でも下げればもっと穏当に収まるんだろうが、さすがにそこまではする気にならない。おれは平和主義なだけで、別に謙虚な人間ではない。

「じゃあもういいわね。私は行くわよ」

相原センパイはおれたちの話を最後まで待たずに、ひとりで学校に戻っていってしまう。本当にさばさばしてる人である。そして無子規がその後に続こうとしたら、はっとなった板垣が彼女を止めた。

「そっちはいいとしても、無子規さん。写真部に入るってのは本気なのか？」

「そうですけど」

「悪いことは言わない。やめた方がいい。今後の存続も危うい部活なんて入ったってしょうがないよ」

その部員のおれと真駒が前にいるのに、ずいぶんな言い様である。

「板垣先輩にそんなことを指図される謂れはありませんけど」

無子規も遠慮なく断言する。強気なのか、単に鈍感なのか、人形みたいな表情をしているのでよくわからない。

「俺は君のためを思って言っているんだ。テニス部ならきちんと君のために新しい練習メニューを用意できるから、すぐに溶け込めるよ」

「生憎ですけど、興味ありませんので」

「でも君は運動が苦手って訳でもないんだろ。若いうちは身体を動かしておいた方がいいんだぜ」

「なんだかおじさんみたいな言い方ですね、それ」

「真面目に言ってるんだよ、俺は」

「私も真面目ですけど」

このほとんどすれ違って、真っ向から対立している会話を、おれはひやひやしながら聞いていた。

するとそのとき——おれの視界にそれが入ってきた。

学校を囲む塀の上に、ぴん、と尻尾を伸ばして、爪先立ちみたいな姿勢で立っていた。

あの猫だった。

黒帽子に黒マントをまとったみたいな、その猫は、

じいっ……


と何かを見つめている。その視線の先にいるのは——板垣良一だった。

まるで獲物を捕捉したような目つきで、彼のことを凝視している……。

「あ——！」

とおれが大きな声を上げようとしたら、すっ、とその姿は一瞬で塀の向こうに消えてしまった。

「な、なんだ？」

板垣はびっくりしておれのことを睨みつけてきたが、おれはどう言っていいかわからず、

「いや、なんつうか——」

とあやふやに口を濁していると、無子規がその間にさっさと校門の向こうに去っていく。

「あ、待てよ！」

板垣は彼女を追いかけていき、おれと真駒はその場に取り残された。

「………」

しばらく無言だったが、やがて真駒が、

「……なんか、すごかったね」

とぽつりと言ったので、おれもうなずく。

「色々あるんだなあ、って感じだな」

考えなきゃいけないことがたくさんあるような気もするが、どう考えていいのかわからない。

おれたちはどこか腰が引けた風で、校門をくぐっていった。

塀の裏側に視線を向けてみたが、やはりそこにはもう、あの変な猫の姿は影も形もなかった。

三、あいまいな、接触。

……絵本『化け猫ぶぎの寝坊』には、ぶぎが眠っている絵が全体の半分以上を占めている。

その寝顔は笑っているようで、でも歯軋り（はぎし）りしているように歪んでもいて、なんとも言い難い左右非対称の顔に描かれている。

＊

さて、自分を見つめているはずの誰かを探しているはずだった化け猫ぶぎであるが、横になって丸まっていると、そういうことがどうでもいいような気もしてきてしまう。

「気持ちよく寝ていられれば、別に誰に見られていようと関係ないしなあ」

脳天気にそんなことを考えていると、おおい、と自分を呼んでいる声が聞こえてきた。

おおい、おおい。

「なんだい、声だけしかしないぞ。でもどこかで聞いたことがある声だな」

おおい、忘れたのか。おまえの兄ちゃんだよ。

「兄ちゃん？　何番目の？」

七番目のおまえの、二つ上の五番目の兄だよ。

「ああ、そういえば兄ちゃんの声だな。でも何で声だけなんだい」

忘れたのか、おれはもう、とっくに死んでるんだよ。おまえみたいに化け猫にはならなかったから、天国から話してるんだよ。

「なるほど、そういうもんかい。でも兄ちゃん、いったいぜんたい何の用だい」

おまえに忠告したいことがあるんだよ。おまえは化け猫で、神様がつくった世の中の仕組みからズレている。それが気にくわない連中がおまえを狙っているんだ。

「へえぇ。そりゃ大変だね」

相変わらず呑気だなあ。おまえはいったん化け猫になっちまったから、死んでも魂が天国に来られるかどうか曖昧なんだぞ。

「ふむう。それで僕を狙っているのはいったいどんなヤツなんだい？」

この問いに、天からの声は静かに一言で応えた。

死神だよ。

1.

「確かに、あの日記に書いてあったとおりだな——どうということのない、普通の町だ。この音梨町は」

フォルテッシモは、夜が明けたばかりの町を歩いている。そこにエンブリオのからかう声が響く。

〝しっかし、おまえもよくよく変態だな。女子中学生が一人暮らししてた部屋に泊まるかね、ふつう。残り香を楽しんだか？〟

「だからおまえは、どこからそんなくっだらねー発想を引っ張ってくるんだ？　まったく——」

彼は昨夜、あのままセロニアス・モンキーが遺した部屋に泊まったのであった。未使用だったベッドをしっかり使用し、六時間ほどたっぷり熟睡した。幽霊が出るかも知れないから怖いなどと感じるデリカシーは一切ない。食事も冷蔵庫に残っていた冷凍食品をそのまま喰ってしまった。毒が盛られている可能性も恐れない。彼の能力は毒があっても、胃袋の中でその成分だけを空間ごと切り離してしまえるのだ。核兵器や細菌兵器を用いてもこの〝最強〟を殺すことはおろか、皮膚に染みひとつ付けられないだろう。彼は花粉症ではないが、もしそうだったとしたら花粉も完全に遮断してしまえるだろう。

「しかし……セロニアスはどこでやられたのか、そいつは確認したいところだな」

〝あの日記を信じるなら、町から出ようとしたところを襲われたって感じじゃないか？〟

「なら、町の境目辺りをふらふらしてみるか——」

あくまでも、フォルテッシモには町の外に出るという選択肢はない。それがたとえ戦略的に正しいことであろうと、後退という文字は彼の辞書にはない。

〝セロニアスちゃんが会おうとしていた構成員を探した方が良かないか？〟

「めんどくせーから、どーでもいい」

〝そいつもスキャッターブレインにやられているか、隔離されているかしてんじゃねーのか。助けなくていいのか〟

「その前に、その敵を倒せばいいだけだろう」

〝迷わないねえ——しかし〟

ひひひ、と皮肉めいた笑いが続き、フォルテッシモはわずかに眉をひそめる。

「——何が言いたい？」

〝いやいや、以前のおまえならまだしも、今のおまえならわかるはずだ。迷いがないことは、決していいことばかりじゃないってな〟

「………」

〝揺れない心といえば聞こえはいいが、しかしそいつはただ硬直化しているだけで、自由を失っているに過ぎないのかも、な――強い衝撃を受けたら、ぼっきりと折れちまう〟

「……ふん」

フォルテッシモはかすかに鼻を鳴らした。

「そういう精神論みたいな方向だと、どうせイナズマがとっくに先を行っている。同じ道を辿るなんてセコイ真似ができるか」

〝あくまでも強気に、か。それが命取りにならなきゃいいがな〟

「俺を殺せるような敵なら、むしろ大歓迎で――」

そう言いかけて、フォルテッシモはふいに沈黙した。もともと明瞭に外に向かって発声していたわけではなかったので、傍目からはいきなり立ち止まっただけのように見える。

場所は、交差点である。

早朝の時間帯故に車は一台も通っておらず、静まり返っている。

その交差点の上に掛かっている歩道橋にも人影はない。

そこから――からからからから、という金属の音が響いてきた。

そして階段のところに、その音源である空き缶が転がってくるのが見えた。空き缶はそのまま下へ、フォルテッシモの方へと落ちてきた。

てん、てん、てん――と跳ね返りながら、空き缶が彼へと迫ってくる。

偶然なのか、それとも——フォルテッシモはその判断はあえてせずに、その場で動かない。

そして彼の数メートル前まで転がってきたところで、フォルテッシモはあの空き缶を攻撃した。

ひとつの小さな空き缶が、二千七百四十二回の攻撃を一瞬で喰らって、粉微塵に砕け散った。

破片すら残さない。

そして……その直後、また聞こえてきた。

からからからから——という金属音が。

階段のところに空き缶が現れて、彼の方へと転がってくる。完全に同じ光景だった。映像を巻き戻して、同じ箇所を再生しているかのようだった。

それと重なるように、他の音も聞こえてくる。

それは特定のどこかから、というのではなく、強いていうならば、上空——天から聞こえてくるような音……いや、声だった。


……ぜろぜろぜろぜろぜろぜろ……


フォルテッシモは表情を変えないまま、声には構わずにふたたび空き缶を攻撃する。

それが砕け散るのと同時に、また、からからからから——という音が響いてくる。

それに被さるように、声は延々と聞こえ続けている。

……ぜろぜろぜろぜろぜろ……

「――――」

空き缶がちら、と歩道橋の陰から見えた時点で、フォルテッシモは即座に攻撃した。そしてまた、からからと音が聞こえそうになった時点で、彼からは死角になって見えない場所へ、その音源に焦点を合わせて攻撃した。

それはもう、空き缶に対してだけではなかった。歩道橋そのものに対しての攻撃だった。その大きな構造物が、一瞬で粉微塵に爆散した。

まるでその道路には、そんな橋は掛かっていなかったかのように、全部綺麗(きれい)さっぱりなくなってしまった。

すると――その空中から何かが落ちてきた。

かん、と道路の真ん中に当たって跳ね返ったのは、空き缶だった。歩道橋がなくなっても、空き缶の反復現象だけが停まっていない。

……ぜろぜろぜろぜろぜろ……

天からの声は、ずっと途切れることなく、ひたすらに聞こえ続けている――。

〝おいおい――なんだい、こいつは〟

エンブリオの皮肉っぽい声がフォルテッシモに囁いてくる。

〝どう考えても異常――MPLS能力による攻撃を受けているな、おまえは？〟

空き缶は道路を転がって、フォルテッシモの方へと向かってくる――だがフォルテッシモは、これには攻撃しない。

〝どうするんだ？　あの空き缶――あいつにちょっとでも触られたら、もしかするとおまえも無限に同じ状況を反復させられ続けるようになっちまうんじゃないか？〟

空き缶はどんどん迫ってくる。しかしフォルテッシモはそれをただ、じっと見ている。

そして空き缶は彼のもとへと迫ってきて、その足下に来たところで――くるっ、と方向を変えて、道路の隅っこに当たって、かたたん、と停止した。

いつの間にか、あの天からの声が聞こえなくなっていた。空に溶け込んでしまったかのように、残響すらなかった。

「…………」

フォルテッシモは自分の足下を見おろしている。

その足の位置は、さっきよりもわずかに――ほんの十センチほど後ろに下がっている。

〝なるほど、そこが境界というわけだ。その線から先に出ると、なんらかのスイッチが入って、攻撃されるというわけだ。しかし、らしくないな。おまえが後退するとは〟

「後退？」

フォルテッシモはにやりと笑った。

「俺は、敵の方に向かっていったんだぜ。しかも、背中を相手に向けたままだ」

〝敵がいるのはあくまでも、街の方か〟

フォルテッシモは身を屈めて、小石を拾い上げて、空き缶めがけて指で撃ち出した。

空き缶は弾き飛ばされて、フォルテッシモの方へと舞い上がった。

それを彼は無造作に、手で直に受けとめてしまった。

何も起こらないことを、彼はもう知っていた。さっきまでは接近すらさせなかったものに対して、見極めがおそろしく速い。

「なんということのない、ただの空き缶だ——攻撃は物質的なものではない。いったん俺がその自動追跡範囲から外れたら、もうふつうの空き缶に戻ってしまった。問題はこの缶ではなく、こいつに取り憑いていたなにかだ——スキャッターブレインか」

〝さっきの奇妙な声の雰囲気からすると、実体はないのかな。能力だけが亡霊みたいにそこら辺を漂っているとか〟

「さあな。しかし——いずれにせよ、俺はもうヤツの標的になっている。そいつは確実だ。この俺、フォルテッシモかスキャッターブレインか——いずれかが必ず消滅することになる」

彼は空き缶をぐしゃっ、と握りしめると、ぽい、と横に放り投げる。

それは自販機の横に設置されているゴミ箱の小さな穴へ、すぽん、と飛び込んだ。

2.

学園祭が近づいてきたということで、学校の雰囲気もなんだか賑やかになってきた。うちのクラスでもお化け屋敷をやることになっているから、そのための準備で段ボールを各自持ってこいとかなんとかで忙しそうであるが、おれは部の人数が少ないからと言い訳して、そこから距離を取って写真部の活動ばかりしていた。

「そういえば輪堂、あんたあの話聞いた？」

「なんすかセンパイ。主語を言ってくださいよ。あの、だけじゃわかんないですよ」

「だからあれよ、ほら、歩道橋が一晩で急になくなっちゃったっていう、あれ」

「ああ、三丁目の方でしたっけ」

「あれって本当なんですか？　嫌だわ」

「おや以緒、あんた怖がってる？」

「気味悪いじゃないですか。みんなに内緒で撤去しちゃうなんて」

「撤去なの？」

「他に何があるのよ」

無子規が真顔で、ちょっと馬鹿にしてるみたいな言い方で訊いてきたので、真駒は少し頬を膨らませて応える。

「撤去って、そんなに簡単にできるものなのかしら？」

「そ、そんなことは知らないけど、でも現になくなっているっていうなら、やり方があるんでしょ。あなたは知ってるの？」

「私は、知らないことはぜんぶ疑ってかかることにしているわ」

無子規は実に自然に、こういうことを断言する。その上さらに、

「たとえばその歩道橋が、実は以前から存在していなかったかも、とかね」

とまで言った。しかしこれはあり得ない。

「いやあ、それはないわ」

センパイが苦笑しながら言った。

「どうしてです？　その辺の人間たちがみんな口裏を合わせているかも知れないじゃないですか」

「いや、だって――ほれ、あんたの後ろ」

と言ってセンパイが指差したのは、無子規の背後の部室の壁だった。

そこには町のあちこちの写真が貼ってある。その中のひとつに、問題の歩道橋がばっちり写っていた。

「──これですか?」

「そう、それ。なくなったのはそこの歩道橋よ。だからあんたを騙しているヤツがいるなら、残念ながら私たちもその中に入っちゃうね。どうする?」

「そうですね、今は先輩たちを疑ってたら話が進まないですからね。その考えは放棄します」

「もういいですよ、ここで喋っててもしょうがないわ」

真駒がイライラしながら立ち上がった。

「行きましょうよ、その歩道橋の跡に。そうすればいいでしょ?」

「なるほど──それでもいいけど、あなたたちは平気かしら」

「何が?」

「危ないかも知れないわよ。もしもその歩道橋の消失が、なんらかの、そう──」

無子規は少しだけ言葉を区切って、そして言った。

「──戦いの痕跡だとしたら、その影響が残っているかも」

やっぱり真顔である。真駒は「はあア」と大きくため息をついて、

「どうせ町には危ないことが他にもいっぱいあるわよ。車に轢かれるかも知れないし、切れた電線が垂れてきて、感電するかも知れないわ。レストランに入ったら、食中毒になるかも。恐

怖をいちいち意識していたら、生きてはいけない」

と早口に言った。それからちょっと眉を上げて、

「霧間誠一って作家がそう言っているわ」

と付け足した。なるほど、とおれは納得した。

「ああ——それって、末真さんオススメの作家だったわね。あんた、読んでんだ」

相原センパイが、よくもまあ、というような表情で言った。

「私は駄目だったわ。面倒くさくて」

「だから先輩には進歩がないんですよ」

「へいへい、どーせ私はお気楽ものですよ」

「それじゃ行きましょう。いいよね、進」

「ああ、まー、どーでもいいけど……」

「それじゃ案内をお願いしますね」

無子規と真駒がさっさと部室から出ていった後で、相原センパイは、

「うーっ、めんどくさいな……」

と、まだぼやいていた。おれは仕方なく、センパイを引きずり出すようにして連れていった。

*

歩道橋はなかった。見事に、なんにもなかった。

野次馬も何人かいたが、なにしろ何にもないので、見るものがない。みんなきょろきょろと所在なく周囲を見回して、そして去っていく。

警察なども来たのだろうか。なにやらチョークで描かれているが、柵すらない。何を隔離していいのかわからないのだろう。地面から伸びていたその鉄骨の断面ぐらいありそうなものだが、それっぽいところはまるで鏡のようにつるっつるの路面があるだけで、ほぼ一体化している。まるでバーナーで炙(あぶ)ったみたいな感じだった。

「ここだったっけ？」

真駒が思わずそう訊いてきたくらいに、おれたちの前には手掛かりが何もなかった。

「少なくとも、写真に撮れるようなものは何もないわね……」

無子規もどこか憮然(ぶぜん)としていた。少なくとも、噂よりはずっと地味な光景しかなかった。

「もういいんじゃねえの。別のところに行こうぜ」

おれはそう言って、ねえ、と横にいる相原センパイの方を向いた。

彼女は変な顔をして、あらぬ方角を見ていた。おれたちのことを無視して、一点ばかりを見つめていた。

　唇は半開きで、眼は見開き気味になっていた。そのくせ眉は寄せられていた。なにかを思い出そうとしているような顔であり、そのくせ初めてのものに接したときのような顔でもあった。

「………」

　ただぼんやりと、そっちばかりを見ている。

「——あの、センパイ？」

　おれがおそるおそる訊いても、彼女はすぐには反応しなかった。

「ちょっと、センパイってば」

　おれが肩を摑んで揺すると、彼女は、はっ、と我に返ったような表情になって、こっちを向いた。

　でもまたすぐに、元の方に視線を戻す——そこで、

「あ……」

　と、かすかに呻いた。

「なんです、どうかしたんですか」

「いや、今——そこに誰かがいて。でもちょっと不自然で。女子で、高校生ぐらいだと思うんだけど——バッグを持ってたわ。スポルディングのスポーツバッグだった。でも女子なんだけど、女子じゃないみたいで。男でも女でもないみたいな……」

彼女はぶつぶつと、とりとめのない言葉を重ねていく。

「こっちを見ていたわ。何かを探しているみたいで、でもはっきりとは見つけられないみたいに、ちょっとだけ怒っているような、怖い顔で――右と左がちぐはぐで、非対称の表情をしていて――でも、もういない……いなくなってしまった――」

何を言っているのか、さっぱりわからない。

「ちょっとセンパイ、大丈夫ですか」

「え？」

彼女はぎょっとしたような顔で、あらためて俺のことを見つめ返してきた。

「――輪堂、進？」

急におれの名前を言う。

「そうですよ、輪堂です。ど忘れしたんですか、可愛い後輩の名前を」

「い、いや――あれ？」

センパイは首を何度も何度も振って、眉間を揉みしだいた。

「なんかくらくらする。疲れてるのかな――」

「今日はもう帰った方がいいんじゃないですか」

おれたちがごちゃごちゃやっていると、真駒と無子規も側に来て、

「なに、どうかしたの？」

「先輩、具合が悪いんですか？　顔が真っ青ですよ」

「う、うん――いや、よくわかんないんだけど、変な感じで……ああ、もう平気」

真駒が支えようとすると、センパイはその手を押し返した。

3.

〝なあ――何か感じないのか〟

エンブリオの声がフォルテッシモの耳元に響く。

「何かって、なんだ」

〝だから、何かだよ――視線とか、気配とか、そういうもんだよ。おまえはいつも、勘が鋭いって威張ってるじゃねーか。その御自慢の第六感でビビッ、とよ〟

「んな都合良くいくか――」

ぼやくように言う、その周囲では――水が押し寄せてきていた。

彼の立っている坂道、その上から水が流れ落ちてくる。それは壁から滲み出ていた。

壁には、カバの絵が描かれている。もともとそういう装飾なのか、それとも誰かの落書きなのか、それはわからないが――とにかく、口を開けたカバの絵だった。

その口から、水が滲み出てきている。

罅割れでもあって、そこから出ているのか、それとも二次元のはずの絵そのものが生きていて唾液を垂らし続けているのか、フォルテッシモからは確認できなかった。彼の常人離れした視力を持ってしても、その区別がつかなかった。

その〝よだれ〟が、さっきからフォルテッシモめがけて流れ落ち続けているのだった。何度弾き飛ばしても、まったく同じ染みを路面に描きながら、迫ってくる——そして空からは、あの声が相変わらず聞こえ続けている。

……ぜろぜろぜろぜろぜろぜろぜろ……

〝どうするんだ？　とりあえずあの落書きのある壁を吹っ飛ばすか〟

「液体ってのが引っかかる……壁を吹っ飛ばすときの衝撃で、しぶきを飛び散らせるつもりのような気がする——」

〝全部蒸発させせりゃいいんじゃねえのか〟

「気体になっても効果が切れないかも知れねえだろうが。そうなると周辺の空気をことごとく吹っ飛ばして、真空状態にしなきゃならねえ——」

〝おまえだけなら、それでも死なないだろ。自分の分だけ空気を集めりゃいいだろ？〟

「黙ってろ」

〝おいおい、まさか周辺住民のことを気遣ってるのか？　ずいぶんとお優しいことだな。おまえも丸くなったねえ〟

「やかましい。後始末が面倒なだけだ」

〝ひひひ〟

笑われても、フォルテッシモの表情に変化はない。

彼はひたすら、敵の正体につながるヒントがどこかに隠れていないかと考えていた。

（こいつはおそらく、本体は近くにないタイプの能力——あちこちに、前もって罠を仕掛けているのだろう。その罠が作動するための、なんらかの引き金があるはず——俺はなにかをして、それでこいつに引っかかったんだ。そいつはなんだ、俺は何をした？）

それを見極めるまでは、いつまでも膠着状態を維持してもかまわないと既に決めている。彼に迷いはなかった。

迫ってくる水だけを、ひたすらに跳ね返し続けていると、異変が生じた。

……ぜろぜろぜろまぜろぜろぜろまぜろ混ぜろ……

聞こえる声の大きさが、ふいに倍になり、今まで不明瞭だった箇所まではっきりと聞き取れるようになった。

なんで——とフォルテッシモが眉をひそめたとき、彼の張り詰めた感覚の中に、その異物が入ってきた。

足音と呼吸音だった。

（坂の向こうに——誰かいる！）

何者かが接近してくるのがわかった。しかしそいつは、完全に無防備でまったく脅威ではないことはすぐにわかった。

「——なに、この声——誰かいるの？」

幼い少女の声が響いてきた。フォルテッシモは、ちっ、と舌打ちして、その場から飛び出しながら、

「こっちに来るな！」

と怒鳴ったときには、もう手遅れだった。

フォルテッシモが迫っていっているのに、落ちてきていたはずの水は逆に、重力を無視して、坂を這（は）い上っていき、坂の向こう側へと迸（ほとばし）っていった。

フォルテッシモは空間を支配する能力である。死角にあろうと対象の位置がわかっていれば攻撃できる——その少女と水の間に壁を造るように衝撃を放った。

水は少女の前で弾き返され、そして次の瞬間にはフォルテッシモが彼女の前に立ちはだかるようにして、立っていた。

「——あ、ああ……？」

小学生らしき女の子は訳がわからず、茫然としている。

……混ぜろ混ぜろ混ぜろ混ぜろ混ぜろ……

「おい——ガキ」

フォルテッシモは鋭い声で少女に問う。

「おまえにも、あの声が聞こえているのか？」

「え？　な、なによ、お兄さん、誰よ？」

「聞こえているんだな？」

「混ぜろ、って——なんなのよこれ？　み、水が上ってきてるし——それに」

フォルテッシモが吹っ飛ばしたのは、少女に迫ってきていた水だけだった。その周囲の水はそのまま動いていって、今や彼らはそれに包囲されていた。

（なんで声が二倍になった？　このガキが来たとたんに大きくなったようだったが——）

相手が二人になったから強力にしたというのなら、ただの罠ではなく、どこかからこれを監視している奴がいるのか？　だとしたらフォルテッシモの勘が狂っていることになるが……。

（いや、それにしては、やはりおかしい——読みがズレている感じもない。ということは

──）

フォルテッシモの頭の中で、ひとつの考えが浮かんでいた。

「おい、ガキ──」

「やだこれ、なに、なんなの──気持ち悪い……」

呼びかけても、混乱している少女は返事をしない。フォルテッシモも反応を強要しない。

……混ぜろ混ぜろ混ぜろ混ぜろ混ぜろ……

〝おいフォルテッシモ、おまえが何を考えているのか、わかっているぞ〟

エンブリオの声が聞こえてくるが、少女の耳には届いていない。彼女には〝能力〟の素質がないからだった。

〝おまえはこう考えている──こいつは『三択』だな──ってな。三つの道がある。そのどれを選ぼうか、と〟

フォルテッシモは、この言葉を無視する。エンブリオは続ける。

〝その一、危険を承知の上で、一度は敵の能力をあえて喰らってみる。それで敵の正体を探る──しかしこいつは、おまえの絶対防御の才能から逆になかなか難しい〟

「…………」

〝その二、せっかく目の前に、格好の囮が現れてくれたのだから、これを利用する。その女の子をあの水の中に叩き込んでやったらどうだろうか——これはかなり魅力的な考えだ。なあに、女の子が変な風になったり、怪我をしたとしても、すぐに助けてやればいいじゃないか。もし死んでしまったとしても、自分とは関係ないし〟

「……………」

〝そして、その三だ——もうあれこれ考えるのはメンドくせーから、とにかく強引に行くだけ——一応、その子に訊いといた方がいいな。君は高所恐怖症ですか、ってな——〟

ひひひ、というエンブリオの笑い声が終わるか終わらないかの内に、もうフォルテッシモは動いていた。

少女の襟首をぐいっ、と乱暴に掴んで、そして一斉に攻撃を加えた——自分の足下へと。

その爆圧が、彼らを空高く舞い上げる。

飛んだ。

「わ、わわわ——!?」

女の子は突然のことについていけない。彼女の身体には衝撃は一切伝わっていないから、ただだ吊り上げられていく感覚しかない——足下が急に空っぽになり、すべての拠り所から分断されて、なにもない無重力に放り出される——

……混ぜろ混ぜろ混ぜろ混ぜろ混ぜろ……

声だけが、変わらない調子でずっと聞こえている。そして下からは、水がまるで天地が逆さまになったような感じで、落ちてくるように伸びてくる——迫ってくる。
あまりにも不自然で、突然の不条理だった。

「——あ……」

完全に限界を超えていた。精神の糸がぷつん、と切れた。少女は気絶した。
そのとたんに、変化は現れた。

……ぜろぜろぜろぜろぜろぜろ……

声がまた、半分になった。よく聴き取れないぼそぼそしたものに戻ってしまった。
それを確認して、フォルテッシモは即座に反応した。〝逆噴射〟を掛けて、上昇したのと同じ——いや、それよりも遙かに速いスピードで墜落（ついらく）するように下降した。
着陸するその頭上から、上っていた水が再び落ちてくる——前後左右、四方八方から押し寄せてくる。
逃げ場はない。それはフォルテッシモにとって、もっとも楽な状況だった。

空間断裂の能力が、迫り来る脅威をすべて吹き飛ばした。一分の隙もなく、ありとあらゆるものを一瞬で蒸発させていた。

そして、くるっ、と振り向いて、さっと指先を一振りすると——指し示された先にある壁、そこに描かれていたカバの落書きが、その絵の成分だけが分断されて、そこに何かが描かれていたとは思えないほどの完璧さで消し去られてしまった。

ふっ、と、周囲に響いていた声も聞こえなくなった。

「——ふん」

フォルテッシモは襟首を掴んだまま、ぶら下げていた女の子を地面に落とした。

「なるほどな——敵をひっかける釣り針は〝認識〟ということだったか」

〝つまり、見ている者の精神が、罠の発動と威力に反映される、ってことか？〟

「罠が仕掛けられている〈ポイント〉を見られて、認識されることで攻撃につながる——それが二人になると、威力も規模も倍になる。おそらくは標的の精神そのものがエネルギーに変換されてしまうんだ。だから罠自体には、パワーを蓄えておく必要がない……よく練られたMPLS能力だな、こいつは。スキャッターブレインは相当に戦闘経験を積んでいると見た。効率的で、無駄がないからかくも広範囲に作用させられるんだろう」

〝今の〈釣り針〉は、カバの落書きだったたってことか。その口から水が垂れているってのは何だと思う？〟

「最初の水というのは、ただ壁にかかった水しぶきのようなものだったはずだ。それがどういう形でかはわからないが〝定着〟させられて、そのイメージ自体が罠として設定されていたと考えられるな——その〝定着〟の方法がわかれば、敵の能力の内実を知らなくても対応できるだろう」

〝わざわざ喰らってみたり、誰かをぶつけてみなくてもいいって訳だな。ただそうやって倒しちまったら、統和機構からは文句言われんじゃねーか。ちゃんと分析しろ、ってよ〟

「知るか、そんなもん」

フォルテッシモは鼻先でふん、と笑う。どうでもいいとしか思っていないのだった。

〝しかしよ、その〈釣り針〉とやらが作動するきっかけというか、スイッチみたいなもんがあるんじゃやないのか。条件がなければ、見た者がおまえみたいな敵かどうか区別できないだろう〟

「その辺はイマイチわからんが、俺が引っかかっているのは確かだから、気にしなくてもいいだろう。反応したものを片っ端から潰していきゃいいだけなんだから」

〝無茶苦茶だなあ、相変わらず〟

この誰にも聞こえない対話の間に、気を失っていた少女が、はっ、と眼を覚ました。

あわてて飛び起きて、周囲を見回す。自分を見おろしているフォルテッシモと眼が合い、

「——あ、あの」

と遠慮がちに声を掛けてみようとしたが、これにフォルテッシモは素っ気なく、

「もう用はない。失せろ」

と言った。

「は、はいっ」

と少女は跳ねるように飛び起きて、そして小走りに駆け出して行ってしまった。

〝もうちっと優しくしてやってもいいんじゃねえのかぁ？〟

「ガキは嫌いだ」

〝自分の子供の頃を思い出すからか？　いや、おまえの場合は逆にあまりにも想い出がなさ過ぎるから、かな？　起伏に乏しい子供時代で、何の印象も残ってないのが虚しいってトコか〟

「知った風なことを言うな」

フォルテッシモは苦い顔をしながら、きびすを返してさらに町の奥へと足を進めていく。

その様子を、少し離れたところで立ち止まっていた少女が振り向いて、見送っていた。

彼女は長い間、小さくなっていく彼の後ろ姿を見つめ続けていたが、やがてその口が開いて、そこから声を漏らした。かすかに、一言、

——ぶぎい……

と鳴いた。

4.

「あのう、ちょっと訊いていいですか。末真さんて誰ですか」

町を歩きながら、無子規が質問してきた。

「え？　ああ——私たちの先輩よ。子ども会のときからのつきあいだから、結構長いわね」

「真駒さんも知ってるんですよね」

「うん、そうよ。とっても頭のいい人よ。あなたも会う機会があったら、話をしてみるといいと思うわ」

「勉強ができるんですか？」

「ああ、いや、そういうんじゃなくて、とにかくなんていうか——深いのよ」

「どういう意味です？」

「勉強ができるのかどうか、正直よく知らないわ。でもこっちがどんな話を振っても、とにかく返事をしてくれるのよ。何を言っても、何かを返してくれる。なんでも知ってるって訳じゃないのよ。でも知らないことでも、会話ができるっていうか。で、末真先輩が知ってることは、こっちにわかりやすく教えてくれるしね」

「ずいぶんと尊敬してるみたいですね？」

無子規はなんだか腑に落ちない、という顔をしている。そんなに良い人がいるものだろうか、と疑っているみたいだった。

「ススムくんもそう思っているの、その人のことを」

「いや、おれはよく知らないからなぁ——」

曖昧に応えると、無子規はうなずいて、

「誰にでもいい顔してる人は、信用できないものね」

と訳知り顔でうなずいた。

「なによ、あなた。そういうことは、本人に会ってから言いなさいよ」

真駒が嚙みついた。これに無子規はあっさりとした口調で、

「そういうことはないと思うから」

と断言した。

「なんでよ？」

「私は、ここにそんなに長くいないから」

「また転校するの？」

相原センパイの問いに、無子規はやや顎を上に向けながら言う。

「それはわかりませんけど、私は同じ所に長くいないんです。そういうことになっているんで

す」

「なによそれ？　親の仕事の都合なの？」

「親っていうか——いや、そうですね、そんな感じでしょうか」

無子規はぼかしているというよりも、投げやり気味にそう言った。

そんな会話をしている間にも、おれたちは次の目的地に近づいていく。ブギーポップがいかにも出そうな場所に。

今度は、音梨町南公園という、ほとんど人が寄りつかない場所だった。

何で公園なのに人が寄りつかないのかというと、樹木が多すぎるからだ。おまけに真ん中にある池の水の循環が極めて悪く、いろいろな虫が湧（わ）いている。じめじめと薄暗い場所なのだ。町の予算がないのかなんなのか知らないが、とにかく整備されることなくずっと放置されっぱなしなのである。

「なるほど、たしかに不気味ね。いかにも妖（あや）しげだわ」

無子規は満足そうであるが、当然おれたちは中に入りたくないので、

「私たちは行かないわよ。ここで待ってるからね」

と相原センパイはきっぱりと言った。

「いいですよ。一人でも」

かまわずに無子規は、がさがさ　と茂みを掻き分けて公園の中に入っていった。

「…………」
「…………」

おれたちは入り口の前で、ぼんやりと彼女を待っている。

すると真駒が、ぽつりと、

「……行かなくて、いいの？」

と言った。

「何が？」

「進は、憐ちゃんの手伝いをしてあげたいんじゃないの？」

「なんでだよ？」

「進って、一生懸命な人を無視できないでしょ。憐ちゃんは、ちょっと理解しがたいけど、でも一生懸命なのは確かじゃない。進は憐ちゃんが気になってる」

「なんでおまえに、そんなことがわかるんだよ」

「わかるわよ、進のことなら」

「何の根拠があるんだ、何の」

「そうやってムキになってる時点で、やっぱり気になってるのよ。関心がないことだったら、どうでもいいって風にしかならないもの、進は」

「おまえは、おれの——」

なんなんだ、と言いかけて、しかしおれは口をつぐんだ。

いくらおれが睨みつけても、真駒はおれの方を全然見ていなかったからだ。ひたすらに無子規が消えていった方角ばかり見ている。

「……心配してんのは、おまえの方じゃないのか？」

「私は――」

「気になるなら、自分も行けば良かったじゃないか」

「そんなことはないわよ。私は行きたくない」

「おれだって行きたかねーよ」

「どうだろ、進はへそ曲がりだから」

「おまえみたいに単純なヤツから見たら、みんなへそ曲がりなんだろ。コドモだからな、真駒は」

「なによ、私のことを子ども扱いできるほど、進は大人だっていうの？」

「おまえに比べたらな」

「じょーだんじゃないわよ、一人だとすぐ迷子になる癖にさあ。私がいなきゃこの町からも出られないじゃないの？」

「あのな、いくらなんでも――」

と、おれたちが言い合っていると、横で相原センパイがニヤニヤしているのに気づいた。

「な、なんですかセンパイ。言いたいことがあるなら言ってくださいよ」

「いやあ、あんたたちって面白いわよねえ」

「別に亜子先輩を面白がらせたい訳じゃないんですけど」

真駒が唇を尖らせると、センパイはさらに笑って、

「なんつうか、あんたたちって都合良すぎない？　それだけ呼吸ぴったりで、隣に住んでて、それで幼なじみってさあ」

と言った。おれと真駒は思わず、同時に、

「そんなことは――」

ない、と揃って言いかけたところで、背後から「きゃっ」という悲鳴みたいな声が聞こえてきた。無子規の声だった。

おれたちは顔を見合わせた。それから、がささっ、と茂みを掻き分ける音が続く。さすがに行かないとまずいような感じだった。でもおれたちが入り口をちょっと入ったところで、無子規の方からこっちにやって来た。でも様子がおかしい。

片足を、ずるずると引きずっている。髪の毛も乱れていて、蜘蛛の巣やら落ち葉やらが引っかかっている。

「――転んだの？」

センパイの言葉に、無子規は不機嫌そのものの顔で、

「しくじりました」

　と、妙に大げさな言い方をしたので、思わずおれは、ぷっ、と噴き出してしまったら、きっと睨まれた。

「なによ、文句あるの？」

「いや、まったくございません」

　ふざけてそう言うと、ますます睨まれた。

「ちょっと足、大丈夫？　ひねったんじゃないの」

「大したことはないわ」

「駄目よ、ちゃんと処置しないと」

　こういうことになると真駒は俄然（がぜん）張り切るので、すかさず無子規に肩を貸して、公園沿いの歩道に並んでいるベンチに座らせて、靴を脱がせた。

「つっ……」

　摑まれたときに、無子規は少し顔をしかめた。

「捻挫（ねんざ）でもやっちゃったのかな」

　センパイもさすがに心配そうに覗きこむ。でも靴下を脱がしてみると、多少赤くなっているが、腫（は）れ上がっているというほどではなかった。

「そんなにひどくはないみたいね」

「だから言ったでしょう。問題ないわ」

「でも、やっぱり湿布ぐらいはしておいた方がいいわ。誰か持ってない？」

「ある訳ないだろう」

「しょうがないわね。じゃあ買ってくるわ。ここで待ってて」

真駒はさっさと行ってしまう。するとセンパイまで、

「ああ、私もちょっと喉渇いたから、飲み物買ってくるわ」

と真駒について行ってしまう。

「お、おいおい――」

なんだか取り残されたおれは、どうしようかと思ったが、もちろんどうしようもない。

「――――」

ちら、と後ろを向くと、無子規がまだおれのことを少し睨むような眼で見つめていた。

「え、えーと……」

おれが言葉に困っていると、無子規は、

「座ったらどう？」

と言ってきた。おれは仕方なく、彼女の隣に腰を下ろす。

無子規の足は、無事な方を下にして組まれていて、裸足の生脚がぶらぶらとおれの横で揺れていた。なんだか変な感じがした。女子の裸足を間近で見る機会というのはそんなにない。

「…………」

おれが黙っていると、無子規がいきなり、

「感じてるの？」

と訊いてきたので、びっくりして、

「べ、別に何も感じないよ」

と言うと、彼女は、

「そう──」

つまらなそうにため息をついた。そして、

「あなたはどう思っているの」

と言う。

「なにが？」

「だから、あなたが見たっていう、その猫。ブギーポップだと思う？」

「いや、それは──そもそもおれは、ブギーポップってなんなのか、わかんねーし。女の子の噂なんだろ。おれ男だし」

「でも、ふつうの猫だとは思えないんでしょ」

「それは──まあ、そうだが」

「今は、本当に感じないの？　なにか近くにいるような気はしないの」

「え？　──ああ、感じるってそういう意味だったのか」

「は？」

「いや、こっちの話。うーん、そうだなあ……正直に言っていいかな」

「なによ、あらたまった感じね」

「おれは、おまえ自身がなにか変なものを引き寄せているような気がするんだが。おまえと一緒にいると、あの猫も出てくるような感覚がある」

おれは素直な印象を口にした。すると無子規はやや困惑したように、

「私が……？」

と眉をひそめた。

「おまえがどうしてブギーポップを見つけたいのか知らないけどさ、でもそういう気持ちがないと、そいつが目の前にいても気づかないんじゃないのかな。おれだってあの変な猫を見ても、おまえが〝それはおかしい〟って言わなきゃ、そんなに気にしなかったし。なんつーのかなあ、ニュートンだっけ、重力を発見したときに、リンゴが落ちるのを見て閃(ひらめ)いたとか言うじゃん、あれだよ」

「あれって何よ。どういう意味よ？」

「だからさ、なんかあるはずだって、ずっと思ってたからリンゴが落ちて、それで──うーん、うまく言えないけど」

「ニュートンの思いこみが、重力って概念を引き寄せたっていうの？」

「うん、まあそんなとこだ。ガイネンとか知らないけど」

「なんかそういうのって、さっきの話題の、末真さんって人が言いそうなことなんじゃないの」

「そうかな——」

「あなたはその人のこと、よく知らないんでしょう？　それなのに影響受けてるの？」

「いや、だからよく知らないって」

「はあ」

無子規はため息をついて、空を振り仰いだ。

「なんかさあ、私たちの会話って、半分くらいは〝よくわかんない〟と〝知らないけど〟で成り立ってるわよね」

「そう言われりゃ、そんな気もするけど」

「私たちにわかってることって、何？　なんにもないんじゃないの。実はなんにもわかっていない」

「まあ——おれからしたら、おまえが何よりも不思議な感じがするけど」

「そりゃそうでしょ、私だってわからないんだから。自分のことなんて」

無子規はあっさりとそう言った。

「そうなの?」

「そうよ」

「じゃあ、なんでブギーポップとかに興味があるんだ? なんとなくか?」

「そうね——いや、その逆じゃないかな」

「ていうと」

「ブギーポップの方に、決めて欲しいのかもね。私というものを」

「噂だろ? ぼんやりとした、はっきりしない噂の話なんだろ、ブギーポップって」

「噂がぼんやりしているのは、その噂をしている私たちの方がもっとぼんやりしているからよ。そしてブギーポップは、そんな私たちの曖昧な世界からは切り離されている。私はそこに憧れてるんだと思う」

「……難しいなあ」

「そうね、私は難しく考えたいだけなのよ、きっと。私はこのごちゃごちゃした自分をすっきりさせるための手掛かりが欲しいんだわ」

「おれたちからすると、おまえはなんでもきっぱりはっきりしてて、全然すっきりしてるようにしか見えないんだけどな……」

そんなことを言いながらおれは、ああ、と納得していた。

確かに、さっき真駒のやつが言っていたのは正しい。おれはこの無子規憐のことが気になっているのだった。

そこで気づいた。

通りの向かい側の壁の陰に、真駒が戻ってきていることを。でも彼女はこっちをこそこそ覗きながら、帰ってこようとしない。おれと無子規のことを観察している。

無子規は気づいていない。空を見上げ続けているからだ。

「私たちの生きてるこの世界って、信用できないって思わない？」

「……まあ、裏では何が起こってるか知れたもんじゃねえって気はするわな」

「そうよ、みんな何かを隠してる。そのくせ他人が隠していることはみんな暴き立てようとする——馬鹿みたいだわ」

「なるほど」

「私が隠していること、知りたい？」

「そんな風に言われると、あんまり聞きたくないけどな」

投げやり気味にそう言ってみると、無子規は「ふふっ」と笑って、

「なんか、あなたって都合のいいひとって感じよね。ススムくん」

と、さっきの相原センパイと似たようなことを言った。

そんなおれたちを、物陰から真駒が見つめている。

なんとも半端な、変な状況だったが、おれは不思議と不快な感じはしなかった。

5.

フォルテッシモは一日中、音梨町の中をうろつき回っていた。

そして十三箇所で、敵の攻撃と思われる現象に遭遇していた。

そのすべてには〈ポイント〉となるものが存在し、それを消去することで攻撃は無くなった。

それは『飛び出し注意』の看板であったり、故障中の煙草の自販機であったり、半分枯れかけた街路樹であったり、穴の空いたフェンスだったり、張られた鎖にぶら下がっていた『この先立入禁止』の標識であったりした。

それらの共通点は――

〝わからん、な？〟

エンブリオに言われて、フォルテッシモはずっと続いている不快そうな顔をさらに苦いものにする。

「どうやって能力を〝定着〟させているか、ヒントが全然見えねえ――くそっ、なんともイライラさせやがる敵だ」

〝しかしひとつだけハッキリしてるじゃねーか〟

「ああ――町中いたるところに仕掛けられている。俺を先回りしてその前にいちいち仕掛けていたとはとても思えない——罠は仕掛けっ放しで、しかも数に制限はない。一度仕掛けたら半永久的にそのまま保つんだろう」

〝つまり、こいつは罠に掛かった人間のことを意識しない——それを陰からみてニヤニヤする趣味はないってことだな〟

「罠の現場に痕跡はないから、そこから追跡する方法がない。もうこの音梨町にすらいない可能性もある——面倒だな。罠に当たっていくのとは別の形で手掛かりを見つける必要がある」

〝それでも、しばらくここで粘るんだろ？〟

「当然だ」

フォルテッシモの足取りにためらいはない。町の隅から隅まで探索する行動に一点の曇りもない。

「しかし、引っかかっているのは——この敵の目的だ」

〝なんで隠れてばっかりいるのか、ってことか？　せっかく強力な能力があるのに、なんでそれを使ってもっと美味しい目をみようとしないのか、ってか？〟

「優秀すぎる才能は、使い道に困るもんだ。だから大抵のヤツは、それに溺れて破滅する。だがこいつはなんだ。ここまで強力な能力をこんなにも有効に使っている癖に、目的がまったくわからない——何が楽しくて生きてるんだ？」

〝それに関しちゃおまえも似たり寄ったりじゃないか。自分と同等の相手が全然いなくて、いつだって物足りない気分で生きてきたんだろう？　まあ今じゃブギーポップやらイナズマやら、色々と刺激的な相手もいるから少しはマシになったろうが〟

ひひひ、という笑い声が続いたが、これをフォルテッシモは無視して、道の先にあるぼんやりした塊のような景色に目を留めた。

「なんだ――森があるぞ？」

　近寄ってみると、それはどうやら公園らしかった。既に陽も暮れていて、周囲に人影はない。もっとも元々ここには人が近寄らない感じだった。公園というにはそこはあまりにも放置され過ぎていた。どこが入り口なのかさえはっきりしないくらいだった。

「こいつはまた、怪しいところに出たな」

〝入る気かよ？　こんなところで罠に掛かったら、それこそどこがポイントなのか見極めるのは大変だぞ〟

「関係ないな」

　フォルテッシモは無造作に、茂みの中に足を踏み入れていく。

　彼の周囲には何も近寄れないので、虫もかぶれる植物も全部はねのけられる。ある意味ではフォルテッシモは究極の潔癖性とも言えるが、悪臭や汚物の感触などにはまったく頓着しないので、もしも本物の潔癖性の人間から見たら、せっかくすべてを拒絶できるのに、と勿体がることだろう。

そして今、その悪臭の中にフォルテッシモは記憶にある臭いを嗅ぎつけた。

ぴくっ、と眉が動く。

その臭いの方へと足を進めていく。それはかすかだったが、しかしはっきりとしたものとして感覚に突き刺さってきた。

臭いは公園の中央にあった池から発せられていた。もはやその水は濁りきっていて、沼という方がふさわしかった。

「――――」

フォルテッシモは能力で足下を反撥させて、水面の上を歩いていく。そしてその真ん中まで来たところで、ぱちん、と指を鳴らした。

次の瞬間、そこにあった水が一瞬で蒸発して、跡形もなくなった。そして、その下から隠されていたものが姿を現した。

ねじ曲がった自転車の残骸があった。傘の骨があった。コンビニのビニール袋があった。様々なゴミが堆積していた。そして、何よりも多く積み重なっているのは――人間の死体だった。

ほとんど分解しかかっているものから、まだ原型をとどめているものもあった。手足が欠けているものもあったし、頭だけがないものもあった。老若男女問わず、一目ではとても数え切れない量があった。

「…………」

死体の山を見ても、フォルテッシモに変化はない。恐れも怒りもない。ただ——どこまでも冷たかった。

〝なるほど——こいつらが行方不明者たちということか。いつのまにかこの音梨町から消えていた人間たち——ここにまとめて棄てられていたって訳だ〟

天からの声は聞こえない。この場所には罠は仕掛けられていない。ここは攻撃する場所ではない。

「ここはヤツのゴミ捨て場だ。スキャッターブレインにとって都合の悪くなった者たちは、燃えないゴミとしてここに出されていたんだろうな」

〝惨い話だねえ。義憤に駆られるねえ〟

「ヤツについて、もうひとつわかったことがある」

フォルテッシモの声はあくまでも冷たかった。

「スキャッターブレインも必死だってことだ。余裕ぶってどんと構えているんじゃない。びくびくと神経を尖らせている……」

四、あいまいな、死神。

……『化け猫ぶぎの寝坊』によると、化け猫をふつうの方法では殺せないという。煮ても焼いても化け猫はけろりとしていて、平然と毛繕(けづくろ)いを始めるのだという。

＊

「死神ねえ」

ぶぎは、ぼやくように言った。

「なんだいそいつは。何が楽しいんだろ」

この問いに天からの声が応える。

世の中のほとんどのものは、別に楽しくて存在しているんじゃないんだよ。

「えー、なんで。そんなのつまんないじゃん」

そんなこと言えるのはおまえぐらいなんだよ。

「面白くないなら、やめればいいじゃん」

何をどうやめるんだ。

「そんなの知らないけど、でも他のヤツの生命ばっかり狩ってもつまんないんじゃないの」

生と死は世界の根本原則なんだよ。それを無視するのは不可能だ。

「ぼくは嫌だなあ、そういう風に決めつける感じって」

おまえらしいけど、でも死神はきっとおまえの言うことを聞いてくれないぞ。

「うーん。じゃあ隠れてるよ。隅っこで寝てるよ。寝るのは嫌いじゃないし」

どうかなあ。でもそれがおまえの生き方なんだろうな。化け猫だから半分死んでるけど。

「それじゃおやすみ。むにゃむにゃ」

おやすみ。

1.

音梨中学校第三十二回学園祭は日曜日に開催される。その前日の土曜日は、全校で授業が休みになる。休みといってもその間に学祭の準備をするためだから、いつもの下校時刻には出欠を取るのでそれ以前には帰れないし、受験のある三年生はそもそも通常授業をしているし、中には補習を受けさせられているヤツもいるので、別に気楽な雰囲気ではない。それでも皆どこか浮かれた感じではある。

学校全体が、ざわざわと賑（にぎ）やかである。

「ちょっと真駒さんたちも、少しは手伝いなさいよ」

「あ、ごめん委員長。私たち写真部の方に行かなきゃならないから」

「おれは別に、どっちでもいいんだけど……」

「駄目よ進、相原センパイなんか絶対になんにもしてないし、憐ちゃんだって勝手がわからないでしょ」

「なんか張り切ってんなぁ、おまえ」

おれはなんだか、ぐったりしていた。周囲の盛り上がった空気がなんとも重たかった。

廊下を歩いていると、聞く気がなくても周囲のざわめきが色々と耳に入ってくる。

「おい段ボール足りねーよ」

「そんなのにコンセント使うなよ。電気コンロに必要なんだから」

「机を外に出してって言ったでしょ、何やってんのよ」

「セロハンの色が違うよ。これは青だよ。赤買ってこいよ」

「おい、埃がたまってて、ガムテープがつかないぜ」

「ぶぎい」

「それって椅子を積み上げればいいんじゃねーの？」

「カーテン汚れてるわ」

……あれ、と思った。

(今——なんか聞こえたか？)

俺が立ち停まると、真駒が怪訝そうに、

「どうしたのよ？」

と訊いてきたので、我に返る。

「い、いや——別に……」

「じゃあ行きましょ」

おれは真駒に連れられて、部室へと向かう。だがその間中、変な胸騒ぎがどんどん大きくなっていく。

部室にはもう相原センパイも無子規憐もいた。でも二人とも特になんにもしないで、ぼーっとしている。

「ちょっと二人とも、展示する写真を整理するんでしょ？　さっさとやらないといつまで経っても終わらないわよ」

「あー、だるい……もうなんでもいいんじゃない？　なんだったら今のまんまでも。もう壁には町のあちこちの写真がいっぱい貼ってあるんだしさ」

「今まで回ってきた中で、手応えは全然なかったし、別に学園祭なんてどうでもいいのよね、私は」

センパイと無子規は投げやりそのものである。

「いや、そんなことしたらまた後から生徒会にねちねちと嫌味言われますよ。予算何に使ってるんだとか言われて」

「ああ、そう言えば以緒。なんかこっちに回ってきたプリントだと、写真部の展示テーマが〈音梨町、その街角に怪異の影――何かがひそんでいるかも？〉とかになってて、ブギーポップって名前が抜けてんだけど」

「抜いたんですよ。その名前を直に出すのは色々と反感買いそうだから」

「どうせわからないヤツにはわかんないのにね――」

真駒たちが話しているのを聞いていて、おれの中でまた胸騒ぎが大きくなってきた。

ブギーポップ……。

なんなのか、自分でもわからない……だが落ち着かない気持ちが湧き上がってくる。次から次へと不安が膨れ上がってくる。

「ん？ どしたの輪堂。なんか変な顔をしてるわね」

「いや、その——すいません。おれちょっと——行きます」

そう言いながら、もうおれは歩き出している。

いや、ほとんど走り出している。

そのおれの目の前を走っていくのは、あいつだった。

黒い帽子とマントを着ている猫が、たったったったっ、と軽いステップで疾走していく。

おれはひたすらに、そいつを追いかけていく……。

＊

「——」

去っていく彼の後ろ姿を、真駒以緒はぼんやりとした顔で見送っている。

「な、なによあいつ、どうかしたの？」

相原亜子はとまどい、困惑した。

「追いましょう」

無子規憐はそう言って席を立って、早足で彼の後をついていった。

「ち、ちょっと——」

焦る亜子に、真駒が問いかける。

「先輩は——どうします？」

「そ、そりゃ……私も行くわよ」

「自分の意志で、ですね」

「あ、当たり前でしょ——なんなのよ？」

「それじゃあ、行きましょう」

二人も彼と無子規を追いかけていく。

彼はなんだか、変に速い。それほど急いでいるようにも見えないのに、こっちが走っても追いつけない。

「どうなってるのよ。あいつはなんのつもりなの？」

亜子が呻くように呟くと、その横で無子規憐が、

「彼はとうとう見つけた」

と静かに言った。

「え？　な、何を？」

「死神を」

「……は？」

「それが彼の目的、死神の匂いを嗅ぎつけること、それこそが彼の使命、存在していた目的」

「ち、ちょっと——なに言ってんのよ、あんた」

三人は、いつまでも追いつけない彼の後をひたすらに追いかけていく。

校門から外に出て、通りを抜けて、車道を横切り、壁に向かっていく——そして消える。

「え？」

亜子は思わず目をしばたいた。そこにはわずかな隙間があるだけで、人が通り抜けられるような道はない。

そして気づいたら、彼は向こうの通りを進んでいる。

「な、なんで——あいつ、今どこ歩いてたの……壁を、すり抜けたみたいな——？」

しかし動揺しているのは亜子だけで、無子規と真駒はふつうの表情のまま、彼のことを追っていく。

「あ、ま、待ってよあんたたち——なによこれ、どうなってるのよ？」

変な感じがしている。

足が空回りして重い。

眼の焦点が合わない。

遠く空耳（そらみみ）が聞こえる。

「……なんか変よ。そうよ、ずっと変だった。いつから変だったのか、どうしても思い出せない……」

亜子は仲間たちの後を追いかけようとする。でも身体がぎくしゃくと硬く、どんどん離されていく……

いつもの道路。毎日歩いている通学路。敷き詰められた煉瓦（れんが）の凸凹（でこぼこ）まで知っている馴染（なじ）みの道。でも今は、そこを初めて歩いているような気がした。全然知らない場所のようだった。

こんなところは知らない。

こんなせかいは知らない。

こんなわたしは知らない。

（わ……わたし……私は――）

もう何も頭に入ってこない。

耳鳴りばかりが響いている。

余計なことはあれこれ思い煩（わずら）わないのが一番。

悩み事なんて頭の中から追い出してしまえばいい。

追い出してしまえばいい。

追い出してしまえばいい。

追い出してしまえばいい。

追い出してしまえばいい。

追い出してしまえば——。

誰の——言葉だったか。誰かに言われた。確かに誰かに、そう言われた。そのときはなんとも思わなかったし、その意味だって深く考えなかった。でも今は——そればかりが頭に響いている。

追い出せ、追い出せ、追い出せ追い出せ追い出せ追い出せ……私を追い出せ、私から私を追い出して、私を私でなくて、この知らない世界を知っている私に——かき混ぜろ。

ばらばらになっていたものをひとつにして、かき混ぜてしまえばもう何もかもが曖昧でなくなる。

ここがなんなのか、そうすればわかる。

この町、この場所。この世界。

スキャッターブレインの世界。

他のすべてが曖昧になっても、それだけが鮮明で明確で正確で正常なもの。

スキャッターブレイン。

その呼び名を知っている。

知らなくても知っている。

いつの間にか知っている。

なぜなら、それがスキャッターブレインだから。

世界最強のＭＰＬＳ能力。

それを倒せる者はいない。

ただひとつ――死神を除いては。

(――はっ!)

亜子は走るのをやめている。

もう周囲には誰もいない。

仲間たちだけでなく、町中から人の気配が消えている。ここには誰もいない。

その空白となった音梨町に、それが聞こえてきていた。

いつのまにか響いているその口笛は、口笛で吹くのにはおよそあり得ないほど不似合いな曲だった。

ニュルンベルクのマイスタージンガー、第一幕への前奏曲。

2.

フォルテッシモは異変に気づいた。

「む……」

その方角を振り向いたのは、気配を感じたからではなかった。

逆に、気配の欠落が彼を反応させたのだった。

その視線の先には、大きな建物がある。

音梨中学校。

また大勢の生徒たちがいるはずの時間帯なのに、そこはまるで廃墟のように静まり返っていた。

〝おい、そういえば確か、ここって〟

「そうだな——割と、問題の場所ではあるな。あまりにも他のところで引っかかったから、まっすぐに来なかったが……」

〝しかし、今までここの学生とは何度も出くわしていたよな？〟

「おれの接近に反応したのか？　まあいずれにせよ、入らないってことはないな」

言うが早いか、フォルテッシモは部外者立入禁止の校門をためらいなく通っていった。

誰もいない。校庭には色々なものが作りかけで並べられていて、その中には〈音梨中学校第三十二回学園祭〉という大看板もあったから、何をしていたのかの見当は容易についた。

〝あれだな、幽霊船みたいだな。飲みかけのコップまで置いてあって、誰もいないっつーヤツ。あれとそっくりだな〟

「消えたのか、それとも――」

フォルテッシモが校舎に足を踏み入れながら言いかけた、その瞬間だった。

上から降ってきた――天井へばりついていた、生徒たちが。

フォルテッシモはそっちを見もしなかった。

接近の感触を察した瞬間に、衝撃波でその襲撃者たちを吹っ飛ばしていた。

生徒たちは下駄箱に頭から突っ込んでいって倒れたが、すぐに立ち上がる。

男女はほぼ均等に混じっている。その顔には全員、表情がない。ゾンビのようになっていた。

そして、ぶつぶつと呟いている――

「……かき混ぜろかき混ぜろかき混ぜろかき混ぜろかき混ぜろかき混ぜろかき混ぜろかき混ぜろ……」

――その声のトーンは完全に一致していた。

そしてこの場で、その声を発していない唯一の人物、フォルテッシモにじわじわと迫ってくる。

「――ふん」

フォルテッシモはこの奇怪な少年少女たちを前にしても、まったく動じていない。

「気配を絶っていた、というんじゃないな、こいつらは――そもそも気配がない。こうして目の前にしても、ろくに呼吸もしていないし、心臓の鼓動も極端に少ないようだ」

やれやれ、と彼はかすかに首を左右に振った。

「俺は勘違いしていたようだ。スキャッターブレインの〈ポイント〉には敵を識別するためのスイッチがあるんじゃないかと思っていたが、そいつは間違いだったな」

〝無差別、か〟

「そういうことだ。〈ポイント〉に引っかかったヤツは全員均等に、見境無く汚染されてしまうだけだったんだ。だから今や、この学校の連中は全員、その支配下にあるというわけだ。いや、おそらくは町中の者たち全員が既にそうだ――」

フォルテッシモが状況を整理して考えている間にも、ゾンビの如き生徒たちが彼めがけて突進してきた。

フォルテッシモは指先をつい、と軽く振る。その動きに合わせるようにして、生徒たちは次から次へとばたばたと薙ぎ倒されていく。

そしてフォルテッシモは再び歩き出す。土足で校舎の中に入り込んでいく。

敵能力に汚染された生徒、そして教員たちが後から後から湧いて出てくるが、全員がフォルテッシモに指一本触れることができない。足取りを停めることもできない。

歩きながら、フォルテッシモは確認している。

「なるほど――吹っ飛ばしてやったヤツで、俺の姿を視界から見失ったヤツはもう、追って来ないいな」

〝どうやらこいつらの間には、共通する感覚はないようだ。個別にバラバラだ。統率されていないみたいだな〟

「今までの罠と同じだな――ここに能力の本体は既にいないということらしい」

〝どうする、何を探す？〟

「もちろん片っ端から、だが――」

フォルテッシモはここで眉をぴくり、とかすかにひそめた。

「――どうやら〝例外〟がいるようだぞ」

そして彼は走り出した。

追ってきていた生徒たちは、あっという間に引き離され、彼を視界に捉えられなくなる――その場にぐったりとうずくまる。次の異物に反応するまで、停止してしまう。

そして階段を駆け上がって行っていたフォルテッシモは、屋上へと到達していた。

そして彼は、その隅の方に向かって、

「おい――そこの！」

と呼びかけた。するとがたたっ、と物音が聞こえてきた。

「わ、わわっ——」

続いて聞こえてきたのは、少年の声だった。

フォルテッシモはニヤリとしながら、その声の主が隠れている物陰に近づいていき、そして後ろからそいつを蹴飛ばした。

「ひ、ひぇえっ！」

呻きながら屋上の床の上を転がったその男子生徒の胸の名札には、板垣という名前が書かれていた。

「おい、板垣くんよ」

フォルテッシモは少年に呼びかけながら、その前にしゃがみ込んだ。

「た、助けてください。僕はなんにも知りません！　裏切ってなんかいません！」

倒れたままの板垣はがたがた震えながら、いきなり命乞いをした。

「ほほう、君はアレか、俺が刺客かも知れないって、すぐにわかった訳か。ふつうの中学生のはずなのに」

「ひ、ひいい——」

「つまり——おまえだろ、板垣くん。板垣なんだ？」

「い、板垣良一、です——」

「つまりだ、良一くん。おまえがこの地域の——音梨町の、統和機構の構成員ということだな？」

「は、はい、そうです……！」

板垣は何度も何度もうなずいて、逆らう気がないことを必死でアピールする。

「ぼ、僕の家がそうなんです。板垣家で統和機構に協力しているんです——」

「おまえはなんで、スキャッターブレインに汚染されていないんだろうな？」

「え？　スキャッ——なんですって？」

「つまり、おまえは汚染されても、その度に解除されていた、ということなんじゃないのかな。統和機構の、他のヤツを釣り上げるための餌にされていたんじゃないのか」

「あ、あの——なんの話でしょう？」

「つまり、だ——おまえはごく近くにいたんだ。敵の〝本体〟の」

フォルテッシモはうなずいた。

「毎日のように会っていた。話しかけたり、話しかけられたりしていた相手が、そうだったんだ——誰だ？」

「あ、あの……？」

「まあ、わかるわきゃねーよな。そっちはいい。で——セロニアス・モンキーの方はどうなんだ？」

「あ、あいつは——そうなんです、あいつは変でした。いくら接触して、説明しても、次に会ったときには全然知らんぷりで、最初はわざとかと思ったんですが、どうもほんとうにこっちのことを忘れてしまっているみたいで——」

「いや、その説明はいい」

一生懸命に説明しようとする板垣を、フォルテッシモは素っ気なく遮った。

「それより、セロニアスはどこにいた？　あいつは部活動とかしていなかったのか」

「あ、ああ——それなら……」

板垣が始めた説明を、今度はそのまま聞いていったフォルテッシモは、要点を把握するとすぐに立ち上がった。

「なるほど、そいつは貴重な情報だ。ありがとう、役に立ったよ」

「あ、あの——これはなんなんですか？　なんで急に学校中の連中がおかしくなっちゃったんですか？」

「あー、その件なんだがな——」

フォルテッシモは首を傾けて、少し耳を澄ませた。

「連中は、自分たちと同じ波長でない者に自動的に襲いかかるようになっているらしいんだが、視界の外に出ても、感覚そのものはたぶん張り巡らせ続けるはずなんだよな。となると、音が聞こえたらそっちに反応するんじゃねーかって——ほれ、来たぞ」

「え？」

「それじゃあな」

フォルテッシモがそう言って、屋上から飛び降りてしまうのと、屋上に下の階からゾンビの如き生徒や教師が殺到してくるのはほぼ同時だった。

「ひ――」

板垣良一の悲鳴は、最後まであげることができずに途切れてしまった。


〝ひでえなあ、おまえ〟

「助ける理由がない――それに、一人だけ残っていると、関係ないヤツに見つかったりしたときに面倒だろう？」

〝それっぽい言い訳だが、ただ屋上に連中を引きつけたかっただけだろ？〟

「まあな」

フォルテッシモは音もなく疾走して、そして目的の場所にやって来た。

それは校舎の隅にあった。どうやら本来は清掃用具の倉庫として使われていた部屋らしく、扉の形が他とは違っていた。剝（は）がれかけている張り紙には、名前が書いてある。

『写真部』

鍵が掛かっているかと思って、扉を軽く揺すってみようとしたら、あっさりと開いてしまう。

フォルテッシモはゆっくりとした足取りで、その中へと入っていく。

部屋の中を見回していき、しばらく動かず、そしてため息を「ふーっ」と吐いた。

「なるほどな――〝定着〟の方法がわかったな」

部室の壁には、びっしりと写真が貼られている。どれもここ音梨町の風景ばかりである。

歩道橋の上にぽつんとひとつ落ちている空き缶。

濡れた壁に描かれたカバの落書き。

少し曲がってしまっている『飛び出し注意』の看板。

故障中の煙草の自販機。

半分枯れかけた街路樹。

穴の空いたフェンス。

張られた鎖にぶら下がっている『この先立入禁止』の標識。

他にも、様々なものを捉えた写真が飾られていた。

見覚えのある風景ばかりがそこにはあった。

〝ほほう、写真、か――〟

「こいつを撮影したときに、能力を対象物に植えつけていたって訳だ――こんなに堂々と晒していやがった」

フォルテッシモは吐き捨てるように呟くと、部室の端に置かれているロッカーに眼を向けた。

そして手を触れずに、能力でその扉を吹っ飛ばした。

すると、中に入っていたものが、ごろり、と床の上に投げ出された。

マネキン人形のような塊だった。だがそれは人形ではなく、凍ったように動かなくなっている硬直した人体そのものだった。開かれた眼と唇はカラカラに乾燥してしまっていた。長い間そのままに放置されていたのは歴然としていた。

少女だった。女生徒だ。フォルテッシモはその顔を、そして胸の名札を確認する。無子規、と書かれていた。

「無子規憐——つまり、この学校に潜入していたはずの合成人間セロニアス・モンキーだな。どうやら、とっくに始末をつけられてやがったようだ」

その声はどこまでも冷ややかだった。

3.

口笛が聞こえてくる。

その音の方へ相原亜子は走っていく。

ひとりで走っていく。

彼女の周囲には他の者たちもいたはずだが、そのことを彼女は思い出さない。意識しない。

聞こえてくるその口笛を、自分と同じようにかき混ぜなければという衝動だけがある。

細い路地を抜けて、ほとんど通ったこともないような、町の空白地帯へと向かっていく。

そこは私有地扱いになっているが、所有者が誰なのか明確ではない、空き家で、売り地と取り壊し物件が混じり合ったような、中途半端な庭園とも廃墟ともつかぬ場所だった。

もしも厳重に封鎖されていなかったら、きっと——〝いかにも出そうな場所〟ということになっていたであろう、そういう場所だった。

「わ、わわわ、わたし、わたしは、私は——私はスキャッターブレイン、スキャッターブレイン……」

ぶつぶつと呟いている。その声を彼女は自覚していない。

自分と周囲の区別がついていない。辺り中の空気が神経につながっているような感覚がある。

その中に、口笛だけが浮いている。そこだけが自分と溶け合っていない。

「……私はスキャッターブレイン、スキャッターブレイン……」

彼女の足の速さは、今や異常だった。野生の豹(ひょう)でもこれほど速くはないというほどの機敏さで口笛に接近していく。人間の肉体限界のぎりぎりまで、無理矢理にパワーを引っぱり出されていた。

そして間近にまで来たところで、ふいに口笛は途切れた。だが、そのすぐ直後に、

「いいや、それは違うね」

という声が聞こえた。背後から。

今までそっちに向かっていたのに、後ろを取られていた。

しかし亜子はそのことに動じることもなく、振り向きながらその口をかっ、と開いて喉から液体の飛沫が混じった空気を噴出させた。吹き付けた。

だがそのときには、もうその影はそこにはいない。

振り向くのとほとんど同時に、背後からまた声が聞こえてきた。

「君は違う。スキャッターブレインではない」

すぐ後ろに立っている。その気配がある。だが顔を向けたときには、もうそこにはいないのだった。

「その液体をぼくに触れさせたいのかな。スキャッターブレインの影響が伝染する物質を。だがそれは無駄だ」

それは不思議な声だった。男のようで、女のようで、少年のようで、少女のようで、そのどれでもなかった。中性的というよりも、欠落した声だった。

「君はぼくを見ない。スキャッターブレインの本質がそれを許さない」

亜子の身体は声が少しでも聞こえた瞬間には、もう反応しているはずだった。しかしそれでも追いつけない。

「君を送り込んできた時点で、はっきりとわかった——この敵の正体は〝逃避〟だと」

声はほとんど亜子の耳元で聞こえるのに、その気配は全然感じられない。振り向いても、そこにいるような気がしない。

「嫌なことから眼を背ける、他の者に押しつける、それが本質——自分では手を汚したくないんだ。しかしそれは、ぼくには通じない」

がくん、と亜子の脚が力を失って、膝が落ちた。常人の限界を超えた動きで攻撃しようとし続けたために、とうとうリミットに達してしまったのだ。

がくくん、ともう片方の脚も折れ曲がる。倒れる——その肩を、背後から何かが抱き留めた。

顔を上げたそのときには、見えた——マントに身体を包んだ、人というよりも筒のようなシルエットが。その黒帽子に頭部も覆われていて、深い影が白い顔に落ちている。

少女のような顔。黒いルージュ。

見えたそれに向かって、攻撃を放った。口から液体を——だが、何も出ない。弾切れだった。

「だから、無駄だ」

そう言われたときには、次の行動に移っていた。口を大きく開いて、歯をむき出しにして、噛みつこうとして——動きが停まる。

喉に、糸のようなものが絡みついている。それに縛られて、首はそれ以上前には行かない。

後ろにも行かない。その場に繋ぎ止められている。さながらピンで留められた昆虫採集の標本のように。

「が、ががっ——」

ひどく遠くから、自分が呻く声が聞こえた。

そこに声が被さる。

「この能力による支配を解除する方法は、基本的には存在しないようだ。あらゆる生命に無条件で作用する——ならば」

ぎりり、と喉に細くて鋭くて、決定的なものが喰い込んでいく。

「が、がががっ——」

「生命を停めてやればいい——それも」

ついっ、と黒帽子の指先がひねるように動いて、亜子の致命的な一点を遮断してしまった。

「……がっ——」

崩れ落ちる——その刹那(せつな)、

——ぱっ、

と、すべてが解除された。

そこにあったと思われた糸は、綺麗さっぱり消滅していた。

「——一瞬で充分。今、一瞬だけ君は死んだ。それで切り離された」

そういう声が聞こえたときには、亜子は全身に痺れるような痛みと悪寒に包まれて、たまらず座り込んでしまったところだった。

「……あ、あああああっ……ああっ……！」

喉から異様な声が漏れた。それが変な声だということが、亜子にははっきりとわかった。

疑問——。

それが頭の中に充満していた。何がなんだかわからない、わからないが——さっきまでは、わからないということさえ、わからなくなっていたのだった。

「あああ……あああ……」

ぼんやりとしながら、顔を上げると、その変なヤツは彼女の目の前に立っていた。

そいつは、うん、とうなずいて、

「さっきまでの君は、ぼくを攻撃しようとしながらも、はっきりとは見ようとしていなかった。しかし今は、そうではない——眼を背けてはいない」

と奇妙なことを言った。亜子が震えながら、

「あ、あんたは——なに、なんなの……？」

と黒帽子に訊ねると、当然そのものという口調でそいつは言った。

「ぼくが誰なのか、君はもう知っているはずだ」

そして、微笑んでいるような、投げやりのような、なんとも言い難い左右非対称の表情を浮かべた。

その顔には、確かに見覚えがあった。どこかで見た顔だった。道端に立っていた、スポルディングのスポーツバッグを持っていた女子高生の顔と同じだと思ったが、同じだとは思えなかった。女の子が男装しているようにも、少年が女の子のような顔をしているとも思えなかった。そんなものではなかった。強いて言うならば二重人格のように、その娘の中にそいつが隠れていたのが出てきたとしか言いようがないと思った。

亜子はごくり、と生唾を呑み込んで、そして言う。

「ぶ——ブギーポップ……？」

この問いに、黒帽子は特に応えてはくれなかった。

4.

フォルテッシモは音梨中学の校門を出て、町へと足を進めていく。

そこに、一台のトラックが突っ込んできた。彼の決して大柄ではない細い身体を轢き潰してしまおうと——だがその直前で、トラックのタイヤがすべて粉微塵に吹き飛び、下に落ちて、火花が散る――滑っていくその車体はフォルテッシモの寸前でぴたりと停止した。慣性を無視した、不自然かつ強引な現象だった。

トラックの扉が開いて、運転していた者がフォルテッシモに躍り掛かってくるが、その動きも途中で不自然に停まって、そしてそのまま路面に倒れ込んだ。

誰が理解できよう――一瞬で、関節部でわずかに剥き出しになっている神経という神経を針の如き極細の衝撃で攻撃されて、全身が痺れてしまったのだということを。立ち上がれるのは早くても半日後になるだろう。

「こいつも汚染されているな」

〝敵は、もう隠す気は一切ないんだろうから、後から後から来るぞ――ほれ〟

エンブリオの忠告が終わる前に、もうフォルテッシモのところへ町中の人間たちが押し寄せるように迫ってきた。

警官もいる。セールスマンもいる。主婦もいる。幼稚園児もいる。保母もいる。保父もいる。老人もいる。店員もいる。店長もいる。社長もいる。前科者もいる。しかし今の彼らは、それらのどれでもない。

全員が、同じ言葉を叫んでいる――。

「スキャッターブレイン、スキャッターブレイン、スキャッターブレイン、スキャッターブレ

イン、スキャッターブレイン、スキャッターブレイン、スキャッターブレイン――」

彼らは皆、それなのだった。個性も何もない、かき混ぜられた混沌の一部なのだった。

フォルテッシモは、この襲来を前にしても、眉ひとつ動かさない。

まったく彼らに注意を向ける素振りもなく、最初から向かっていた場所へと歩き出す。歩いているフォルテッシモに対し、走ってくる襲撃者たちは、彼まであと一歩というところまでは到達するが、しかし次の瞬間にはその身体は石のように硬直化して地面の上に転がる。積み重なったり、崩れたり、人がまるで、スナック菓子をぶちまけたときのように散らかっていく。そのすぐ横をフォルテッシモは一切関心を持たぬ風に進んでいく。

統和機構の者は、彼のことを名前では呼びたがらない。隠語で呼ぶことが多い。彼のことを自分たちの仲間だと思えないのだ。次元が違いすぎて、同列の存在として扱えないのである。だから彼のことを大半の者は「あの〝最強〟は」としか言わない。

比べるものがないので、特別扱いするしかないのだった。どこまでも孤立していて、しかし本人にそれを気に掛けている素振りは一切、ない。

「――あー、こっちでいいのかな？」

フォルテッシモは言いながら、電信柱に貼られている番地の表記を一々確認しながら、目的の場所へと向かっていく。

〝そこの角は曲がった方がいいんじゃねーのか？〟

「あ？　そうか？」

言われてフォルテッシモは、通りの向こうを覗き込む。そっちからも町の住民たちが押し寄せてくるが、そっちにはやはり、一切視線を向けないで、ただ弾き散らしていくだけだった。

彼が見ているのは、上の方だった。建物を探していたのだった。

とあるマンションを。

「なるほど、あの辺は確かにそれっぽいな。住所も近いし——とりあえず行ってみるか」

そう呟くや否や、フォルテッシモは己の足下に衝撃波を発生させて、空に舞い上がった。押し寄せてきていた人々は、それに巻き込まれてばたばたと倒れ込んでいった。

そして起きあがった彼らは、フォルテッシモを、自分たちとは異なる波長の存在を感知できなくなったので、その場でじっ、と動かなくなってしまった。

まるで百年前からそうして立っていた彫像のように、微動だにしなくなってしまった。

そしてフォルテッシモは、誰もいないマンションの屋上に、ふわり、と音もなく舞い降りた。

「さて——」

彼は完全に封鎖されていた内部へ通じる扉を難なく破壊すると、階段を下りていった。

〝しかし、今の連中の状態は、ありゃどういう風に理解すりゃいいんだろうな？〟

「洗脳——にしては、少し原初的すぎるな。動作が単純すぎる。知性も何もない。機械みたいだった」

〝プログラムされているように、かな〟

「そんな感じだ。一人一人の特徴とか性格なんてものは全部無視して『かき混ぜろ』とかいう、あの変な言葉だけが上塗りされているっていうか——プログラムを上書きされている。だが計算しているというには、あまりに大雑把だ」

〝プログラムっつーより、イメージかな〟

「他人に自分のイメージを上書きする能力——まとめるとそんな感じだが、イマイチわかりにくいっちゃ、わかりにくいな」

〝すっきりしないのは、最初からだろ〟

「すべてを曖昧で区別がつかないようにするのが、この敵の本質か」

フォルテッシモは特に急ぐこともなく、階段を下りていく。

そして七階で、フロアの方に移動する。

物音はひとつもない。誰とも行き会わない。無人だった。

それは今に始まったことではなく、至るところが汚れきっていて、長い間ずっと廃墟だったと知れた。外観だけは綺麗にされているのに、内部はもう、人の住むような場所ではなかった。動物の糞や吐瀉物などが乾燥して、あちこちへばりついていた。それが何層にも重なっている。

フォルテッシモはその中をためらいなく進んでいく。

そして、ある扉の前で立ち止まった。そこの表札には『輪堂』と書かれていた。

フォルテッシモは、あえてその扉を乱暴に、大きな音を立てながら脚で蹴破った。

反響音が響き、谺(こだま)した。しかし、すぐに恐ろしいほどの静寂が落ちる。

部屋の中には、何もなかった。

3LDKの室内には、家具も何もない。ただ通路と同じように汚れが積み重なっているばかりだった。

「――なるほど」

フォルテッシモはうなずいた。

「写真部員の輪堂進とやらは、学校の名簿に嘘を載せているようだな。ここに住んでいるとは思えないよな」

〝それとも――だろ？〟

「ああ――イメージが上書きされているなら、どんな場所であろうと関係がない。こんな廃墟でも、温かい家庭に感じていたかも知れない」

言いながらフォルテッシモは部屋から出ていき、そして隣の部屋へと侵入した。

そこは、さっきとは少し違っていた。閑散としているのは大差ないが、汚れがほとんどない。

そして隣室の輪堂家に面している一部屋は、そこだけが異質だった。

ふつうの部屋がそこにあった。

ベッドがあり、カーペットが敷かれていて、学習机がある。ありきたりの子ども部屋だった。

その机の方にフォルテッシモは近づいていき、そしてその上に置かれていた一冊の本を手に取った。

本の題名は『化け猫ぶぎの寝坊』——そしてその表紙には、

〈著・真駒以緒〉

と書かれていた。

5.

「——はっきり想い出せない……でも、憐には私から声を掛けた、と思う——そう、それで私たちは友だちになった……」

「そのときに、君の中に無子規憐という人物のイメージができたんだよ」

黒帽子は、まだ茫然としたままの相原亜子に穏やかな声で言った。

「君がここ最近会って、話して、共に行動していたのは、そのイメージを元にして創られた、さらなるイメージに過ぎなかったのさ」

「ど、どういうこと……？」

「本物の無子規憐はおそらく、もう敗北している。スキャッターブレインにね。そのイメージだけが君に上書きされていたんだ」

「憐が……イメージだけ……？」

「君が持っているイメージを、君に投影しているのだから、本体にはなんの消耗も調整もいらない。君が〝無子規憐ならこう言うだろう、ああするだろう〟と考えることが顕れていただけだからだ。たぶん、本当の無子規憐よりも少しだけ、君が〝こういう娘が好き〟という風になっていたはずだ。憧れられるような存在にね」

「訳が、わからないわ……」

「君を隠れ蓑にして、敵に対する防護壁にしていたんだよ。敵を調べることは、その危険に接近するということ——その危険を少しでも減らしたかったんだ。気休めだ。しかしこの敵は、その気休めをひたすらに積み重ねて、今まで生き延びてきたんだろうね」

「敵、ってのは——」

　この問いに、黒帽子はいとも簡単に、

「世界だよ」

　と応えた。

「……へ？」

「世界中が、そいつの敵だったはずだ。だからそいつも世界を敵に回して戦い続けてきたはずだ」

「………」

亜子は絶句してしまったが、それは話の内容のためではなかった。それを話す黒帽子があまりにも自然だったからだった。こんなにも異様な状況で、奇妙極まる格好して、あり得ないような話をしていて、それでいてなお、この黒帽子は淡々と、恬然と、なにも不思議はないという態度を一切崩さないのだった。大袈裟でもなく、無責任でもない。ではなんなのかというと、うまく表現できない。しかし——不明瞭ではない。

あまりにもはっきりとしすぎていて、彼女が使っている言葉では表しきれない気がした。曖昧なところなど一切なく、どこまでも断定的だった。

……まさに今の、この混迷を極める状況の正反対だった。

(——ああ)

亜子は理解した。なぜこの黒帽子がここにいるのかを。何をしに音梨町にやって来たのかを。

「あなたは——そう、天敵なのね」

彼女は黒帽子を見つめながら、何度もうなずいていた。

「この町を、私たちの生きていた世界を終わりにするために来たんだわ……だから、あなたは」

亜子はその単語を、その呼び名を、なんの恐怖もなく口にしていた。

「死神、なのね……」

そういうものが存在している、そのことをいとも自然に受け入れていた。

黒帽子はこれには返事をしなかった。その代わりに亜子に訊ねてきた。

「君の、他の友人についても教えてくれないかな。その名前を」

言われて、亜子はぼんやりと、

「輪堂進と……真駒以緒……」

と言ってから、はっ、と気づいた。

「ま、まさか……！」

動揺する彼女に、黒帽子はただ淡々と、

「そう、スキャッターブレインの〝本体〟だろうね」

と言った。

五、あいまいな、世界。

……『化け猫ぶぎの寝坊』によると、化け猫とは死んだ後で天へ上るはずの魂が身体と混じり合ってしまったものらしい。そのため成仏（じょうぶつ）することは決してないが、といって地獄に堕ちることもないのだという。

ぶぎは寝ながら待ち続けた。どれくらい待ったのか、自分でも忘れてしまうくらいの時間が経った。

＊

そしてとうとう、彼の前に黒い影が立った。

「よお」

そいつはなんだか黒い筒が地面から生えているような姿をしていた。

「やあ、君が死神かい、ぼくはぶぎだ」

「呼び方なんてどうでもいいな」

「隠れてたつもりなんだけど、どうやって見つけたんだい」

「おまえ、あれで隠れているつもりだったのか。いびきがそこら中に響いていたぞ」

「あらま。そうかあ。眠っているときは自分の声は聞こえないもんなあ」

「しかし、おまえはずいぶんと故郷から遠く離れたところまで来たなあ。猫の癖に」

「うーん、別に、動きたくて動いたわけじゃないんだけどね。なんか寝心地が悪くなってきたから」

「変わらないものなどこの世にはない。おまえだけが変わらないで居続けることはできない」

「そうかなあ。のんびり気楽にしていられれば、もう変わんなくてもいいんじゃないの」

「それはその通りだ。だけど、そうはいかないんだ」

「どうして」

「世界中の他の誰も、おまえがいるその〝安らぎ〟の境地には到達していないからだ」

1.

「——なんだ、この話は？」

　フォルテッシモは『化け猫ぶぎの寝坊』をぱらぱらとめくりながら、顔を苦々しげに歪めていた。

「なにが言いたいのかさっぱりわからねえ——この化け猫ってのはなんで、こんなにやる気がないんだ？」

〝いやいや、なんとなくおまえに似てるぜ。自分でこうと決めたら、何を言われても曲げないってところがな〟

「冗談じゃねえ」

　ぶつぶつ言いながら、フォルテッシモは本をめくっていき、そして終わりの方のページでその手が停まった。

　そこには、それまでとは調子が違って、一枚の写真が掲載されていて、その下に説明が加えられていた。

『——この物語を書き終えてまもなく、私たちの愛しい娘、以緒は天国に召されました。事故に遭ってから半年、以緒はほんとうに頑張りました。よくやったと褒めてあげたいです。横にいるのは、以緒と仲の良かった輪堂進くんです。彼は可哀想に、事故の時に――』

写真には、どう見ても小学生にしか見えない少女と、そして中学生くらいの少年が写っていた。少女には見覚えがなかったが、少年の方は間違いなく、学校に証明写真が残っていた輪堂進の顔だった。

「……なんだこりゃ」

〝輪堂進は、とっくの昔に死んでいた――イメージだけが流用されていた、ということかな〟

「じゃあ、この真駒以緒っていう娘は――」

言いかけたところで、フォルテッシモの表情が変わった。

本から少しだけ眼を上げたところで、それに気づいたのだ。

部屋が、いつのまにか変わっていた。

色鮮やかだった壁紙や家具は溶け出して、無数の粒子に――いや、小さな虫になってばらばらと散っていく。その虫どもはフォルテッシモの足下へと集ってきて、這い上ってきた。あっという間に全身が覆われてしまう。がちがちがち、と虫の顎と顎が嚙み合わされる音が充満し、そして……一瞬後に、そのすべてが吹き飛ばされる。

虫だけでなく、部屋の壁という壁が吹き飛ばされる。

フォルテッシモの皮膚には、今の虫は一切辿り着けていない。彼の防御は数メートルから数ミクロンの薄さまで自由自在なのだった。

ばさっ、と音を立てて、すっかり広くなってしまったフロアの床に、さっきまでフォルテッシモが持っていた本『化け猫ぶぎの寝坊』が、ばさり、と落ちた。今の凄まじい衝撃が荒れ狂った中を舞い上げられたのに、傷ひとつついていない。フォルテッシモがガードしたのである。

彼はふたたび本を拾い上げようとそちらに歩き出そうとした――その足が停まる。

「………」

その視線の先には、ひとつの人影があった。

それほど背は高くない――むしろ小さい。小柄な体格だった。女の子よりも背が低いくらいのその少年。

「イメージを投影されている――何に投影している？」

フォルテッシモは彼を睨みつけた。いつ接近されたのか、彼にもわからなかったのだ。気配を絶つ技量に関しては、完全に彼を凌駕（りょうが）していた。

音梨中学校写真部所属、輪堂進。

2.

……おれの目の前に、あいつが立っていた。黒い帽子を被って、マントにくるまれている猫が。

そしてさらにその前に、見たこともない男がいた。身体にフィットした学ランのような細い服を着ている、やたらと目つきの悪い男だった。

（なんでこいつ、こんな眼でおれを見るんだろう？）

そう思ったが、それ以前に自分がいつのまに、ここに来ていたのかがよく思い出せなかった。

「ぶぎい」

黒帽子の猫がひと鳴きした。

おれのことをじっと見つめているのは、この猫も同じだった。でも男の方は、なんだかこいつが見えていないかのように、おれにしか視線を向けない。最初に振り向いたときには、一瞬だけその方向を見たが、それも生き物を見るというよりも、なんだか薄っぺらな紙でも見るような視線だった。そして猫もそんなことをまったく気にせずに、おればかりを見ている。

（こいつって……なんなんだろう？）

「ぶぎい」

猫が身を震わせると、帽子と頭の間から何かが落ちて、おれのところに転がってきた。拾ってみると、それは携帯電話だった。

着信を感じたので、反射的に出る。

「……もしもし」

〝あ、進？〟

聞こえてきたのは真駒の声だった。

「なんだよこれ、どうなってるのか、わかるか？」

〝あー、進……実はね、とっても言いにくいんだけど〟

「なんだよ。おまえらしくないな。なに遠慮してんだよ」

〝うん、それはね──進は、私のことを単純な女の子だって思ってるでしょ？　裏表のない、細かいことを気にしない娘だって〟

「だってそうじゃないか。そういうヤツだろ、おまえって」

〝うん。それはそうなんだけど──でもそれは、進のおかげなのよ〟

「は？」

〝進がいてくれたおかげで、私は落ち着いた気持ちでいられたの。余計なことを気にしなくても良かったのよ〟

「おまえ、なんの話してんだ？　いったいそれが今、なんの関係があるんだ？」

〝人間って不思議よね――そう思わない？　どうして失敗できないときに限って手が震えるのかしら。人前に出るとアガるのって何？　ふつうにやればなんでもないことほど、肝心の所ではしくじってしまうのって、いったい何が悪いのかしら？〟

「いや――だからよ……」

〝迷ってしまう。これでいいのか、あれでいいのか、って――そういうとき、どうすればいいと思う？〟

「………」

〝悩みを切り離してしまうのよ。それはそれ、これはこれ、ってね――友だちに相談するようなものよ。重荷を他の人に背負ってもらうの。面倒くさい気持ちを、ね〟

「………」

〝ねえ、進――あなたって、自由に憧れてるよね。自分は自由じゃないなあ、っていつも思ってる。でもそれは、ほんとうは輪堂進の気持ちじゃない。それは――私の欲〟

「………」

〝私は自由になりたいけど、私はそのことで気持ちをすり減らしたくない――欲のために緊張したくない。だから輪堂進に、代わりに悩んでもらっていたのよ。あなただけじゃない。無子規憐には代わりにブギーポップを探してもらっていた――私が直面したくない敵のことを。直にそいつのことを考えると、怖くて怖くて仕方がないから、切り離して別に動いてもらっていた――そのきっかけにも、あなたに手伝ってもらった。……ねえ進、あなたにはきっとわからないでしょうね、私がどれだけ、あなたに感謝しているのかを〟

「…………」

〝まったく悲しいわ――これであなたたちともお別れなんて。ブギーポップが悪いのよ〟

そして、電話が切れた。

いや、そもそもおれの手の中には、最初から電話などなかった。

おれには手などなかった。

おれには指などなかった。

おれには唇などなかった。

それでもおれは声を出す。

か細い喉をふるわせて、そこから洩れだした声は、

「……ぶぎい」

その声を彼が聞いた瞬間、その場所を、空間を、無数の衝撃波がずたずたに引き裂いていた。

＊

「――ぬ」

フォルテッシモは、見えていたはずの人影に確かに攻撃したが、しかし予想通りにそこにはなんの感触もなかった。ただ空を切っただけだった。

しかし、その下から何かが飛び出してきた。

それは一匹の猫だった。

ぶぎい、と鳴きながら逃げ出した。その頭には黒い帽子を被って、マントのような布を背中に付けていた。

「――なんだ？　あのコスプレ猫は？　腹の立つ格好しやがって――」

フォルテッシモは猫を足止めしようか少しだけ迷ったが、やめた。すでに攻撃しすぎていて、マンション自体が倒壊しそうになっていた。

〝あの猫が、イメージを投影されていた対象だったんだな〟

「そういうことだろう。あれが輪堂進として学校に通っていたんだ。周囲の人間たちは、誰一人としてそれがイメージを投影されただけの幻とも気づかずにいたんだろう」

〝でも、なんで今ここに来たんだ？　攻撃もしてこなかったし、すぐに逃げちまったし――〟

エンブリオがそう言った、そのときだった。

フォルテッシモにしか聞こえないはずのその声に対して、離れたところから返事が来た。

「それは、ここが彼にとって最も安心できる家だったからよ。危機を感じて、本能的に〝ねぐら〟に避難しにきただけのこと——」

その少女の声の位置に、フォルテッシモは振り向きざまに攻撃をした。

しかし攻撃は、その方向に向かわなかった。

唐突に空で消えて、そして——背後から出現した。

フォルテッシモ自身の過去の攻撃が、未来の彼に向かって飛んできたのだった。

「——!」

フォルテッシモは自らの攻撃を、同じだけの威力をぶつけて相殺して、消した。

「単純な人ね。なんでも武力で解決しようっていうのね」

少女の声は、平然とした調子のまま続いている。

フォルテッシモから少し離れた位置に立って、そこから一歩も動いていない。

真駒以緒、と呼ばれてこれまで音梨町で暮らしてきたその少女は、統和機構最強の存在を前にして、まったく動じる様子もなかった。

3.

「てめえが——スキャッターブレインか。エンブリオの声が聞こえるってことは、文句の付けようのない真性のＭＰＬＳってことだからな」

フォルテッシモの声にも、彼女は返事をしなかった。

その代わりに「ふう」とため息をひとつついて、

「まったく、ずいぶんと荒らしてくれたものね——まあ、ここにはもう用がないから、どうでもいいんだけど」

そして、床に落ちていた『化け猫ぶぎの寝坊』を拾い上げて、ぱっぱっ、と埃（ほこり）を落とす。

「これさえあれば充分。うん」

大事そうに、胸元に抱きしめるように持つ。

「大丈夫、私は負けないわ——死神なんかに負けない」

そう呟くと、彼女はフォルテッシモに背を向けて、そのまま歩み去っていこうとする。

「おい——待てやコラ」

フォルテッシモは恫喝（どうかつ）のこもった声を上げた。

「せめて命乞いくらいしろや。案外、気まぐれで助けてやらんでもないかも知れんぜ」

「……………」

彼女は足を停めた。そして「ふう」とまた吐息をついて、振り返る。

その本を抱えた手には、小型のデジタルカメラが握られていた。音梨中学写真部の、備品のカメラだった。

レンズ側でなく、モニターの方が表になっていて——そこにはフォルテッシモが、さっき輪堂進のイメージに攻撃した瞬間が撮影されていた。

「………………!」

フォルテッシモの眉が、ぴくっ、とかすかに引きつる。そこに彼女は、

「私に話しかけるな——おまえのことなんか、私は意識したくない」

と冷たい声で言った。

フォルテッシモは、それに対して攻撃で返事をした。だがやはり、さっきと同じように背後から同じ攻撃が襲いかかってきた。

消滅させるが、しかし彼女の方にはまったく攻撃できない。

「——こいつは……」

「おまえはもう〝定着〟させられている——おまえが世界に影響を及ぼすことはもう二度とない。もちろん、私に対しても」

スキャッターブレインの眼には、敵意よりも無関心さがあった。

「この――！」

　フォルテッシモは床を蹴って、彼女に飛びかかっていった――だがその瞬間、彼の足は床を踏み抜いて、下へと落ちてしまう――と、その落ちた先は、ついさっきまで自分が立っていた場所だった。天井にも穴などなく、彼女はさっきと変わらない位置に立ったままだった。

「……なん、だと……？」

　フォルテッシモの顔に緊張が走った。彼女はその顔を見ても、特に嘲笑する様子もなく、淡々と言う。

「おまえは私と戦っているつもりでしょ。でもそれは違う。おまえを閉じこめてるのは、おまえ自身のイメージ――誰も自分の思考から自由にはなれない」

「ぐっ――！」

　フォルテッシモは無制限に、全方向に向かって攻撃した。戻ってくることを予想して、全方位に防御を同時に巡らせている……だが、その防御が作用しなかった。全身を衝撃が襲った。

「ぬ……!?」

　反射的に身を屈めようとする――だが痛みを感じない。

「小賢しいことを考えるのは無駄よ。最初から守ることを思って攻撃したでしょ？　そんなものはどこにも届かない――もちろん自分にも、ね」

「ぬぬ……⁉」

フォルテッシモは動こうとした。だがどこにも動けなかった。どっちに動いていいのかわからないことが、そのまま身体に反映されていた。

「おまえに定着させたのは、おまえ自身のイメージ……おまえは自分を強いと思っているんでしょう。その強さが今、おまえを押さえつけている——他の誰の力もいらない。私もいらない。おまえに対するには、おまえがいればいいだけなのよ」

「ぬ、ぬぬぬ……」

フォルテッシモは前に進もうとした。だが一歩を踏み出したと思ったら、同時に後ろにも下がっている。同じところで足踏みしているようだった。

「今まで来た刺客の連中の中に、おまえのことを知ってるヤツもいたわ——リィ舞阪っていうんでしょ、おまえ」

ここで彼女は、うっすらと微笑みを浮かべた。

「統和機構最強なんでしょ？　それだけの力があった癖に、しょせんは組織の飼い犬だったってことね。ひとりで戦うだけの気力もなかった、おまえはしょせん、その程度のヤツだったってことよ」

「ぬ、ぬぬぬぬ、ぬ……！」

動こうとして、そしてフォルテッシモは倒れ込んだ。だがその転倒を支える手と、突き飛ばそうとする手が同時に重なり、結局微動だにしないで、そのまま落下する。

マネキン人形のように、がしゃん、と崩れ落ちた。その姿勢は、写真部の部室に転がっていたセロニアス・モンキーの身体の姿勢とまったく同じだった。

「誰も自分のイメージを超えることはできない。どんなに成長しても、死ぬほど努力しても、イメージにだけは絶対に勝てない――そのイメージに近づくために、人は生きているのだから」

「――ぬ、ぬ――ぬ――」

フォルテッシモの眼は、見開かれたまま閉じることもできず、そのまま乾いていく。

「空間を操ろうと、衝撃をぶつけようと、何をしようと、おまえは自分のイメージだけは、絶対に壊せない――だから誰も、私には勝てない。それがスキャッターブレイン。おまえたちがMPLSと呼んでいる者たちの中でも、これほどの無敵は他にないのよ。心を持っている限り、そいつは私を殺すことはできないの。わかる？」

「――」

もう、反応は返ってこなかった。

それは脱出しようと足掻けば足掻くほど填っていく底無し沼だった。なんとかしようという強い意志が、そのまま彼の精神を闇の中へと引きずり込んでいったのだった。

「――さて」

彼女は動かなくなったフォルテッシモにはそれ以上関心を持たずに、ふたたび歩き出した。

廃墟マンションの階段を下りていき、そして町に戻ったところで、ふいに彼女の眉が曇った。

「……なんだ？　なにかおかしい——相原先輩はどうしたの？」

4.

「………」

相原亜子は、静まり返った町の中を歩いていく。

静かだが、人がいないわけではない——通りには多くの人々が立っている。

しかし、誰一人として微動だにしない。

まるで時間が停まっている中を、自分たちだけが動けるかのような風景だった。風の音だけがやけに大きく響く。

「………」

茫然としてしまっていると、彼女の少し前を歩いていた黒帽子が、

「あまりぼくから離れない方がいい。その罠たちに認識されて、襲いかかられるよ。ぼくの周囲だけだ。彼らの認識外の対象は」

と注意してきたので、あわててその横まで戻っていく。

「ね、ねえ……これってなんなの？　町のみんなはどうしちゃったの？」

「スキャッターブレインに汚染されているんだよ」

黒帽子はこともなげに言うが、もちろん亜子にはさっぱりわからない。

「わ、私もさっきまで、こんな風になっていたの……？」

「そうだよ。気をつけた方がいい。身体のあちこちが無理に動かされていたから、疲労が蓄積している——すぐに捻挫したり、肉離れしたりするよ」

言われて、亜子はぎょっとして手足を思わず揉みまくる。確かにあちこちがごりごりと痛む。

「な、なんなの——どうなってるのよ一体？」

「これはすべて、スキャッターブレインと呼ばれる者の仕業だったんだよ。君が感じた絶望も、苦悩も、混乱も、喪失(そうしつ)も——すべてはその敵がもたらしたものだったんだ」

「て、敵って——でも、でもあれは」

彼女をこの黒帽子のところへ導いたのは、写真部の仲間たちだった……。

「そうだね、あれは君の、とても身近なところにいたね」

「し、信じられないわ。そんな——そんな……敵だったなんて」

亜子は何度も何度も首を左右に振る。とても受け入れられる考えではなかった。

「君の敵ではない。だが君が、この世界の一部である以上、あれと君は敵にならざるを得ない……なぜなら、スキャッターブレインは〈世界の敵〉なのだから。世界の敵は、いつだって君たちの近くにいる——どこにでもいるんだ。そこに境界はなく、すべてはつながっていて、簡単に世界は牙を剝く」

　黒い帽子を被って、黒いマントを身に纏っているそいつを、亜子はあらためて見つめた。

　その白い顔には、黒いルージュがひかれている。その姿は輪堂進が言っていた、不思議な猫の姿とほぼ同じだった。

「なんで——猫だったのかしら」

「それはきっと、その彼の真実がそうだったからだ。彼にあったのは〝探す〟という指向性だけで、見ていたのは単なる自己の影だ」

「——輪堂は、猫だったの？」

　ますます訳がわからない話だったが、黒帽子は淡々と、

「そうだろうね。その猫に少年のイメージが投影されていたんだ。君が認識していたのは、そのイメージが造り出した疑似人格だったんだろう」

　と言うだけだった。実に自然に、あり得ないようなことばかりを告げる。こんな不思議なものは、彼女の知っている世界の中にはいない。いるとしたら、それはただひとつ……。

「ぶ——ぶ、ブギーポップ……あなたは、本物のブギーポップなの？」

　そう質問しても、その黒帽子はやっぱり、実に曖昧に、

「本物も偽物も、ぼくが関係している領域では大して意味を持たない——そんな区別をしても、

しょせんは〝生と死〟の二極の前では無駄だからね。ぼくは〝死〟の方にいる。だからこの世のすべての〝生〟の方のものとぼくは、関係がない――真偽を問うても、その答えはない。本物のブギーポップなどというものはない」

とますます訳のわからないことを言うだけである。

「で、でも――あなたのことを、みんなは噂しているわ」

「それは名残に過ぎない――かつて、ぼくが〝彼女〟と戦ったときに、ぼくを無効化しようとした〝彼女〟の打った手のひとつが、まだ消えきっていないだけだ。深い意味はない。でも――そのせいで、スキャッターブレインはぼくと出会う前にこうやって〝防御〟を固めることができたんだろうけど、ね――」

やれやれ、という風に黒帽子はマントを揺らめかせる。肩をすくめた、のかも知れない。よくわからない。あまり人間のように見えないのだ。

「この敵は、強い――それは確かだ。少なくとも、ぼくから見て、ぼく以外にこれと戦う能力があり得るとは思えない。そう、自分自身で〝最強〟とか名乗っている、あの強気で脳天気な彼では、とても勝負にならない。戦いようがないはずだ。何も通用しない――このスキャッターブレインには」

と言った。

亜子は、いつのまにか自分がぶるぶると震えていることに気づいた。

言われていることの意味が、だんだんとわかってきたのだ。

毎日毎日、あの狭い部室で過ごしてきた日々。

部活と称してカメラ片手にだらだらと歩きながら、下らないことを言い合っていたあの日々。

あれは全部、嘘だったのか。

色々なことを覚えている。つまらないことばかりだけど、それを思うとなんだか楽しくなるような想い出ばかりだ。それが今、もう同じようには振り返れないのか——そう気づいた瞬間、全身が凍ってしまったかのような寒さを感じていた。

「……じゃあ、あのときには——」

とてもそのときのことを特定できなかった。これからもずっと続くと思ってきた日々は、いまではもう〝あのとき〟としか言えない時間になってしまったのだということを、彼女はやっと実感し始めていたのだった。

「——あのときにはもう、私はその影響下にあった、ってことなの……？」

少女の繰り返された問いに、黒帽子は、

「そうだ。君だけではない。この音梨町の人々全員が、スキャッターブレインに汚染されていたんだ」

と、まったく変わらない声で応える。ずっと平静である。

亜子は不安と恐怖で顎をがくがくさせながら、

「……私は、一体どうなってたの？　その得体の知れない能力に支配されていた、って……私は、私じゃなくなっていたってことなの？」

とまた同じことを訊ねた。しかしこの問いに、黒帽子は今度はゆっくりと首を左右に振る。

「それは違う。どっちにしろ同じことだからね」

「同じ……って、どういうこと？」

「君のいう、普通の生活も同じだよ。誰かが決めたことに従って生きている。それが特殊能力者だろうが、常識的習慣だろうが変わらない——君にとっては同じことだ。君はそれに干渉する気がない。世界がそういう風にできている、ということに対して何もしようとしないのだから、文句を言う資格はない。言ったとしても無視されて、抹殺されるだけだ」

「え、えと——」

「世界の敵を倒せる者は、この世界の中にはいない。それができるのは、自らもまた世界から逸脱することを覚悟した者か、未だ自覚しない次なる世界の敵か、それとも——ぼくのように自動的な存在だけだ」

彼女たちは、人々が固定された町の中を歩いていく。

その行き先は、彼女がやって来た先——音梨中学である。

黒帽子は亜子から少し話を聞いて、すぐにそこに向かうと言い出して、そして向かっているのだった。

「倒す――」

亜子がぼんやりとした口調で呟くと、ブギーポップはかすかにうなずいて、

「決着をつける――それがぼくの存在する、ただ一つの理由だからね」

と言った。

どこからともなく、ぶぎい、という猫の鳴き声が聞こえてきた。

六、あいまいな、彼氏。

……『化け猫ぶぎの寝坊』によると、化け猫はいつのまにかいなくなってしまうのだという。

死んでしまったのか、どこかへ行ったのか、ばらばらに散ってしまったのか、縮んで消えてしまったのか、それを知っている者は誰もいないという。

＊

「おまえはどうしたいんだ」

死神にそう訊かれて、ぶぎはちょっと考えた。でもほとんど悩むことなく、

「ねえねえ、君はぼくを殺しに来たんだろ」

「そうだ」

「それはどうしても変えられないことなんだろ」

「そうだ」

「ぼくは君から逃げられない」

「そうだ」

「じゃあぼくとしては、少しでも楽しいようにするには、ひとつしか方法がないみたいだね」

「楽しい？　楽しいだって？　そんなものがまだあるっていうのか？」

「うん」

ぶぎは自信たっぷりにうなずいて、そして言った。

「ほんの少しの間でもいい。君と友だちになればいいんだ。ぼくが見えて、ぼくと話ができるのは、どうやら君みたいな人だけらしいからね。この出逢いのために、ぼくはえんえんと寝坊

していたんだと思えば、なんとなくすっきりするじゃないか」

1.

——それがいつのことなのか、正確に憶えている者は誰もいない。

本人さえも、そのときの記憶を、イメージを、既に別の者に植えつけて、そして消してしまったからだ。

だからそれがいつ生まれたのか、知っている者は誰もいない。それと関わった者たちはみんな消えてしまったからだ。

どこで生まれたのかもわからない。何を頼り、何を利用し、何を犠牲にして生き延びてきたのかも、何もわからない。

過去はそれを不安にした。だから他人に押しつけて、そして忘れてしまった。その他人ごとなかったことにしてしまった。

他人の人生の中に、イメージを植えつけて入り込んで、利用してしゃぶり尽くすと、また別の場所へと移動した。それを繰り返していく内に、それは自分のことをスキャッターブレインと呼ぶようになっていた。

他の一般人たちと異なる存在をＭＰＬＳと呼んで狩り立てている統和機構という敵がいることは、もうかなり早い段階からわかっていた。それが幼稚園と呼ばれる場所を利用していた頃から知っていて、そして完全に勝っていた。なんの問題もなかった。小学校も、中学校も、ずっと問題なく、さまざまな場所を渡り歩きながらも一切傷つくことなく過ごしていった。傷つきそうになったら、その周辺のイメージをすべて木っ端微塵にして、そこにいた人間の精神を、そこにいた自分の記憶を消してしまえばいいだけのことだった。相手の、みんなの生命もろともに。そういう生活——そいつからしたら、それは世界中のあらゆる生命がしていることと何ら変わらなかった。自分の持てる力を使って、環境の中で適応し、搾取し、ほどほどに暮らしていく。それだけのことだった。

だがその中で、そいつは噂を聞いた。

死神の噂を。

世界の頂点に立った者が、そこから落ちる前に、醜くなる寸前に現れて、そして殺してしまうという存在の噂を。

ブギーポップの噂を。

すごく嫌な感じがした。

それは、それ自身はとっくに消して、忘れてしまったことであったが、一番最初に——それが能力に覚醒し、他人のイメージを片っ端から吸収し、コントロールできずに皆殺しにしてしまったときの印象とまったく同じだった。

両親たちを殺したときの印象と同じだった。

「——確かに送り込んだはず……相原先輩を不確定の存在のもとに——」

真駒以緒という名前で呼ばれていた彼女は、焦っていた。

「もしもあれがブギーポップだというのなら、私が直に触れるのはまずい——」

彼女は他人にイメージを植えつけることができるが、それは諸刃(もろは)の剣でもある。相手のイメージも彼女の中に刻まれてしまうのだ。だからいらなくなった記憶はできるかぎり他人に移して、そいつもろともに消してきたのだが、相手が強大であればあるほど、そいつの恐怖の印象は強烈なイメージとして心に深く刻まれてしまう。その記憶を消すためには、その嫌な嫌な嫌な想い出を抱えずに生きていくには、他の様々な記憶も一緒に消してしまうことになるのだ。

「あんまり消しすぎるのはまずい——だからブギーポップにも、間接的なイメージの伝染による攻撃が望ましい——弱った後ならとどめを刺しに行ってていいが、いきなりはまずい……」

彼女はぶつぶつ呟きながら、音梨町の中を歩いていく。

間違いなかった。

相原亜子は消えていた。彼女がここまでは行動して良いと植えつけた行動半径の中にいない。死体もない。

ブギーポップに取り込まれてしまったのだと判断せざるを得ない。

「今までのどんな敵よりも、強敵であると考えるしかない……くそ、この不安もいらない。こんなことは考えたくない――」

精神の穏やかな安定、それなくして生きる理由はどこにもなかった。そのために彼女は戦っているのだから。戦いのために心をすり減らすなど愚の骨頂であった。

「やはり、物量で押し切るのがもっとも無難か――」

彼女がそう呟くのと同時に、周囲からわらわらと小さな影が湧いてきて、そして彼女のことを取り囲んでいく。

それは猫だった。

様々な品種の猫。雑種もいる。血統種もいる。飼い猫も野良猫もいる。子猫も老猫もいる。音梨町中から集まってきたその猫たちが全部、彼女にすり寄ってくる。

攻撃のイメージを刷り込まれるために。

スキャッターブレインの〝武器〟として。

＊

――そして彼女が去っていった廃墟マンションの中では、変化が生じつつあった。

床の上に倒れ込んで、微動だにしていなかった人影――フォルテッシモの身体が、がくん、と大きく振動したのだ。

身体は相変わらず、指一本とて動いていなかったが、何度か連続してそのマネキン的かたまりが、がくがく、と振動する。

そして――その胸が、ばしん、と大きな音を立てて弾けた。

大きな穴が空いて、心臓を木っ端微塵にして、鮮血が周囲に四散した。

その胸に掛けられていたエジプト十字架のペンダントにも、びしゃっ、とその血が降りかかる――と、その直後だった。

まるでフィルムを逆回しにしたように、その血が元のところに戻っていく。胸の穴に吸い込まれていき、そして何事もなかったかのように、元に戻ってしまった。

ただ、服だけが大きく裂けたままで、それが今の現象が幻でないことを示していた。

一度胸に大穴を開けて、そして回復したフォルテッシモの身体が、むくり、と平然とした調子で起き上がる。

「――ふん、手間取らせやがって」

忌々しげに呻いたが、その声にはなんの疲労もダメージも感じられなかった。

〝なるほどなあ、スキャッターブレイン・イメージを植えつけられたのはおまえの精神だから、消すには一瞬死んでそれを断ち切ってしまえばいいって訳だ〟

エンブリオの声は感心しているようだが、どこか軽い。

〝能力は外には向けられず、自分に返ってくる――それを利用して心臓を自ら吹っ飛ばし、そして意識が飛ぶ前に開けた空間の裂け目を閉じて元に戻す。その能力が完全に発動する寸前には、その時間差の分だけ一瞬、見事に死ねるってことだな〃

ひひひ、という笑い声が響く。

〃しかしあんなに見事に吹っ飛ばさなくても良かったろう。痛かったんじゃねーか？　それこそ頚動脈(けいどうみゃく)をちょっと塞いでも同じ効果が得られたんじゃないか？〃

「そんなちまちましたことができるか。面倒くせえ」

フォルテッシモはふん、と鼻を鳴らした。

〃服が戻ってねーのを見ると、そこまでは間に合わなかったわけだから、割と間一髪だったみたいだぜ？〃

「いちいちうるせーな。どうでもいいだろ、んなこたぁ。うまく行ったから問題ねーよ」

〃で、どうするんだ？　いったん報告に戻るか？〃

「ふざけるな。続行に決まっているだろう。追うぞ、スキャッターブレインを」

2.

猫だった。

無数の猫が、いつのまにかどんどん近くに来ていた。

「な、なんなのこれ――？」

亜子は焦った。大量の猫はすべて、どこか焦点の合わない眼で、彼女とブギーポップのいる方に顔を向けている。

「ぶぎい」

「ぶぎい」「ぶぎい」

「ぶぎい」「ぶぎい」「ぶぎい」

「ぶぎい」「ぶぎい」「ぶぎい」「ぶぎい」

「ぶぎい」「ぶぎい」「ぶぎい」「ぶぎい」「ぶぎい」

「ぶぎい――」

奇妙な鳴き声をあげながら、前方にも後方にもじりじり迫ってくる。囲まれてしまう。

しかし、やっぱり視線はこっちに微妙に向いていない。それが気味が悪い。

ブギーポップも立ち停まったので、亜子はその側に寄って、

「あ、あのこれ、やっぱり――まずいのかな？」

「この猫はスキャッターブレインの〝武器〟だ。噛まれたり引っかかれたりしたら、その接触だけでイメージを上書きされて自我を失うだろうね」

実に淡々と言う。

「わ、私みたいに助けられないのかな？」

「数が多すぎるね。全部はとても無理だ」

「じ、じゃあどうすんのよ！」

あまりにもブギーポップが呑気そうなので、亜子は立場も忘れて思わず怒ってしまった。

これブギーポップは、ちょい、と眉の片方を上げて、

「どうもしない。ただ、ゆっくりと待つだけだよ」

と口元を不思議な感じに開いて言った。とぼけているような、ふざけているような、なんとも言い難い左右非対称の表情だった。

「で、でも——」

今にも足下に、猫が近寄ってくる……毛先が素足と靴下の間を、さっ、とかすめる。

「ひっ」

「動かないで」

ブギーポップに言われるまでもなく、亜子は身体が強張ってしまって動けない。猫たちはたちまち彼女とブギーポップの周囲を埋め尽くして、ふらふらと動き回っている。

しかし、襲ってくる感じはない。

「ど、どうなってるの？」

「この猫たちは、自分たちと共鳴しないものがこの辺にいるということはわかる。しかしそれだけだ。はっきりとぼくらを感知はできない。ぼくが彼らに敵意を向けず無視すれば、猫たち

にはぼくのことがわからない」

「な、なんで？」

「スキャッターブレインが、心の底ではぼくのことを考えたくないからさ」

ブギーポップはしたり顔で言う。

「ぼくという敵対者から眼を背けている——それが限界になっているんだよ」

「——もっとわかりやすく言ってくんないかな。なんのことだかさっぱりわかんないわよ……」

亜子が弱々しく呟いたとき、猫の群が少し偏って、彼女たちの前が開いた。ブギーポップがその隙をついて前進したので、亜子もあわてて同じようにした。

猫はまたすぐにわらわら動いてきて、周囲を埋め尽くす。するとブギーポップはぴたりと停まる。亜子も従うが、彼女は嫌な感じがしてきた。

「あ、あの……もしかして、これで学校まで行くの？」

「もちろん」

ブギーポップは即答した。

「なんで学校に行くのよ？」

「君が言っていた、その写真部の部室——そこに貼られている写真の中に、君の知らない写真があるはずだ。それを見つけるためだ」

「そんなのないわよ。私、全部飽きるほど見てるんだから――」

　そう言いかけて、しかし亜子は自分がまともではなかったことも思い出し、

「あ――つまり、私に意識させないようにしてた――隠してた写真があるっていうの？　それは何？」

「スキャッターブレインの〝急所〟だ。もっとも強くイメージを固めている対象で、彼女の精神の支えだ」

「私に憶(おぼ)えのない写真が……それに写っているものがそうだって言うのね？　それを見分けられるのは私だけ――だから私の助けが必要ってことなの？」

　割と意気込んで言ってみたが、これにブギーポップは軽い調子で、

「まあ、いなくてもいいんだけどね」

　と言い放った。亜子はずっこけた。

「あ、あのね――」

「君が見分けてくれれば手っ取り早いのは確かだけど、いなかったとしても大して問題ではない――そこにある写真に写っているものを全部、片っ端から検証していくだけだからね」

「検証って、どうするの？」

　この何気ない問いかけに、ブギーポップはやはり軽い調子で、

「みんな消してしまうだけだよ」

と言った。なんの淀みもためらいもなく。

「……え？」

「それがぼくの存在理由だからね。世界の敵を滅ぼすことだけが」

「…………」

亜子は茫然としてしまった。その間に、また猫の密度が減ったので、道が空いて、歩いていけるようになる。そろそろと前進していく……その途中で、ブギーポップはふいに停止した。

そして呟く。

「この手も、ここまでだね」

え、と亜子が訊ねるよりも早く、それは始まっていた。

地面をふらふらと歩いていた猫たちが、いっせいにその場で、ぴょん、ぴょんぴょん、ぴょんぴょんぴょん——と跳ね回り始めたのだ。

そしてジャンプした以上、その猫たちは地面へと落ちてくる。地面に降りたものはまた跳躍していくが、しかしその途中に障害物があれば——

「……わっ！」

亜子は自分の方に飛び込んできた猫をあわてて避けた。しかし猫は、次から次へと飛んでくる——壁によじ登ってから飛んでくるものもいて、それはなんだか、猫が空から降ってくるような状態であった。

英語では土砂降り(どしゃぶ)の雨のことを〈キャット・アンド・ドッグ〉という――つまらない駄洒落(だじゃれ)のような、しかし決定的な攻撃だった。

「猫が上から落ちてきてぶつかったら、君は痛みを感じるだろうね――それは敵意になる。すぐに見つかってしまう」

「ど、どうするのよ!?」

「君だけでも学校に先に行け――この猫たちの鳴き声を真似すれば、少しは共鳴しているような感じになるはずだ。ここはぼくが引き受ける」

言うやいなや、ブギーポップもまた跳躍し、猫たちを次々と弾き飛ばした。

すると猫たちは、くるっ、と一斉(いっせい)にブギーポップの方を振り向いて、そして襲いかかっていった。

「あ、あああ――」

亜子はとまどったが、しかし考えている場合ではなかった。

彼女は走り出して、そして叫びだした。

「ぶ、ぶぎ……!」

私は頭がおかしくなったのか、と自分でも思ってしまうような絶叫だった。しかし言わずにはいられない。叫びながら走っている。

確かに、町中でマネキンのように停止している他の人々は、叫んでいる彼女には反応しなかった。効いているのか、実は関係ないのか、それはまったくわからないが、それでも彼女は叫び続けるしかない。

「……ぶぎ……！」

道は迷わない。迷うはずがない。ここはいつもの通学路なのだ。交番の横を抜けて、コンビニの角を曲がって、クリーニング店の前を通り過ぎれば、そこは中学校の校門に続く坂道で、見上げればもう、校舎が——そこで、凍りついた。

「…………！」

校門の前で、立っていた。別に不自然ではない。なにしろ彼女は、音梨中学校の制服を着ている女子生徒なのだから。

「どうも、先輩——」

そう言って微笑みかけてきたのは、真駒以緒だった。

3.

——ぱしゃっ、と彼女の手の中の写真部備品カメラのシャッターが切られた。

その瞬間、相原亜子の全身は、まるで写真の中の姿のように、定着させられて動かなくなる。

（あ——）

亜子はその開きっ放しの眼で、接近してくる後輩の姿を見つめることしかできない。見ないことすらできない。

「先輩、ひどいじゃないですか。可愛い後輩じゃなくて、得体の知れない死神の味方をするんですか？」

（う、ううう——）

「ああ、このカメラですか？　いや、別にカメラがなければならない、ってことじゃないんですよ。精神的なスイッチ、とでもいうんですかね、カメラを使うと余計な負担が減るんですよ。いちいち相手に精神を集中しなくても、写真を撮るという行為に代替(だいたい)させることでイメージを簡略化できるんです。わかりますか？」

喋りながら、以緒はゆっくりと彼女の方に近づいてくる。

(う、ううう――)

「まあ、わからないでしょうね――誰にもわからない。だから私は、ひとりでこんなことをし続けなければならないのだから」

(う、ううううう――)

「でも先輩、私はあなたが結構気に入っていたんですよ。とっても気持ちのいい人だって思ってた。貴重なんですよ、先輩みたいな人」

(う、うううううう――)

「なんで学校に戻ってきたんですか。写真をきっかけとして罠を定着させていることに気づいたとしても、それをわざわざ確認に来る理由はありませんよね――ああ、答えなくていいです。もう頭の中でイメージになっているから」

彼女は亜子に、すうっ、と手を伸ばしてきて、頭の前で指先をつまむようなジェスチャーをして、そして手を、さっ、と素早く引いた。

見えないカードが、亜子の頭に刺さっていて、それを引き抜いたような動作だった。

そしてその見えないカードを、彼女は今度は自分の頭に突き刺すような素振りをする。特殊な能力のない亜子には、彼女が何をしているのか視(み)ることができない。

ただ――自分がどうしてこの場所に走ってきたのか、その理由がさっぱり思い出せなくなっていた。その記憶だけ抜き取られていた。

「——ほ？」

対して真駒以緒は、納得した、という顔になっている。それだけでなく笑みまで浮いている。ラッキーなことに出会ったときに少女が浮かべる素直で屈託のない笑みを。

「ほう、ほうほう——へぇえ、私の急所が、部室に残っている、って？」

絡むように言った後で、あはははははは、と高笑いした。

「——ははっ、あー、おかしい。なにそれ？　そんなことを思ってたの？」

（うううう、うう——）

「残念ね、そんなものはないわよ。先輩が今まで見ていた写真以外のものなんて、なんにもなかったわよ。……なあに？　そんなものに頼ろうとしていたってことは、ブギーポップって実は大したことのない相手だったのかしら？　確かに曖昧で感知し辛く、イメージとして捉えるには厄介な相手かも知れないけど、そんなに怖がるほどじゃないのかもね」

彼女は心底、嬉しそうな表情になっている。それは亜子が今までの生活で、何度も何度も見てきた表情だった。何も変わっていなかった。

それが——とてつもない断絶を感じさせた。

（ううう……）

亜子は恐ろしかった。目の前の少女も怖かったが、それ以上に今までの己の人生が恐ろしかった。今まで自分が過ごしてきた人生が、全部が全部、嘘だったのが怖くてならなかった。正しいと思ってきたこと、間違っていると思ってきたこと、嫌だなと思ってきたこと、ちょっと好きだったこと、頼ってきたこと、疎んじてきたこと、願ってきたこと、信じていたこと、信じられなかったこと、それらのすべては今、ただの幻だったということがわかって——ただひたすらに、泣きわめき続ける赤ん坊のように不安の塊に圧し潰されるだけだった。

「さて——先輩？」

　真駒以緒は笑うのをやめて、亜子の方に向き直った。

「残念ながら、この音梨町はもう限界です。ほら私、最強のフォルテッシモとか倒しちゃったじゃないですか、統和機構がこれからこの辺に本格的に押し寄せてくると思うんですよね。とりあえず逃げなきゃなんないんです。ほんとうに残念。でも——」

　彼女はまた、手を亜子の方へと伸ばしてきた。

「——先輩のことは好きだから、やっぱり一緒に連れていきたいんですよね。だから先輩のイメージをぜんぶ、私にくれませんか？　誰か別の女の子にそれを上書きすれば、先輩は今のまんま、私の友だちですよ？」

　人格を、性格を、個性を、想い出を、魂を形作るものをぜんぶ根こそぎよこせ——彼女は亜子にそう言っているのだった。

（ううう——）

もう、何をどう考えたらいいのか、亜子にはまったくわからなくなっていた。そして真駒以緒の手は、亜子の胸にずぶずぶとめり込んでいった——そのようにしか見えなかった。痛みも違和感も何もなく、幻覚であることは間違いなかったが、それでも——芯から引っこ抜かれる、という感覚だけは、これは紛れもなく本物だった。

スキャッターブレインの侵略は、苦痛すらなく行われるのだった。

（あ、ああ——）

亜子は自分が氷のように感じた。その氷が今、沸騰した熱湯をかけられて見る見るうちに、あっという間に溶けていく——その感覚が、一瞬で断ち切られた。

「——がっ……」

喉になにか違和感を覚えたときには、亜子の身体は首に絡みついた糸のようなものに引きずられて、その場から一瞬のうちに剥ぎ取られて、吹っ飛ばされた。道路を挟んだ反対側の歩道に叩きつけられる。激痛が走って、それが彼女を正気に戻す。そのときにはもう、首に絡んでいたはずの糸も綺麗になくなっている。

「な——？」

真駒以緒は、その場で茫然と立ちつくす……そこに聞こえてくる。

口笛の音が。

〈ニュルンベルクのマイスタージンガー〉が。

4.

「な……なんで……？」

彼女は信じられなかった。

口笛の音は、彼女の耳にもはっきりと聞こえる。

それは音梨町中に響きわたるかと思われるほどに、不自然なまでの大きさで鳴っている。

それなのに、その音の主はどこにいるのか、いっさい感知できないのだ。

「ば、馬鹿な……あれだけの猫を、どうやってこんな短時間で——皆殺しにしたにせよ、早すぎる……！」

そう言ったときには、もうそれに気づいていた。

にゃあ、にゃあ——という声が聞こえてきたからだ。

猫たちが、わらわらと向こうの通りからこっちにやってくるのが見えた。彼女のもとへ戻ってきていた。一匹も死んでいないのがわかった。傷ひとつ負っていないようだった。

反射的に、そいつらを〝定着〟させて、その動きをすべて停めてしまう。

猫たちは一瞬にして身じろぎひとつしなくなった。

だが、刷り込んだはずの指令を一切果たしていないのに、どうして戻って——そう考えている間にも、口笛の音色が彼女の周囲で充満している。

「なー―なんなんだ、これは！」

思わず叫んでいた。

そこに声が聞こえてきた。

〝これが――君が今まで世界に対して取ってきた姿勢そのものだよ。スキャッターブレイン〟

口笛がやまないのに、声もはっきりと聞こえてくる。不自然だった。あらゆることで辻褄（つじつま）が合わなかった。

声が聞こえるのに、どこから聞こえるのかまったく感じない。彼女は能力で、見えないところにあるものでもイメージを捉えられるはずなのに、その声だけはどこにも存在していないようにしか思えないのだった。

〝君はいなかった。どこにも存在していなかった。他人から借りたイメージの中に隠れて、そこから一歩も外に出ようとしなかった〟

どこから聞こえるのかわからないのに、その声は彼女の胸に直接突き刺さってくるかのようだった。

「――ふざけるな！　隠れているのは貴様だろ！　姿を見せろ！」

彼女は叫んだ。

そう、一目見るだけでいいのだ。

それだけで、スキャッターブレインは相手のことを〝定着〟させられる。これから逃れられる相手はいない。しかし、声は、

〝それは無理だね〟

と突き放したように言った。

〝なぜなら、ぼくから眼を逸らしているのは君自身なのだから〟

「なにを、馬鹿なことを――」

と言いかけて、しかし彼女は胸の奥がざわざわするのを抑えられない。

〝ぼくは君の敵だ〟

声は断定した。なんの迷いも韜晦もそこにはなかった。ただの事実の提示、それだけだった。

〝君以外のものにはなんの意味もない。君を殺すためだけに今は出現している。他の者のイメージをいくら把握しても、ぼくを知ることはない。ぼくは君以外の誰とも関係がないのだから。君は、ぼくを見つけるためには、君だけの、君自身のイメージを摑まなくてはならない〟

不思議な言葉であり、およそ意味は摑めず、論旨もなにやら怪しげである。しかしそれでも、彼女はその言葉を無視しきれない。

〝君はもう限界で、今までのようにただ隠れていることはもう、できないだろう。だからぼくが出てきた。君がこれ以上この世界に存在し続けると、世界はイメージと現実の境界を失って、曖昧模糊としてどろどろに崩れ去るだろう。今の世界の終わりだ。新世界の誕生で、君はそこで神となるのかも知れないが、しかしそうなるには、君には決定的なものが欠けている——君自身のイメージがない。君には創造主たる素質がないんだよ〟

「う——うるさい！　うるさいうるさいうるさいっ！」

彼女は首を激しく左右に振り回した。

〝君は言ってみれば『気が散って』いるんだよ。それでは死神を捉えることはできない〟

「馬鹿にするな！　私は——私だって、その気になれば——」

彼女は、その声に対して注意を集中させていく。どこにいるのか、それを知ることに全感覚を研ぎ澄ませていった。

他のことを忘れて、そのことだけに絞り込んでいく——口笛がまだ聞こえてくる。その位置を知ることのみに徹する——そして、その集中の先に、ぽっ、と何かが灯った。

余計なノイズが消えて、口笛だけが聞こえてきた。

その方向がわかった。その位置は——真正面だった。

かっ、と眼を開いたら、今までなんで見えなかったのか、と思うくらいに簡単に、黒い帽子を被って、黒いマントで全身を包んだ筒のようなシルエットが、あっさりと立っていた。

「————っ！」

彼女が見たということは、相手は〝定着〟させられたということ——ブギーポップはもう動けない……！

鳴り続けてきた口笛が、ふっ、と消える。

「勝った……！」

彼女が歓喜の声を上げた、そのときだった。

ついっ、と目の前を何かが横切った。

それは猫だった。

動きを停めていたはずの、猫の中の一匹。

なんで、彼女の支配から逃れているのか……と思ったときには、もう——そのことに気づいていた。

ブギーポップに精神を集中させ過ぎて、今まで町中に巡らせていたイメージの固定を解除してしまっていたのだ。

ということは——彼女がそう思ったとき、ブギーポップが、動かないはずのその黒帽子が、少しだけ傾いて、そしてなんとも言えない左右非対称の表情を浮かべた。

それは同情しているような、見捨てるような、残念がっているような、当然のことのような、なんとも言い難い、とても曖昧な表情だった。

そして手が胸のところに上がり、人差し指が立って、それをかすかに左右に振る。

——ちっ、ちっ……

そのジェスチャーが終わるか終わらないかのうちに、それは起こっていた。

スキャッターブレインの胸が、ばん、と音を立てて背後からの一撃によって突き破られて、爆発していた。

貫通——致命的な一撃だった。

(な——)

胸に大きな穴を空けられてきりきりと回転しながら、彼女は倒れ込みながら、しかし——その一撃を理解していた。かつてそのイメージを相手に跳ね返したことがあったからだ。

〈モンクス・ムード〉——その攻撃能力はそう呼ばれていた。

そして視界の隅に、ちらりとそれが見えた。

校舎の、部室の窓から身を乗り出して、真っ赤な眼をして、こっちを睨みつけている女子生徒が——〝定着〟から解放されて蘇った合成人間セロニアス・モンキーが。

本物の、無子規憐が。

＊

「——があっ、はあっ……！」

憐は、口から血飛沫の混じった荒い息を吐き出した。

彼女の記憶の中では〝定着〟させられていた間の時間はない。ただ暗闇に引きずり込まれて、そして、目覚めたときには身体が衰弱しきっていて、乾燥し、視力もほとんど失われていたという事実だけだった。

それでも彼女は即座に立ち上がり、瞼を強引に開閉したら血が滲み出て、それが角膜を潤してくれたために視力も不安定ながら戻ったので、数秒で臨戦態勢を回復させていた。

（て――敵は……！）

窓の外が見えて、そしてそこに彼女は、自分を倒した真駒以緒の姿を認めた――その瞬間には、もう発砲していた。

今まで避けられまくっていたので、当たるとは思えなかったが、それでもど真ん中を狙った。するとそれはびっくりするくらいに簡単に、相手の身体を貫いていた。

「――え……？」

彼女は茫然となる。やった――のか？　だがそれ以上確認することはできなかった。弱り切った彼女の身体は、自らの砲撃の反動にも耐えられず、がくん、と崩れ落ちた。窓から身を乗り出していたので、そこから転落する――頭から墜落する。その衝撃にもはや彼女の首は保たないだろう。おしまいだ――と思われたそのとき、ばっ、と素早い影が横から飛び込んできて、憐の身体に交錯して、そして校庭に着地した。

「ふん――間に合わなかったか」

不愉快そうな、子どもっぽい声が響いた。

燐は、その自分を抱きかかえている男に見覚えがあった。胸にエジプト十字架をぶら下げているその男を知っていた。

「ふ、フォルテッシモ……？」

その声には恐怖があった。その相手は彼女にとっては、自分を遙かに凌駕する強大な存在だからだ。

しかしフォルテッシモは、そんな彼女の不安などまったくお構いなしで、ぼやくように、

「セロニアス・モンキーよ、おまえが自力で復活できるはずがない……あいつだ。あいつが何かしやがった——しかし、もういねえ。やっぱり間に合わなかったか、またしても——」

と言いながら、校門の外に続く通りに怒りのこもった視線を向けていた。

そこにはもう、撃ち抜かれて動かなくなっている真駒以緒の、スキャッターブレインの身体が転がっているだけで、後は誰もいなかった。

怪しげな影はない。跡形もなく、消えていた。

5.

……散っていく。

集めて、積み上げてきて、調整し続けてきたものが散っていく。

イメージが拡散していく。

感覚はとうになく、痛みすらもはや遠い。ぼんやりと曖昧に、どこまで薄まっていく。闇でも光でもない、ただ茫漠としたものばかりが広がっていく。

なんの意味もなかった。

なんの希望もなかった。

なんの道理もなかった。

なんの成功もなく、なんの失敗もなかった。

ただ——消えるためだけに生まれてきたのだろうと思った。

その中で、声が聞こえてきた。

「でも、自由だけはあったろう？」

それは聞き覚えがある声だったが、実際には一度も聞いたことのない声だった。

イメージの中だけに存在していた、虚構の声だった。少年の声。

輪堂進の声。

……そうだったかしら、と彼女は思った。

「そうさ。誰の言いなりにもならず、自分でいいと思ったことだけをやってきた。それって自由だろ？」

うに。

その少年のことを、彼女はほんとうには知らない。ほんとうの真駒以緒のことを知らないよ
本に載っていただけで、それを読んだだけで、それ以上のことは何も知らない。事故に巻き込まれたとき、少年が少女をかばって死んだが、少女の方も結局は恢復しきれずに後を追って世を去った——そのことしか知らない。二人がどういう関係だったのかもわからない。

イメージだけだった。そのイメージを彼女はずっと借りていたのだった。

「うらやましいぜ、おれはずっと自由に憧れていたからな」

……そんなに単純なものじゃないと思うけど。

「でも、おまえはそういう単純なヤツがいてほしかったんだろ。細かいことをあれこれ考えないヤツが」

……そうね、私がぐしゃぐしゃ悩みそうになるのを〝馬鹿だなあ〟って笑ってくれる人を、私は待っていたんでしょうね。いつでも側にいてくれるような人が。でも——

「そんなに都合のいいヤツは、世界のどこにもいなかったか」

……そうよ、あなたがほんとうにいたら、私がこんな変な才能に目覚める前からいてくれたら、私はきっと、こんなにも世界にとって都合の悪いものにならなくてもよかったんだわ。

「おまえは都合が悪すぎて、おれは都合が良すぎたんだな。うまくいかねーもんだなあ」

……あーあ。なんだか腹が立つわ。

「何がだよ?」

……なんでもイメージで変えられて、なんでも思い通りにできたのに、私は——進よりも価値のあるものを見つけられなかった。あなたに負けたみたいで、くやしいわ。

「それって勝ち負けを決めるようなことなのかよ。やっぱり変なヤツだなあ、おまえは」

……進は、私に勝ったら、嬉しいかしら?

「そうだなあ——おまえはイメージできないのか? そいつの答えを」

……それができたら、私はきっと世界なんていらなかったと思うわ。私はずっと、真駒以緒のことを輪堂進がどう思っていたのか、それが知りたかったんだから——。

「それは本物の、ってことか? それともおれたちのことか」

……どっちでも、同じことでしょう?

「そうだな。イメージだろうが現実だろうが、結局はみんな、心の中の話だろうからな」

……ふふっ——やっぱり進って……。

「都合のいいことを言ってくれるヤツ、だろ? へへっ」

……ふふっ——

——イメージと現実、どちらが先になったかはわからない。

その精神が拡散していくのと〈モンクス・ムード〉攻撃の衝撃波紋が、胸の貫通孔から全身へと浸透していって、その身体がさながら砂のように崩れ落ちて、風に舞って消えていくのと
——どちらが先になったかは、わからない。

いずれにせよ、こうしてスキャッタープレインは消滅した。

この世から、一切の痕跡を残さず、そんなものが最初から存在していたのかどうかすら定かでないくらいに、完璧に。

＊

「あ……」

その光景を、相原亜子は茫然としながら見つめていた。

よろよろと立ち上がり、そして何もなくなったその近くまで来て、そして見つけた。

地面に落ちている一冊の本を。

拾い上げて、それが『化け猫ぶぎの寝坊』という本であることを知る。

「………」

本を持ったまま彼女がぼんやりと立っている横に、一匹の猫がとことこ歩いてきた。

黒いルージュのような模様が顔にある、変わった猫だった。毛が変な風に逆立っていて、少し前まで無理矢理に服を着せられていたような感じだった。

「…………」

亜子は、ちょっとの間その猫を見つめていたが、猫の方は別に興味もなさそうに、すぐに視線を逸らして、どこかへ行ってしまった。

とても気楽で、自由そうに見えた。

七、あいまいな、来訪。

……『化け猫ぶぎの寝坊』によると、化け猫はその生涯で一度だけ魔法を使えるのだという。

しかしそれはその猫が、心から願うことにしか使えないという。

＊

「友だちになりたい、だって？」

死神はぶぎの提案に、驚いたような顔になった。

「そうだよ」

「本気で言っているのか？」

「うん。もちろんだよ」

「おまえは私が怖くないのか」

「うーん、その辺はよくわかんないな。でもなにしろホラ、ぼくは化け猫だからさ。死ぬことを忘れちゃったくらいだから、君のことを怖がることもきっと忘れちゃったんだろうね」

「ふうむ。不思議なことをいうヤツだなあ」

「でも嘘をついてはいないよ。正直な気分だよ」

「そのようだな。でも困ったな。私の方も他のヤツと友だちになるなんてことをしたことがないんだ。どうすればいいのかわからない」

「じゃあ一緒に行こう。どこに連れていくのかは知らないけど、ぼくひとりじゃなくて君も一緒なら、きっと寂しくないと思うから」

「――まあ、元々おまえをあの世に連れていくのが私の仕事だから、同じことではあるけどな。でも変な感じだなあ。手でもつなぐか？」

「君がそうしたいなら、ね」

1.

……翌日。

音梨中学校の学園祭は、ごくふつうに開催された。

昨日、音梨町のあちこちでは、原因のよくわからない事故がいくつかあったり、迷子が妙に多かったり、色々なところで約束の時間に人が現れなかったり、荷物の配達が滞ったりしたが、細かいことであり、人々の心には、なんだかぼんやりしていた時間があったな、という程度の感覚しかなく、上書きされていたイメージはすべて消え去っていた。中学の生徒の中には「なんで身体があちこち痛いんだろう？」とか「覚えのない打ち身があるんだけど」と疑問に思う者もいたが、その程度のことで日常生活が停まるはずもなく、結局はなんでもないことにしかならずに、世の中は進んでいくのだった。

「………」

遠くから、賑やかな歓声が聞こえてくる。笑い声がそれに被る。と思ったら、がちゃがちゃ、と積み上げた椅子が崩れる音もして、文句を言う声が響いたりする。色々なところで流している音楽が入り混じって、ざわざわした活気ある雰囲気が感じられる。かすかに拍手なども聞こえる。

「…………」

それを、相原亜子はひとり、他に誰もいない写真部の部室で聞いている。

いちおう展示会という名目で開放しているが、客は誰も来ない。校舎の端にある文化部の区画の、さらに端である写真部の地味な展示など、誰も見に来なくて当然である。

「…………」

机などを廊下に出してはいけないという規則のため、室内に設置している受付の席にぽつん、と座っている彼女の前には、一冊の本がある。

『化け猫ぶぎの寝坊』である。

彼女はそれを、読むともなくぱらぱらめくっている。

なんとなくだが、彼女は思う。

この本の中の〝死神〟というのは、作者である少女自身のことではないのか、と。

そして化け猫は、彼女と一緒に事故に巻き込まれて死んでしまった少年のことだ。彼女は彼を巻き込んでしまったことを、ずっと後悔していたのではないだろうか。それで、彼に許してもらいたくて、こんな不思議な話を創り上げたのではないだろうか。

「…………」

そう思うからといって、別になにかあるわけではない。

それを言う相手がいるわけでもない。

彼女は——彼女だけは、まだ憶えている。

写真部の友人たちのことを。他の者たちはみんな忘れてしまったようだが、彼女だけは以前のままなのだった。よほど精神の深いところに刻まれてしまったからか、それとも……理由はわからないし、そして解明されることもないのだろう、永遠に。

宙ぶらりんに、彼女だけが幻想の世界に置き去りにされたままなのだった。

「…………」

そうやってぼんやりしていると、廊下から足音が聞こえてきた。近づいてくる。前を通り過ぎるんだろう、と思っていたら、扉を開けて、その生徒は部室に入ってきた。

「どうも、亜子先輩」

無子規憐だった。

右眼に眼帯をしていて、包帯にくるまれた左腕を吊っている。

「あ、あー……憐？」

亜子が茫然とした調子で彼女を見上げると、憐はやや苦笑気味に、

「私って、写真部らしいですね」

と言った。亜子は一瞬、焦点の合わない顔になったが、すぐに苦笑で返す。

「そうね、そういうことになってるわね」

「となり、いいですか？」

「どうぞどうぞ」

燐と亜子は、受付の席に並んで腰を下ろした。

しばらく無言だったが、やがて燐が口を開いた。

「先輩、私、近い内に転校すると思います」

「……そうなんだ」

「書類上ではまだ、真駒以緒と輪堂進って名前がこの学校に残ってますけど、それも消えると思います」

「あ、あー、やっぱり。そういうことになるんでしょうね――」

「先輩は、大丈夫ですよ」

「なに、あんたが守ってくれるってわけ？」

亜子がちょっと笑いながら言うと、燐は真顔で、

「守ってくれたのは、先輩の方ですよ」

と言った。

すると亜子の顔がやや曇る。

「……そんなことはないわ。私は――何もしなかった」

「でも、先輩がいなかったら、私は死んでました」

「やったのは――ブギーポップよ」

「なんですか、それ？　ぶぎ……って？」

燐の言葉に、亜子はちょっと変な顔になり、

「……知らないの？　誰からも聞いたことがなかったの？」

と言った。燐の方もちょっと訝しげな顔になる。

「……なんです？」

「――いや、別に。なんつーか、その……」

亜子は困った表情になったが、やがて、

「……知りたい？　その噂のこと」

と言うと、燐は首を傾げて、

「噂ですか？　いや、そんなに知りたいってことはないですけど」

と答えた。すると亜子はつい、

「……ぷっ」

と吹き出して、そして爆笑してしまった。

「――はははははは、あははははっ！」

燐はとまどいの表情を浮かべたが、しかしその亜子の笑い方が妙に開放的だったので、つられて微笑みを浮かべた。

2.

そのとき、写真部の部室に次の来訪者が現れた。

「なあに、ずいぶんと楽しそうね、亜子ちゃん」

そう声を掛けてきたのは、亜子の先輩にあたる女子高生だった。

「あ、末真さん！」

亜子は思わず立ち上がってしまった。それぐらいに尊敬している相手だった。

「わ、わざわざ来てくれたんですか？」

「なんか大袈裟ねえ。学園祭を覗きに来ただけでしょ？　まあ受験の息抜きに、ね」

その女子高生、末真和子はそう言って笑顔をみせた。

「しっかし、他の客は見事にいないわね」

「すみません、どうも地味で」

「いや、いいわ。わたし、こういうの好きよ。わたしも地味だから、かな？」

彼女がそういうと、その後ろから、ひょい、ともうひとり女子高生が顔を出して、

「末真は地味っていうんじゃなくて、渋いっていうのよ」

と言った。その顔を見て、亜子は、

（……あれ？）

と思った。そんな彼女の様子には気づかず、末真はその友人に、

「なによ藤花。人をお茶みたいに言わないでよ」

とやり返した。するとその藤花と呼ばれた娘は、

「だってそうじゃない、末真って侘び寂びって感じじゃない？　深いっつーかさ」

と間髪入れず言い返した。とても仲が良いようだった。

「意味わかんないわよ、ホントに——ああ亜子ちゃん、こいつ藤花っていうの。わたしの受験仲間よ」

「宮下藤花っていいます。よろしくね。亜子ちゃん」

と言って、握手を求めてきた。亜子は茫然としながら、その手を握り返した。

末真は亜子の横で固まっていた憐の方に視線を向けてきて、

「で、そっちの方は？　亜子ちゃんの後輩よね？」

と話しかけてきた。憐はなぜか顔を赤くして、

「ど、どうも——無子規憐です……」

と名乗った。緊張している。彼女は、合成人間セロニアス・モンキーはなんとなく、この人はすごく偉い人なのではないかと思ったのだ。他人に対して初対面で、そんなことを思ったのは初めてだった。今まで統和機構に属していても、上の立場の人間はただ階級が上というだけ

で尊敬などしたことがなかったのに、この末真和子に対しては、どういうわけか――頼もしい主人にやっと出逢った迷い犬のような感覚になっていたのだった。

　そして、亜子の方は……まだぼんやりと、宮下藤花の顔を見つめていた。

　どう見ても、同じだった。

　彼女のことを昨日、さんざん振り回して、訳のわからないことばかり言っていた、あの黒帽子と、顔だけはまったく一緒なのだった。

「あ、あのう――初めて会いますか？」

　思わずそんなことを訊いてしまう。すると宮下藤花は、

「そうだけど、なにか？」

　とニコニコしながら訊き返してきた。そんな笑顔は、どう考えてもあの奇妙奇天烈な黒帽子がするはずのない顔だった。

　亜子は訳がわからなくなって、混乱してしまう。

（ううう……どういうことなのかしら……？）

　すべてが曖昧、というよりもむしろ、なにもかもデタラメな感じがしてならなかった。いい加減で行き当たりばったりで、どうにも筋道が通りそうもなく、そのくせどんな投げやりな説明もそれなりにもっともらしく聞こえそうだった。

「あら、亜子ちゃん、どうかしたの？」

末真和子が、彼女の変な表情に気づいて、心配そうに訊いてきた。

「いえ、ちょっと……めまいが」

「大丈夫？　保健室行く？」

「いや、そんなひどいわけじゃなくて……立ちくらみって感じで……」

「少し横になったら？　受付はわたしたちがしてあげるから。ねえ無子規さん」

「は、はいっ、もちろんですっ」

燐は大きくうなずいた。亜子は言われるままに、部屋の隅に積んであった椅子を三つ並べてもらって、そこに寝ころんだ。

でも、そんな彼女を上から覗き込んでいるのは、宮下藤花である。

（ううう……）

全然、気が休まらない。そんな彼女に向かって、宮下藤花はとつぜんに、

「難しく考えることはないんだよ、きっとね」

と少年のような口調で言った。

亜子は、はっ——となる。

その顔には見覚えがあった。こちらを諭しているような、適当なような、なんとも言い難い左右非対称の表情だった。

「君にとって都合のいい世界などはない。しかし都合の悪いだけの世界もまた、存在しない。

それさえわかっていれば、たぶん迷うことはない。無理に嫌う必要もないんだ。たとえそれが、君や世界にとって敵だったものであっても、ね——」

口調も表情も何もかも違い、さっきまでの少女とは別人としか思えなかった。二重人格でもここまでは違わないだろうと思った。でも亜子は、そのこと自体にはもう、驚かなかった。

「え……」

言われた言葉が、胸に突き刺さった気がした。宮下藤花の顔をしたそいつはうなずいて、

「嫌いになるのがつらいなら、好きなままでいいじゃないか。もう、その気持ちを遮る理由は、世界のどこにもないんだから」

と言った。

「わ、私は……」

亜子は言いながら、唇を細かく震えさせていた。

「私は——あの二人が好きだったわ——二人とも、とってもとっても大切な友だちで——いなくなって、それが、それが……」

言葉の途中で、もう涙が溢(あふ)れ出していた。嗚咽(おえつ)が漏れだして、堪(こら)えきれなかった。

末真と憐も、びっくりして振り向いてきたが、そんなことは気にならなかった。宮下藤花の手が、震える彼女の髪を優しく撫でている。それがほんとうは誰の手なのか、そんなことはもうどうでも良かった。

素直に、泣いていた。そこにはもう曖昧なものは何もなかった。遠くに学園祭の喧噪(けんそう)が聞こえ、その向こうでかすかに、猫の鳴き声がしたように思った。

"The Scat Singing Cat" closed.

あとがき――あいまいな記憶と適当な想い出について

誰にでも心の中にしまってある大切な想い出というものがあるだろう。僕にもある。だが果たしてそれがどこまで信用できるかというと、はなはだ心許ない。子どもの頃に読んで、とても感動した本を今になって読み返してみると「あれ、こんなつまんない話だっけ？」と思うことがあるし、逆に大したことないねと思っていた映画を見直してその素晴らしさに圧倒されてしまったりする。印象はコロコロ変わり、あいつのことはよく知ってると思っていた相手のことを、実は全然わかっていなかったりもする。あのときは楽しかったなあ、という想い出話を共有しようにも、相手の方はそんなこと憶えてもいなかったり、印象が薄かったりすることも珍しくない。そういうときは一人、とても寂しい気持ちになるしかないが、ではそんな記憶は間違いだったのだから忘れてしまおうと思っても、これがなかなか消えてくれない。むしろ強く刻み込まれてしまったりもする。

人間は想い出によって造られているという。勇気を出すことができるのは、それを支える想い出があるからだともいう。いくら力があろうと、いくら金があろうと、想い出のない人生は牢屋につながれているのと同じだともいう。しかし——と少しだけ考えてみると、その想い出というのは、その時に出逢ったその経験なのか、それともそれを後から思い返して、あれこれと考えることなのか。特別なことに遭遇するから想い出ができるのか、それともどうでもいいようなことを、後からしつこく思い返せば、それも想い出になるのか——区別しようがない。

想い出というのは無論美化されている。改変されていない想い出などというものはない。都合の悪いところは消されて、都合のいいことだけが強調されて残される。だから過去の事実そのものはどこかに行ってしまう。いくら写真で残そうとも、動画で残そうとも、それを撮ったときの事実は残せない。だいたいカメラをかまえて変な動きをしていた本人の姿が隠されていて、なかったことになっている。動画の想い出は結局、それを後からモニターで観たときの想い出にしかなりようがない。それはその撮ったときの事実なのか、後からのおさらいなのか、すべては漠然(ばくぜん)としていて、そういう想い出の積み重ねによって日々造り上げられていく我々は、どれくらいあいまいな存在なのだろうか。

僕のどうでもいいような想い出のひとつに、尾道(おのみち)に行ったときの記憶がある。修学旅行の最中だったのに、僕はひとりだけ見知らぬ町の、見知らぬ坂道をとぼとぼと歩いていた。どうして歩いていたのかはもう憶えていない。ひとりだけ遅れていたのか、自由時間だったのか、良い景色を撮ろうとさまよっていたのか、その辺はもう定かではない。その道は坂道と階段とが交互に現れるような、そういうとても傾斜のきつい道だったのだが、ふと上を見ると一匹の黒猫がいた。そいつはすぐに走ってどこかに行ってしまった。そして僕は何気なく後ろを、坂のずっと下の方を見ると、そこにも同じ黒猫がいたのだった。少なくとも同じ猫に見えた。しかしどう考えても振り向いたほんの一瞬の間に坂の上から下へと移動できるはずがない。なんだこれ、と思ったときには、その黒猫はまた身をひるがえして、どこかに消えていた。それだけの話である。なんでこんなもんが延々と記憶に残っているのかさっぱりわからないが、無駄に憶えている。後から思い返した回数が多いせいなのか、でもなんでこんなもんをそんなに反芻(はんすう)するのか、その理由はあいまいとしていて自分でも全然わからない。想い出というのは結局、こういうもんなんだろうなと思います。人間が行動を起こすとき、勇気を引っぱり出す理由なんて、こんなもんだろうと思います。適当でいいんですよ、勇気なんて。なんの話だか最後まで不明瞭でしたが、これで終わりです。

(あいまいなのは、後から検証しなさすぎだからじゃないのか？)

(だって面倒なんだもん。まあいいじゃん)

BGM "SUPERSTITION" by BECK,BOGERT&APPICE

◉上遠野浩平著作リスト

「ブギーポップは笑わない」（電撃文庫）
「ブギーポップ・リターンズ　VSイマジネーターPart1」（同）
「ブギーポップ・リターンズ　VSイマジネーターPart2」（同）

「ブギーポップ・イン・ザ・ミラー「パンドラ」」(同)
「ブギーポップ・オーバードライブ　歪曲王」(同)
「夜明けのブギーポップ」(同)
「ブギーポップ・ミッシング　ペパーミントの魔術師」(同)
「ブギーポップ・カウントダウン　エンブリオ浸蝕」(同)
「ブギーポップ・ウィキッド　エンブリオ炎生」(同)
「ブギーポップ・パラドックス　ハートレス・レッド」(同)
「ブギーポップ・アンバランス　ホーリィ&ゴースト」(同)
「ブギーポップ・スタッカート　ジンクス・ショップへようこそ」(同)
「ブギーポップ・バウンディング　ロスト・メビウス」(同)
「ブギーポップ・イントレランス　オルフェの方舟」(同)
「ブギーポップ・クエスチョン　沈黙ピラミッド」(同)
「ビートのディシプリン　SIDE1」(同)
「ビートのディシプリン　SIDE2」(同)
「ビートのディシプリン　SIDE3」(同)
「ビートのディシプリン　SIDE4」(同)
「冥王と獣のダンス」(同)
「機械仕掛けの蛇奇使い」(同)

「ヴァルプルギスの後悔　Fire1.」（同）
「ヴァルプルギスの後悔　Fire2.」（同）
「ぼくらの虚空に夜を視る」（徳間デュアル文庫）
「わたしは虚夢を月に聴く」（同）
「あなたは虚人と星に舞う」（同）
「殺竜事件」（講談社NOVELS）
「紫骸城事件」（同）
「海賊島事件」（同）
「禁涙境事件」（同）
「残酷号事件」（同）
「しずるさんと偏屈な死者たち」（富士見ミステリー文庫）
「しずるさんと底無し密室たち」（同）
「しずるさんと無言の姫君たち」（同）
「騎士は恋情の血を流す」（富士見書房）
「ソウルドロップの幽体研究」（祥伝社ノン・ノベル）
「メモリアノイズの流転現象」（同）
「メイズプリズンの迷宮回帰」（同）
「トポロシャドウの喪失証明」（同）

本書に対するご意見、ご感想をお寄せください。

電撃文庫公式ホームページ 読者アンケートフォーム
http://dengekibunko.jp/
※メニューの「読者アンケート」よりお進みください。

ファンレターあて先
〒102-8584　東京都千代田区富士見1-8-19
アスキー・メディアワークス電撃文庫編集部
「上遠野浩平先生」係
「緒方剛志先生」係

本書は書き下ろしです。

電撃文庫

ブギーポップ・ダークリー
化け猫とめまいのスキャット

上遠野浩平

2009年12月10日 初版発行
2018年12月5日 3版発行

発行者 郡司 聡
発行 株式会社KADOKAWA
〒102-8177 東京都千代田区富士見2-13-3
プロデュース アスキー・メディアワークス
〒102-8584 東京都千代田区富士見1-8-19
03-5216-8399（編集）
03-3238-1854（営業）
装丁者 荻窪裕司(META＋MANIERA)
印刷・製本 加藤製版印刷株式会社

ISBN978-4-04-868197-1 C0193 Printed in Japan

電撃文庫 http://dengekibunko.jp/
株式会社KADOKAWA http://www.kadokawa.co.jp/

電撃文庫創刊に際して

文庫は、我が国にとどまらず、世界の書籍の流れのなかで〝小さな巨人〟としての地位を築いてきた。古今東西の名著を、廉価で手に入りやすい形で提供してきたからこそ、人は文庫を自分の師として、また青春の想い出として、語りついできたのである。

その源を、文化的にはドイツのレクラム文庫に求めるにせよ、規模の上でイギリスのペンギンブックスに求めるにせよ、いま文庫は知識人の層の多様化に従って、ますますその意義を大きくしていると言ってよい。

文庫出版の意味するものは、激動の現代のみならず将来にわたって、大きくなることはあっても、小さくなることはないだろう。

「電撃文庫」は、そのように多様化した対象に応え、歴史に耐えうる作品を収録するのはもちろん、新しい世紀を迎えるにあたって、既成の枠をこえる新鮮で強烈なアイ・オープナーたりたい。

その特異さ故に、この存在は、かつて文庫がはじめて出版世界に登場したときと、同じ戸惑いを読書人に与えるかもしれない。

しかし、〈Changing Times,Changing Publishing〉時代は変わって、出版も変わる。時を重ねるなかで、精神の糧として、心の一隅を占めるものとして、次なる文化の担い手の若者たちに確かな評価を得られると信じて、ここに「電撃文庫」を出版する。

1993年6月10日
角川歴彦

電撃文庫

ブギーポップは笑わない

上遠野浩平
イラスト／緒方剛志

ISBN4-8402-0804-2

第4回電撃ゲーム小説大賞で〈大賞〉を受賞した上遠野浩平のデビュー作。世界の危機を察知した時に浮かび上がる"不気味な泡(ブギーポップ)"とは——。

か-7-1　231

ブギーポップ・リターンズVSイマジネーターPART.1

上遠野浩平
イラスト／緒方剛志

ISBN4-8402-0943-X

第4回電撃ゲーム小説大賞〈大賞〉受賞の上遠野浩平が書き下ろす、スケールアップした受賞後第1作。人の心を惑わすイマジネーターとは一体何者なのか……。

か-7-2　274

ブギーポップ・リターンズVSイマジネーターPART.2

上遠野浩平
イラスト／緒方剛志

ISBN4-8402-0944-8

緒方剛志の個性的なイラストが光る"VSイマジネーター"のパート2。人知を超えた存在に翻弄される少年と少女。ブギーポップは彼らを救うのか、それとも……。

か-7-3　275

ブギーポップ・イン・ザ・ミラー「パンドラ」

上遠野浩平
イラスト／緒方剛志

ISBN4-8402-1035-7

ブギーポップ・シリーズ第3弾。未来を視ることが出来る6人の少年少女。彼らの予知にブギーポップが現れる時、運命の車輪が回りだす——。

か-7-4　306

ブギーポップ・オーバードライブ　歪曲王

上遠野浩平
イラスト／緒方剛志

ISBN4-8402-1088-8

ブギーポップ・シリーズ第4弾。ブギーポップと歪曲王、人の心に棲む者同士が繰り広げる不思議な闘い。歪曲王の意外な正体とは——?

か-7-5　321

電撃文庫

ブギーポップ・アンバランス ホーリィ&ゴースト
上遠野浩平
イラスト／緒方剛志
ISBN4-8402-1896-X

偶然出会った少年と少女。彼らこそが、伝説の犯罪者〝ホーリィ&ゴースト〟であった。世界の敵を解放しようとした二人は、遂に死神と対面するが——。

か-7-12　583

ブギーポップ・スタッカート ジンクス・ショップへようこそ
上遠野浩平
イラスト／緒方剛志
ISBN4-8402-2293-2

ジンクスを売る不思議な店〝ジンクス・ショップ〟。そこに一人の女子高生が訪れた時、物語は動き出す。実は彼女こそ〝死神〟を呼ぶ世界の敵であったのだ——。

か-7-14　764

ブギーポップ・バウンディング ロスト・メビウス
上遠野浩平
イラスト／緒方剛志
ISBN4-8402-3018-8

統和機構ですらその正体を把握できない謎の〈牙の痕〉、そして世界そのものの運命を握るという〈煉瓦（ブリック）〉。ブギーポップが世界の根幹に迫る衝撃作。

か-7-18　1075

ブギーポップ・イントレランス オルフェの方舟
上遠野浩平
イラスト／緒方剛志
ISBN4-8402-3384-5

〝異議申し立て〟を目的とする、一風変わった集団〝クレイム・クラブ〟。彼等が相手にするのは、世界を牛耳っているという巨大システム〝統和機構〟であった——。

か-7-20　1242

ブギーポップ・クエスチョン 沈黙ピラミッド
上遠野浩平
イラスト／緒方剛志
ISBN978-4-8402-4141-0

深陽学園の卒業生である舘川睦美と統和機構の始末屋メロー・イエロー。ブギーポップを捜す彼女たちが辿り着いた〝中二階（メザニーン）〟とは——。

か-7-21　1533

電撃文庫

ブギーポップ・ダークリー
化け猫とめまいのスキャット
上遠野浩平
イラスト／緒方剛志
ISBN978-4-04-868197-1

女子だけに拡がる黒帽子の死神の噂。だが輪堂進が遭遇するのはなぜか「ぶぎぃ」と泣く猫だった。ブギーポップを追いかけ街中を撮影した彼らが知る事実とは——。

か-7-24　1866

ヴァルプルギスの後悔 Fire1.
上遠野浩平
イラスト／緒方剛志
ISBN978-4-04-867171-2

〝魔女は常に二人いる。そして二人は永遠に戦い合って、ひたすらに潰し合う——〟。この世に暗躍する悪と戦う〝炎の魔女〟霧間凪。彼女の苛烈な運命とは？

か-7-22　1630

ヴァルプルギスの後悔 Fire2.
上遠野浩平
イラスト／緒方剛志
ISBN978-4-04-867938-1

〝氷の魔女〟と〝炎の魔女〟。魔女は常に二人いる。そして、アルケスティスとヴァルプルギスの二人が相まみえる時、熾烈な〈魔女戦争〉の幕が上がる——。

か-7-23　1807

ビートのディシプリン SIDE1
上遠野浩平
イラスト／緒方剛志
ISBN4-8402-2056-5

電撃hp連載された人気小説、待望の文庫化。謎の存在〝カーメン〟の調査を命じられた合成人間ピート・ビート。だがそれは〝厳しい試練(ディシプリン)〟の始まりだった——。

か-7-13　645

ビートのディシプリン SIDE2
上遠野浩平
イラスト／緒方剛志
ISBN4-8402-2430-7

ビートを襲う統和機構の刺客。激しい戦いの中、彼の脳裏には過去の朧気な記憶が蘇る。そしてその記憶の中に〝口笛を吹く死神〟がいた——。

か-7-15　822

電撃文庫

ビートのディシプリン SIDE3

上遠野浩平
イラスト／緒方剛志

ISBN4-8402-2778-0

様々な思惑と謀略の中、満身創痍でカーメンの謎に迫るビート。そして統和機構(アクシズ)の中枢と〝炎の魔女(ディシ)〟が動き出す。苦難の旅路(ディシプリン)は遂にクライマックスへ——。

か-7-17 981

ビートのディシプリン SIDE4

上遠野浩平
イラスト／緒方剛志

ISBN4-8402-3120-6

まるで運命のように〝ある場所〟へと導かれていく合成人間ピート・ビート。そこには〝カーメン〟の謎を解く鍵があった。ビートの最後の闘い(ディシプリン)が、遂に始まる——。

か-7-19 1125

冥王と獣のダンス

上遠野浩平
イラスト／緒方剛志

ISBN4-8402-1597-9

〝ブギーポップ〟の上遠野浩平が描く、ひと味違う個性派ファンタジー。戦場で出会った少年と少女。それは世界の運命を握る出来事だった——。

か-7-10 469

機械仕掛けの蛇奇使い

上遠野浩平
イラスト／緒方剛志

ISBN4-8402-2639-3

鉄球に封じ込められた古代の魔獣バイパー。この〝戦闘と破壊の化身〟が覚醒する時、17歳の若き皇帝ローティフェルドの安穏とした日々は打ち砕かれ、そして——。

か-7-16 916

くるくるクロッキー

渡部 狛
イラスト／茨乃

ISBN978-4-04-868202-2

或瀬は描いた絵が〝生命〟を持つという力がある高校1年生。それを知ったクラスメイトの鳴歌は、彼の側にいるため「つきあっていることにする」と言い出して!?

わ-5-2 1871

これならわかる

ビスフォスフォネートと抗血栓薬投与患者への対応

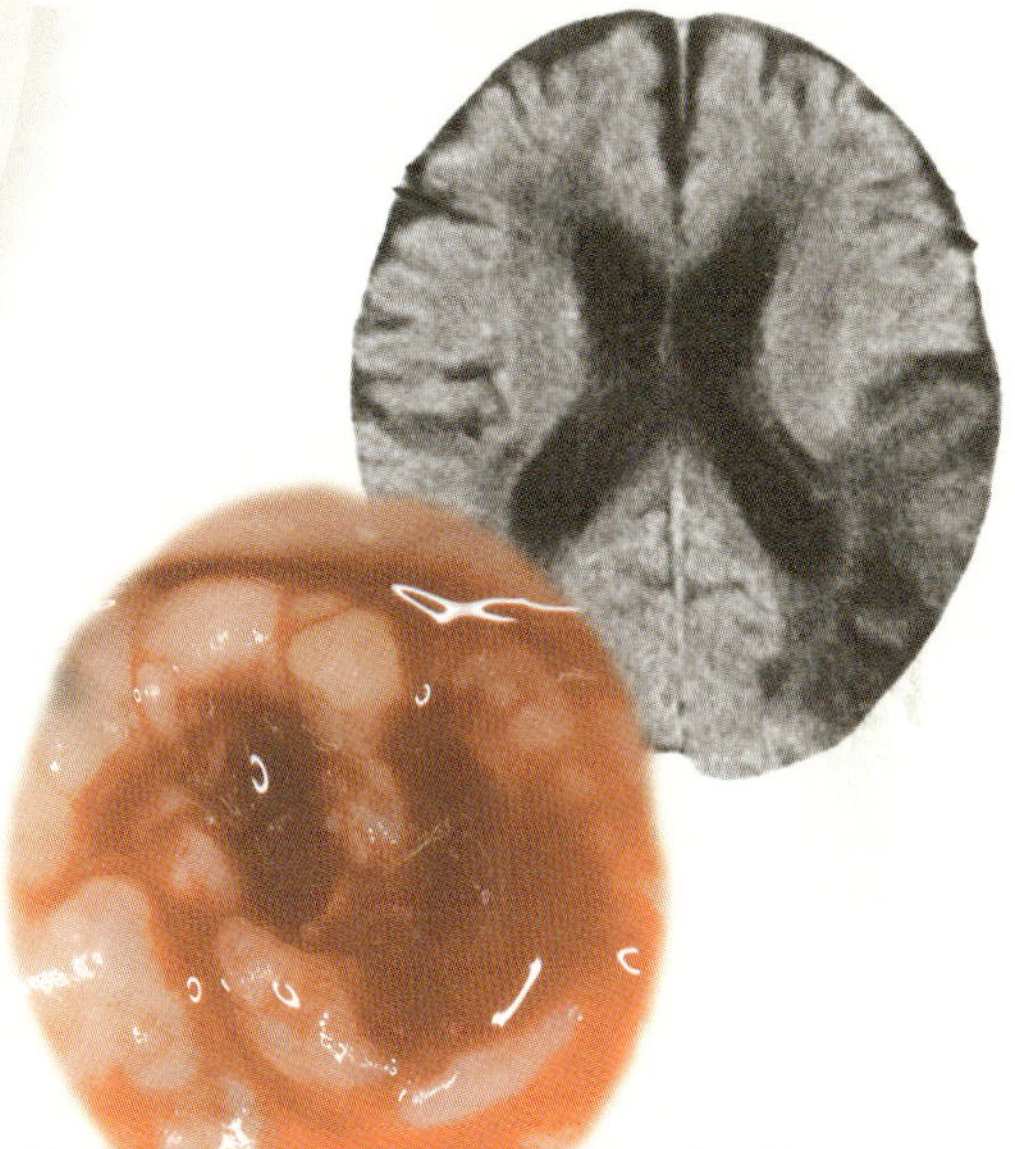

朝波惣一郎／王　宝禮／矢郷　香

歯科治療で顎骨壊死と脳血管障害を起こさない

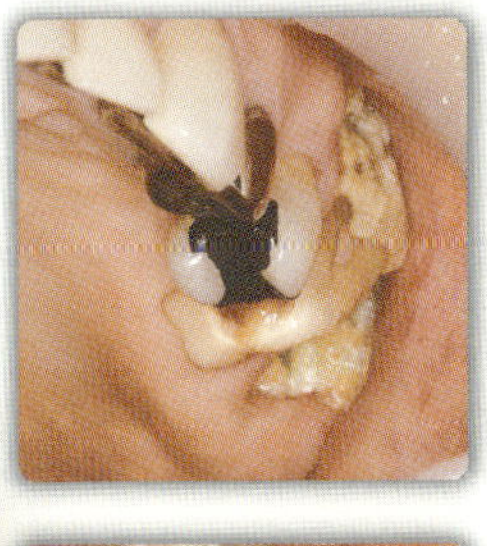

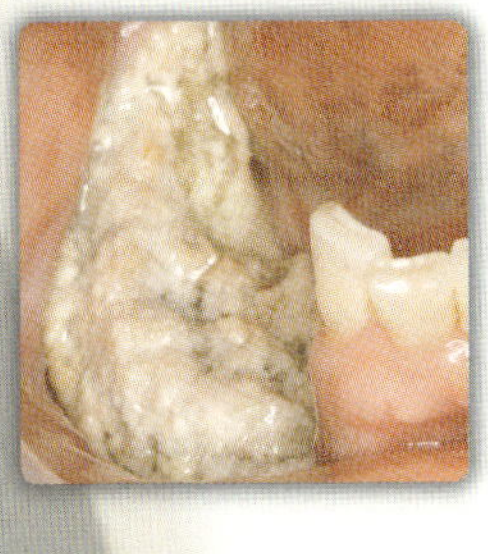

クインテッセンス出版株式会社　2011

Tokyo, Berlin, Chicago, London, Paris, Barcelona, Istanbul, Milano, São Paulo, Moscow, Prague, Warsaw, New Delhi, Beijing, and Bukarest

刊行にあたって

昨今，歯科医師会の講演，各学会や研究会でのランチョンセミナー，市民公開シンポジウムなどで一番話題になっているのが，ビスフォスフォネート系薬剤関連顎骨壊死(BRONJ)と，抗血栓療法中でのワーファリン® やバイアスピリン® を服用している患者への抜歯など観血処置への対応です．この両者とも医師との極めて密接な連携が必要で，常に患者のベネフィットとリスクを考えQOLを低下させないことが重要とされています．

幸いにもビスフォスフォネート系薬剤関連顎骨壊死については，日本骨代謝学会など骨の治療を行う３学会と，歯科では日本口腔外科学会を中心にした関連学会で，BPs系薬剤投与患者の歯科治療とBPs系薬剤の休薬，再開などについてのポジションペーパーが2010年３月に，また抗血栓療法に関しては日本有病者歯科医療学会が中心となって，抜歯に関するガイドラインがやはり2010年10月に出版されました．

毎日の忙しい臨床におわれ，学会や講習会などには参加できず，限られた時間内で対応を余儀なくされている先生方や研修医，学生のために本書は比較的わかりやすくQ and Aで即答し，解説を加えることによって基礎的な知識，治療の手技などについて記載してみました．

しかしながら未だ解明されていない基礎的な部分，両薬剤の休薬の期間や再開の時期などは症例を重ね，疫学的調査を重ねる必要があり，またBRONJを発症させない予防法など，これから検討していかなければならない点も多々あります．

しかしながら現時点で，先生方が医師との緊密な連携を行い，目の前の患者さん一人ひとりにそれぞれQOLを考えた上で適切な治療を行うことが差し迫られています．本書は少しでもそのための一助となれば，筆者としてこのうえない幸せであります．

最後に貴重な写真を提供して下さった立川共済病院歯科口腔外科の木津英樹先生，川崎市立川崎病院歯科口腔外科の鬼澤勝弘先生には，この場をかりて御礼申し上げます．本書をまとめるにあたって慶應義塾大学医学部歯科口腔外科，国際医療福祉大学三田病院歯科口腔外科の先生方には深く感謝申し上げます．

本書の作成にあたりクインテッセンス出版の佐々木一高社長および，玉手一成氏には筆者を代表して改めて御礼申し上げます．

2010年　晩秋

筆者を代表して　　朝波惣一郎

ビスフォスフォネートが話題になっているのはなぜ

「骨を守る薬」が逆にあごの骨の壊死

2008年1月4日付の読売新聞に引き続いて，2009年6月30日の毎日新聞全国版に〈「骨を守る薬」が逆にあごの骨の壊死〉という見出しの記事が報道され，ビスフォスフォネート（BPs）系薬剤による顎骨壊死が歯科医師や医師，薬剤師など医療従事者のみならず，国民の知るところとなりました（図1）．

このBPs系薬剤は悪性腫瘍の骨転移の第一選択薬として注射で用いられていますが，もっとも問題とされるのは日本で1,100万人にいるといわれている骨粗鬆症です．とくに年齢とともに有病率は高くなり，80歳代では女性のほぼ半数，男性では2～3割がこの骨粗鬆症に罹患していると推定されています．

年々増加傾向にある骨粗鬆症です．それに伴って大腿骨頸部骨折も増加し，推定発生数は約12万人の方が力学的に骨強度の低下による骨折が生じ寝たきりになったり，入院しても退院できずそのまま死亡したり，残った方でも認知症になるほど超高齢社会を迎え大きな社会問題となっています．

そのなかで第二・第三世代のBPs系薬剤であるアレンドロネート（フォサマック®，ボナロン®），リセドロネート（アクトネル®，ベネット®）は骨折予防効果を示すエビデンスが確認されています．そのような背景を考え，BPs系薬剤を上手に使用していくことが重要で，それには歯科医が正しい口腔ケアの習慣を身につかせ，定期的な検診と適切な治療を行うことが求められています．

NAVIGATOR

あごの骨の壊死

がんや骨粗しょう症治療薬の副作用で発症する可能性。厚労省も注意を呼びかける。

「骨を守る薬」が逆に

口の中の違和感 ■ 歯ぐきに骨露出 ■ 歯の脱落…

問題が指摘される薬は「ビスフォスフォネート」系薬剤。発症率は高くないが、治りにくく、重症化して生活に支障の出る人もいる。厚生労働省も5月、「重篤副作用」として、対応マニュアルを策定した。

●破骨・骨芽細胞が死滅

骨は一見、無機質なカルシウムの塊のようだが、実は骨を壊し続ける「破骨細胞」と、骨を再構成する「骨芽細胞」という2種類の細胞活動が均衡を保ち、常に生まれ変わっている。この両細胞が死滅するのが骨の壊死。「腐骨」と呼ばれる残骸が異物として体外に吐き出されたり、雑菌の温床となって化膿する。

ビスフォスフォネートは、骨粗しょう症の飲み薬として一般的なほか、乳がんや前立腺がんなどの骨への転移を防いだり、骨髄腫などの注射薬としても広く使われる薬の総称だ。この「骨を守る薬」が逆にあごの骨を壊死させたと03年、米国で初めて報告され、3年後には報告が世界で2500人を超えた。

●発症率、注射で1%

詳しい原因は不明で、発症率は注射で1%前後、飲み薬で0・01～0・04%とする豪州の調査もある。注射と飲み薬では骨への吸収量が約50倍違うためらしい。

歯ぐきなどに骨の一部が露出したり、腫れたり痛むといった症状が多いが、症状がない場合や「なんとなく口の中に違和感がある」程度のこともある。重症になると、上あごに大きな穴が開き、口から鼻へ水などが入ったり、歯が抜け落ちる場合もあるという。

投与中の歯科治療注意

国内初報告を行った社会保険船橋中央病院（千葉県船橋市）の高橋喜久雄副院長（歯科口腔外科）は05年、口の中の皮膚が破れ、上あごの骨の一部が露出した81歳の女性患者を初めて診た際、「転移がんと思って疑わず、何度も精密検査した」と話す。当時、患者は乳がんの転移を防ぐためビスフォスフォネートの注射を受けていたが、薬の副作用は想像外だったという。米の報告例を知って他の薬に切り替えたところ、2年後に約6センチの骨片がポロリと取れて口の中は元に戻った。しかし、これは良い例で、有効な治療法はまだないのが現状だ。一定期間休薬したり、うがいや化膿止めで口の中を清潔に保って経過を見る治療が主だという。

●糖尿病患者も要注意

不思議にも、壊死が起きるのはあごの骨だけだ。高橋医師は、もともと口の中は常在菌が多いほか、あごの骨を覆う口の中の皮膚は薄く、歯の周囲から感染が骨に及びやすいといった条件が重なるためだと推定する。

このため、ビスフォスフォネートの投与中に抜歯やインプラント、歯槽膿漏などの歯科治療を受けた人は特に注意が必要だという。抜歯後には発症率が8～9倍上がるとの調査もあり、厚労省のマニュアルでは、若年性リウマチなどでステロイド薬を併用している人や糖尿病患者も要注意とされる。予防が重要で、患者はビスフォスフォネートを使っていることを歯科医に必ず言うこと、年1、2回は歯科検診を受け、常に口の衛生状態に気をつけること——と高橋医師は説明する。

最近では、骨が壊れると成分のコラーゲンが溶け出すため、血液中のコラーゲン濃度を測って適切な休薬期間を取る予防法の研究も始まった。一方で、米国で07年、骨粗しょう症の注射薬が認可されるなど、骨への吸収力を高めた薬の開発も進んでおり、「今後より一層注意が必要になる」と高橋医師は訴える。【山田大輔】

■早期発見のポイント

・口の中の痛みがなかなか治まらない
・歯ぐきに白や灰色の硬いものが出てきた
・あごが腫れてきた
・下くちびるがしびれた感じがする
・歯がぐらついてきて、自然に抜けた
→すぐに医師や歯科医に相談を

■主な予防・治療策

・ビスフォスフォネート投与前に歯科を受診し、抜歯など必要な治療は済ませておく
・歯磨きやうがいを行い、口の中の衛生状態に気をつける
・定期的に歯科検診を受け、口の中をチェックしてもらう
（骨壊死が始まっている場合）
・化膿や痛みがあれば抗菌薬で治療する
・医師に十分相談した上で可能ならビスフォスフォネートの投薬を一時休止する
・腐骨を切除する
＝厚生労働省マニュアルより

図1　「骨を守る薬」が逆にあごの骨の壊死（2009年6月30日付け毎日新聞）．

歯科治療と顎骨壊死

2003年に米国でMarxがビスフォスフォネート(BPs)系薬剤投与の副作用として顎骨壊死が起こることを報告して以来，現在ではこの問題は患者のQOLを考え，医師・歯科医師・薬剤師が線密に情報を交換しながら現在に至っております．

われわれも2004年の初診で，多発性骨髄腫で投与されているパミドロン酸二ナトリウム(アレディア®)が原因と思われる下顎骨壊死の１例を2006年の第182回日本口腔外科学会関東地方会で発表(図１)しましたが，その時点ではビスフォスフォネート系薬剤関連顎骨壊死(Bisphosphonate-related osteonecrosis of the jaws，以下BRONJ)の実態がわからずBPsと思われると報告し，とくにそれに関する質問もなかったと記憶しています．

患者：57歳，男性
原疾病：多発性骨髄腫
BPs系薬剤：パミドロネート(総量：3240mg)
BPs投与期間：４年４か月
主訴：下顎の骨露出および排膿

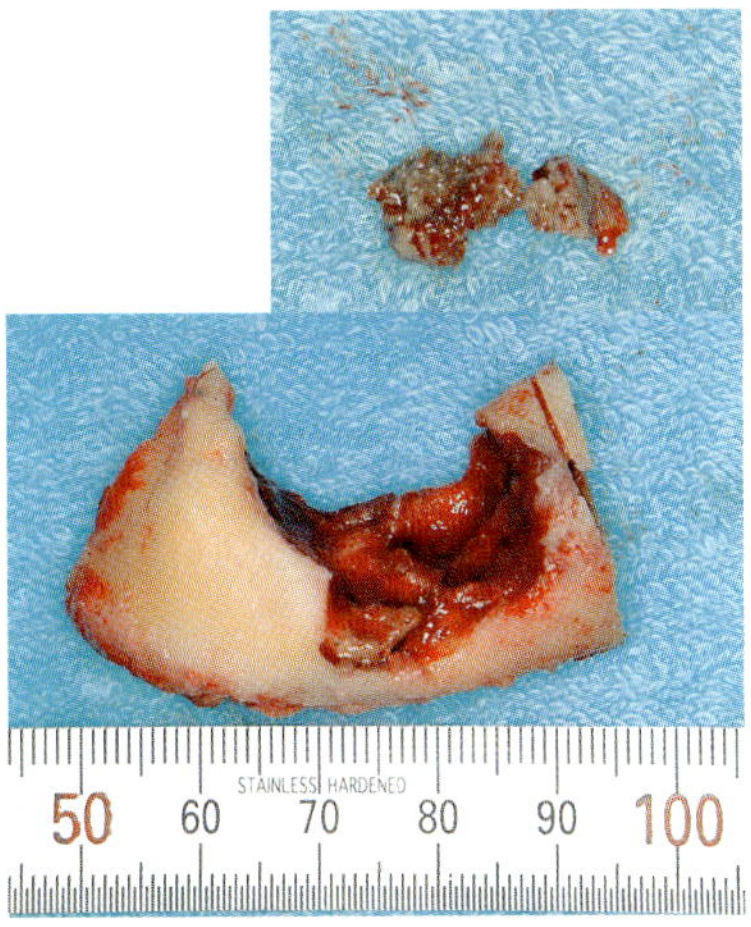

腐骨および切除物

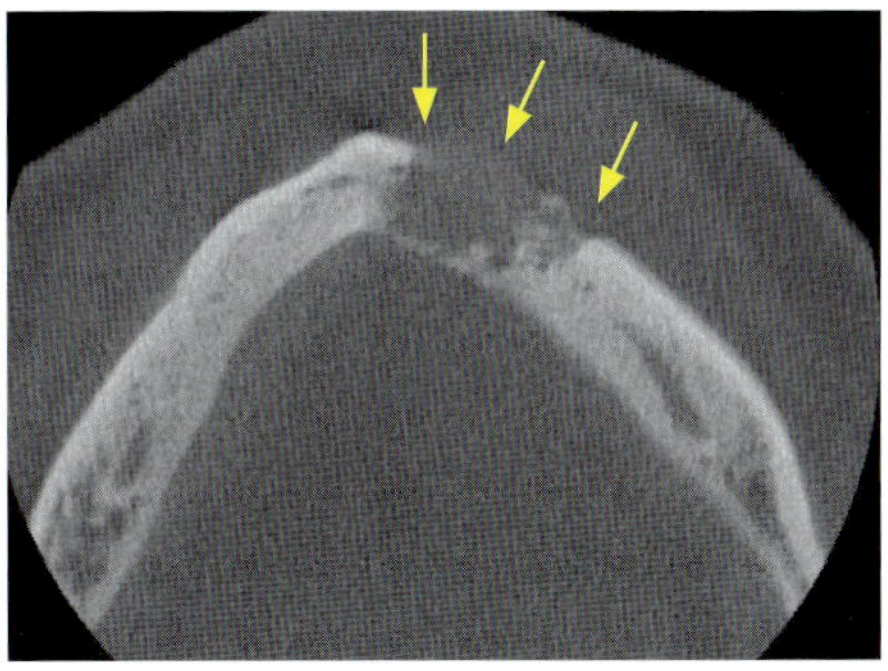
初診時CT写真

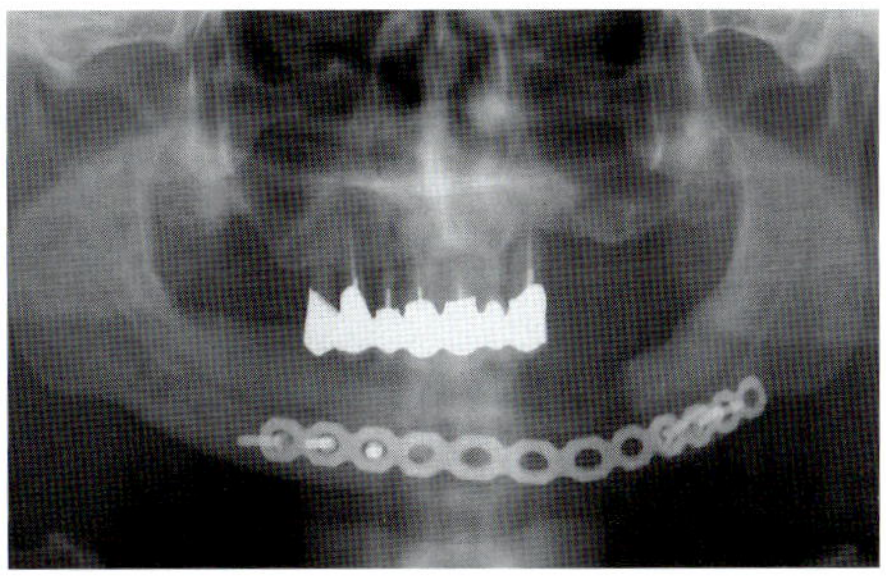
術後パノラマエックス線写真

図２　第182回日本口腔外科学会関東地方会で発表．

その後，現在はBPsによる顎骨壊死症例が日本では日本口腔外科学会による全国調査で246例，欧米では2,500例がすでに集積されています．骨壊死が何故か顎骨だけに集中するため，顎骨を取り扱う歯科医にとっては大きな問題で，日常診療でもっとも多い外科処置である抜歯が発症の原因となって起こることが多いことを考えると，われわれにとっては極めて重要な問題です．

そしてステージが進行すると，前述のような顎骨の切除を余儀なくされ，摂食，嚥下などに支障をきたし，著しく患者のQOLを低下させることも念頭におかなければなりません．

ビスフォスフォネートが話題になっているのはなぜ

医師との連携が重要

このBRONJは発症すると極めて難治性で，治療に難渋することは周知のとおりです．米国口腔外科学会による治療ガイドラインをそのまま関連学会のポジションペーパーとし，BRONJ病期のステージングに基づいた記載がされています．それによりますとステージ2で明らかに骨が溶解し，壊死した骨が大きく露出していても洗浄と長期にわたる抗菌薬の投与で経過をみることが適切な治療とされていますが疑問も感じます．というのも保存療法ではステージ1が2に，2が3に移行した症例も経験しています．発症予防に関しては，口腔清掃の徹底や外科処置前からの抗菌薬投与などが有効ですが，治療法については今後さらに多くの臨床症例の蓄積が必要と考えます（図3）．

また，一方においてBPs系薬剤は推定1,100万人いるという骨粗鬆症の標準治療薬であり，多発性骨髄腫や乳癌，前立腺癌などの患者に対し広く用いられ，溶骨性の骨転移の進行を抑制し，骨の疼痛を緩和するなど患者のQOLを考慮すると極めて有益な薬剤であると評価されています．

以前，注射薬にはBRONJが発症するが経口薬の場合はほとんどみられないといわれてきましたが，昨今では増加の傾向にあり，今後もさらにBRONJは増えることが予測されます．われわれ歯科医師は，常に正確な情報を得て患者のQOLの維持をまず第一に考え，さらに密なる医師との連携が重要と考えております．

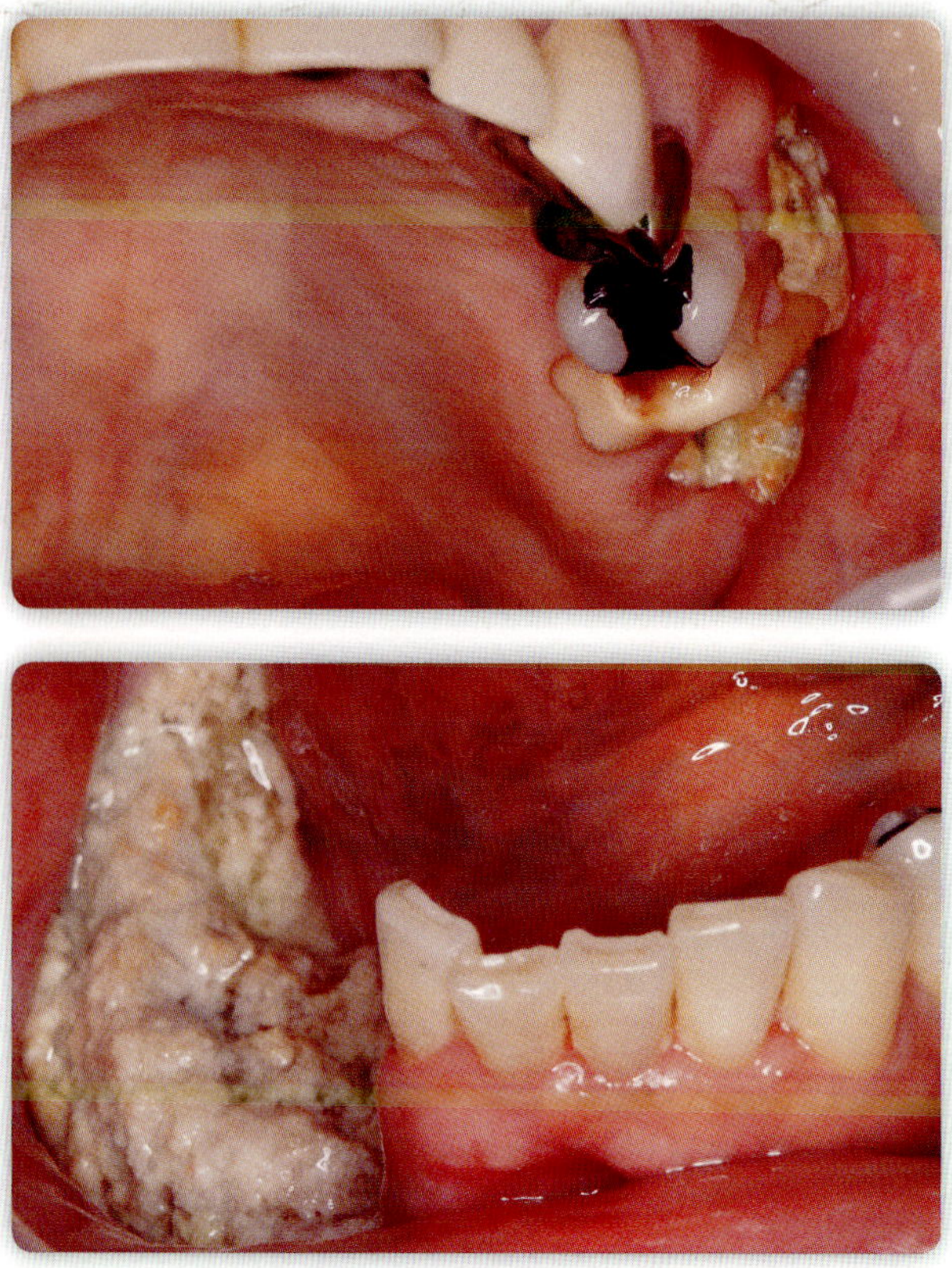

図3　同一患者に発生した上下顎顎骨壊死．

重要な基本的注意
本剤を含むビスホスホネート系薬剤による治療を受けている患者において，顎骨壊死・顎骨骨髄炎があらわれることがある．報告された症例のほとんどが抜歯等の歯科処置や局所感染に関連して発現しており，また，静脈内投与された癌患者がほとんどであったが，経口投与された骨粗鬆症患者等においても報告されている．リスク因子としては，悪性腫瘍，化学療法，コルチコステロイド治療，放射線療法，口腔の不衛生，歯科処置の既往等が知られている．本剤の投与にあたっては，必要に応じて適切な歯科検査を行い，本剤投与中は侵略的な歯科処置はできる限り避けること．また，患者に十分な説明を行い，異常が認められた場合には，直ちに歯科・口腔外科に受診するよう注意すること．

重大な副作用
顎骨壊死・顎骨骨髄炎：顎骨壊死・顎骨骨髄炎があらわれることがあるので，観察を十分に行い，異常が認められた場合には投与を中止するなど，適切な処置を行うこと．

図4　ゾレドロネート（ゾメタ®）の改訂された添付文書．

抗血栓薬が話題になっているのはなぜ

心疾患や脳血管障害患者の増加

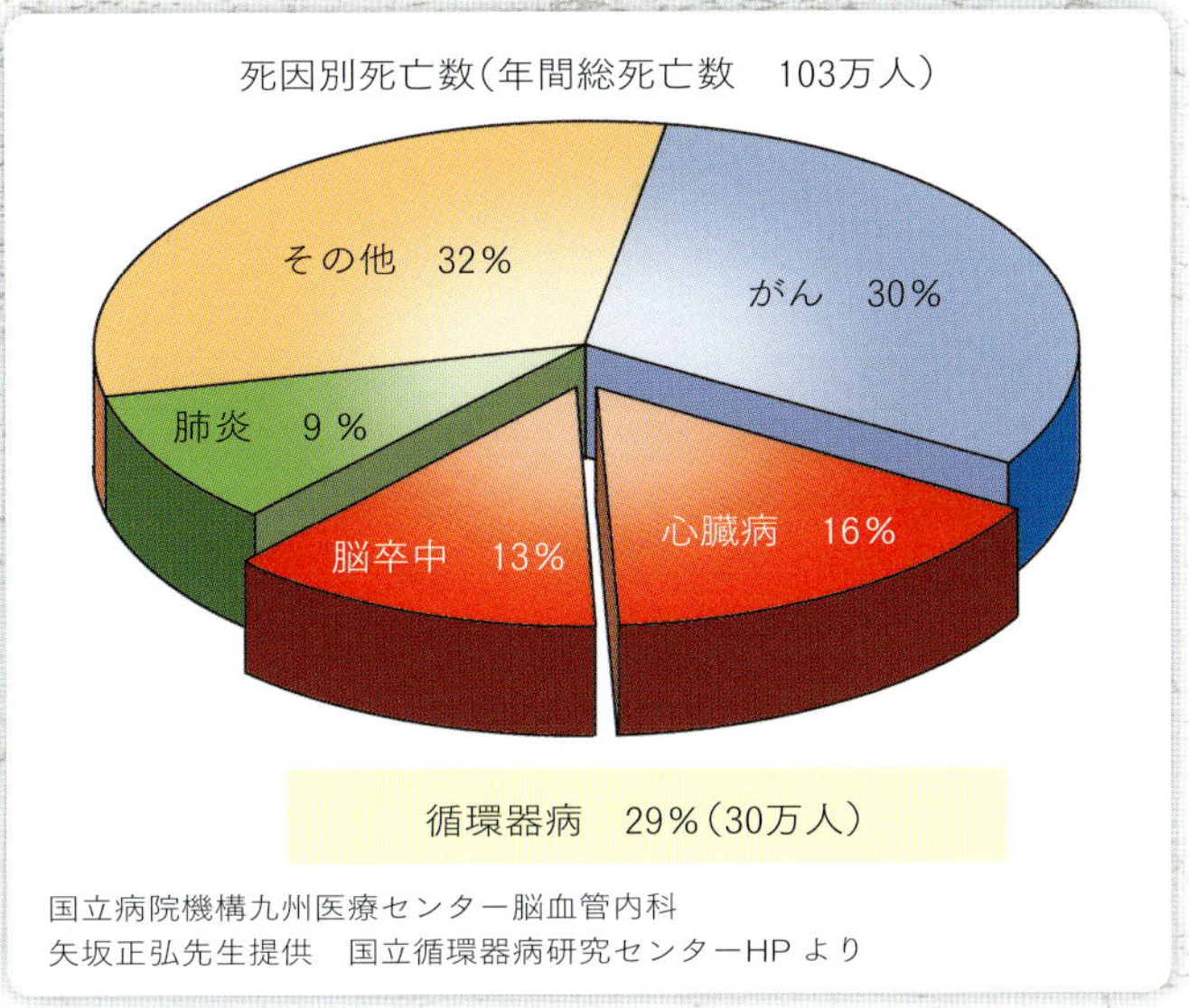

図1　循環器疾患の現状.

日本では高齢社会の到来に伴い，心臓病や脳卒中の患者が増加しています．死因別死亡率では，「がん」に次いで「心臓病」と「脳卒中」が多く，「心臓病」と「脳卒中」を併せた「循環器病」の年間死亡者は約30万人とがんとほぼ同じです（図1）．そのため心疾患や脳血管障害の患者の歯科受診も増加し，診療にあたっては注意が必要になります．とくに，これらの患者で抗血栓薬を服用している場合には慎重な対応が必要です．

血管の老化／動脈硬化と血栓

コレステロールなど血液の脂質が，動脈に溜まり（プラーク），動脈は弾力性を失い固く，もろくなる動脈硬化が進むと血管の内側が狭くなります（図2）．冠動脈の血管壁にコレステロールが溜まると，狭心症や心筋梗塞（虚血性心疾患）を起こします．また，プラークの表面が破れると血栓ができ，その血栓が血流に乗り，血管に詰まると心筋梗塞や脳梗塞の原因となります．

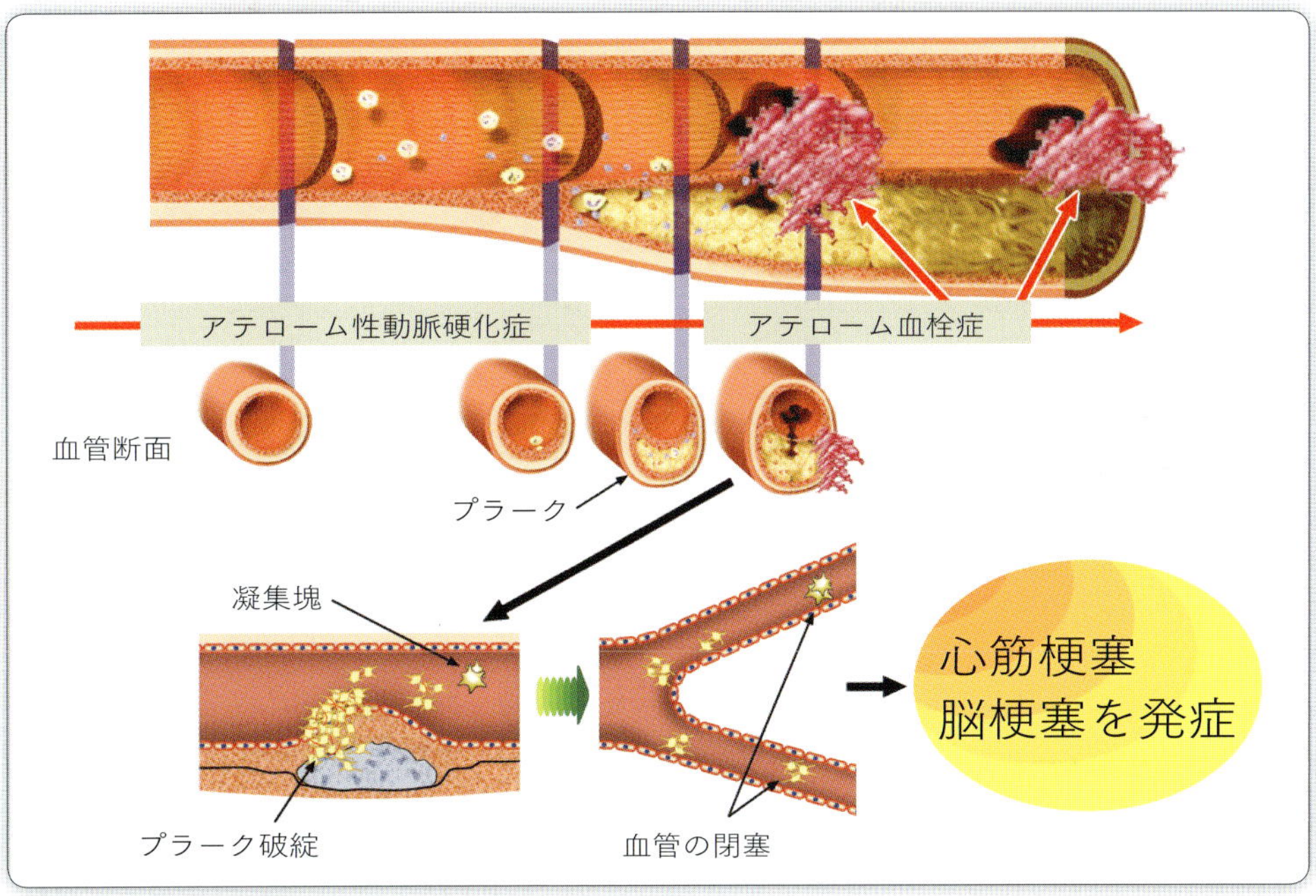

図2　アテローム性動脈硬化症およびアテローム血栓症.

抗血栓薬が話題になっているのはなぜ

ステント留置患者は，再狭窄防止のため抗血小板薬を服用

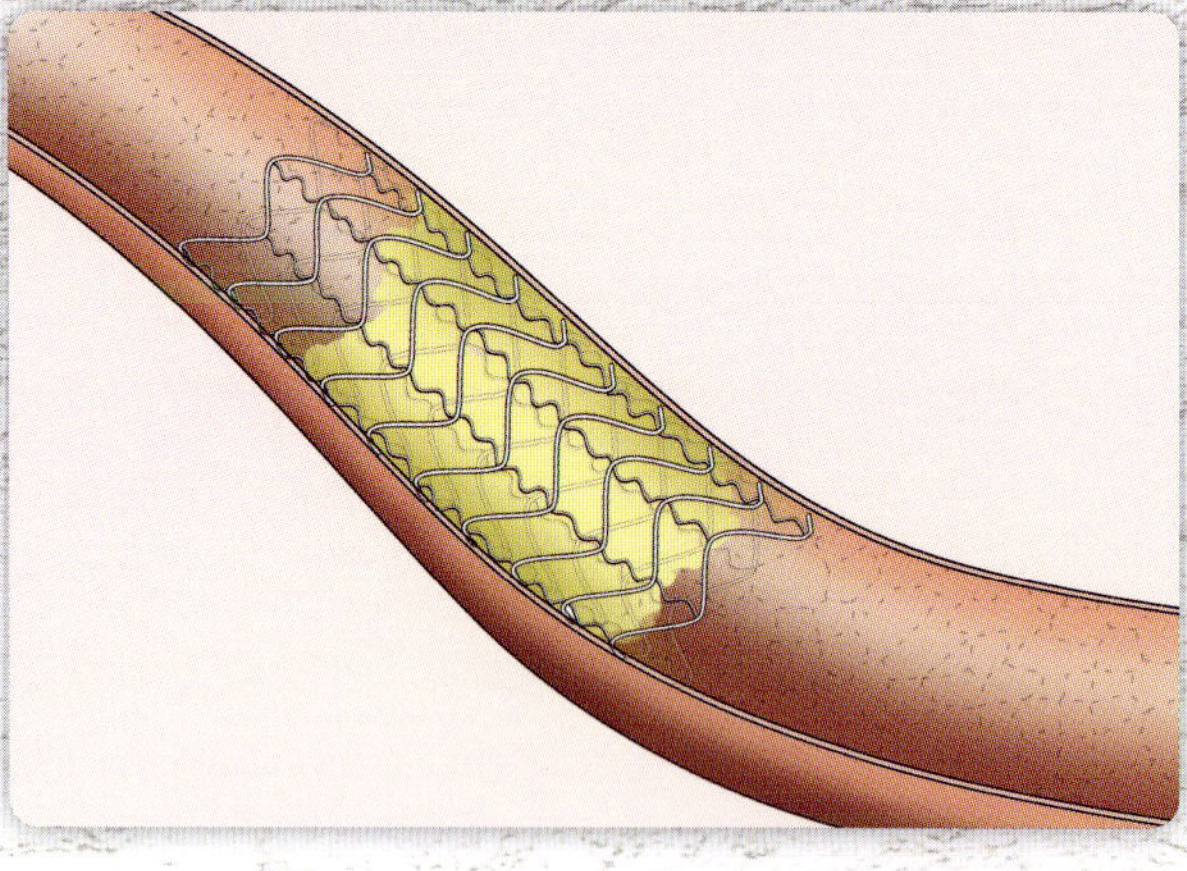

図 3　冠動脈ステント療法.

虚血性心疾患の治療のひとつであるステント療法は，冠動脈の狭窄部位に特殊な合金による金属を網目状にした筒(ステント)を血管の内部に入れ，内側から補強し，病変部を治療します(図 3～5)．患者は，冠動脈内に挿入したステントに血栓ができて，再狭窄しないように，治療後にアスピリンなどの抗血小板薬を服用しています．

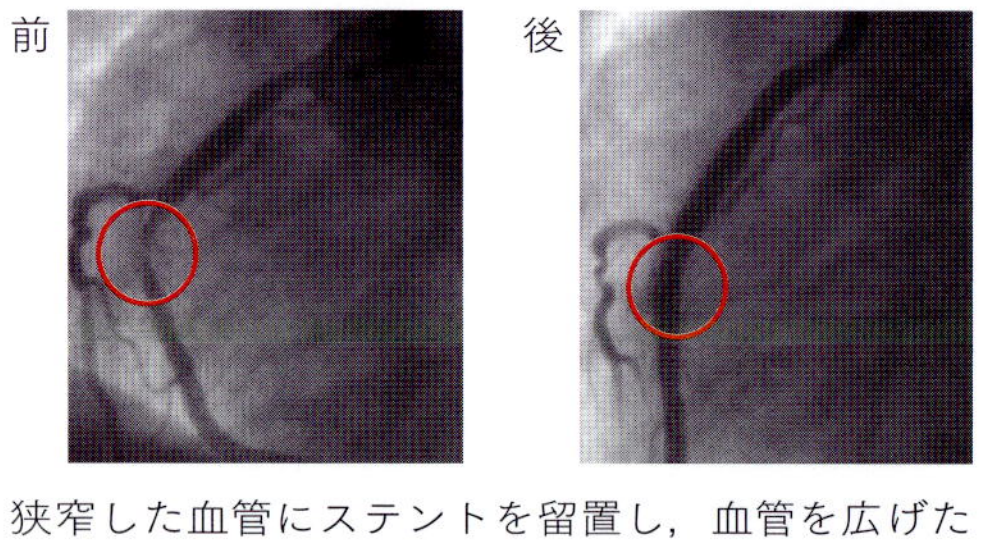

図 4　経皮的冠動脈インターベンション(PCI：Percutaneous coronary intervention)前後の造影検査.

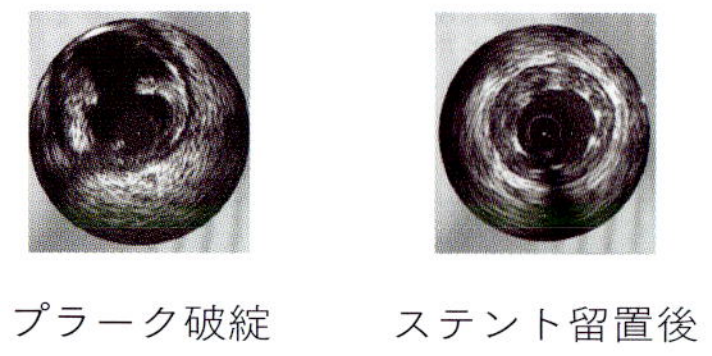

図 5　血管内超音波断層法によるイメージ画像.

脳梗塞患者は，再発防止のためにワルファリンを服用

心房細動の患者は，心臓内に血栓ができ，これがはがれて脳動脈を詰めると大きな脳梗塞(心原性脳塞栓症)を起こします(図 6)．心原性脳塞栓症を起こした患者は，再発防止のためにワルファリンを服用します．

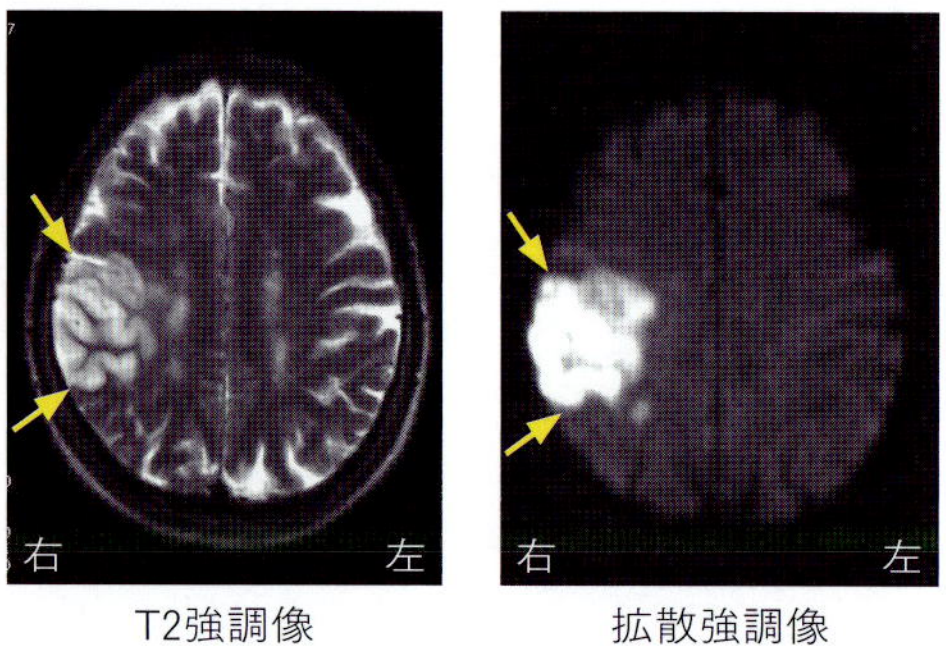

心房細動患者で心原性脳塞栓症を起こし，左の片麻痺，感覚障害をきたした.
(東京女子医科大学神経内科　飯嶋　睦先生提供)

図 6　心原性脳塞栓症患者の頭部 MRI 画像(水平断).

抜歯時などに抗血栓薬を中断させると脳梗塞や心筋梗塞を再発

抜歯などの歯科外科処置時に抗血栓薬（ワルファリン，抗血小板薬）を中断するか継続するかが長年，議論されてきました（図７）．心原性脳塞栓症でワルファリンを服用している患者や，ステント留置後に抗血小板薬を服用している患者などで，抜歯時，抗血栓薬を中断した場合，脳梗塞や心筋梗塞の再発をきたし危険です．Wahl の報告では，ワルファリン療法を中断し抜歯した場合，493人（542症例）中５人，約１％に脳梗塞をはじめとする血栓・塞栓症が起き，そのうち４人（80％）が死亡しています．一方，抗血栓薬を継続した場合には，出血のリスクがあるのではとの不安を抱いている医師や歯科医師もまだ多くいます．

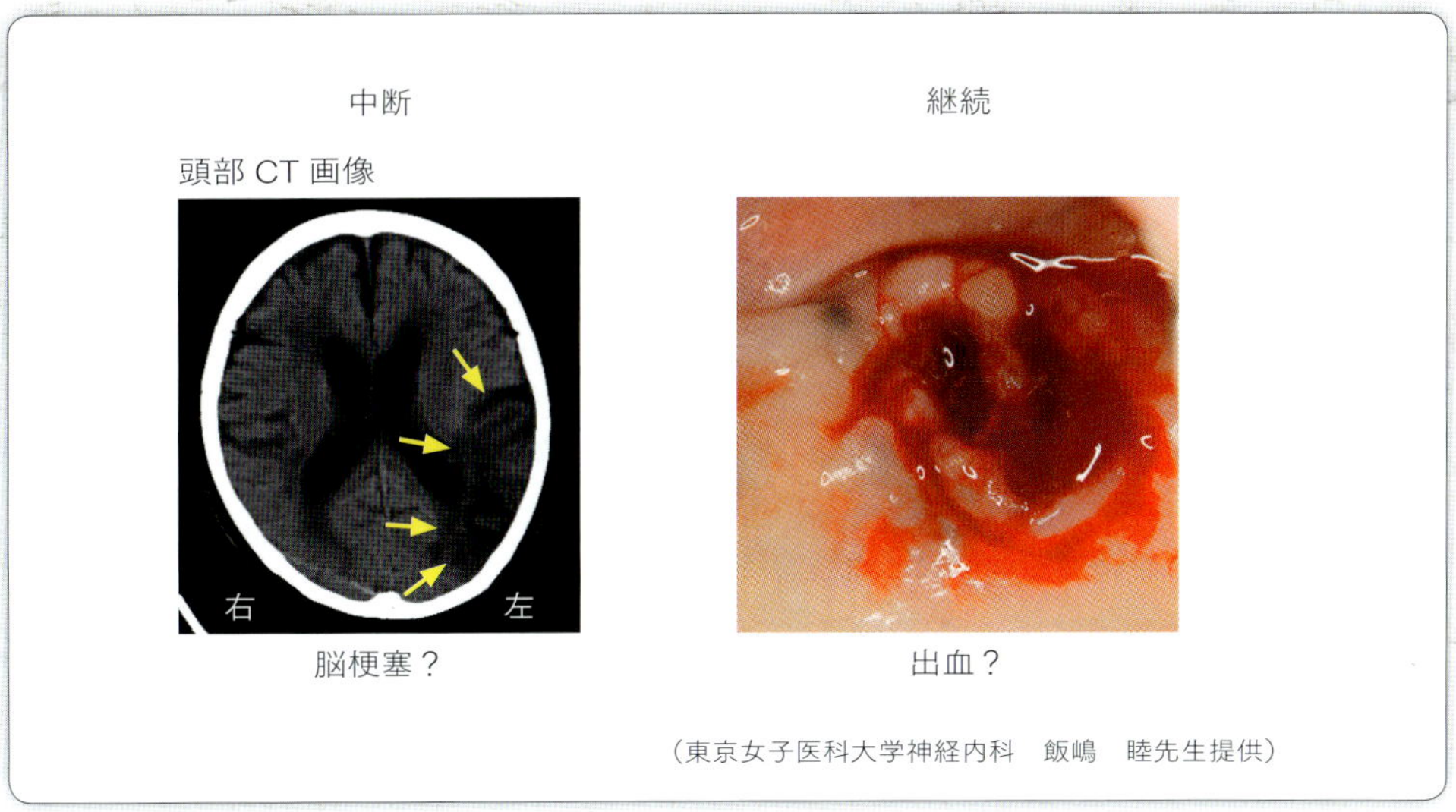

図７　抜歯，インプラント手術時，抗血栓薬は？．

抗血栓薬継続下での抜歯

英国のガイドラインでは，ワルファリン療法（抗凝固療法）が治療域に安定していれば，重篤な出血を起こすリスクは非常に小さく，逆に中断すると血栓症のリスクが高くなるため，抜歯時に経口抗凝固薬を中断するべきではないとなっています．2010年10月には，日本でも「科学的根拠に基づく抗血栓療法患者の抜歯に関するガイドライン」が策定され，適切な局所止血処置の下，抗血栓薬を継続したままでの抜歯が推奨されています．根拠もなく抜歯時の出血を恐れ，抗血栓薬を中断することは，大変危険であることを歯科医師は考慮しなくてはいけません．

CONTENTS

CHAPTER 2 抗血栓薬

CHAPTER

1

BISPHOSPHONATES

ビスフォスフォネート系薬剤

知っておきたいビスフォスフォネートの薬理作用

骨・カルシウム代謝薬

骨は，カルシウムの貯蔵庫としての役目を果たしており，生命の維持に必要なカルシウムイオンの調節にも寄与しています．また，骨も絶えず新陳代謝をしており，骨のリモデリングにおいて骨形成に働く骨芽細胞と，骨を破壊する破骨細胞のバランスが骨粗鬆症の発現に大きく関与しています(図A)．骨吸収とは，活性化された破骨細胞が骨表面にある骨細胞に接着し，骨基質を溶解して，破骨細胞を通してカルシウムを血中に放出することです．その結果，骨がスカスカに脆くなり，骨折を誘発しやすくなります．骨粗鬆治療薬は，骨代謝回転の種々のステップに作用します(図A)．したがって，骨吸収を抑制したり，骨形成を促進する薬物であるカルシウム製剤，エストロゲン製剤，イプリフラボン製剤，カルシトニン製剤，ビスフォスフォネート系薬剤，活性型ビタミンD_3製剤，ビタミンKは骨粗鬆症の治療薬となります(表A)．一方，ビスフォスフォネート系薬剤には抗腫瘍作用もあり，破骨細胞死により破骨細胞より放出する増殖因子が放出されなくなり，腫瘍細胞死の栄養供給が減じて，その結果，腫瘍細胞は細胞死に至ります．

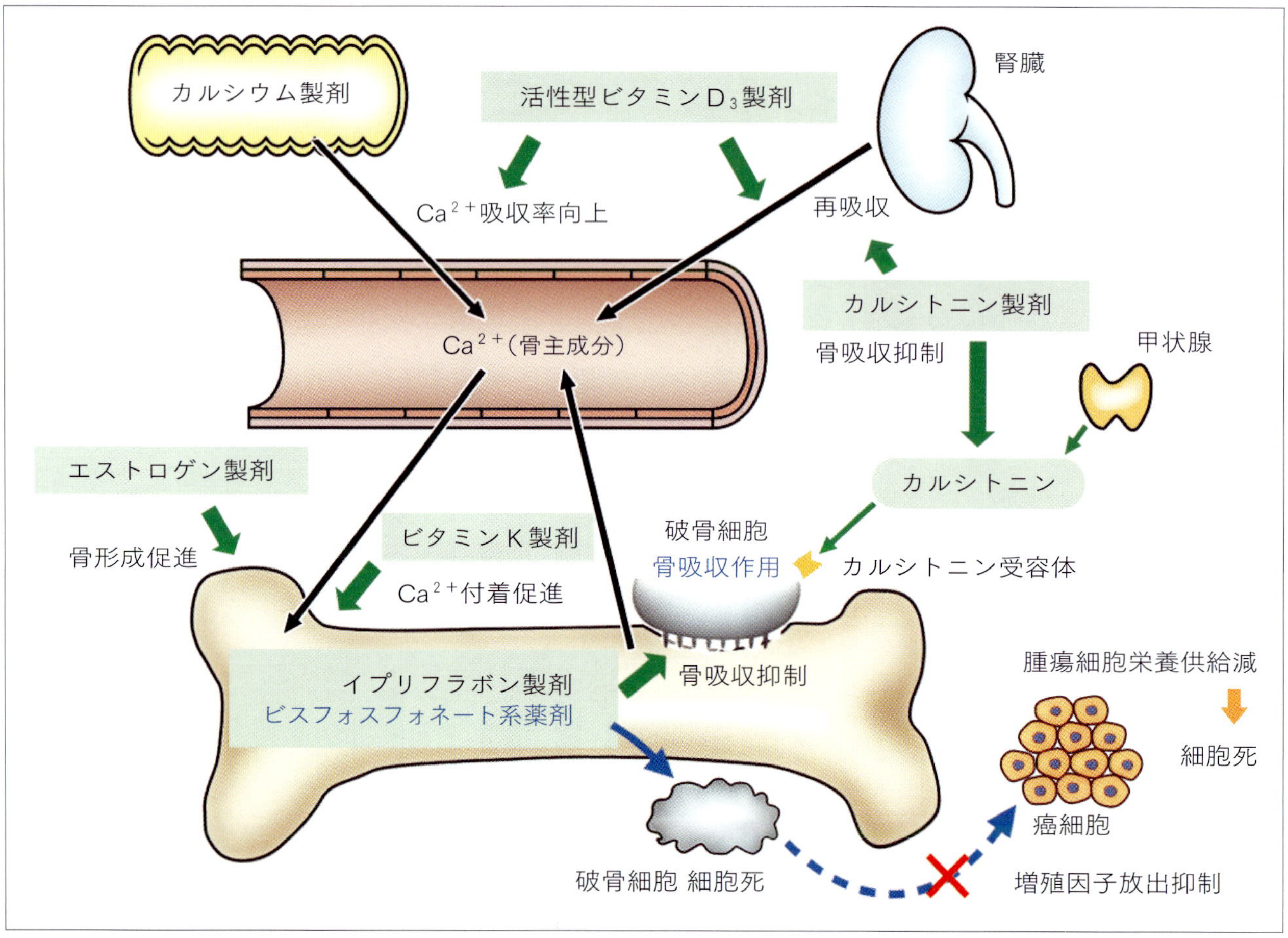

図A　骨・カルシウム代謝薬の作用機序．

表A　骨・カルシウム代謝薬の分類と特徴.

分類	一般名	主な特徴
カルシウム製剤	乳酸カルシウム リン酸水素カルシウムなど	乳製品が苦手なお年寄りなど，食事からのカルシウム補給が十分でない場合，骨主成分である
エストロゲン製剤 (女性ホルモン製剤)	エストリオール 結合型エストロゲン	閉経後に低下した女性ホルモンの補充．骨形成促進作用がある
イプリフラボン製剤	イプリフラボン	骨形成促進作用(骨を増やす作用)もあるといわれており，作用がおだやか
カルシトニン製剤	サケカルシトニン ウナギカルシトニン	注射薬しかないので週１～２回の通院が必要だが，腰痛に対する効果も期待できる．骨吸収抑制作用がある
ビスフォスフォネート系薬剤	エチドロネート アレンドロネート リセドロネート	破骨細胞の働きを抑え，骨吸収抑制作用があり骨量が増加する
活性型ビタミンD_3製剤	アルファカルシドール カルシトリオール	ビタミンDの摂取量が低下している場合や，老化などによる産生が低下している場合，またカルシウム摂取量が少ない場合にカルシウム吸収率が向上する
ビタミンK製剤	ビタミンK２	カルシウムイオン沈着を促進し，骨形成の増加が期待できる

骨粗鬆治療薬の第一選択薬はビスフォスフォネート系薬剤

骨粗鬆症の薬物療法において，ビスフォスフォネート系薬剤は長期の大規模臨床試験によりその有用性が検証され，国内外のガイドラインにて骨粗鬆症治療薬の第一選択薬となっています．

薬物的特徴

骨粗鬆症におけるビスフォスフォネート系薬剤の薬理作用は，第一に骨量増加による骨折率の低下です．ビスフォスフォネートは，石灰化抑制作用を有する生体内物質であるピロリン酸のP-O-P構造を，安定なP-C-P構造に変えたものの総称です(図B).

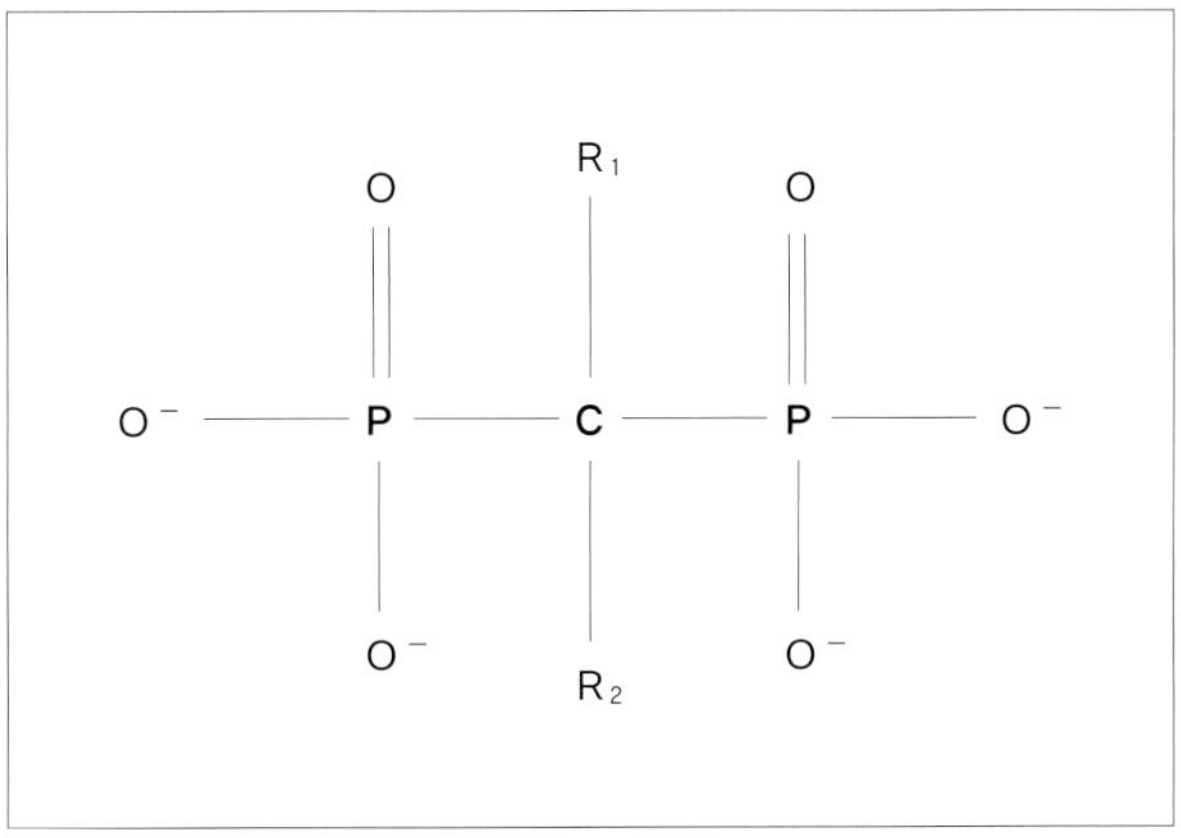

図B　ビスフォスフォネートの化学構造式.

ビスフォスフォネートは，脂溶性が低く細胞膜を通過しにくく，さらに強い陰性荷電のために細胞間隙を通過しにくい性質のため，生体内利用率が１～10%以下です．ビスフォスフォネートは骨のハイドロキシアパタイトに親和性を示し血中に移行します．血中に吸収されたビスフォスフォネートの20〜80％は骨に取り込まれ，残りは速やかに排泄されます．

血中におけるビスフォスフォネートの半減期は短く，ヒトでは30分から２時間くらいとなります．またビスフォスフォネートが生体内で沈着する領域は，その大部分が骨形成が行われている領域で，とくに骨細胞に取り込まれます．

骨へのビスフォスフォネートの蓄積は，おそらく数十年という長期間によって最高量に達すると考えられています．一方，ビスフォスフォネートの骨への取り込み量は高く，尿中への排泄は腎患者が減少し，腹膜透析での除去もわずかです．したがって腎障害の患者には投与を考慮しなければなりません．

現在，日本で使用されている骨粗鬆症治療薬(**表B**)は，パミドロン酸二ナトリウム水和物，アレンドロン酸ナトリウム水和物，インカドロン酸二ナトリウム水和物，ゾレドロン酸水和物，エチドロン酸二ナトリウム水和物，リセドロン酸ナトリウム水和物，ミノドロン酸水和物があります．同じビスフォスフォネート系薬剤でもその作用機序に違いがあります．またビスフォスフォネートの化学構造から，窒素を含まない第一世代，窒素を含む第二世代，環状窒素を含む第三世代に分けられ，化学的性質や薬としての強度が改良されています．**図C**に剤形を**表C**に先発品と後発品を提示します．

たとえばエチドロン酸二ナトリウム水和物は，多量投与すると，異所性骨化や化骨性筋炎の治療や予防に効果をあらわします．骨粗鬆症の治療の少量使用の場合とは違って，骨基質の石灰化障害を強く起こし，一種の骨軟化症のような状態に導きます．

リセドロン酸ナトリウム水和物やアレンドロン酸ナトリウム水和物では，メバロン酸代謝の阻害を介して破骨細胞の機能障害やアポトーシス(細胞死)を誘発することによって，骨吸収の抑制が起こると考えられています．

表B　ビスフォスフォネート系薬剤一覧．

一般名	製品名	適応症	構造 R₁	構造 R₂	効力比*
エチドロン酸二ナトリウム水和物(エチドロネート)	ダイドネル(経口)	骨粗鬆症 骨ページェット病	$-CH_3$ (窒素非含有)	−OH	1
アレンドロン酸ナトリウム水和物(アレンドロネート)	テイロック(注射) フォサマック(経口) ボナロン(経口)	HCM 骨粗鬆症	$-(CH_2)_3NH_2$ (窒素含有)	−OH	100〜1,000
リセドロン酸ナトリウム水和物(リセドロネート)	ベネット(経口) アクトネル(経口)	骨粗鬆症	$-CH_2-$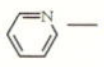−OH (環状窒素含有)		1,000〜10,000
ミノドロン酸水和物(ミノドロネート)	リカルボン(経口) ボノテオ(経口)	骨粗鬆症	$-CH_2-$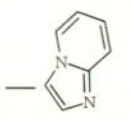 (環状窒素含有)	−OH	※10,000〜
パミドロン酸二ナトリウム水和物(パミドロネート)	アレディア(注射)	HCM** 乳癌骨転移	$-(CH_2)_2NH_2$ (窒素含有)	−OH	〜100
インカドロン酸二ナトリウム水和物(インカドロネート)	ビスフォナール(注射)	HCM	−NH−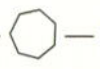−H(環状窒素含有)		100〜1,000
ゾレドロン酸水和物(ゾレドロネート)	ゾメタ(注射)	HCM MM 骨病変 固形癌骨転移	$-CH_2-$ OH (環状窒素含有)		※10,000〜

*：ラット骨吸収抑制活性
**：Hypercalcemia of Malignancy(悪性腫瘍による高カルシウム血症)
※：ゾメタ(ゾレドロン酸水和物)，リカルボン、ボノテオ(ミノドロン酸水和物)が最も効果が強い

これに対してエチドロン酸二ナトリウム水和物では，細胞内の ATP に関係する部分で，

アミノ酸＋ ATP →アミノ酸・AMP ＋ PPi

の部分を阻害することで細胞毒として作用することが知られています．

また，最近販売されたミノドロン酸水和物は，破骨細胞内でファルネシルピロリン酸(FPP)合成酵素を阻害し，破骨細胞の骨吸収機能を抑制することにより骨代謝回転を低下させると考えられています．注射薬のゾレドロン酸水和物同様に，経口薬のなかでは最も効果が高い薬物でもあります．

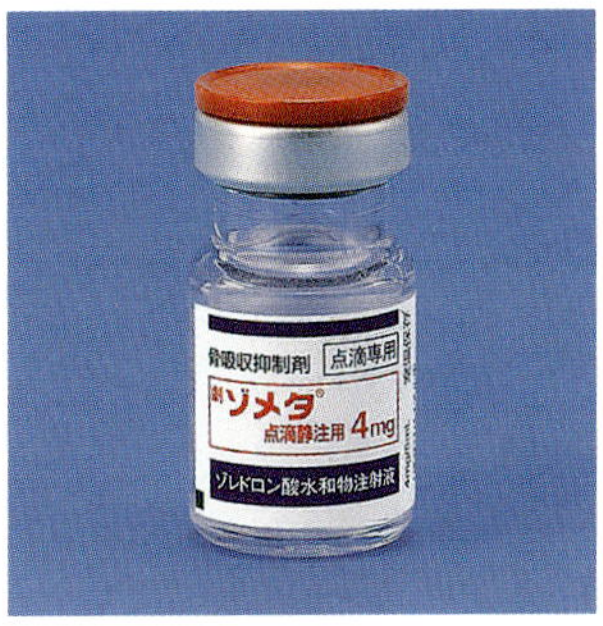

ゾメタ®(ゾレドロン酸水和物／ノバルティスファーマ)

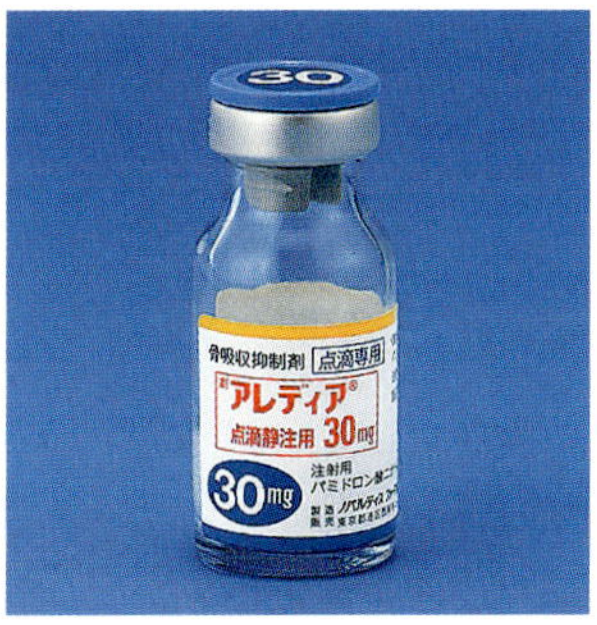

アレディア®(パミドロン酸二ナトリウム水和物／ノバルティスファーマ)

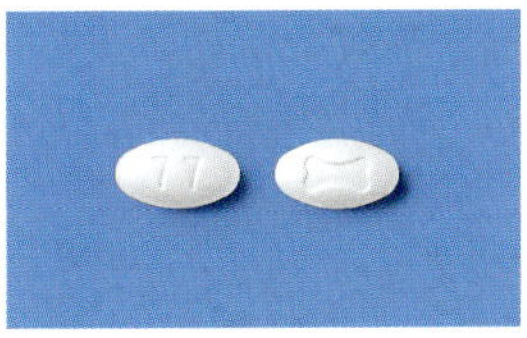

35mg

フォサマック®(MSD)

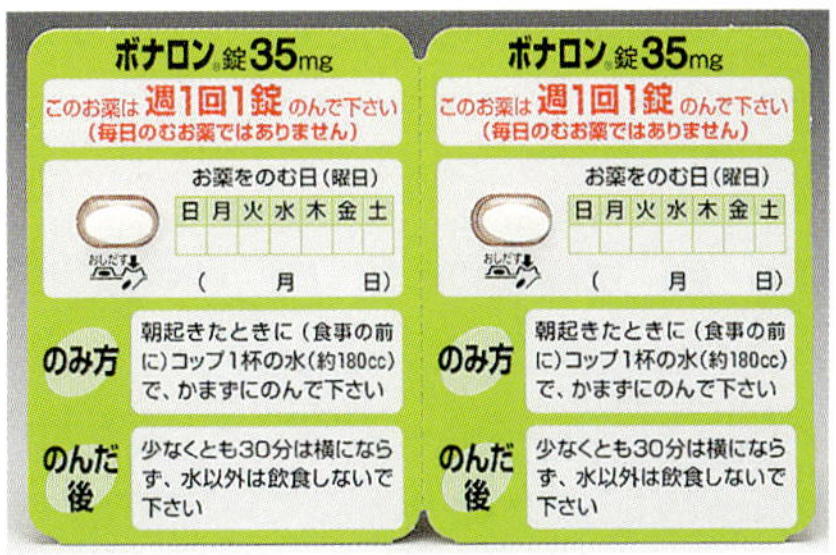

35mg

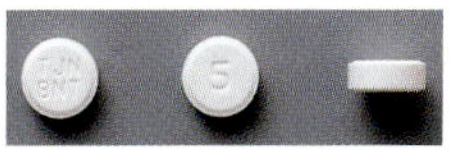

5 mg

ボナロン®(アレンドロン酸ナトリウム水和物／帝人ファーマ)

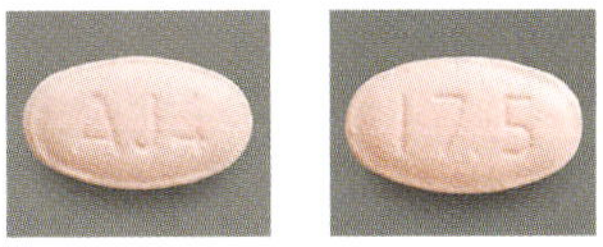

表　裏

アクトネル®(リセドロン酸ナトリウム水和物／エーザイ)

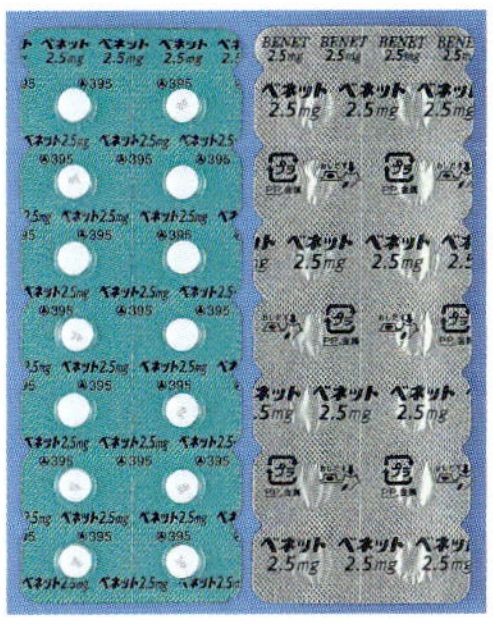

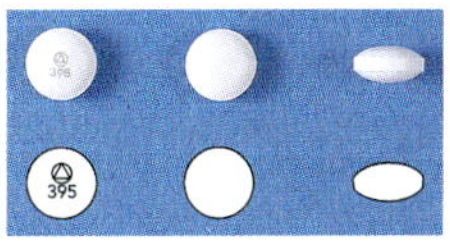

2.5mg

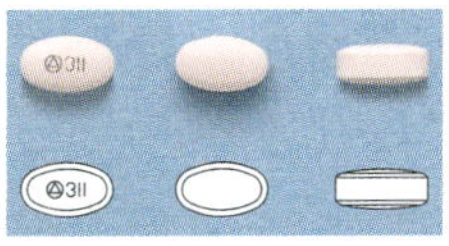

17.5mg

ベネット®(リセドロン酸ナトリウム水和物／武田薬品)

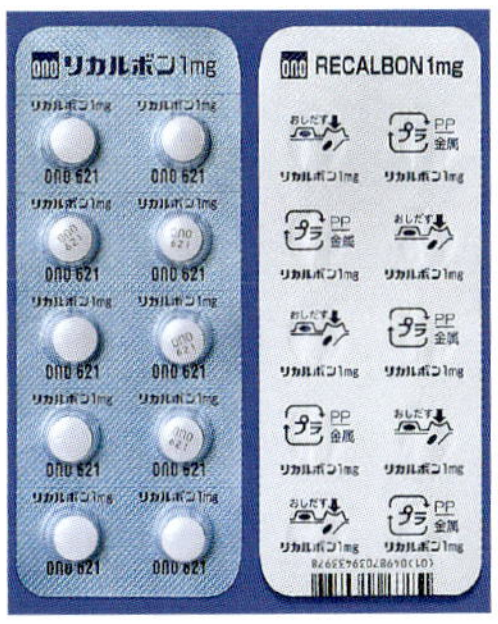

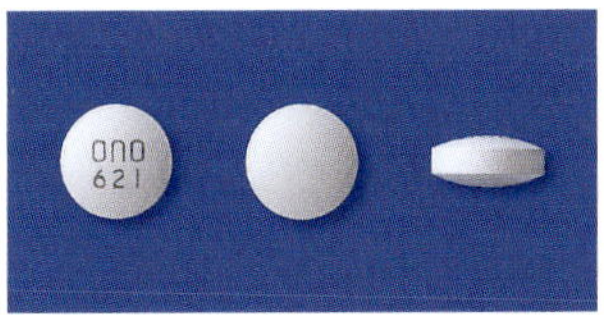

リカルボン®(ミノドロン酸水和物／小野製薬)

図 C　よく使われるビスフォスフォネート系薬剤の剤形．

表C　ビスフォスフォネート系薬剤の先発品と後発品一覧.

	一般名	商品名	
注射薬	パミドロン酸二ナトリウム水和物	アレディア点滴静注用15mg，30mg	先発品
		パミドロン酸二Na点滴静注用15mg，30mg「F」	後発品
		パミドロン酸二Na点滴静注用15mg，30mg「サワイ」	後発品
	アレンドロン酸ナトリウム水和物	テイロック注射液5mg，10mg	先発品
	インカドロン酸二ナトリウム水和物	ビスフォナール注射液10mg	先発品
	ゾレドロン酸水和物	ゾメタ点滴静注用4mg	先発品
経口薬	エチドロン酸二ナトリウム水和物	ダイドネル錠200	先発品
	アレンドロン酸ナトリウム水和物	フォサマック錠5mg，35mg	先発品
		ボナロン錠5mg，35mg	先発品
		アレンドロ酸錠5mg「DK」	後発品
		アレンドロ酸錠5mg「SN」	後発品
		アレンドロ酸錠5mg「タイヨー」	後発品
	リセドロン酸ナトリウム水和物	アクトネル錠2.5mg，17.5mg	先発品
		ベネット錠2.5mg，17.5mg	先発品
	ミノドロン酸水和物	ボノテオ錠1mg	先発品
		リカルボン錠1mg	先発品

近年は，添付文書に，ビスフォスフォネート系薬剤による治療を受けている患者は，投与経路にかかわらず，顎骨壊死，顎骨骨髄炎があらわれることを，重大な副作用として提示しています.

一方，破骨細胞は，骨を吸収することで，インスリン様増殖因子Ⅰ型(IGF - I)，トランスフォーミング増殖因子(TGF - β)などの増殖因子を微小環境中に放出し，転移癌細胞の増殖や代謝を亢進させます．すなわちビスフォスフォネートの抗腫瘍細胞のメカニズムは，破骨細胞の細胞死が誘導され，骨吸収が停止され，骨中のIGF - IやTGF - βなどの増殖因子が放出されなくなり，さらに癌細胞が増殖するスペースを縮小することで癌細胞の増殖を阻害すると考えられています.

相互作用

カルシウム，マグネシウムなどの金属を含有する経口薬であるカルシウム補給剤，制酸剤，マグネシウム製剤多価の陽イオン(Ca，Mg など) とキレートを形成することがあるので，併用すると本剤の吸収を低下させます.

また通常の食事やコーヒー，牛乳，オレンジジュースとの併用でも吸収は低下します.

Q1 ビスフォスフォネート系薬剤は，どのような患者に使われていますか？

Question

Answer **ビスフォスフォネート(BPs)系薬剤は，強い骨吸収抑制作用を持つことより，骨粗鬆症(図1-1)，ページェット病や悪性腫瘍に伴う高カルシウム血症や多発性骨髄腫(図1-2)，乳癌，前立腺癌などの骨転移(図1-3)に対して用いられます(表1-1).**

骨粗鬆症は，さまざまな原因により破骨細胞が骨形成より優位になったため，骨の強度が脆弱となり，骨折のリスクが増大した45歳以上の成人に多くみられる疾患で，わが国では約1,100万人以上が罹患しているといわれています．本症に対するBPs系薬剤の治療効果は，閉経後の骨粗鬆症に対してとくに優れた骨量の増加がみられ，また有効な治療手段のなかったステロイド誘発性の骨粗鬆症患者に対しても骨量の増加効果が示されています．骨密度が低く骨折リスクの高いアルツハイマー病や脳卒中，パーキンソン病などの神経内科疾患患者に対しても，本剤の投与が骨折予防として極めて有効であるとされています．

また海外でも骨粗鬆症の病態や病期ごとの薬剤の選択のなかで，BPs系薬剤が多く用いられています(表1-2)．しかしながら一方において，BPs系薬剤の長期投与で骨折リスクが増加するという報告もあり，5年以上の投与は慎重に行います．そのため至適投与期間の臨床試験の結果が望まれています．

骨ページェット病は欧米に多いがわが国では稀で，骨の肥厚と変形を起こす疾患です．確実な治療法がないなかで，BPs系薬剤が本疾患に有効とされています．

多発性骨髄腫は，免疫グロブリンをつくる形質細胞が悪性化し，骨髄で増殖する疾患です．そのため骨病変に疼痛が生じたり，骨皮質が薄くなり骨折を起こすことがあります．これらの骨疾患に対しては，BPs系薬剤が多く使われます．

また，口腔癌をはじめ多くの種類の癌の随伴症状としてあらわれる高カルシウム血清に対しても，非常に有効な薬剤として用いられてきました．

癌の骨転移巣には破骨細胞が動員され，活性化による骨破壊がみられます．とくに乳癌，前立腺癌，肺癌などは骨転移が多く，現在ではその破骨細胞を標的とした

表1-1 ビスフォスフォネート系薬剤による適応疾患．

経口薬剤
1．骨粗鬆症
2．骨ページェット病
3．骨髄損傷後あるいは股関節形成術後の異所性骨化の抑制
注射用薬剤
1．悪性腫瘍による高カルシウム血症
2．多発性骨髄腫
3．固型癌(前立腺癌，乳癌，肺癌などの)骨転移

図 1 - 1　正常の椎体(左)と骨粗鬆症の椎体(右).

表 1 - 2　海外の知見からみた病態・病期ごとの薬剤選択の考え方.　(骨粗鬆症の予防と治療ガイドライン2006年版より)

		評価と推奨	
		グレードA(行うよう強く勧められる)	グレードB(行うよう勧められる)
病態の違い	骨代謝回転からみた治療	アレンドロネート，リセドロネート 治療前骨代謝マーカーの高低にかかわらず骨折抑制効果を発揮する	ラロキシフェン 骨折抑制効果は治療による骨代謝マーカーの変化率に依存する
	疼痛からみた治療	カルシトニン 疼痛を有する骨粗鬆症例に用いることは有効である	アレンドロネート，リセドロネート 骨粗鬆症の疼痛緩和効果が期待される
	各種ビタミンの過不足と治療	骨粗鬆症の成因における各種ビタミン不足が果たす役割については，ビタミンDおよびビタミンK以外のエビデンスがまだ不足している	
病期の違い	骨密度からみた治療(骨減少例)	薬剤選択に関するデータが不足しているため，薬剤の評価と推奨に関する記載はとくになし 骨減少例であっても，一定の基準(骨折リスクをもつ)を満足すれば，治療を開始することには合理性があると考えられる.	
	骨折の有無からみた治療	アレンドロネート，リセドロネート， ラロキシフェン 既存骨折が存在する骨粗鬆症で推奨される	

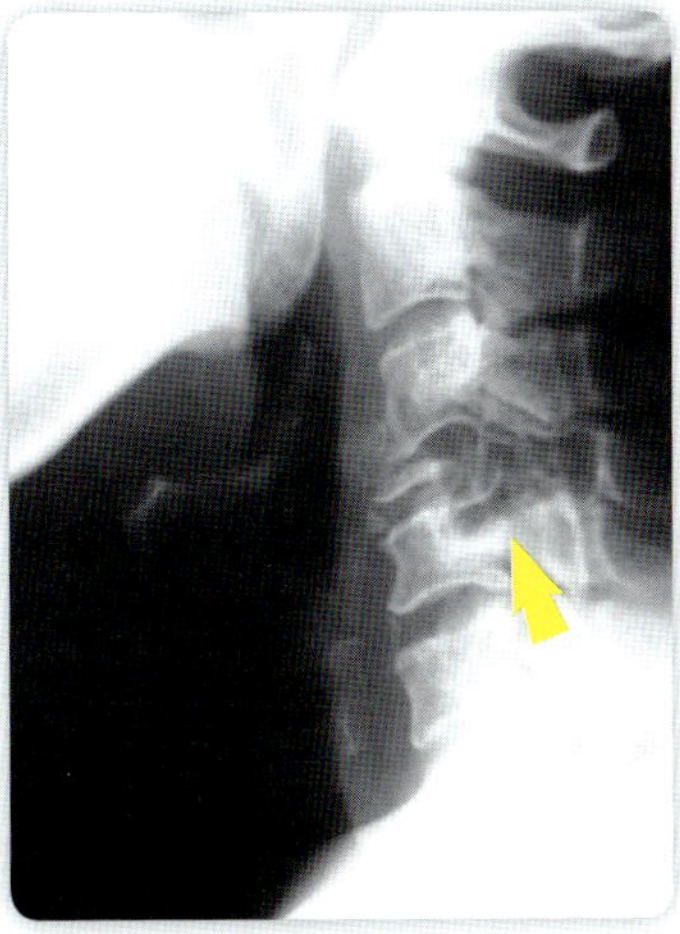

図 1 - 2　64歳，女性．多発性骨髄腫患者の頸椎の骨融解像.

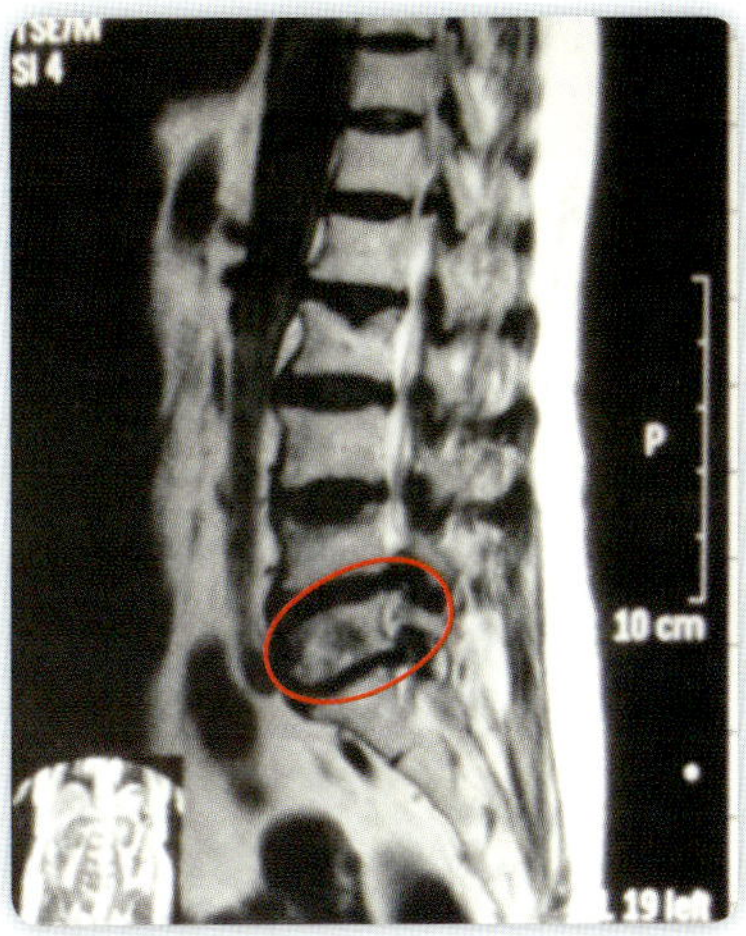

図 1 - 3　73歳, 女性. 乳癌患者の腰椎骨転移.

BPs 系薬剤を用いた治療が有効とされています．なかでも第 3 世代といわれるゾレドロネート(ゾメタ®)は強力で，疼痛緩和をはじめ骨関連症状を抑制し，患者の QOL の維持に有用とされています.

Q2 なぜ，顎骨(主に下顎骨)に薬剤が集まりやすいのですか？

Question

Answer

ビスフォスフォネート(BPs)系薬剤の基本的構造のＰ－Ｃ－Ｐ構造は骨ハイドロキシアパタイト(HA)への親和性と関連するといわれております．すなわちHAに結合し，これを吸収した破骨細胞に取り込まれます．下顎骨はそのHAの多い皮質骨(緻密骨)に囲まれていることもその一因と思われます．

BPs系薬剤は骨基質に強い親和性を持っているために，投与されたBPsの50%は選択的に骨に集まってきます(**図2－1**)．そのうち85%は皮質骨(緻密骨)に残りの15%は海綿骨に取り込まれます．骨以外に吸収された残りの50%のBPsは，腎臓に吸収され速やかに尿中に排泄されるため，骨以外の臓器での副作用はほとんどみられません(**図2－1**)．

とくに顎骨は，ほとんどが皮質骨(緻密骨)でできており，海綿骨が非常に少なく高度に石灰化しています．解剖学的形態，骨髄腔の大きさなども長管骨とは異なり，加齢に伴わずにより緻密になるといわれています．咬合や咀嚼などにより他の部位の骨と異なり，力学的負荷がかかることなどの特殊性がBPs系薬剤の集積しやすい一因かと思います(**図2－2**)．また歯槽骨頂部の骨リモデリングは身体の他部位に比べて極めて速く，そのためBPsをより多く取り込み、高濃度に蓄積することが原因であるともいわれております．

投与後1時間　　投与後12か月

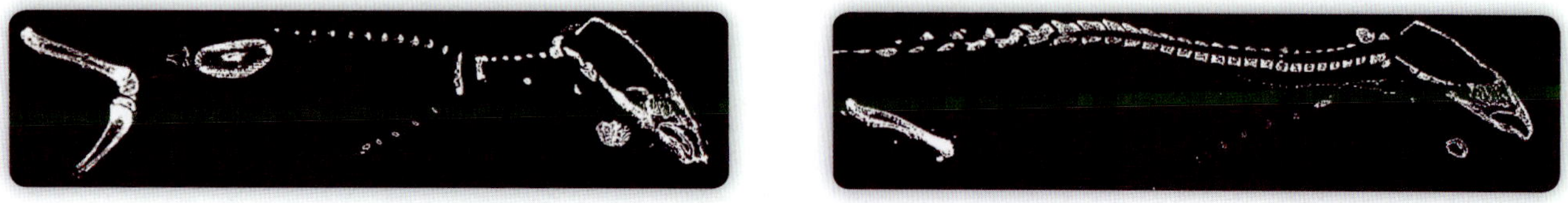

図2－1　ビスフォスフォネート系薬剤の骨への集積状態を全身オートラジオグラムでみる(ラット．写真提供：ノバルティスファーマ)．
^{14}C ゾレドロン酸を単回静脈内投与後1時間で各組織と腎臓のみに，12か月後には骨組織のみに高い放射能が分布している．

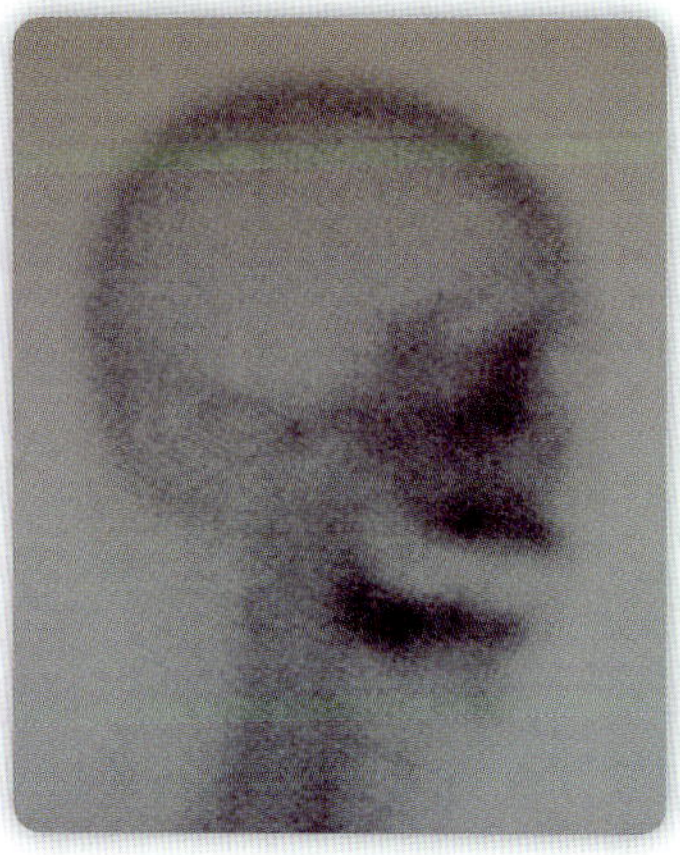

図2－2　78歳，女性．ビスフォスフォネート系薬剤が顎骨へ集積しているのが骨シンチグラフィーでわかる．

Q3 BRONJ(ビスフォスフォネート系薬剤関連顎骨壊死)に対して医師の先生はどう思われているでしょうか？

Question

Answer BRONJに対し骨転移による骨疾変など主に注射薬を使用している外科医などは十分に理解し，その対応に関して歯科医師との連携を重要視しています．一方，骨粗鬆症に本剤を用いている内科医，整形外科医や婦人科医などはBRONJを極めて稀なもの，または生じないものと理解し，同じ医師でも両者には温度差があるようです．

2008年4月22日，日本学術会議と(社)日本口腔外科学会が共催で日本学術会議講堂において「ビスフォスフォネート(BPs)治療による顎骨壊死の現状」と題して市民講座を行いました．

医科側からはわが国における骨粗鬆症の現状と問題点や癌の骨病変に対するBPs治療，歯科側からはBRONJの臨床病態や診断・予防などについて講演があり，はじめて医科・歯科がこの問題に取り組みました．

Oral bisphosphonate use and the prevalence of osteonecrosis of the jaw
An institutional inquiry

ABSTRACT
Background. Initial reports of osteonecrosis of the jaw(ONJ)secondary to bisphosphonate(BP)therapy indicated that patients receiving BPs orally were at a negligible risk of developing ONJ compared with patients receiving BPs intravenously. The authors conducted a study to address a preliminary finding that ONJ secondary to oral BP therapy with alendronate sodium in a patient population at the University of Southern California was more common than previously suggested.
Methods. The authors queried an electronic medical record system to determine the number of patients with a history of alendronate use and all patients receiving alendronate who also were receiving treatment for ONJ.
Results. The authors identified 208 patients with a history of alendronate use. They found that nine had active ONJ and were being treated in the school's clinics. These patients represented one in 23 of the patients receiving alendronate, or approximately 4 percents of the population.
Conclusions. This is the first large institutional study in the United States with respect to the epidemiology of ONJ and oral bisphosphonate use. Further studies along this line will help delineate more clearly the relationship between oral BP use and ONJ.
Clinical Implications. The findings from this study indicated that even short-term oral use of alendronate led to ONJ in a subset of patients after certain dental procedures were preformed. These findings have important therapeutic and preventive implications.

Key words. Osteonecrosis；jaw；oral bisphosphonates；alendronate；extraction.
JADA 2009；140(1)：61 - 66.

図3-1　BPs系薬剤関連顎骨壊死／経口薬にも十分注意を(JADA 2009；140(1)：61 - 66).

また，それぞれの病院内で医科・歯科が連携してBRONJの問題に取り組んでいる話を聞きます．しかしながら一方で，経口薬ではBRONJが発症しないと思われている医科の先生たちもいます．『The Journal of the American Dental Association』では，南カルフォルニア大学歯学部の報告で，抜歯や義歯性潰瘍の後にアレンドロ酸ナトリウム（ボナロン®，フォサマック®）を経口投与された患者208人中9人（約4％）にBRONJが発症され，経口薬にも注意が必要なことが報告され（**図3-1**），AAOMS（米国口腔外科学会）ではBRONJのポジションペーパーが改定されました．しかしながら一方において，2009年12月の日経メディカルのコラムにBRONJに対する歯科医師の対応に対する不満が掲載されています（**図3-2**）．

専門家による口腔清掃で予防可能

ビスホスホネート関連顎骨壊死

整形外科医が骨粗鬆症の第一選択薬として多くの患者に処方するビスホスホネート（BP）製剤。しかし、2003年に海外で初めてBP投与と顎骨壊死の関連が指摘され、国内でも発症が報告されるなか、「BPを歯科医師が勝手に中止した」「BP処方中の患者が歯科治療を拒否された」など、顎骨壊死を極度に恐れる歯科医師の対応に医師の不満が高まっていた。

日本でも海外とほぼ同様に、経口薬による顎骨壊死発症率は約1万人に1人と、乳癌の溶骨性骨転移などに使用される注射薬の約100人に1人と比べて低いと推測されている。

それにもかかわらず、歯科医師にBPの休薬を勧められたことを契機に整形外科を受診しなくなる骨粗鬆症患者が相次いでいる。適切な治療をせずに骨粗鬆症を放置していては、骨折して寝たきりになる危険もあるため、事態は深刻だ。

2学会が声明を発表予定

BPと顎骨壊死に関する混乱を収めるため、日本骨粗鬆症学会と日本骨代謝学会は、服用の指針をまとめたポジションペーパーを年内にも発表する予定だ（表）。

「口腔内の衛生状態を良好に保つことが顎骨壊死予防に有効との合意ができた」と、取りまとめの中心となった大阪大学歯学部生化学教授の米田俊之氏は語る。予防法として有効なのは、歯科衛生士や歯科医師ら専門家による口腔清掃だ。

BP服用中の患者において、口腔清掃の有無と顎骨壊死の発症を前向き調査した海外の研究では、清掃ありの場合、なしに比べて顎骨壊死の発症が約5分の1に減少したという結果が出ているという。また、歯科処置前の抗生物質の予防投与で、顎骨壊死の発症が予防できたという研究もある。

抜歯前後のBP休薬は原則不要

ポジションペーパーは、BP処方中の骨粗鬆症患者が　（以下略）

図3-2　専門家による口腔清掃で予防可能／BPs関連顎骨壊死（出展：『日経メディカル』2009年12月号特別編集版「ロコモティブシンドロームと腰痛対策」39頁コラム）．

Q4 経口薬では，BRONJ の発症は極めて稀といわれていますが本当ですか？

Question

Answer 近年，少しずつビスフォスフォネート(BPs)の経口薬でもBRONJの発症が増えてきており，稀ではありません．

骨粗鬆症の治療薬といえば，経口 BPs 系薬剤という考え方が第一線で活躍している医科系臨床医たちの常識となっています．ちなみに現在，骨粗鬆症患者は約1,100万人以上と推定され，65歳以上の女性では女性ホルモンの分泌が減少し，骨量が急激に減少するため，その半数近くが骨粗鬆症にかかっているといわれております．2006年の骨粗鬆症の予防と治療のガイドラインでもアレンドロネート(フォサマック®)，リセドロネート(アクトネル®)，塩酸ラロキシフェン(エビスタ®)がグレードAという最高の評価を受けています(表1-2，21頁参照)．

BPs の経口薬剤であるアレンドロ酸ナトリウム(ボナロン®・フォサマック®)は2001年，リセドロン酸ナトリウム(ベネット®)が2002年に販売されて以来，これらの経口薬剤は整形外科・一般内科・婦人科を中心に骨粗鬆症の治療に急激に普及されてきています．このため BPs 経口薬剤による BRONJ の発症は，さらに増加していくと思われます．口腔清掃さえきちんとしていれば発症しないという考えではなく，医科・歯科が患者の QOL を考え，より緊密に情報を共有していく必要があります．

米国口腔外科学会による2007年度報告では103人に年あたり0.7%であったBRONJ が2009年の米国歯科医師会(ADA)の発行する『The Journal of the American Dental Association』(2009；240：61-66)では，経口薬アレンドロ酸ナトリウム(ボナロン®，フォサマック®)の経口投与歴のある患者で，抜歯などの観血的治療や義歯性潰瘍のある患者の208人中9名(約4%)に発症したとの報告があります．そのなかで経口薬での発症率は，注射薬と同頻度と述べられています．ちなみに，この9名はすべて女性で，BPs 系薬剤の投与期間は12～120か月であったと報告しています．

日本口腔外科学会の2006年以前では，BRONJ28症例中の9例(32.1%)が単独経口投与でしたが，2006年以後では246症例中99例(40%)と増加傾向を示していることをみても，経口薬でも BRONJ の発症は稀ではないと考えるのが妥当だと思います．

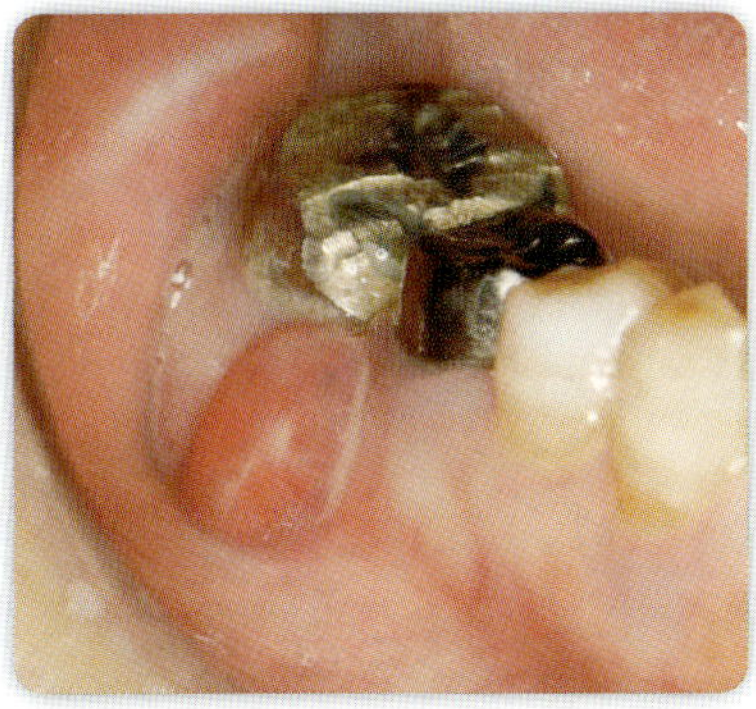

図4-1　78歳，女性．右側下顎歯肉からの排膿．骨粗鬆症のため約3年前よりアレンドロネート(フォサマック®)を内服している．

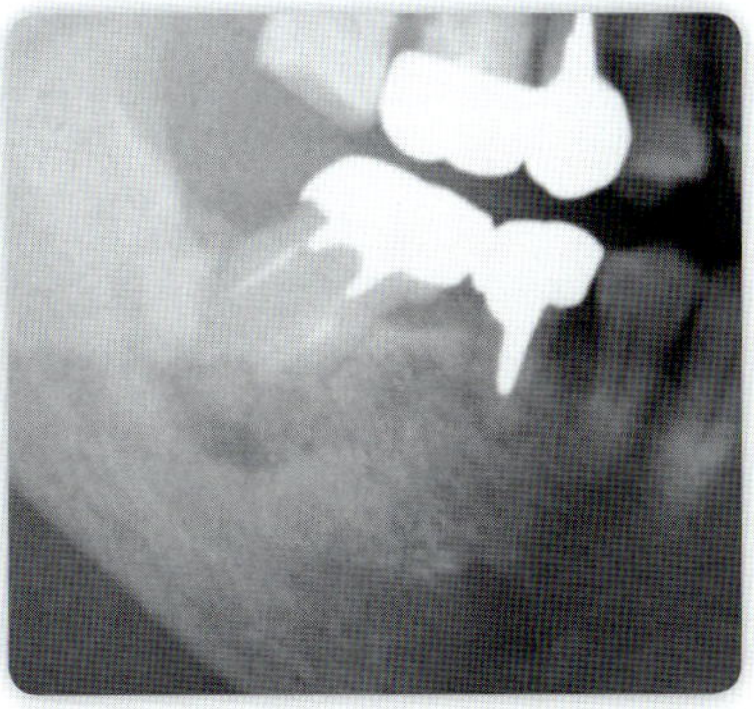

図4-2　右側下顎大臼歯部に辺縁不規則な塊状のエックス線透過像がみられる．

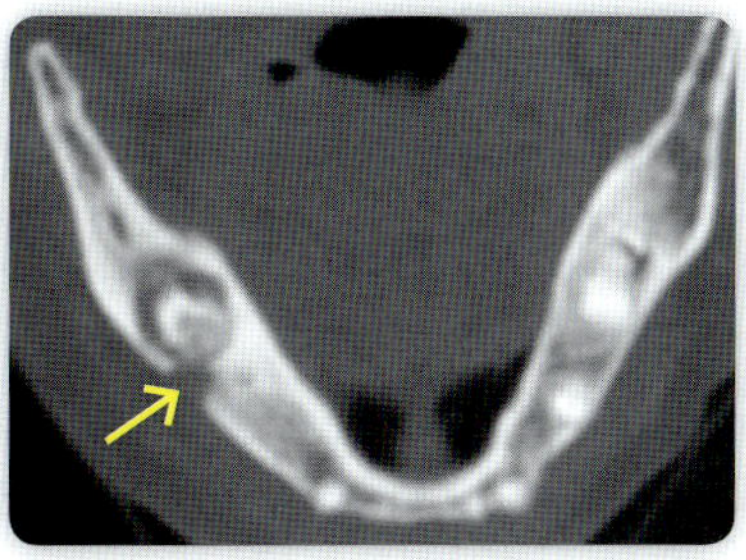

図4-3　同部の腐骨分離像がみられる．

Q5 BRONJの予防は可能ですか？

Question

Answer 完全に予防することは不可能ですが，その発症を減少させることは可能と思われます．

BRONJ 発症のリスク因子についてはＱ９(35頁)で述べていますが，薬剤に関する因子，局所的因子，全身的因子があります．また，投与経路でもビスフォスフォネート(BPs)系薬剤の経口薬より静注薬の方が発現頻度は圧倒的に多く，経口薬ではほとんどないといわれておりました．しかし最近では，骨粗鬆症患者の増加や第３世代のリセドロン酸ナトリウム水和物(アクトネル®，ベネット®)といった強力な骨粗鬆症治療薬(経口薬)の出現により増加傾向がみられます．そこで静注，経口を含めて BRONJ の予防について述べてみたいと思います．

BPs 系薬剤は，癌の骨転移に対して極めて有効で，著しく QOL を低下させる合併症に対して，とくに効果的であることより標準的治療薬とされています．また骨密度の低下や骨粗鬆症，それに伴う脆弱性骨折などは日常生活動作(ADL)の低下はもとより，寝たきりになることが多々あります．そのため本剤がそれらに予防効果のあることを考えると，この BPs 系薬剤が極めて有用な薬剤であることがわかると思います．一方，その有害事象としての BRONJ も進行し，ステージ３になると顎切除を行うこともあります．その後の摂食障害などを考えますと，予防法は極めて重要になります．

BRONJ の発症は，抜歯やインプラントの埋入，歯周外科処置などの観血的治療や，義歯不適合による褥創性潰瘍，歯周疾患からの感染に起因することが多いのです．そのため予防法として注射薬の BPs 系薬剤を用いたことのある患者や，経口薬の投与期間が３年以上の患者，３年未満であっても糖尿病やステロイド剤を併用している患者には観血的処置を避けるべきであるといわれております．やむなく外科的な対応が回避できない場合には，医師と緊密な連携をとり，静注薬はすぐ休薬していただき，経口薬の場合は３か月の休薬後に外科処置を行います．その際，術前より抗菌薬を投与し，創部は骨が露出することなく完全に閉鎖することが必要です．

義歯による潰瘍の場合には，義歯のあたっているところを削去し，できるだけ創部が治癒するまで義歯の使用を避けることが大事です．

いずれにしても最も重要なことは，口腔清掃を徹底するとともにプラークや歯石の除去など専門的な口腔ケアと，抜歯にならないためのう蝕の治療です．また栄養管理も重要で，低栄養にならないように血液検査を行い経口摂取をサポートすることも大切です．

発症には口腔細菌が関与しているため，口腔衛生状態を良好に保つため，本人はもとよりサポートする家族，医療関係者への BRONJ に関する教育が必要であることはいうまでもありません．

患者向けの「がん治療中の口腔ケア／あごの骨壊死」(ノバルティスファーマ)にも口腔ケアの方法についてわかりやすく記載されている(図５-３)．

症例

患者：61歳，女性．

服薬：ゾメタ２年間投与中．

口腔ケア：乳癌の骨転移症例で肺や肝臓にも転移が認められたため，BPs系薬剤を継続して投与を行い，口腔清掃は徹底的に行っています．

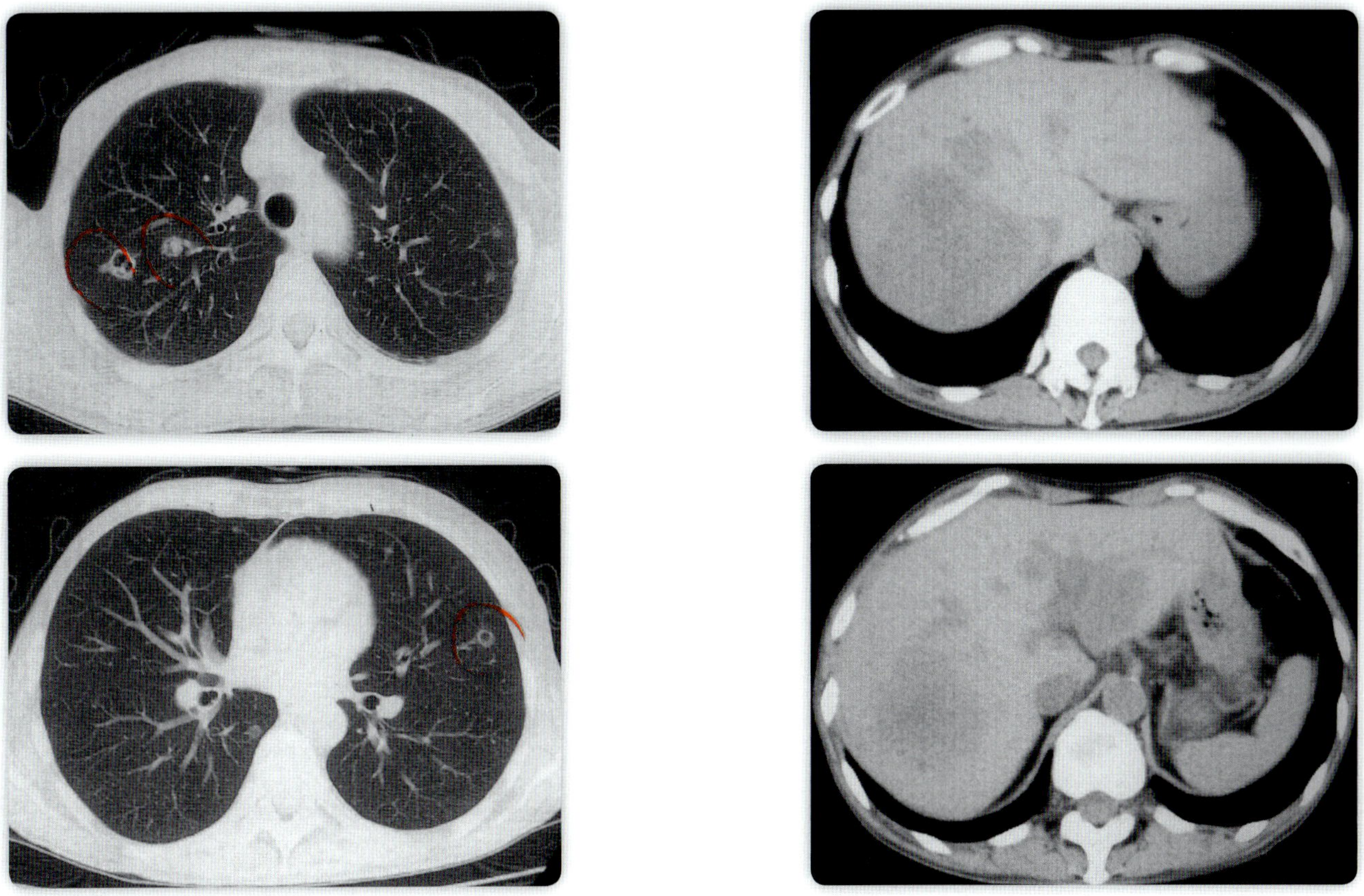

図５-１　癌が肺(左)と肝臓(右)に転移をしている．

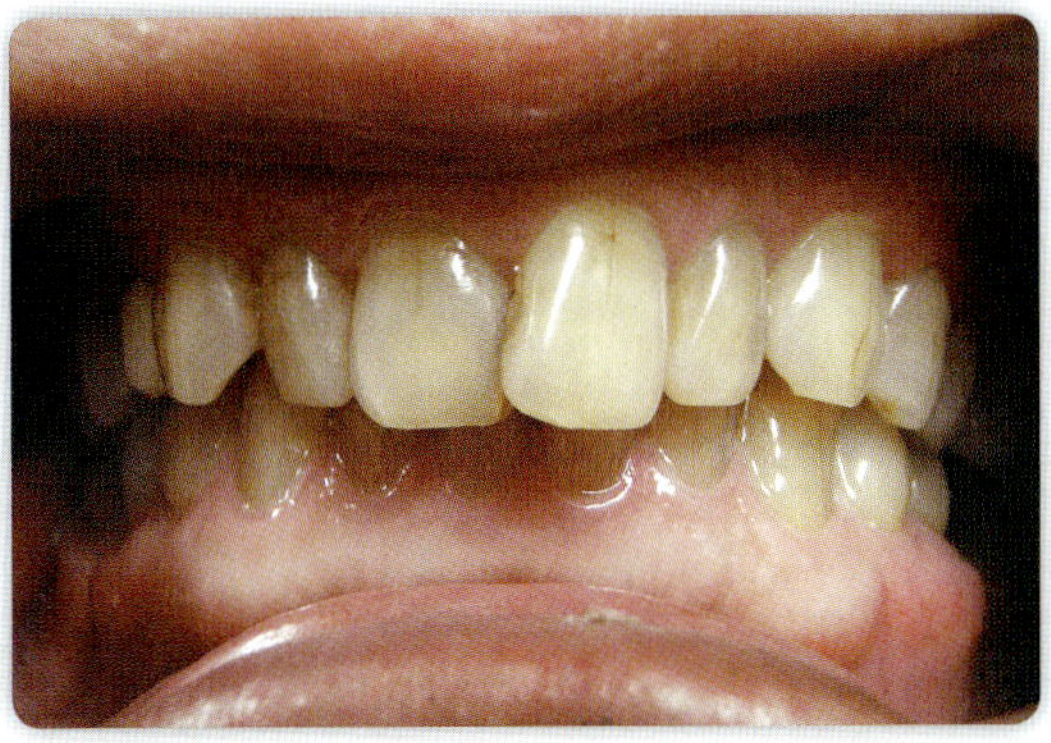

図５-２　毎日ゾメタ® 投与時に外来にて口腔内検査と口腔清掃を行っている．

- 食後と就寝前にやわらかい歯ブラシで歯と舌のブラッシングを行います．歯ブラシには力をいれずに磨きましょう．
- １日に１度はデンタルフロスを使用し，ていねいに歯垢(しこう)を取り除きましょう(歯肉からの出血や痛みがある場合には，患部を避けなければなりませんが，ほかの歯にはデンタルフロスを使用してください)．
- 水で頻繁に口をすすぎ，口の中を常に湿った状態に保ちます(多くの医療品は「口の乾燥(口の渇き)」をもたらすため，むしばやその他の歯科疾患を引き起こす可能性があります)．
- アルコール配合のマウスウォッシュ(洗口液)は刺激が強いためなるべく使用を避けてください．

ただれや歯肉からの出血といった変化がみられないか，鏡を使って歯と歯肉を毎日チェックしましょう．何らかの異常や変化に気づいたり，口腔，歯またはあごに痛みがある場合には，すぐに歯科医か主治医に相談してください．

図５-３　がん治療中の口腔ケア／あごの骨壊死(ノバルティスファーマ)より．

Q6 BRONJの発症機序は？

Question

Answer　発生機序を示してみましょう．

ビスフォスフォネート(BPs)系薬剤は，破骨細胞に特異的に取り込まれ，アポトーシスを誘導することにより，骨吸収を抑制するのが特徴です．

いまのところ，BPsによる顎骨壊死のメカニズムについては未だ不明な点も多いのですが，BPsの投与により破骨細胞による骨吸収が抑制され，それに連動する骨芽細胞による骨形成が妨げられます．つまり骨のリモデリングが抑制されるわけです．またBPsの長期投与は，血管新生の抑制などが生じ，これらが関連して治癒の遅延が生じます．一方においてBRONJが顎骨で発症することを考えると，口腔内細菌による感染が関与していることが考えられ，何らかによる免疫能の低下と相関して顎骨壊死が生じるのではないかと思われます．

そのため抜歯窩などの治癒は阻害され，顎骨壊死が生じてくることが現時点でBRONJの発症のメカニズムとされています(図6-1，表6-1)．

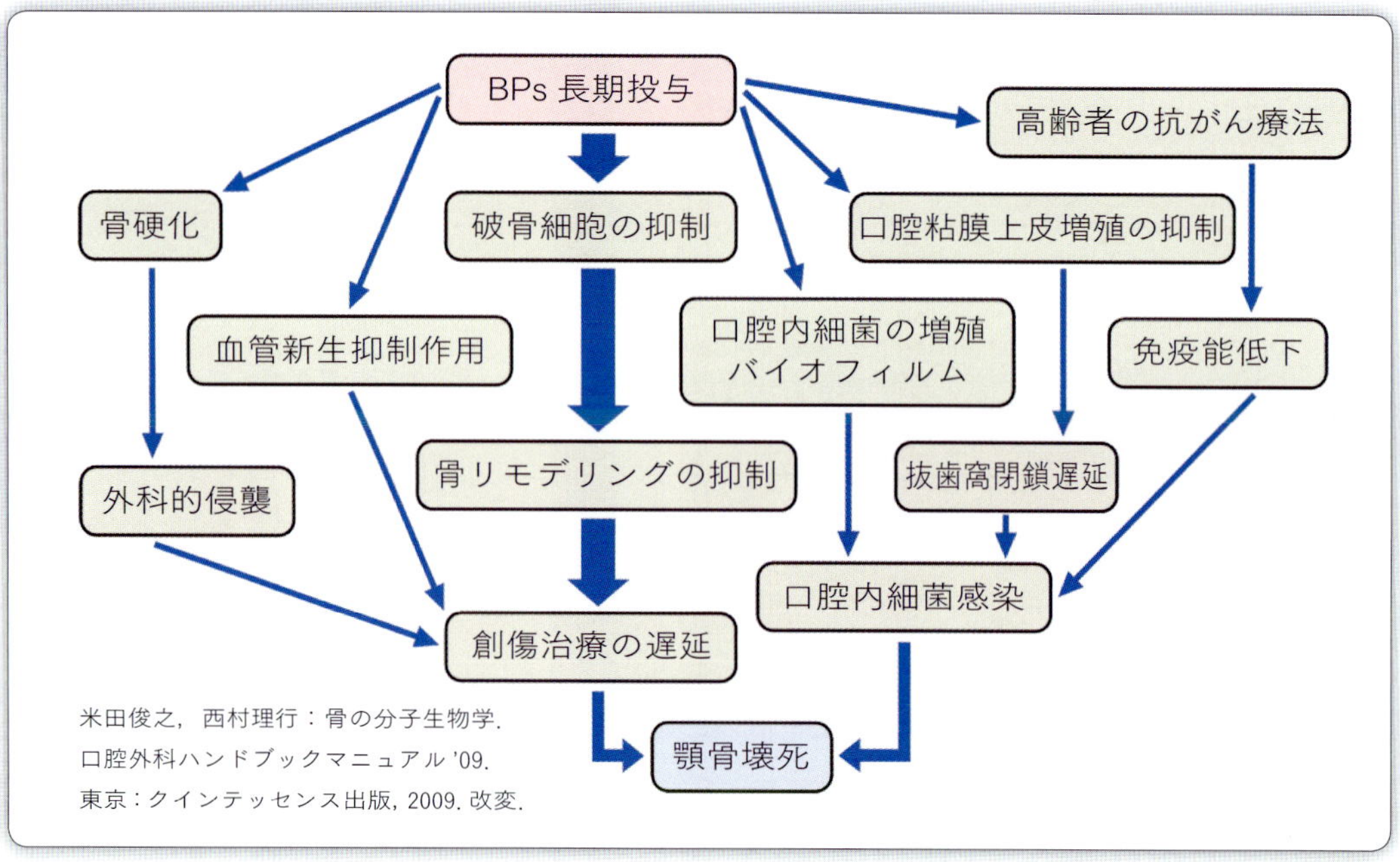

図6-1　BRONJの発生のメカニズム(仮説)．

表6-1　BRONJ発症に関すると考えられる主なメカニズム．

①骨のリモデリングの抑制
②血管新生の抑制
③口腔内細菌感染

Q7 BRONJ の発症に骨代謝マーカーや血清 CTX の値はその指標になりますか？

Question

Answer

BRONJ の発症を予測するような明らかな指標となるような骨代謝マーカーはありませんが，CTX(Ⅰ型プロコラーゲン架橋Cテロペプチド)値の測定が有用とされる報告もあります．

BRONJ の発症を予測する明らかな指標となる骨代謝マーカーはありません．しかし骨粗鬆症におけるホルモン補充療法や，ビスフォスフォネート(BPs)療法などの骨吸収抑制のある薬剤を用いた際の治療経過や，治療効果の判定に血清中の CTX が一般的に用いられています．現在，保険に適用され，精密測定試薬キットも発売されています．

骨代謝マーカーには，骨形成マーカーと骨吸収マーカーがあり，骨代謝疾患では骨吸収の亢進が先行することや，BPs 系薬剤による治療の場合には骨代謝回転が早期にわかることにより，骨吸収マーカーの測定が有用とされている[4]．

Marx ら[1]は，血清中の CTX 濃度がある一定値以上であれば，BRONJ の発症が少なくなるため，抜歯などの外科処置をする前に測定することをすすめています．

また岩本ら[2]は尿中の CTX 濃度を測定し，BPs 系薬剤を使用している患者群の尿中 CTX 値は健常人よりも低値で，なおかつ BRONJ 発症群の尿中 CTX 値は未発群よりも低値を示すと報告し，このことにより尿中 CTX 濃度を測定することは，BRONJ の発症リスクを評価する上で有用な検査であると述べています．しかし保険請求上，BRONJ の発症を予測する目的で血中 CTX や尿中 CTX 精密測定を実施する場合には注意が必要です．他の代謝性骨疾患マーカー(表 7 - 1)や，診療に用いられる骨吸収各種骨代謝マーカーのなかの測定にあたって，保険適用とされている各種疾患や適応対象について紹介します[3](表 7 - 2)．

表 7 - 1　代謝性骨疾患診療に用いられている各種骨代謝マーカー[3]．

骨吸収マーカー	略語	検体	測定方法	備考
ピリジノリン	PYD	尿	HPLC	
デオキシピリジノリン	DPD	尿	HPLC・EIA	HPLC 法を用いた精密測定は未承認
Ⅰ型コラーゲン架橋 N - テロペプチド	NTX	血清・尿	EIA	
Ⅰ型コラーゲン架橋 C - テロペプチド	CTX	血清・尿	EIA・ECLIA	ECLIA 法を用いた精密測定試薬キットは未承認
Ⅰ型コラーゲン— C - テロペプチド	ICTP	血清	RIA	
酒石酸抵抗性酸フォスファターゼ5b	TRACP —5b	血清	EIA	未承認，研究用試薬として海外メーカー製試薬キットが市販されている．国内で開発・製品化された精密測定試薬キットは開発中

RIA：radioimmunoassay(放射免疫測定法)，EIA：enzyme immunoassay(酵素免疫測定法)，ECLIA:electrochemiluminescent immunoassay(電気化学連続発光免疫測定法)．HPLC：high-pressure liquid chromatography(高速液体クロマトグラフィー)

表7-2　各種骨代謝マーカーと代謝性骨疾患診療における保険適用[3]（平成18年度4月の薬価改定による保険点数）.

疾患名	適用対象	項目	保険点数
骨粗鬆症	骨粗鬆症の薬剤治療方針の選択時に1回，その後6か月以内の薬剤効果判定に1回に限り，また薬剤治療方針を変更後6か月以内に1回に限り算定．なお，血中または尿中精密検査と併せて測定した場合は主たるもののみ算定する ただし， イ）CTX：HRT（ホルモン補充療法）およびビスフォスフォネート製剤治療に限る ロ）BAP：骨型アルカリフォスファターゼ（BAP）精密測定（ALPアイソザイムとして上記適用対象以外でも実施可能）	BAP 尿中DPD 血清・尿中NTX 血清・尿中CTX	170 190 160 170
原発性副甲状腺機能亢進症 副甲状腺機能亢進症	原発性副甲状腺機能亢進症の手術適応の決定 副甲状腺機能亢進症手術後の治療効果判定	OC 尿中DPD 血清・尿中NTX	170 190 160
悪性腫瘍	乳癌，肺癌，または前立腺癌であると，すでに確定診断がされた患者について骨転移の診断のために検査を行い，検査の結果に基づいて計画的な治療管理を行った場合	PICP ICTP 尿中DPD 血清・尿中NTX	精密測定 1項目　360 精密測定 2項目　400 初回日加算150

BAD：骨型アルカリフォスファターゼ
DPD：デオキシピリジノリン
NTX：Ⅰ型コラーゲン架橋N-テロペプチド
OC：オステオカルシン
CTX：Ⅰ型コラーゲン架橋C-テロペプチド
ICTP：Ⅰ型コラーゲン（αⅠ鎖）テロペプチド
PICP：Ⅰ型プロコラーゲン架橋C-プロペプチド

参考文献

1．Marx RE, Cillo JE, et al：Oral bisphosphonateinduced osteonecrosis：risk factors, predicton of risk using serum CTX testing, prevention, and treatment. J Oral Maxillofac Surg. 2007；65：2397-2410.

2．岩本修，岩屋勝美，田上隆一郎，古賀真，津山治己，楠川仁伍：ビスフォスフォネート製剤に関連する顎骨壊死の発症リスク評価について，尿中Ⅰ型コラーゲン架橋C-テロペプチド値の測定意義．日本口腔外科学会雑誌．2010；56（9）：2-9．

3．三浦雅一：骨代謝マーカーに関する最新動向について—新規保険収載項目「血中CTX」と新規測定法を用いた「BAP」の詳説．Osteoporosis Japan．2007；15（1）：79-82．

4．三木隆己，中弘志：骨代謝マーカーの種類と使い分け．新時代の骨粗鬆症学．日本臨床．2007；65増刊号：221-225．

Q8 どうしても抜歯，インプラント，歯周外科手術などの処置が必要な場合の休薬期間はどのくらいですか？ 経口薬と注射薬に分けて教えて下さい．

Question

Answer 観血処置の際の休薬期間は，注射薬で3か月，経口薬ではBRONJのリスクファクターとステロイドの投薬，糖尿病や高齢者でなければ休薬をしなくても大丈夫です．

ビスフォスフォネート(BPs)系薬剤の休薬期間を述べる前に，骨のリモデリング様式について考えてみたいと思います．まず血管の新生が生じ，その血管内に存在する血液幹細胞からは骨細胞ができます．そこから破骨細胞が分化し微小骨折や破折などによって不要となった骨が吸収されます．それと連動して間葉系細胞がその部位に侵入・増殖し，骨芽細胞に分化します．その骨芽細胞によって新しい骨が形成されます．この骨吸収と骨形成の繰り返しが骨リモデリングです．骨のリモデリ

ビスフォスフォネート系薬剤の使用予定のある方への
歯科治療および口腔外科手術に関する説明書

ビスフォスフォネート系薬剤(BPs)は，骨粗しょう症や癌の骨転移などに対し非常に有効なため多くの方々が使用されています．しかし，最近，BPs使用経験のある方が抜歯などの顎骨に刺激が加わる治療を受けると，顎骨壊死が発生する場合があることがわかってきました．海外の調査では，抜歯を行った場合，骨粗しょう症でBPsを内服している患者さんでは1,000人中1～3人の方に，悪性腫瘍でBPsの注射を受けている患者さんでは100人中7～9人の方に顎骨壊死が生じたと報告されています．顎骨が壊死すると，歯肉膨張・疼痛・排膿・歯の動揺・顎骨の露出などが生じます．

一般の歯科治療(歯石除去，虫歯治療，義歯作製など)で顎骨壊死が生じることは少なく，発生リスクが高い治療は，抜歯・歯科インプラント手術，歯周外科などの骨への侵襲を伴う外科的処置です．BPs長期使用，癌化学療法，顎骨への放射線治療，ステロイド薬，糖尿病，喫煙，飲酒，口腔内の不衛生などによっても顎骨壊死の発生率は増加するといわれています．

以上のことから，当科では，BPsの使用予定のある方に対しては，担当(処方)医との連携のもと，BPsの投与を開始する前から以下の方針で歯科治療および口腔外科手術を行い顎骨壊死の予防に努めます．

1．(歯石除去，虫歯治療，義歯作製など)顎骨に侵襲のおよばない一般の歯科治療

顎骨や歯肉への侵襲を極力避けるよう注意して歯科治療を行います．治療後も義歯などにより歯槽粘膜の傷から顎骨壊死が発症する場合もありますので，定期的に口腔内診査を行います．

2．抜歯・歯科インプラント手術，歯周外科など顎骨に侵襲がおよぶ治療

1）感染源となる残根や高度の歯周病などがあれば，投与1か月前までに抜歯や歯周外科手術を行います．

2）顎骨への侵襲が大きな歯科インプラントの埋入手術や完全埋伏歯の抜去手術は避けられることを勧めます．

なお，BPsの開始時期などについては担当(処方)医師と十分相談の上決定し顎骨壊死の発生予防に努めますが，上記の処置方針に従ったとしても顎骨壊死が生じる危険性があります．

平成＿＿年＿＿月＿＿日　　担当医＿＿＿＿＿＿＿＿

表8-1a　ビスフォスフォネート系薬剤の使用予定のある方への歯科治療および口腔外科手術に関する説明書(日本口腔外科学会編)．

ングは，若年成人で不要な骨の吸収に約２週間，新しい骨ができるまでに８～10週間かかるとされ，リモデリングの期間は３か月と理論上いわれています．休薬期間はこの骨リモデリング期間を参考にしています．

注射薬のBPs系薬剤投与の場合，原則的には米国口腔顎顔面外科学会が提言しているように，頻回な投与スケジュールで治療しているような癌患者には外科処置をすべきではないが，やむえない場合には投与量・投与期間に関係なく３か月間の休薬を待って，抜歯および顎骨切除を含めた外科処置を施行しています．また最も新しいビスフォスフォネート関連顎骨壊死検討委員会(日本骨代謝学会，日本骨粗鬆症学会，日本歯科放射線学会，日本歯周病学会，日本口腔外科学会)のポジションペーパーでは，BPs系薬剤投与中の休薬について注射薬の場合には原則として休薬せずとされています．ただし，休薬することのリスク・ベネフィットについては原疾患を治療している医師と十分に相談の上，対応することが必要です．

ビスフォスフォネート系薬剤の内服中もしくは服用経験のある方への
歯科治療および口腔外科手術に関する説明書

ビスフォスフォネート系薬剤(BPs)は，骨粗しょう症や癌の骨転移などに対し非常に有効なため多くの方々が使用されています．しかし，最近，BPs使用経験のある方が抜歯などの顎骨に刺激が加わる治療を受けると顎骨壊死が発生する場合があることがわかってきました．海外の調査では，抜歯を行った場合，骨粗しょう症でBPsを内服している患者さんでは1,000人中１～３人の方に，悪性腫瘍でBPsの注射を受けている患者さんでは100人中７～９人の方に顎骨壊死が生じたと報告されています．顎骨が壊死すると，歯肉膨張・疼痛・排膿・歯の動揺・顎骨の露出などが生じます．

一般の歯科治療(歯石除去，虫歯治療，義歯作製など)で顎骨壊死が生じることは少なく，発生リスクが高い治療は，抜歯・歯科インプラント手術，歯周外科などの骨への侵襲を伴う外科的処置です．BPs長期使用，癌化学療法，顎骨への放射線治療，ステロイド薬，糖尿病，喫煙，飲酒，口腔内の不衛生などによっても顎骨壊死の発生率は増加するといわれています．

以上のことから，当科では，BPsの内服中もしくは服用経験のある方に対しては，担当(処方)医との連携の下，以下の方針で歯科治療および口腔外科手術を行い顎骨壊死の予防に努めます．

１．歯石除去，虫歯治療，義歯作製など顎骨に侵襲のおよばない一般の歯科治療
　顎骨や歯肉への侵襲を極力避けるよう注意して歯科治療を行います．治療後も義歯などにより歯槽粘膜の傷から顎骨壊死が発症する場合もありますので，定期的に口腔内診査を行います．

２．抜歯・歯科インプラント手術，歯周外科など顎骨に侵襲がおよぶ治療
　１）内服期間が３年未満でステロイド薬を併用している場合，あるいは内服期間が３年以上の場合は，BPs内服中止可能であれば手術前少なくとも３か月間はBPsの内服を中止し，手術後も骨の治療傾向を認めるまではBPsは休薬していただきます．
　２）顎骨壊死の危険因子(糖尿病，喫煙，飲酒，癌化学療法など)を有する方もBPs内服が中止可能であれば手術前少なくとも３か月間はBPsの内服を中止し，手術後も骨の治療傾向を認めるまではBPsは休薬していただきます．
　３）BPs内服期間が３年未満で危険因子のない方に対しては，通常のごとく口腔外科手術を行います．

なお，BPsの休薬・再開などについては，担当(処方)医師と十分相談の上決定し顎骨壊死の発生予防に努めますが，上記の処置方針に従ったとしても顎骨壊死が生じる危険性があります．

平成____年____月____日　　担当医________________

表８-１b　ビスフォスフォネート系薬剤の内服中もしくは服用経験のある方への歯科治療および口腔外科手術に関する説明書(日本口腔外科学会編)．

一方，経口薬ではBRONJの危険因子であるBPs系薬剤の3年以上の長期投与だけではなく，他にステロイド剤の投与や糖尿病，高齢者などのリスクファクターがなければ投与を中止することなく，継続のまま抜歯やインプラントの外科処置を行ってもよいといわれています(Q17参照)．また同様のことが前述のポジションペーパーでも述べられています(**図8-1**)．

われわれもポジションペーパーにしたがい抜歯やインプラント埋入手術を行っていますが，その際1～2日前より抗菌薬の予防的投与を行っています．しかし，リスク因子があったり，3年以上長期のBPs系薬剤の投与を行っている患者に対しては，骨のリモデリングを参考にし，3か月間の休薬を行い，観血処置後1～2か月間の経過をみて，創の哆開や感染がないか，臨床的な治癒状態を待ってBPs系薬剤の再開をはじめています．現在は3年を目安にBRONJの発症リスクが述べられていますが，これは米国のBRONJ経験者の見解であり，エビデンスに基づくものではないので今後の検討が必要です．

これらの経過を通して，投薬している医師と必ず密な連絡を取り合うことが必要ですが，外科処置にあたってBRONJが発生する可能性があることを患者に十分な説明を行い，書面によるインフォームドコンセントが必要になります(**表8-1a～c**)．

同意書

＿＿＿＿＿＿＿＿病院＿＿＿＿＿＿＿＿科＿＿＿＿＿＿＿＿殿

私は，すでに行われた検査にもとづいて診断された以下の状態に対して，治療が必要であることを理解し治療を受けることに同意いたします．また治療に際して，顎骨壊死が起きる可能性があることの説明を受け了解いたしました．私はもし顎骨壊死になった場合，専門の施設での治療が必要であることも承知いたしました．

部位／診断名：＿＿＿＿＿＿＿＿＿＿＿＿＿＿＿＿
手　術　名　：＿＿＿＿＿＿＿＿＿＿＿＿＿＿＿＿

平成　　年　　月　　日　本人の署名：＿＿＿＿＿＿＿＿＿＿＿＿＿＿＿＿
両親・保護者(法定代理人)の署名：＿＿＿＿＿＿＿＿＿＿＿＿＿＿＿＿

表8-1c　同意書(日本口腔外科学会編)．

『ビスフォスフォネート関連顎骨壊死に対するポジションペーパー和文簡略版』2010年より

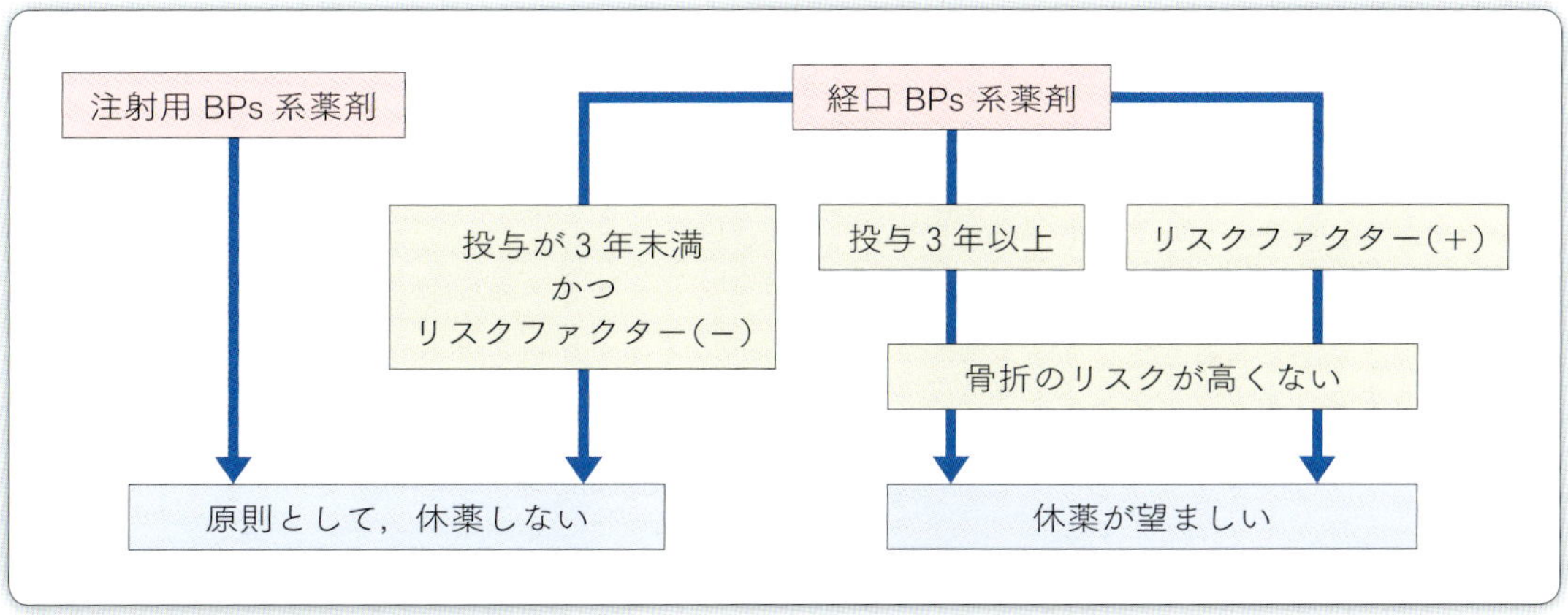

図8-1　BPs系薬剤投与中の患者の休薬について．

7|の抜歯症例

患者：67歳，男性

投薬：前立腺癌の再発防止のため，女性ホルモン剤投与中.

骨量検査(CXD 法)の結果，骨密度低下がみられ，リセドロン酸ナトリウム水和物(ベネット®)2,5mg 1 日 1 回内服開始.

処置：7|の抜歯．女性ホルモン剤投与中であるが，経口 BPs 系薬剤の投与期間が 1 年 6 か月と比較的短期であったことより，中止することなく抜歯を施行し術後，抗菌薬アジスロマイシン水和物(ジスロマック®)を投与した.

術後 3 か月経過したが骨の露出はみられず創の状態も良好である.

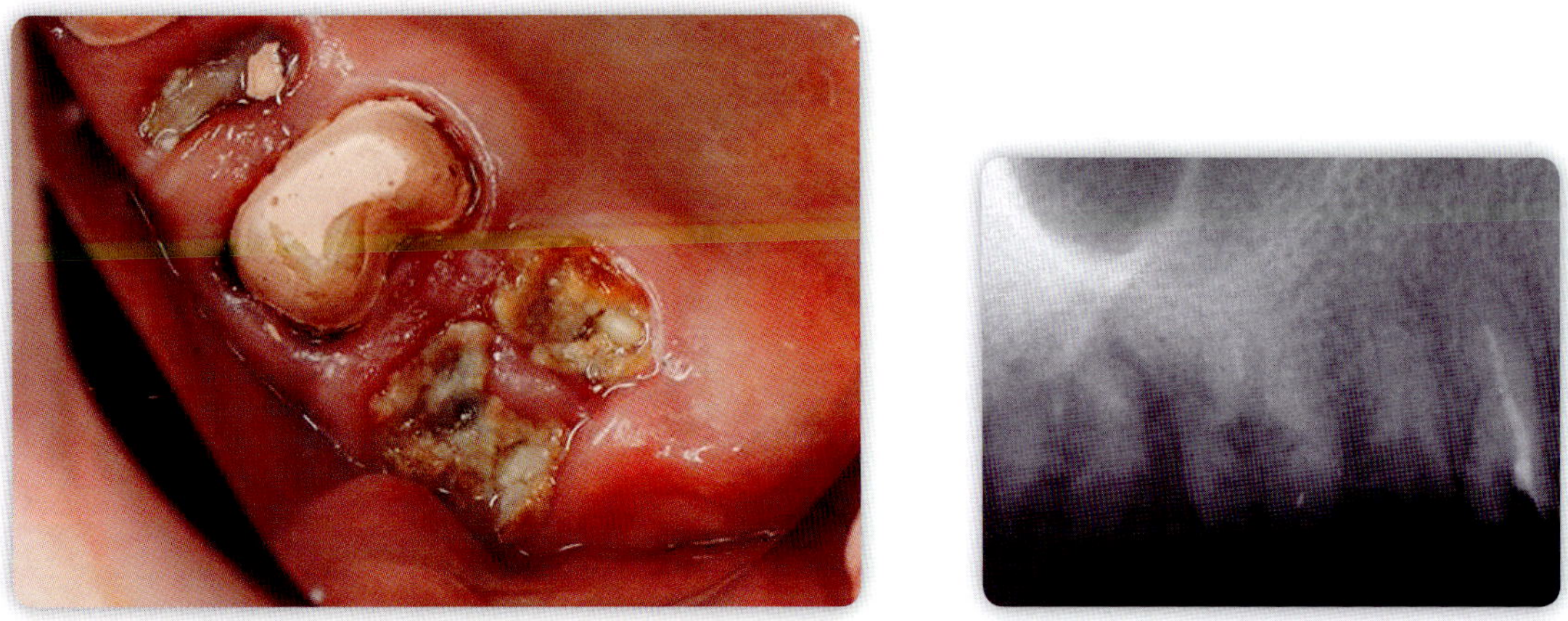

図8-2a, b　7|の術前口腔内写真とエックス線写真.

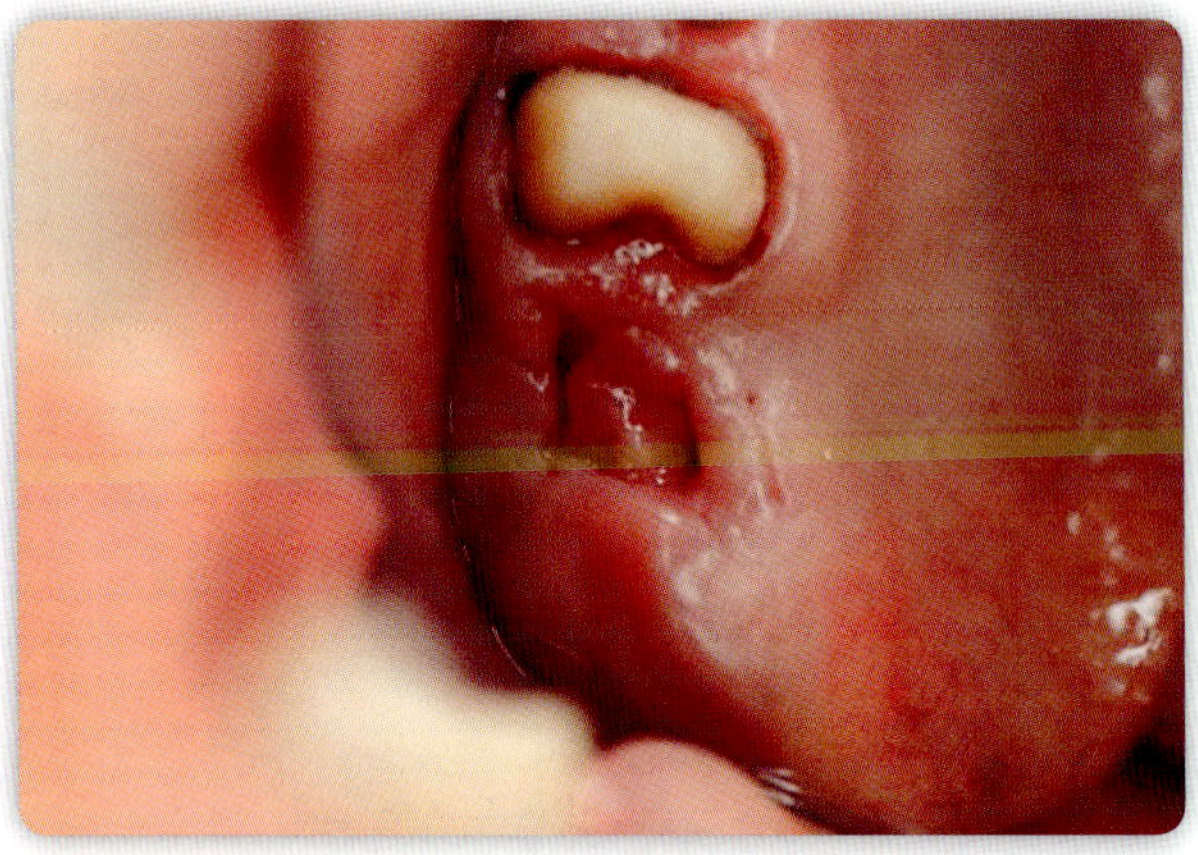

図8-2c　術後 7 日目．抜歯後の口腔内写真.

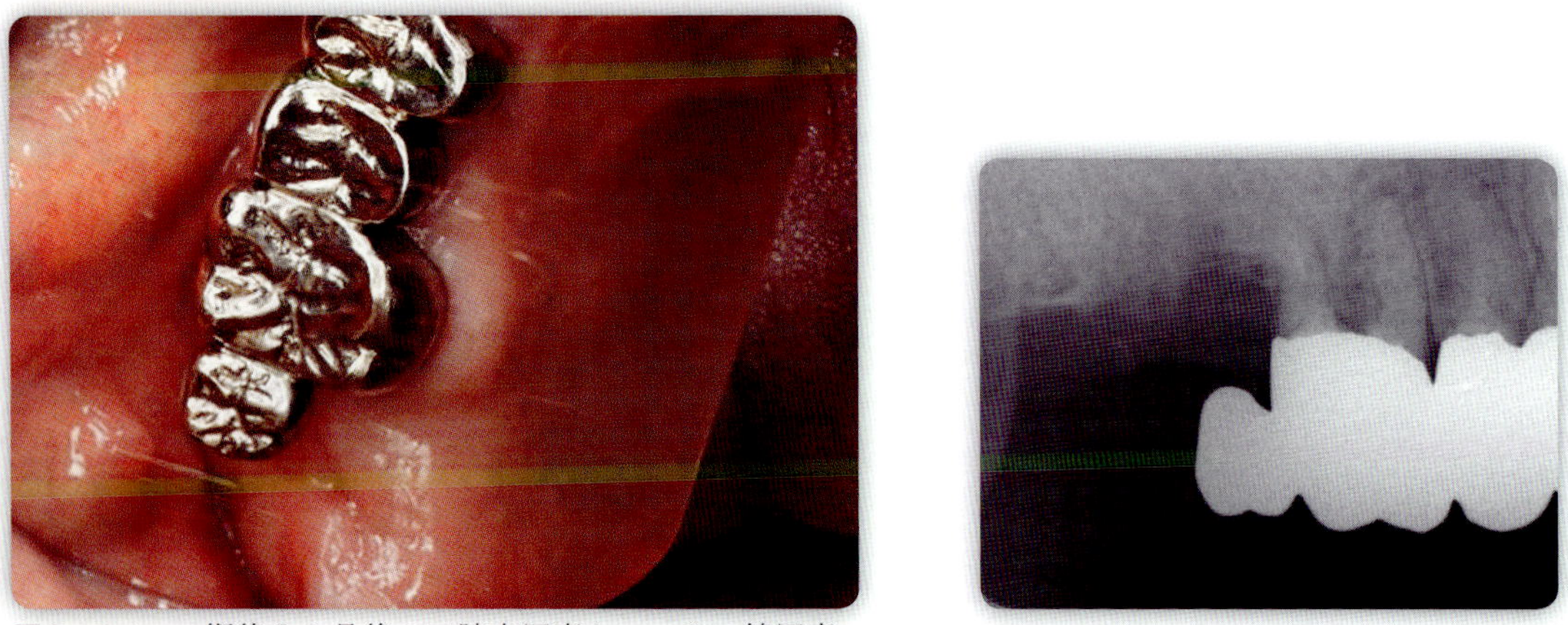

図8-2d, e　術後 3 か月後の口腔内写真とエックス線写真.

Q 9 BRONJ の発症に関与する可能性のある危険因子は何ですか?

Question

Answer 危険因子をあげてみましょう.

BRONJ を発症している病変部では，口腔内細菌の増殖がみられることから，口腔内細菌が関与していることが推測されます．また BRONJ の病理像でもほとんどの症例で腐骨がみられ，周辺に放線菌様の菌塊がみられることから，口腔内感染を最小限にとどめることが重要で，口腔衛生状態を良好に保つ必要があります．

したがってビスフォスフォネート(BPs)系薬剤を投与されている場合は，定期的に歯肉の状態をチェックし，口腔清掃指導，歯石除去が必要です．また BPs 系薬剤による危険因子を掌握しておかなければなりません．その危険因子には，局所的には骨に触れるような観血処置には十分な注意が必要で，抜歯などを契機に BRONJ を発症していることは周知のとおりです．また全身的には米国口腔顎顔面外科学会のポジションペーパーにあるように，ステロイド剤や抗癌剤の投与や糖尿病がハイリスクとされています．

局所的因子

①抜歯(図 9 - 1)
②インプラント埋入手術(図 9 - 2)
③歯根端切除術
④口蓋および舌側骨隆起の切除術(図 9 - 3)
⑤歯周外科手術

そのほか骨縁下ポケット，SRP などすべての観血処置に注意する必要があります

全身的因子

①ステロイド剤の投与
②抗癌剤の投与
③ホルモン療法
④糖尿病
⑤喫煙
⑥飲酒
⑦高齢者(65歳以上)

BPs 製剤に関連する因子

①長期投与(とくに 3 年以上)
②経口薬より注射薬の方が発生しやすい
③第 3 世代の注射薬で経口薬では，リセドロン酸ナトリウム水和物，ゾレドロン酸二ナトリウムなどがある．

その他リスク因子として，BPs 系薬剤に関連する因子として，その種類，投与期

間などが挙げられています．

抜歯を契機として BRONJ を発症

患者：62歳，女性

主訴：下顎の骨露出，歯肉腫脹

現疾患：多発性骨髄腫

BPs 系薬剤：パミドロネート（アレディア®），ゾレドロネート（ゾメタ®）

BPs 投与期間：２年．糖尿病のため，インスリンとプレドニン® を服薬中

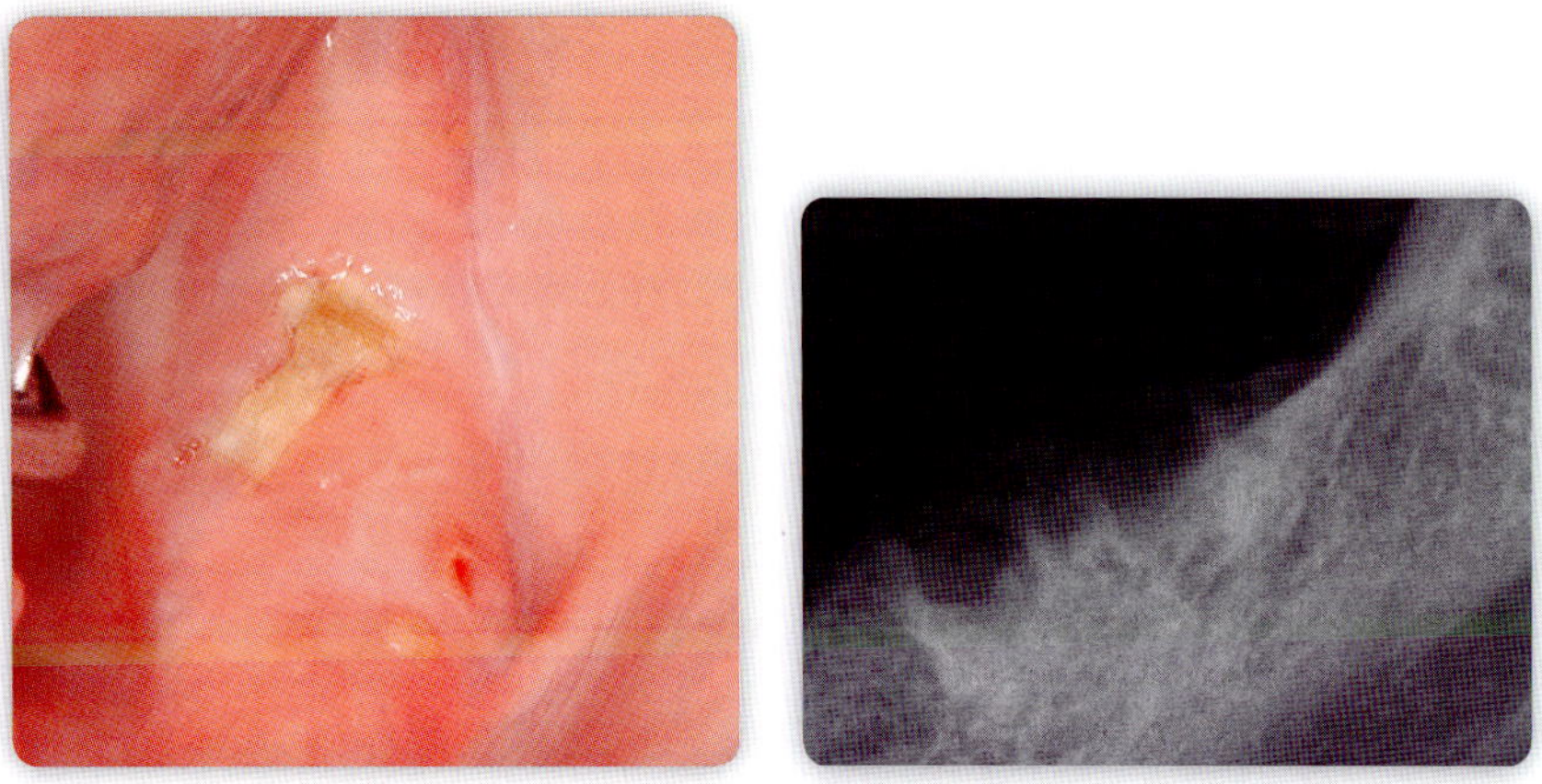

図９－１a, b　抜歯を契機に下顎の骨露出．初診時の口腔内とエックス線写真．

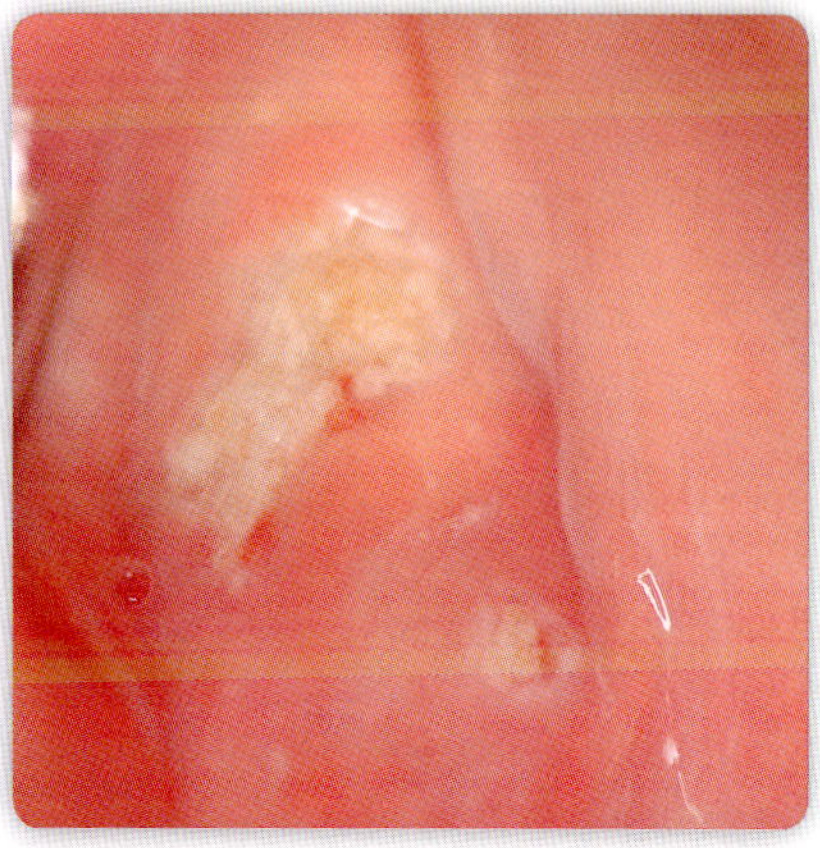

図９－１c　初診から３か月後．

図９－１d｜図９－１e

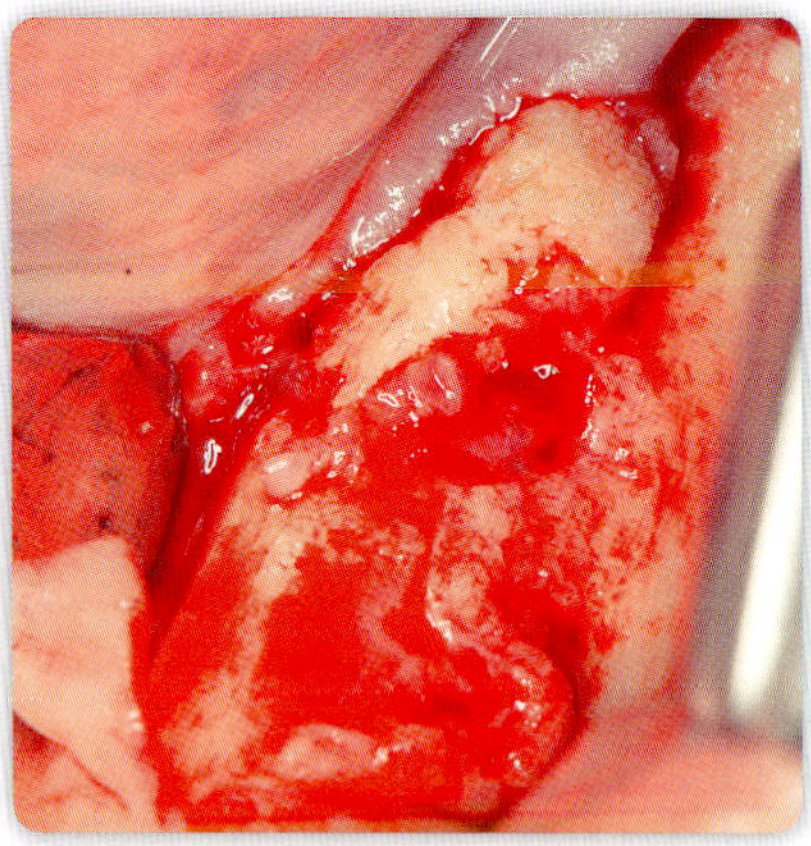

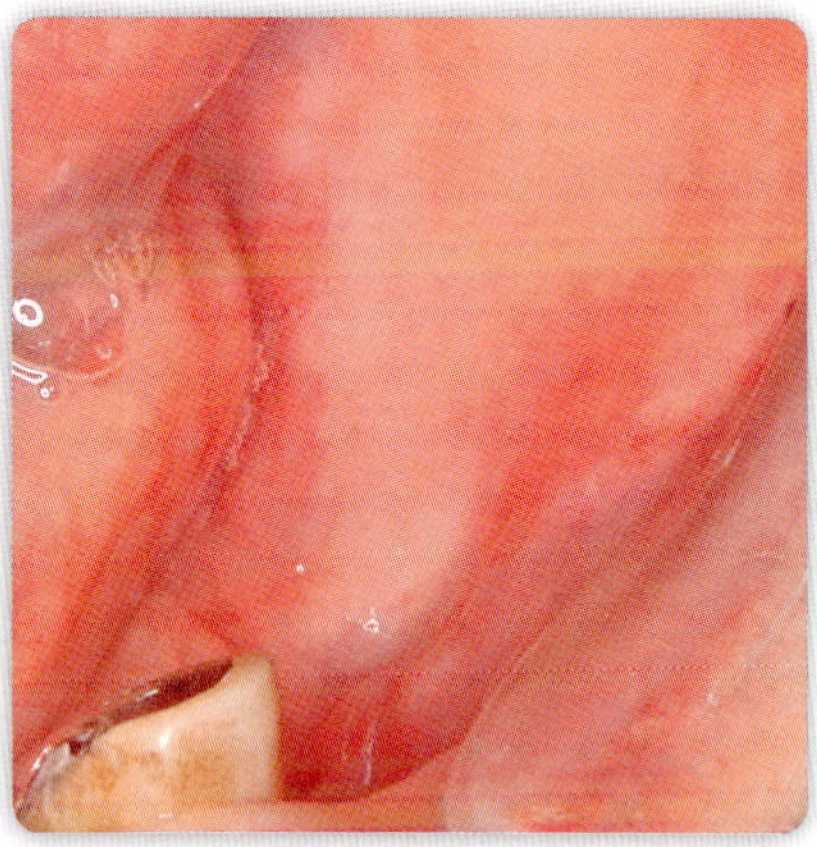

図９－１d　粘膜骨膜弁を形成しフラップを剥離反転し，腐骨を切除して抗菌薬を投与する．口腔清掃を徹底させる．
図９－１e　術後２か月後，骨の再露出はなく，安定した経過をとっている．

インプラント治療を契機として BRONJ を発症

患者：59歳，女性

主訴：歯肉腫脹

現疾患：骨粗鬆症

BPs 製薬：アレンドロネート（フォサマック®）

BPs 投与期間：１年５か月．

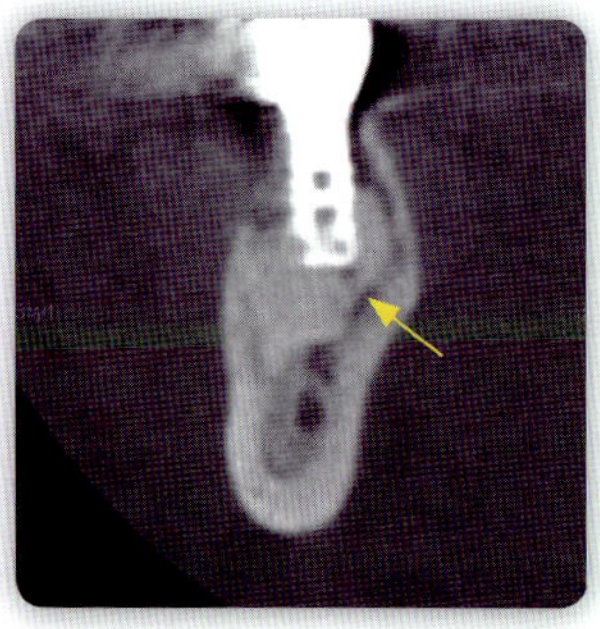

図９－２　7|部インプラント埋入を契機として同部に BRONJ を発症．
インプラント周囲に腐骨分離像を認めた（矢印）．

下顎の骨隆起切除を契機として BRONJ を発症

患者：70歳，女性

主訴：舌側の歯肉腫脹

現疾患：骨粗鬆症

BPs 製薬：アレンドロ酸ナトリウム（ボナロン®）

BPs 投与期間：６年.

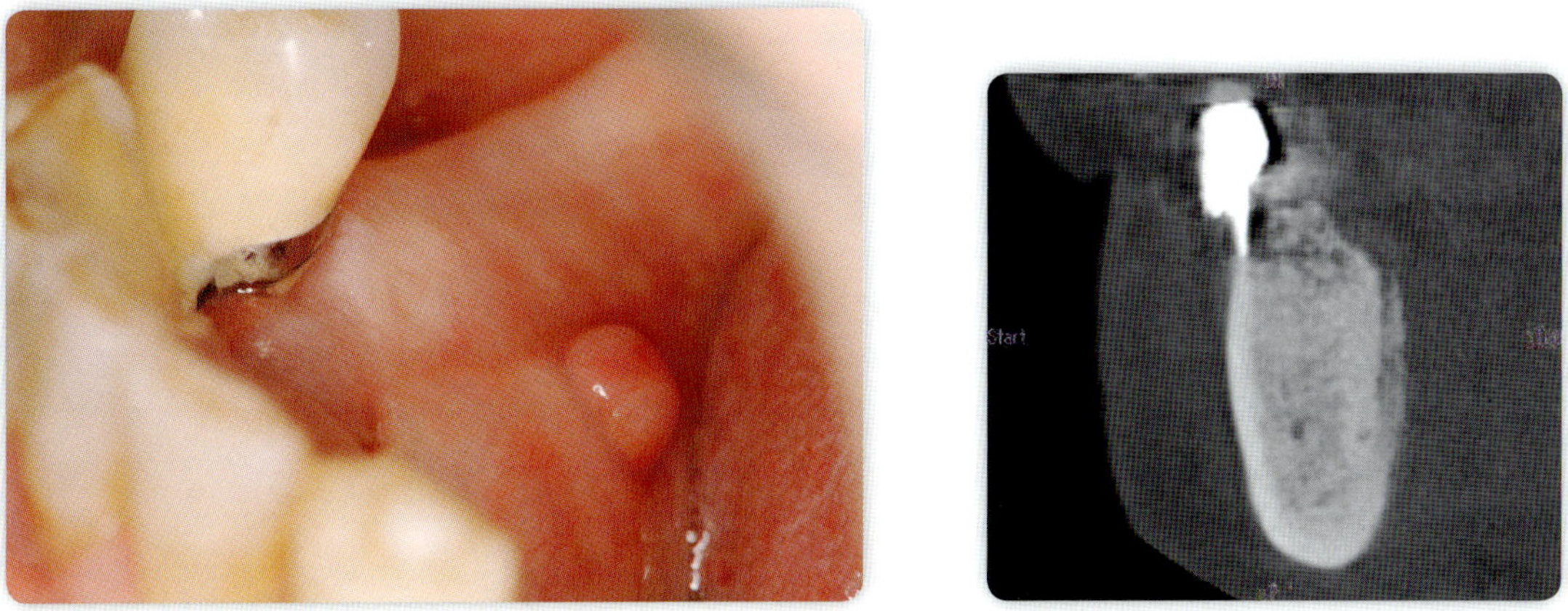

図９-３a, b　下顎舌側の骨隆起削除を契機にして，術後の治癒不全で BRONJ を発症した.

Q10 BRONJに有効な抗菌薬はありますか？

Question

Answer βラクタム系の抗菌薬で，なかでもペニシリン系のアモキシリン(サワシリン®)が有効とされています．

BRONJは感染症であり，細菌感染が発症の大きな要因になっていることは間違いありません．名称もビスフォスフォネート系薬剤に起因した顎骨骨髄炎を推奨している研究者もいます．そのため治療には0.12%クロールヘキシジンを用いた含嗽と抗菌薬を併用することが効果的な治療法です．とくに感染を伴う骨露出，骨壊死，疼痛や発赤，それに排膿があれば米国口腔顎顔面外科学会では顎骨壊死のステージ2・3(Q16参照)に位置づけられており，抗菌薬の投与が提唱しています．

抗菌薬のなかでは広域なペニシリン系薬剤が選択薬の代表で，われわれもアモキシシリン水和物(サワシリン®)を第1選択薬として用いています．1回250mgを1日3～4回，また急性期には1回500mgを1日3回投与することもあります．そのほか同じβラクタム系のセファレキシン(ケフレックス®)や，ペニシリンアレルギーのある場合にはニューキノロン系薬剤のレボフロキサシン(クラビット®)，ガチフロキサシン(ガチフロ®)やクリンダマイシン(ダラシン®)，ドキシサイクリン(ビブラマイシン®)，エリスロマイシン(エリスロシン®)などが用いられます．その他あまり一般的ではありませんが，抗トリコモナス薬であるメトロニダゾール(フラジール®)なども用いられています．抜歯前の抗菌薬投与でBRONJは防げるという報告[1]もあります．そのなかではレボフロキサシン(クラビット®)が用いられています．われわれもペニシリンアレルギーがあったり，アモキシシリン水和物(サワシリン®)が無効の場合には，レボフロキサシン(クラビット®)を用いております．

表10-1　BRONJ(ビスフォスフォネート系薬剤関連顎骨壊死)に効果的な抗菌薬．

ペニシリン系	
アモキシシリン水和物(サワシリン®)	1日750～1,000mg(力価) 3～4回分割経口投与
セフェム系(ペニシリンアレルギーの場合)	
セファレキシン(ケフレックス®)	1日1,000～1,500mg(力価) 3～4回分割経口投与
ニューキノロン系	
レボフロキサシン(クラビット®)	1日500mg(力価) 1回経口投与

参考文献

1．Montefusco V et al. Antibiotic prophylaxis before dental procedures may reduce the incidence of osteonecrosis of the jaw in patients with multiple myeloma treated with bisphosphonates. Leukemia & Lymphoma, 2008；49：2156-2162.

Q11 BRONJを生じたときの対応はどうすればよいですか？

Question

Answer 異常が認められた場合には，直ちに歯科・口腔外科を受診するように患者さんに十分ご説明ください．

上記Answerがビスフォスフォネート(BPs)系薬剤の投与を受けている患者さんの顎骨壊死・顎骨骨髄炎に関するご注意のお願いとして，現在BPs系薬剤を国内で販売されている7社からのお願いとして記載されています．

まず患者さんに本当にBPs系薬剤(表11-1，2)を注射および経口で投与を受けているかどうか確認して下さい．ちなみに骨粗鬆症の主な治療薬は，BPs系薬剤以外にも何種類かがあります(表11-3)．

BPs系薬剤の投与を受け，放射線治療の既応がないにもかかわらず，長期にわたって骨が露出している場合はまずBRONJを疑い，必要あればエックス線やパノラマエックス線撮影を行い，よく説明の上，口腔外科のある専門施設に紹介することをおすすめします．その際，感染が考えられますので，経口抗菌薬(38頁参照)と0.12%グルコン酸クロルヘキシジン消毒薬で口腔内洗浄を行い，プラークやバイオフィルムなど口腔内の汚れがあれば口腔清掃の重要性を指導し，疼痛を伴えばNSAIDs，知覚異常があればメコバラミン(メチコバール®)，アデノシン三リン酸二ナトリウム(トリノシン®，アデポス®)の投与も必要です．

以上，まとめますと，

①疼痛や知覚異常の緩和
②感染制御のための抗菌薬の投与
③口腔内清掃
④口腔外科のある専門施設への紹介

となります．

表11-1　ビスフォスフォネート系薬剤の注射剤．

商品名(一般名)	適応症	製造販売
アレディア® (パミドロン酸二ナトリウム)	悪性腫瘍による高カルシウム血症 乳癌の溶骨性骨転移(化学療法，内分泌療法あるいは放射線療法と併用すること)	ノバルティスファーマ
テイロック® (アレンドロン酸ナトリウム水和物)	悪性腫瘍による高カルシウム血症	帝人ファーマ
ビスフォナール® (インカドロン酸二ナトリウム)	悪性腫瘍による高カルシウム血症	アステラス製薬
ゾメタ® (ゾレドロン酸水和物)	悪性腫瘍による高カルシウム血症 多発性骨髄腫による骨病変および固形癌骨転移による骨病変	ノバルティスファーマ

表11－2　ビスフォスフォネート系薬剤の経口剤.

商品名(一般名)	適応症	製造販売
ダイドロネル® (エチドロン酸二ナトリウム水和物)	骨粗鬆症 下記状態における初期および進行期の異所性骨化の抑制脊髄損傷後、股関節形成術後 骨ページェット病	大日本住友製薬
フォサマック® ボナロン® (アレンドロン酸ナトリウム水和物)	骨粗鬆症	MSD 帝人ファーマ
アクトネル® ベネット® (リセドロン酸ナトリウム水和物)	骨粗鬆症	味の素(販売：エーザイ) 武田薬品工業(提携：ワイス)
ボノテオ® リカルボン® (ミノドロン酸水和物)	骨粗鬆症	アステラス製薬 小野製薬

表11－3　骨粗鬆症の主な治療薬と機序.

＊カルシウム製剤 食事からカルシウムが十分にとれない場合に服用します
＊女性ホルモン 閉経後の急激な骨量の減少を防ぐために補充します
＊活性型ビタミン D_3 腸からのカルシウムの吸収を助ける薬です
＊カルシトニン 骨量の減少を抑えて，背中や腰の痛みをやわらげる注射薬です
＊イプリフラボン 骨量の減少を抑えます
＊ビタミン K_2 カルシウムを骨につきやすくする薬剤です
＊ビスフォスフォネート 骨量を増やし，骨折を防ぐ働きがあります
＊ラロキシフェン 骨量を増加させて，骨折を予防します

Q12 BRONJ を発症したときの特徴を示す画像所見はありますか？

Question

Answer 残念ですが現在のところ，BRONJ を予兆できる画像の特徴の報告はみあたりません．

画像診断のなかではMRIが有効で，とくに病変の進行度合，状況，状態によりさまざまな所見を呈することがわかっています．これは細胞や血管成分，骨形成などをとらえるためで，T1強調画像で低信号，T2強調画像およびSTIRで高信号が骨髄炎としての特徴像です．

CTでは3次元的に病変の波及状態を確認することができます．とくに進展した場合，頬舌的な皮質骨の破壊像や海綿骨の吸収像(図12 - 1)，そのほか骨膜反応を詳細にとらえることができます．

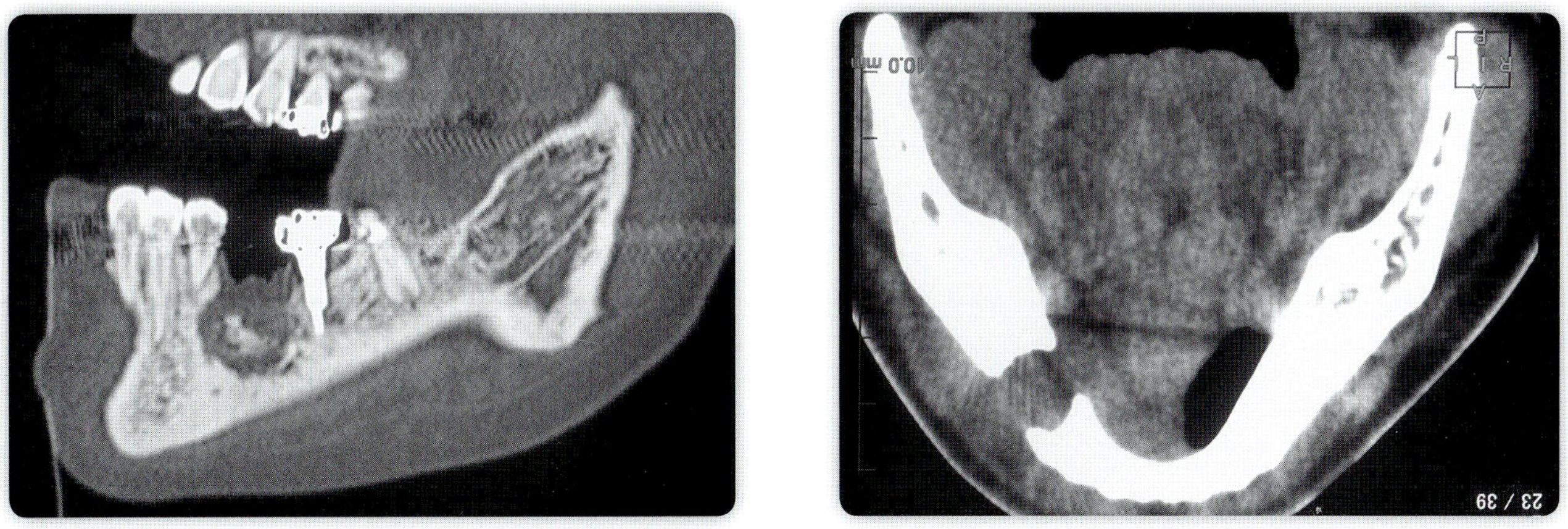

図12 - 1　頬舌的な皮質骨の破壊像や海綿骨の吸収像がみられる．

図12 - 2｜図12 - 3

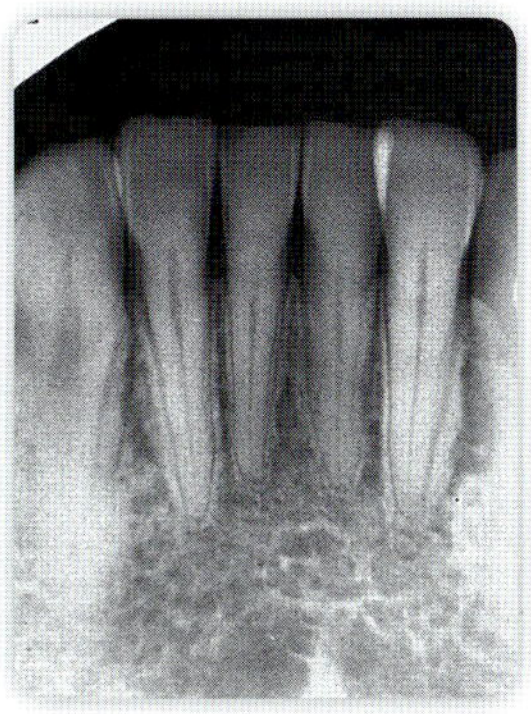

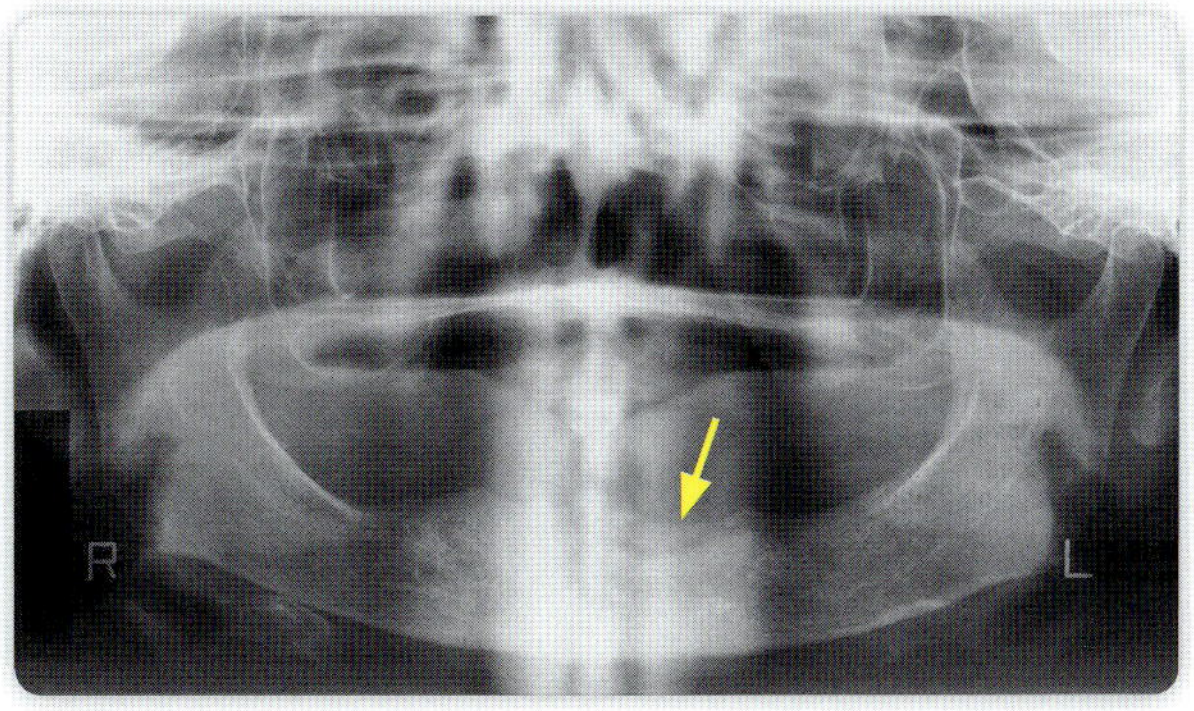

図12 - 2　単純エックス線写真で下顎前歯部には，歯根膜腔の拡大，歯槽骨辺縁の骨膜化像がみられる．
図12 - 3　腐骨遊離(矢印)．

われわれが日常行っているエックス線写真(図12 - 2)やパントモエックス線写真などの単純エックス線写真では，歯根膜腔の拡大，歯槽骨辺縁の骨硬化像，歯槽硬線の肥大と硬化などがあげられていますが，進行して顎骨骨髄炎となるまでは診断は困難です．ただし症状が進行し，腐骨の遊離(図12 - 3)があればその診断は容易です．

骨シンチグラフィーや陽電子放射断層撮影(PET)では，炎症像としてとらえられ骨壊死を診断することは困難です．ただし，新たな癌転移巣の診断には極めて有用であることはいうまでもありません．

Q13 BRONJの病理組織学的所見について教えて下さい.

Question

Answer いまのところ一般的な骨髄炎と同様で，本疾患に特異的な病理像はみられないといわれております.

病理組織学的には種々なステージでの骨髄炎像を示し，BRONJに特異的な所見には乏しいとされております.

われわれの調べた標本でも壊死した骨と放線菌様の菌塊がみられ(図13-1)，放線菌主体の混合感染が示唆されます．感染像とその周囲には高度な好中球，リンパ球主体の炎症細胞浸潤と，肉芽組織の形成がみられます．また骨から遊離した普通の形態とは異なった大型の破骨細胞様細胞が認められます(図13-2).

一方，離断した骨の辺縁部では反応性の骨形成(図13-3)からなる骨新生像がみられます．もしあえて特徴的な所見を抽出するとすれば，これだけの高度の炎症と，骨の吸収があるにもかかわらず，全体として破骨細胞の数が少ないように思われます．また新生骨の骨芽細胞の形態も非常に微妙な変化ではあるものの，やや大きいようにも思われます.

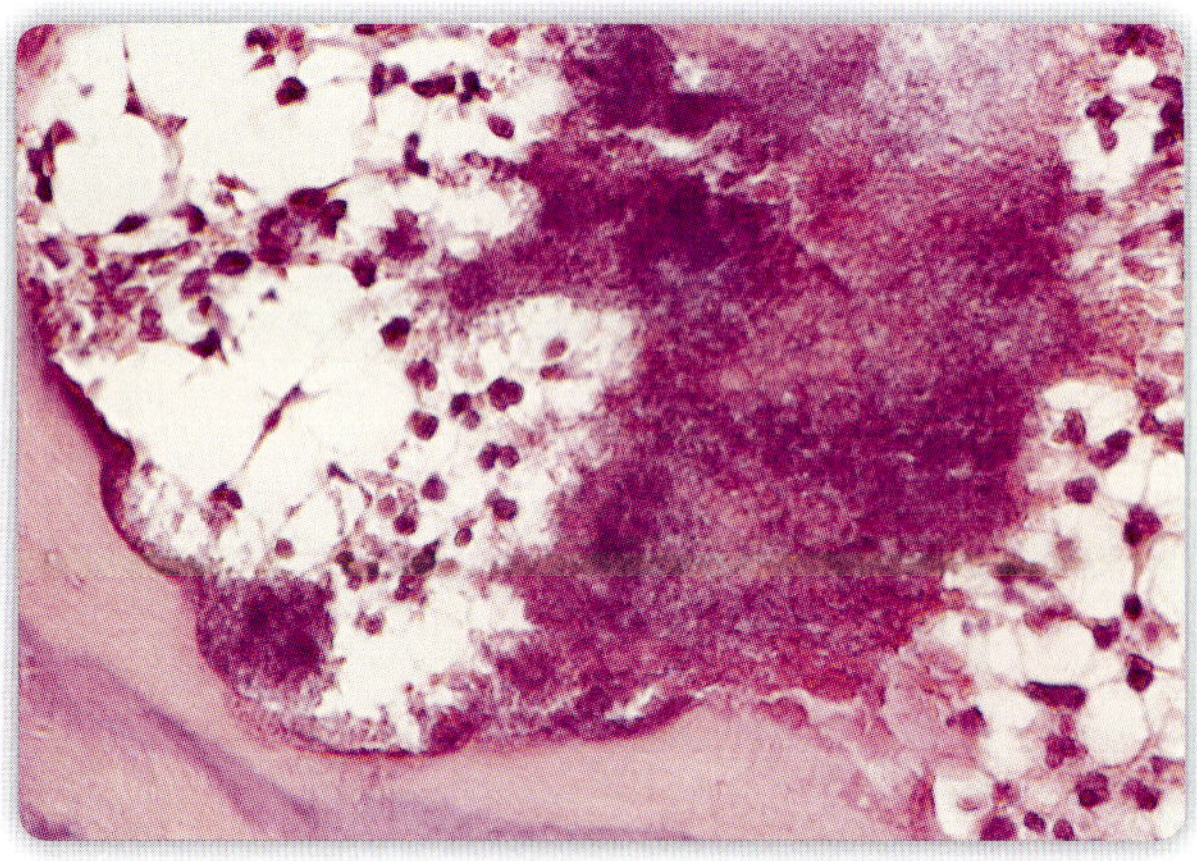

図13-1　中央部にヘマトキシリン好染性の放線菌塊がみられる．周囲には好中球などの炎症性細胞浸潤も認められる.

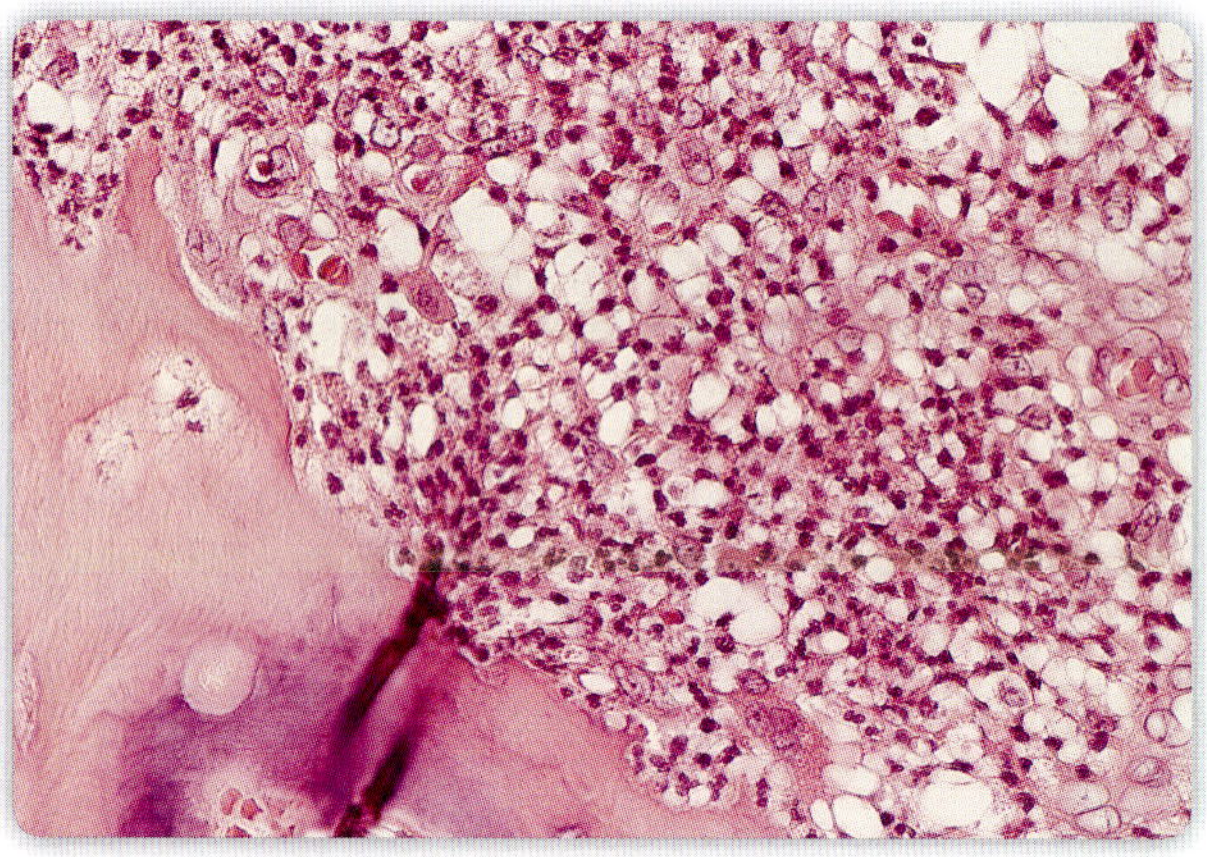

図13-2　骨表面からやや遊離した多核の破骨細胞様の細胞が認められる.

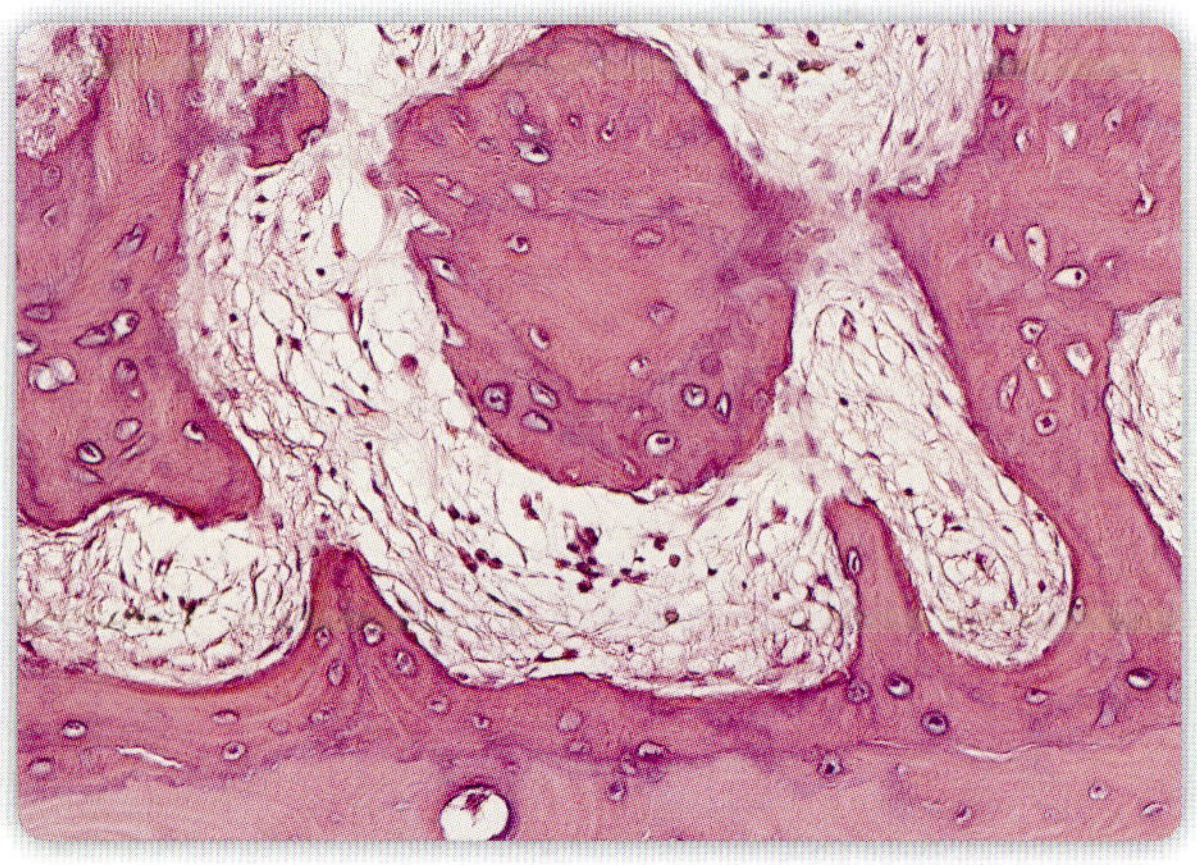

図13-3　好酸性の新生骨がみられる．周囲には線維芽細胞中軽度の炎症細胞浸潤を伴う.

Q14 ビスフォスフォネート系薬剤により，顎骨以外の口腔粘膜などに壊死を生じることがありますか？

uestion

Answer 極めて稀ですが，ビスフォスフォネート(BPs)系薬剤の投与患者に口腔粘膜壊死が生じることがあります．

BPs系薬剤は，骨に取り込まれやすい性質をもっていて，観血処置が引き金になってBRONJ（顎骨壊死)を発症しますが，極めて稀に顎骨以外の頬粘膜や歯肉などの軟組織に潰瘍や壊死が発現することがあります[1]．

ほとんどは骨粗鬆症に罹っていて，リセンドロ酸ナトリウム(アクトネル®，ベネット®)やアレンドロ酸ナトリウム(フォサマック®，ボナロン®)の服用経験のある患者で，疼痛を伴った粘膜の難治性潰瘍を主訴として受診しています．われわれも臼後三角から咽頭部にかけ，骨には異常なく数ミリの潰瘍を形成したため口腔清掃状態に留意し，含嗽と抗菌薬の投与の対症療法でコントロールしています(図14 - 1)．

粘膜壊死の原因としては，BPs系薬剤の血管新生抑制作用と，易感染部位での創傷治療の遅延が考えられます．またBPs系薬剤に併せて，糖尿病などの易感染性疾患や抗癌剤やステロイド薬などの併用による免疫能の低下があると，より発生しやすくなることが推測されます．治療と予後については抗炎症鎮痛薬や抗菌薬，洗浄，含嗽などの対症療法と口腔ケアにて症状の改善がみられています．

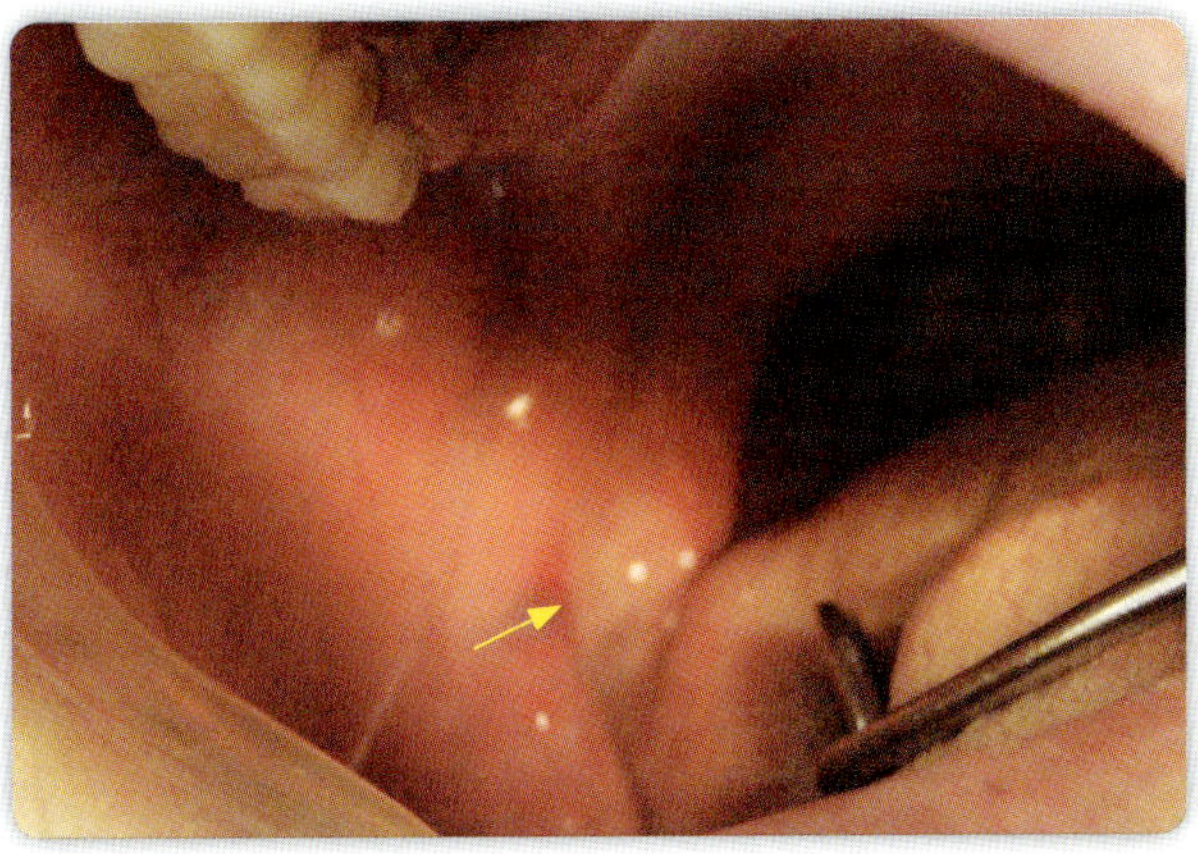

図14 - 1　88歳，男性．義歯とは接触しない右側臼後三角の舌側部に歯肉潰瘍が発症した．この患者は骨粗鬆症によりアレンドロネート(ボナロン®)を5年間内服していた．

参考文献

1．飛嶋大作，高橋香織，他：ビスフォスフォネート製剤服用患者に生じた口腔粘膜壊死の1例．有病者歯科医療．2010；18：149 - 153.

Q15 BRONJの臨床診断基準について教えて下さい.

Question

Answer BRONJの診断基準を示します.

当然のことながらBRONJの診断には，まずビスフォスフォネート(BPs)系薬剤との関わり合いが絶対的に必要です(表15-1). また，いままで顎骨への放射線治療(図15-1)を受けたことがないことも重要な診断基準の1つです. Marxは顎骨が露出している期間(図15-2)についても言及しています.

BRONJの診断基準は,
① BPs系薬剤による治療を現在あるいは過去に受けている
② 8週間以上顎骨の露出がみられる
③顎骨への放射線照射の既往歴がない
の3項目を満たした場合とします.

表15-1 ビスフォスフォネート系薬剤を投与される疾患.

経口薬	骨粗鬆症 骨ページェット病
注射薬	癌の骨転移 多発性骨髄腫 癌による高カルシウム血症

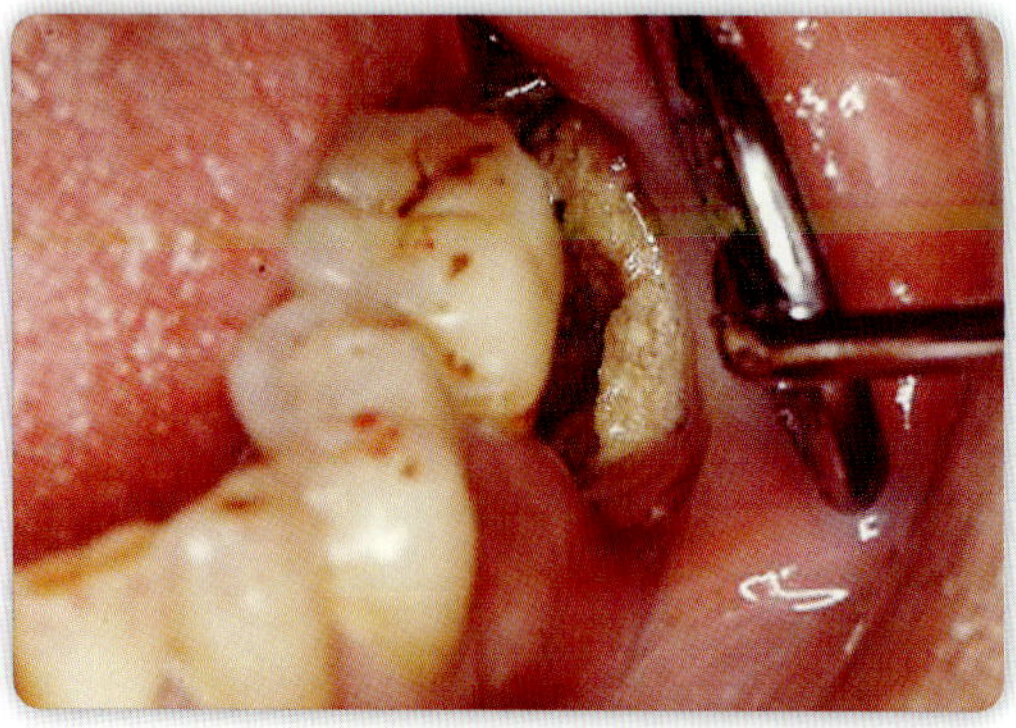

図15-1a 放射線照射による下顎骨骨髄炎.
55歳，男性，中咽頭癌. 総照射線量59.4Gy.

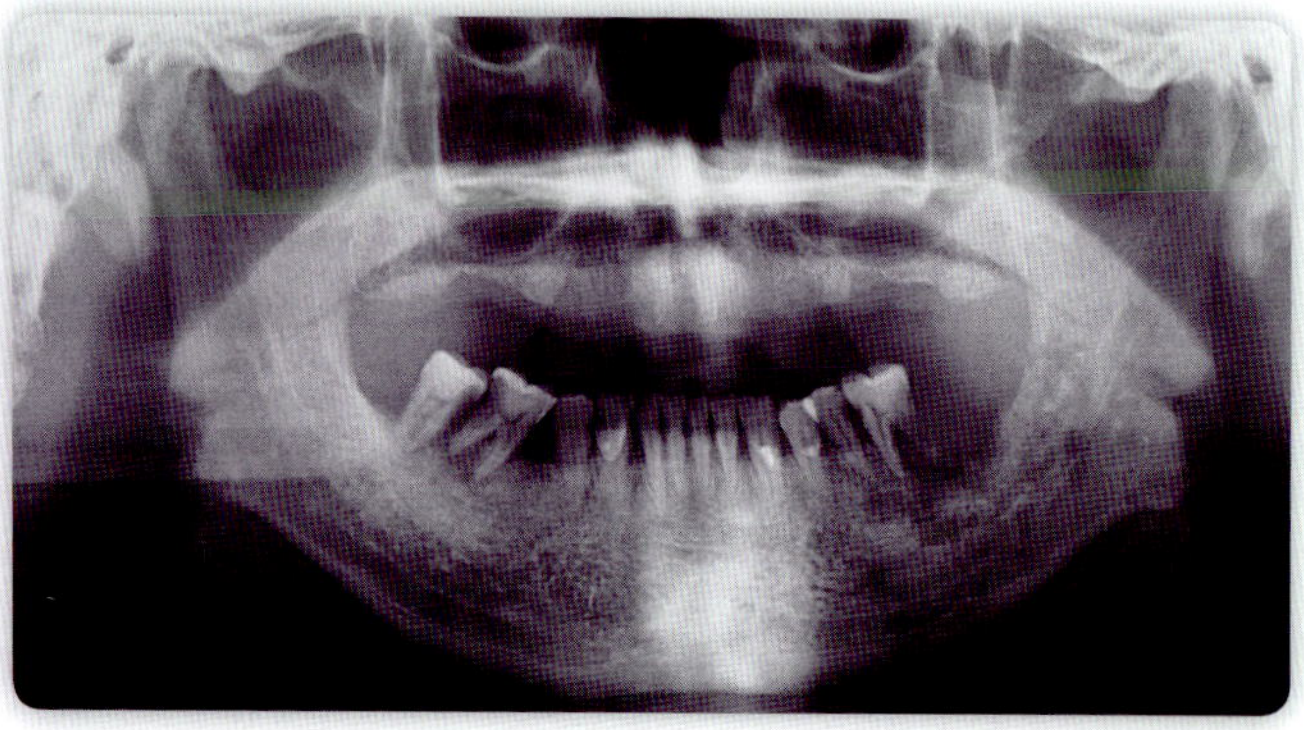

図15-1b 同パノラマエックス線写真.

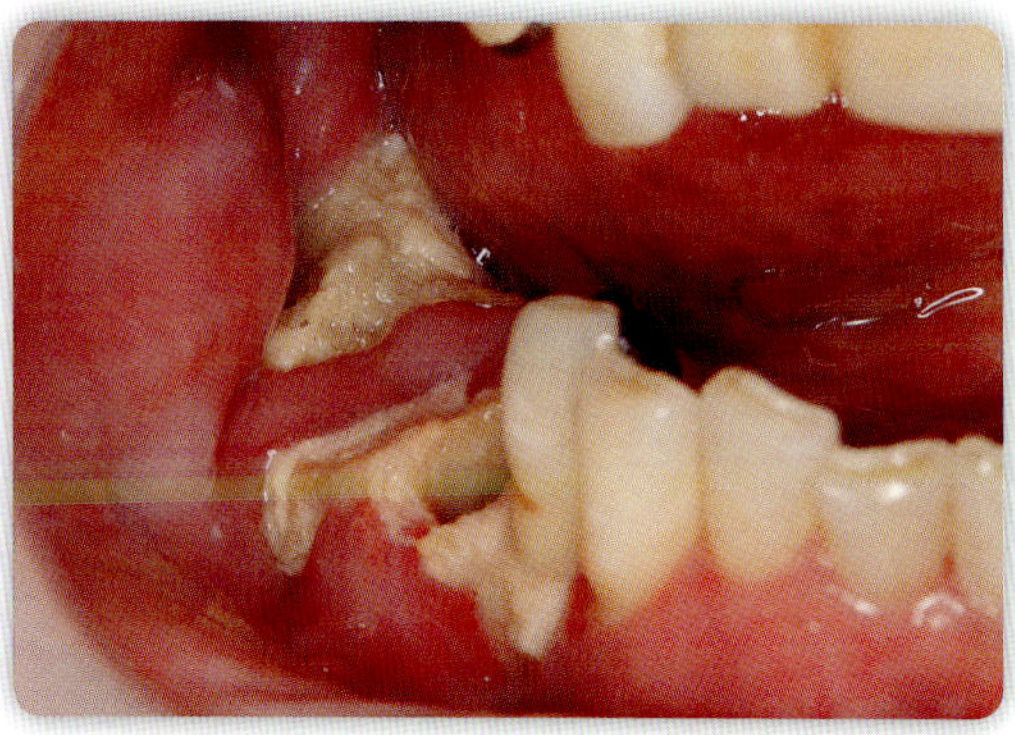

図15-2 BRONJの歯槽骨の露出.
75歳, 女性, 8週間以上の骨露出がみられる. 多発性骨髄腫でゾレドロネート(ゾメタ®)3年間投与していた.

Q16 BRONJ に対する治療ガイドラインはありますか？

Question

Answer **現在では本邦における BRONJ の病期と治療法のガイドラインはありませんが，米国口腔顎顔面外科学会が提唱しているものを参考にしています**(表16 - 1)**.**

ステージ2で感染を伴って骨が大きく露出していても，病的骨折や下顎下縁にまで骨の融解または外歯瘻が形成されていなければ保存療法を推奨しています．しかし保存療法で洗浄と抗菌薬の投与をしても，治癒したりステージダウンするような症例を経験していません．そのため，われわれは画像でも明らかな骨吸収がみられる場合(図16 - 1)には，積極的に外科療法にきりかえており，良好な結果を得た症例をたくさん経験しています．今後多くの施設では症例を集積し，本邦独自の治療ガイドラインの作成が待たれるところですが，現在多くの施設では米国口腔顎顔面外科学会の BRONJ の治療ポジションペーパーを参考にしています[1,2]．また学会のポジションペーパーや海外における BRONJ に対するコンセンサスや推奨する内容を記載しておきます(表16 - 2)．

表16 - 1　米国口腔顎顔面外科学会の BRONJ の病期と治療法のポジションペーパー[1,2].

顎骨壊死の病気	治療
潜在的患者 顎骨の露出，壊死を認めないが，経口または経静脈的 BPs 系薬剤の投与を受けている患者	・治療の必要はない ・顎骨壊死発症に関する患者教育(顎骨壊死を発症する可能性があること，ならびに顎骨壊死の徴候，症状)と歯科検診・歯科予防処置
ステージ1 無症状で感染を伴わない骨露出，骨壊死	・含嗽(含嗽の使用が望ましい) ・外科的治療の適応にはならない ・年4回程度の歯科検診・経過観察 ・患者教育と BPs 系薬剤投与の適応について再評価
ステージ2 感染を伴う露出，骨壊死，疼痛，発赤を伴い，排膿がある場合とない場合がある.	・広域型抗菌薬(β - ラクタム剤が第1選択で，ペニシリン系薬剤にアレルギーの既往がある患者には，クリンダマイシン，第1世代ニューキノロン剤)の投与と含嗽(含嗽剤の使用が望ましい)を推奨する ・鎮痛 ・軟組織への刺激を軽減させるための表層組織に限局したデブリードマン
ステージ3 疼痛，感染を伴う骨露出，骨壊死で，以下いずれかを伴うもの；病的骨折，外歯瘻，下顎下縁にいたる骨融解	・含嗽(含嗽の使用が望ましい) ・抗菌薬の投与と鎮痛 ・急性感染ならびに疼痛を軽減させるための姑息的デブリードマンまたは切除

また2010年に作成されたBRONJに対するポジションペーパーがBRONJ検討委員会(日本骨代謝学会，日本骨粗鬆症学会，日本歯科放射線学会，日本歯周病学会，日本口腔外科学会)からだされ，単純エックス線写真の所見も加えられ一部変更されています(**表16－2**).

表16－2　ビスフォスフォネート系薬剤とBRONJに関する主な声明の概要.

日本骨粗鬆症学会と日本骨代謝学会共同のポジションペーパー	▶顎骨壊死は，口腔細菌の感染が大きな引き金になっているため，良好な口腔衛生状態を保つことが顎骨壊死の予防に有効 ・投与期間が3年未満かつ顎骨壊死のリスク因子(コルチコステロイド投与，糖尿病，喫煙，飲酒，口腔衛生の不良，化学療法薬投与など)がない場合には，口腔清掃を実施することで，抜歯やインプラントなどの歯科処置前後の休薬は不要 ・投与期間が3年以上，もしくは，リスク因子を持つ場合には，主治医と歯科医の話し合いの下で休薬の有無を決める．休薬する場合には，処置3か月前から処置後2か月までを休薬の目安とする．ただし，より早期の投薬再開が必要と判断された場合，処置後2週間経ち，傷跡に問題がなければ再投薬が可能
カナダにおけるBPs系薬剤関連顎骨壊死に関するコンセンサス(2008年6月)	▶骨粗鬆症や骨代謝疾患用の低用量経口薬の使用は，顎骨壊死の発症に関連しない ▶良好な口腔衛生状態が保たれている骨粗鬆症患者では，投薬前の歯科検診は不要である
米国歯科医師会による経口BPs投薬患者に関する推奨(2008年12月改定)	▶経口薬投与による顎骨壊死の発症リスクは非常に低いので，BPs薬剤の投与を理由に歯科治療を変更すべきではない．また，経口薬によるベネフィットを鑑み，処方医への連絡なしに服薬を変更すべきではない ▶すべての患者が定期的な歯科検診と口腔清掃を受けるべきである．定期的な歯科検診・口腔清掃を受けずに，BPs薬剤の投与を受ける患者では，投与開始前もしくは投与開始早期の歯科検診と口腔清掃が有益

表16－3　BRONJ検討委員会のポジションペーパーによる病期のステージングとその治療法[3](2010年).

ステージ	ステージング	治療法
ステージ0 (注意期)	骨露出／骨壊死は認めない オトガイ部の知覚異常(Vincent症状)，口腔内瘻孔，深い歯周ポケット 単純エックス線写真で軽度の骨溶解を認める	抗菌性洗口剤の使用 瘻孔や歯周ポケットに対する洗浄 局所的な抗菌薬の塗布・注入
ステージ1	骨露出／骨壊死は認めるが，無症状 単純エックス線写真で骨溶解を認める	抗菌性洗口剤の使用 瘻孔や歯周ポケットに対する洗浄 局所的な抗菌薬の塗布・注入
ステージ2	骨露出／骨壊死を認める 痛み，膿排出などの炎症症状を伴う 単純エックス線写真で骨溶解を認める	病巣の細菌培養検査，抗菌薬感受性テスト， 抗菌性洗口剤と抗菌薬の使用 難治例：併用抗菌薬療法，長期抗菌薬療法， 連続静注抗菌薬療法
ステージ3	ステージ2に加えて 皮膚瘻孔や，遊離腐骨を認める 単純エックス線写真で進展性骨溶解を認める	新たに正常骨を露出させない最小限の壊死骨掻爬，骨露出／壊死骨内の歯の抜歯，栄養補助剤や点滴による栄養維持 壊死骨が広範囲に及ぶ場合：辺縁切除や区域切除

下顎骨辺縁切除術症例

患　者：71歳，女性

原疾患：乳癌の骨転移

BPs 系薬剤：パミドロネート，ゾレドロネート（総量60mg）

BPs 系薬剤投与期間：２年６か月

主訴：下顎骨露出および排膿

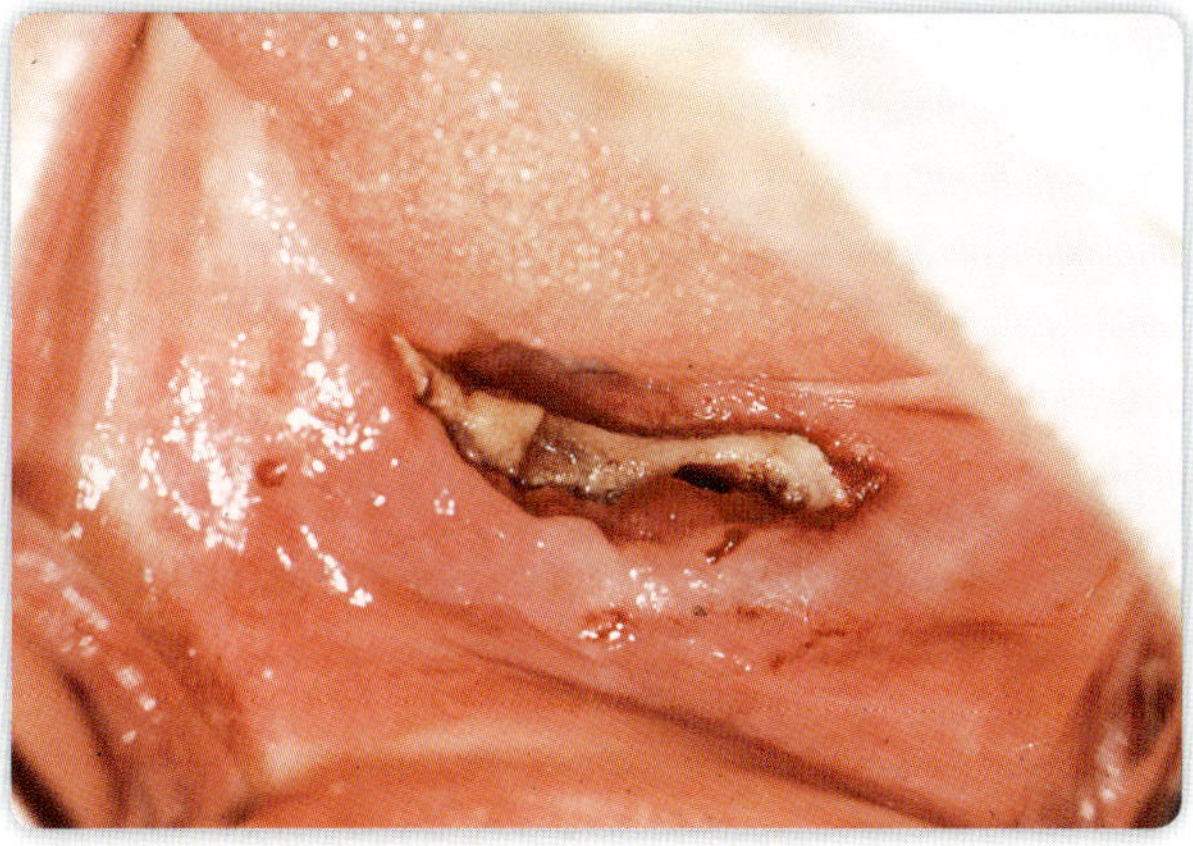

図16－１a　顎骨の露出．

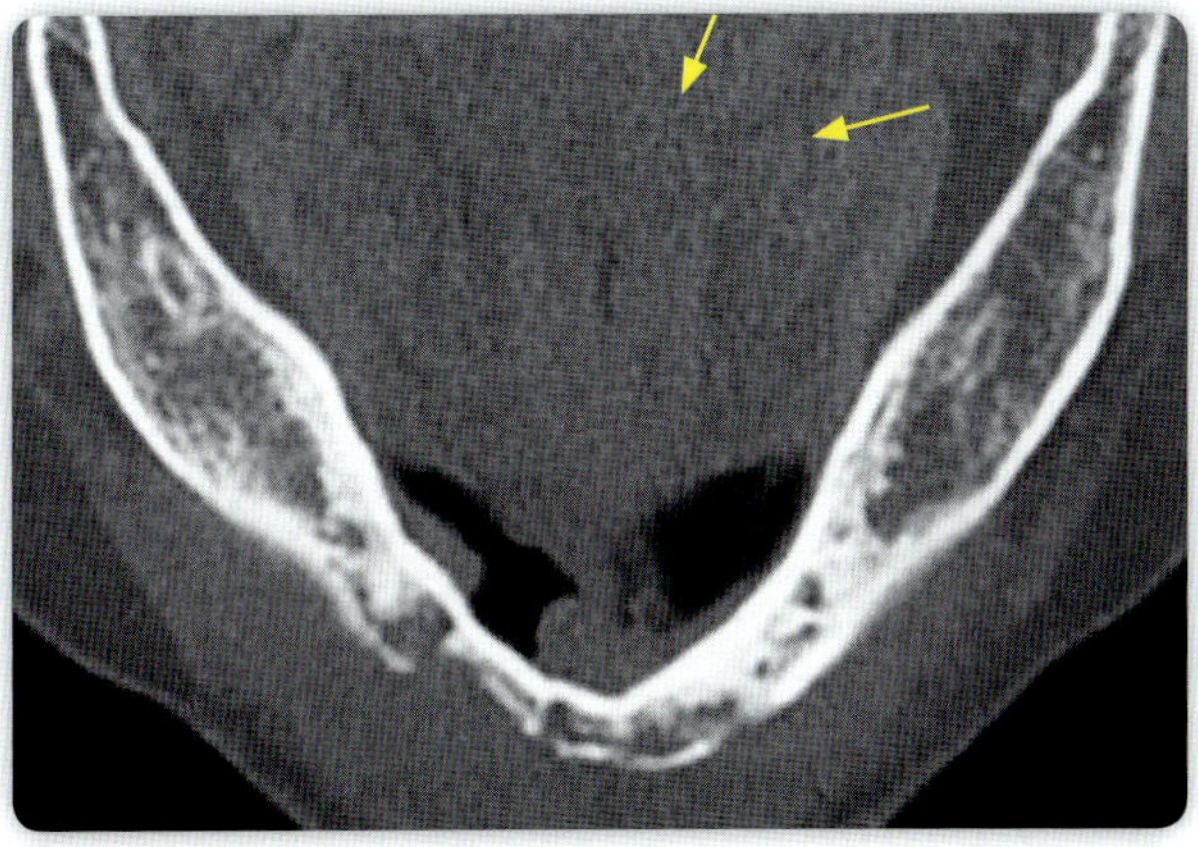

図16－１b　同部のエックス線写真．

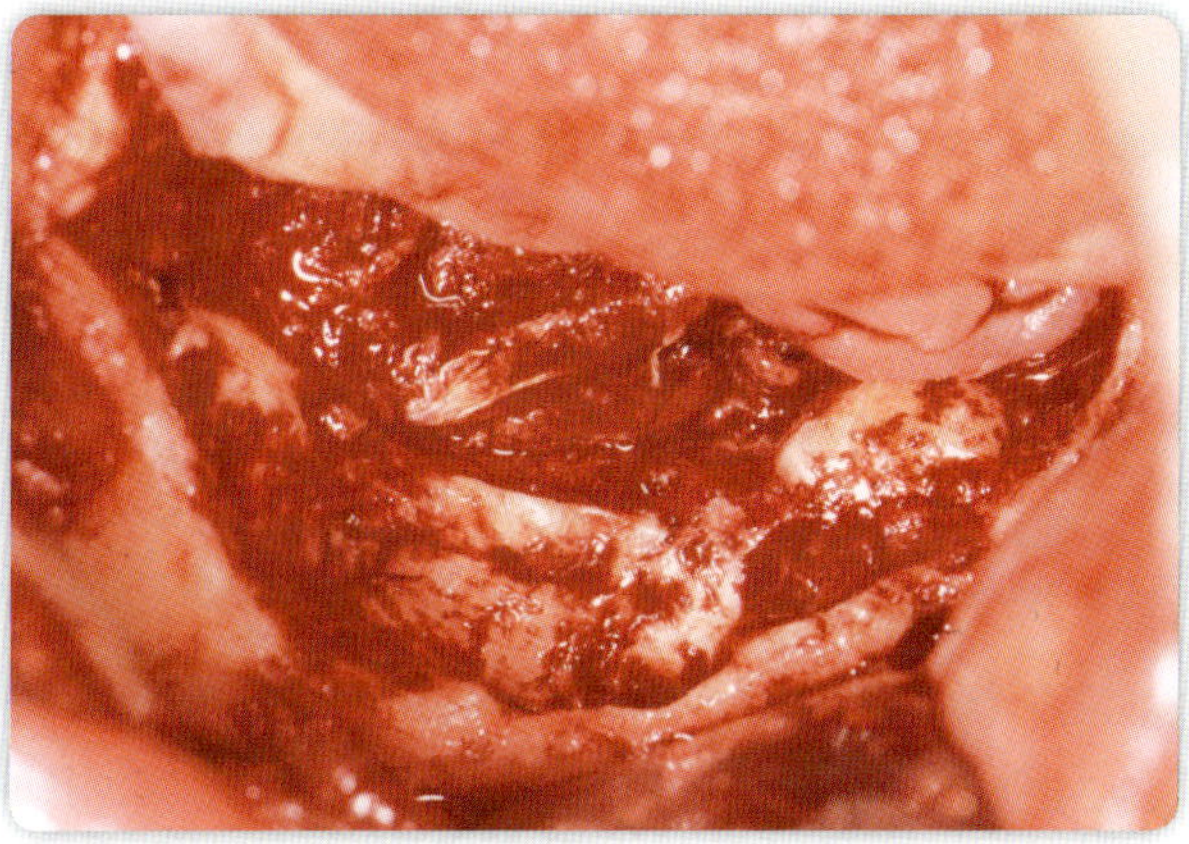

図16－１c　下顎骨辺縁切除後．

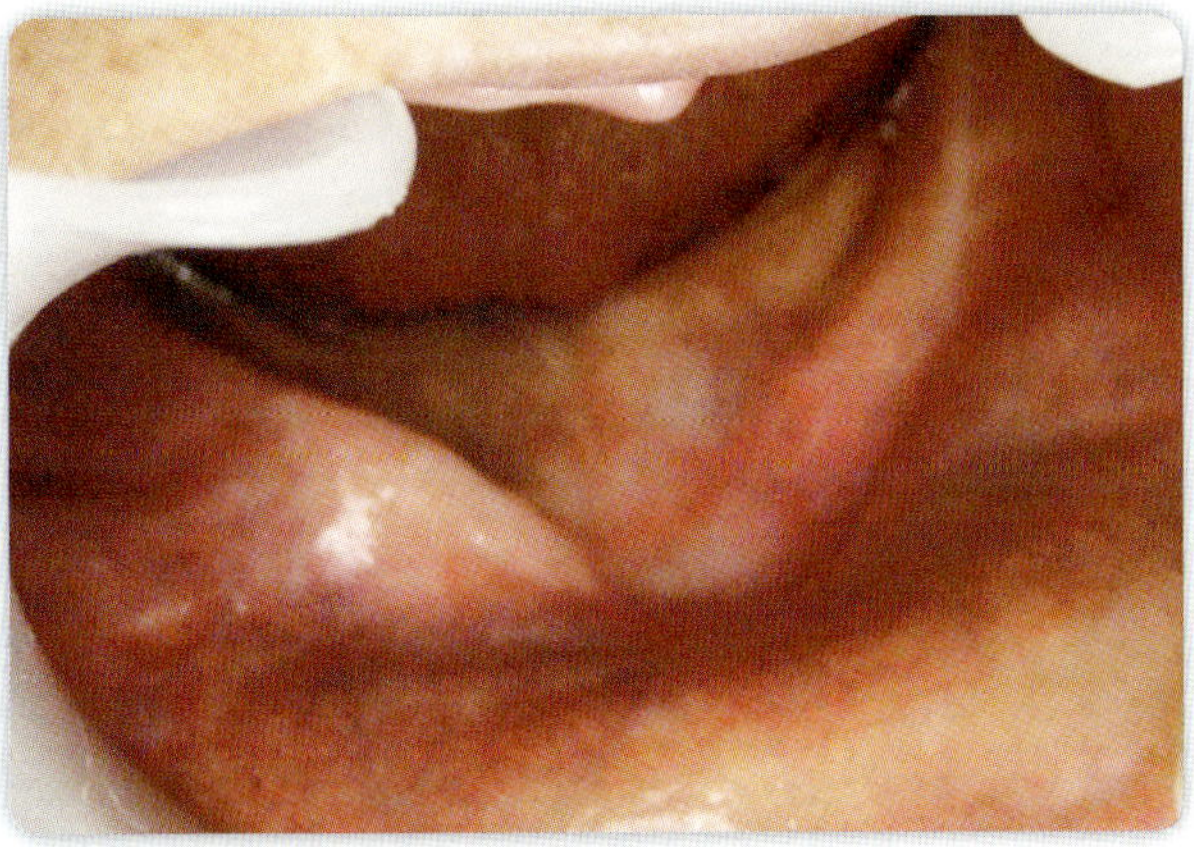

図16－１d　術後（約２年）口腔内写真．

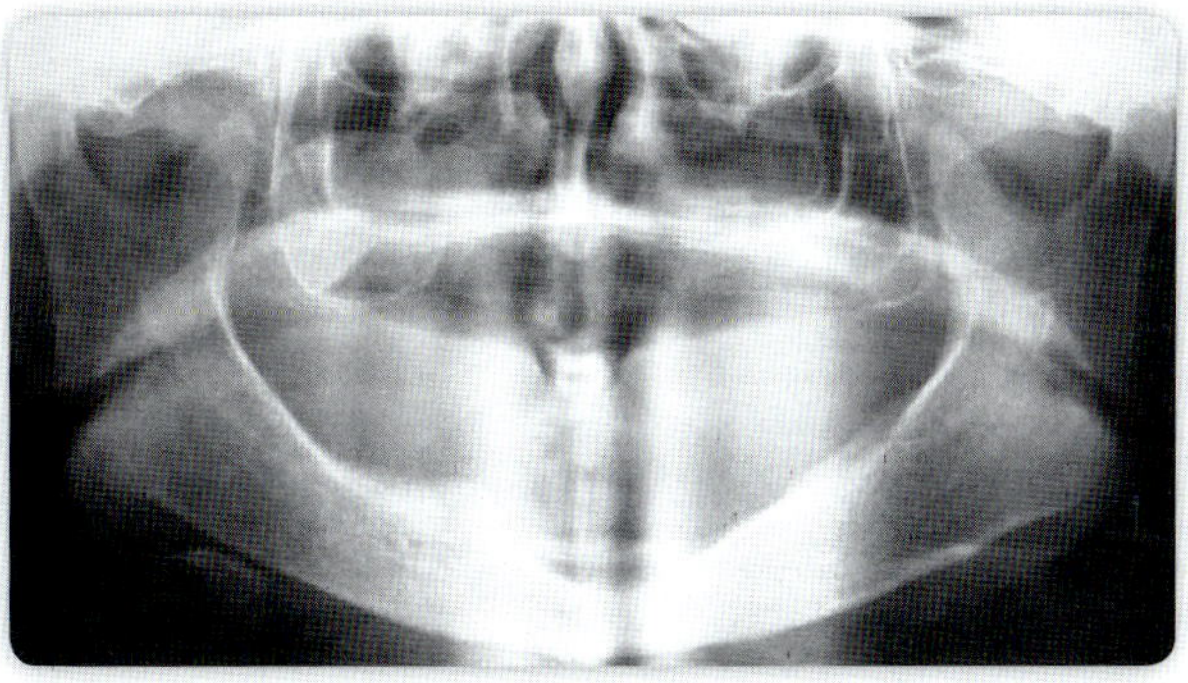

図16－１e　術後（約２年）パノラマエックス線写真．

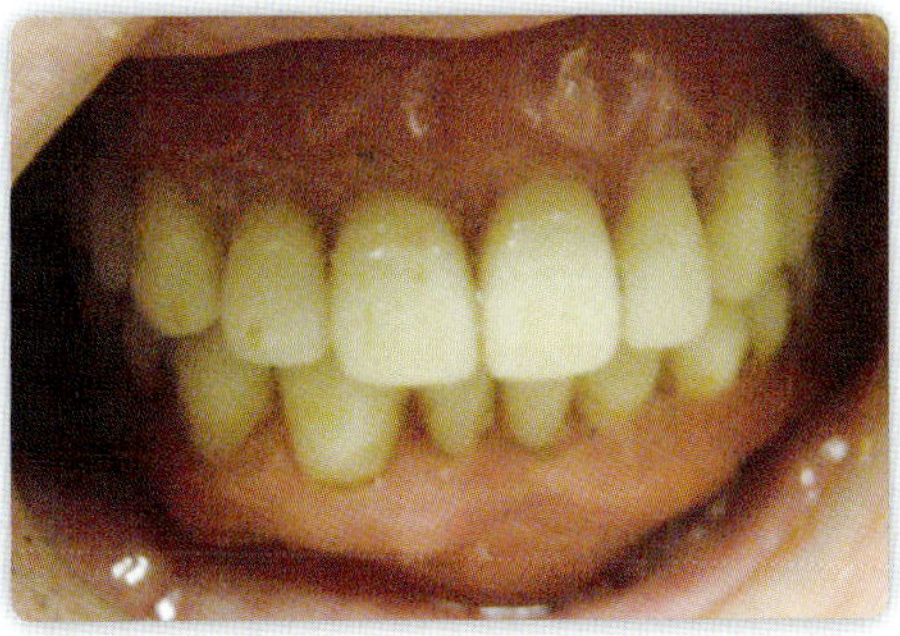

図16－１f　義歯装着時の口腔内所見．

参考文献

1．American Association of Oral and Maxillofacial Surgeons : Position Paper on Bisphosphonate-Related Osteonecrosis of the jaws. Oral Maxillofac Surg. 65：369－375, 2007.

2．American Association of Oral and Maxillofacial Surgeons : Position Paper on Bisphosphonate-Related Osteonecrosis of the jaw-2009 Update. Approved by the Board of Trustees. 1－23, January 2009.

3．Bisphosphonate-Related Osteonecrosis of the jaw : Position Paper from the Allied Task Force Committee of Japanese Society for Bone and Mineral Research, Japan Osteoporosis Society, Japanese Society of Periodontology, Japanese Society for Oral and Maxillofacial Radiology and Japanese Society of Oral and Maxillofacial Surgeons : J Bone Miner Metab. 2010：28,（DOI 10,1007/s007444－010－0162－7）.

Q17 ビスフォスフォネート系薬剤を使用している患者のインプラント治療は大丈夫ですか？

Question

Answer 内服薬で投与期間が3年未満の場合で糖尿病などの危険因子がない場合には，健常人と同じようなインプラント治療を行っています．

BRONJの危険因子として歯科外科手術があげられ，そのなかで抜歯とともに歯科インプラントがあげられています．

とくに第3世代の強力なビスフォスフォネート(BPs)系薬剤であるゾレドロン酸水和物(ゾメタ®)や，インカドロン酸二ナトリウム(ビスフォナール®)などの注射製剤を使用している癌患者の骨転移患者では，インプラント治療は避けるべきといわれております．われわれもインプラント埋入後に，乳癌の骨転移がみつかりゾレドロン酸水和物(ゾメタ®)による治療を開始し，3回投与後インプラント周囲炎による骨吸収が発症し，インプラントを撤去したにもかかわらずBRONJにより顎切除を余儀なくされた症例を経験しております[1]．

一方，経口薬によるBRONJの発症は少ないとされていますが，術後のブラキシズムなどの咬合には十分配慮する必要があります．われわれは投与期間が3年未満の場合で危険因子(Q9参照)がない場合には健常人と同じようなインプラント治療を行っていますが，とくに脱落などの問題は生じていません[2,3]．しかし将来BRONJを発症しインプラントへの影響の可能性が少なからずあることを患者に十分説明し，同意を得ることが重要です．

なお経口BPs系薬剤を3年以上投与されている場合，3年未満でもリスク因子がある場合は，医師との相談の上3か月間の休薬をしてもらいインプラントを埋入します(図8-1，33頁参照)．その後，レントゲン像や創部の治癒状態をみながら1か月後にBPs系薬剤の再開をしています．インプラント埋入の術式は2回法で完全閉創で行います．

しかし，このインプラント治療に関しては他の補綴方法もあるので継続するか，休薬するかの判断は休薬のリスクを考え，必ず医師とご相談して下さい．

BPs系薬剤服用中患者のインプラント埋入

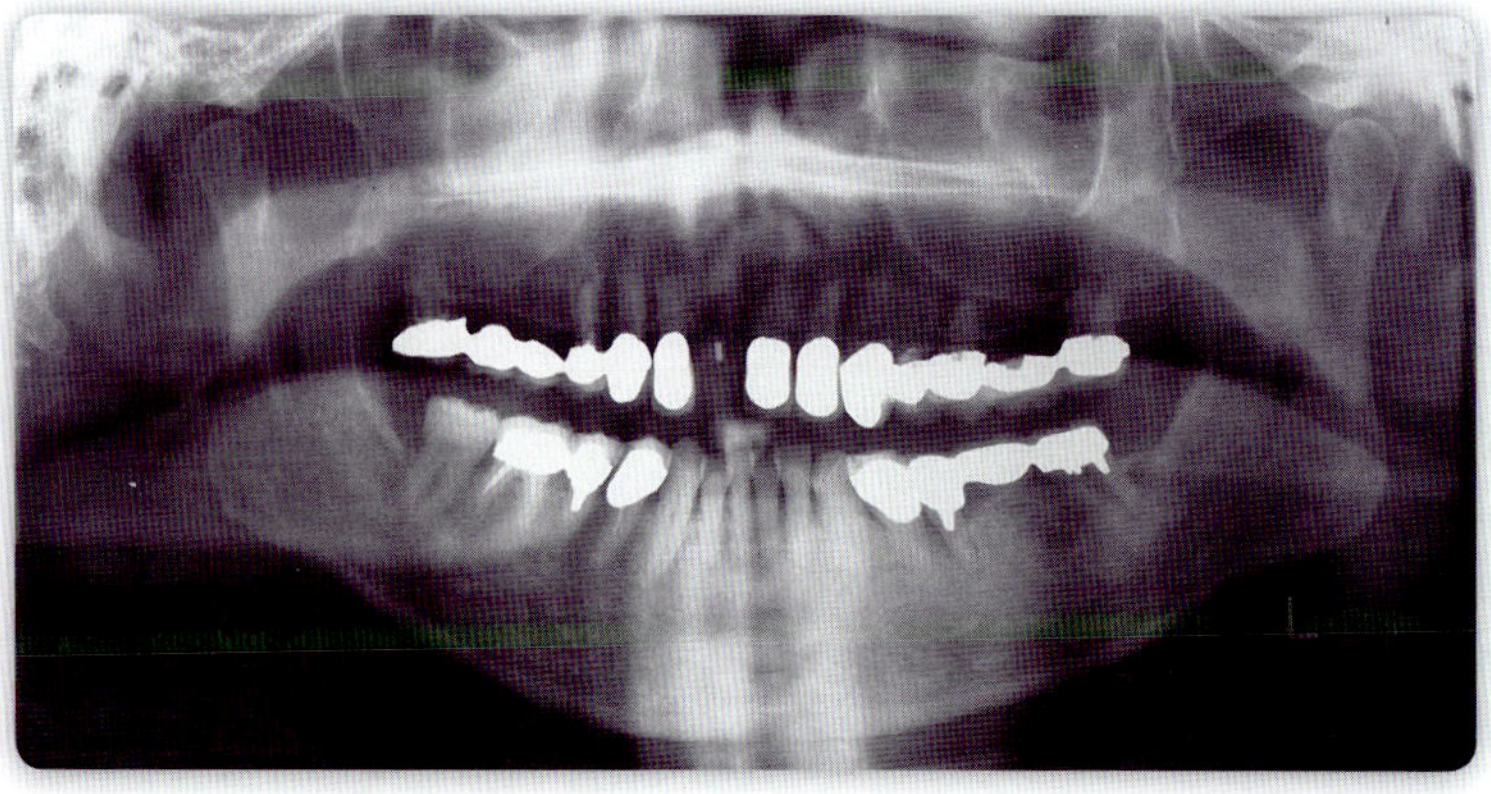

図17-1a 手術前のパントモエックス線写真．

患者：75歳，男性

服薬：前立腺癌術後ホルモン療法を受けており，骨粗鬆症予防のためにリセドロネート(アクトネル®)を１年６か月服用している．

インプラント埋入：服薬期間が３年未満でしたので，BPs 継続下に1|を抜歯後即時インプラント埋入をしました．BRONJ の発症を思わせる所見はなく，継続して観察中です．

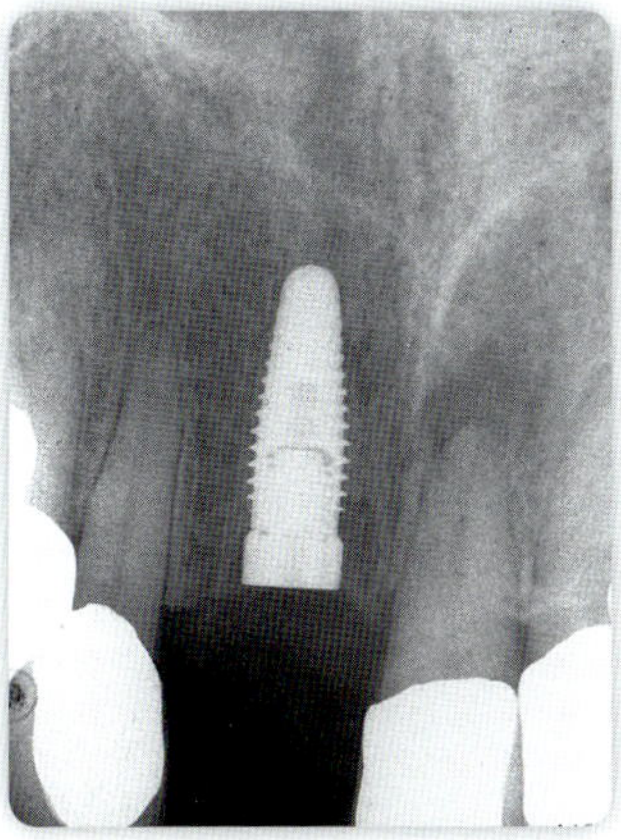

図17－１b　埋入直後のエックス線写真．

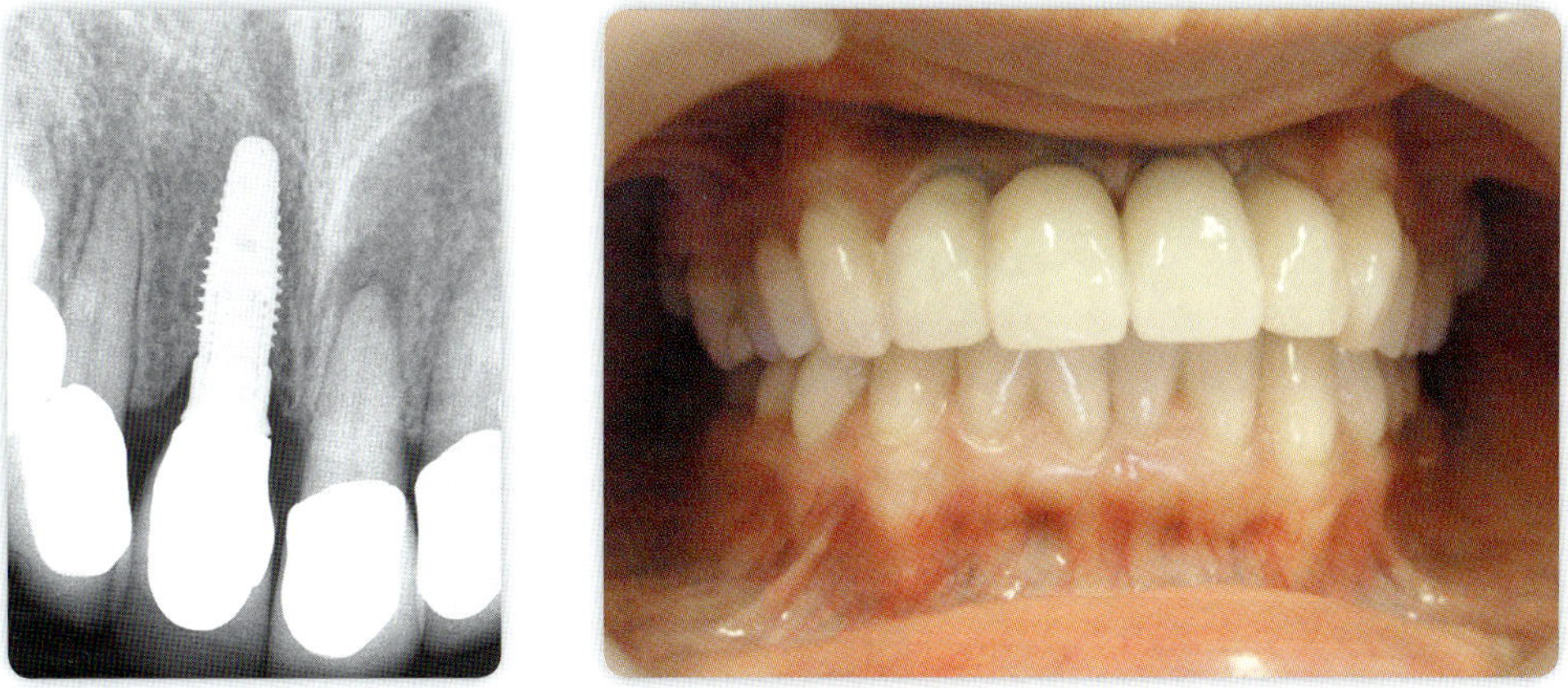

図17－１c，d　上部構造装着時のエックス線写真と口腔内所見．

参考文献

１．矢郷香，朝波惣一郎：インプラント除去が契機となり発症したビスフォスフォネート投与患者の下顎骨壊死の１例．日本顎顔面インプラント学会誌．2009；８(１)：34‐40.

２．矢郷香，朝波惣一郎：経口ビスフォスフォネート系薬剤投与患者に対するインプラント手術経験．有病者歯科医療．2008；17(１)：29‐35.

３．矢郷香，木津英樹，田島康夫，齊藤進，朝波惣一郎：ビスフォスフォネート投与患者におけるインプラント治療．日本歯科評論．2009；798(69‐４)：111‐120.

Q18 BRONJの治療に高圧酸素療法は有効ですか？

Question

Answer 放射線骨壊死と比較して，高圧酸素療法はBRONJに対してあまり効果は期待できません．

高圧酸素療法とは，高圧酸素中に生体を置くと血漿中に溶解する酸素の量が増加するという原理を応用したもので，実際には2～3気圧の圧力環境下で高濃度の純酸素吸入を行う治療法のことです(図17 - 1)．

通常の酸素分圧の10～20倍の濃度まで高めることにより，病原菌に対する殺菌作用を期待します．酸素の細菌に対する毒性の研究は古くから行われ，嫌気性はもとより好気性菌も高圧酸素下では発育が阻止されることがわかっています．そのため化膿性骨髄炎に対しては，高気圧酸素治療は有効とされています．われわれの領域の歯性感染症に関連した慢性下顎骨骨髄炎にも本治療法が応用され，その有用性が認められております．

また放射線照射による顎骨骨髄炎もこの治療法により血管新生を促し，骨の代謝を促進し，創傷の治癒を高めるため応用されることもあります．

放射線を受けた照射野は低酸素状態となり，離れた非照射野は正常酸素分圧で照射野との間には酸素濃度勾配が生じます．その酸素濃度勾配障害に高圧酸素療法が効果的であるといわれております．それに比較して，BRONJの場合は放射線照射による物理的障害でなく，薬剤が破骨細胞に特異的に取り込まれたために生じるもので，酸素濃度勾配障害は生じないので有効ではないとされております．

ただし補助療法として応用した場合，臨床症状が改善したという症例もあり，今後さらに有用性について検討していく必要があると思います．

図18 - 1a　高圧酸素治療装置 Model 2800J.

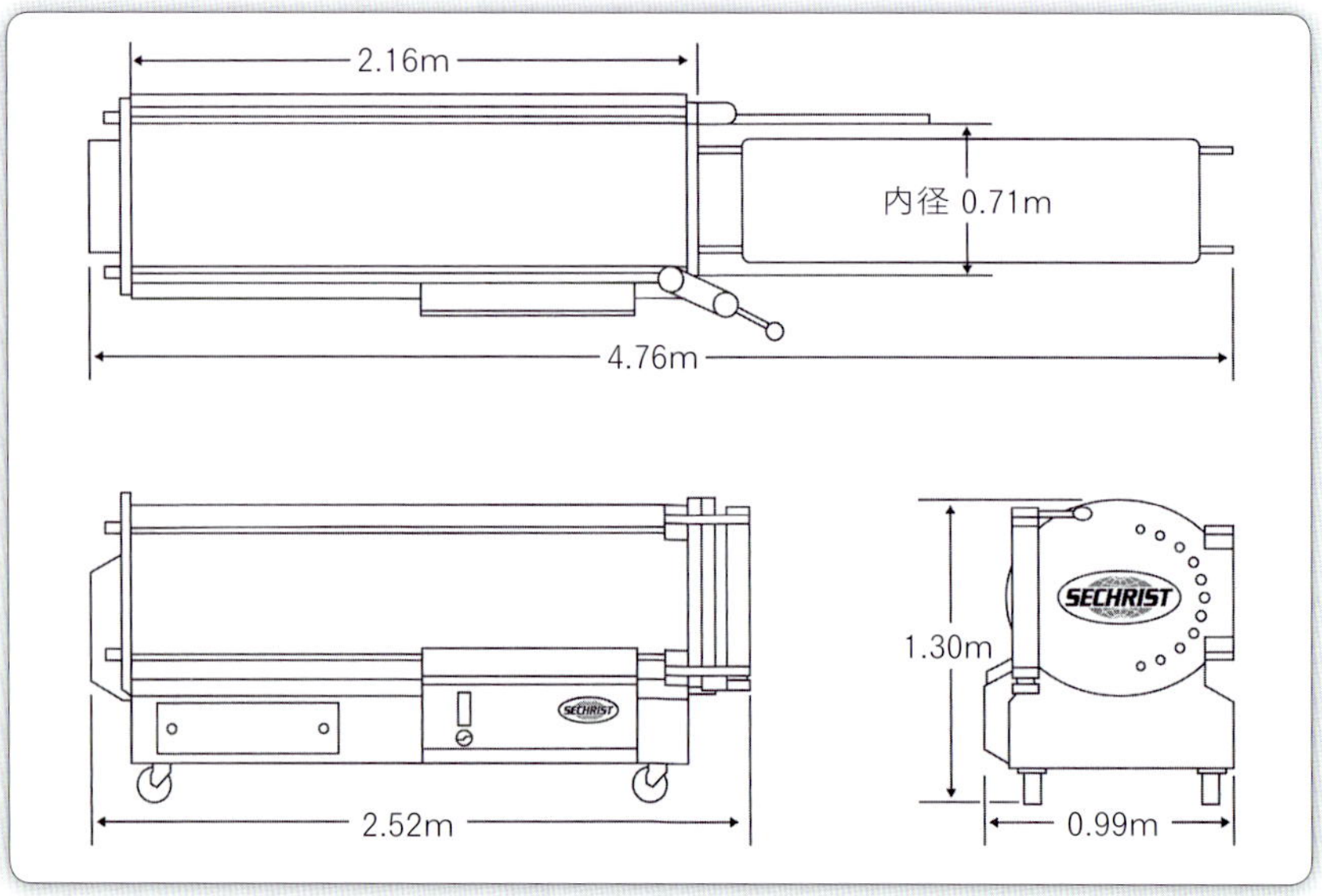

図18 - 1b　高圧酸素治療装置の外観寸法.

Q19 医師への対診依頼の書き方について教えて下さい.

Question

Answer どうしても観血処置を回避できない場合，処置前に医師に対診し了解を得ることが必要ですので，医師への照会状は大切です.

患者の生命予後やQOLを考慮すると，医師との連携は極めて重要になります．抜歯などの外科処置が必要の旨をわかりやすく説明し，照会します．照会状の例をあげてみましょう(図19 - 1).

歯周炎にて抜歯が必要です.

貴院にて，骨粗鬆症のためアクトネル® を投与中とのことですが，現在の骨密度などの病状，投与期間，投与量などについてお教え下さい.

現在の口腔内の状態は，ブラッシングの指導や歯石の除去などを施行し，衛生状態は良好です．残念なことに右上大臼歯が歯周炎により腫脹し，疼痛などの炎症が頻回に発症したために，抗菌薬の投与を行い対症療法で経過をみてきました．しかし今回，歯の動揺が著しくなり，誤嚥の可能性もあり，また歯の周囲から排膿もみられるため抜歯が必要となりました.

なお抜歯は，２％キシロカイン(エピレナミン含有)約１mL使用の局所麻酔で行います．現在歯は動揺しているため，侵襲程度は少なく，処置時間は10分ぐらいです．創部は骨が露出しないよう緊密に縫合します.

術前より抗菌薬(サワシリン®)を投与し，術後にも同薬剤を感染予防のため３日間継続投与します．米国のポジションペーパーではBPsを３年以上服用している場合にはBRONJのリスクがあり，約３か月間のBPs中断後に抜歯することが推奨されていますが，BPsの休薬は可能でしょうか．また，抜歯後の治癒状態をみて，１か月間の休薬のあと再開をお願いしたいと思いますが，注意事項などがありましたら御教授ください.

図19 - 1　医師への照会状例.

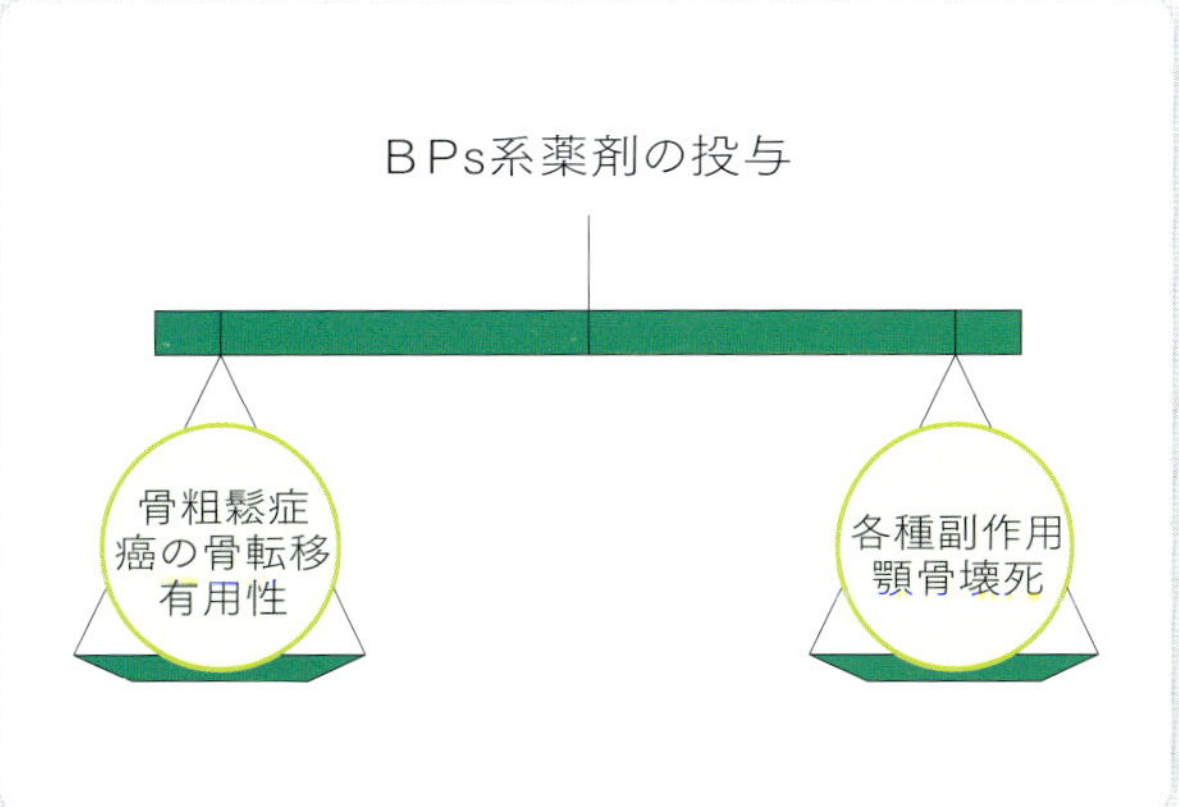

図19 - 2　患者の生命予後やQOLを考慮した歯科と医科の連携.

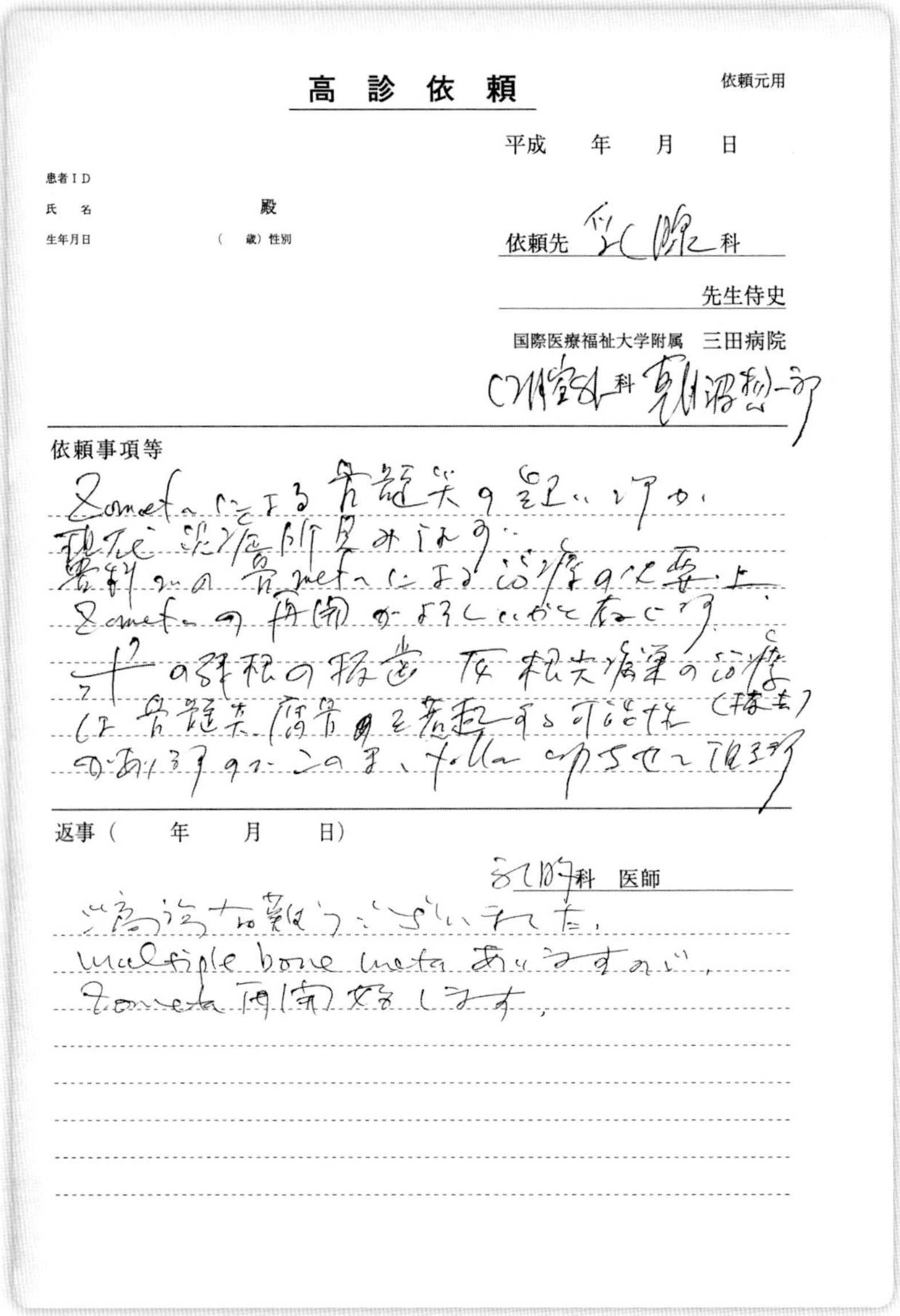

図19－3　実際の手紙のやりとり．

Q20 歯科口腔外科領域で頻用される薬剤で，経口ビスフォスフォネート系薬剤と併用してはいけない薬剤はありますか？

Question

Answer NSAIDs(非ステロイド性抗炎症薬)との併用は注意して下さい．胃腸障害が増強します．

ビスフォスフォネート(BPs)系薬剤の副作用として5～8％に胃部不快感や消化性潰瘍などが認められますが，投与を継続しているうちに症状が軽減したり，投与を中止することによって症状が消失するため重篤にはいたっていません．

プラセボ群と比較しても消化管障害は差がないという報告もあります．そのためBPs系薬剤による消化管障害は副作用ではないという意見もあります．しかしながらNSAIDsとBPs系薬剤を併用すると，消化管障害のリスクが上昇するといわれております．消化管に潰瘍のある患者や高齢者などにNSAIDsとBPs系薬剤を併用することはとくに注意が必要です．

BPs系薬剤を投与しながら抜歯や外科的処置を行った場合は，NSAIDsの投与に十分気をつけて下さい．とくに酸性NSAIDsの副作用としてもっとも頻度の高いものは胃腸障害です．どうしても強い鎮痛効果を期待するときは食後投与とし，プロドラック(ロキソニン®，ナパノール®，フルカム®)の投与をおすすめします．消化管内でのプロスタグランジン(胃粘膜細胞保護作用を示す防御因子)合成の低下は少ないといわれています．NSAIDsのなかでも消化管症状を起こしやすいもの(表20-1)と，起こしにくいもの(表20-2)を列挙します．

表20-1　消化管症状を起こしやすい酸性NSAIDs一覧表．

一般名	商品名
ジクロフェナクナトリウム	ボルタレン®
ロキソプロフェンナトリウム	ロキソニン®
フェンブフェン	ナパノール®
アンピロキシカム	フルカム®
モフェゾラク	ジソペイン®
プラノプロフェン	ニフラン®

表20-2　消化管症状を起こしにくい塩基性NSAIDs一覧表．

一般名	商品名
塩酸チアラミド	ソランタール®
エピリゾール	メブロン® アナロック®
エモルファゾン	ペントイル®

C H A P T E R

2

ANTITHROMBOTIC DRUG

抗 血 栓 薬

知っておきたいワルファリンとアスピリンの薬理作用

抗血栓薬

循環器障害のなかで，血栓の形成による障害の影響は生命に深刻です．血栓の形成部位の臓器は壊死を起こし，長期間の循環器の障害は不可逆的で，後遺症が残ります．脳梗塞や心筋梗塞は早期治療が大切で，生活習慣病や高齢に伴う動脈硬化などの要因が大きく関与しています．また，血液の濃縮が血栓の形成に大きく関係しているので，十分な補給をしなくてはなりません．

そのため，血液凝固阻止薬や血小板凝集抑制薬は，脳梗塞，心筋梗塞などの血栓・塞栓症の治療や予防に投与されます．わが国の代表的な抗血栓療法薬を（表A）にあげます．

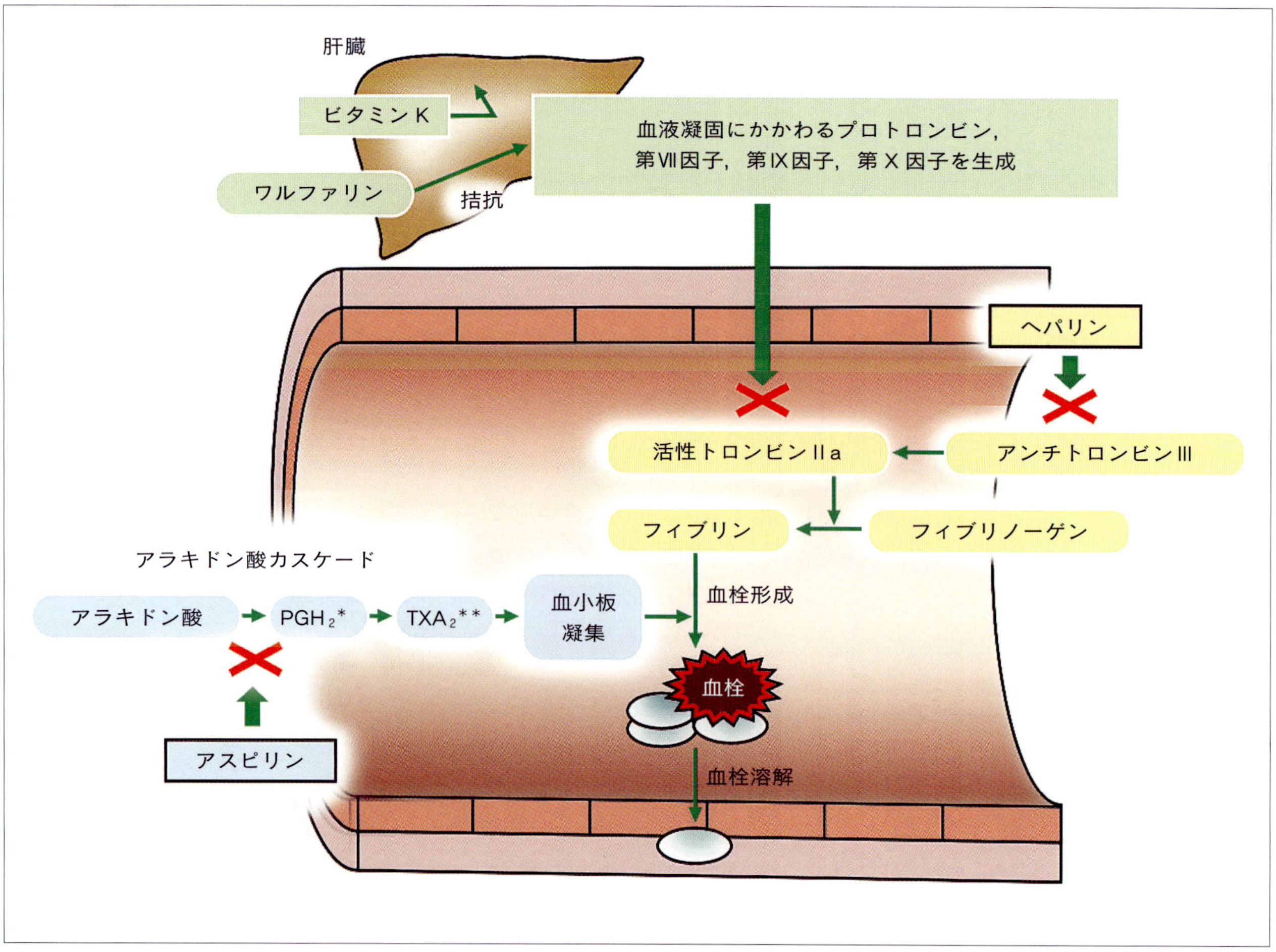

図A　ワルファリンとアスピリンとヘパリンの作用機序．
*PGH_2：プロスタグランジンH_2
**TXA_2：トロンボキサンA_2

表A 代表的な抗血栓薬の分類と薬物．

抗血栓薬	抗凝固薬	
	経口：ワルファリンカリウム(ワーファリン®)	
	非経口(注射薬)：ヘパリン	
		抗トロンビン製剤　アルガトロバン(アルガロン®，ノバスタン®，スロンノン®)
	抗血小板薬	
	経口：アスピリン(バイアスピリン®，バファリン81®)	
		チクロピジン塩酸塩(パナルジン®，チクロビン®)
		クロピドグレル硫酸塩(プラビックス®)
		ジピリダモール(ペルサンチン®，アンギナール®)
		シロスタゾール(プレタール®)
		イコサペント酸エチル(エパデール®)
		サルポグレラート塩酸塩(アンプラーグ®)
		トラピジル(ロコルナール®)
		ベラプロストナトリウム(ドルナー®，プロサイリン®)

薬物学的特徴

血栓の形成は血液凝固系なかでのフィブリノーゲンをフィブリンにする過程とフィブリンと血小板の凝集の過程が重要です．前者の過程に関わる凝固系に必要な因子としてビタミンKがあり，プロトロンビン第Ⅶ因子，第Ⅸ因子，第Ⅹ因子の合成に不可欠です．すなわち，ワルファリンは肝細胞内で血液凝固因子であるプロトロビンの合成過程で生じたビタミンKの再生過程を阻害(拮抗)することにより，結果的にプロトロビンの生合成を阻害し，活性トロンビンⅡa生成を抑制してフィブリノーゲンをフィブリンにする過程を抑制します．その結果，血液凝固を阻止します(**図A**)．**図B**にワルファリンの化学構造式を示します．

一方，日本人はワルファリンが欧米人に比較し，代謝能の違いからワルファリンが効きやすいので，国際標準よりプロトロンビン時間の国際標準比INR値(Q3参照)が低く設定されています．ワルファリンを服用している場合は，効果判定のため血液検査を定期的に行う必要があります．またワルファリンは，ビタミンK依存性凝固因子の生成を阻害します．効果出現まで3～4日かかり，投与中止で4～5日で効果がみられなくなります．したがって3～5日中止すれば，凝固能はほぼ回復します．

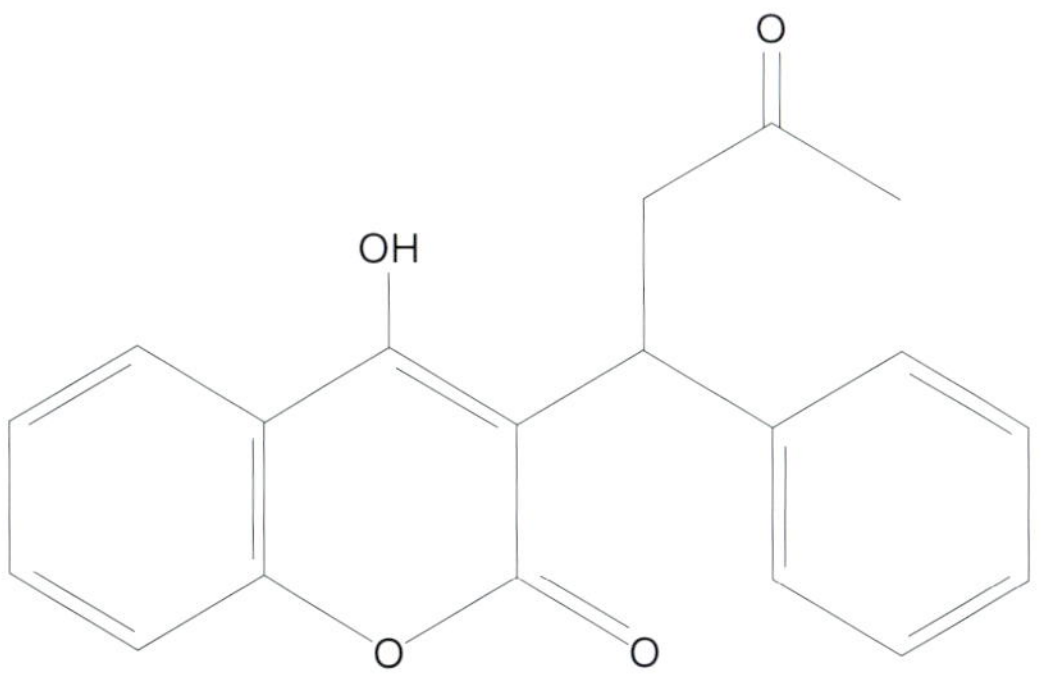

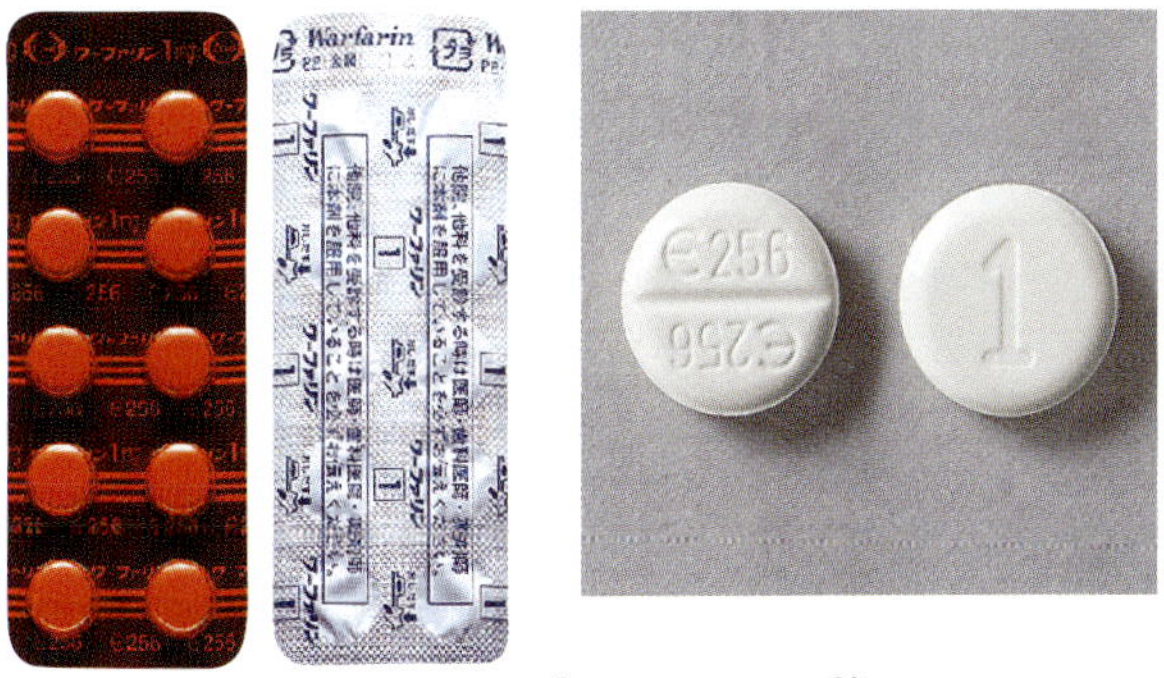

ワルファリン(ワーファリン®)

図B ワルファリンの化学構造式．

相互作用

ワルファリンは内服薬で使用されます．またワルファリンは，他の医薬品や食品との併用によって相互作用が現れやすい薬として知られています．

①ビタミンK製剤およびビタミンKを含む食物（納豆，クロレラ，青汁など）

ワルファリンは，生体内のビタミンKの作用を阻害することで，人為的にビタミンK欠乏症の状態を作りだして血液凝固を抑制します．その状態に対してビタミンKを補充すると，ワルファリンの作用を打ち消すことになってしまい．ワルファリンの作用が減弱してしまいます．

②抗菌薬

ビタミンKは，本来生体内で合成できないため，食物などから補充しなければなりません．しかし，腸内細菌（大腸菌など）がビタミンKを産生するために，通常はビタミンK欠乏になりません．しかし，抗菌薬を長期投与すると腸内細菌が減少し，ビタミンKの産生量も低下するために，通常の抗凝固作用を示すためにはワルファリンは少量でもよくなります．すなわち，通常量のワルファリンを投与すると，作用が増強することになります．またセフェム系抗菌薬の一部は，ビタミンKと類似した構造をもっており．ビタミンKの作用を阻害することにより出血傾向を示します．

ところでヘパリンは，血液中のトロンビン活性型（アンチトロンビンⅢ）を阻害してフィブリンの生成を抑制します．血小板凝集は強固な血栓形成に不可欠であるので，この過程を阻害することによって結果的に血栓の形成を予防できます．ヘパリンは注射製剤のみで使用されます．症例によっては，ワルファリンとヘパリンを併用することもあります．

血小板凝集抑制薬（抗血小板薬）としてのアスピリン

薬物学的特徴

アスピリンは，もともと関節リウマチの治療のため，解熱・鎮痛・消炎作用をもつ薬として開発されました．ドイツでは一般名がアセチルサリチル酸であり，商品名がアスピリン（バイエル社）ですが，日本ではアスピリンが一般名になります．その機序は，アスピリンが痛みや炎症を引き起こす原因物質のプロスタグランジン類を作りだすシクロオキシゲナーゼ（COX）と呼ばれる酵素の働きを阻害することです．その後，血栓によって発症する心臓病（狭心症，心筋梗塞）や脳梗塞などの予防や治療にも効果があることが発見されました．このようにアスピリンは，抗炎症薬と血

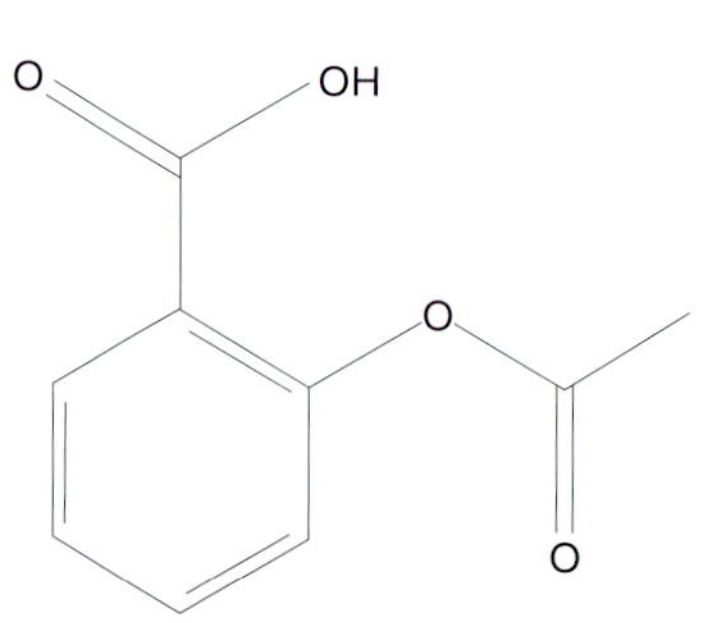

図C アスピリンの化学構造式．

栓治療薬(血小板凝集抑制薬)として使われています.

血栓治療薬としてのアスピリンの機序は，アラキドン酸カスケードにおいてシクロオキシゲナーゼ(COX)を阻害し，プロスダグランジン類(PGH2：プロスダグランジン H_2，TXA_2：トロンボキサン A_2)の生成と抑制をすることにより，血小板凝集抑制作用を示します．この治療では鎮痛薬として使用される量の1/5～1/3量で十分効果があり，長期間の服用にも安全性が高いといえます.

一方，アスピリンによる血小板凝集抑制作用は不可逆的なことより，その薬効持続時間は血小板の寿命に依存します．その寿命は10日前後ですが，血小板は絶えず骨髄で産生されて入れ替わり，それに応じて凝集能は回復するため，アスピリンによる抗血小板作用の持続時間は7日程度とされます．**図D**に抗血小板薬の剤形を，**表D**に先発品を後発品の一覧を提示します.

相互作用

アスピリンなどの酸性非ステロイド性抗炎症薬とワルファリンは，血漿タンパク質のアルブミンに結合しやすいため，血漿タンパク質と結合したワルファリンが遊離して，単独投与時よりも作用が増強して大出血すると考えられています.

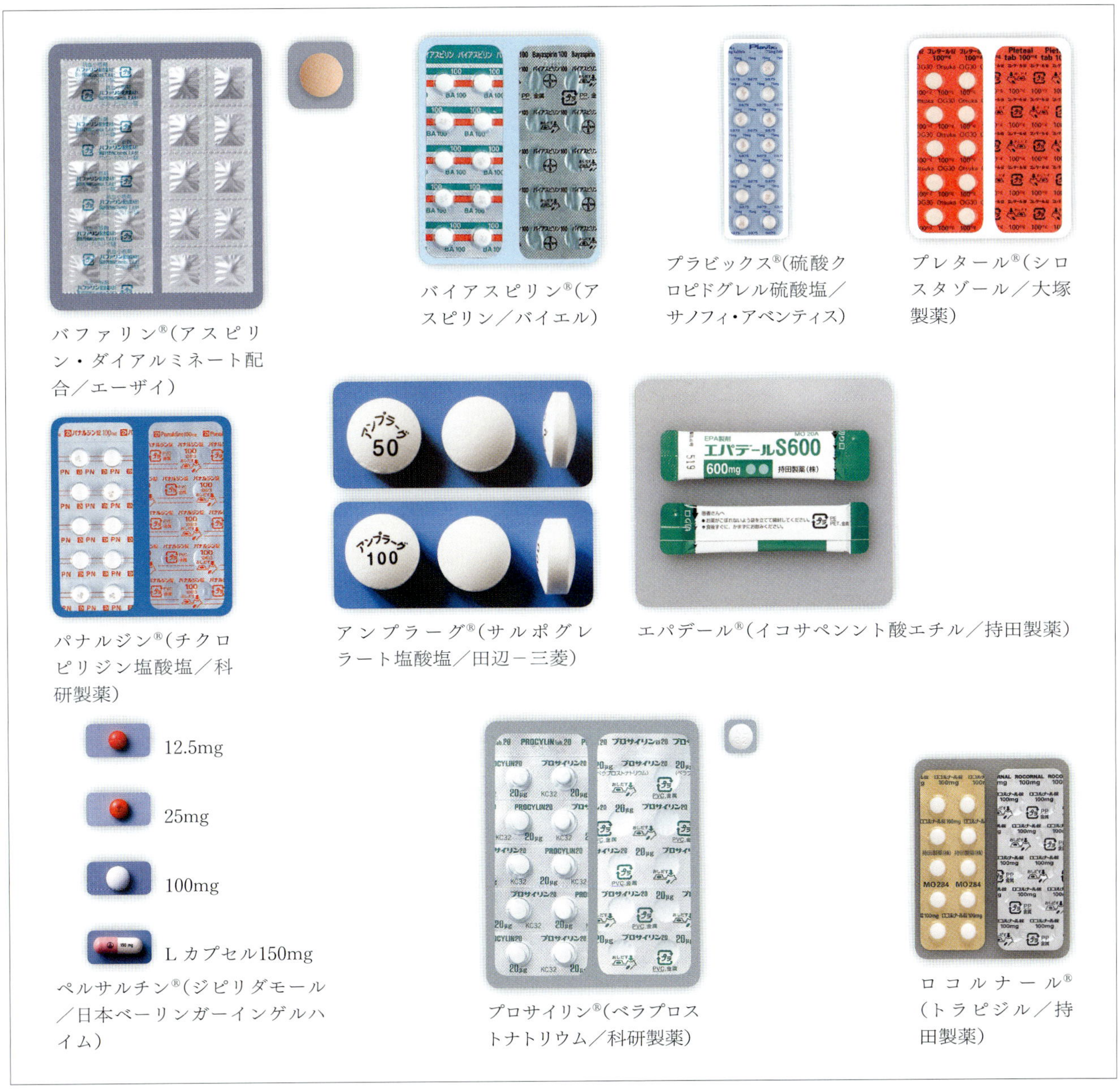

バファリン®(アスピリン・ダイアルミネート配合／エーザイ)

バイアスピリン®(アスピリン／バイエル)

プラビックス®(硫酸クロピドグレル硫酸塩／サノフィ・アベンティス)

プレタール®(シロスタゾール／大塚製薬)

パナルジン®(チクロピリジン塩酸塩／科研製薬)

アンプラーグ®(サルポグレラート塩酸塩／田辺－三菱)

エパデール®(イコサペンント酸エチル／持田製薬)

ペルサルチン®(ジピリダモール／日本ベーリンガーインゲルハイム)

プロサイリン®(ベラプロストナトリウム／科研製薬)

ロコルナール®(トラピジル／持田製薬)

図D　抗血小板薬の剤形.

表B　抗血栓療法薬の先発品と後発品一覧.

	一般名	商品名	
経口抗凝固薬	ワルファリンカリウム	ワルファリンK細粒0.2%「NS」	後発品
		ワルファリンK細粒0.2%「YD」	後発品
		ワーファリン錠0.5mg，1mg，5mg	先発品
		ワーリン錠0.5mg，1mg	先発品
		ワルファリンカリウム錠0.5mg，1mg，2mｇ「HD」	先発品
		ワルファリンK錠1mg	先発品
		アレファリン錠1mg	先発品
抗血小板薬	チクロピジン塩酸塩	パナルジン細粒10%，錠100mg	先発品
		チクピロン細粒10%	後発品
		ニチステート細粒10%	後発品
		パナルジン錠100mg	後発品
		ヒシミドン錠100mg	後発品
		ピクロジン錠	後発品
		ジルベンダー錠100mg	後発品
		ソーパー錠100mg	後発品
		ソロゾリン錠100mg	後発品
		チクロピロン錠100mg	後発品
		チクロピジン塩酸塩100mg「タイヨー」	後発品
		ニチステート錠100mg	後発品
		パチュナ錠100mg	後発品
		パナピジン錠100mg	後発品
		パラクロジン錠100mg	後発品
		ビーチロン錠100mg	後発品
		ピエテネール錠100mg	後発品
		ファルロジン錠100mg	後発品
		マイトジン錠100mg	後発品
	クロピドグレル硫酸塩	プラビックス錠25mg，75mg	先発品
	シロスタゾール	プレタール散20%	先発品
		プレタール錠50mg，100mg	先発品
		エクバール錠50mg，100mg	先発品
		コートリズム錠50mg，100mg	先発品
		プレスタゾール錠50mg，100mg	先発品
		シロシナミン錠50mg，100mg	先発品
		ホルダゾール錠50mg，100mg	先発品
		シロスタゾール錠50mg，100mg「マイラン」	先発品
		ファンテゾール錠50mg，100mg	先発品
		フレニード錠50mg，100mg	先発品
		アイタント錠50mg，100mg	先発品
		シロスタゾール錠50mg，100mg「NP」	先発品
		シロステート錠50mg，100mg	先発品
		グロント錠50mg，100mg	先発品
		プレラジン錠50mg，100mg	先発品
		シロスタゾール錠50mg，100mg「タナベ」	先発品
		ラノミン錠50mg，100mg	先発品
		プラテミール錠50mg，100mg	先発品
		プロトモール錠100mg	先発品
		エジェンヌ錠100mg	先発品
		シロスレット内服ゼリー50mg，100mg	後発品

	一般名	商品名	
抗血小板薬	イコサペント酸エチル	エパデールカプセル300	先発品
		アテロパンカプセル300	後発品
		エメラドールカプセル300	後発品
		エバラカプセル300mg	後発品
		エバフィールカプセル300	後発品
		ナサチームカプセル300	後発品
		イコペントカプセル300	後発品
		エパンドカプセル300	後発品
		メタパスカプセル300	後発品
		シスレコンカプセル300	後発品
		ノンソルカプセル300	後発品
		メルブラールカプセル300	後発品
		アンサチュールカプセル300	後発品
		エパロースカプセル300	後発品
		クレスエパカプセル300	後発品
		ヤトリップカプセル300	後発品
		エパデール S300，S600，S900	先発品
		イコサペント酸エチル粒状カプセル300mg，600mg，900mg「サワイ」	後発品
		イコサペント酸エチル粒状カプセル300mg，600mg，900mg「TKC」	後発品
		エパロース粒状カプセル300mg，600mg，900mg	後発品
		イコサペント酸エチル粒状カプセル300mg，600mg，900mg「TC」	後発品
		イコサペント酸エチル粒状カプセル300mg，600mg，900mg「日医工」	後発品
		メルブラール粒状カプセル300mg，600mg，900mg	後発品
		ソルミラン粒状カプセル600mg，900mg	後発品
	ベラプロストナトリウム	ドルナー錠20μg	先発品
		プロサイリン錠20μg	先発品
		ベストルナー錠20μg	後発品
		プロスナー錠20μg，40μg	後発品
		ベプラリード錠20μg	後発品
		プロスタリン錠20μg	後発品
		プロドナ錠20μg	後発品
		プロルナー錠20μg，40μg	後発品
		セナプロスト錠20μg	後発品
		ベルナール錠20μg	後発品
		ドルナリン錠20μg，40μg	後発品
		ベラストリン錠20μg	後発品
		ベラドルリン錠20μg，40μg	後発品
		ベルラー錠20μg	後発品
		ケアロード LA 錠60μg	先発品
		ベラサス LA 錠60μg	先発品

	一般名	商品名	
抗血小板薬	サルポグレラート塩酸塩	アンプラーグ細粒10%	先発品
		アンプラーグ錠50mg，100mg	先発品
		サルポグレラート塩酸塩錠50mg，100mg「BMD」	後発品
		サルポグレラート塩酸塩錠50mg，100mg「DK」	後発品
		サルポグレラート塩酸塩錠50mg，100mg「F」	後発品
		サルポグレラート塩酸塩錠50mg，100mg「JG」	後発品
		サルポグレラート塩酸塩錠50mg，100mg「KRM」	後発品
		サルポグレラート塩酸塩錠50mg，100mg「MEEK」	後発品
		サルポグレラート塩酸塩錠50mg，100mg「NP」	後発品
		サルポグレラート塩酸塩錠50mg，100mg「NS」	後発品
		サルポグレラート塩酸塩錠50mg，100mg「TCK」	後発品
		サルポグレラート塩酸塩錠50mg，100mg「TSU」	後発品
		サルポグレラート塩酸塩錠50mg，100mg「TYK」	後発品
		サルポグレラート塩酸塩錠50mg，100mg「YD」	後発品
		サルポグレラート塩酸塩錠50mg，100mg「アメル」	後発品
		サルポグレラート塩酸塩錠50mg，100mg「オーハラ」	後発品
		サルポグレラート塩酸塩錠50mg，100mg「ケミファ」	後発品
		サルポグレラート塩酸塩錠50mg，100mg「サワイ」	後発品
		サルポグレラート塩酸塩錠50mg，100mg「サンド」	後発品
		サルポグレラート塩酸塩錠50mg，100mg「タイヨー」	後発品
		サルポグレラート塩酸塩錠50mg，100mg「トーワ」	後発品
		サルポグレラート塩酸塩錠50mg，100mg「マイラン」	後発品
		サルポグレラート塩酸塩錠50mg，100mg「三和」	後発品
		サルポグレラート塩酸塩錠50mg，100mg「日医工」	後発品
	アスピリン・ダイアルミネート配合	バファリン配合錠 A81	後発品
		アスファネート配合錠 A81	後発品
		ニトギス配合錠 A81	後発品
		バッサミン配合錠 A81	後発品
		ファモター配合錠 A81	後発品
	アスピリン	アスピリン腸溶錠100mg「マイラン」	後発品
		バイアスピリン錠100mg	後発品
		アスピリン錠100mg「KN」	後発品
		アスピリン腸溶錠100mg「タイヨー」	後発品
		アスピリン腸溶錠100mg「トーワ」	後発品
		ゼンアスピリン錠100mg	後発品
		ニチアスピリン錠100mg	後発品

抗血栓療法患者の抜歯時のアルゴリズム

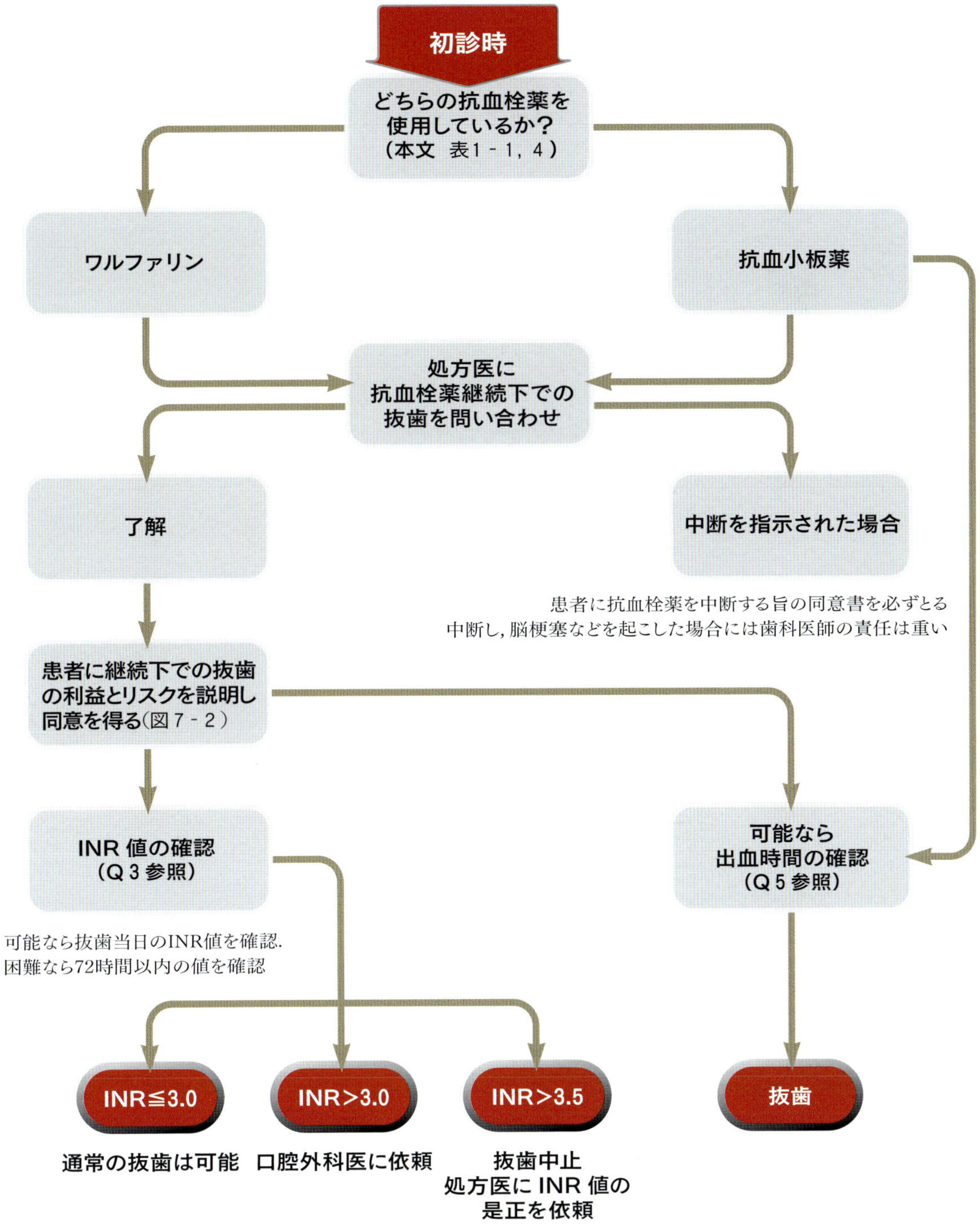
初診時
どちらの抗血栓薬を
使用しているか？
（本文　表1－1，4）
ワルファリン
抗血小板薬
処方医に
抗血栓薬継続下での
抜歯を問い合わせ
了解
中断を指示された場合
患者に抗血栓薬を中断する旨の同意書を必ずとる
中断し，脳梗塞などを起こした場合には歯科医師の責任は重い
患者に継続下での抜歯
の利益とリスクを説明し
同意を得る(図7－2)
INR 値の確認
（Q 3 参照）
可能なら抜歯当日のINR値を確認．
困難なら72時間以内の値を確認
可能なら
出血時間の確認
（Q 5 参照）
INR≦3.0
INR>3.0
INR>3.5
抜歯
通常の抜歯は可能
口腔外科医に依頼
抜歯中止
処方医に INR 値の
是正を依頼

●局所止血処置を確実に行う(Q6参照)
●抜歯後に処方する抗菌薬および鎮痛剤の処方に注意(Q10参照)
●診療時間外の出血を想定し，日ごろから口腔外科関連施設と連絡をとる

Q1 ワルファリンやアスピリンなどの抗血小板薬を中断して抜歯した場合，どのような合併症が起こりますか？

Question

Answer 抗血小板薬（表１‐１）を中断して抜歯すると，脳梗塞や心筋梗塞など血栓・塞栓症を起こす可能性があります．

Wahl は，ワルファリン療法を中断し抜歯した場合，493人（542症例）中５人，約１％に脳梗塞をはじめとする血栓・塞栓症が起き，そのうち４人（80％）が死亡したことを報告しています．そのため抜歯時にワルファリンを中断した場合，血栓・塞栓症の合併のリスクは低いですが，発症したら重篤です．日本でも，僧帽弁置換術，三尖弁形成術後の患者で，ワルファリンを中断し抜歯した後，ワルファリンを再開しましたが，５日目に脳梗塞で死亡した例があります．

われわれが抜歯時のワルファリンの取り扱いについて，医師に対して行ったアンケート結果では，抜歯時にワルファリンの中断を指示した医師の約10％が脳梗塞などの合併症を経験していました．また，矢坂らの報告では，ワルファリン療法中に脳梗塞を発症した入院症例23例を検討した結果，意図的にワルファリンを中断したことによる脳梗塞が８例で，８例中４例（50％）が抜歯のために中断したものでした（表１‐２）．脳梗塞の程度も重症で，８例中６例（75％）が退院時に介護が必要でした．意図的に中断した８例全例が心原性脳塞栓症でした．

心原性脳塞栓症とは，心臓内にできた血栓が血管内を移動し，脳動脈を閉塞して脳梗塞を起こすことです．図１‐１は，心房細動のある患者が，心臓内での血流うっ滞により血栓を形成し，心原性脳塞栓症を起こした際の CT 写真です．広範囲に黒

表１‐１　代表的な抗血栓薬．

抗凝固薬
経口：ワルファリンカリウム（ワーファリン®）
非経口：ヘパリン剤
抗トロンビン剤　アルガトロバン（アルガロン®，ノバスタン®，スロンノン®）
抗血小板薬
経口：アスピリン（バイアスピリン®，バファリン81®）
塩酸チクロピジン（パナルジン®，チクロピン®，）
硫酸クロピドグレル（プラビックス®）
ジピリダモール（ペルサンチン®，アンギナール®）
シロスタゾール（プレタール®）
イコサペント酸エチル（エパデール®）
塩酸サルポグレラート（アンプラーグ®）
トラピジル（ロコルナール®）
ベラプロストナトリウム（ドルナー®，プロサイリン®）
血栓溶解薬
t-PA 剤（組織型プラスミノーゲンアクチベーター），ウロキナーゼ

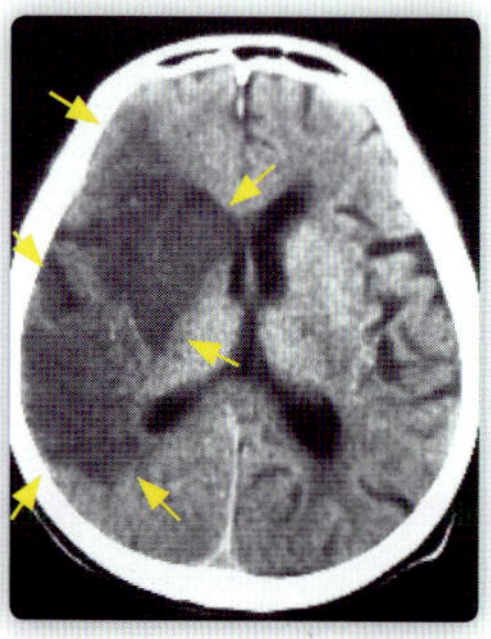

図１‐１　心原性脳塞栓症（提供：東京女子医科大学／堤　由紀子先生）．

表１-２　抗凝固療法中に脳梗塞を発症した23例の検討．

・ワルファリンの中止に伴う脳梗塞が８例で，うち４例が抜歯のために中止した症例であった．
・８例全例が心原性脳塞栓症で，重症例が多く，要介護で退院が７割を超えていた．

（矢坂ら，2002年国立循環器病センター）

くなっている部位が右側の梗塞部位です．患者は，意識障害，左片麻痺，左半身の感覚障害など広範囲な脳障害を引き起こしました．

このような心原性脳塞栓症患者は，再発防止のためワルファリンを服用しています．抜歯やインプラントなどの歯科外科処置でワルファリンを中断することは，再度，脳梗塞を起こす危険があり，死に至らしめる可能性があるために避けます．ワルファリンを中断し脳梗塞を発症した場合には，神経内科を受診する患者が多いため，とくに神経内科医は抜歯時にワルファリンを中断する危険性を問題視し，抜歯時にはワルファリンを継続するように指示しています(図１-２)．

患者様は，
　心房細動による脳塞栓症で，再発予防のためワルファリンを投与しています．歯科診療時もワルファリンの投与を中止しないでいただきたいと存じます．もしどうしても中止しなければいけない場合には，ヘパリンの持続点滴でAPTTによるコントロール下(1.5～2.0倍)で代用していただく必要があります．繰り返しますが，脳塞栓症予防のための抗凝固療法を中止するわけにはいきません．INR２～３にコントロールしています．

図１-２　医師からワルファリン継続を強く指示された文書．

抗血小板薬のアスピリンに関しても，アスピリン療法中に脳梗塞を発症した例と発症しなかった症例を比較すると，脳梗塞発症例ではアスピリン中止例が多く，アスピリンを中止すると脳梗塞発症率が3.4倍になるという報告があります．日本でも抜歯の際に，抗血小板薬であるチクロピジンやシロスタゾール(プレタール®)を中断し，脳梗塞を発症したとの報告があるので注意が必要です．そのため，アスピリンなどの抗血小板薬に関しても抜歯時，継続するのが望ましいと考えている医師が多いのです(図１-３，４)．

いつもお世話になっております．
当院で抗血小板薬(プレタール®)の内服加療している患者様です．
MRI　MRA上，右頭頂葉白質にラクナ梗塞あり，右中大動脈M1〜M2移行部に狭窄病変認めます．左には血管病変なく，左頭頂葉にも白質変化は軽微であることから分水嶺梗塞による多発ラクナと考えております．脳血流に関与するのは血行力学的梗塞になりますので，血圧の低下，抗血小板薬の中止がなければ，あまり注意点はないと考えます．
お忙しいところ申し訳ございませんが，よろしくご高診のほどお願いいたします．
今後とも宜しくお願いいたします．

図1-3　抗血小板薬継続を指示する医師の文書．

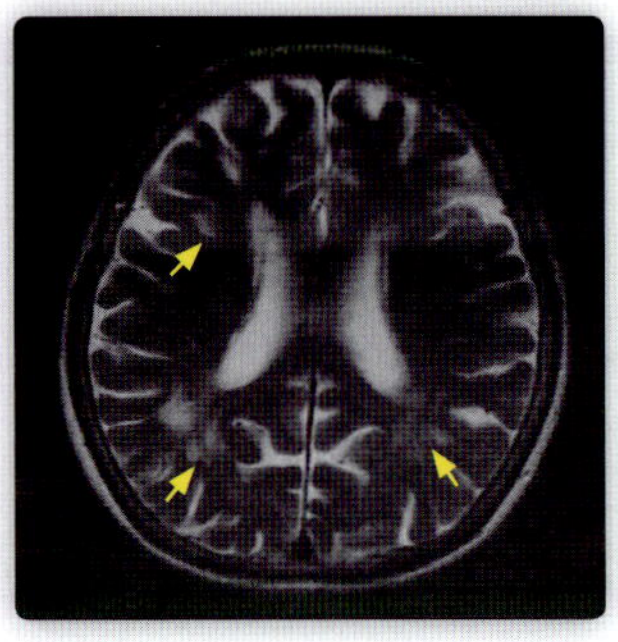

図1-4　ラクナ梗塞のため抗血小板薬を服用している患者のMRI写真．白質の虚血性変化(矢印)．

また，冠動脈疾患に対するステント療法では，アスピリン療法の永続的投与とクロピドグレルの一定期間の投与が奨められています(**図1-5，表1-3**)．クロピドグレルの併用期間は，ベアメタルステントでは最低1か月間，理想的には12か月間，薬物溶出ステントでは最低12か月間，理想的には永続的とされています．抗血小板療法を中止すると，ステント内血栓を発症する危険性があります．このような患者で，抜歯時に抗血小板薬を中断すると，狭心症や心筋梗塞を起こす可能性があることを歯科医師は知っておかなければいけません．

冠動脈ステント療法

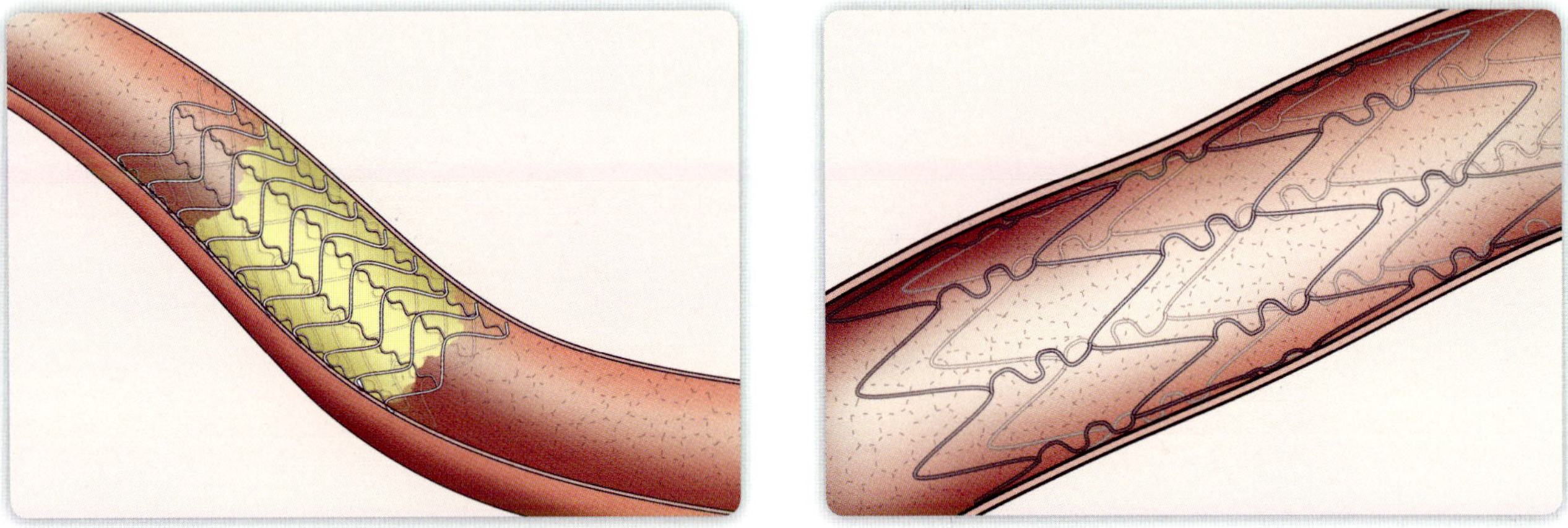

図1-5　虚血性心疾患患者の治療法の一つである冠動脈ステント療法は，手足の動脈からカテーテルを挿入し，狭窄した冠動脈まで到達したら先端につけたバルーンを膨らませ，冠動脈を広げる．その際，網目状の金属製の筒(ステント)を入れて，血管を内側から補強して心臓への血流を確保する．金属製のステント(ベアメタルステント)は，留置後に冠動脈の再狭窄を起こしやすいことから，近年，金属製ステントの表面に，免疫抑制剤シロリムス(サイファーステント)，あるいは抗癌剤パクリタキセル(タクサスステント)が塗り込まれ，薬物が徐々に溶出され再狭窄を減少させる「薬物溶出ステント(Drug-eluting stent :DES)」が開発された．
ステント留置患者は，比較的直後に起きる再狭窄や遅発性血栓を予防するために，抗血小板薬を投与されている．

表1-3　ステント留置後の遅発性血栓症の予防．

2剤併用抗血小板療法
アスピリン＋クロピドグレル，もしくはチクロピジン

抗血栓薬を服用している可能性のある疾患に注意し，問診の際に抗血栓薬服用患者を見落とさないようにします(**表1-4**).

表1-4　日常の歯科診療で遭遇する抗血栓療法患者.

・心疾患

弁膜症(僧帽弁狭窄症・閉鎖不全症など)，心臓外科手術後(人工弁置換術・弁形成後，冠動脈バイパス術後)，虚血性心疾患(狭心症，心筋梗塞，冠動脈ステント留置後)，心不全，心房細動，不整脈，拡張型心筋症，ペースメーカー植え込み術後，リウマチ性心疾患

・脳血管障害

脳梗塞(ラクナ梗塞，アテローム血栓性梗塞，心原性脳塞栓症)

・血液疾患

先天性抗凝固因子欠乏症(アンチトロンビン，プロテインC，プロテインSの各欠乏症・欠損症)

・その他

肺塞栓症，深部静脈血栓症，人工血管置換術後，閉塞性動脈硬化症，前腕動静脈シャント術後，Wegener肉芽腫，抗リン脂質抗体症候群，ループス腎炎，川崎病

など

Q2 ワルファリンやアスピリンなどの抗血小板薬を継続したまま抜歯した場合，どのような合併症が起こる可能性がありますか？

Question

Answer

術中，術後出血や術後内出血を起こす可能性があります．しかし，抗血栓療法が安定している場合には，術中異常出血をきたす可能性は低く，また局所止血処置を適切に行うことにより術後出血のリスクが避けられます．

ワルファリンやアスピリンなどの抗血小板薬を抜歯時に継続した場合には，抜歯時や抜歯後出血を起こす可能性があります．1957年 Ziffer らが，抗凝固療法継続のまま抜歯を行った結果，後出血をきたした２症例を報告しました．１例目は抗凝固療法を継続したまま上顎大臼歯を抜歯し，後出血を起こし顔面腫脹と広範囲の血腫を認めた症例です．抗凝固療法を中断しビタミンＫの投与を行いました．２例目は下顎大臼歯の抜歯後，５日間出血が持続した症例です．本症例は，抗凝固療法の中断とビタミンＫの投与と輸血を行っています．

このために，日本では抜歯時には抗凝固薬のワルファリンを中断する慣習がありました．まだ多くの施設や医師，歯科医師が抜歯時にワルファリンやアスピリンを中断しているのが現状だと思います．しかし，最近では，抜歯時，血栓薬中断による血栓・塞栓症イベント合併の危険性が問題視されています．適切な局所止血処置を行うことにより，ワルファリンや抗血小板薬を継続したまま抜歯可能という研究論文が増えています．

Wahl は，ワルファリンを継続したまま抜歯した場合，950人中，12人(約1.3%)に，局所止血処置でも対応できなかった出血があったと報告しています．12人中，７人は抗凝固療法が効きすぎていたためで，３名は抗菌薬の影響，２名は24時間含嗽を避けるように指示したが，すぐに含嗽をしてしまったために出血したと考察しています．それらの症例には，ビタミンＫや新鮮凍結血漿の投与を行っています．抜歯時にワルファリンを中断した場合に死亡例はありますが，継続したまま抜歯を行ってもほとんどの症例では局所止血処置で止血し，出血死の報告はないのでワルファリンは継続するべきであると述べています．

抗血栓薬服用患者の口腔粘膜

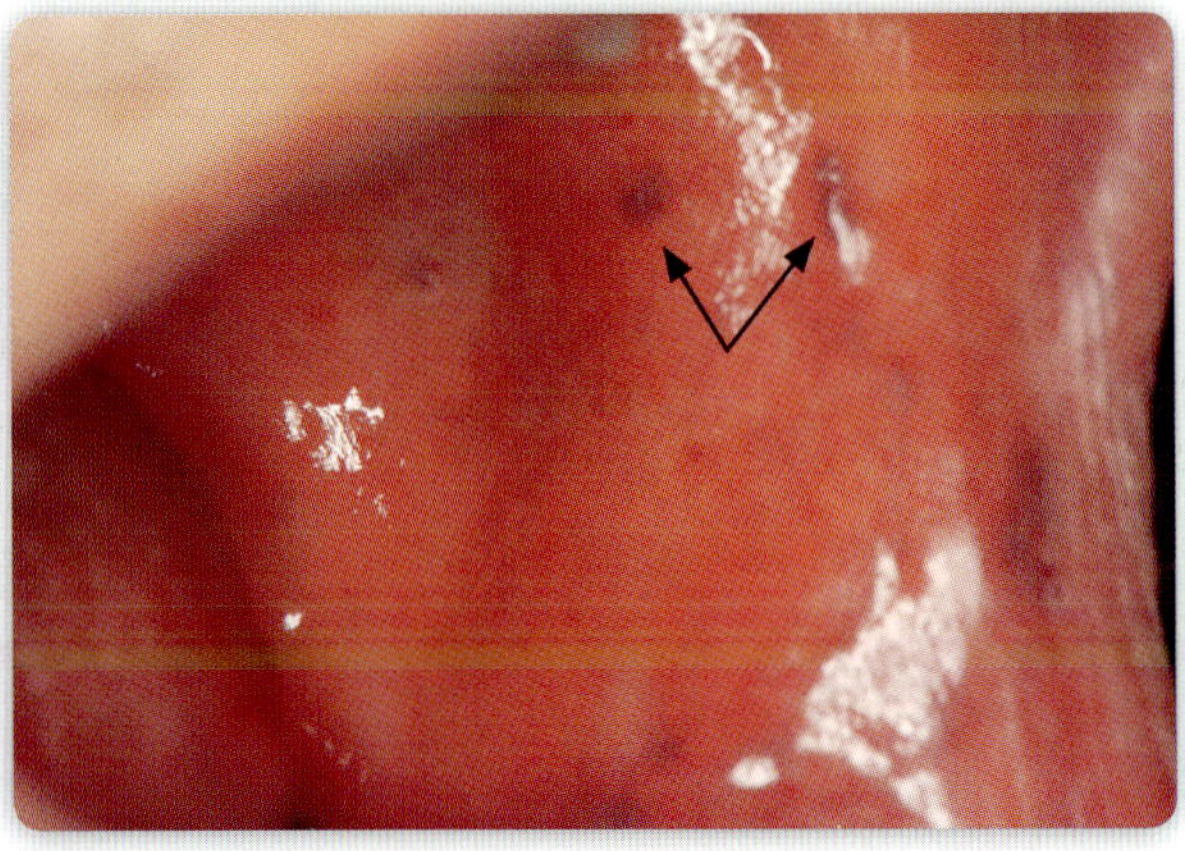

図２-１　抗血小板薬服用患者の頬粘膜の点状出血斑．

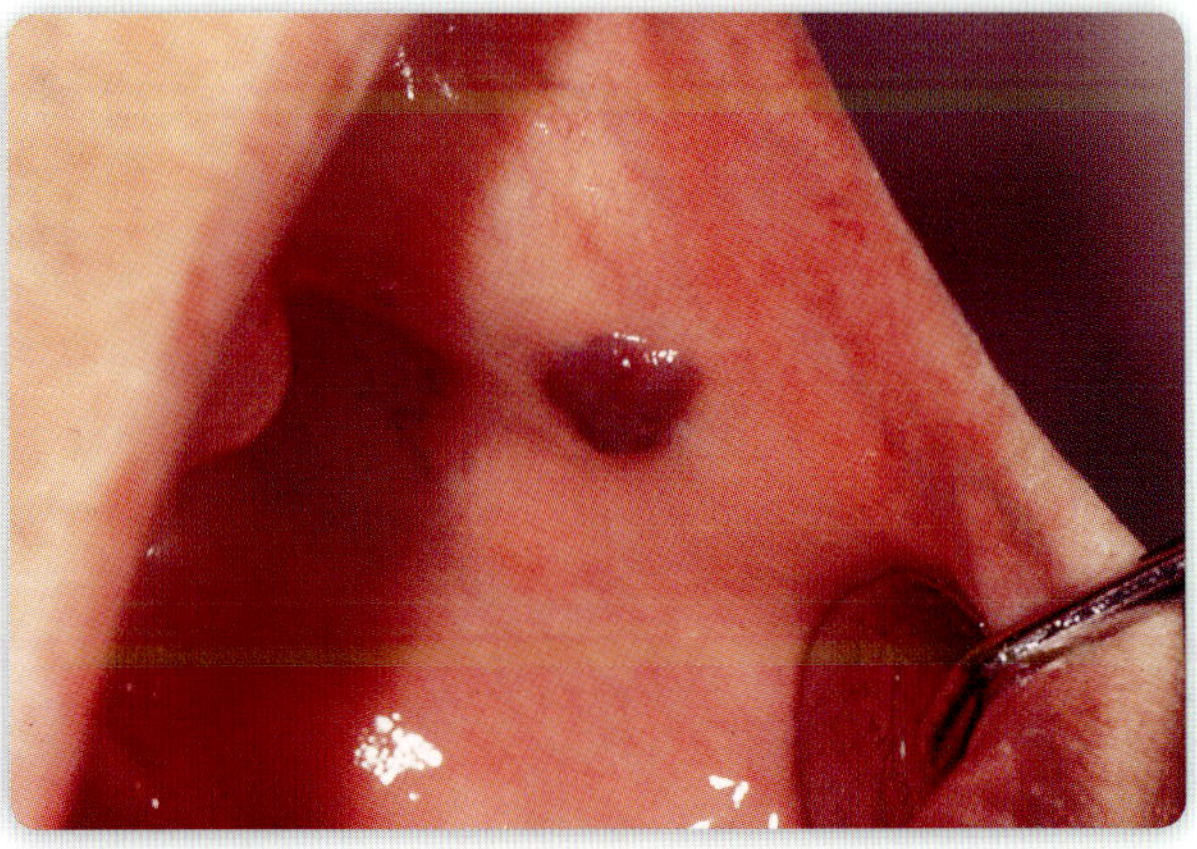

図２-２　ワルファリン服用患者の頬粘膜の血腫．

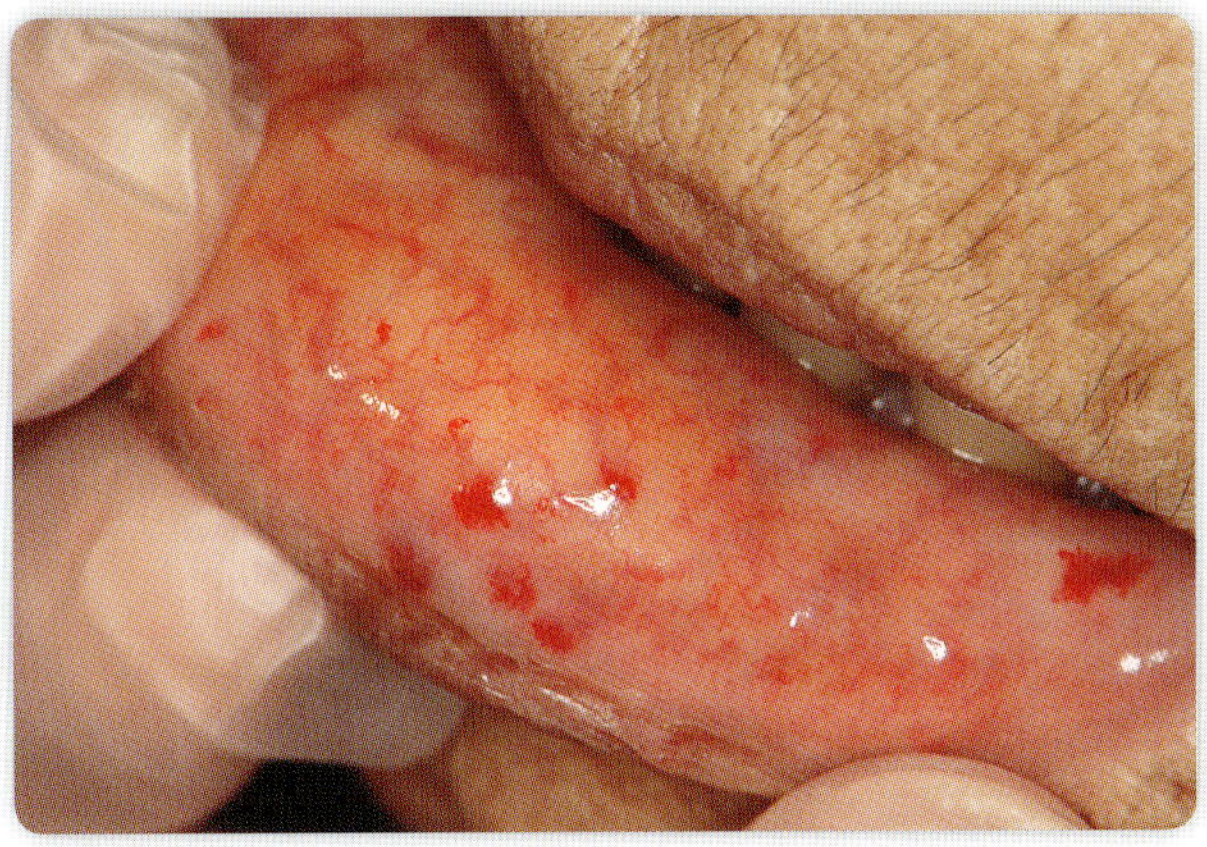

図２－３　ワルファリン服用患者の下唇の出血斑．
患者はワルファリンを1.8mg 服用し，INR が2.26．内科入院時，下唇から出血を認めガーゼ圧迫にて止血したが，歯科受診時に多数の小出血斑がみられた．

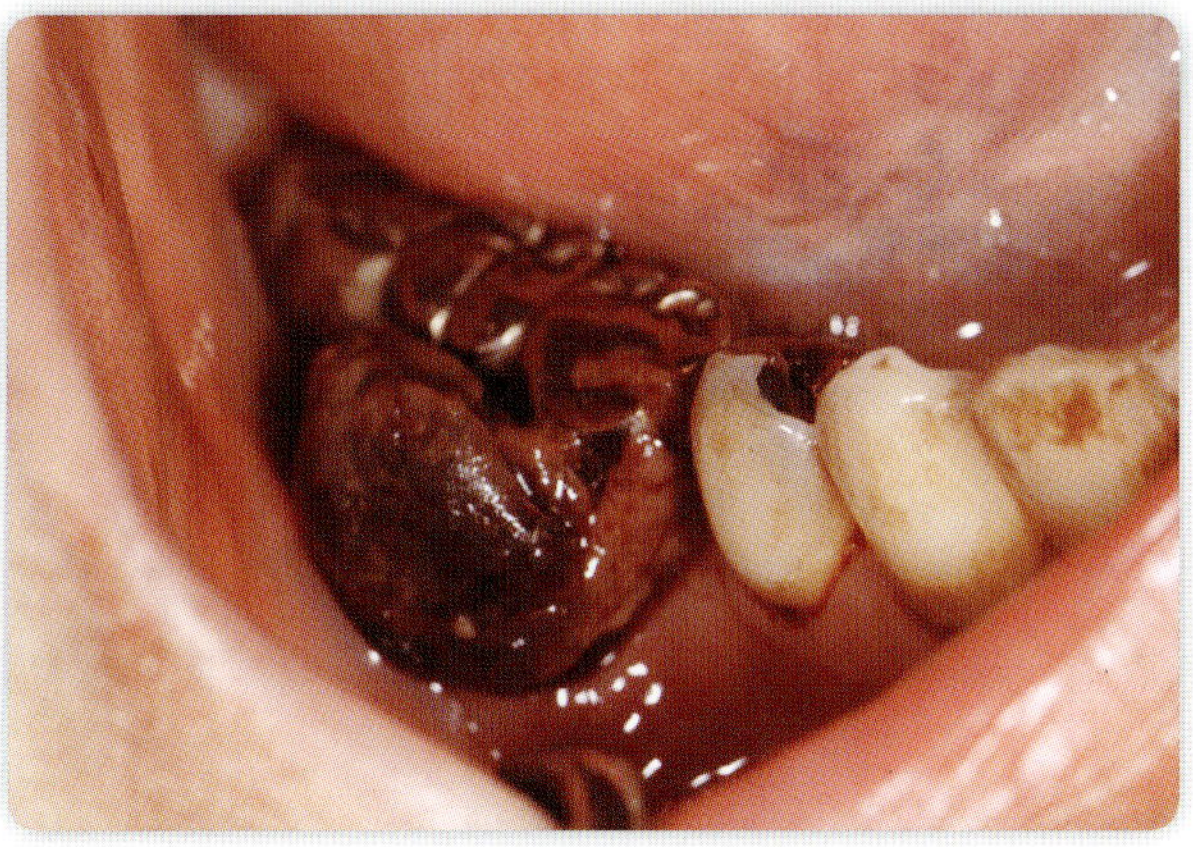

図２－４　ワルファリン服用患者の歯肉の血腫．
歯肉より出血を認め，来科時には6 5|部に血腫を認めた．

ワルファリン服用患者の広範囲な内出血斑

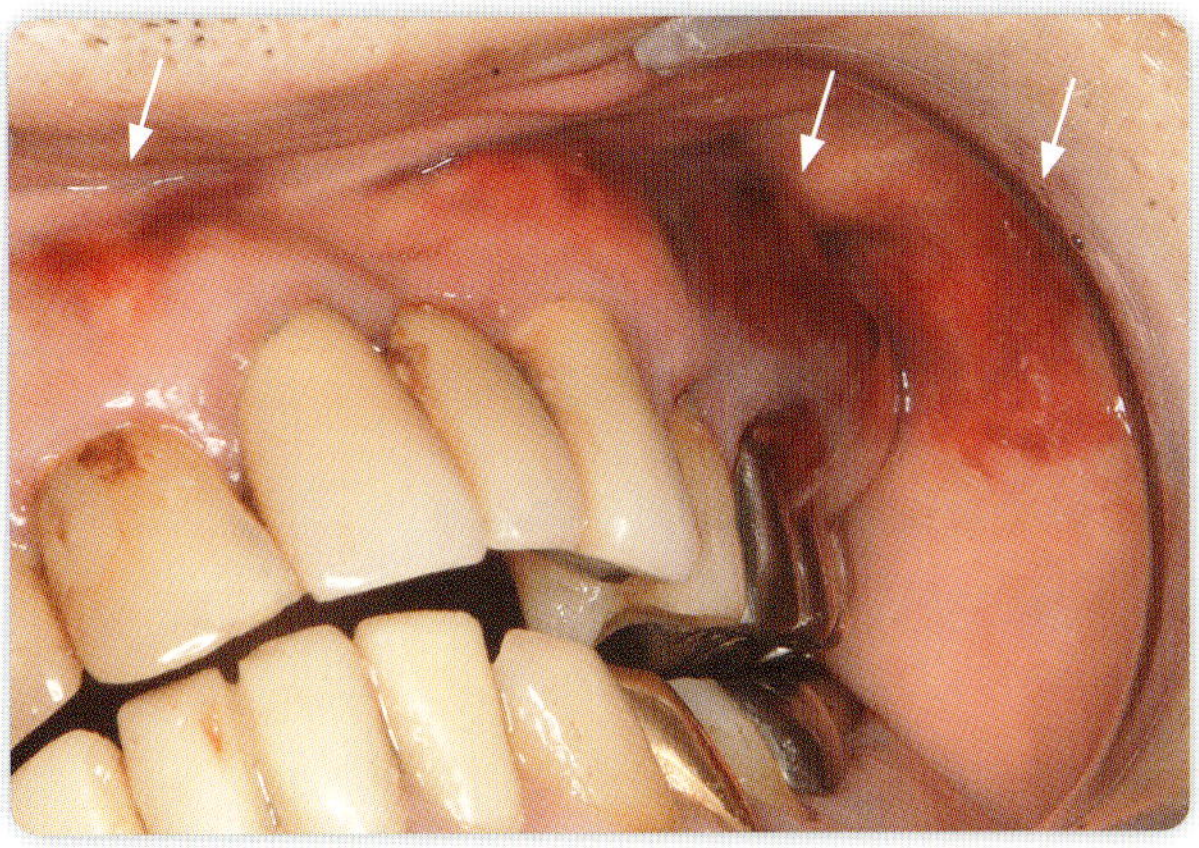

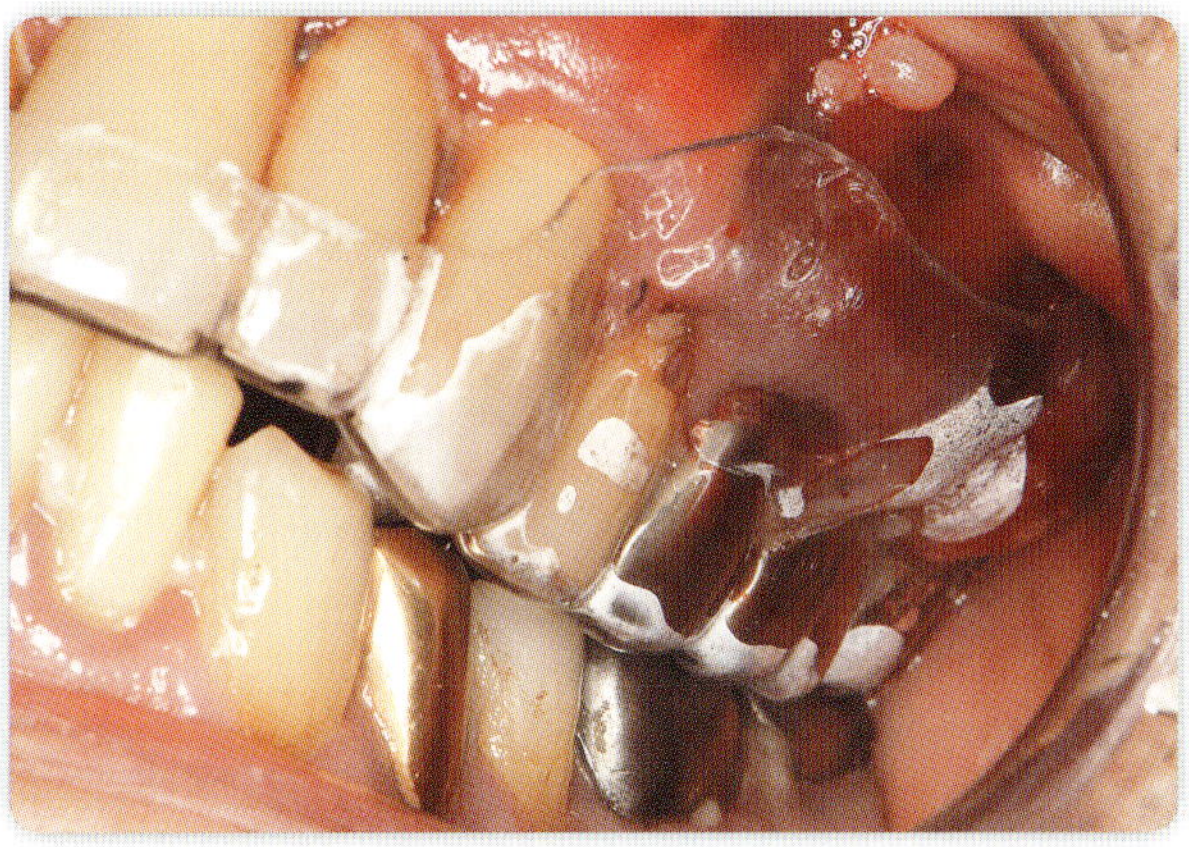

図２－５，６　87歳，男性．脳梗塞のために，ワルファリン2.5mg/ 日，バイアスピリン100mg/ 日を服用していた．左側上顎臼歯部の歯肉の腫脹と疼痛を自覚し，近歯科を受診した．歯肉出血を認めたため，紹介により来院．
上顎正中～頬粘膜まで広範囲の内出血斑を認め，|5 6 7歯頸部より軽度の出血がみられ，|6は動揺し打診痛があった．採血の結果，INR 値が3.74と高値で，血小板数が74,000/ μL と低値であったため，内科主治医に対診した．|6に歯周炎があり，ワルファリンが効き過ぎていたために出血をきたしたものと思われた．止血床を作製し装着し止血し，内科に INR 値を治療域に戻してもらうことにより内出血斑も消失した．

抗血栓薬服用患者の口腔粘膜は，抗血栓薬を服用していない患者の粘膜と違います．抗血栓療法患者の口腔粘膜を診察すると，点状出血斑や血腫ができていることがあります(図２－１～４)．ワルファリン療法の患者では，治療域を逸脱し歯周炎があると歯肉出血を起こすので注意が必要です(図２－５，６)．

Q3 ワルファリンを継続したまま抜歯を行うときに，必要な検査は何ですか？

Question

Answer PT-INR(Prothrombin Time-International Normalized Ratio)の測定を行い，治療域内であることを確認します．

ワルファリンの投与量調節には，プロトロンビン時間やトロンボテストが使用されていました．しかし近年では，国際的に評価を標準化する目的でPT-INR(Prothrombin Time - International Normalized Ratio：プロトロンビン時間の国際標準比，以下INR)が用いられています(図3-1)．

PT-INR＝(患者血漿のPT[秒]／正常血漿のPT[秒])^{ISI}

血液凝固能検査のひとつであるプロトロンビン時間(PT)は，測定時に使用するトロンボプラスチン試薬の種類により力価が異なることや，施設によりPTを秒，比，活性などと表示方法が異なるなどの問題から，WHOは標準品としたヒト脳トロンボプラスチン試薬を用いてPT測定値を標準化した．

各社試薬には，標準品との活性を比較してえられた指数(International Sensitivity Index：ISI)がつけられており，PT-INRは，実測したPT比をISIで補正したPT比である．

図3-1　PT-INR(Prothrombin Time-International Normalized Ratio)：プロトロンビン時間の国際標準比．

ワルファリンは，患者個々のビタミンK量やワルファリンの代謝能に依存するため，同じ投与量でも患者により臨床効果が異なります．また，食事や併用薬の影響を受けます．ワルファリン療法施行中の患者では，納豆，クロレラ，青汁は摂取しないよう食事指導をされています．それはビタミンKを多く含む食物の摂取により，薬物効果が拮抗するため，ワルファリンの効果が減弱する可能性があるためです．

ワルファリンが効き過ぎINR値が高すぎると出血のリスクがあり，逆に低すぎると血栓予防効果がありません(図3-2)．そのため，ワルファリン服用患者は定期的なINRの測定が必要で，医師により厳密な管理が行われています．本邦での循環器疾患におけるガイドラインでは，ワルファリン療法の推奨治療域はINRが2.0〜3.0に設定されていますが，疾患や年齢により異なります(表3-1)．

血栓予防の効果がなくなる

TT(%)	INR	TT(%)	INR
100	1.00	16	2.1
90	1.03	15	2.1
80	1.05	14	2.2
70	1.08	13	2.3
60	1.13	12	2.5
50	1.20	11	2.6
45	1.24	10	2.8
40	1.29	**9**	**3.0**
35	1.37	8	3.3
30	**1.47**	7	3.6
25	1.60	6	4.2
20	1.81	5	4.8
19	1.87	4	5.9
18	1.92	3	7.5
17	2.00		

出血のリスク

□ ワルファリンの推奨治療域

図 3 - 2　トロンボテスト(TT)と PT-INR の相関.

表 3 - 1　日本での推奨治療域.

	PT-INR
心房細動	2.0～3.0
70歳以上の非弁膜性心房細動	1.6～2.6
人工弁(機械弁)置換術後の患者	2.0～3.0
機械弁置換患者で血栓塞栓症の既往のある患者	2.5～3.5

海外では，INR を指標に抜歯を行うことが推奨され，抜歯の前には必ず INR 値をみて抜歯可能かどうかの判断をしています．INR 値を参考にしないで，ワルファリンを継続したまま抜歯を行うことは大変危険です．ワルファリンの服薬を継続のまま抜歯する前には，必ず INR 値の確認を行います．また，INR も測定した時期を確認することも重要です．INR 値は変動するので 1 か月前や 1 週間前の値では古すぎて危険です．24時間以内，少なくとも72時間以内の INR 値を参考に抜歯を行うべきです．可能なら，抜歯当日に INR を測定するのが安全です．

開業医では INR の測定を検査会社に依頼している医院が多く，結果がでるまでに時間を要します．大学病院でも，全自動凝固分析装置にて INR 値を測定しますが，外来が混雑している場合には，採血から結果を確認でるまでに約30分～ 1 時間かかります(**図 3 - 3**).

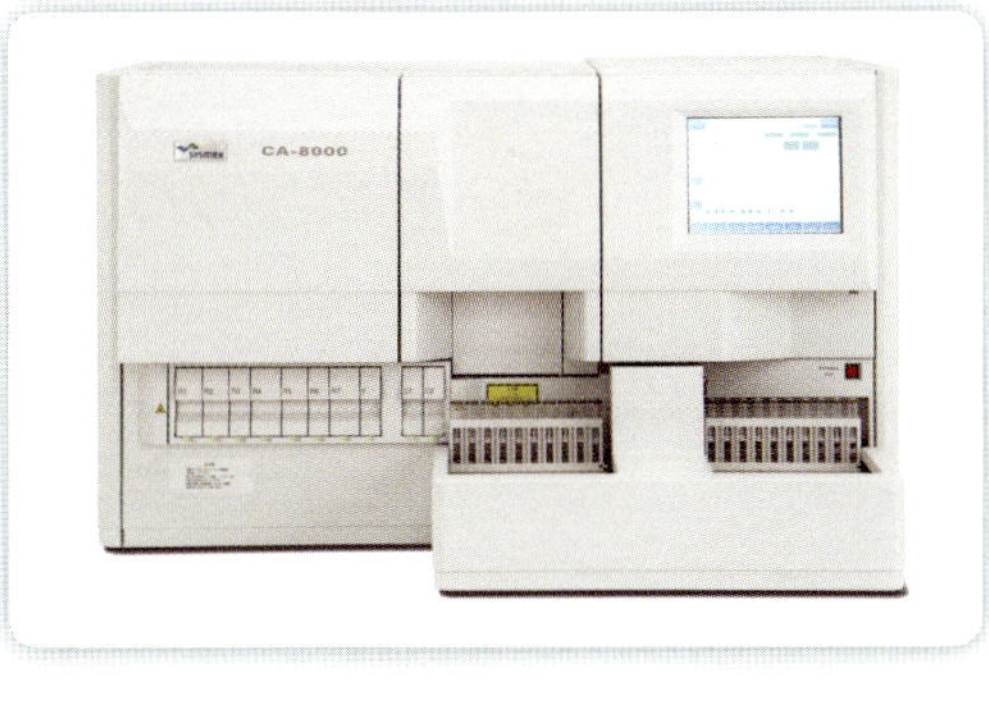

図 3 - 3　全自動凝固分析装置 CA-8000(シスメックス社製).

最近，小型血液凝固能分析装置のインレシオ２(アリーアメディカル株式会社)が発売され，指先の採血で15 μL 以上の毛細管血を点着するのみで，約１分でINRの測定ができるようになりました(**図３-４**)．抜歯の際，チェアサイドで簡便かつ敏速に測定できる点で有用です．

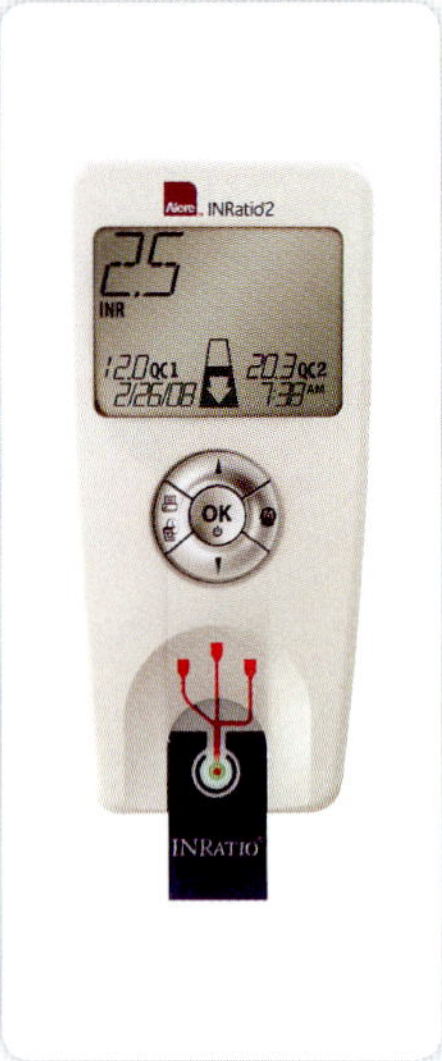

図３-４　インレシオ２．

測定手順

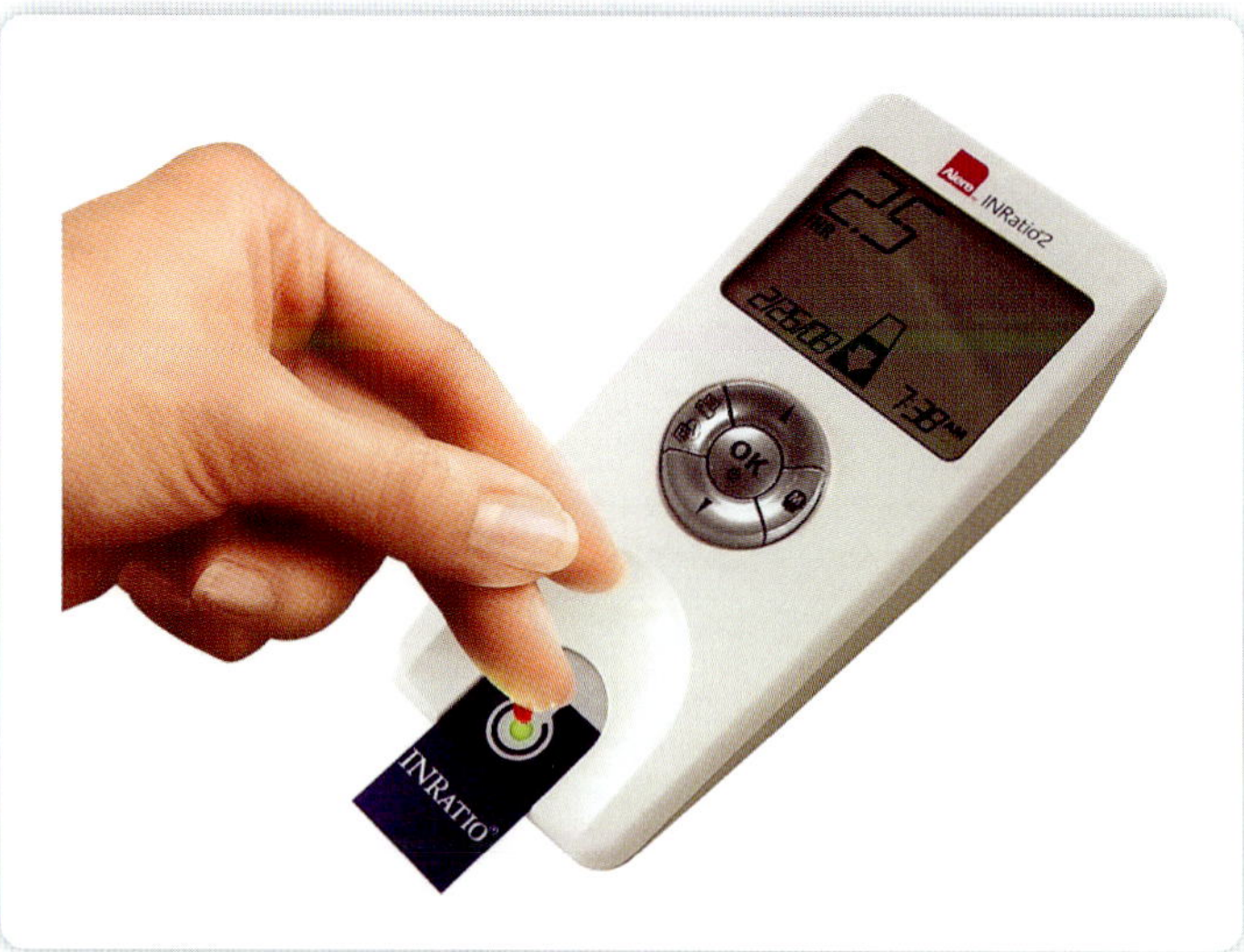

１．サンプル点着
試験紙を挿入し，グリーンランプ点灯後，指先より15 μL 以上の毛細管血を試験紙に点着．

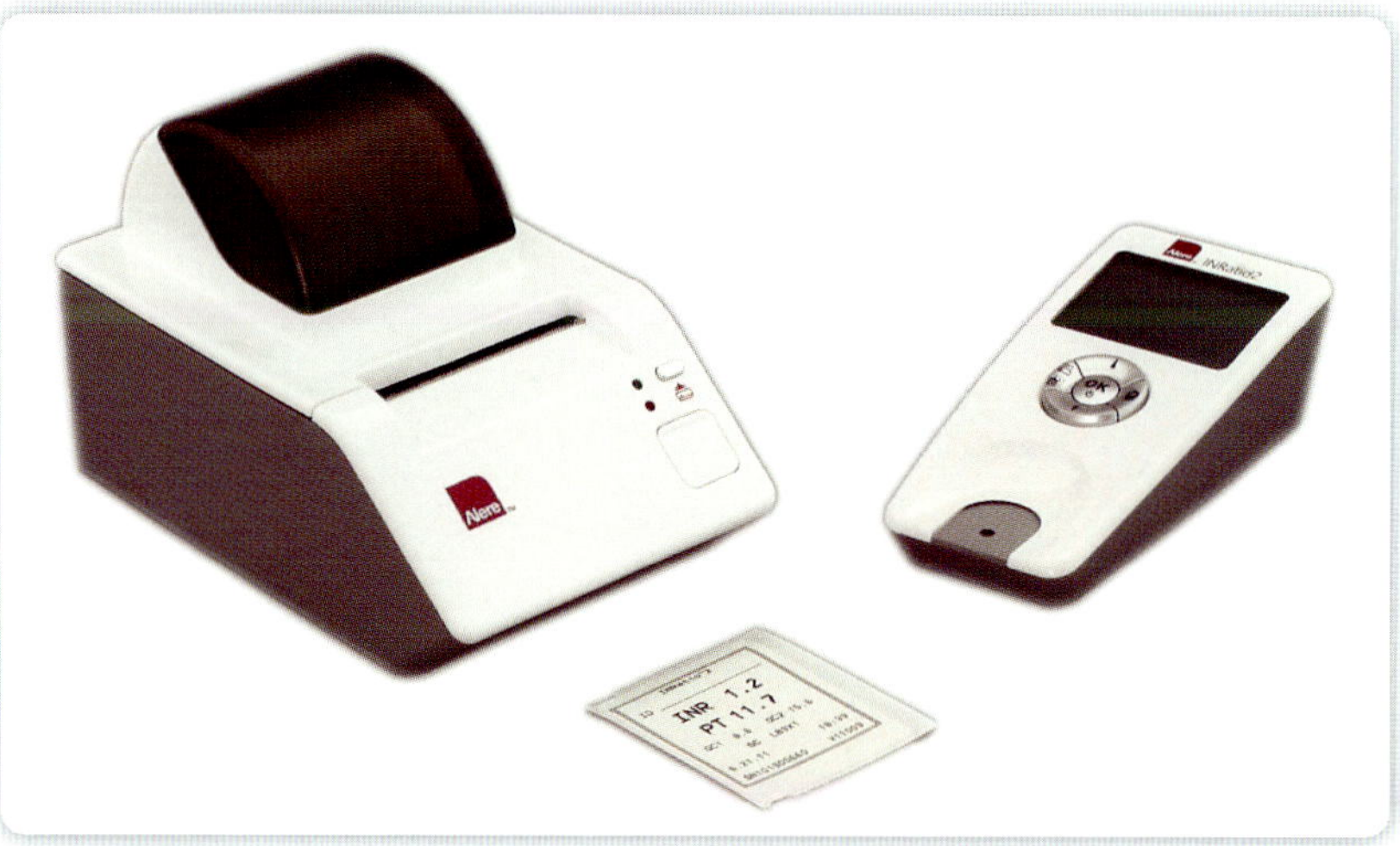

２．結果表示
測定終了後，INR値とPT(秒)が表示される．別表のプリンターでプリントアウトが可能．

Q4 ワルファリンを継続したまま抜歯を行う場合，INR 値がいくつまでなら大丈夫ですか？

Question

Answer

INR が治療域に安定していれば，ワルファリンを継続したまま抜歯可能です．海外では INR が4.0までならワルファリンを継続したまま抜歯が可能とされています．日本人では，INR が 3 までならワルファリンを継続したまま抜歯できます．

海外では，ワルファリン継続下の抜歯に関するランダム化比較試験が行われています．英国のガイドラインでは，INR が2.0〜4.0の治療域に安定していれば，重篤な出血を起こすリスクは非常に小さく，逆に中断すると血栓症のリスクが高くなるため，抜歯時に経口抗凝固薬を中断するべきではないとされています(**表 4 - 1**)．メタ解析の結果も，ワルファリン服用患者で INR が治療域(3.5以下)にあれば，1 本の単純抜歯ではワルファリン療法を中止してはならないとされています．

表 4 - 1　歯科外科処置を受ける経口抗凝固薬服用患者の管理ガイドライン(英国2007年)．

1．抗凝固薬を服用している患者では，INR が2.0〜4.0の治療域に安定していれば，重篤な出血を起こすリスクは非常に小さく，経口抗凝固薬を一時的に中断すると血栓症のリスクが高くなる．抜歯を含む歯科外科処置を行う大多数の外来患者では，経口抗凝固薬は中止するべきではない．
2．ワルファリンによる抗凝固療法が安定している患者(INR2.0〜4.0)では，感染性心内膜炎の予防のために抗菌薬を 1 回投与しても，抗凝固薬のレジメンを変える必要はない．
3．抗凝固療法患者における歯科外科処置の出血リスクは，以下の処置で少なくなる．
　ⓐ酸化セルロース(サージセル)or コラーゲンスポンジ＋縫合
　ⓑ 5 %トラネキサム酸溶液による洗口(1 日 4 回， 2 日間)
4．ワルファリンによる抗凝固療法が安定している患者では，歯科外科処置の72時間前に INR を測定することを推奨する．
5．ワルファリン服用患者では，歯科外科処置後に鎮痛剤として，Non-Steroidal anti-inflammatory drugs(NSAIDs)や Cyclooxygenase-2(COX-2)阻害剤を処方するべきではない．

Perry DJ ,Noakes TJC , Helliwell PS：Guideline for the management of patients on oral anticoagulants requiring dental surgery. Br Dent J. 2007；203：389‐393.

わが国では，2008年の循環器病の診断と治療に関するガイドラインでは，至適治療域に INR をコントロールした上で，ワルファリン内服を継続したままでの抜歯，およびアスピリンなどの抗血小板薬の内服を継続したままでの抜歯が推奨されています(**表 4 - 2**)．しかし，まだわが国ではワルファリン内服を継続したままでの抜歯の安全性は，医師と歯科医師間のコンセンサスが得られていません．

日本循環器学会のガイドラインによると，日本人のワルファリン療法の推奨治療

表 4 - 2　循環器病の診断と治療に関するガイドライン．心房細動治療（薬物）ガイドライン（2008年改訂版）．

クラスⅡ a ・至適治療域に INR をコントロールした上での，ワルファリンの内服を継続したままでの抜歯（エビデンスレベル B） クラスⅡ a' ・抗血小板薬の内服を継続したままでの抜歯（エビデンスレベル B） （Circulation Journal. 2008；72, Suppl. Ⅳ）

クラスⅡ a ：エビデンス，見解から有用，有効である可能性が高い
クラスⅡ a'：エビデンスは不十分であるが，手技，治療が有効，有用であることに本邦の専門医の意見が一致している
エビデンスレベル B：400例以下の症例を対象とした複数の多施設無作為介入臨床試験，よくデザインされた比較検討試験，大規模コホート試験などで実証されたもの

表 4 - 3　人工弁置換術．

〈人工弁の種類〉

機械弁	ボール弁	Starr-Edwards 弁
	ディスク弁	Björk-Shiley 弁（B・S 弁）
		Medtronic Hall 弁
		二葉弁［St.Jude Medical 弁（SJM 弁），Carbomedics 弁］
生体弁	Hancock 弁，Carpentier-Edwards 弁	

〈置換術の種類〉

単弁置換	大動脈弁置換術（AVR：Aortic Valve Replacement）
	僧帽弁置換術（MVR：Mitral Valve Replacement）
	三尖弁置換術（TVR：Tricuspid Valve Replacement）
複合弁置換	AVR ＋ MVR
	MVR ＋ TVR
	AVR ＋ MVR ＋ TVR

人工弁置換術は弁膜症に対する画期的な治療法であるが，機械弁では血栓塞栓症を合併する頻度が高いためにワルファリン療法が必須で，生体弁では，弁置換術後3～6か月以降は全例で必ずしも必要ではないとされている

（青崎ら：Warfarin 適正使用情報　第3版より改変）

域は INR2.0～3.0ですが，原疾患や年齢によりワルファリン療法の推奨治療域が異なります．心臓の機械人工弁置換術をされた患者では，血栓・塞栓症のリスクが高いので INR は3.0以上にコントロールされていることもあります（**表 3 - 1，4 - 3**）．また，高齢者（70歳以上）の心房細動患者では，INR が1.6以下になると重篤な脳梗塞が増加し，2.6を超えると重篤な出血性合併症が起こるため，INR は1.6～2.6にコントロールされています．抜歯前に適切な INR 値であるかどうかの確認が必要です．

日本ではワルファリン継続下でのランダム化比較試験が行われていません．観察研究によると，ワルファリン継続下での後出血の発生率は3.7～7.5％（平均4.75％）であり，INR が3.0以下であれば，局所止血処置を厳密に行うことにより，ワルファ

リンを継続したままでも，重篤な出血性合併症を起こすことなく抜歯が可能とされています(表4-4)．INRが3.0以下ということは，海外同様に推奨治療域内であれば，ワルファリンを継続したままで抜歯を行うことができます．日本でもINRが3.80で抜歯している症例があります．INRが3.0以上あるときの抜歯や，埋伏歯など粘膜骨膜弁や骨削除が必要な侵襲の大きな抜歯は，口腔外科医に抜歯を依頼した方が安全です．

表4-4　わが国におけるワルファリンを継続したままでの抜歯症例の報告．

報告年(年)	報告者	症例(例)	INR最高値	後出血の評価方法	後出血例(%)
2000	新美ら	25	2.89	翌日に湧出性の出血	1 (4.0)
2005	牧浦	53	3.80	術後1時間の湧出性出血	4 (7.5)
2006	森本ら	135	3.20		5 (3.7)
2007	桑澤ら	212	3.62		8 (3.8)
合計		425			18(4.75)

INR 3.0程度までなら，ワルファリン継続したまま，重篤な出血性合併症はなく抜歯が可能である．

日本人の場合，INRが3.5以上ではワルファリンが効き過ぎ，脳出血など出血性合併症を起こす危険があります．そのため欧米に比べワルファリン療法の推奨治療域は低く設定されています．INRが3.5以上のときには抜歯を避けるべきです．ワルファリン処方医に適正なINR値であるかどうかを相談する必要があります．

INRが3.5以上で医師に対診し，治療域に戻して抜歯をした症例

患者；8歳，男児(図4-1)．

服薬：僧帽弁閉鎖不全症のため，9か月時に僧帽弁形成術，2歳1か月時に機械人工弁置換術を施行．人工弁置換術後にワルファリンを常用．

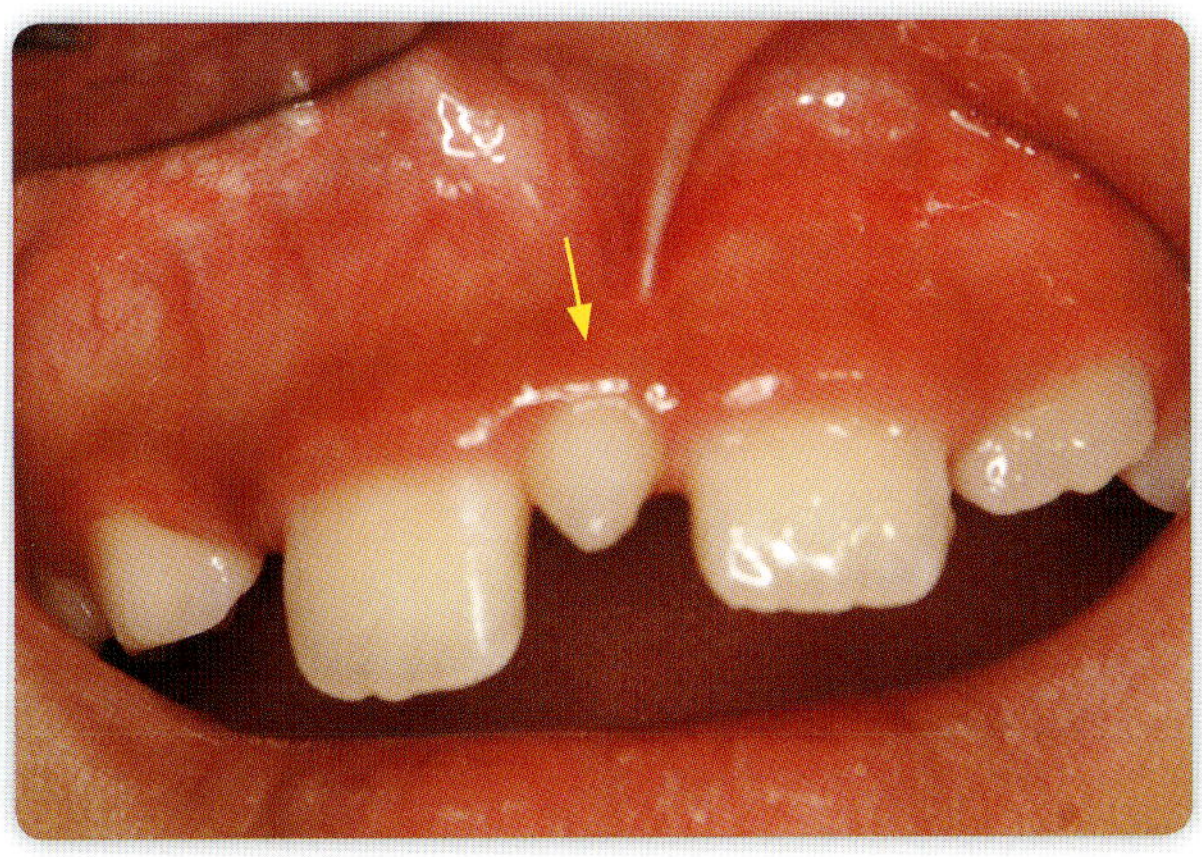

図4-1a　上顎正中過剰歯．

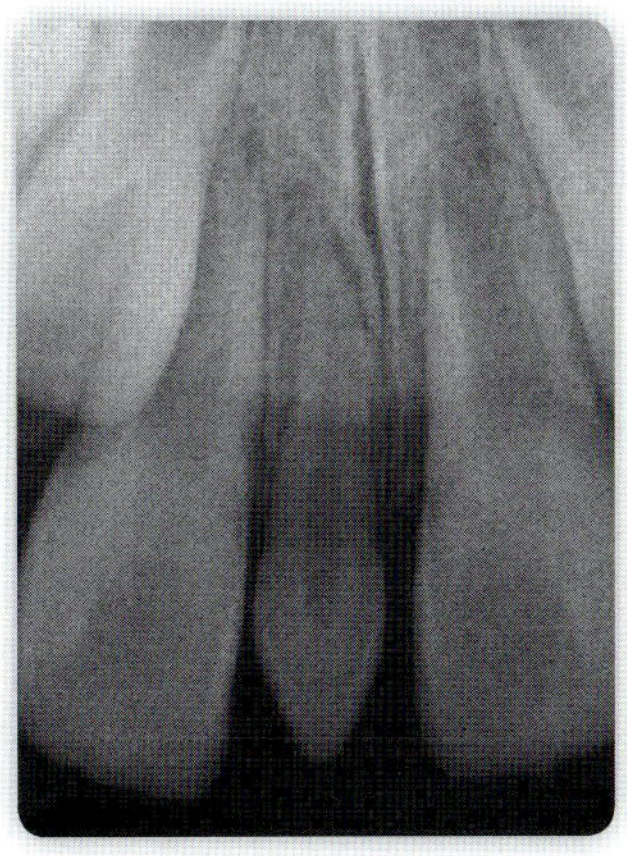

図4-1b　同部のエックス線写真．

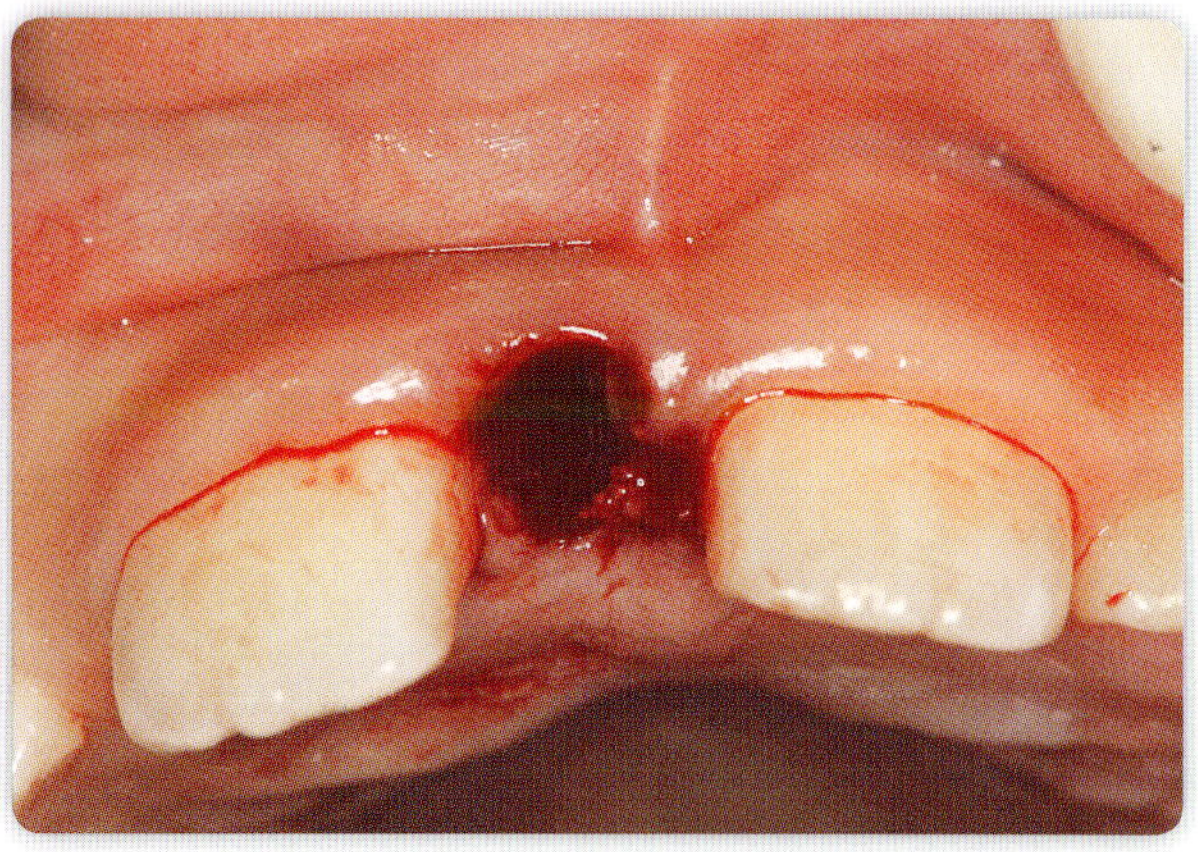

図４－１ｃ　抜歯直後.

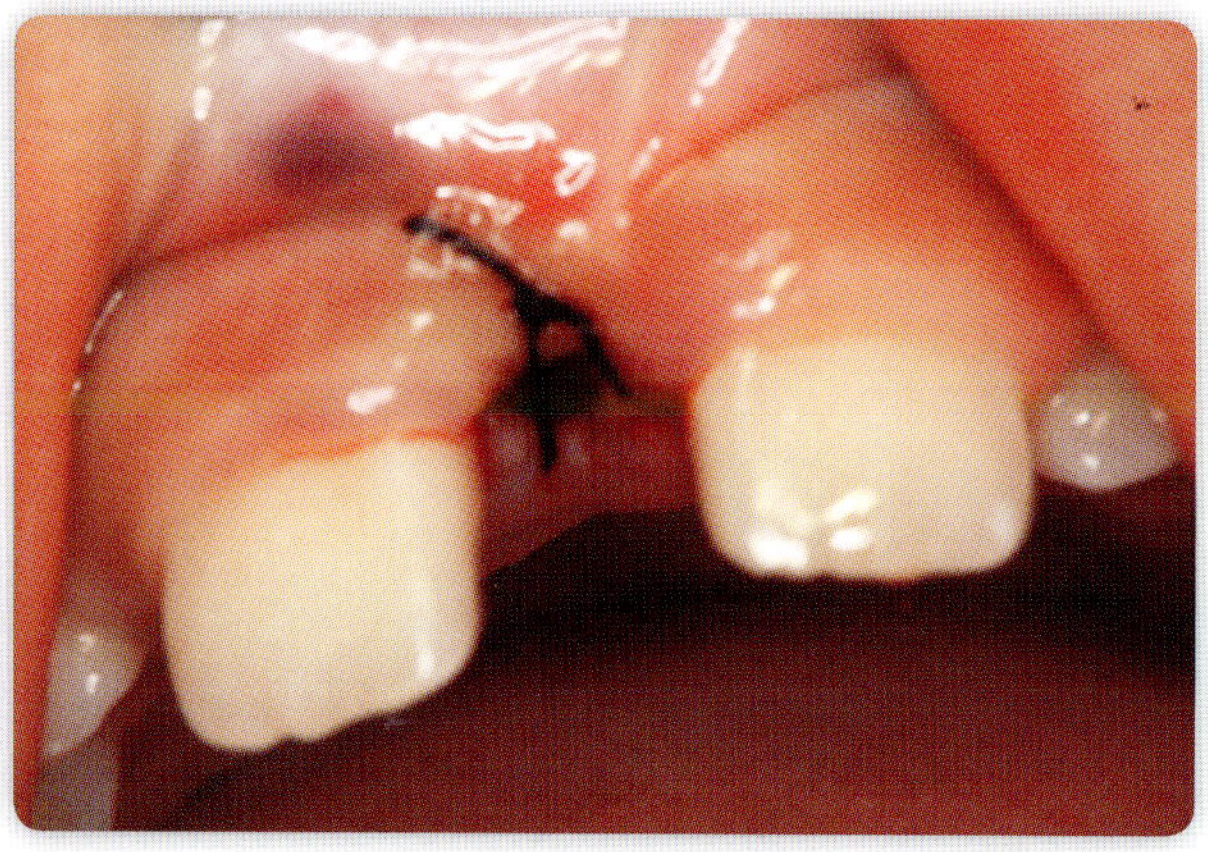

図４－１ｄ　吸収性ゼラチンスポンジを挿入し，縫合した.

抜歯：とくに僧帽弁置換術後の場合には血栓・塞栓症のリスクが非常に高いので，INR は2.5〜3.0を目標にワルファリン量が調節されていました．しかし，抜歯１週間前の INR は3.76と高値であったため，医師に対診しました．その結果，ワルファリン量は，2.8mg から2.6mg に減量されました．

抜歯当日の INR は3.07であったため，ワルファリンを継続したままに上顎正中過剰歯を抜歯しました．INR は3.0を超えていましたが，抜歯時の異常出血はなく，抜歯窩に吸収性ゼラチンスポンジ(スポンゼル®)を挿入し，縫合が終わった時点では完全に止血し，後出血もありませんでした．

Q5 アスピリンなどの抗血小板薬を継続したまま抜歯を行う前に，するべき検査はありますか？

Question

Answer 現時点では，抗血小板療法患者の抜歯時における適切なモニタリング検査方法はありません．

アスピリンなどの抗血小板療法の効果判定の指標には，出血時間，血小板凝集能，血漿β-トロンボグロブリン(β-TG)，血小板第４因子(PF4)があります．しかし，どの検査が抗血小板薬の薬効判定に適しているか十分に検証されておらず，ワルファリン療法におけるINRのような適切なモニタリング検査がありません(表５-１)．

表５-１　抗血小板療法のモニタリング検査．

- 出血時間
  一次止血(血小板血栓形成過程)を総合的にみる検査である
  皮膚をメスで切開するので侵襲的である
  検査手技が結果に影響を与え，感度が低い
- 血小板凝集能
  比濁法は検査の手技が煩雑で標準化が困難なためモニタリングには適していない
- 凝血学的分子マーカー
  血漿β-TG(β-トロンボグロブリン)，PF4(血小板第4因子)
  β-TGおよびPF4は，血小板α顆粒内に存在する血小板特異タンパクで，これらの血漿中の増加は血小板の活性化の指標となる．血栓症で値が上昇，抗血小板薬の投与で低下する
  しかし，血漿中のβ-TGおよびPF4はきわめて微量にしか存在しないため，採血方法やその後の処理方法によりデーターは変動しやすい

- アスピリン
  (バイアスピリン®，バファリン81®)
- チクロピジン
  (パナルジン®，チクロピン®)
- クロピドグレル
  (プラビックス®)
- ジピリダモール
  (ペルサンチン®，アンギナール®)
- シロスタゾール
  (プレタール®)
- イコサペント酸エチル
  (エパデール®)
- 塩酸サルポグレラート
  (アンプラーグ®)
- トラピジル
  (ロコルナール®)
- ベラプロストナトリウム
  (ドルナー®，プロサイリン®)
- リマプロストアルファデクス
  (オパルモン®，プロレナール®)

アスピリン(バイアスピリン®)

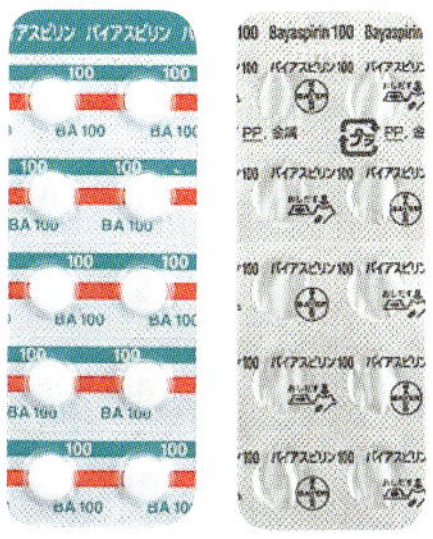

バイエル薬品

通常，成人には100mgを１日１回

塩酸チクロピジン(パナルジン®)

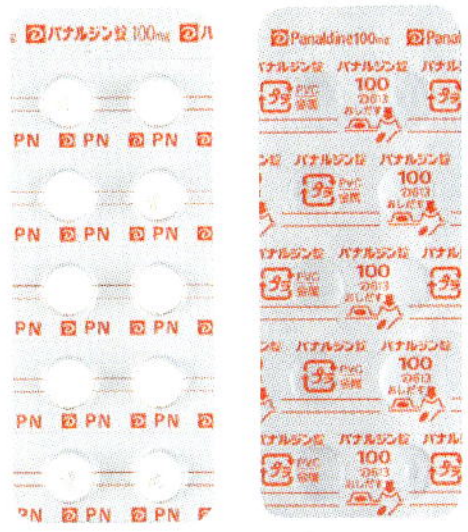

サノフィ・アベンティス

成人１日200〜300mgを２〜３回に分けて投与

硫酸クロピドグレル(プラビックス®)

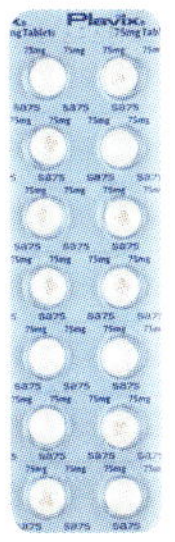

サノフィ・アベンティス

成人 75mgを1日 1回

シロスタゾール(プレタール®)

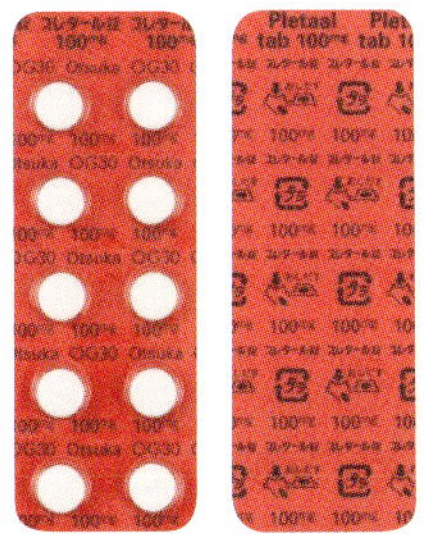

大塚製薬

通常，成人には，１回 100mgを1日 2回

図５-１　代表的な抗血小板薬．

ワルファリンの用量は，月に１回 INR を測定するなど血液凝固能をモニタリングしながら患者ごとに決定されます．一方，安定した血小板機能低下作用があるにもかかわらず，ワルファリンより出血のリスクが少ないアスピリンなどの抗血小板薬の場合には，ほぼ一律に用量が設定されます．通常，バイアスピリン® であれば成人には100mg を１日１回，プラビックス® は75mg を１日１回，プレタール® は１回100mg を１日２回の経口投与です(**図５-１**)．

抗血小板薬は，血小板機能を抑制して血栓形成過程を阻害し，薬物ごとに異なる作用機序があるために，抗血小板療法のモニタリングの検査方法を統一化することが難しいという問題点があります(**表５-２**)．

表５-２　抗血小板薬の作用機序，可逆性，休薬期間．

一般名	作用機序	作用の可逆性(休薬する場合の期間)
アスピリン	シクロオキシゲナーゼ阻害によるトロンボキサン A_2(TXA_2)の合成阻害	不可逆(７日)
チクロピジン	アデニレートシクラーゼの活性抑制阻害による cAMP 増加	不可逆(10～14日)
クロピドグレル	アデニレートシクラーゼの活性抑制阻害による cAMP 増加	不可逆(５日)
イコサペント酸エチル(EPA)	細胞膜取り込みによるアラキドン酸代謝競合阻害による TXA_2 の合成阻害	不可逆(７日)
シロスタゾール	ホスホジエステラーゼの活性阻害による cAMP 増加	可逆(３日)
ジピリダモール	ホスホジエステラーゼの活性阻害による cAMP 増加	可逆(１～２日)
ベラプロストナトリウム	アデニレートシクラーゼの活性増強による cAMP 増加	可逆(１日)
塩酸サルポグレラート	セロトニンの５-HT_2受容体への結合阻害	可逆(１日)
リマプロストアルファデックス	アデニレートシクラーゼの活性増強による cAMP 増加	可逆(１日)

矢坂正弘 Prog. Med.2005；25：404～410.

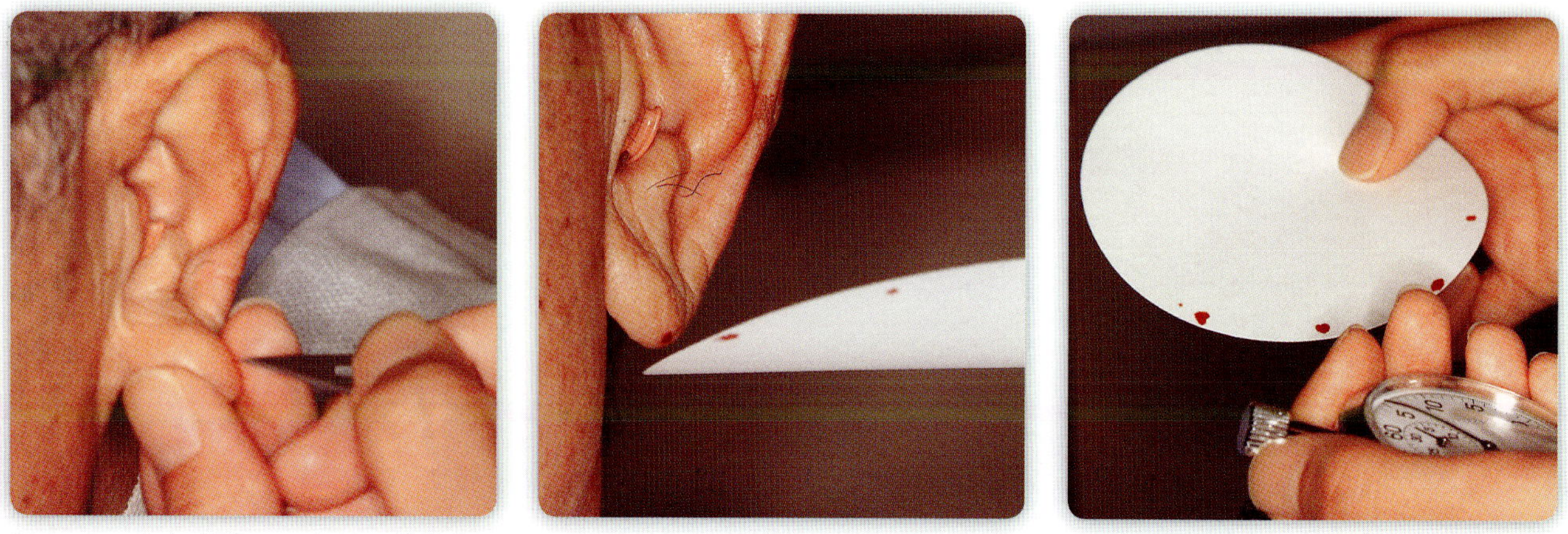

図５-２　出血時間．DuKe 法．基準範囲：１分30秒～５分．

現在，抗血小板療法の薬効を判定する適切なモニタリングの検査方法がないため，ワルファリン療法でのINRのように，絶対にしておかなければいけない検査はありません．大学病院の口腔外科では，抜歯する前に出血時間の測定を行っています（**図5-2**）．しかし，抗血小板薬服用患者で，出血時間を測定しても異常値がでることは少なく，抗血小板薬継続下での抜歯後出血の頻度は，ワルファリン療法患者に比較し1.4%と低いです（**表5-3**）．

表5-3　抗血小板薬を継続したままの抜歯に関する報告．

報告者	症例数(名)	出血時間(分)	止血方法	後出血(名)	
山崎ら	19	異常値なし	圧迫 縫合	1	ガーゼ圧迫のみで縫合をしなかった
玉井ら	28	1～7 (平均 2.1)	圧迫 局所止血剤 パック＋保護床	なし	
川瀬ら	20	平均 1.99	圧迫，タンポン法 縫合	なし	
森本ら	87		局所止血剤＋縫合＋圧迫	2	歯肉膿瘍を形成し局所炎症があった
太田ら	59		局所止血剤＋縫合＋圧迫	なし	
合計	213			3 (1.4%)	

海外のランダム化比較試験の結果も，アスピリン継続群の抜歯時の出血時間は，アスピリン中断群と比較し有意に延長していましたが，正常範囲内でした（**表5-4**）．抗血小板療法患者の出血時間は，正常値（Duke法で1分30秒～5分）から極端に逸脱している症例はほとんどありません．しかし出血時間や血小板数などが異常値を示したときは，抜歯時には局所止血処置を慎重に行います．

表5-4　抗血小板薬を継続したままの抜歯に関する報告（海外）．

＜ランダム化比較試験＞		
抗血小板療法患者	39名	平均出血時間（1分）
アスピリン（100mg）継続	19名	3.1±0.65
中断	20名	1.8±0.47

・出血時間は有意に延長したが（P＝0.04），正常範囲内であった
・両群ともに，術中止血困難例や後出血例はなかった

Ardekianら，J.Am.Dent.Assoc. 2000；131：331-335.

Question 6 抗血栓療法患者の抜歯時の止血方法はどうすればいいですか？

Answer 抜歯窩に吸収性ゼラチンスポンジなどの局所止血剤を填入し，創縁を縫合，ガーゼによる圧迫止血を長めに行います．

ワルファリン療法を継続したまま抜歯しても１～２歯の普通抜歯であれば，通常より止血しにくいがガーゼ圧迫のみでも止血可能との報告があります．しかし，いつまでもだらだらと出血していては患者に不安感を与えます．圧迫止血が困難な患者，高血圧症の合併，肝機能障害患者，INR 値が治療域を超えていた場合などには止血困難となり後出血をきたす可能性があるので，局所止血処置を確実に行うことが重要です(表６-１,図６-１)．英国のガイドラインでは，抗凝固療法患者における歯科外科処置の出血リスクは，酸化セルロース(サージセル®)またはコラーゲンスポンジと縫合処置で少なくなるとなっています(表４-１)．

表６-１　抗血栓療法患者に対する止血方法．

局所止血法
①ガーゼ圧迫法　エピネフリン(ボスミン®)の併用
②局所止血剤による塞栓法(タンポナーゼ)
ゼラチンスポンジ(スポンゼル®)
酸化セルロース(オキシセル®，サージセル®)
アテロコラーゲン(インテグラン®，アビテン®，テルダーミス®，テルプラグ®)
③創縁縫合法
④プラスチック保護床(止血シーネ)
⑤パック(コーパック®，サージカルパック®)
⑥電気メス，高周波ラジオ波メスによる加熱止血法

抜歯窩に塞栓する各種止血剤

図６-１a　吸収性ゼラチンスポンジ(スポンゼル®)．

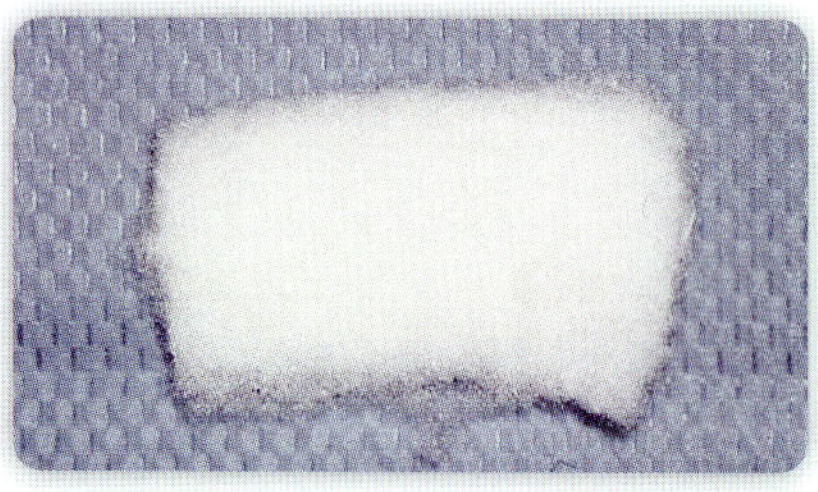

図６-１b　酸化セルロース(サージセル®)．

図６-１c　アテロコラーゲン(インテグラン® シート)．

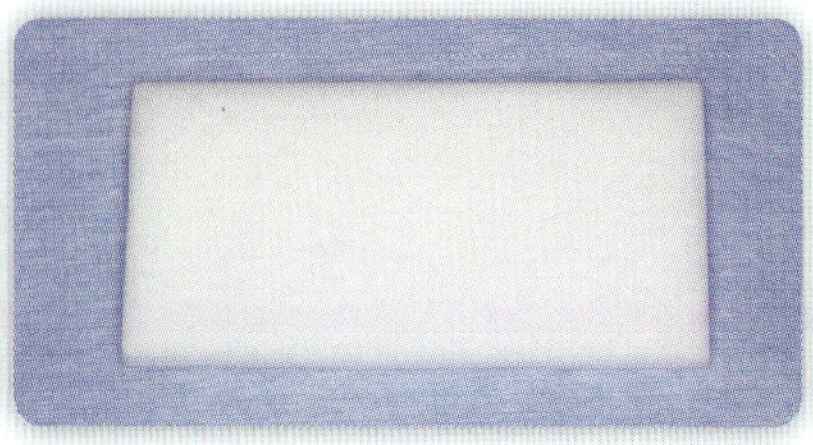

図６-１d　アテロコラーゲン(テルダーミス®)コラーゲン単層タイプ．

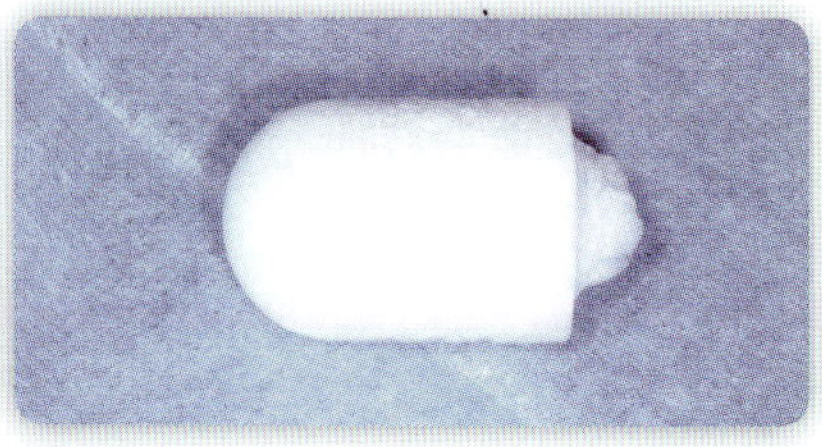

図６-１e　アテロコラーゲン(テルプラグ®)．

吸収性局所止血剤

アスピリンなどの抗血小板薬は，抜歯時の出血にほとんど影響を与えないとされていますが，われわれは抜歯後にできるだけ縫合をします．また出血時間が延長している症例や，高齢者でガーゼによる圧迫止血が困難な場合，または遠方から来院する患者や複数歯の抜歯症例では，吸収性ゼラチンスポンジなどを抜歯窩に填塞し縫合します．

抗血栓療法患者の抜歯における止血処置に関する論文では，ゼラチンスポンジ，酸化セルロースとフィブリン糊は同等に有効であると報告されています．後出血の発生率に差がないことから，われわれはコストパフォーマンスの点から比較的安価な吸収性ゼラチンスポンジ(スポンゼル®)を使用しています．スポンゼル® は，凍結乾燥した多孔性のゼラチンスポンジで，厚さは約1cm で，大きさは2.5cm × 5 cm と 7 cm ×10cm の 2 種類があります．本剤は動物の骨，皮膚，靱帯または腱を酸またはアルカリで処理して得た粗コラーゲンを水で加水抽出したものです．

ゼラチンスポンジそのものには止血作用はありませんが，重量の約30倍以上の血液を吸収し，出血部位に強く付着するため止血効果をあらわします．包埋したゼラチンスポンジ(スポンゼル®)は，約 1 か月以内に液化吸収されます．スポンゼル® を適度な大きさにカットし，抜歯窩内に填入してから縫合処置を行うとよいでしょう(図 6 - 2)．

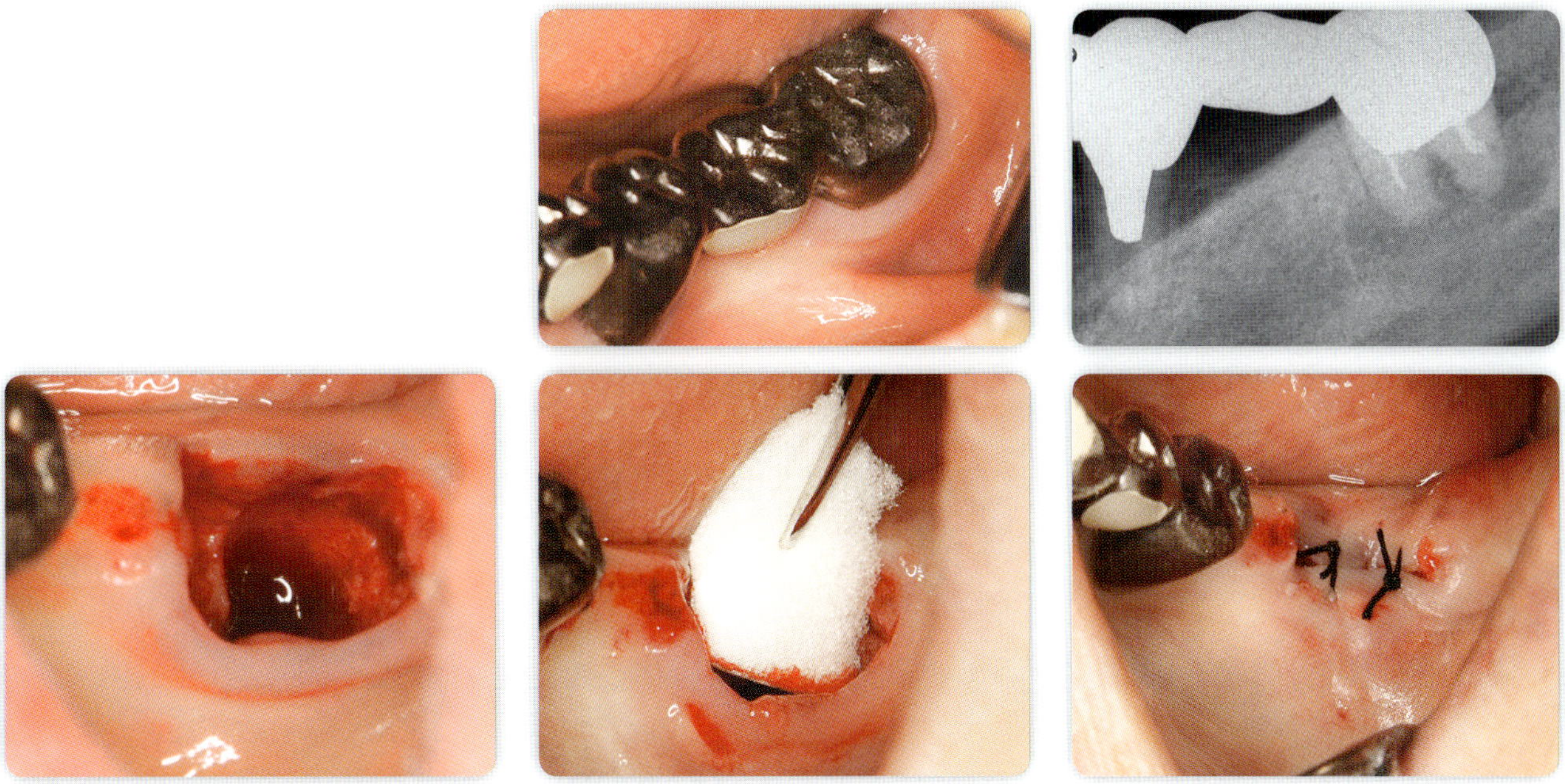

図 6 - 2　69歳，女性．脳梗塞の既往があり，ワルファリン 4 mg/ 日を服用していた．
「7 根端性歯周炎のために抜歯を行った．抜歯当日の INR は1.63であった．ワルファリンを継続したまま抜歯したが，術中異常出血もなく，抜歯窩に吸収性ゼラチンスポンジを挿入し縫合した．後出血もなかった．

酸化セルロース(サージセル®)は，セルロースを酸化して得られた酸性多糖類繊維をガーゼ状または綿状に調整した可吸収性製剤です．作用機序は，主構造であるポリアンヒドログルクロン酸がヘモグロビンと親和性があり，血液を吸収して塩を形成し褐色または黒色の凝血塊となり，創部を圧迫するという物理的な効果により止血作用を示します．酸化セルロースも吸収性ゼラチンスポンジと同様に，血液に接触すると膨張し，出血面に密着することによる物理的作用によって止血します．

一方，アテロコラーゲン（インテグラン®，テルダーミス®，テルプラグ® など）やトロンビンは凝固系に作用して止血作用を示します．アテロコラーゲンは，コラーゲン分子内で最も抗原性が高いテロペプチド部分をペプシンで処理し除去することにより，生体適合性を高めたものです．アテロコラーゲンが出血面に付着し，コラーゲンが血小板に作用し，血小板粘着および凝集を促し，一次止血血栓の形成を促進し止血効果を示します．テルダーミス® は，若いウシ真皮由来アテロコラーゲンで，コラーゲン単層タイプ（シリコーン層なし），シリコーン膜付きタイプ，メッシュ補強タイプがあります．抜歯窩に填入する場合には，コラーゲン単層タイプを使用します．テルプラグ® は抜歯窩の大きさによって SS，S，M の 3 種類があり便利です．

トロンビンは，凝固系のフィブリノーゲンに直接作用して，フィブリンに転化することにより止血効果を示します．本剤は酸化セルロースやアテロコラーゲンと併用すると，トロンビンの活性を低下させ止血効果が弱くなります．また，ヒト血漿から抽出し，精製されたトロンビンの使用は，ウイルス感染症のリスクがあるため，使用にあたっては慎重を期します．

局所止血薬と縫合でも止血困難な場合には，パックや止血シーネによる創の被覆，固定，圧迫を行います（図 6 - 3）．ほとんどの症例はスポンゼル® と縫合により止血が可能です．しかし肝機能障害や重度の血液疾患など後出血のリスクの高い患者では，パックや即重レジンやプラスチックによる止血シーネを併用します．両側の抜歯を行った場合や，止血床のみでは十分な圧迫が得られないときには，パックと止血床を併用します（図 6 - 4）．

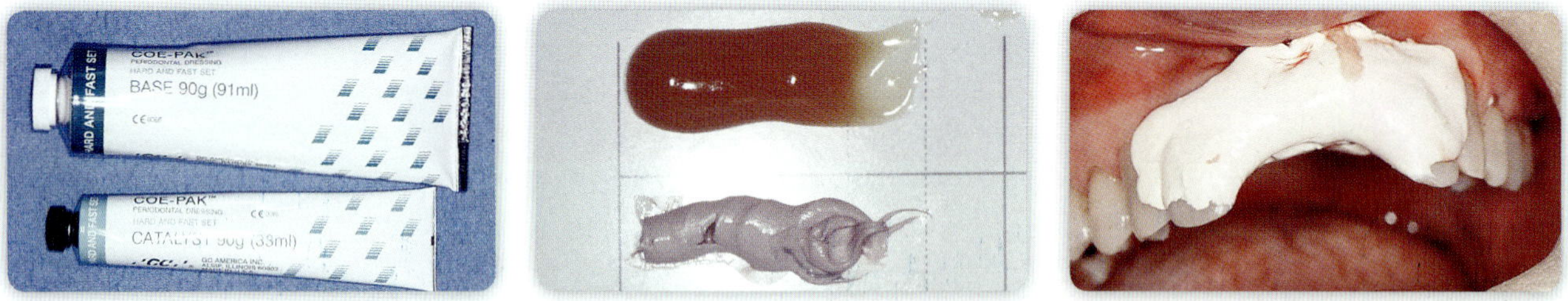

図 6 - 3　パック（コーパック®）．

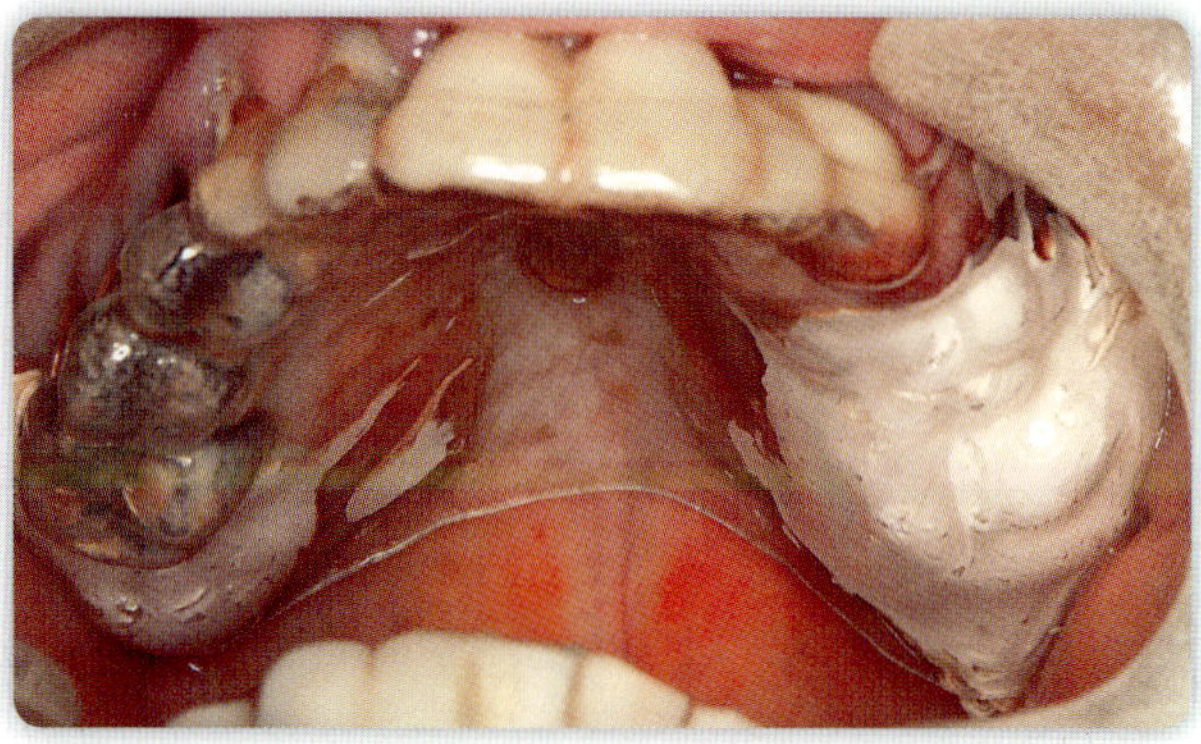
図 6 - 4　パックと止血床の併用．
止血床にコーパック® を入れ，止血床が浮上しないように強く圧迫して装着する．

高周波ラジオ波メスは，抜歯時，止血・凝固モードにすると，歯肉からの出血部が凝固止血します．また，抗血栓療法患者の白斑の切除には，切開モードにして使用すると出血部が凝固止血します（図 6 - 5，6）．

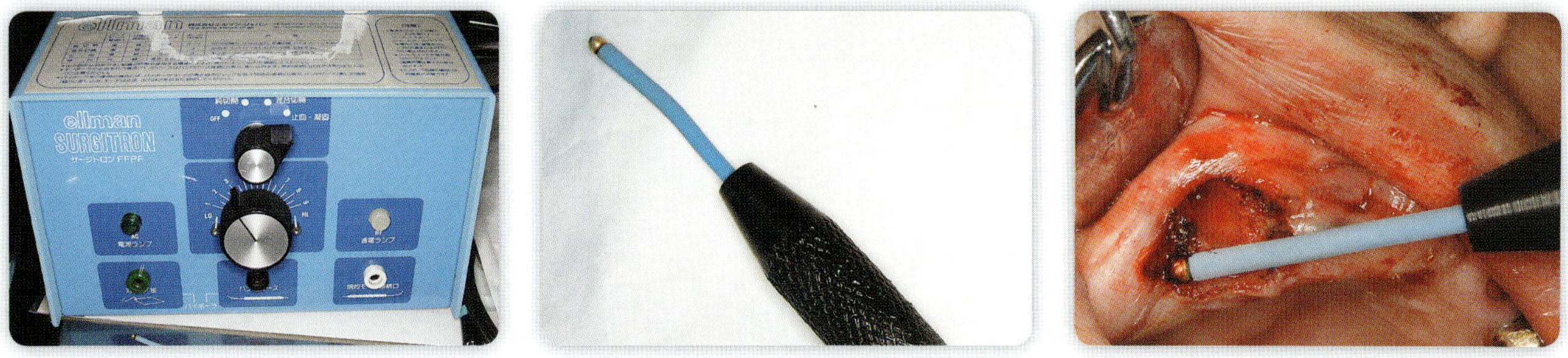

図６-５　高周波ラジオ波メス．サージトロン(ellman 社)．
止血・凝固モードで，尖端がボール状のプローブを使用し，出血部を凝固する．

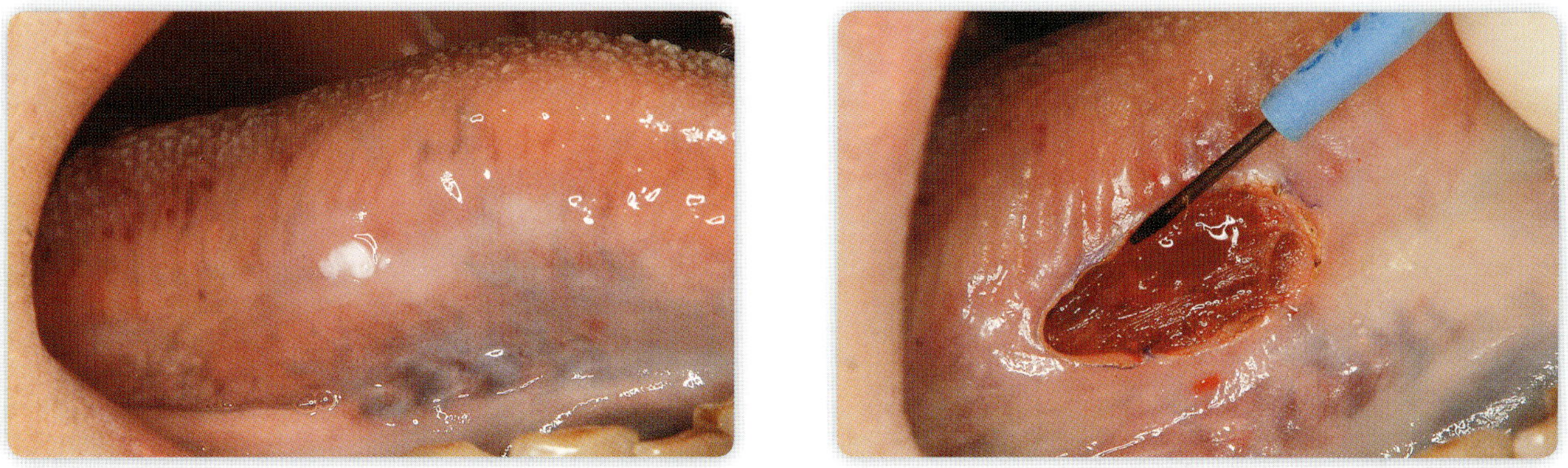

図６-６　高周波ラジオ波メスを使用し白斑を切除した抗血栓療法患者．
バイアスピリンを100mg/ 日，エパデール S600を1800mg/ 日服用していた．両薬剤ともに内服を継続したまま，高周波ラジオ波メスにて白斑の切除を行った．高周波ラジオ波は周波数は4.0MHz の短波で，電気メスよりも組織に与えるダメージは少ない．術中異常出血もなく，後出血もなかった．

保険適応はありませんが，欧米の文献では抗線溶薬であるトラネキサム酸による洗口は止血に有効とされています．口腔外科小手術後に，トラネキサム酸による洗口を１回あたり２分間，１日４回，２日間行うことが推奨されています．

抜歯後２～５日目に起こる遅発性の後出血

ワルファリンを継続したまま抜歯を行う場合には，抜歯直後や翌日に止血していても抜歯後２～５日目に遅発性の後出血をきたす場合があります(図６-７)．そのためにも，局所止血剤を抜歯窩に填塞し縫合するなど，確実な局所止血処置を行う必要があります．唾液潜血試験を用いた研究では，ワルファリン服用群では１週間

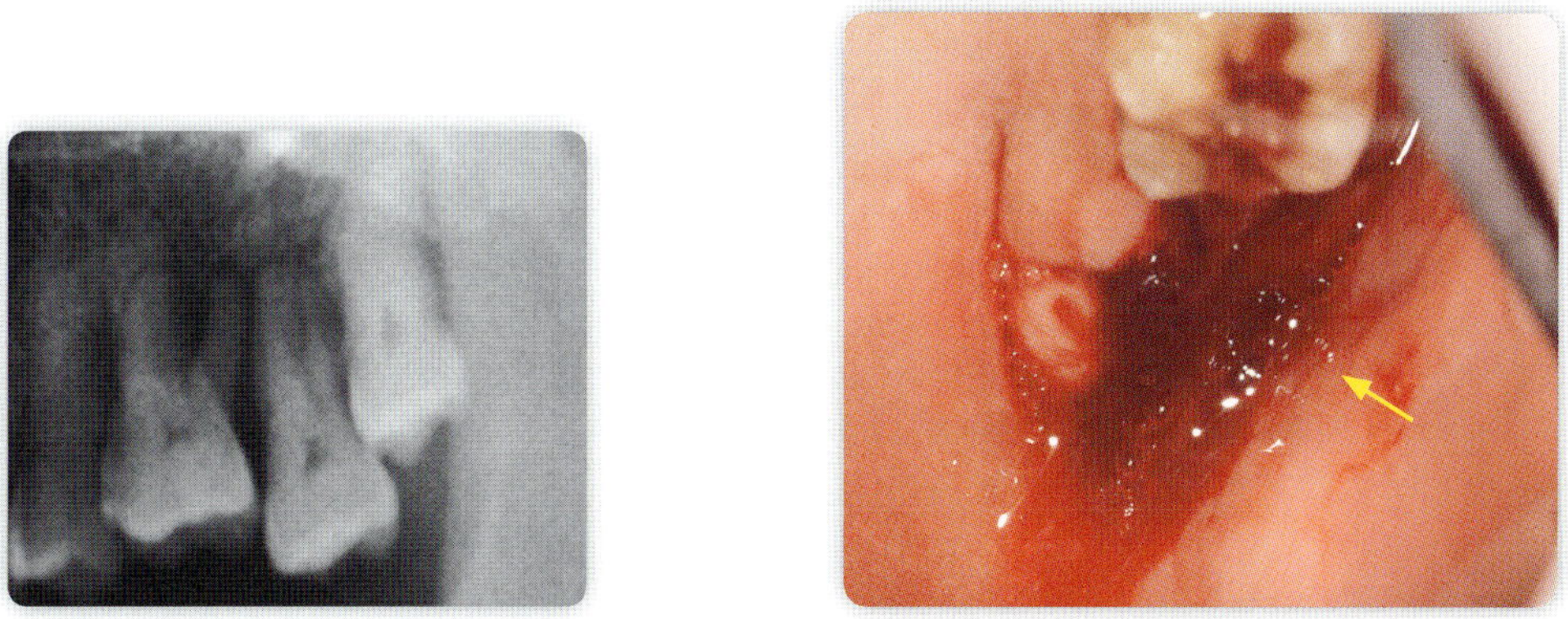

図６-７　遅発性出血．
ワルファリンを継続したままの抜歯では，抜歯直後や翌日に止血していても，抜歯後２～５日目に遅発性の後出血をきたす場合がある．本症例は，ワルファリンを継続したまま抜歯し，抜歯３日後に後出血を認めた．後出血の程度は軽度で吸収性ゼラチンスポンジを再挿入，再縫合すると容易に止血した．

表 6 - 2　ワルファリン．

ワルファリンの吸収，薬物代謝には，

・食事

納豆，クロレラ含有食品は禁食．パセリやホウレン草などの緑黄色野菜の多量摂取は避ける

・併用薬剤

ワルファリンの抗凝固作用を増強，抑制する薬物が多い

＜増強＞：解熱鎮痛消炎薬，抗不整脈薬，高脂血症薬，タンパク同化ステロイド，甲状腺ホルモン，痛風治療薬，抗腫瘍薬，抗菌薬など

＜抑制＞：催眠鎮痛薬，抗不安薬など

・体調

下痢など

などが影響し，その効果には個人差がある

効果判定をで INR 行い，通常は月 1 回の測定が一般的である

・ビタミンKの投与
経口・静注

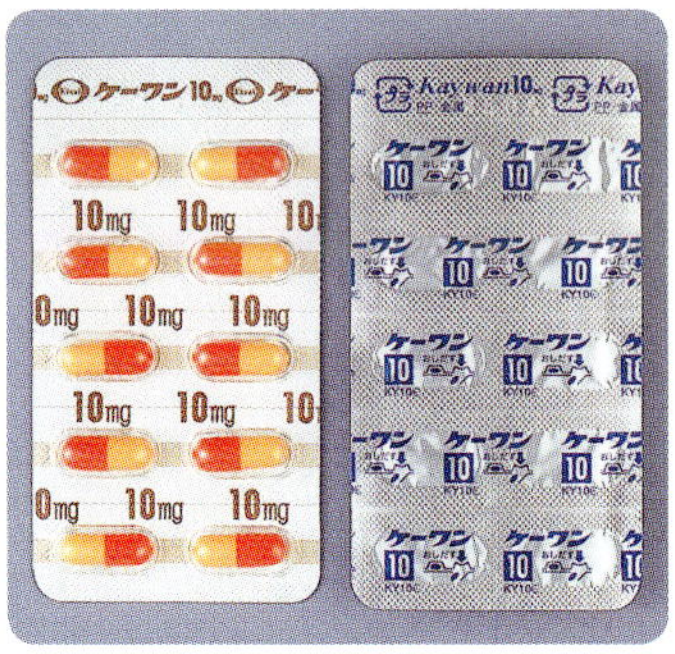

ケーワン

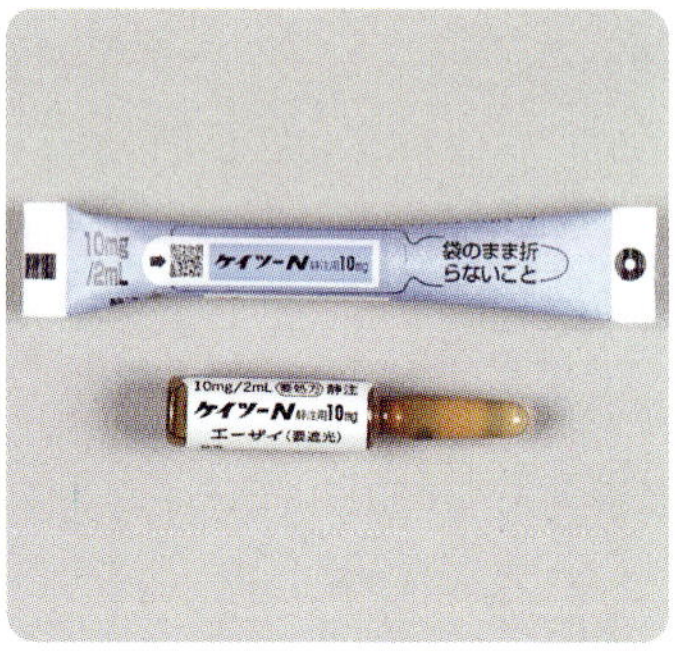

ケイツーN

・新鮮凍結血漿の輸注

・乾燥人血液凝固第Ⅸ因子複合体製剤
保険適応外
（PPSB-HT ニチヤク）
500～1,000単位静注

必ず医師に相談すること

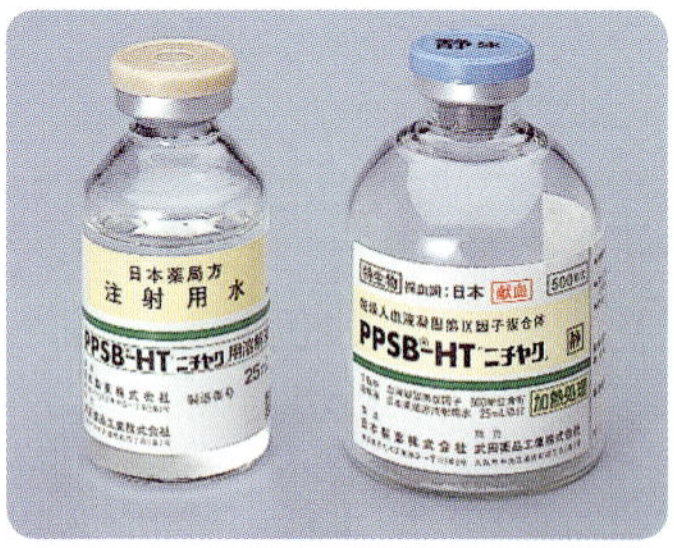

PPSB-HT ニチヤク

図 6 - 8　ワルファリン療法患者に対する全身的止血方法．

表 6 - 3　ワルファリン服用患者の出血時の対応（日本循環器学会ガイドライン2008年）．

クラスⅠ：ワルファリンの減量～中止，ビタミンＫの投与
クラスⅡa：新鮮凍結血漿，乾燥人血液凝固第Ⅸ因子複合体製剤の投与
クラスⅡb：遺伝子組み換え第Ⅶ因子製剤の投与

指針

クラスⅠ	手技，治療が有効，有用であるというエビデンスがあるか，あるいは見解が広く一致している
クラスⅡ	手技，治療の有効性，有用性に関するエビデンスあるいは見解が一致していない
クラスⅡa	エビデンス，見解から有用，有効である可能性が高い
クラスⅡb	エビデンス，見解から有用性，有効性がそれほど確立されていない
クラスⅢ	手技，治療が有効，有用でなく，ときに有害であるというエビデンスがあるか，あるいは見解が広く一致している

表 6 - 4　ワルファリン過量投与時の対応(抗凝固薬の適正な使い方第２版より抜粋).

- 治療域 INR ＜5.0，大きな出血なし

  臨床的に大きな出血がなく，外科的処置を行う予定がないときは，INR が目標治療域へ戻るまで投与量を減量するか，次回(翌日)の投与を中止する
- 5.0 ≦ INR ＜9.0，大きな出血なし

  (１)出血の危険因子が他にない

  次回の１あるいは２回分のワルファリンを中止し，INR の測定を頻回に行い，INR が治療域に戻ったら，ワルファリンを減量して再開する

  (２)出血のリスクが高い症例

  次回のワルファリンを1回中止し，ビタミン K_1 を１～2.5mg 経口投与する．24時間後にも INR が高値のときには，ビタミン K_1 を１～２mg 追加投与する
- INR ≧9.0以上，大きな出血なし

  ワルファリン療法を中止し，ビタミン K_1 を５～10mg 経口投与し，INR を約24～48時間後までに低下させる．頻回に INR をモニタリングし，必要に応じてビタミン K を投与する
- 重症出血，過量服用時(INR ＞20.0)

  ワルファリン療法を中止し，ビタミン K_1 10mg を静脈内注入する．生命に危険のある出血の場合には，新鮮凍結血漿あるいは濃縮プロトロンビン複合体(PCC)の乾燥ヒト血液凝固第Ⅸ因子複合体を輸注する．PCC の代わりに活性型リコンビナント第Ⅶ因子(rFVⅡa)を用いてもよい．ビタミン K_1 の注射は12時間ごとに繰り返す

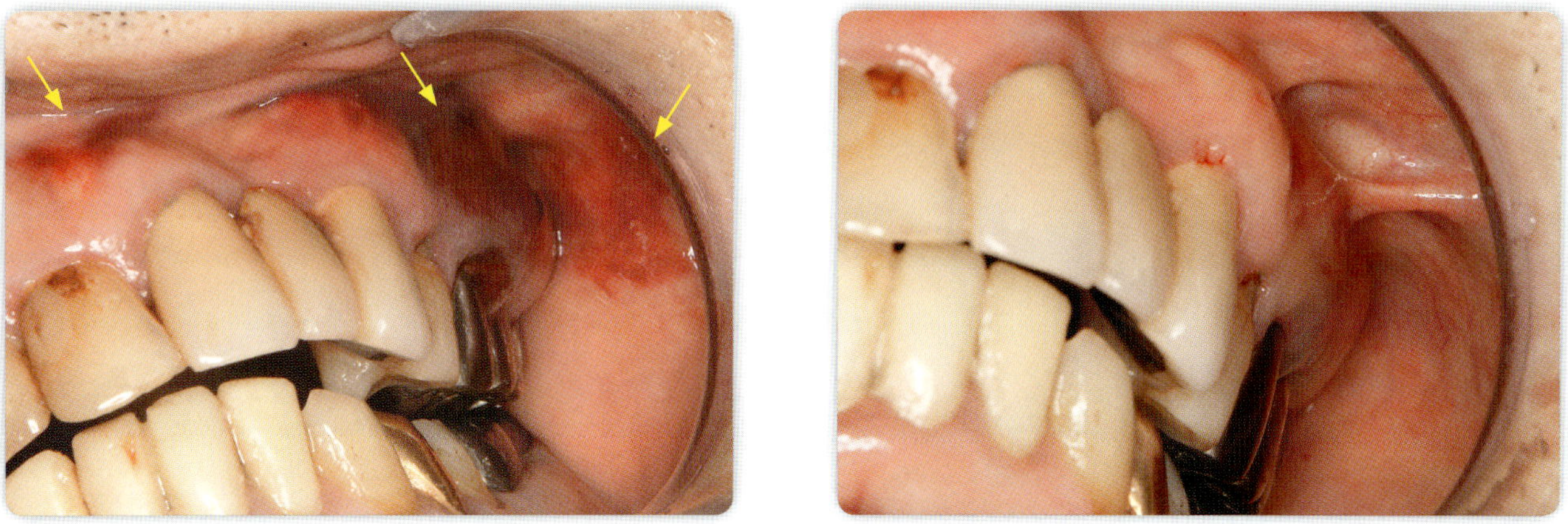

図 6 - 9　INR が高値のため，ワルファリンを減量し，治療域に戻した症例.

87歳，男性．脳梗塞のために，ワルファリン2.5mg/ 日，バイアスピリン100mg/ 日を服用していた．上顎臼歯部の歯肉出血を認めたため，紹介により来院した．

上顎正中～頬粘膜まで広範囲の内出血斑を認め，⌊6 は動揺し打診痛があり，歯肉は暗紫色に腫脹していた．採血の結果，INR 値が3.74と高値であった．内科主治医に対診し，ワルファリン量は３日間は1.0mg/ 日に減量された．その後2.0mg/ 日となり，初診から１週間後の INR は2.6と治療域に戻り，⌊6 部歯肉の腫脹および内出血斑はほぼ消失していた．

程度潜血が持続する症例が多く，再出血を起こしやすい状態であるとの報告があります．ワルファリンを継続したままでの抜歯では，抜歯後７日目くらいまでは術後出血のリスクがあることに注意し，患者にも十分説明し了解を得ます．

ワルファリン療法が安定し INR が治療域内である場合には，ワルファリンを継続したまま抜歯しても局所止血処置により止血可能です．しかし，食事，併用薬や体調などの影響で，抜歯後 INR が治療域を逸脱し高値となり，後出血をきたす場合があります(**表 6 - 2**)．INR を適正化するために，ビタミンK剤などの全身的止血剤が必要になる場合があります(**図 6 - 8**，**表 6 - 3，4**)．その際には，必ず医師と相談します．歯科医師の判断で投与し，INR を治療域より低値にしてしまった場合，血栓・塞栓症の合併症を起こす可能性があり大変危険です．

Q7 ワルファリンの服薬を継続したまま抜歯を安全に行うためには何に注意しますか？

Question

Answer　注意事項(表7-1)と，参考症例をあげましょう．

ワルファリンを継続する場合，抜歯前に医師に対診し了解を得ます．患者には継続する場合の利点とリスクを説明し，同意をとる必要があります(表7-1，図7-1，2)．抗血栓療法患者のなかには，抜歯の際は出血が止まらなくなるので抗血栓薬を中断しないといけないと思い込んでいる患者もいますので，抗血栓薬を継続する場合には了解を得る必要があります．

表7-1　ワルファリンを継続したまま抜歯する際に術前，術中に考慮すべき項目．

①医師への対診
②患者にワルファリンを継続する場合の利点とリスクを説明し，同意を得る
③外来抜歯が基本であるが，原疾患の状態，高齢者，抜歯の侵襲度(埋伏歯や多数歯抜歯症例)，抜歯後出血に対する恐怖を持つ患者や遠方より来院する患者などでは入院下での抜歯も検討する
・外来抜歯では後出血に対し迅速に対応できること→後方支援体制を整える
④局所の炎症を可及的に改善する
(ブラッシング指導，抗菌薬による急性症状の緩和など)
⑤抜歯前にINRを測定する(抜歯当日の測定が理想)
⑥侵襲を少なくする
- 多数歯抜歯が必要な場合は数回に分ける
- 軟組織に内出血斑をきたさないようにする
- 低侵襲的な抜歯を行う
- 浸潤麻酔を行うときには，刺入点を少なくする
- 伝達麻酔は出血や血腫を形成する可能性があるので避ける
- 骨膜への減張切開はできるだけ行わない
⑦炎症性肉芽組織の掻爬を十分に行う
⑧確実な局所止血処置を行う
局所止血剤＋縫合＋長めのガーゼ圧迫止血

〇〇医院〇〇先生
患者様は歯周炎にて抜歯が必要です．

貴院にて，人工弁置換術後でワルファリン投与中とのことですが，現在の病状，ワルファリン量，併用薬およびINR値をお教えください．

抜歯は，2％キシロカイン(エピネフリン添加)約1mL使用のもと局所麻酔下で行いますが，侵襲程度は軽度，予測出血量も少なく，短時間で処置可能です．感染性心内膜炎の予防のために，抜歯1時間前にサワシリン2g内服を指示する予定です．

当院では，INRが3までなら，ワルファリンを中止せず局所止血処置にて抜歯可能と考え，ワルファリン継続下の抜歯を予定しています．

抜歯にあたり注意事項等ございましたらご教授ください．

図7-1　医師への照会状例．

ワルファリンを服用したまま抜歯を行いますので，脳梗塞など血栓・塞栓症を起こす可能性が低くなります．抜歯時ワルファリンを中断すると最悪の場合，脳梗塞などを発症し，命に関わることがあり大変危険です．

一方，抜歯時や抜歯後の出血のリスクがありますが，日本では，ワルファリンを継続したまま抜歯を行っても，抜歯後出血の発生率は約5％とされ，いずれも軽度の後出血で問題となるような出血ではありません．止血剤の使用や縫合により止血ができます．

日本では，いまのところわれわれが把握している範囲では，ワルファリンを服用したまま抜歯を行っても，大出血し死亡したとの報告はありません．なお，万が一，多量の出血をした場合には，ビタミンKや輸血など適切な止血処置を行います．

図7-2　ワルファリンを継続する場合の患者への説明．

通常は外来での抜歯が可能ですが，原疾患の状態，高齢者，多数歯の抜歯症例や抜歯後出血に対する恐怖を抱いている患者さんなどに対しては入院下の処置も考慮します．一般の歯科医師が抗血栓薬を継続したまま抜歯する場合には，術後出血した場合に備えて，夜間でも対応してくれる施設に協力を求めるなど，後方支援体制を整えておくことが大切です．

抜歯時の注意事項としては，急性炎症を伴う場合は，あらかじめ消炎処置を行うことが重要です．炎症が強かった症例では，歯肉膿瘍を形成し，抜歯後出血の原因となることが多いためです(**表 7 - 2**)．ワルファリンの効果は個人差が大きく，食事や併用薬などにも影響されるので，必ず抜歯時前に INR 値を測定します．われわれは，抜歯日に INR を測定します．INR 値が治療域内であれば INR 値と抜歯後出血とは関連性はないとされています(抜歯時の INR 値が高いから後出血が多いということではありません)．

表 7 - 2　後出血の原因．

ワルファリン療法が治療域に安定している場合には，
INR 値よりも
①局所の炎症(歯槽膿瘍，歯周膿瘍の形成)
②抜歯時の器械操作による周囲組織の損傷
③炎症性肉芽組織の残存
④不適切な局所止血処置
⑤術後の疼痛や不安による血圧の変動
⑥術後の鎮痛剤，抗菌薬
などが原因となることが多い

止血困難例は，INR の数値よりも難抜歯や多数歯抜歯例，抜歯適応歯の周囲組織の状態，手術時の不良肉芽の取り残しや周囲組織の損傷など，局所状態が後出血の有無に大きな影響を及ぼします．周囲組織にできるだけ挫滅傷を与えないような低侵襲的な抜歯とともに，適切な局所止血処置が重要です．

単独歯の抜歯症例(図 7 - 3)

患者：77歳，男性．

服薬：心不全のためにワルファリン 3 mg/ 日を服用．

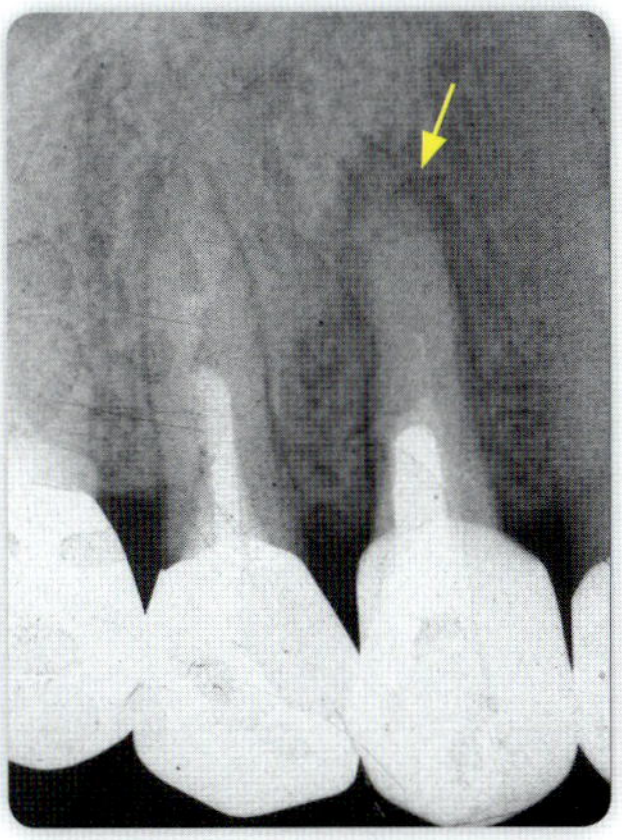

図 7 - 3 a　4|のエックス線写真．

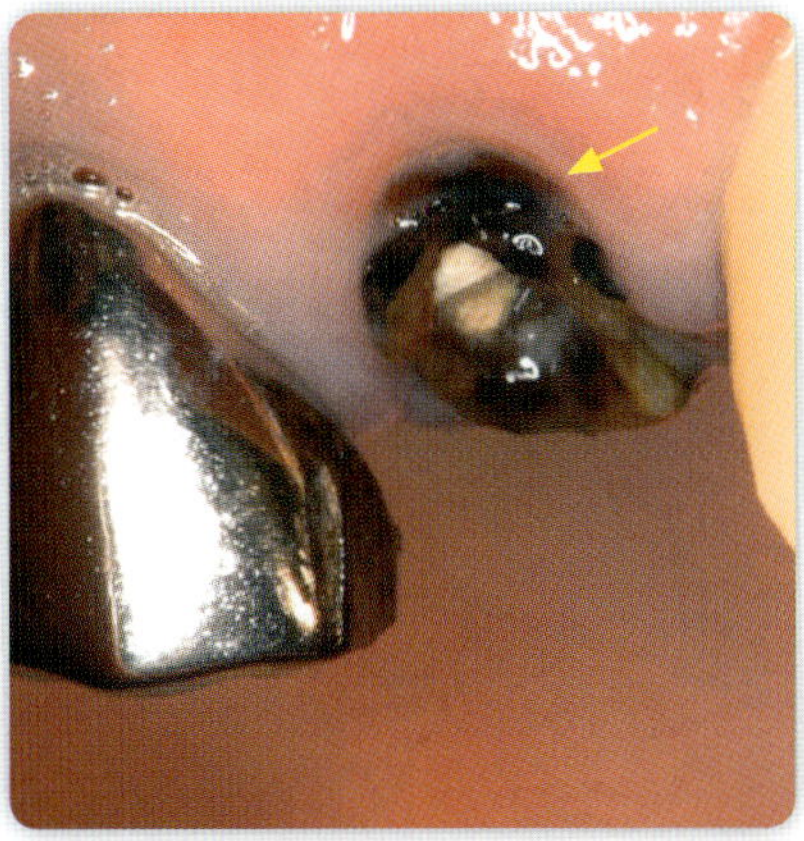

図 7 - 3 b　クラウンが脱離し，残根状態の4|．

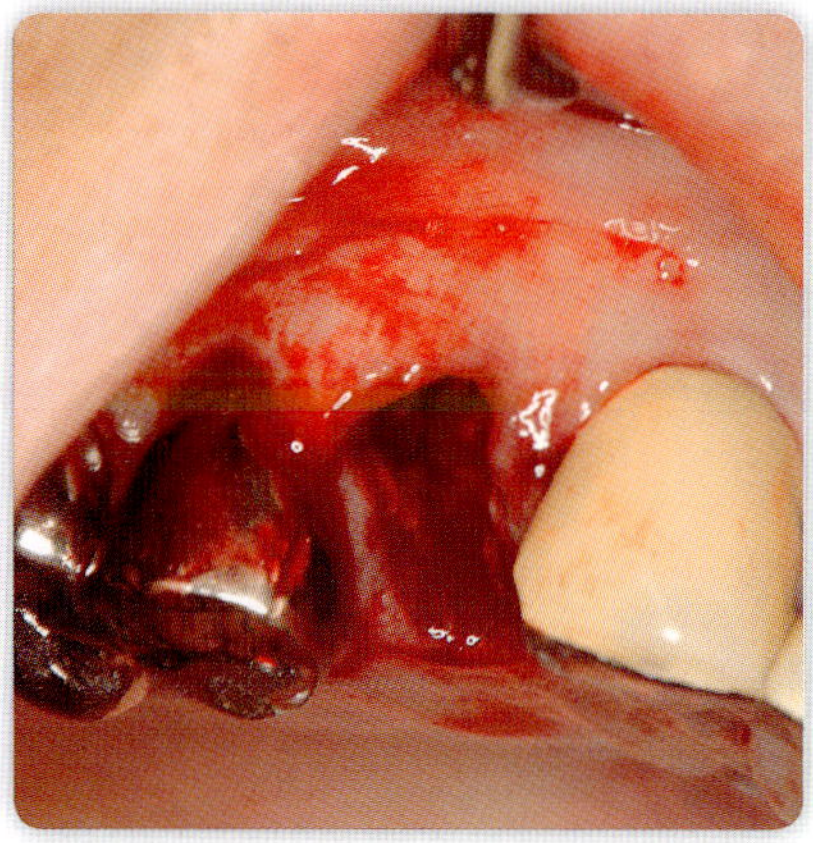

図７‐３ｃ　抜歯直後.

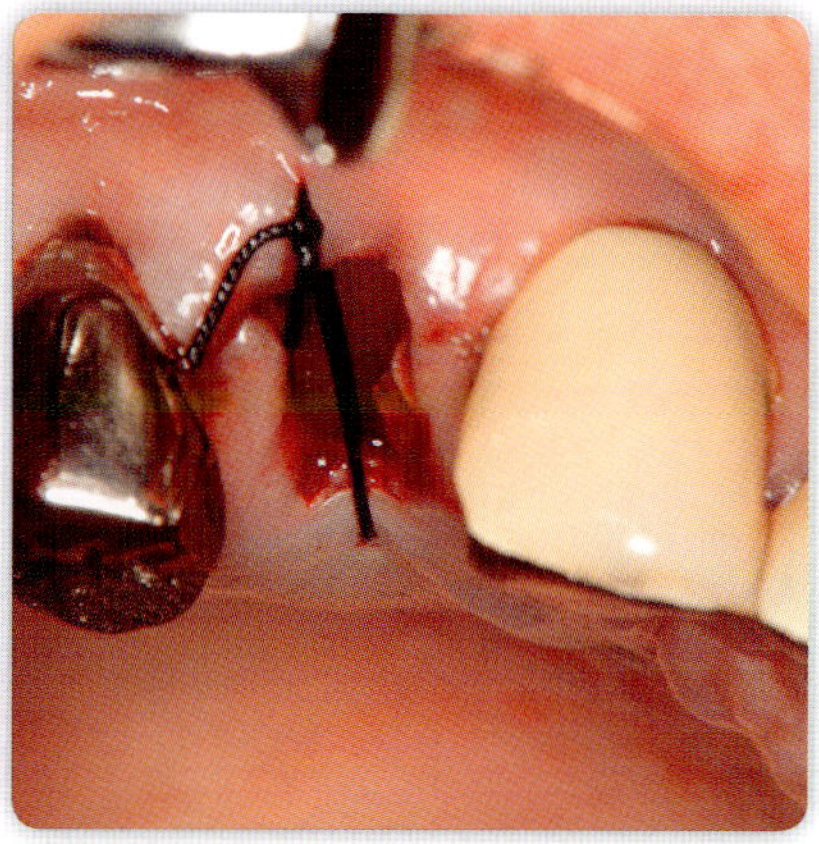

図７‐３ｄ　スポンゼル® を挿入し縫合後.

抜歯：INR 値は1.53でした．ワルファリンを継続したまま，根端性歯周炎の4|を抜歯しました．術中の異常出血はなく，抜歯窩に吸収性ゼラチンスポンジを填塞し縫合しました．抜歯後出血もなく経過は良好でした．ワルファリン継続下に抜歯を行う場合，適切な止血処置を行うことが重要です．

多数歯抜歯（３本），粘膜骨膜弁形成症例（図７‐４）

患者：76歳，女性.

服薬：人工弁置換術後でワルファリンを3mg/ 日服用.

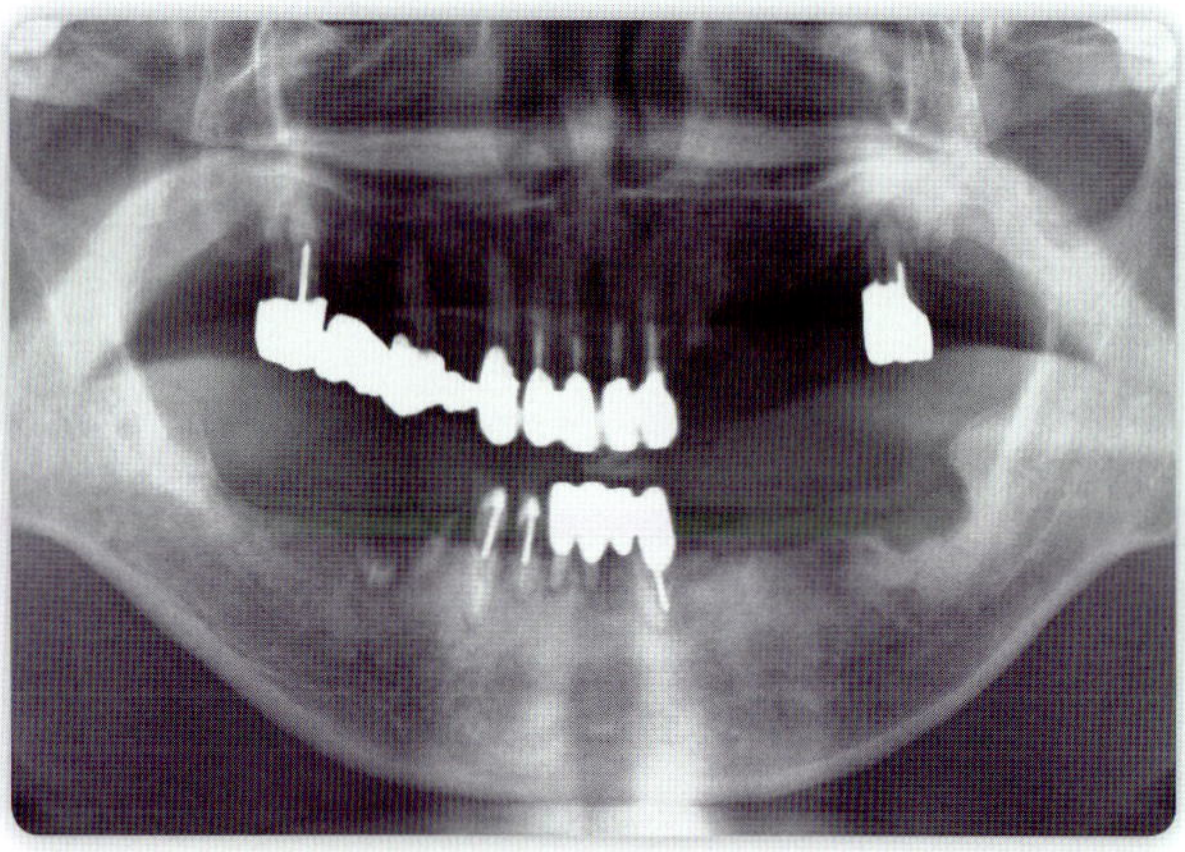

図７‐４ａ　多数歯抜歯症例（粘膜骨膜弁形成）.

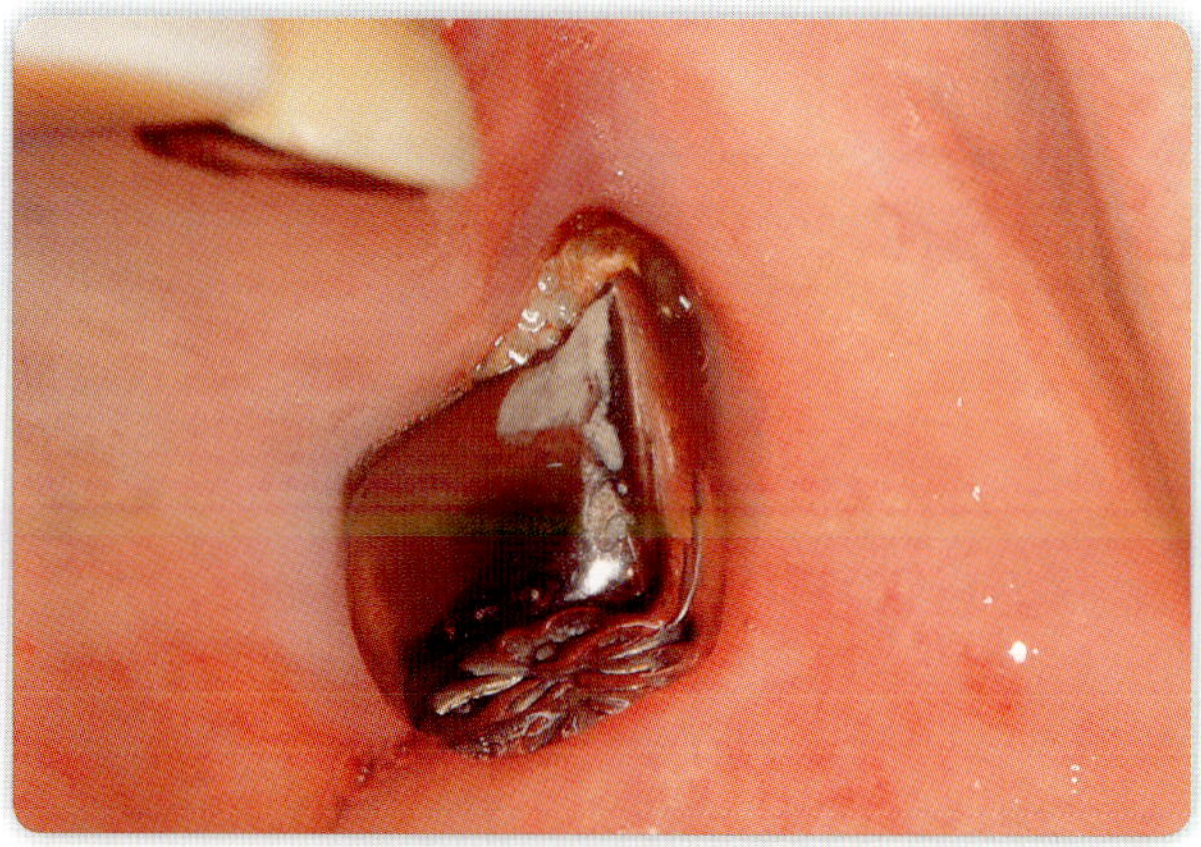

図７‐４ｂ　|7は歯周病のため抜歯と診断.

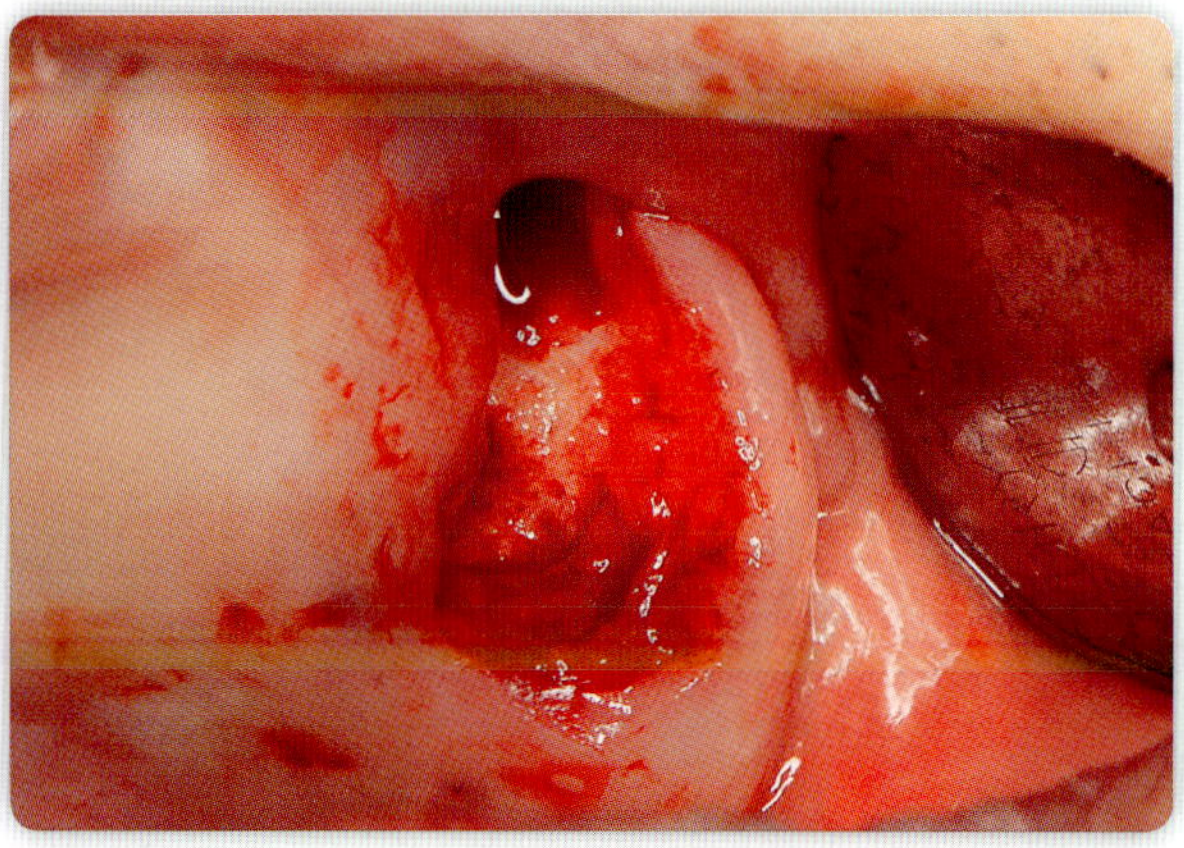

図７‐４ｃ　抜歯直後の|7部.

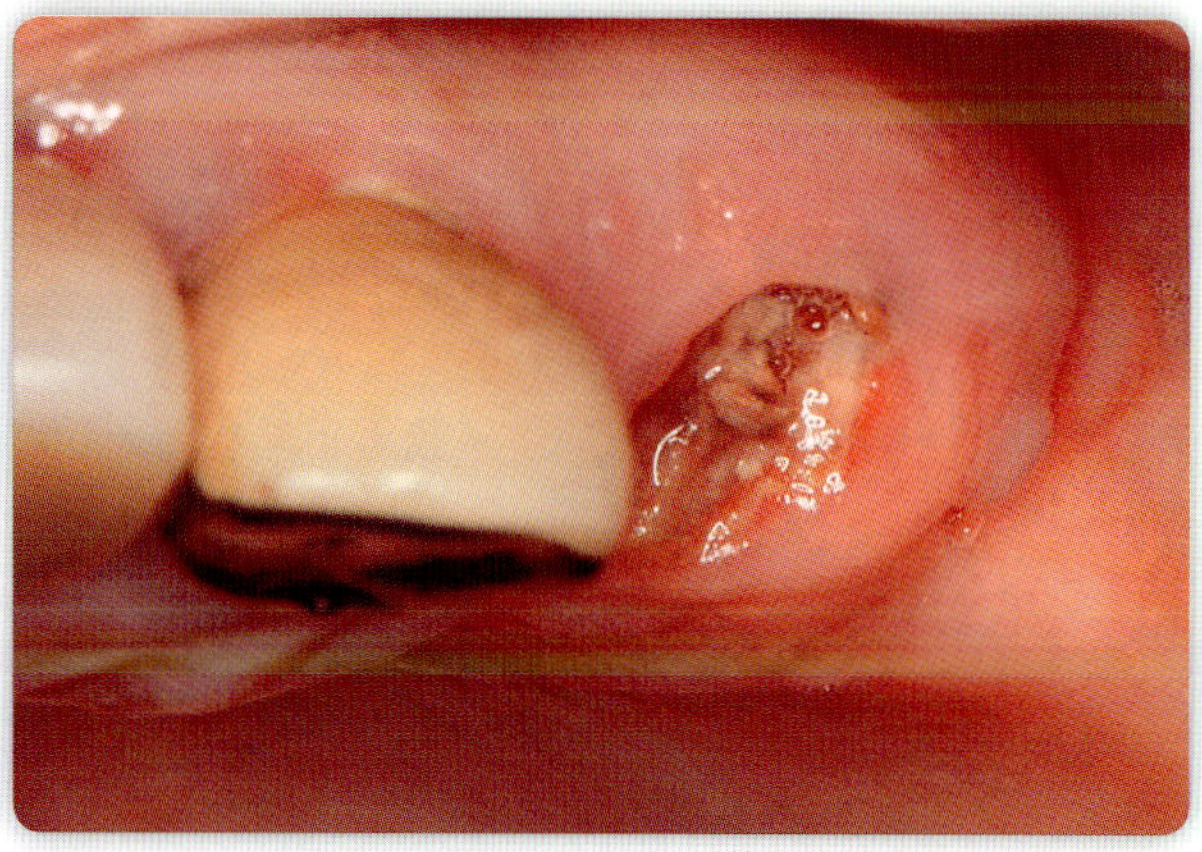

図７‐４ｄ　残根状態の|3.

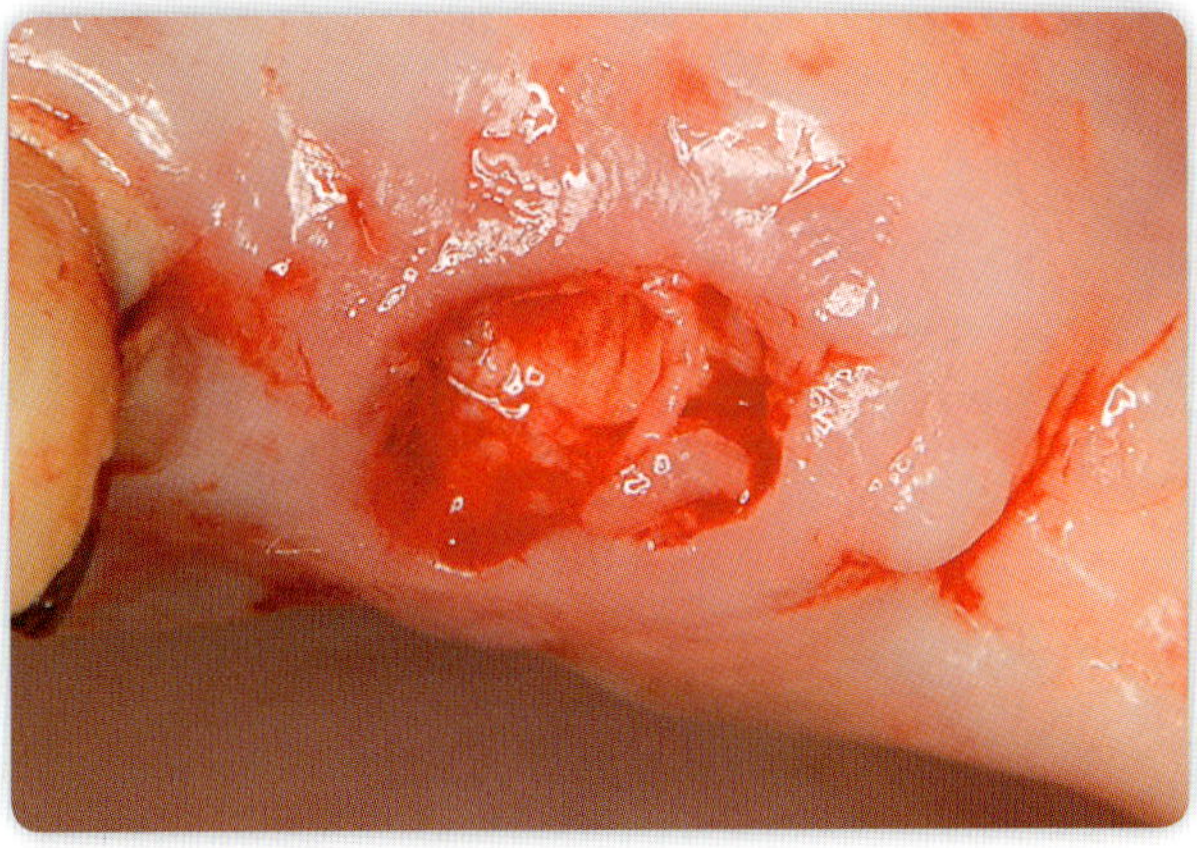

図７-４e　抜歯直後の|3部.

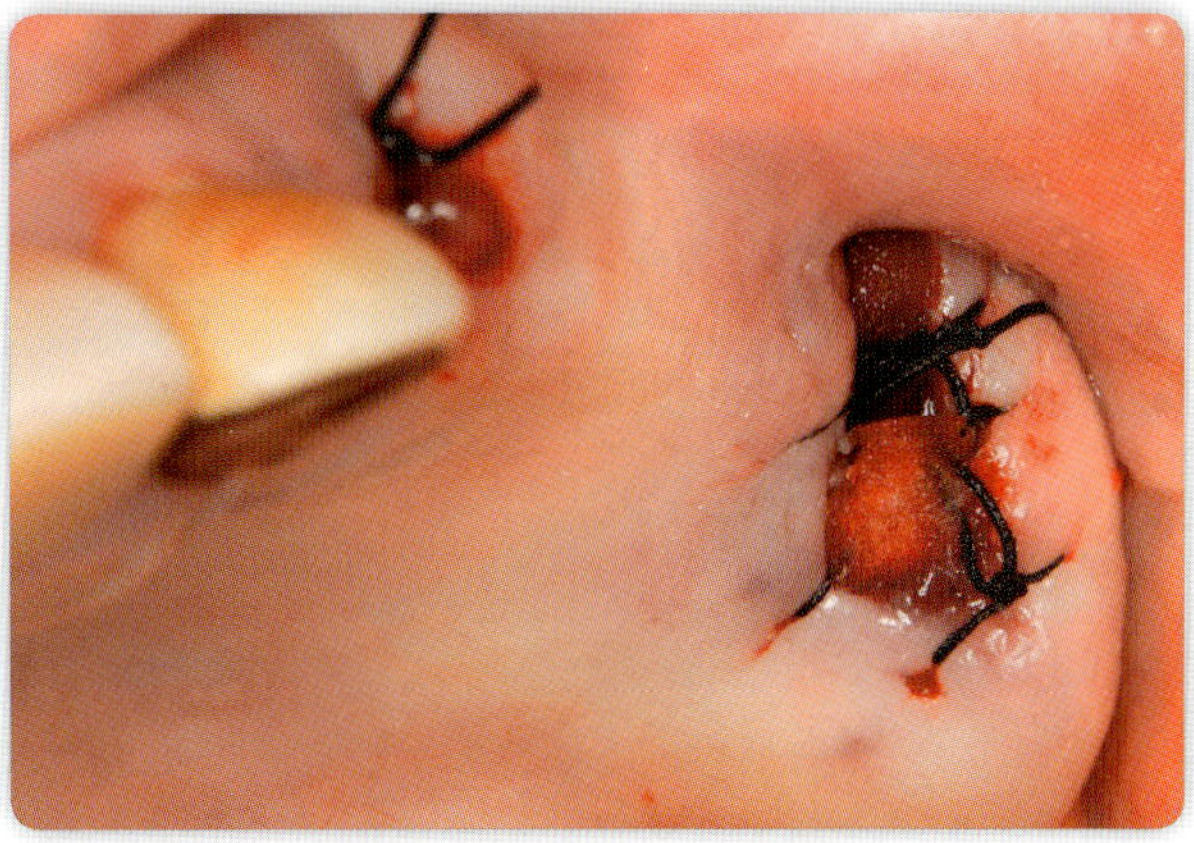

図７-４f　|3 7スポンゼル® を填入し縫合.

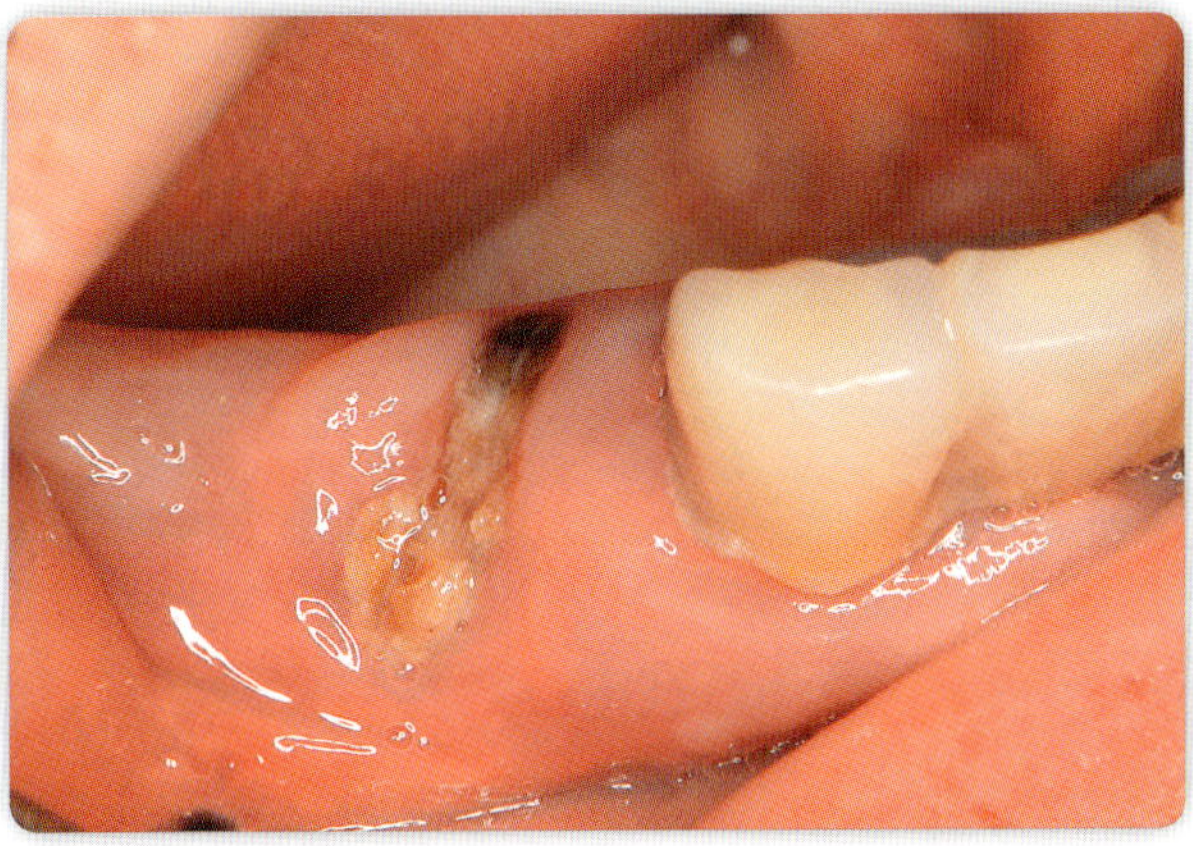

図７-４g　残根状態の4⌉.

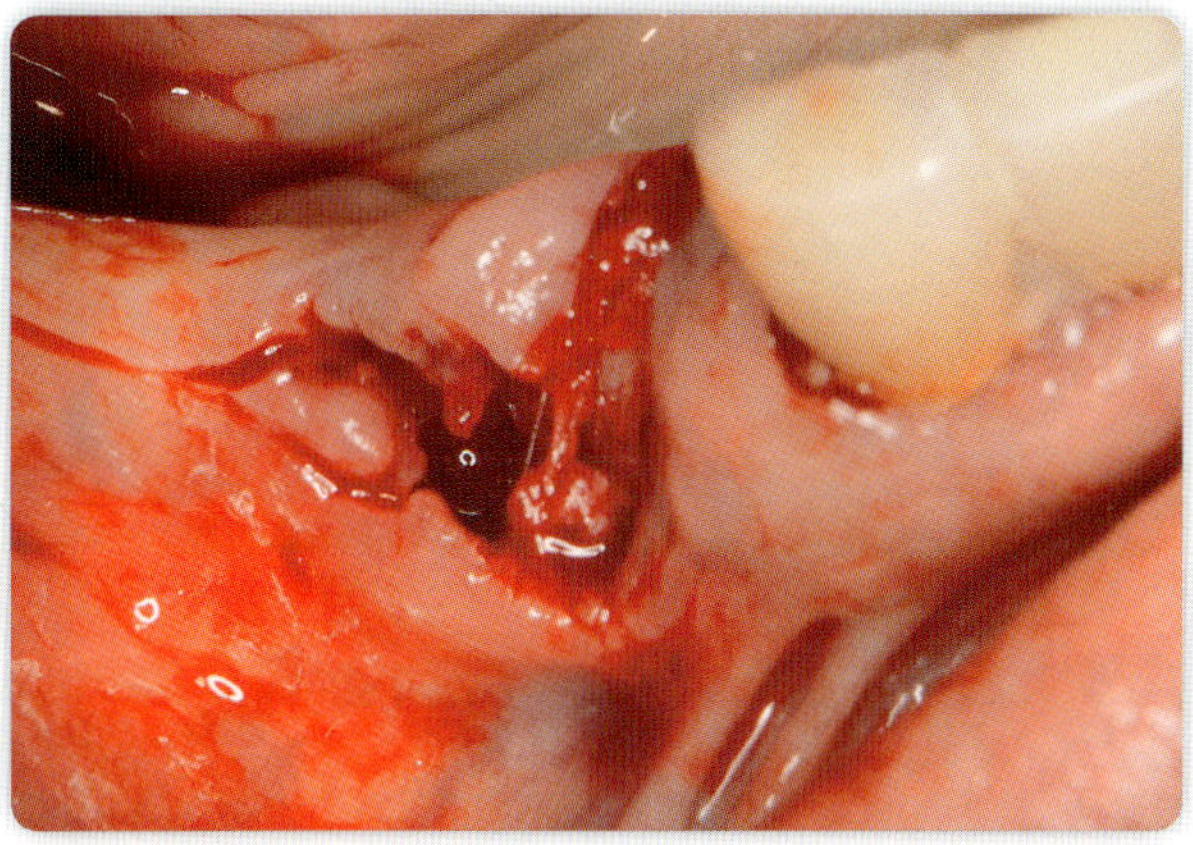

図７-４h　4⌉遠心部に切開を加え, 粘膜骨膜弁形成後に抜歯.

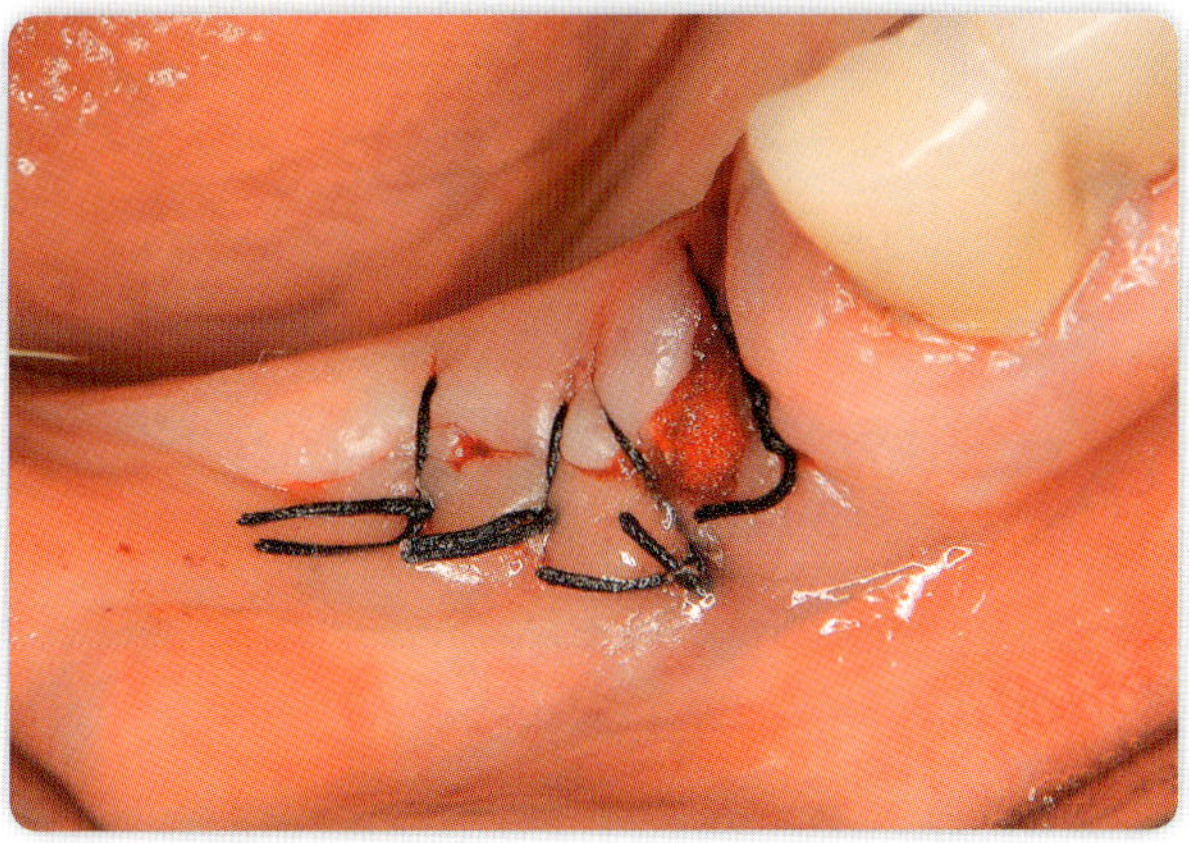

図７-４i　スポンゼル® を填入し縫合.

抜歯：INR 値は1.97でした．|3，4⌉が残根，|7は歯周炎のためワルファリンを継続したまま抜歯しました．4⌉は，残根で一部歯肉に埋伏していたために，遠心に切開を加え，粘膜骨膜弁を形成し抜歯しました．抜歯窩には吸収性ゼラチンスポンジ(スポンゼル®)を填入し，縫合しました．術中異常出血も，後出血もありません．

本症例は１度に３本の抜歯を行いましたが，ワルファリン服用患者の抜歯は，抜歯歯数と術後出血の発生頻度とは相関しないとの報告があります．しかし，ワルファリン継続下に１度に何本の抜歯が可能かはエビデンス不足で結論はでていません．海外では INR 値≦4.0の患者に対して，１度に９歯の抜歯を行っても，抜歯後出血の発生率は高くはなかったとの報告もあります．しかし多数歯抜歯が必要な場合には，１回につき２～３歯ずつに分けた方が安全です．

埋伏歯症例（図７－５）

患者；65歳，男性，

服薬：脳梗塞，中大脳動脈狭窄症のため，ワルファリン3.5mg/ 日とバイアスピリン100mg/ 日を内服．

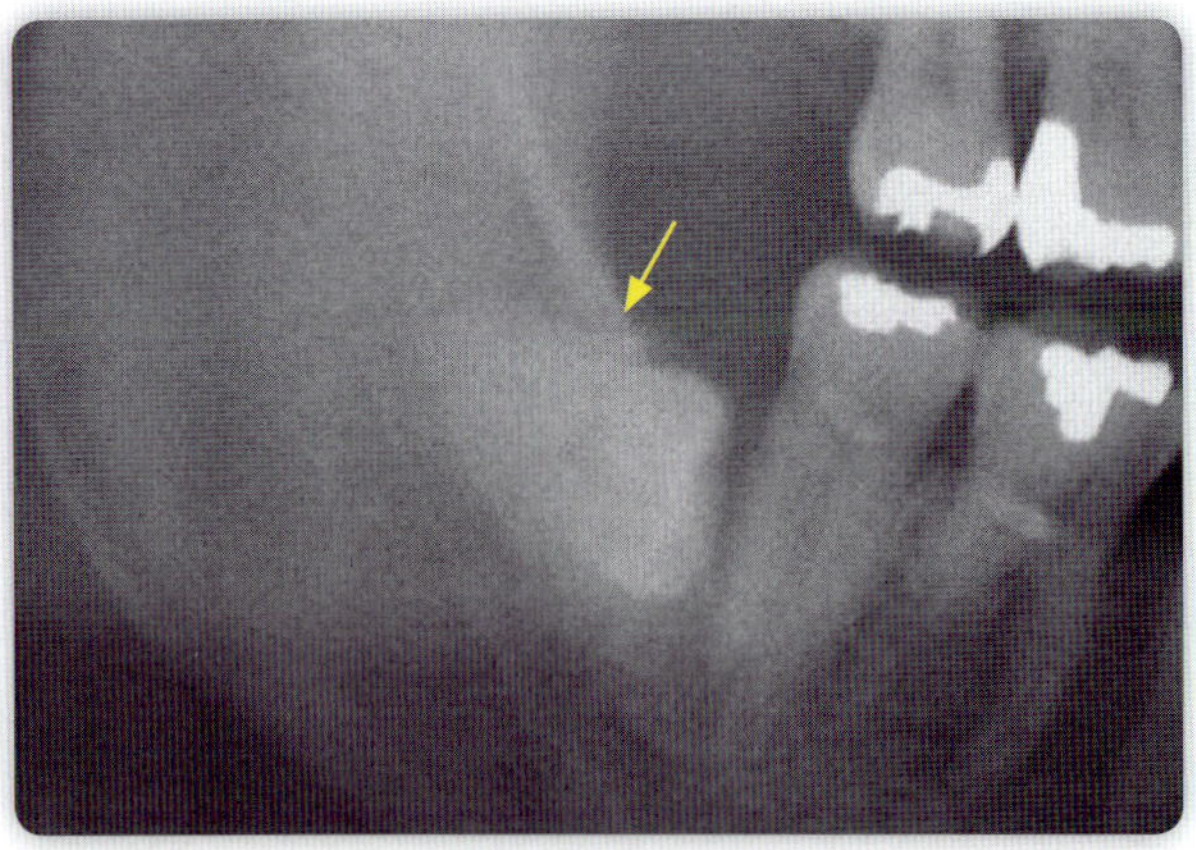

図７－５ａ　右側下顎の埋伏智歯．

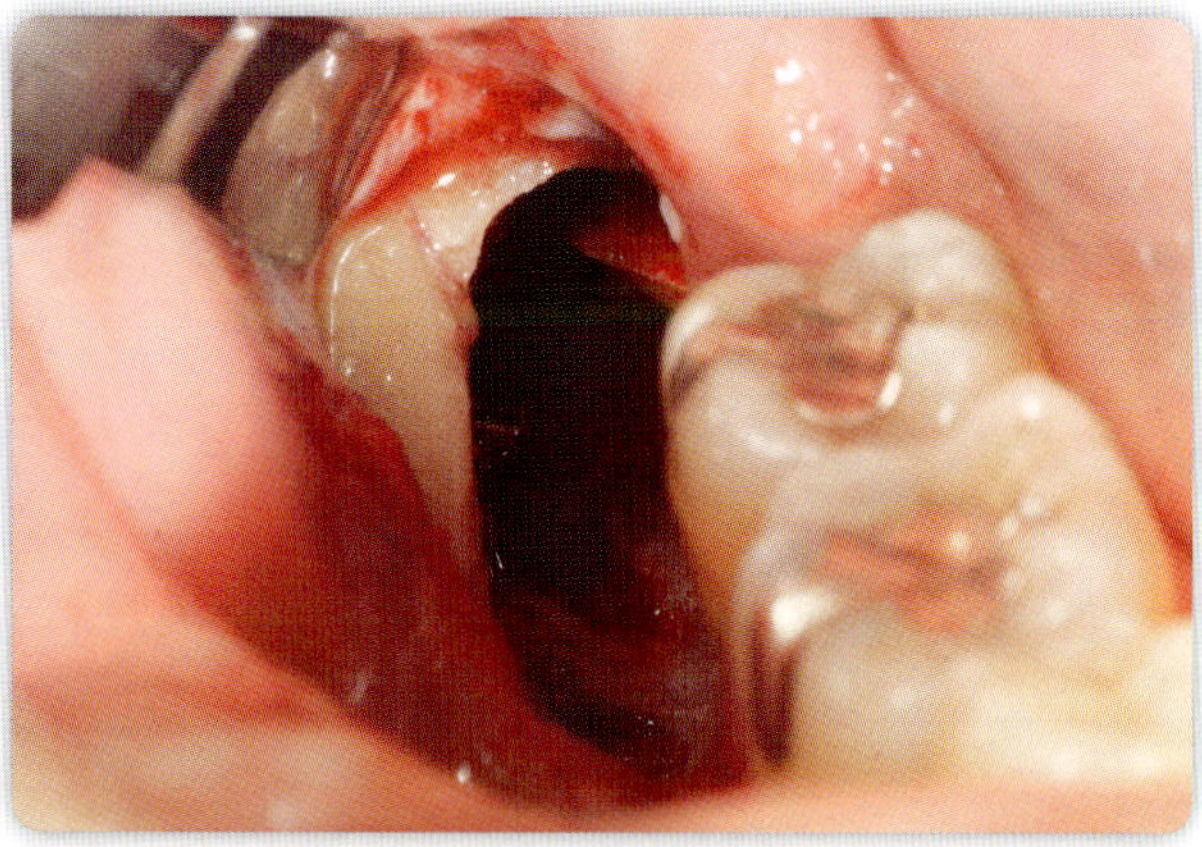

図７－５ｂ　粘膜骨膜弁剥離飜転後．

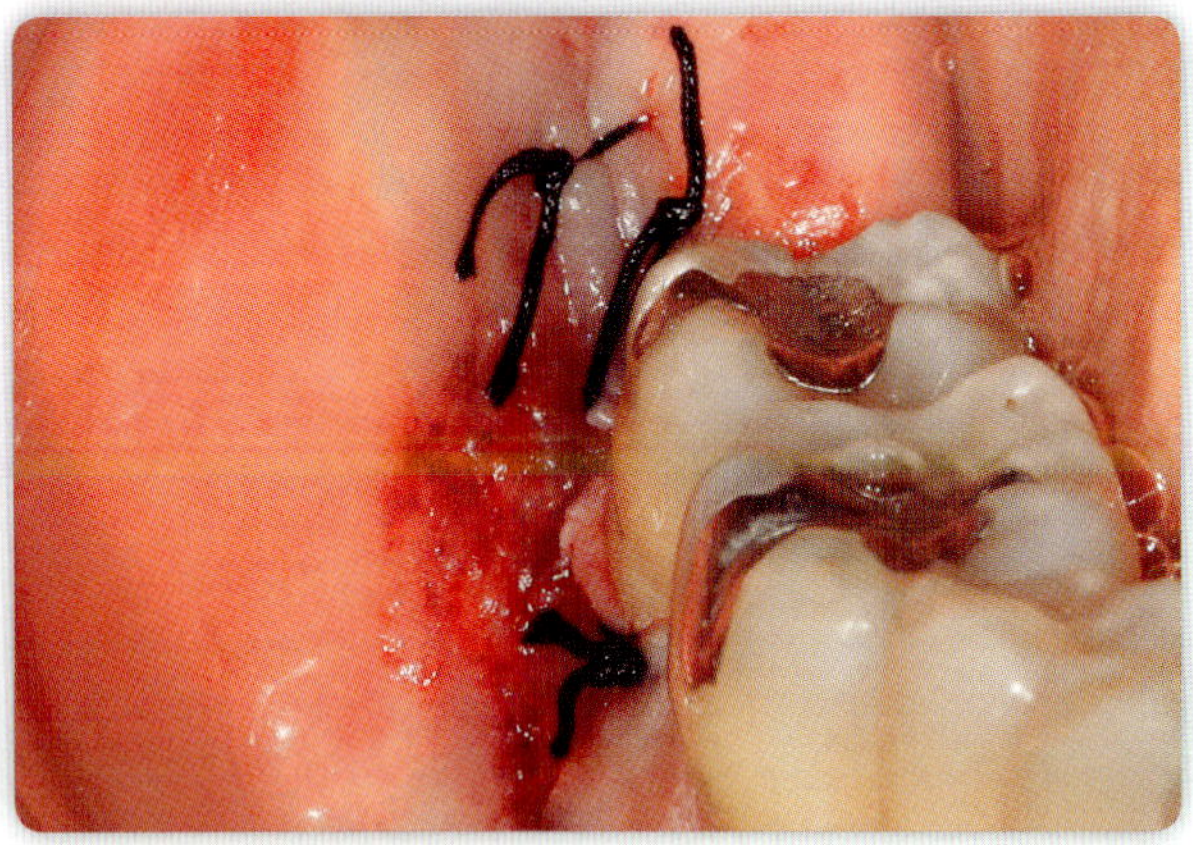

図７－５ｃ　縫合終了時．

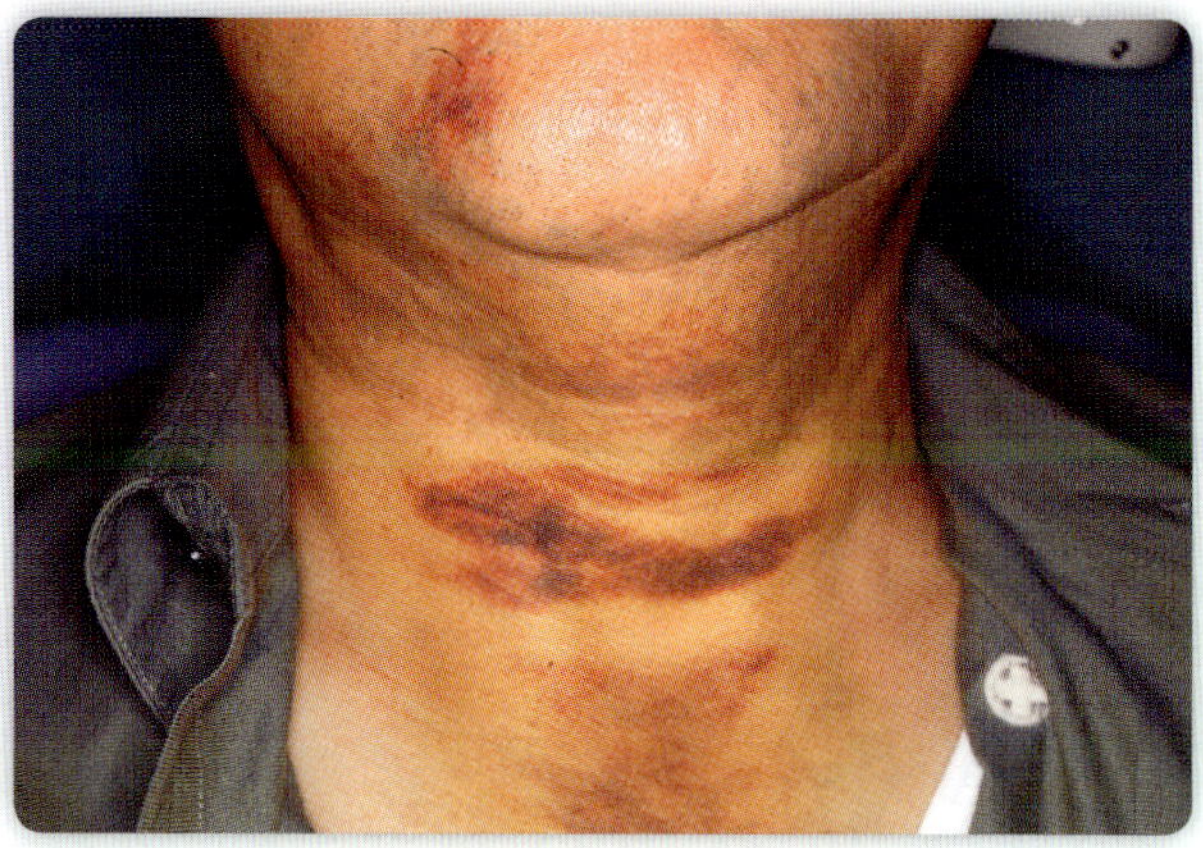

図７－５ｄ　内出血の状態．

抜歯：抜歯当日の INR 値は2.09でした．ワルファリンもバイアスピリンも継続したまま外来通院にて，右側下顎埋伏智歯を抜歯しました．歯肉を切開し粘膜骨膜弁の形成，埋伏歯周囲の骨削除，歯冠・歯根を分割して抜歯を行いましたが，術中，出血で術野が妨げられることもなく，後出血もありませんでした．しかし，翌日に頬部から頸部にかけ皮膚に広範囲の内出血斑を認めました．ワルファリン服用患者では，粘膜骨膜弁を形成した場合には，抜歯後，内出血斑ができることがあるので，抜歯前に患者にあらかじめ説明しておく必要があります．内出血斑は通常，１～２週間で自然に消退します．

ワルファリン継続下での抜歯に関する論文は，普通抜歯を対象としたものが多く，侵襲度の高い難抜歯や埋伏歯の抜歯と術後出血との関連を調査したランダム化比較試験はありません．ワルファリン服用患者の埋伏歯抜歯の安全性は確立していないので，大学病院の口腔外科医に依頼することを奨めます．

開業医でワルファリンを継続したまま抜歯しましたが，抜歯後出血で輸血が行われ口腔外科に紹介された症例（不良肉芽の掻爬が十分でなかった症例／図７-６）

患者：76歳，男性．

服薬：冠状動脈バイパス移植後，ラクナ梗塞でワルファリン，アスピリン（バファリン81®）を服用．

経過：９月28日，近歯科にて，ワルファリンを継続したまま6|を抜歯．

10月１日，抜歯後出血をきたし某病院にて止血処置を行いました．

10月６日，再度出血し，意識低下，歩行困難となり救急病院に搬入．

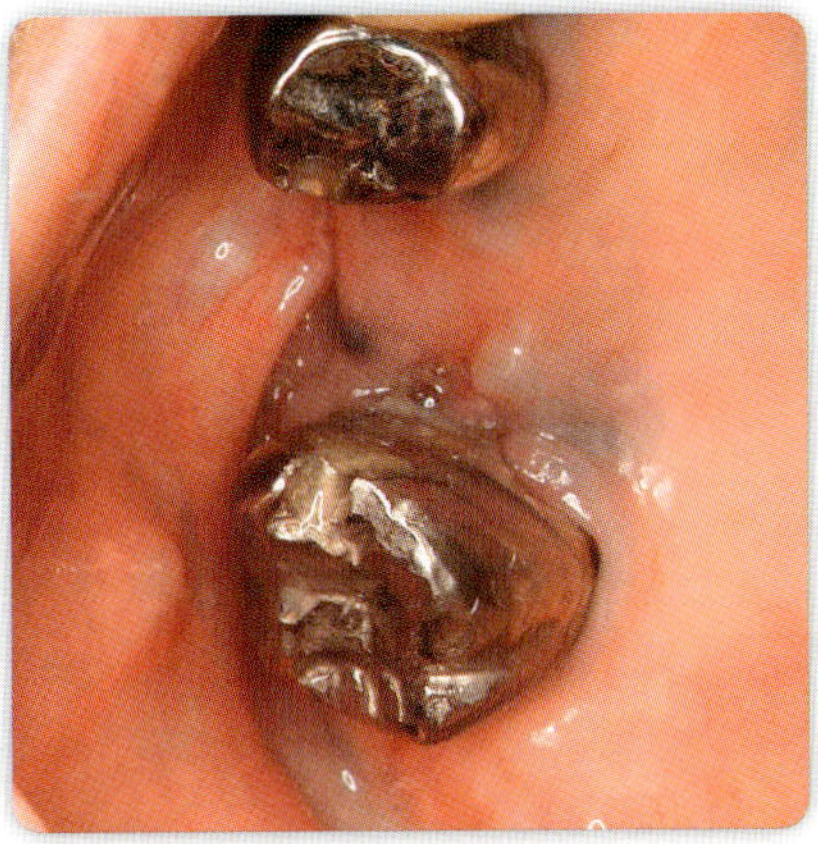

図７-６a　歯周炎のため抜歯を依頼された7|．

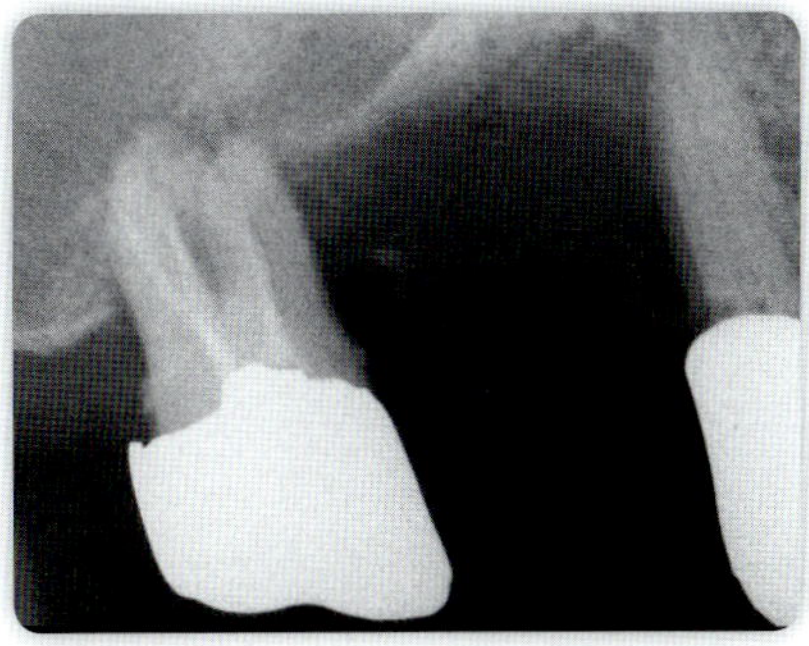

図７-６b　同部のエックス線写真．

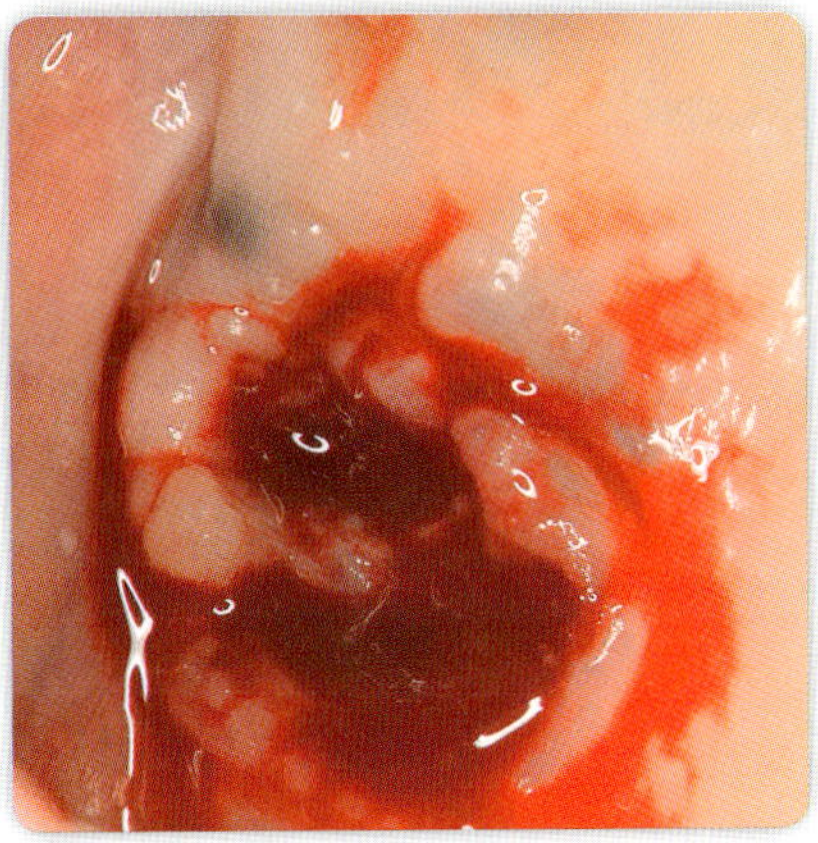

図７-６c　抜歯直後の出血は軽度であった．

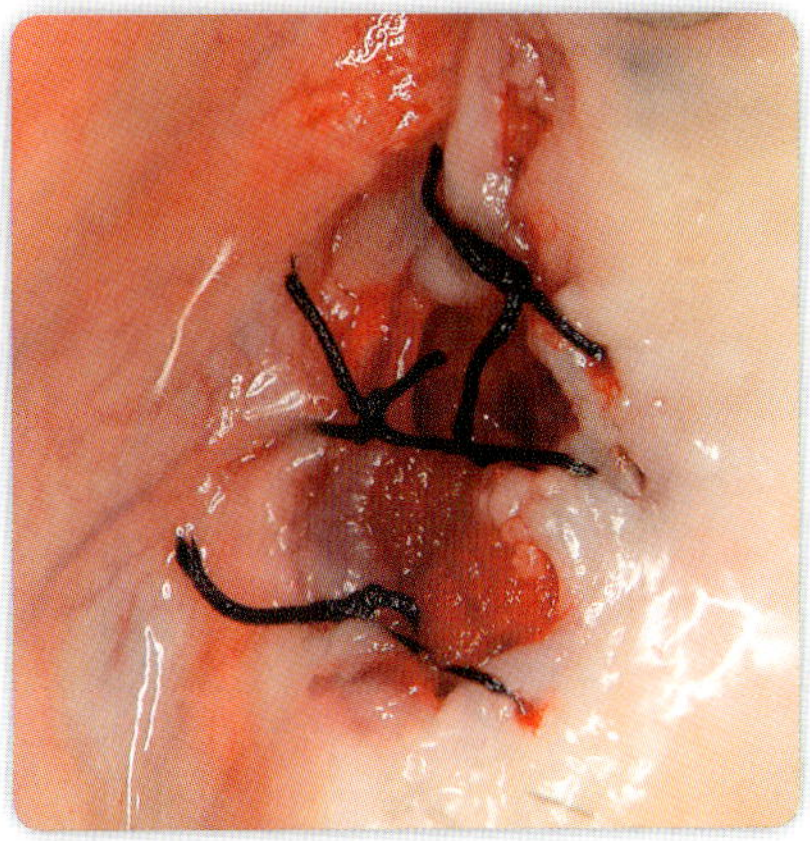

図７-６d　スポンゼル®を挿入し，縫合後完全に止血し，後出血もなかった．

肉芽が多量にあり大量出血し，ガーゼ圧迫では止血困難で，局所麻酔下に再掻爬，サージセル®を挿入し，止血シーネにて止血しました．救急病院で測定したINR値は3.09でした．ヘモグロビンが8.0mg/dLに低下し800mLの輸血が行われました．

7|も歯周炎のため抜歯適応となり，当科に紹介されました．ワルファリンもアスピリンも服薬を継続したまま抜歯を行いました．抜歯時の出血は軽度で，スポンゼル®を挿入し，縫合時には止血し，後出血もありませんでした．

近歯科で抜歯した6|の炎症の程度は不明でしたが，搬送された救急病院で抜歯窩に多量の肉芽組織を認め，再掻爬，局所止血処置をしたことから不良肉芽の掻爬が十分に行われていなかった可能性があります．

われわれも重度の歯周炎で動揺が著しく，抜歯は簡単に終了しましたが，不良肉芽の掻爬が不十分であったために，抜歯後出血をきたした症例を経験しています．しかしこの場合も，局所麻酔下に再掻爬を行い，スポンゼル® を挿入し，コーパック® と止血シーネにて止血しました．不良肉芽の取り残しが後出血の原因になることがあるので注意します．

不良肉芽の取り残しが，後出血の原因と思われた症例（図７-７）

患者：71歳，男性．

服薬：人工弁置換術後のために，ワルファリン2.5mg / 日を服用．

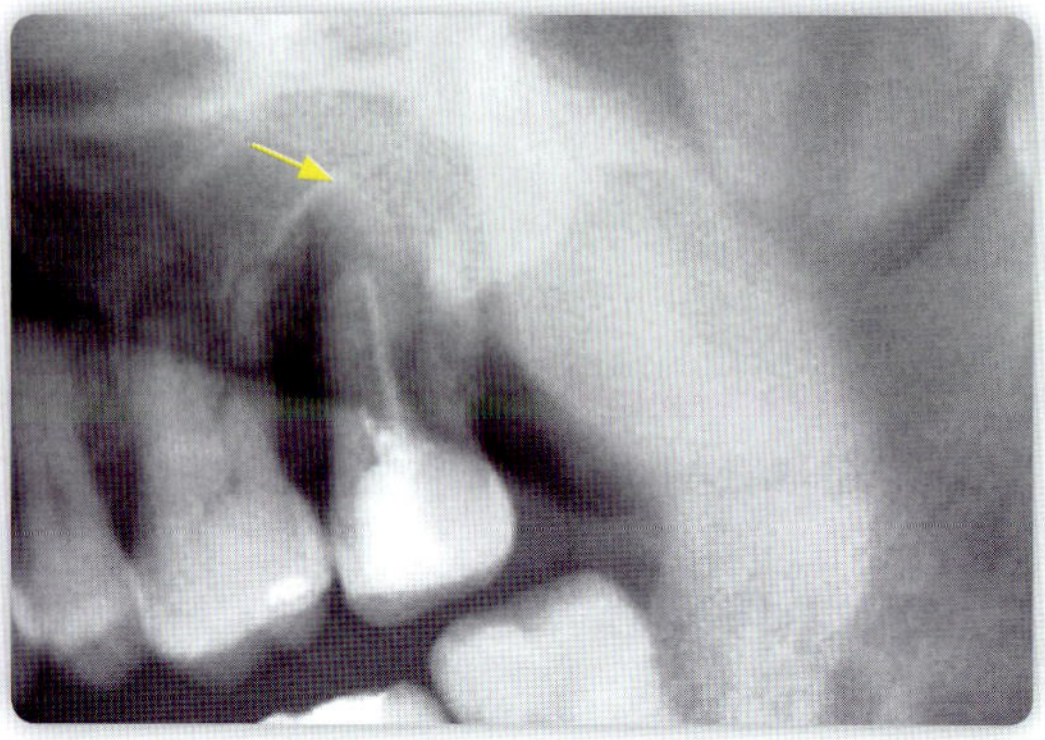

図７-７a ⌊7 歯周炎で，根端まで歯槽骨の吸収があり，著しい動揺がみられた．

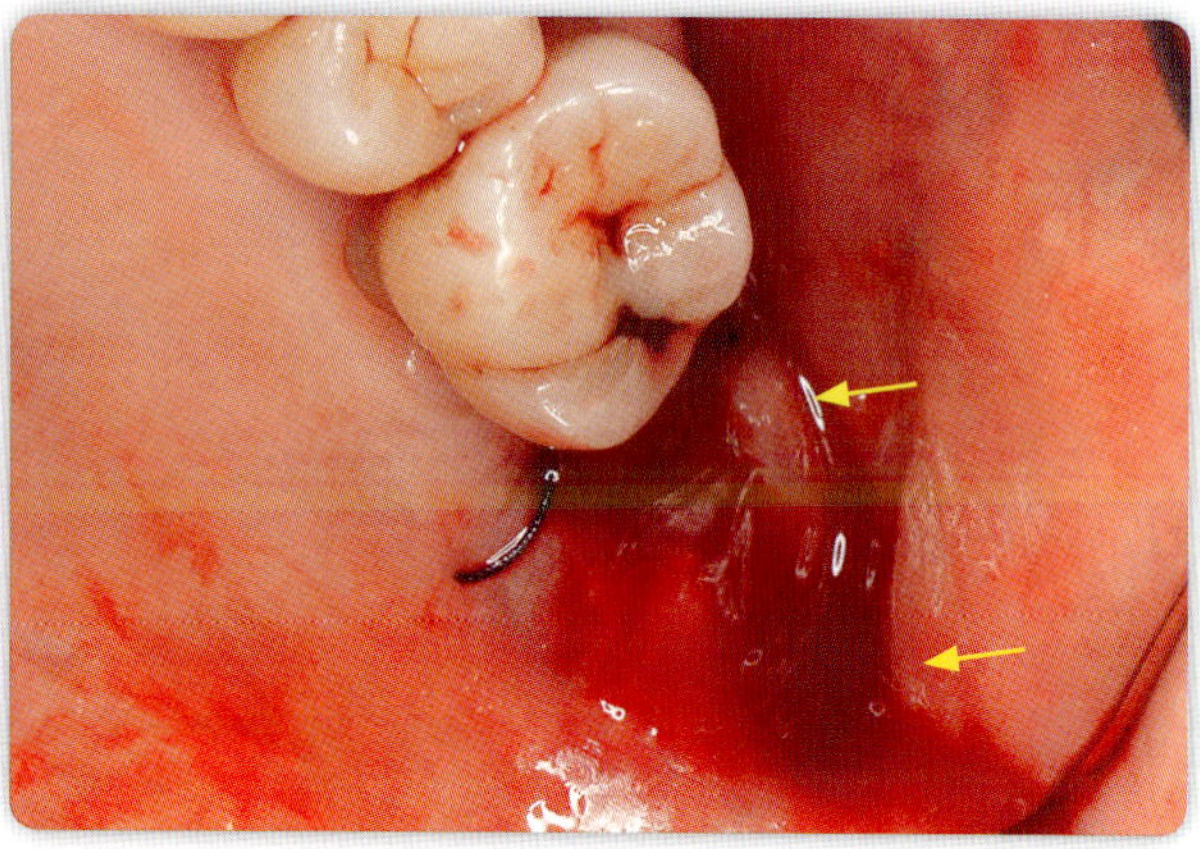

図７-７b ⌊7 抜歯後出血を認めた．

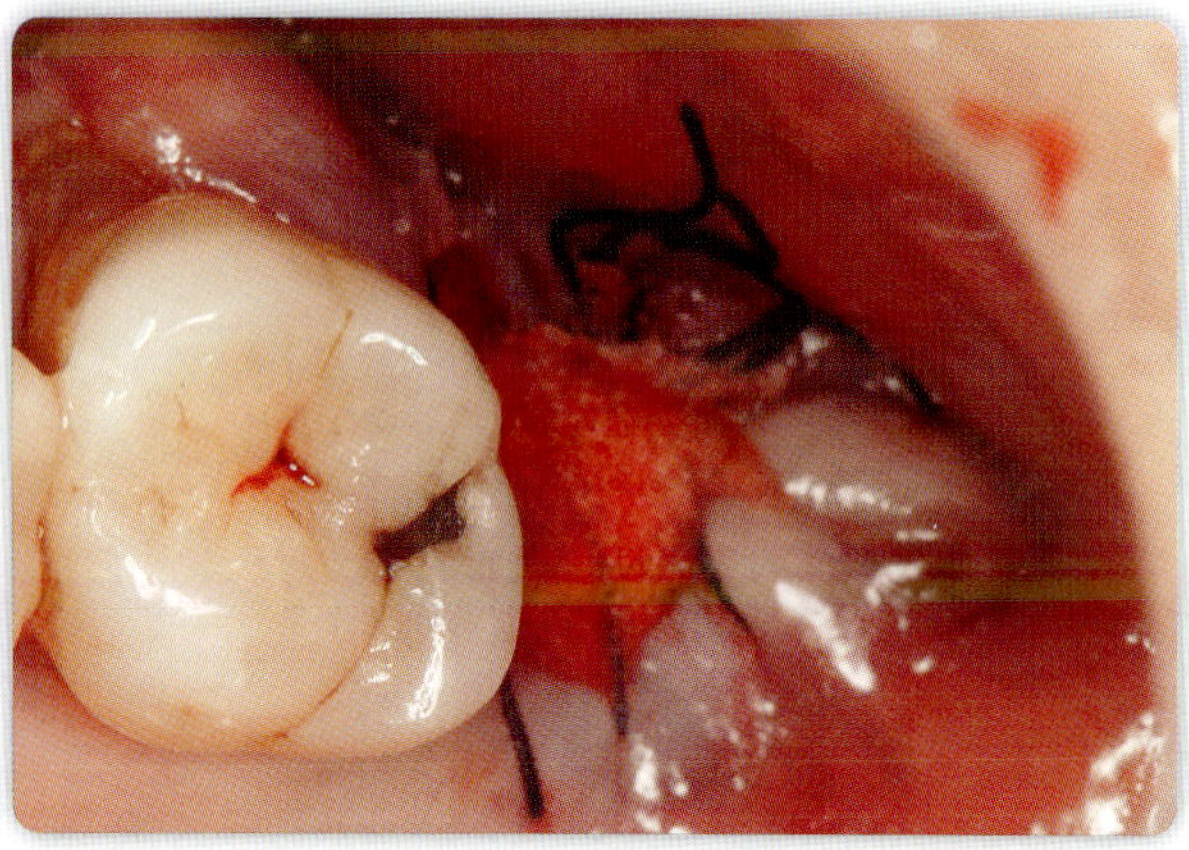

図７-７c スポンゼル® を再挿入し，再縫合した．

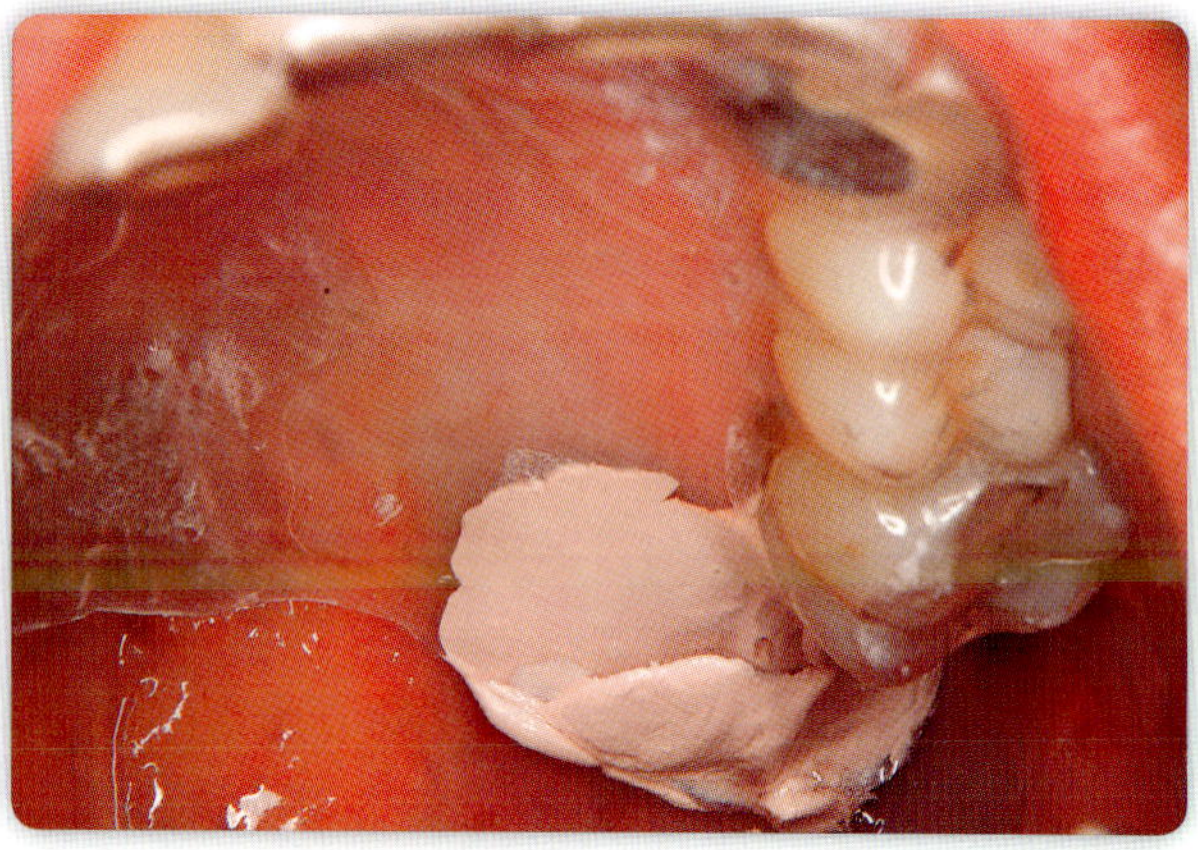

図７-７d コーパックを併用，止血床を装着し，止血した．

抜歯：⌊7 は歯周炎で動揺が著しいため，ワルファリンを継続したまま抜歯しました．抜歯当日の INR は3.13です．止血を確認してから帰宅させましたが，翌日同部より出血を認めました．再出血時の INR は2.85と治療域内です．

１/８万倍エピネフリン含有キシロカインの局所麻酔下に，再掻爬を行い吸収性ゼラチンスポンジを再挿入し，再縫合後にパックを併用した止血シーネを装着して止血しました．後出血時の INR は抜歯当日よりも低く，血圧も105/79mmHg と高くなかったので，後出血の原因は不良肉芽の取り残しであると思われます．止血床は６日後に除去しました．

Q8 アスピリンなどの抗血小板薬を継続したまま抜歯を安全に行うためには，何に注意しますか？

Question

Answer

抗血小板薬を継続したまま抜歯する際の注意事項は，基本的にワルファリンと同様です(Q７参照)．抜歯時に行うべき検査としては，ワルファリン療法患者でのINRのような適切なモニタリング検査はありませんが，出血時間を参考にしています．

2008年の「循環器疾患における抗血小板療法に関するガイドライン」では，ワルファリン服用患者と同様に抗血小板薬を継続したままでの抜歯が望ましいとなっています(表４-２，74頁)．抗血小板薬は，ワルファリンよりも抗血栓作用が弱く，経口投与された抗血小板薬は安定した血小板機能低下作用があるにもかかわらず，ほとんど出血をしないとされています．とくに，毛細血管や静脈の多い口腔粘膜での抗血小板薬の影響はほとんどなく，抜歯時には強い血小板凝集作用がある高濃度のエピネフリン含有の麻酔薬が注射されるので，抗血小板薬の作用は弱くなるため，抗血小板薬を中断する必要はないとされています．

抗血小板薬を継続したままの抜歯に関するランダム化比較試験があります．アスピリン100mg/日の服用患者39名の抜歯に際し，19名の継続群と20名の中断群では，両群ともに術後出血は発生しなかったとの報告です(表５-４，79頁)．抗血小板薬を継続したまま抜歯を行っても，重篤な出血性合併症を発症する危険性は，ワルファリンよりも低いという結果です．海外では，抗血小板薬(アスピリン，クロピトグレル，チクロピジン)を服用している患者の抜歯では，自然に止血するかガーゼの圧迫止血で止血が可能との報告があります．

日本人でも，抗血小板薬を継続したままの抜歯でも，抜歯後出血の発生率は約1.4％と低く，ワルファリンでの発生率の１/３という結果です(表５-３，79頁)．しかし抗血小板療法患者の抜歯でも，ガーゼ圧迫のみで縫合をしなかった症例や，歯肉膿瘍を形成し局所炎症があった症例では，後出血をしているので注意が必要です(表５-３)．われわれはガーゼ圧迫止血のみではなく，できるだけ縫合処置をしています．また症例により，吸収性ゼラチンスポンジを挿入するなど，適切な局所止血処置を心がけています．

抜歯時に行う検査としては，現在，ワルファリン療法患者でのINRのような適切なモニタリング検査はありませんが，出血時間を参考にしています．出血時間が延長している患者では，より慎重な局所止血処置を行い，ガーゼ圧迫止血を長めに行い，完全に止血を確認してから患者を帰宅させています．

注射針による小出血斑(図８-１)

患者：65歳，男性．

服薬：心筋梗塞，カテーテル挿入後のため，アスピリン(バイシリン®)100mgと，硫酸クロピドグレル(プラビックス®)75mgの２種類の抗血小板薬を服用．

浸潤麻酔：ワルファリンと同様に浸潤麻酔を行う場合には，刺入点に内出血斑をきたしやすい(矢印)ので，慎重に行います．

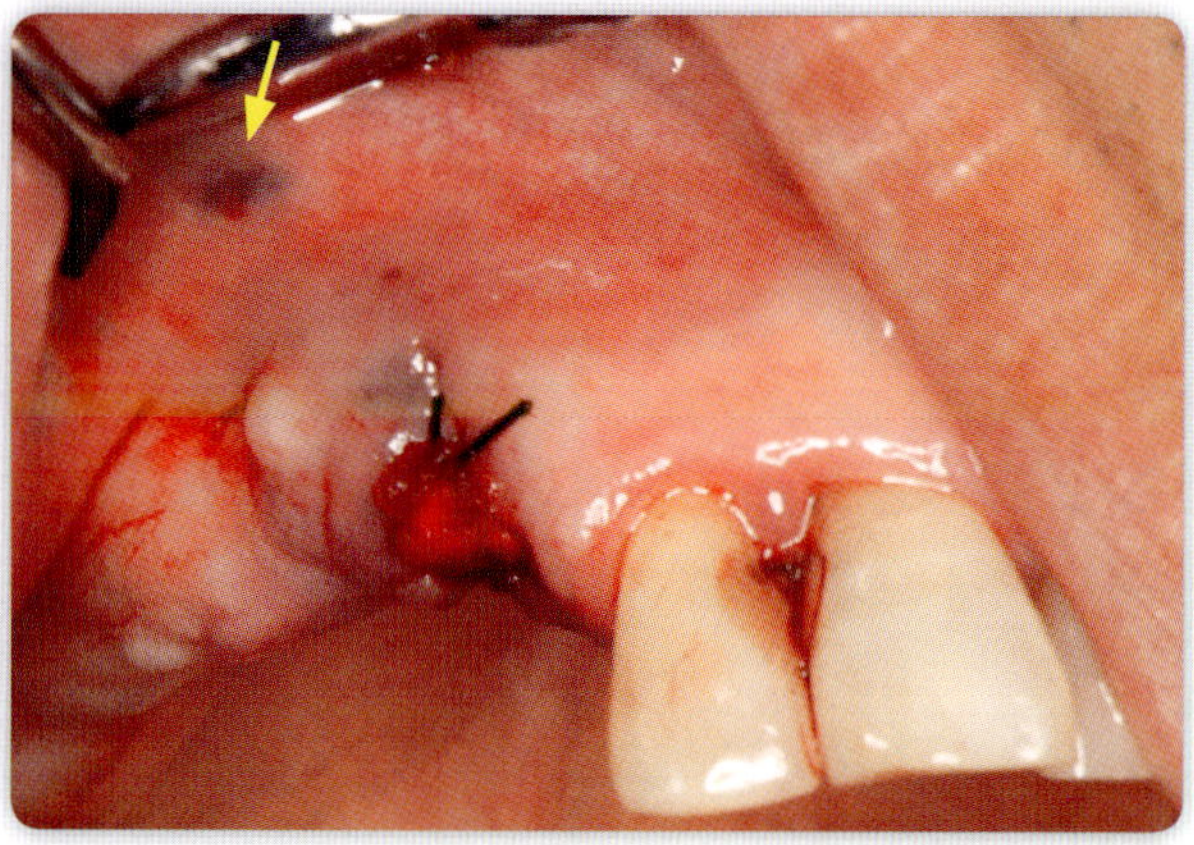

図８‐１　注射針による小出血斑(矢印).

出血時間が正常で，抜歯後に縫合のみを行った症例(図８‐２)

患者：69歳，女性.

服薬：狭心症のために，アスピリン(バイアスピリン®)100mg/ 日を服用.

抜歯：|4 6 7 は歯周炎のため動揺を認め，抜歯の適応でした．出血時間は２分と正常範囲内です．抜歯は鉗子で行い，容易でした．アスピリンのみの服用で，出血時間も正常であったために，抜歯後に局所止血剤は使用せず，抜歯窩を縫合しただけですが，後出血はありませんでした．抗血小板薬を継続したまま抜歯を行う際の局所止血処置は，肝機能障害など出血性素因がなく，出血時間が正常な場合には，抜歯窩の縫合のみで止血が可能と思われます.

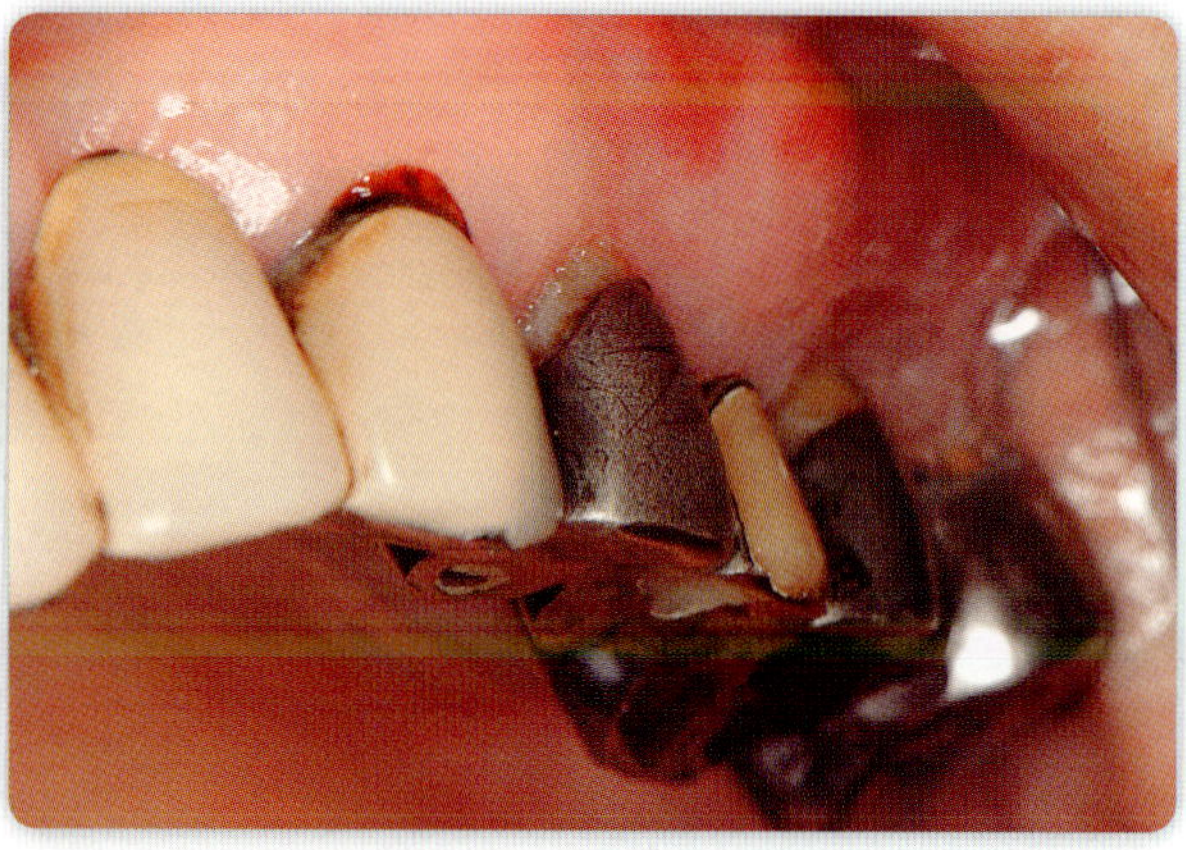

図８‐２a　|4 6 歯周炎のため動揺を認めた．出血時間は２分であった.

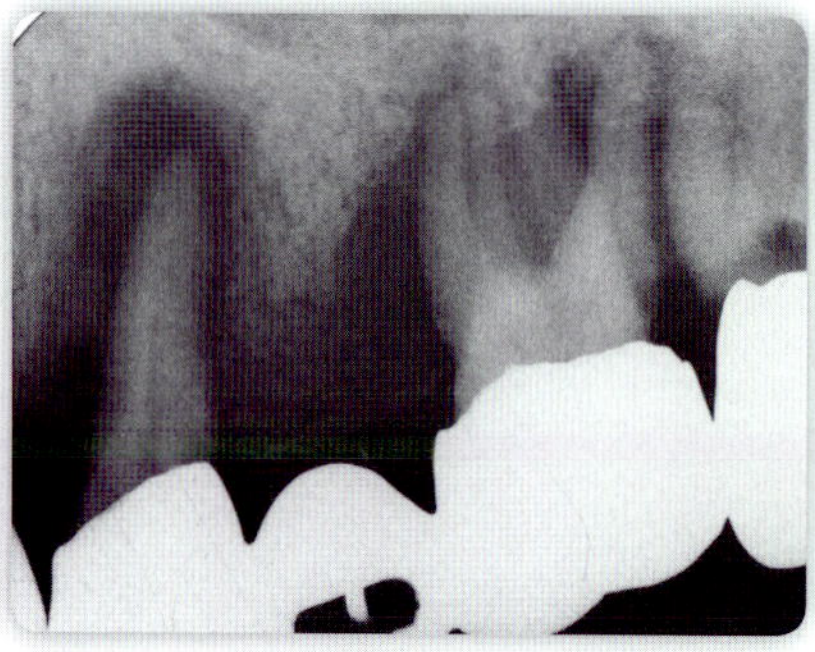

図８‐２b　同部のエックス線写真.

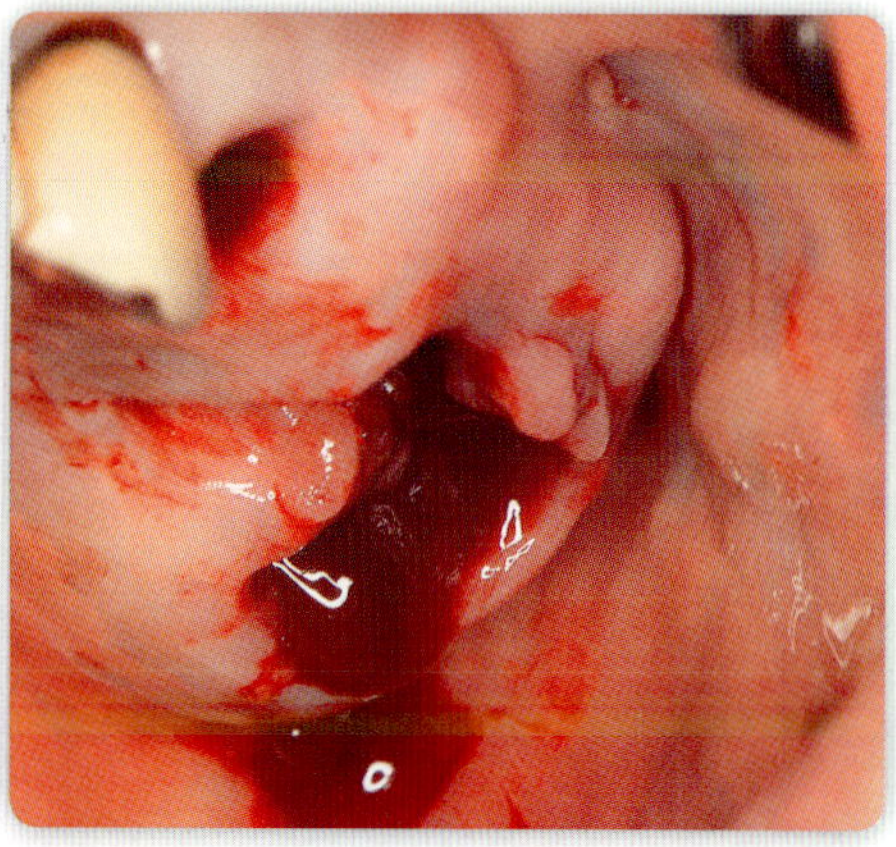

図８‐２c　抗血小板薬を継続したまま抜歯した.

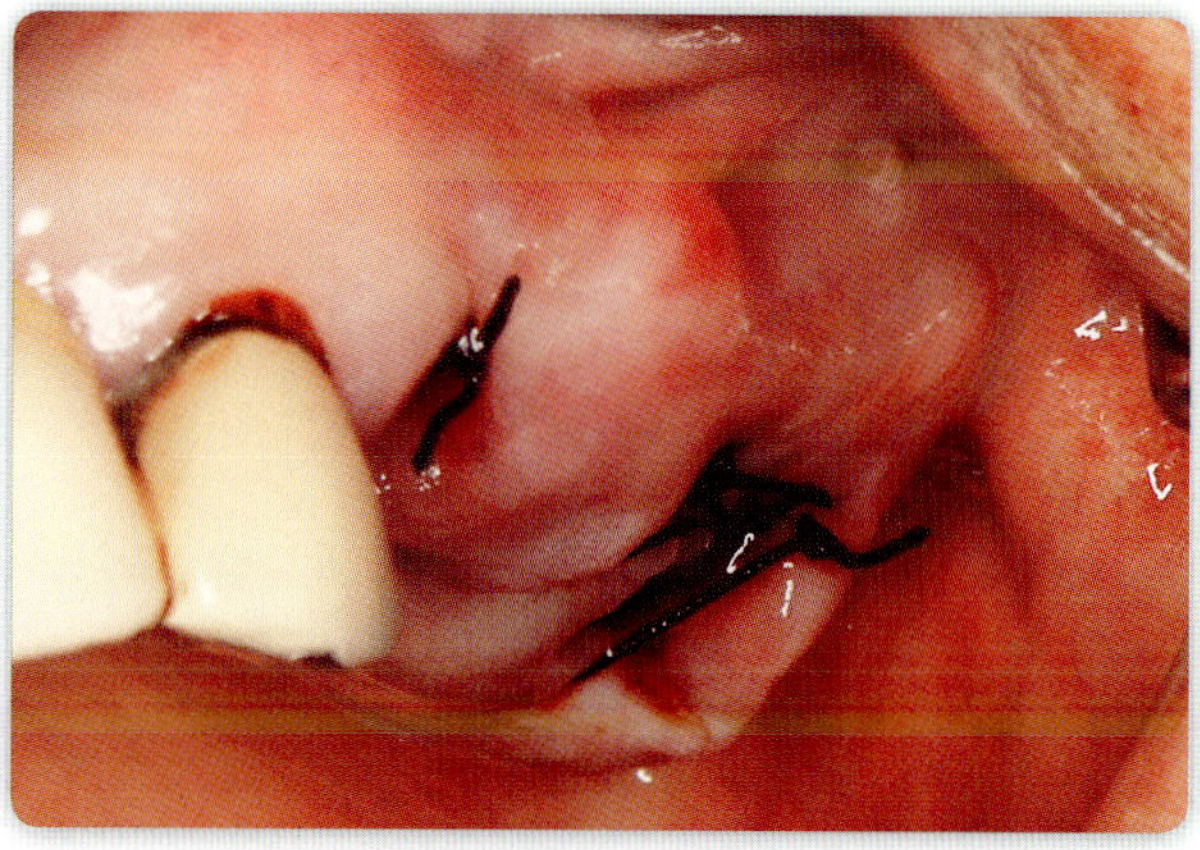

図８‐２d　局所止血剤を使用せずに縫合のみで止血した.

出血時間が延長していたために，吸収性ゼラチンスポンジを抜歯窩に填入し，縫合した症例（図８-３）

患者：67歳，男性.

服薬：内頸動脈塞栓，浅側頭動脈 - 中大脳動脈吻合術後のため，バイアスピリン®100mg/ 日とシロスタゾール（プレタール®）100mg/ 日を服用.

抜歯：|6 の歯根破折を認め，２種類の抗血小板薬の服用を継続させたまま抜歯を行いました．出血時間が８分と延長していましたが，術中の出血量は軽度でした．出血時間が延長していたので，より慎重な局所止血処置を行う必要があり，抜歯窩に吸収性ゼラチンスポンジ（スポンゼル®）を挿入し，縫合しました．抜歯後は後出血もなく経過良好でした.

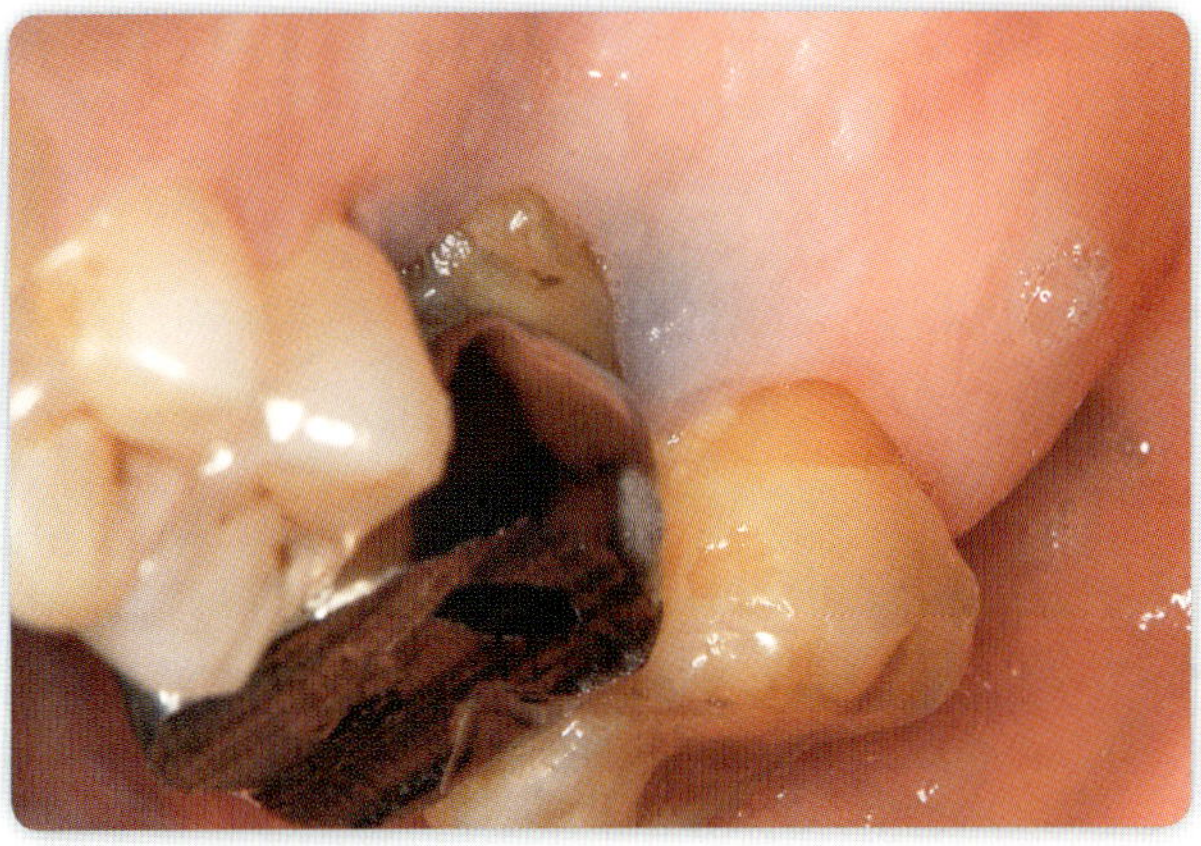

図８-３ａ　出血時間は８分でした.

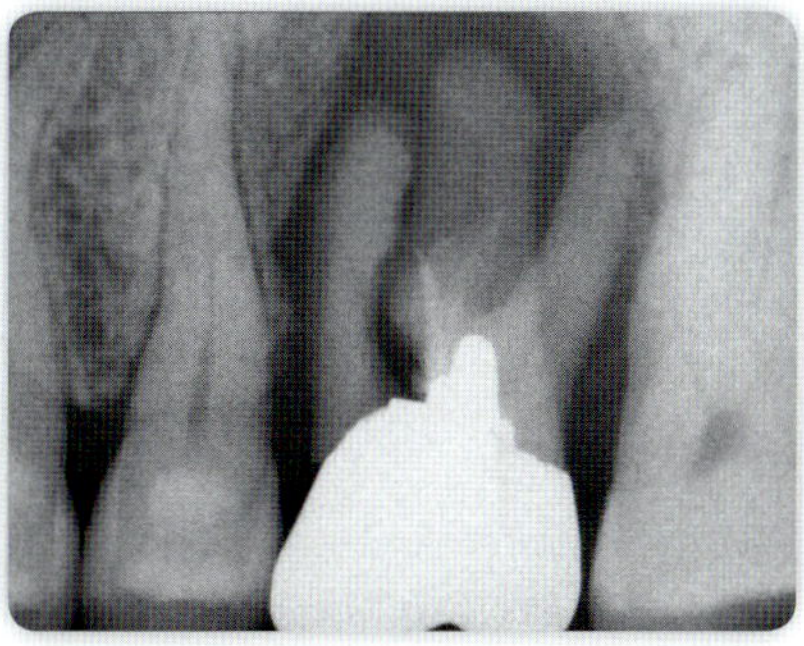

図８-３ｂ　エックス線写真にて，|6 の歯根破折を認めた.

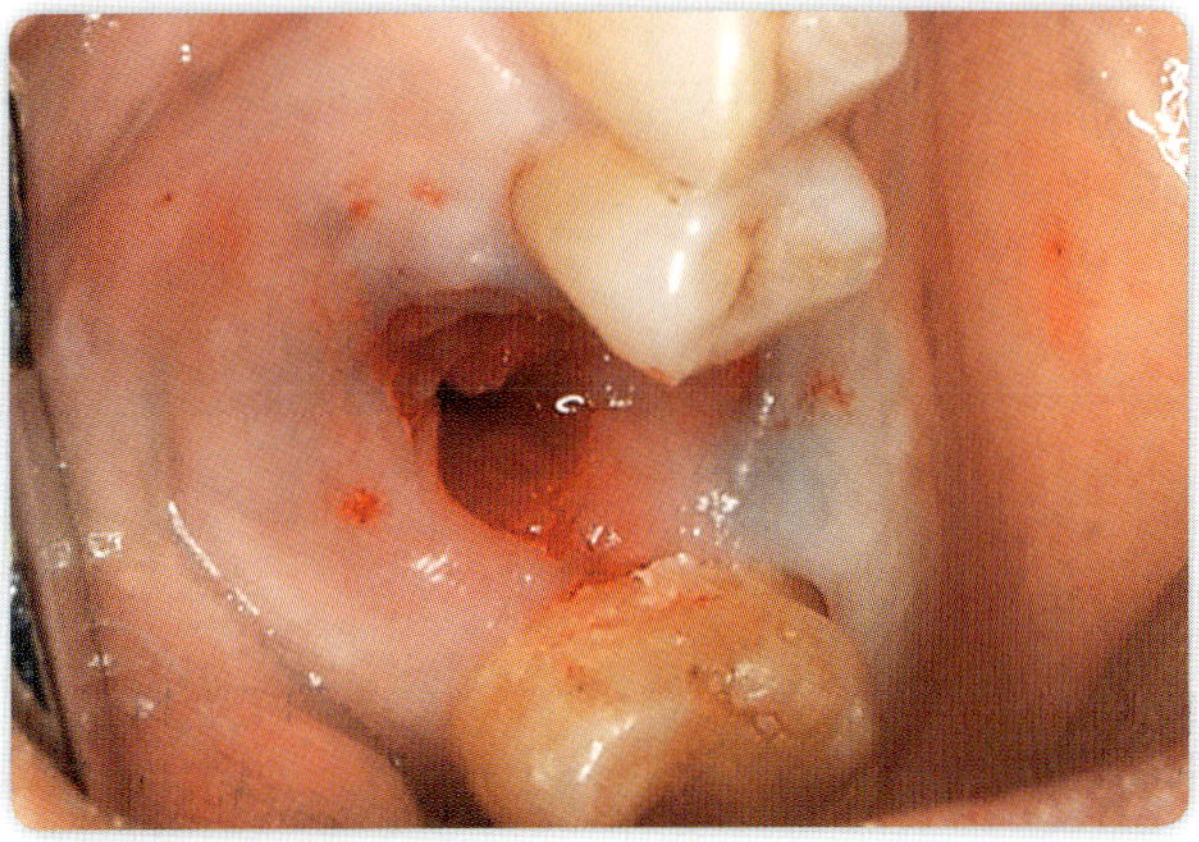

図８-３ｃ　抜歯直後.

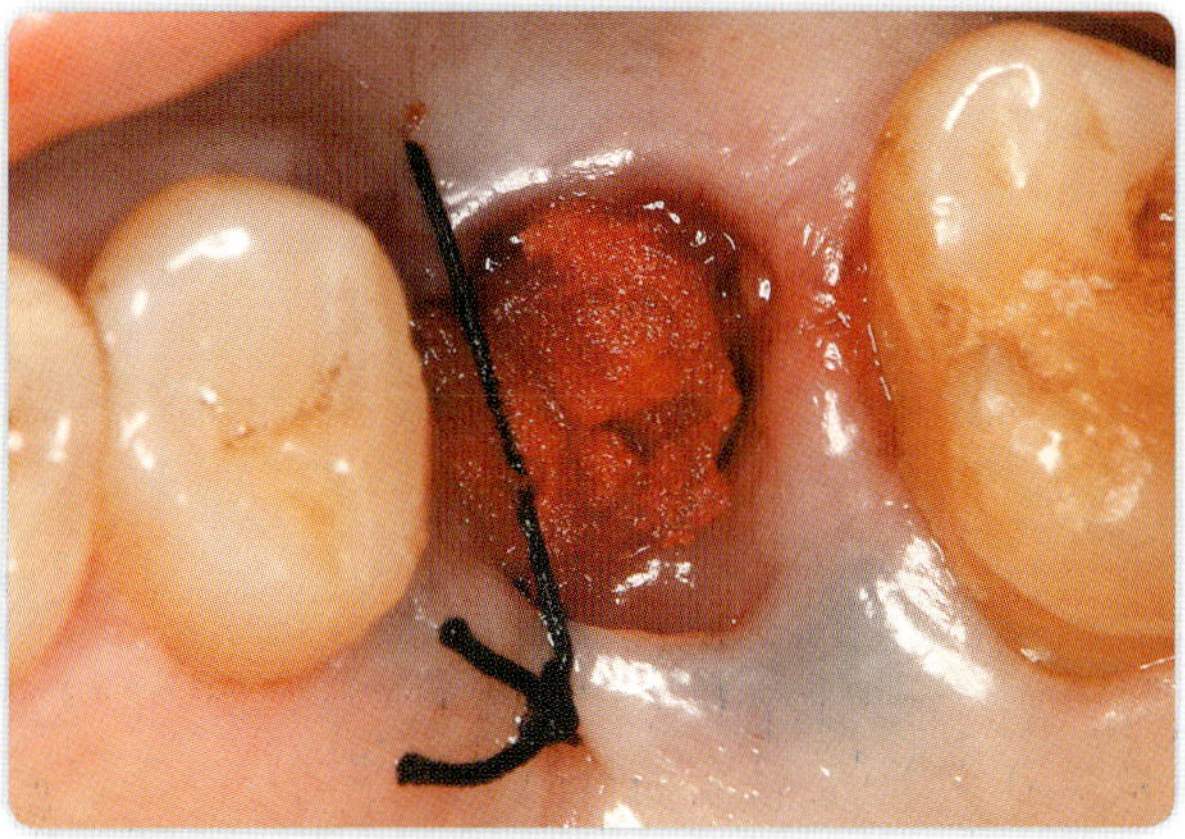

図８-３ｄ　スポンゼル®を挿入し，縫合した.

出血時間の延長を認めたが，歯肉を切開し粘膜骨膜弁を形成し，多数歯抜歯を行った症例（図８-４）

患者：82歳，女性

服薬：完全房室ブロック（ペースメーカー植え込み後），ラクナ脳梗塞のために，バイアスピリン®100mg を服用.

抜歯：バイアスピリン®を継続したまま抜歯を行うにあたり，医師に対診した結果，医師も抜歯時のアスピリン継続を強く望んでいました．出血時間は，８分30秒とやや延長していましたが，血小板数は245,000/mm^{3}と正常でした．|3 4 5 が残根で，一部歯肉に埋入していたために，切開を加え，粘膜骨膜弁を形成し，抜歯しました．抜歯時，異常出血はなく，術野が出血で妨げられることはありません．出血時間が延長していたために，抜歯窩にゼラチンスポンジ（スポンゼル®）を挿入し，縫合しました．後出血もありませんでした.

御報告
高血圧，完全房室ブロック（Pacemaker 植え込み後），ラクナ脳梗塞.
平素よりお世話になっております.
Aspirin 投与下での抜歯が可能とのことで，非常に有難く存じます.
是非，投与下でお願いしたいと存じますが，Pacemaker 植え込み後ですので，抜歯後の抗菌薬の投与を厳重に施行して頂ければ幸いかと存じます.
何卒，宜しくお願い申し上げます.

図８‐４ａ　医師からの診断結果.

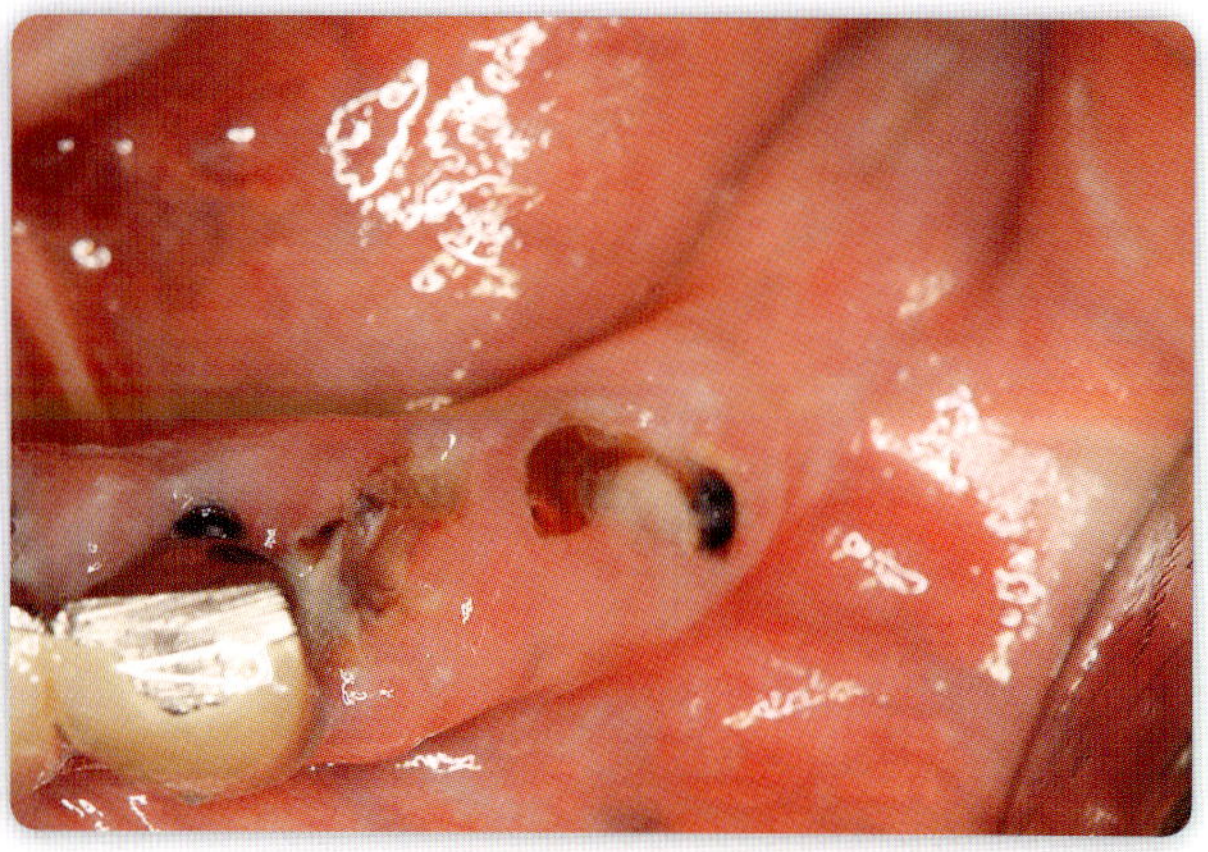

図８‐４ｂ　出血時間が８分30秒とやや延長していた.

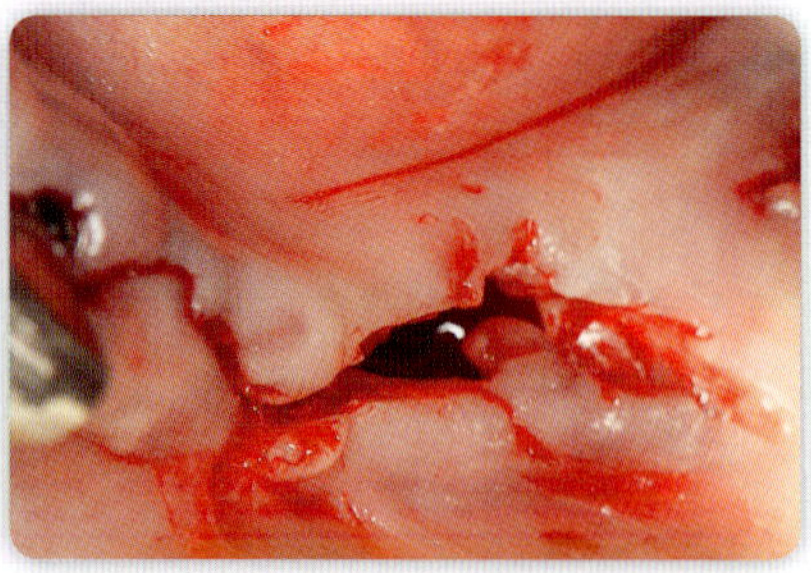

図８‐４ｃ　粘膜骨膜弁を形成し，抜歯を行ったが出血は軽度であった.

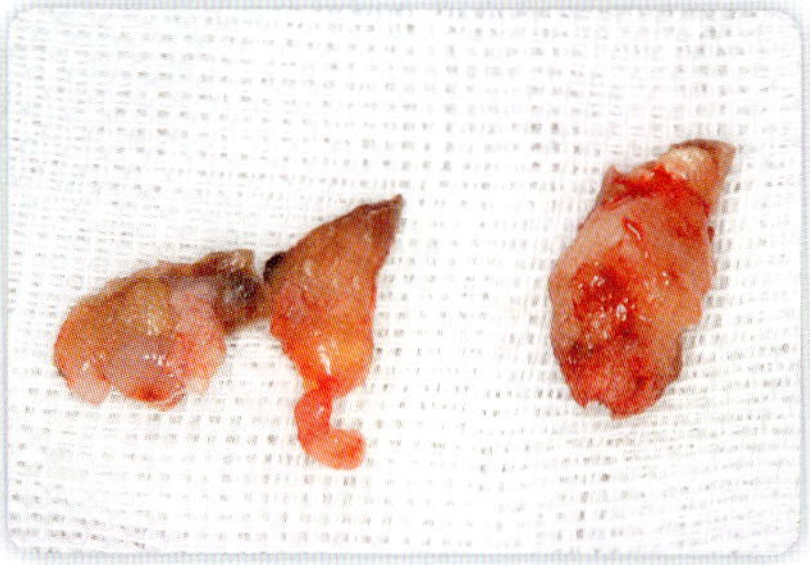

図８‐４ｄ　抜歯した残根.

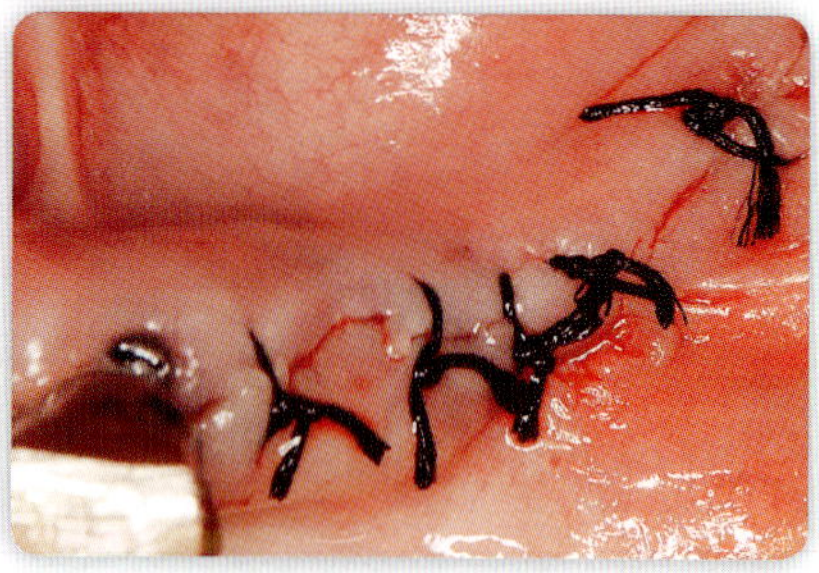

図８‐４ｅ　吸収性ゼラチンスポンジを填入し，縫合した.

経口投与された抗血小板薬は，安定した血小板機能低下作用があるにもかかわらず，出血をほとんどしないとされています．抗血小板薬を継続したままの抜歯時の局所止血方法は，縫合のみでも止血が可能と思われます．しかし，出血時間が延長していた場合などは，局所止血剤を填入するなど，慎重な対応が必要です.

２種類の抗血小板薬を服用していた症例１（図８‐５）

患者：81歳，男性.

服薬：狭心症のためにバイアスピリン® とプレタール® の２種類の抗血小板薬を服用.

抜歯：出血時間は１分30秒と正常です．|4 と |6 が残根のために，２種類の抗血小板

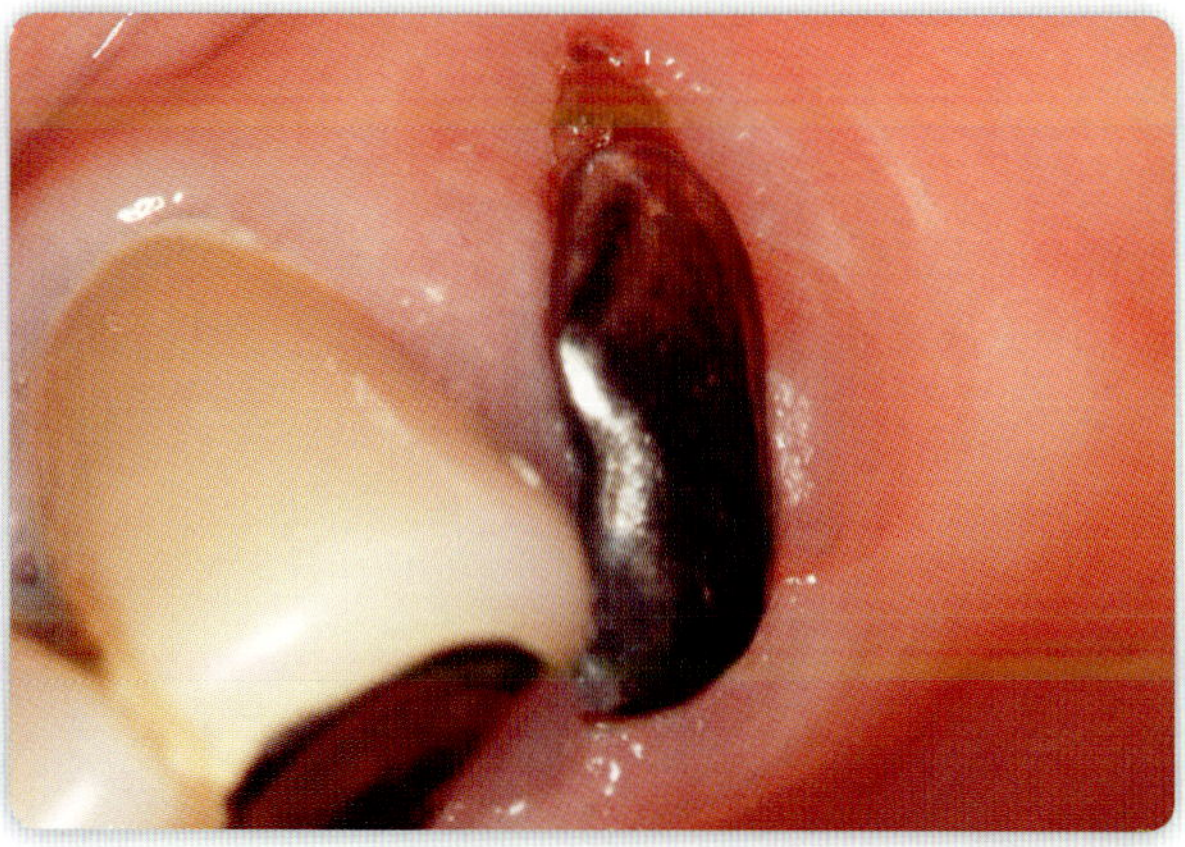

図８‐５ａ　残根状態の |4.

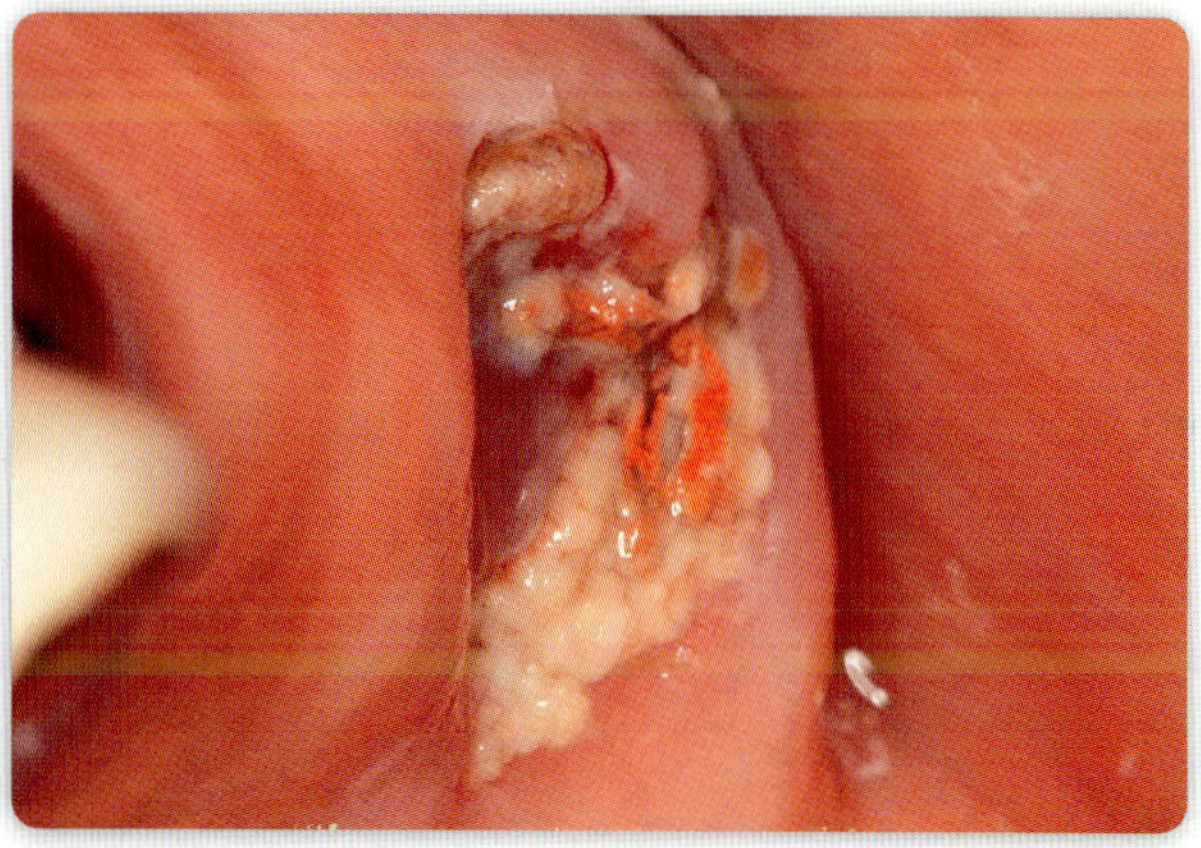

図８‐５ｂ　残根状態の |6.

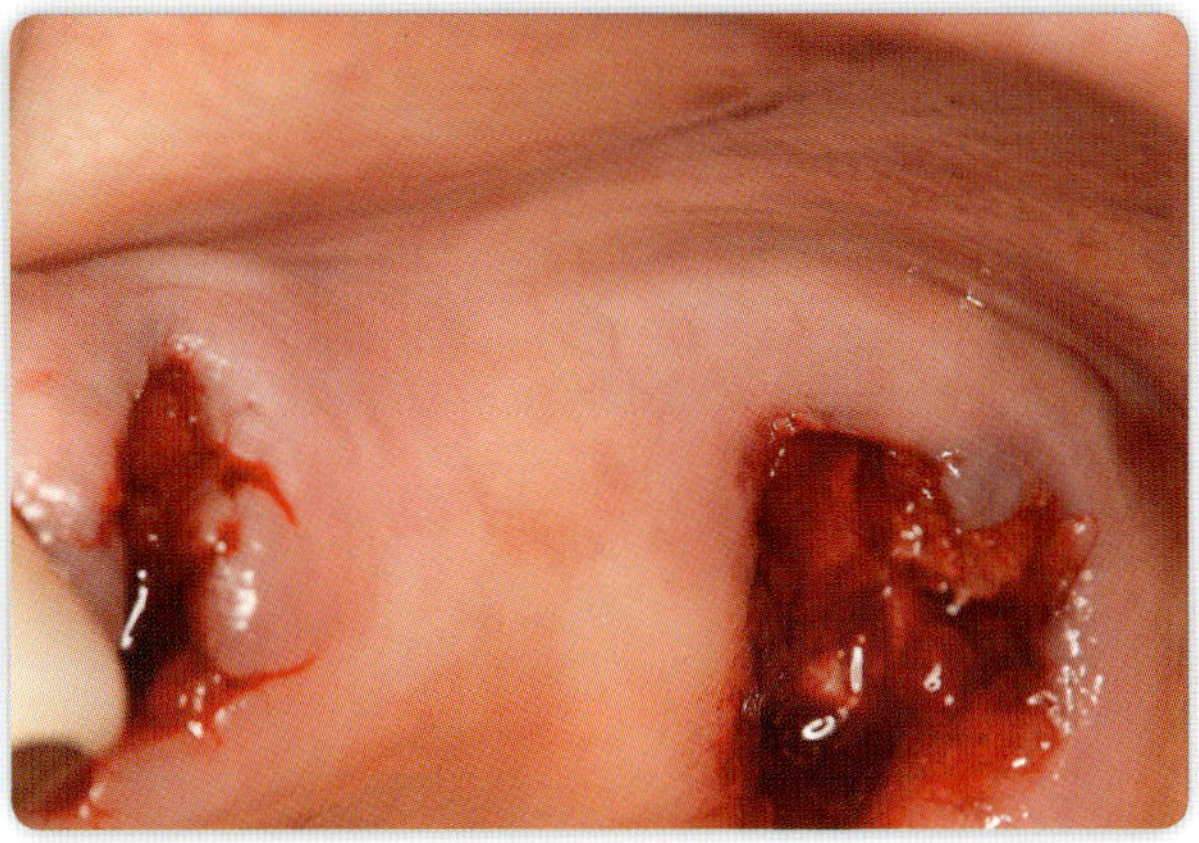

図８-５c　抜歯直後の状態.

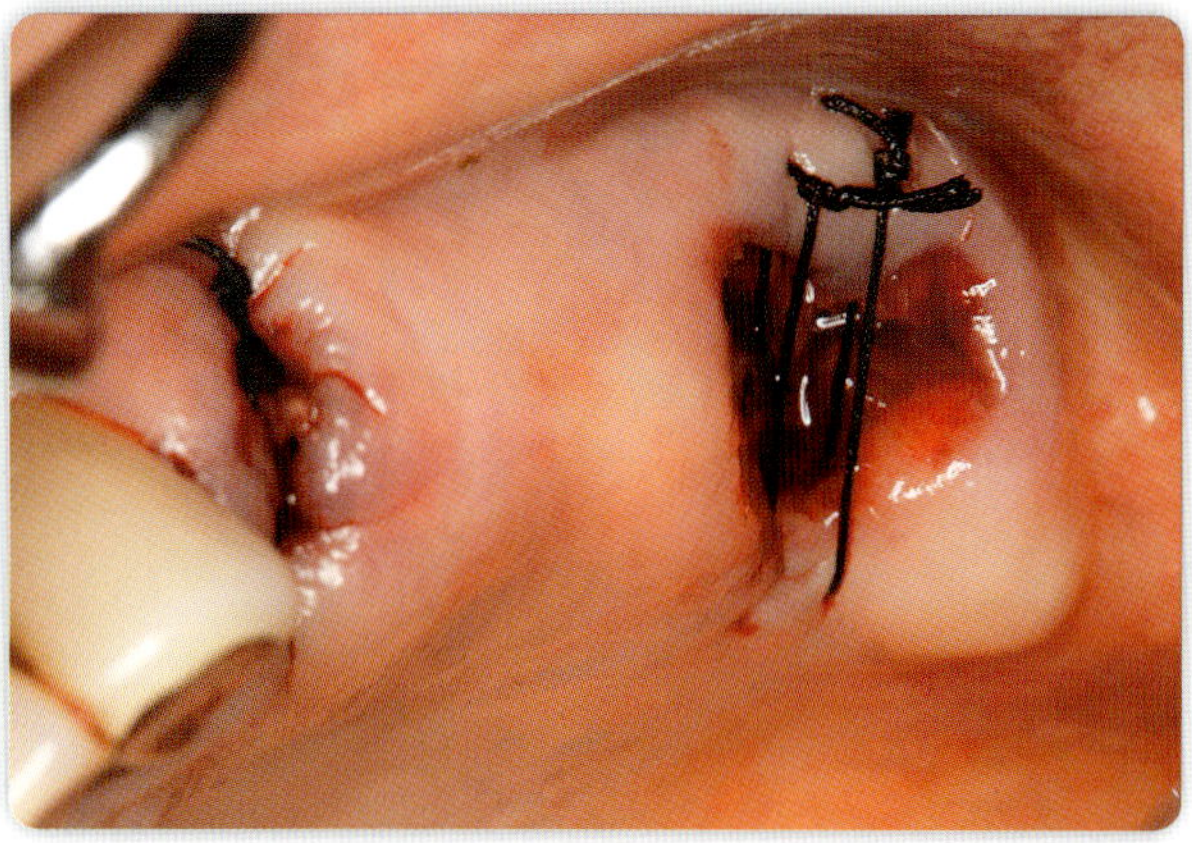

図８-５d　縫合のみで止血した.

薬を継続したまま抜歯を行いましたが，抜歯時の出血も軽度で，局所止血剤は填入せず縫合のみで止血し，後出血もありませんでした.

2種類の抗血小板薬を服用していた症例2（図８-６）

患者：64歳，男性.

服薬：狭心症のためにカテーテル治療後，アスピリン（バイアスピリン®）100mg/日と，硫酸クロピドグレル（プラビックス®）75mg/日の2種類の抗血小板薬を服用.

抜歯：|8がう蝕のために抜歯の適応でした．この患者は糖尿病と高血圧症があり，抜歯時に抗血小板薬を中断すると血栓・塞栓症のリスクがあるために，内科主治医は抗血小板薬を継続したままの抜歯を強く希望していて，紹介来院しました.

HbA1cは6.0％，抜歯当日の出血時間は4分と正常でした．|8は骨植がよく，骨削除し，歯根を分割して抜歯をしましたが，術中の多量出血はありませんでした．抜歯窩を縫合しましたが，縫合後も軽度の出血を認めたために，抜歯窩に吸収性ゼラチンスポンジを填入しました．抜歯後出血はありませんでした．このように抗血小板薬のみの症例でも症例によっては局所止血剤の使用を考慮します.

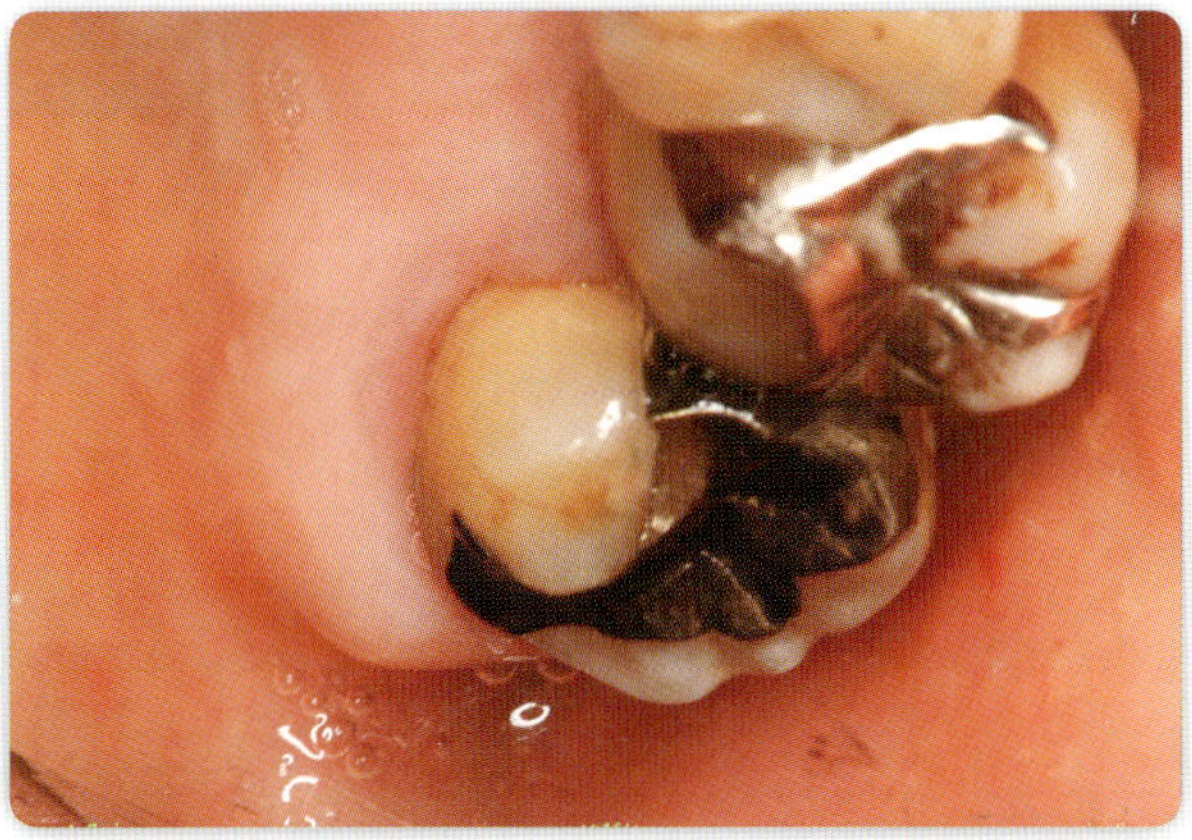

図８-６a　|8のう蝕のため，近医より抜歯を依頼された.

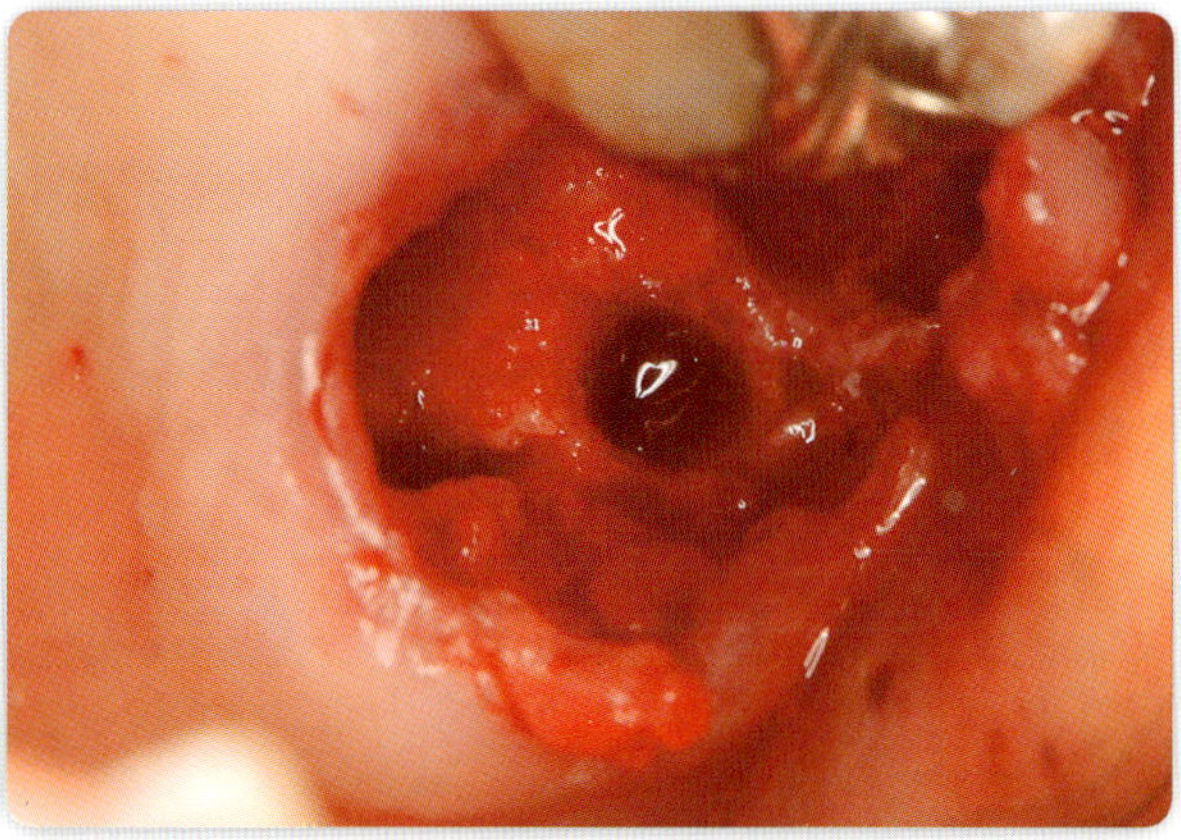

図８-６b　抜歯直後の状態.

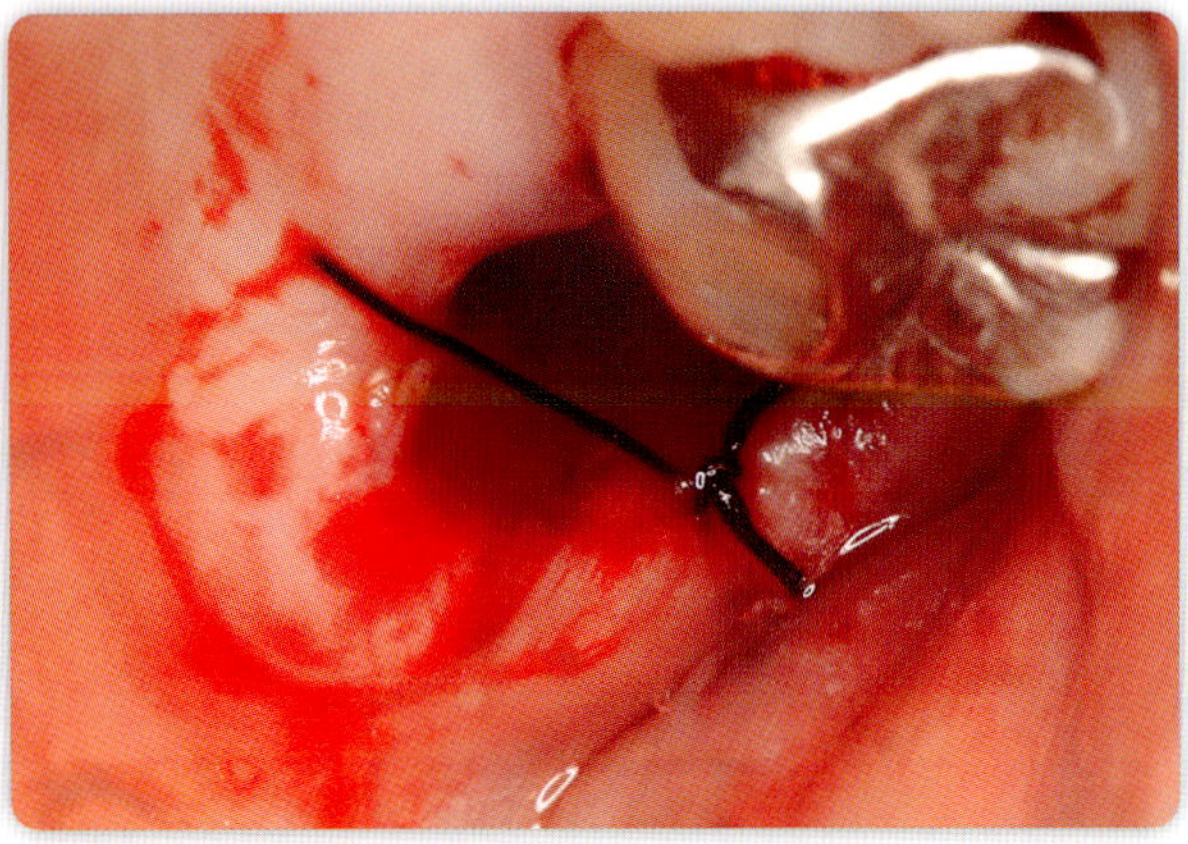

図８－６ｃ　縫合終了時に軽度の出血を認めた．

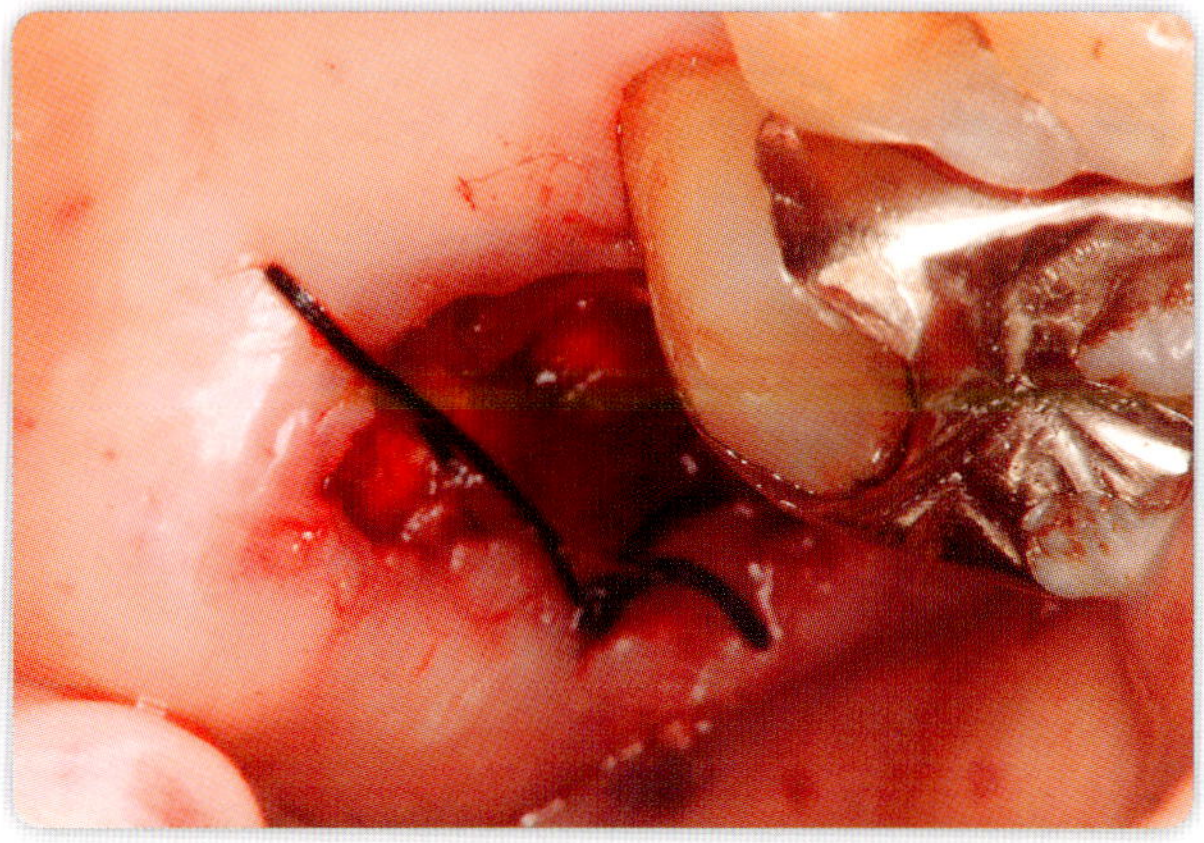

図８－６ｄ　スポンゼル® を挿入し，止血した．

腐骨を除去した症例（図８－７）

患者：85歳，女性．

服薬：狭心症のためにアスピリン（バファリン81®）81mg/日を服用．

腐骨除去：3|部の歯肉から排膿を認め，近歯科より紹介され来院しました．アスピリンを継続したまま歯肉を切開し，精査しました．手術当日の出血時間は１分30秒でした．3 4|の歯槽頂部に切開を加え，粘膜骨膜弁を形成し，腐骨を除去し，不良肉芽組織を掻爬しました．術中異常出血はなく，縫合終了時には止血し，後出血もありませんでした．

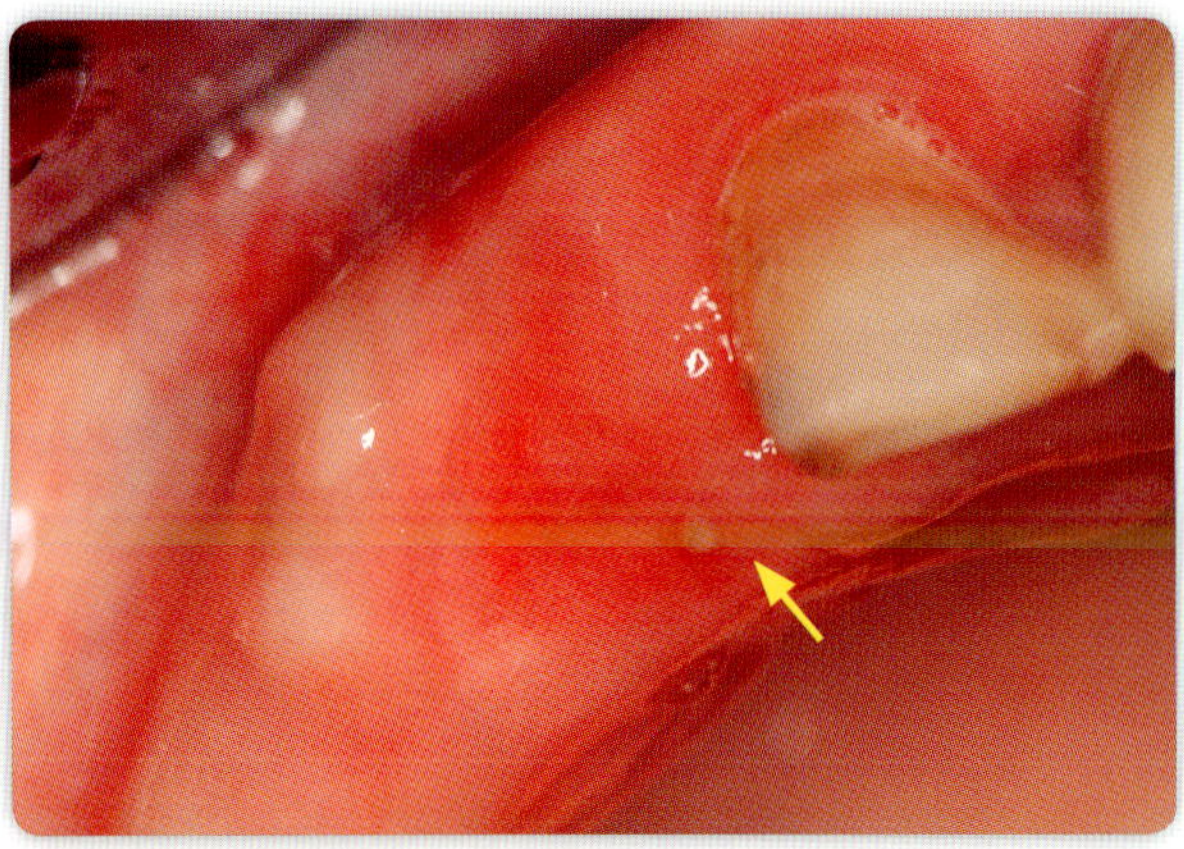

図８－７ａ　3|部歯肉より排膿を認めた．

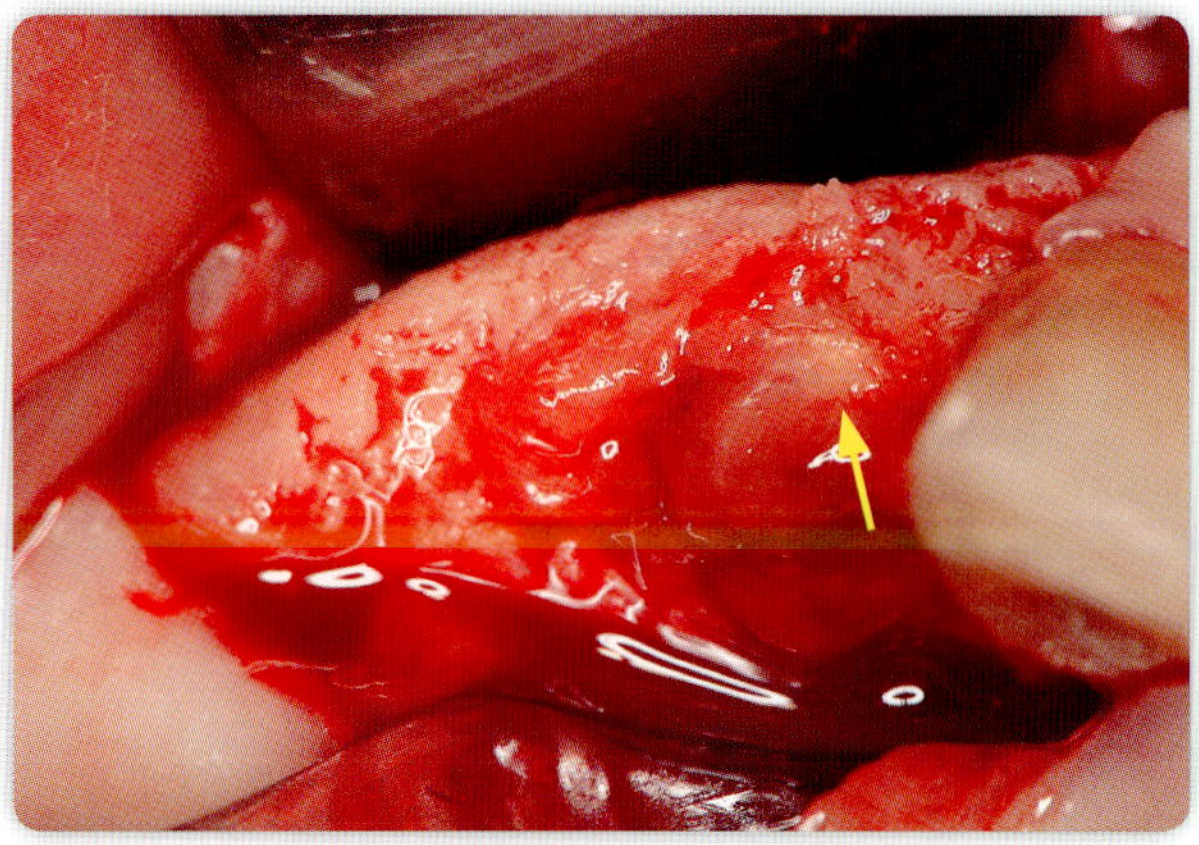

図８－７ｂ　歯肉切開し粘膜骨膜弁を反転して腐骨を明示．

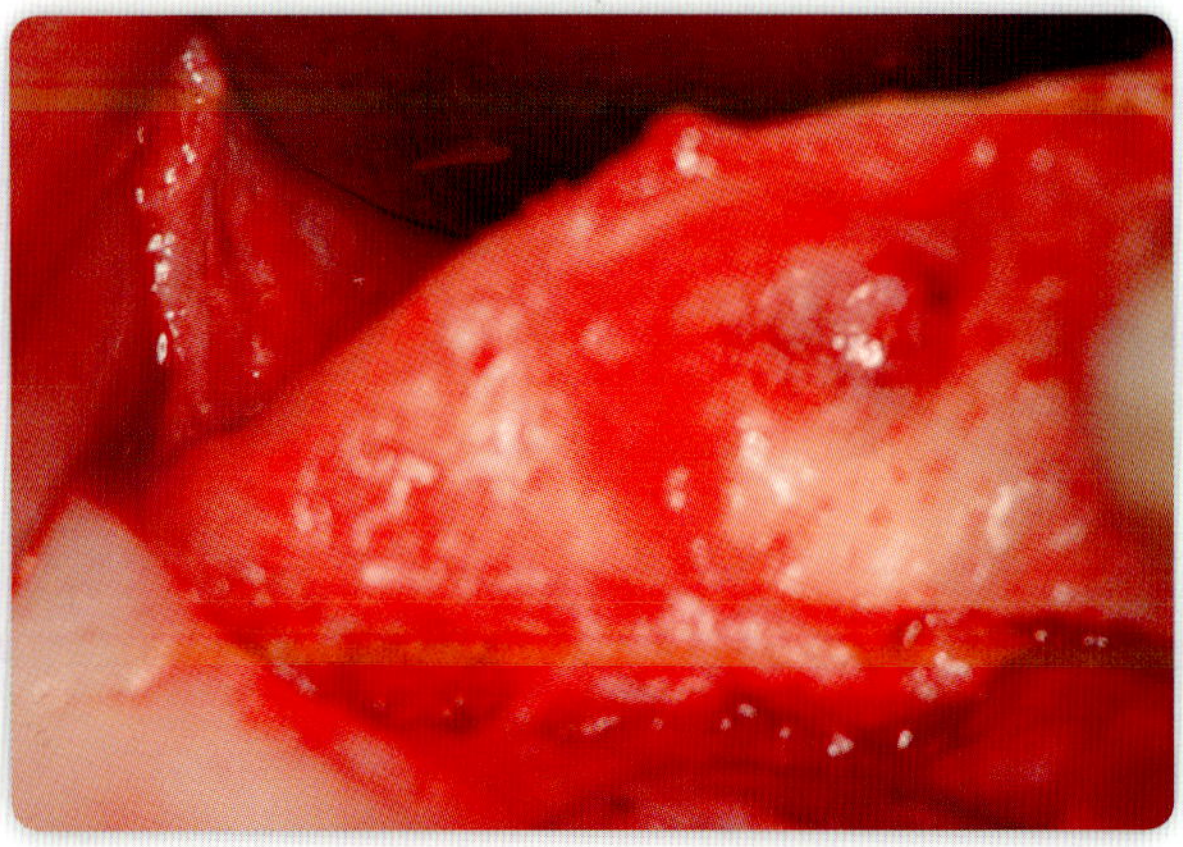

図８－７ｃ　腐骨除去し不良肉芽を掻爬した．

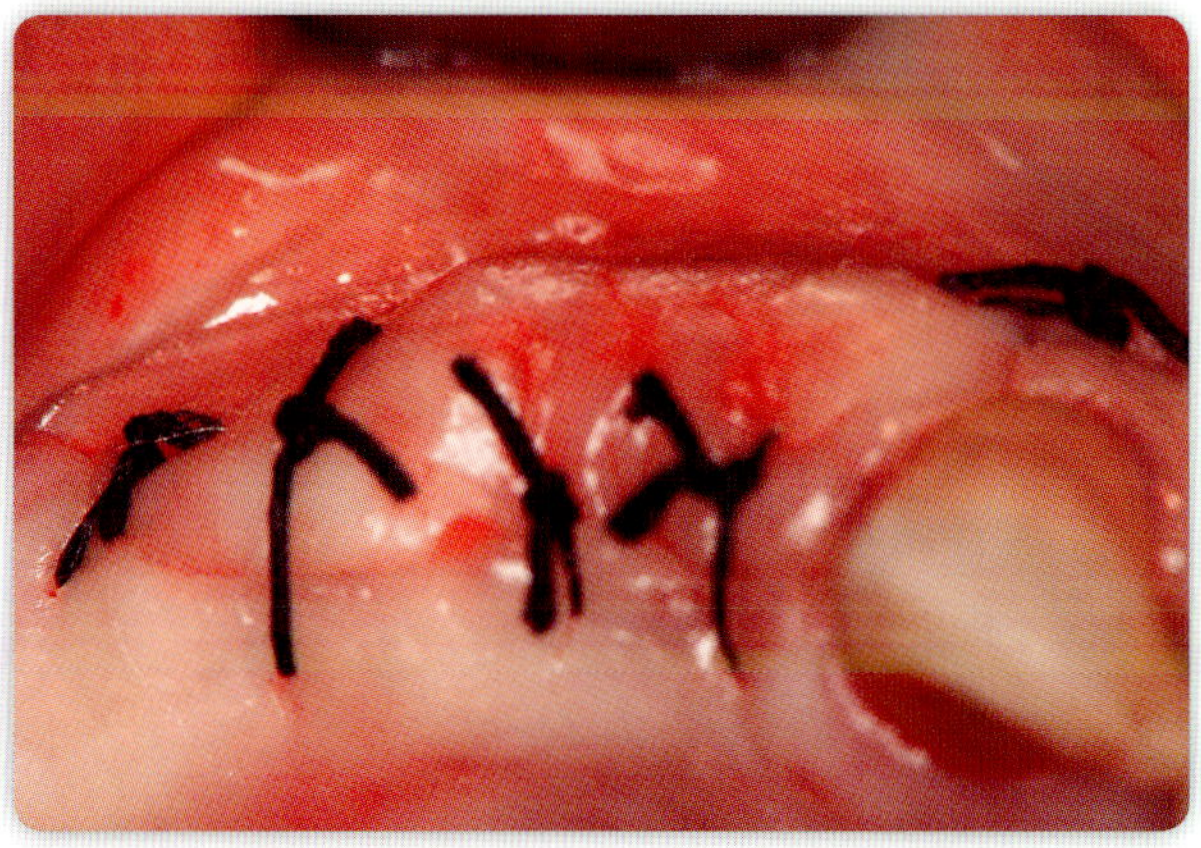

図８－７ｄ　縫合終了時．

Q9 ワルファリンとアスピリンなどの抗血小板薬を両方服用している場合でも抜歯可能ですか？

Question

Answer　ワルファリンとアスピリンなどの抗血小板薬を併用している場合も，抗血栓療法が治療域に安定していれば，両薬剤とも継続したまま抜歯できます．

日本における抗血栓療法患者の出血性合併症の発生状況を調査した研究があります．それによると頭蓋内出血や重篤な出血の発生頻度は，抗血小板薬の単独投与では1.21%，抗血小板薬２剤の投与では2.00%，ワルファリン単独投与では2.06%，ワルファリンと抗血小板薬の併用では3.56%となり，抗血小板薬やワルファリンの単剤投与に比べて，ワルファリンとアスピリンなどの抗血小板薬の併用では，出血傾向が増強します．

しかし抜歯に関しては，両薬剤を併用していても局所止血処置を確実に行えば，ワルファリン単独や抗血小板薬単独の症例と比較しても，後出血の頻度が高いということはありません．森本らは，ワルファリン単独投与では抜歯後出血の発生率は4.4%，ワルファリンと抗血小板薬単剤または２剤の併用では3.9%で，両者には有意差はみられなかったと報告しています．後出血の原因は，抗血栓薬の種類が単独か併用かというよりも，抜歯適応歯に歯槽膿瘍や歯周膿瘍などの炎症があるかどうかが要因ではないかと考察しています．

ワルファリンと抗血小板薬を併用している場合でも，INR３までなら両薬剤とも継続したまま抜歯ができます．ワルファリンを服用しているので，抜歯窩には，吸収性ゼラチンスポンジを填入し，縫合するなど確実な局所止血処置を行います．

ワルファリン＋抗血小板薬の併用症例：単独歯抜歯（図９-１）

患者：80歳，男性．

服薬：脳梗塞のためワルファリン，抗血小板薬のシロスタゾール（プレタール®）を服用していました．

抜歯：外来通院にて，両薬剤を継続したまま⌈8の抜歯を行いました．抜歯当日のINRは1.67でした．ワルファリンと抗血小板薬を継続下に抜歯しましたが，抜歯直

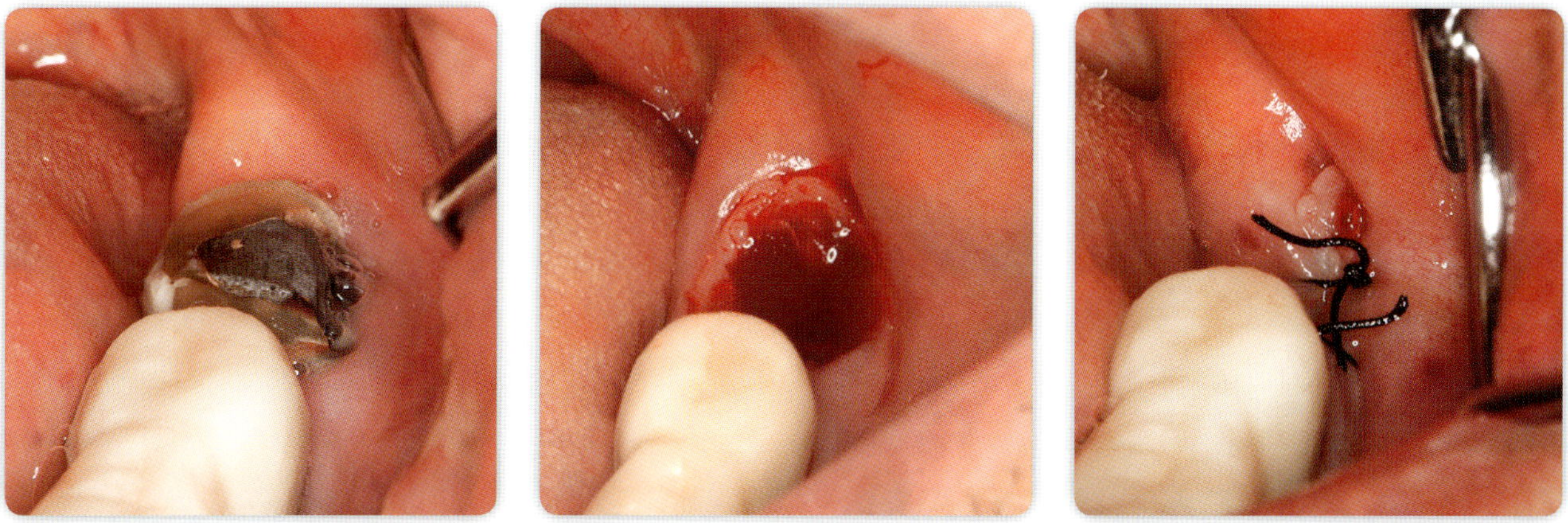

図９-１a　残根状態の⌈8．

図９-１b　抜歯直後．

図９-１c　スポンゼル® を挿入し縫合を行う．

後の出血は軽度で，抜歯窩に吸収性ゼラチンスポンジ(スポンゼル®)を填入し，縫合により止血しました．後出血もありませんでした．

ワルファリン＋抗血小板薬併用症例：多数歯抜歯(図９－２)

患者：79歳，女性．

服薬：心房細動，脳梗塞の既往がありワルファリン３mg/ 日とバファリン81® 81mg/ 日を服用．

抜歯：多数歯抜歯症例のために，入院下で両薬剤の服薬を継続したまま抜歯を予定しました．抜歯当日の INR は2.73でした．６５|，|４６，|７の計５本を抜歯しました．抜歯窩にはスポンゼル® を挿入し縫合しました．抜歯後出血もなく，経過良好のため，翌日退院しました．このようにワルファリンと抗血小板薬の併用症例で，１度に５

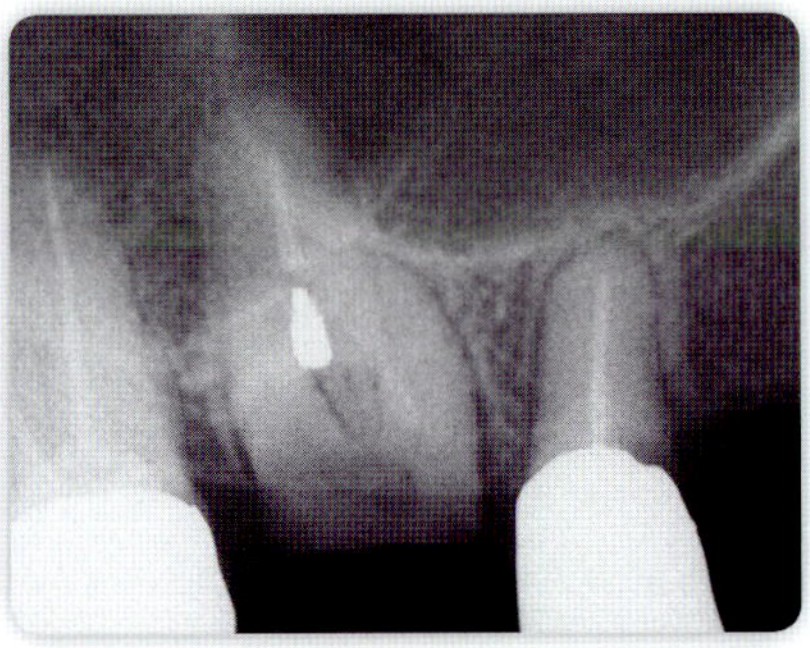

図９－２a　６５|のエックス線写真．

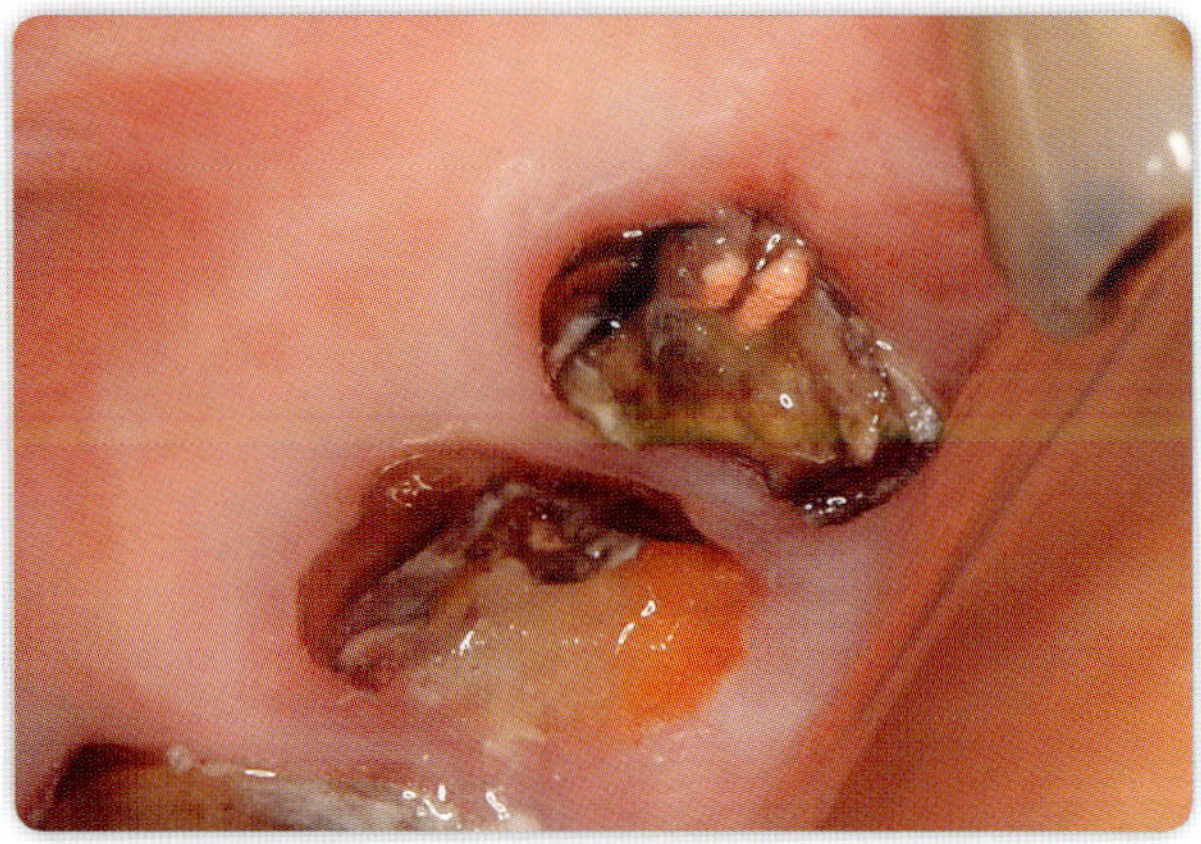

図９－２b　抜歯時に５|のクラウンは脱離していた．

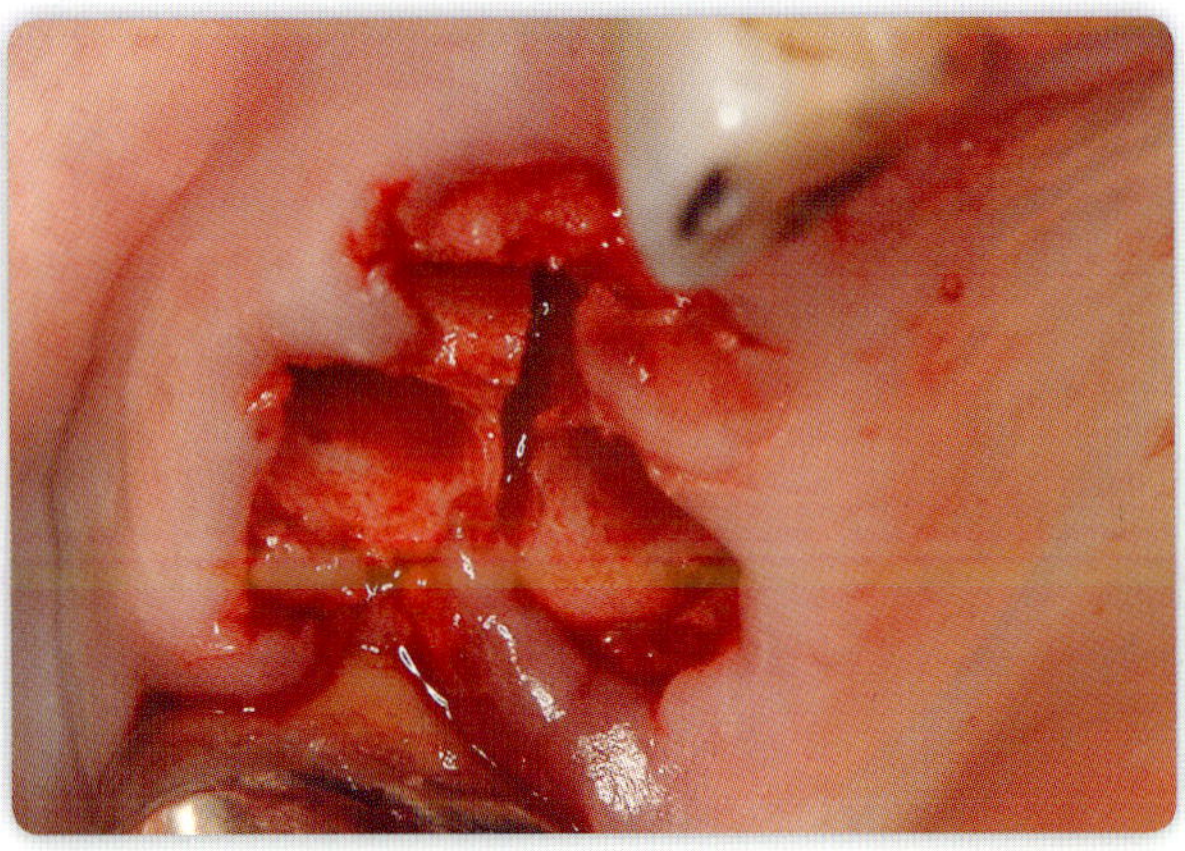

図９－２c　抜歯直後の口腔内．

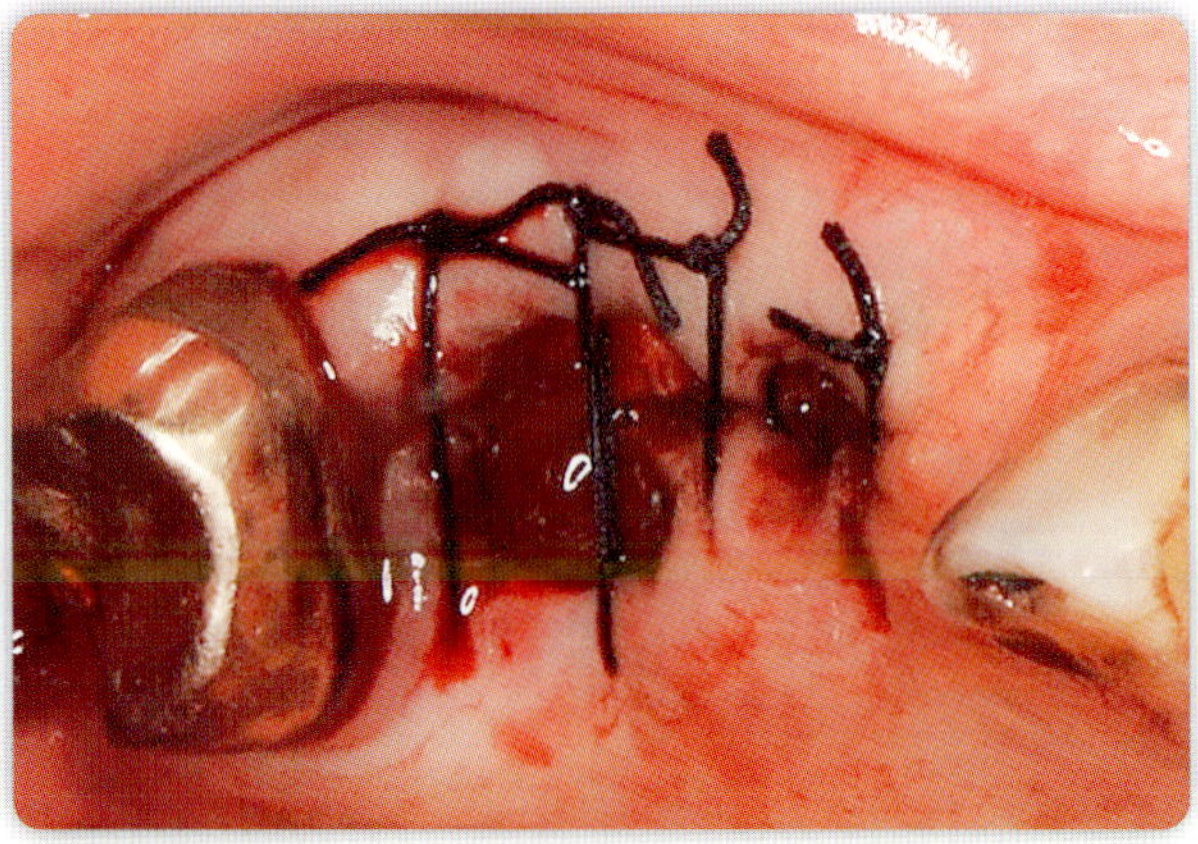

図９－２d　スポンゼル® を挿入し，縫合した．

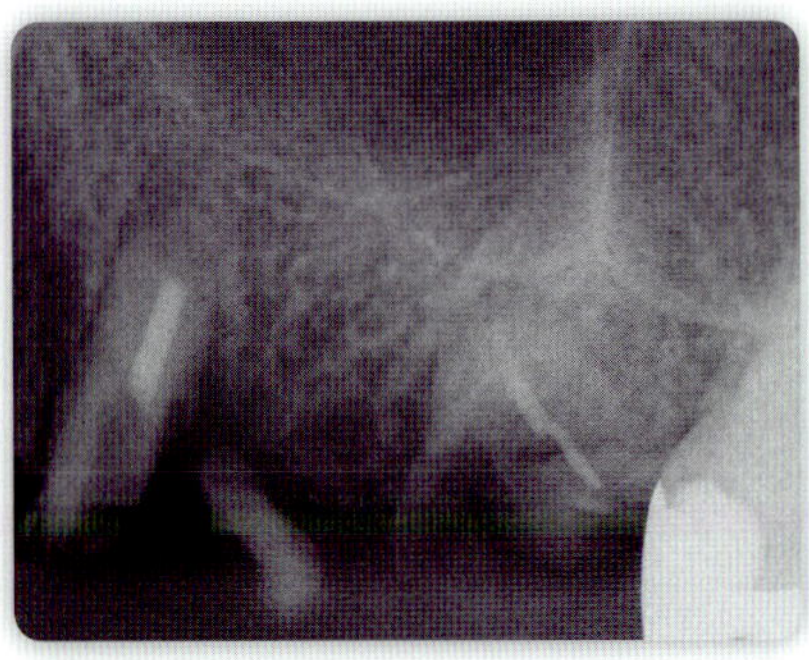

図９－２e　|４６のエックス線写真．

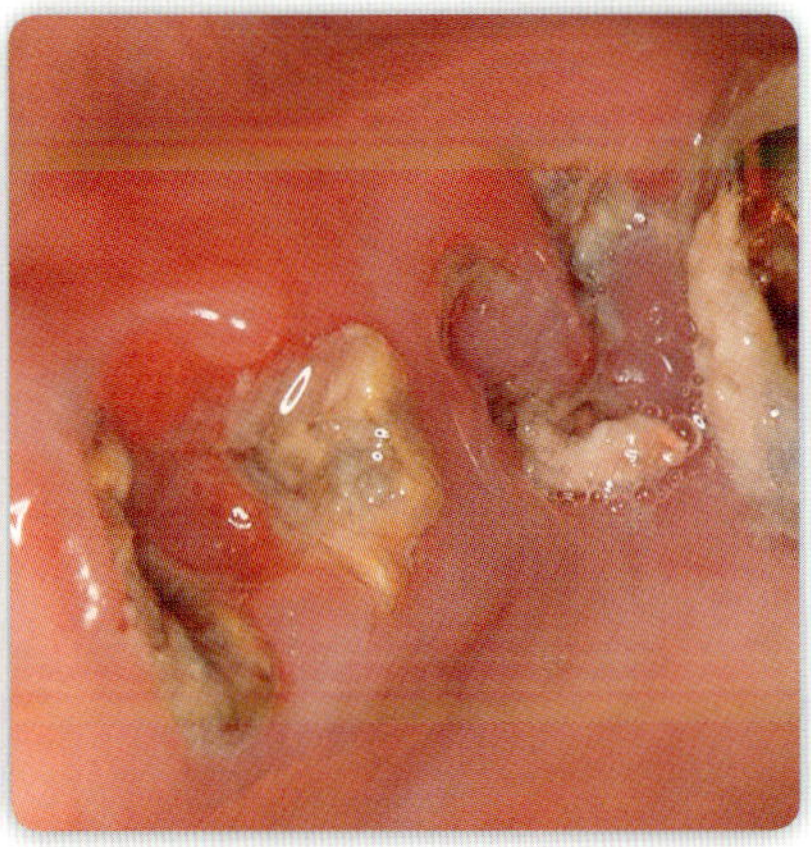

図９－２f　残根状態の|４６．

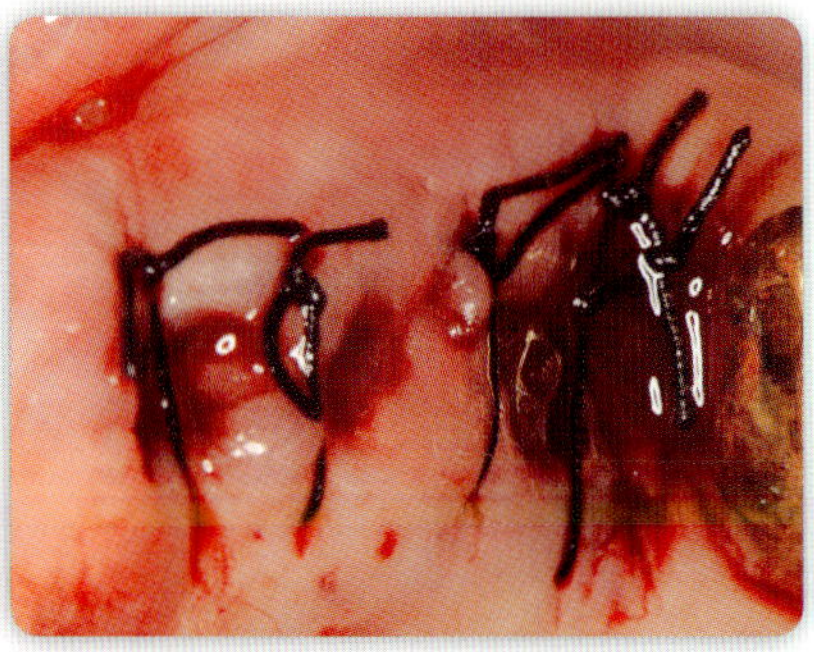

図９－２g　抜歯後にスポンゼル® 挿入し，縫合した．

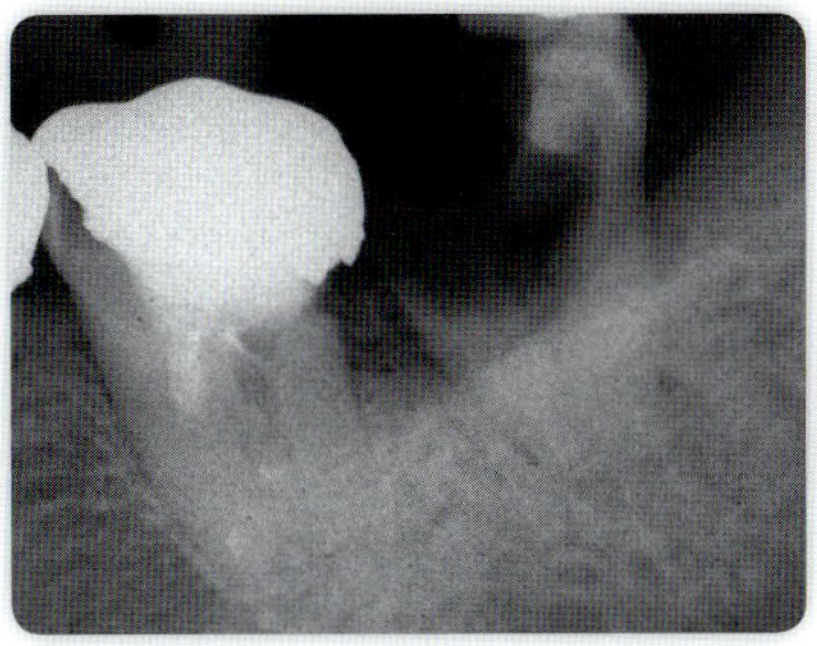

図９‐２h　|7のエックス線写真.

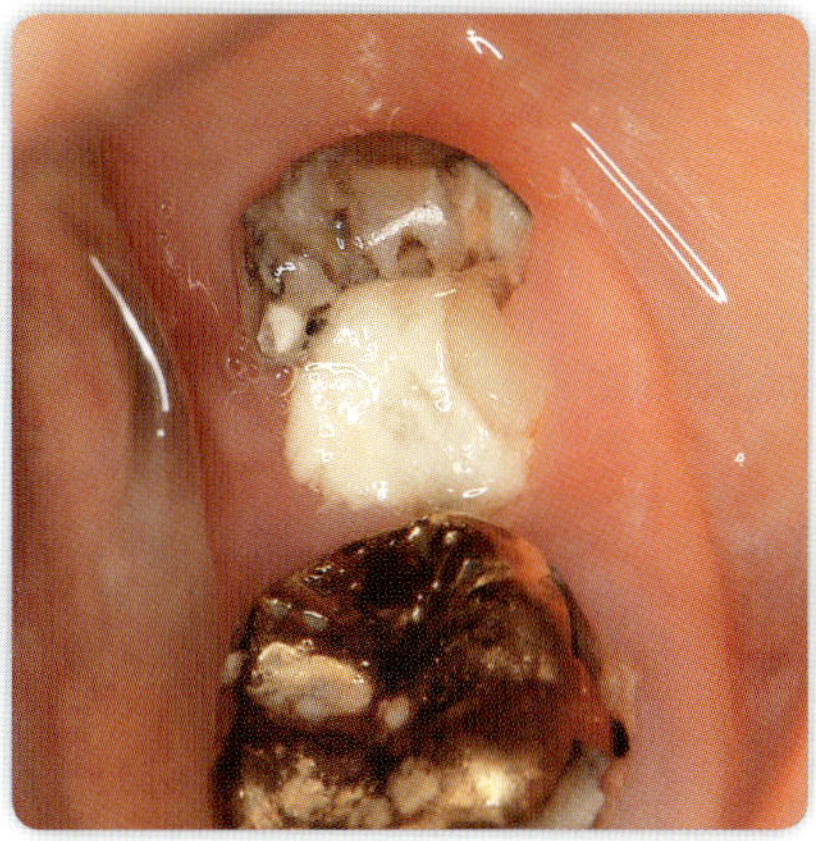

図９‐２i　|7のう蝕.

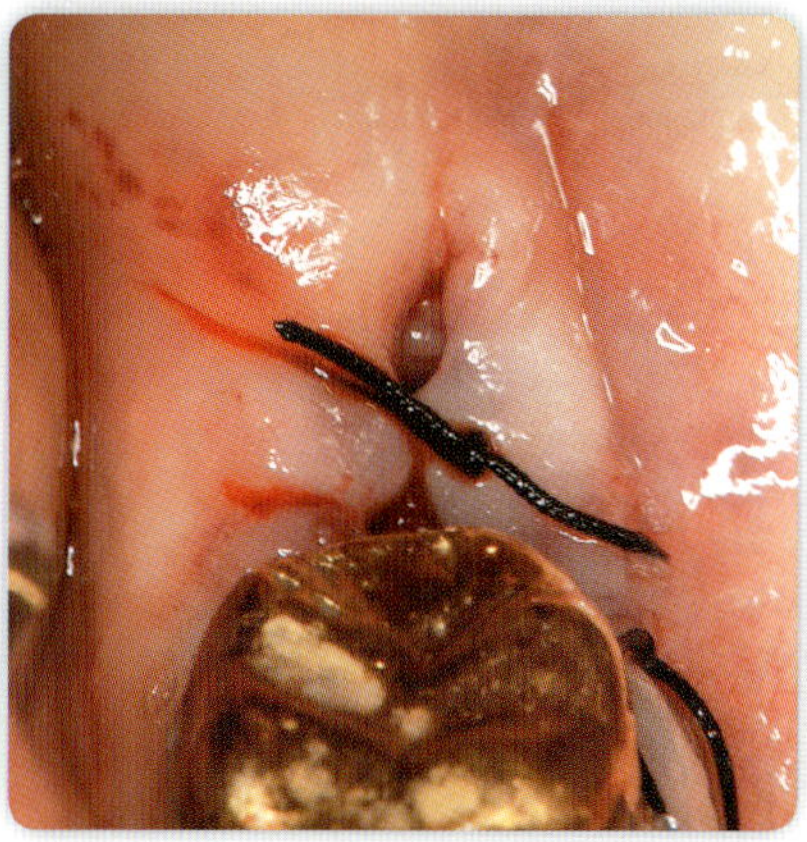

図９‐２j　スポンゼル® 挿入し，縫合した.

本抜歯を行いましたが，出血性合併症はありませんでした.

ワルファリン＋抗血小板薬の併用症例：粘膜骨膜弁形成（図９‐３）

患者：84歳，男性.

服薬：心筋梗塞と心臓カテーテル挿入後のためにワルファリン２mg/日とアスピリン（バファリン81®81mg/日）を服用.

抜歯：3 2|が残根で埋伏状態のまま，近歯科医にてブリッジが装着され，同部の歯肉の腫脹を認め来院しました．抗菌薬の投与を行い，消炎後，入院してもらいワルファリンとアスピリンを継続したまま抜歯しました．抜歯当日のINRは1.66，出血時間は４分30秒でした．1|，4|部に縦切開と歯頸部切開を行い，粘膜骨膜弁を

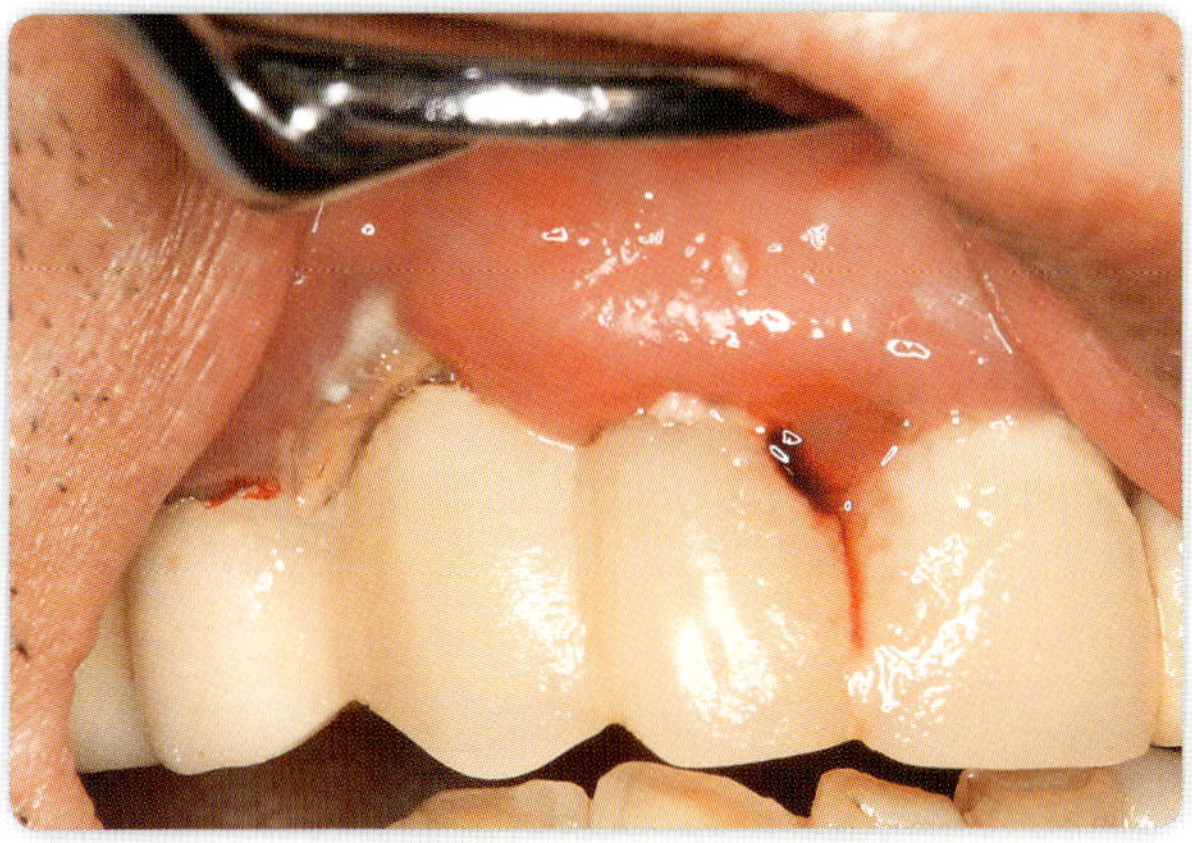

図９‐３a　3 2|部の歯肉腫脹を認めた.

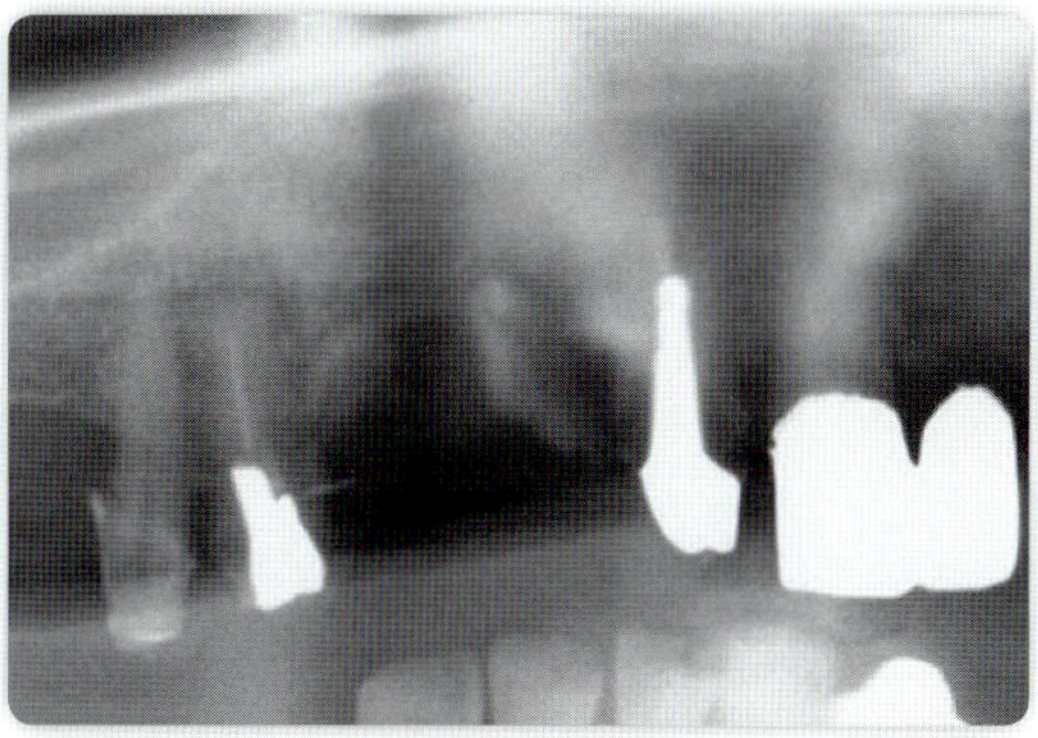

図９‐３b　3 2|残根のエックス線写真.

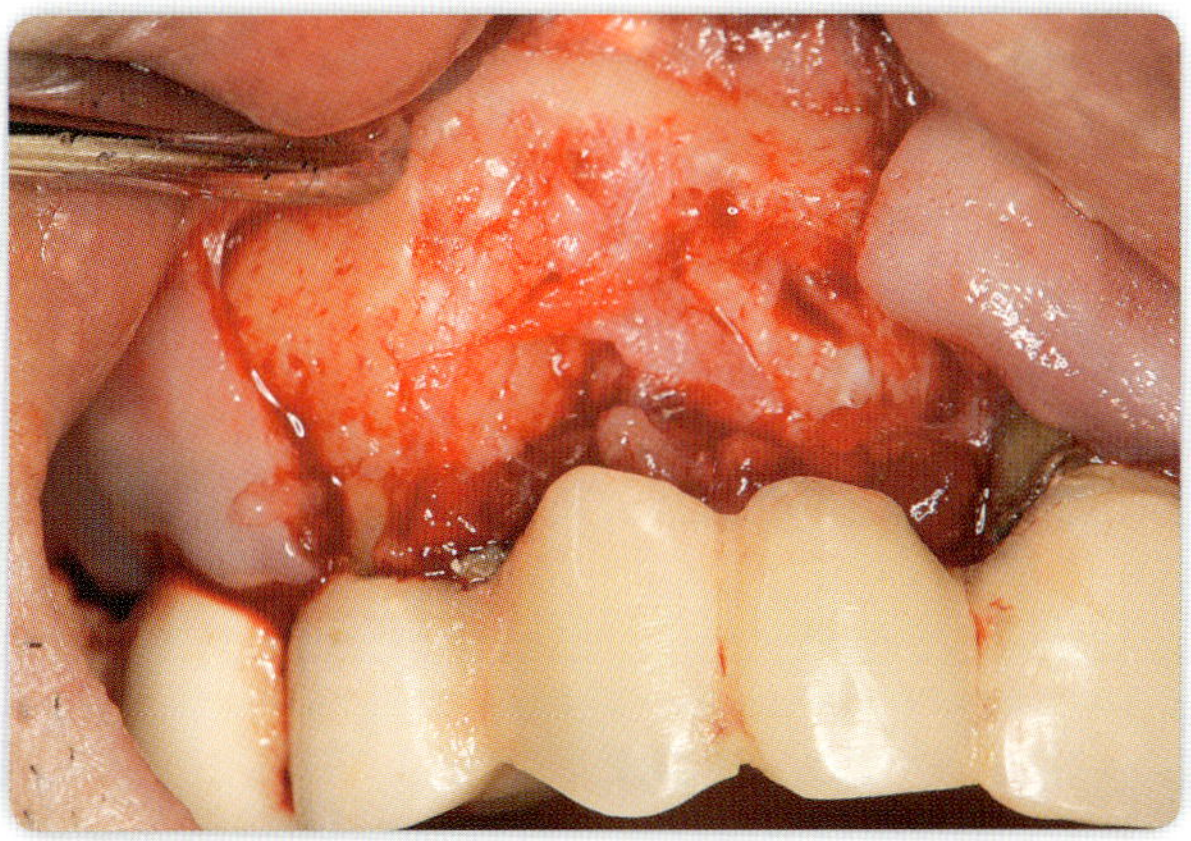

図９‐３c　4 1|部頬側歯肉に縦切開，歯頸部切開を加え，粘膜骨膜弁を剥離翻転し骨削去する.

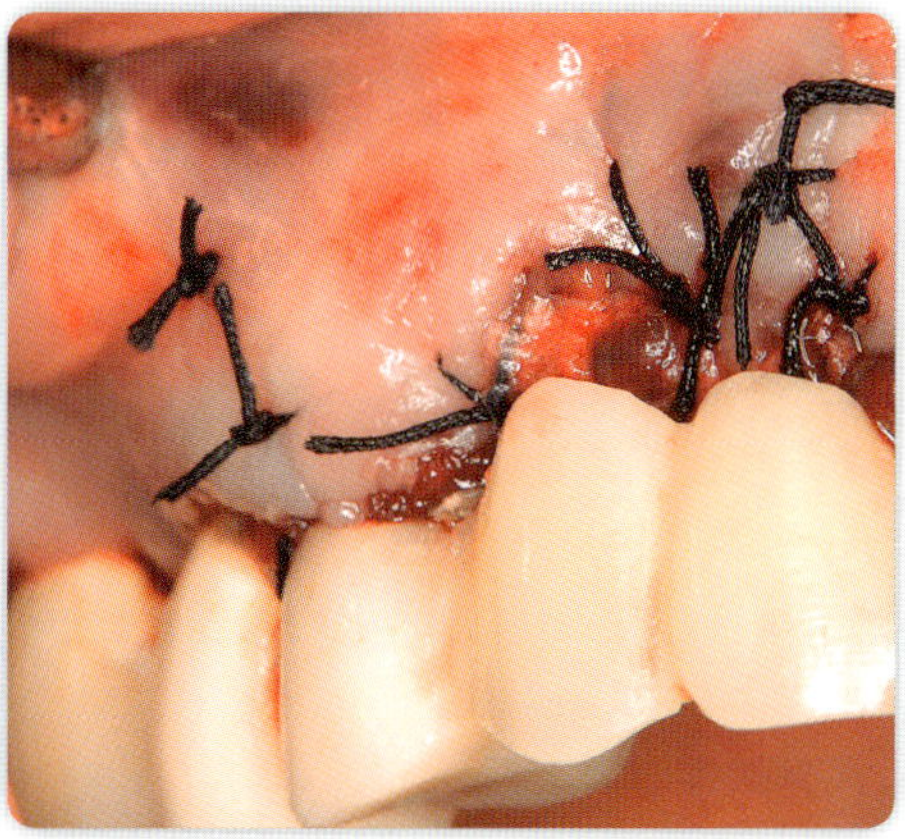

図９‐３d　縫合終了時.

形成し骨削去を行い抜歯しました．術中，出血で術野が妨げられることはなく，縫合終了時には止血し，後出血もありませんでした．ワルファリンと抗血小板薬の併用症例で，粘膜骨膜弁を形成し骨削除を行い抜歯しましたが，出血性合併症はありませんでした．

ワルファリンとセロクラール® 服用(図９-４)

患者：76歳，男性．

服薬：脳梗塞の既往があり，ワルファリン1.8mg/ 日と脳循環・代謝改善薬のイフェンプロジル酸石酸塩(セロクラール®)30mg/ 日を服用．

抜歯：セロクラール® は，脳の血流を増し，脳細胞の代謝を改善します．また，脳の末梢血管内で，血液が凝固するのを防いで，血液の流れを確保することにより，脳出血や脳梗塞の後遺症のめまいを改善します．作用機序は，血管平滑筋弛緩作用，交感神経α受容体遮断作用などによる脳血流増加作用や，ミトコンドリア呼吸機能促進による脳代謝改善作用によるものですが，血小板の凝集抑制作用もあります．血小板の凝集抑制作用はありますが，抗血小板薬と比較して，その作用は低いとされていますので，セロクラール® も抜歯時に中断する必要がありません．

本症例は抜歯時の INR 値は1.81でした．ワルファリンもセロクラール® も継続したまま|2 3の残根を抜歯しましたが，術中の異常出血はなく，抜歯窩に吸収性ゼラチンスポンジ® を填入し，縫合することにより容易に止血できました．

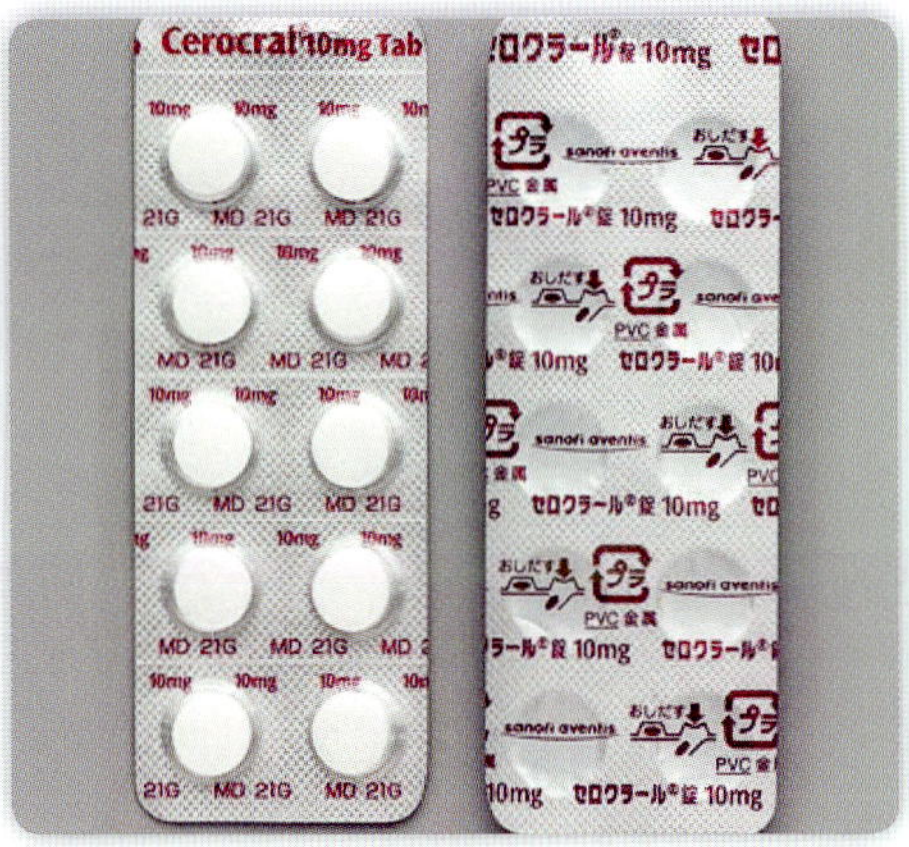

図９-４a　セロクラール® 錠(サノフィ・アベンティス)．

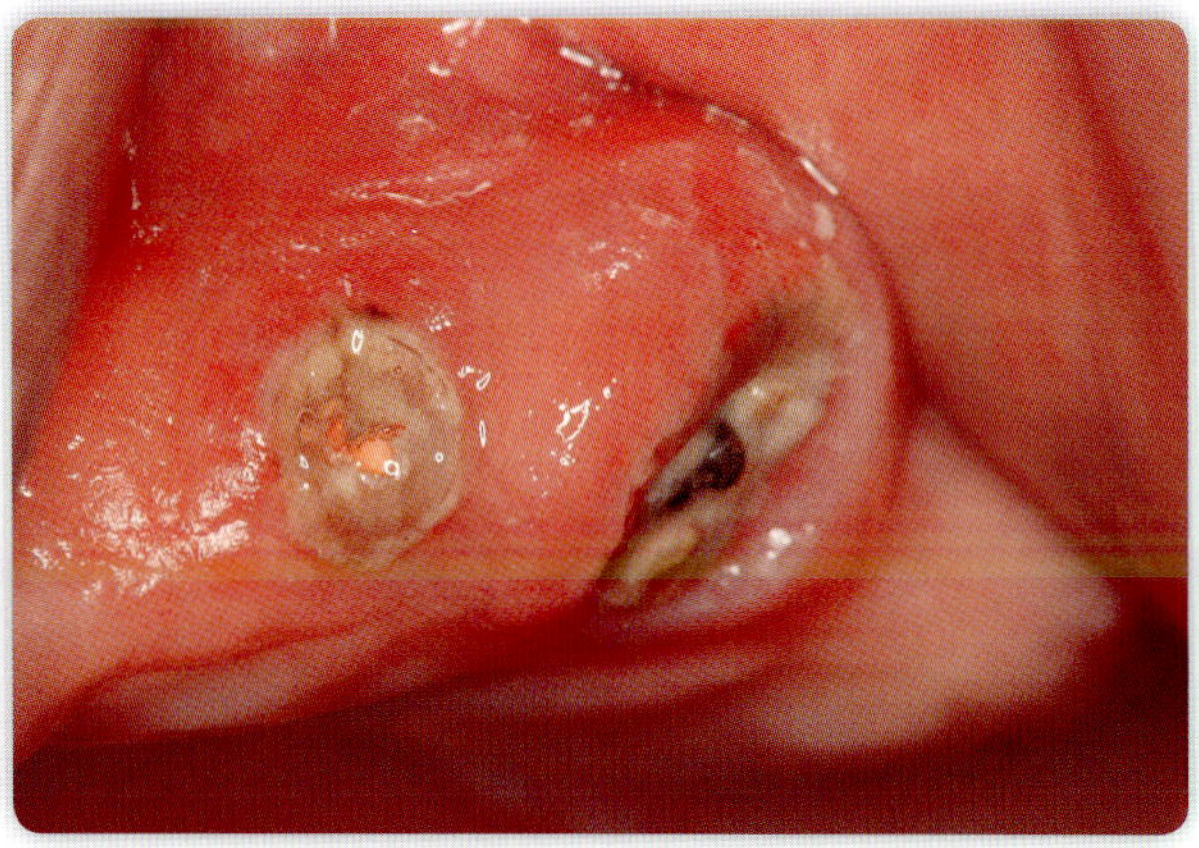

図９-４b　|2 3の残根状態．

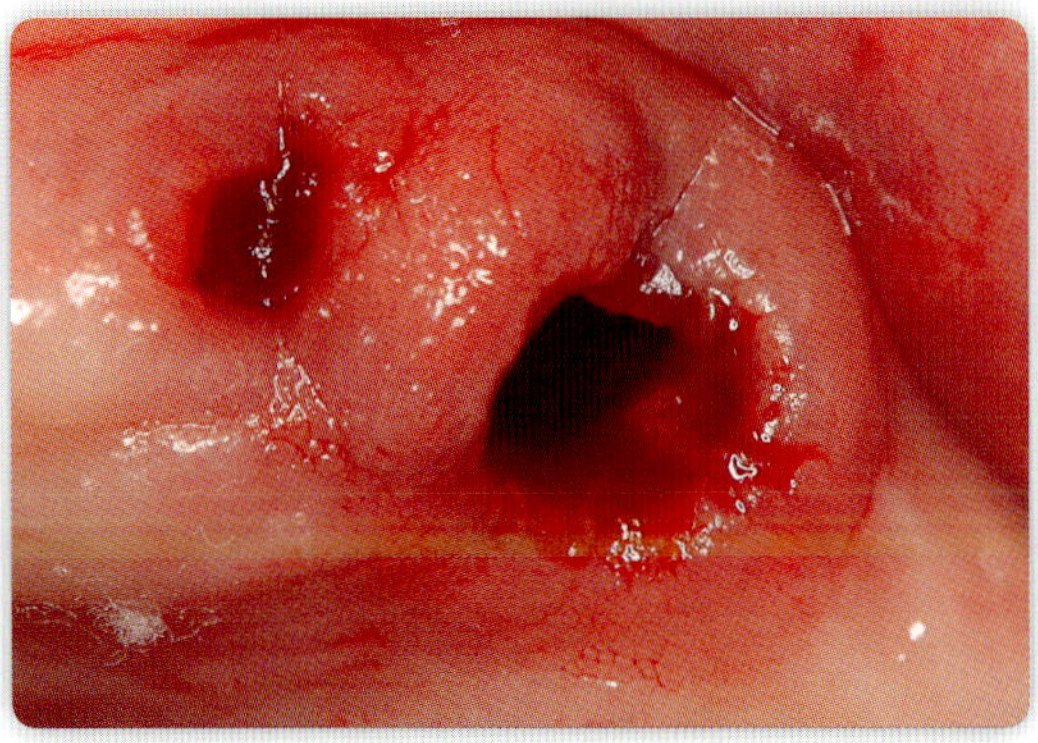

図９-４c　抜歯直後の同部．

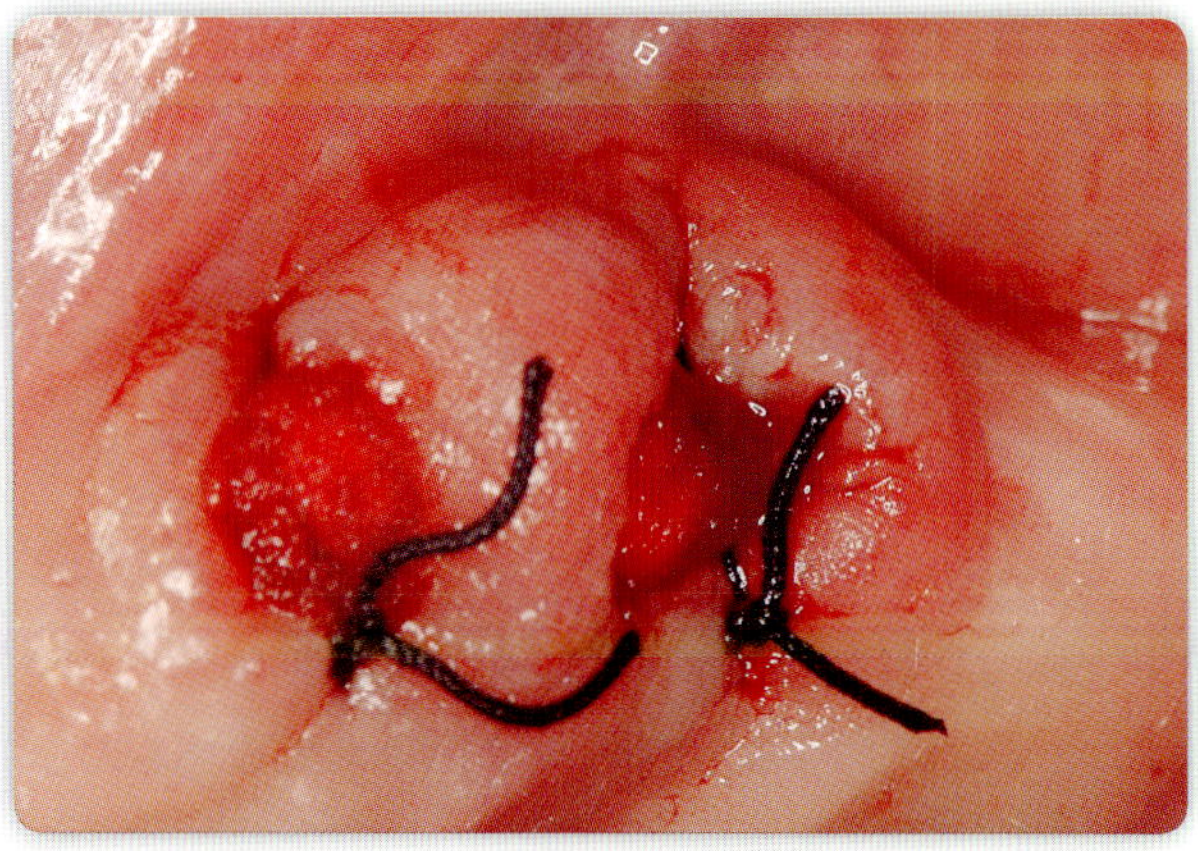

図９-４d　スポンゼル® を挿入し縫合を行った．

Q10 抗血栓療法継続下に抜歯した場合，抜歯後に注意することは何ですか？

Question

Answer **抗血栓薬を継続したまま抜歯をした後の注意事項は，患者に頻回なうがい，抜歯当日の飲酒，入浴や激しい運動を避けるなどの一般的な抜歯後注意事項と，とくに表の項目について注意します**（表10－1）.

表10－1　抗血栓薬を継続する場合の注意点——手術後の注意点.

①抜歯後の抗菌薬，鎮痛薬の投与には注意を要する
多くの抗菌薬はワルファリンの作用を増強する
抗菌薬の投与は短期間とする
抗菌薬の長期間の投与が必要な場合は，頻回にINR値をチェックする
NSAIDsの投与は慎重に行う
②術後疼痛や不安による血圧上昇による出血に注意する
③患者に内出血斑を来たす可能性のあることを十分に説明する
④医療連携
診療時間外に出血を来した場合に，診察してくれる施設と日頃から連携をする
局所止血処置にて対応困難な場合には，抗血栓薬処方医と連携をとる

抜歯時の抗菌薬と鎮痛薬の処方には注意

ワルファリンは多くの薬剤と相互作用があり，併用薬がワルファリンの作用を増強したり，減弱したりします．抜歯時にはINRが正常であっても，併用薬がある場合，抜歯後にINR値が高くなったり，低くなったりする場合があります（表10－2）．ワ

表10－2a　歯科診療上，ワルファリンと相互作用を有する注意すべき主な薬剤.

	作用増強	備考
催眠鎮静剤	トリクロホスナトリウム（トリクロリールシロップ®）	相互作用は生じないか，また生じても臨床上問題にならない程度と思われる
解熱鎮痛消炎剤	アスピリン（アスピリン®，バファリン®）	消炎鎮痛を目的とする場合できるだけ併用は避ける
	アセトアミノフェン	大量（1～2g/日以上）投与しないかぎり相互作用は生じないかまたわずかな増強作用
	ジクロフェナクナトリウム（ボルタレン®）	ジクロフェナクナトリウム坐薬25mg投与で，INRが上昇し，皮下出血と足の腫脹をきたした症例報告事例がある
	インドメタシン（インダシン®，インテバン®）	インドメタシンによる消化管出血を助長する可能性がある
	メフェナム酸（ポンタール®），ロルノキシカム（ロルカム®），イブプロフェン（ブルフェン®），ナプロキセン（ナイキサン®）	血液凝固能検査値の変動に注意する
	ロキソプロフェンナトリウム（ロキソニン®）	ロキソプロフェンナトリウムの副作用である消化管潰瘍・出血による出血傾向を助長する
抗潰瘍薬	H_2ブロッカー シメチジン（タガメット®）	出血症状を呈した症例も多いため，できるだけ併用を避ける方がよい

（青崎正彦ら：2006年；Warfarinの適正使用情報より抜粋改変）

表10－2b　歯科診療上，ワルファリンと相互作用を有する注意すべき主な薬物．

	作用増強	備考
抗腫瘍薬	メトトレキサート，ビンクリスチン，ビンデシン，ドキソルビシン，フルオロウラシル系製剤，フルオロウラシル系配合剤，パクリタキセル，カルボプラチン，シスプラチン，イホスファミド	
抗生物質 合成抗菌薬		ワルファリン投与患者へ抗生物質を投与するときは，ビタミンK欠乏症状を起こすことにより，間接的にワルファリンの作用を増強することがあるので，患者の臨床症状，出血や血液凝固能検査に注意すること
	セフェム系	セフェム系でのビタミンK欠乏症はかなり報告されているので慎重に投与すること．セフィキシム，セフジニル，セファゾリン，セフチゾキシムの添付文書に併用注意の記載がある
	ペニシリン系	相互作用は稀であると思われる．アモキシシリン，アモキシシリン・クラブラン酸，アンピシリン・スルバクタム，レナンピシリン，スルタミシリン，ピペラシリン・タゾバクタムの添付文書に併用注意の記載がある
	マクロライド系 (エリスロシン®，クラリス®，クラリシッド®，ルリッド®，ジスロマック®)	エリスロマイシン，クラリスロマイシン，ロキシスロマイシン，アジスロマイシンの添付文書に併用注意の記載がある．アジスロマイシンは相互作用により重篤な出血症状を呈した症例報告がある．アジスロマイシンは半減期60時間以上で投与終了後長期にわたって作用が残存することから併用を避けることが望ましい
	クロラムフェニコール系	添付文書に併用注意の記載がある
	テトラサイクリン系	相互作用の報告は少なくまた頻度も低いと思われる ミノサイクリンの添付文書に併用注意の記載がある
	アミノグリコシド系	相互作用の発生頻度はそれほど多くはないと思われる
	リンコマイシン系(ダラシン®)	
	ポリペプチド系(塩酸バンコマイシン)	
	ニューキノロン系	シプロフロキサシン(シプロキサン®)，オフロキサシン(タリビット®)，ノルフロキサシン(バクシダール®)，レボフロキサシン(クラビット®)の添付文書に併用注意の記載がある．シプロフロキサシンとの相互作用は多く報告されている．ガチフロキサシン水和物(ガチフロ®)，トシル酸トスフロキサシン(オゼックス®)も作用を増強する．エノキサシン(フルマーク®)との相互作用はないと考えられる
抗真菌薬	イトラコナゾール(イトリゾール®) フルコナゾール(ジフルカン®) ミコナゾール(フロリード®)	血液凝固能検査により十分にコントロールできないときは，ミコナゾールの併用は避ける

	作用減弱	備考
催眠鎮静剤	バルビツール酸誘導体	
抗てんかん剤	カルバマゼピン(テグレトール®)	
抗生物質	ポリペプチド系(テイコプラニン)	

	作用増強または減弱	備考
抗腫瘍薬	シクロホスファミド	
	メルカプトプリン，アザチオプリン	
ホルモン剤	副腎皮質ホルモン	相互作用は明らかではないが，副腎皮質ホルモンの副作用として血栓症があることからも，併用はできるだけ避けた方がよい

（青崎正彦ら：2006年；Warfarin の適正使用情報より抜粋改変）

ルファリンの作用が増強されると出血の危険があり，逆にワルファリンの作用が減弱されると血栓塞栓症の予防効果がなくなります．とくに，抜歯後に処方する抗菌薬や消炎鎮痛薬のなかにはワルファリンの作用を強める薬物があるので，患者に投与する場合には注意が必要です．

セフェム系やペニシリン系をはじめとして多くの抗菌薬はINR値を上昇させます．広域スペクトルを有するセフェム系の抗菌薬の長期投与は腸管内細菌に影響を与え，ビタミンKの欠乏を招きます．間接的にワルファリンの作用を増強させ，出血が増加する可能性が指摘されています(表10－3)．ワルファリン服用患者において抗菌薬投与後にINR値が上昇し，重篤な出血性合併症を起こす可能性があります．

表10－3　ビタミンK欠乏症を発症する危険因子(Warfarin適正使用情報第3版より抜粋)．

＜抗菌薬＞
①広域スペクトル抗菌薬(ビタミンK産生グラム陰性桿菌の抑制)
②胆汁移行率のよい薬剤
③肝・腎毒性の強い抗菌薬
④NMTT基(N-メチルチオテトラゾール側鎖)を有する抗菌薬
　セフォペラゾン／スルバクタム，ラタモキセフ，セフメタゾール，セフォテタン
　NMTT基はビタミンK依存性凝固因子合成過程でビタミンK利用障害作用を有することが認められている．しかし，NMTT基のない抗菌薬でもビタミンK欠乏は生じるので注意が必要である．
＜患者側＞
①経口摂取不可能(食事からのビタミンK補給不足)
②下痢(ビタミンK吸収阻害)
③肝障害(ビタミンK利用障害)
④高齢者(ビタミンK利用障害)
⑤腎不全(経口摂取不可能症例が多く，薬剤の代謝・排泄が障害されているため)
など
　これらの患者にワルファリンと広域スペクトル系抗菌薬を併用すると，早ければ2～3日以内にも血液凝固能の変動があらわれてくることがあるので注意する

深部静脈血栓症にてワルファリン服用中の85歳の女性患者が，アモキシシリン/クラブラン酸の1週間の投与によって口腔，直腸に出血をきたし，INR値が10以上となり死亡したとの報告があります．また大動脈弁および僧房弁置換後で，ワルファリンを服用中の41歳の男性患者が，抜歯後に抗菌薬のエリスロマイシン（1500mg/日)の服薬で抜歯後出血をきたし，INR値が2.8から4.3へ上昇したため輸血したとの報告もあります．ニューキノロン系抗菌薬であるレボフロキサシンは，セフロキシムやガチフロキサシンと比較すると，INR値の変動は比較的少ないという報告があります．われわれはワルファリン服用患者の抜歯後には，添付文書上に併用注意の記載のない塩酸セフカペン・ピボキシル(フロモックス®)やセフジトレン・ピボキシル(メイアクト®)でも，必要最小限度の処方をしています．

海外の論文では，ワルファリンを内服している小児患者は，抗菌薬を平均10日間投与すると，平均INR値が2.7から3.6へ上昇するという報告があります．平均INR値は，抗菌薬投与開始後3～7日で最大の上昇をしますので，抗菌薬の長期投与には出血性合併症の危険があります．日本の報告では，森本らは，ワルファリンを継続したまま抜歯し，抜歯後出血をきたした症例は，抜歯前のINR値が1.84～2.49で

したが，後出血時のINR値は3.25〜3.50と延長していて，抗菌薬によるワルファリンの作用増強も一因ではないかと述べています．したがって患者に抗菌薬を投与する際は，投与前にINR値を測定し，短期間の投与にすべきです．長期に抗菌薬の投与が必要な場合には，頻回なINRのチェックが必要です．

酸性非ステロイド系抗炎症薬(NSAIDs)は，血漿タンパク結合率が高いために，ワルファリンの遊離促進作用があります．また，NSAIDsの薬理作用であるプロスタグランジン生合成抑制作用により，血小板凝集が抑制作用され，血液凝固能が低下します．ワルファリンとNSAIDsの併用は，NSAIDsの副作用である消化管の粘膜障害を増悪させ，消化管出血を起こしやすくする危険性があります．

すべてのNSAIDsとワルファリンの相互作用が検討されているわけではありませんが，鎮痛薬としてのアスピリンの併用は，ワルファリンの作用を増強することが確立されているので，できるだけ避けましょう．当科では，添付文書上はワルファリンとの併用は注意となっていますが，鎮痛効果を考え，主に鎮痛薬にはロキソプロフェンナトリウム(ロキソニン®)かアセトアミノフェンを処方しています．現在までのところ，抜歯後の頓用として短期間処方している限りでは，重篤な出血性合併症はでていません．しかし，英国のガイドラインでは，ワルファリンによる抗凝固療法が安定している患者(INR値2.0〜4.0)では，感染性心内膜炎の予防のために抗菌薬を1回投与しても，抗凝固薬を調整する必要はないが，歯科外科処置後の鎮痛薬に関しては，NSAIDsやCOX-2阻害薬を処方するべきではないとなっていますので，NSAIDsの投与は慎重に行います．

血圧の変動(抜歯後疼痛)に注意

抜歯後の疼痛により，血圧が高くなり出血をきたしやすくなることがあります．患者に痛みがでたときには，鎮痛薬を服用し痛みをがまんしないように指示します．しかしNSAIDsの投与により，後出血をきたす可能性もあるので注意が必要です．われわれはワルファリンを継続したまま抜歯をした後に疼痛を訴え，血圧が170mmHgと上昇したために後出血を起こした症例を経験しています．痛みに対してロキソプロフェンナトリウム(ロキソニン®)60mgを投与し，ガーゼ圧迫をして止血しました．後出血の原因は，抜歯後の疼痛のための血圧上昇による影響が考えられました．

内出血斑に対する患者への説明

ワルファリン服用患者は，皮膚や粘膜に内出血斑ができやすいので注意が必要です．抜歯後に，その旨を患者さんによく説明します．とくに，縫合時，できる限り閉鎖創にしようと，減張切開を加えた場合には，内出血斑を起こす可能性が高くなります(図10-1)．ワルファリンを継続したまま抜歯を行った初期の症例では，多数歯抜歯の場合に，骨膜に減張切開を加え緊密に縫合しました．しかし，現在は，減張切開して無理に閉創すると，内出血を起こす可能性があるので現在では行っていません．抜歯窩にスポンゼル® を挿入し，滑落防止を兼ねて縫合することで十分に止血ができると思います．

内出血斑は，約1週間で自然に吸収されるので特別な処置は必要ありません．内出血斑をきたした際には，必ず，内出血斑は治癒することを説明し，患者の不安感を取り除くことが重要です．

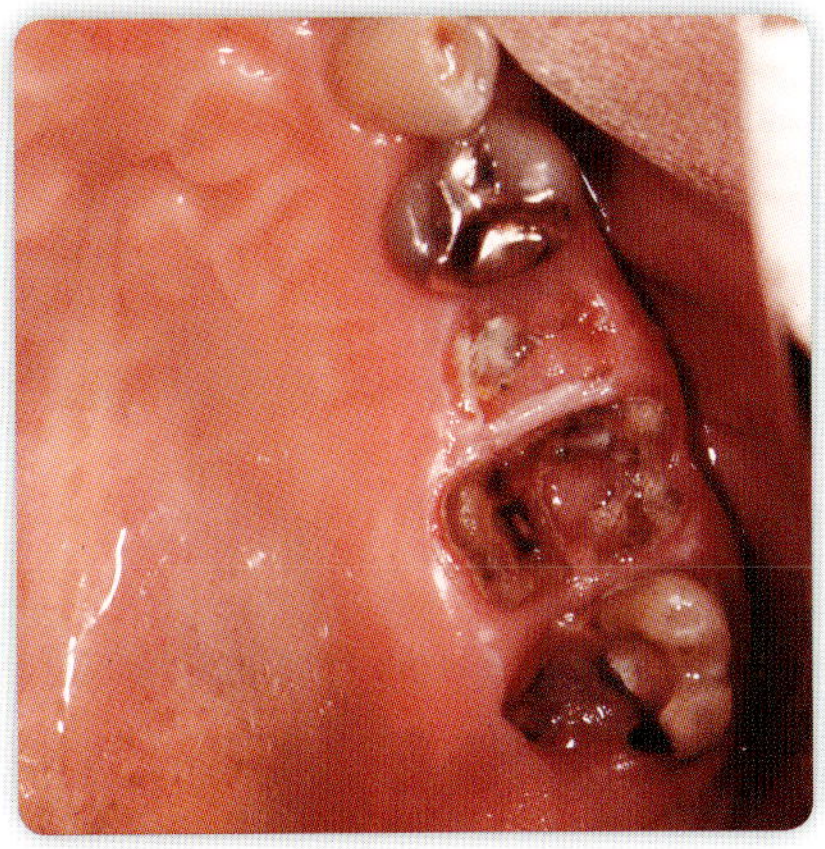

図10 - 1 a　残根状態の|5 6 7.

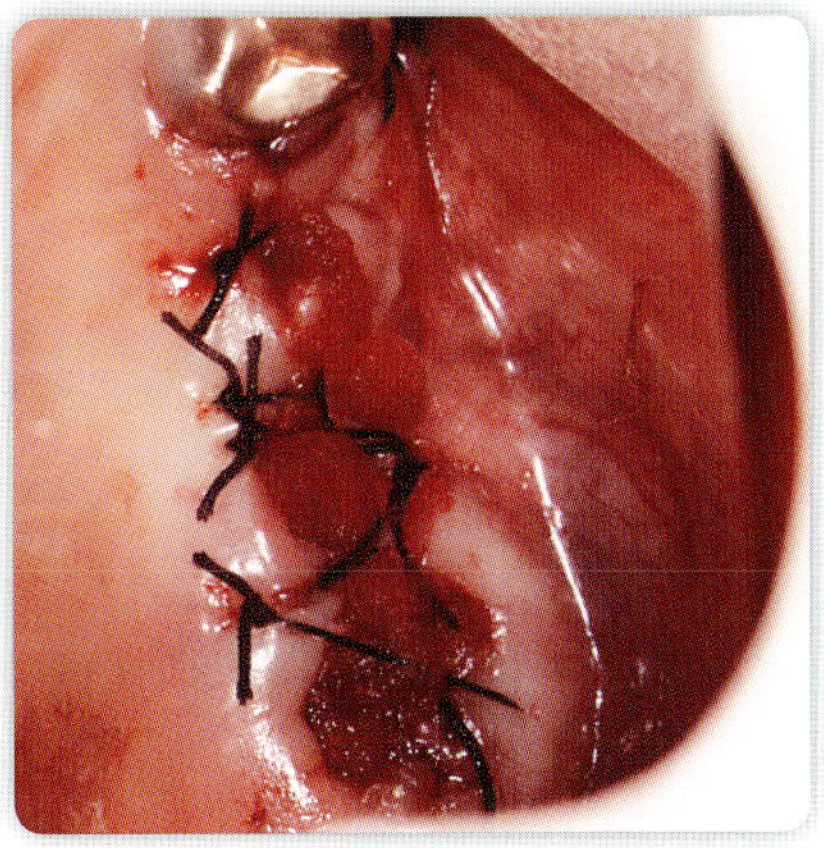

図10 - 1 b　抜歯窩にスポンゼル® を挿入し，骨膜に減張切開を加え，可及的に閉鎖創とした.

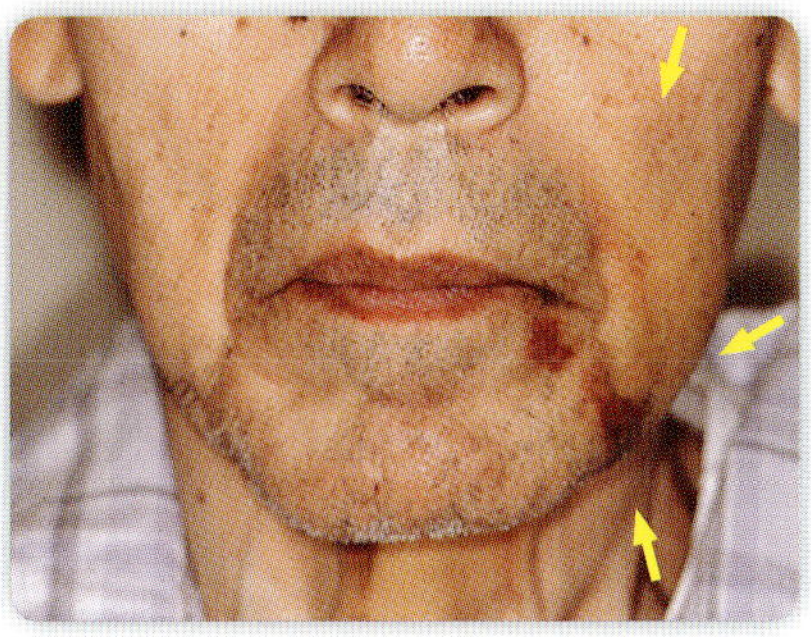

図10 - 1 c　左側顔面皮膚に内出血斑をきたした．骨膜への減張切開をした場合には内出血斑をきたしやすいので注意する.

後出血した場合の対応

抗血栓薬を継続したまま外来で抜歯する場合には，術後出血の可能性があるので，一般臨床医は閉院後や夜間でも対応してくれる施設に協力を求めるなど医療連携を行い，後方支援体制を整えておくことが大切です.

Q11 とくに注意しなければいけない症例はありますか？

Question

Answer 抗血栓療法が治療域で安定している患者では，抜歯時出血性合併症のリスクは低いですが，以下にあげる症例はとくに注意を要します（表11－1）．

表11－1　とくに注意するべき抗血栓療法患者．

①CHADS$_2$スコアの高い症例
　ワルファリンを抜歯時に中断すると，血栓塞栓症の合併症を起こす可能性が高いのでワルファリンは中断しない
②INR ＞3.5の症例
　INR ＞3.0は口腔外科のある専門医療機関での抜歯が望ましい．INR ＞3.5では，抜歯を避ける．一般開業医では，INR 値が3.0以下の症例を選択する
③出血傾向が助長される疾患を合併
・重篤な腎疾患
　重篤な腎機能障害がある場合，ワルファリンの排泄遅延，血漿アルブミン低下による遊離型ワルファリン増加により抗凝固作用を増強する恐れがある
・肝疾患
　重症肝疾患，慢性肝炎，脂肪肝などの肝細胞障害合併例では，凝固因子産生低下を認める
・血液疾患
　血小板減少症など
・ヘパリン療法患者
④感染性心内膜炎の予防が必要な患者

↓

より慎重な出血管理を行う

CHADS$_2$スコア

高齢社会に伴い急増している心房細動患者を中心として，心原性脳梗塞の発症が大きな社会的課題となっています．心房細動があると心臓のなかで血栓を作り，

表11－2　CHADS$_2$スコア．

	スコア
Congestive heart failure（心不全）	1
Hypertension（高血圧）	1
Age（年齢）≧75歳	1
Diabetes Mellitus（糖尿病）	1
Stroke/TIA（脳梗塞，一過性脳虚血発作の既往）	2
合計	0～6

頭文字（Congestive heart failure，Hypertension，Age，Diabetes Mellitus，Stroke/TIA）をとって命名されたスコアで，前4つの項目には1点を，脳梗塞発症リスクの高いStroke/TIAの既往には2点を付与し，合算して算出する．スコア0～6点まで，点数が高いほど脳梗塞発症のリスクが高くなる．
TIA：transient cerebral ischemic attack

その血栓が心臓から移動して，脳の太い動脈を閉塞すると大きな脳梗塞を起こして生命を脅かす危険があります．そのため日本循環器学会を中心に心房細動患者へのワルファリンの使用が奨励され，心房細動による脳梗塞発症リスクの評価に $CHADS_2$ スコアを取り入れています(**表11 - 2**)．スコアの高い患者では，抜歯時には絶対にワルファリンを中断しないようにします．

$CHADS_2$ スコアの高い症例(図11 - 1)

患者：81歳，女性．

主訴：$\overline{7|}$および$\overline{1|1}$の動揺を主訴に来院．

服薬：心房細動，高血圧症，糖尿病があり，ワルファリン(ワーファリン®)，抗血小板薬(塩酸サルポグレラート／アンプラーグ®200mg/ 日)，降圧薬(ブロプレス®)，糖尿病治療薬(グリミクロン®，アクトス®)，抗不整脈薬(ベプリコール®)，高脂血症治療薬(リピトール®)，利尿薬(ラシックス®)を内服．

抜歯：患者は高齢者で心房細動の他に糖尿病と高血圧症を合併しているため，血栓・塞栓症を起こす危険性が高く，医師は抜歯時に抗血栓薬を中断したくないと考えていました．そのため，ワーファリン® とアンプラーグ® の抗血栓薬を継続したまま抜歯を行いました．

抜歯当日の INR は2.29でした．ワルファリン療法における INR のような抗血小板療法の適切なモニタリング検査方法はいまのところありません．抜歯当日，抗血小板薬服用患者の出血時間を測定していますが，ルーチンには行っていません．本症例では血小板数も24万 /mm^3 と正常値であったために，抗血小板薬も継続下に抜

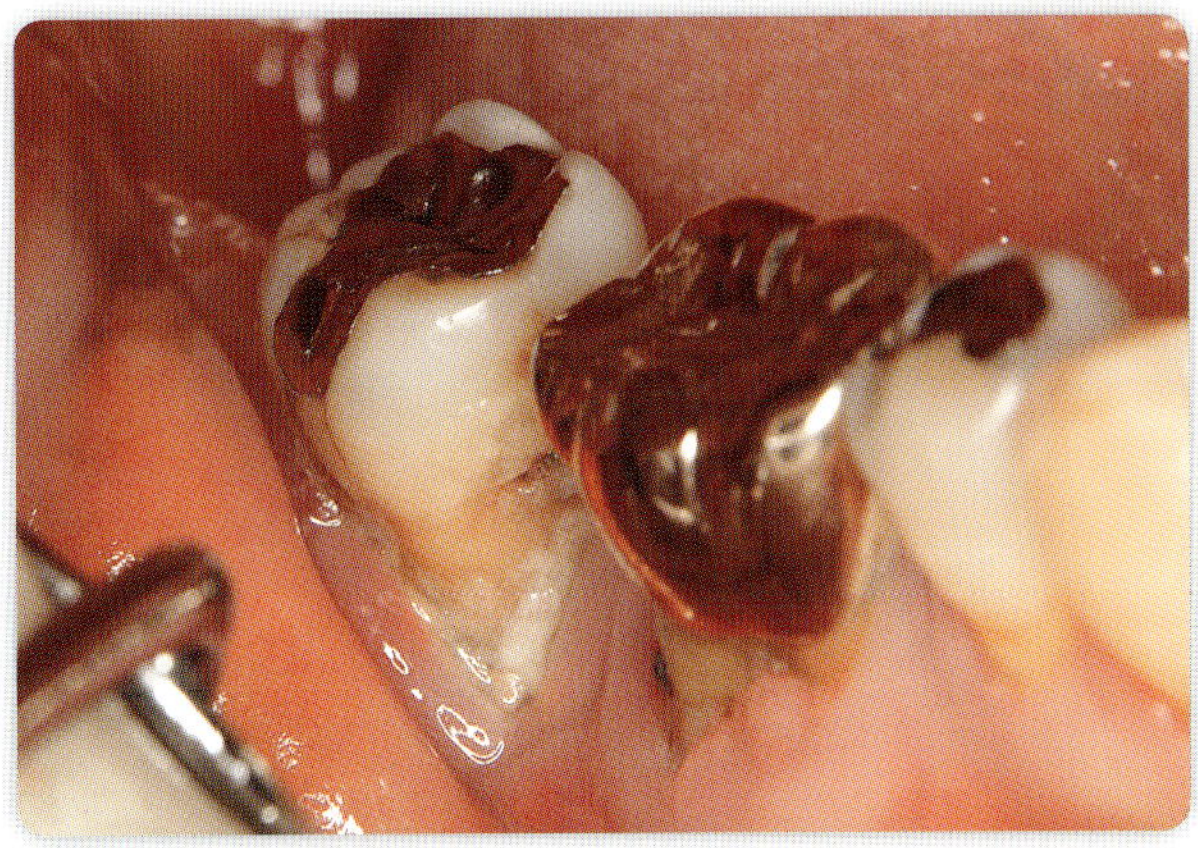

図11 - 1 a　歯周炎の$\overline{7|}$.

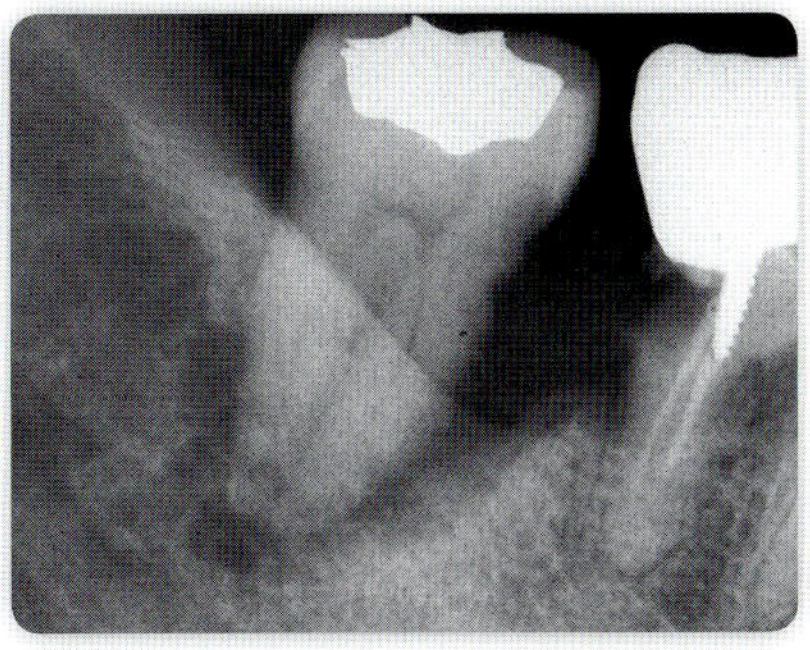

図11 - 1 b　同部のエックス線写真．

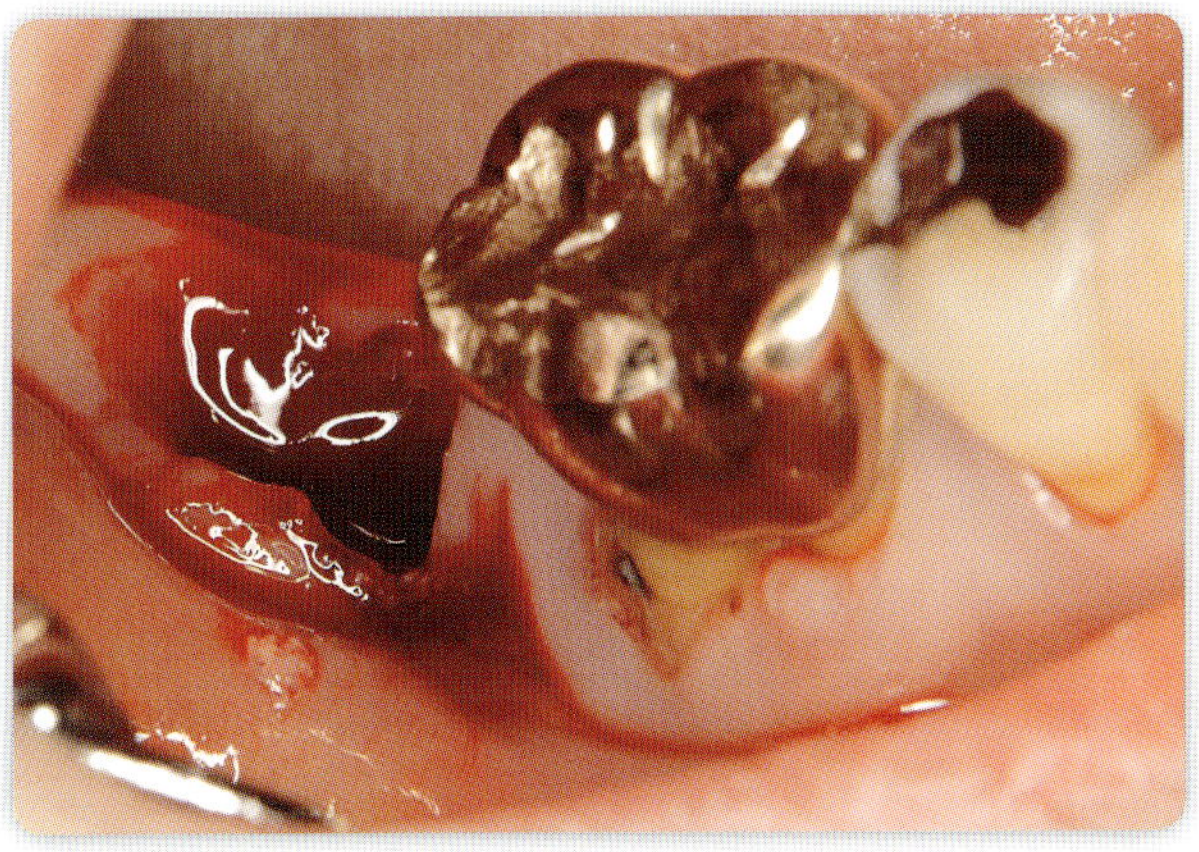

図11 - 1 c　ワルファリンと抗血小板薬を継続したまま抜歯した直後．

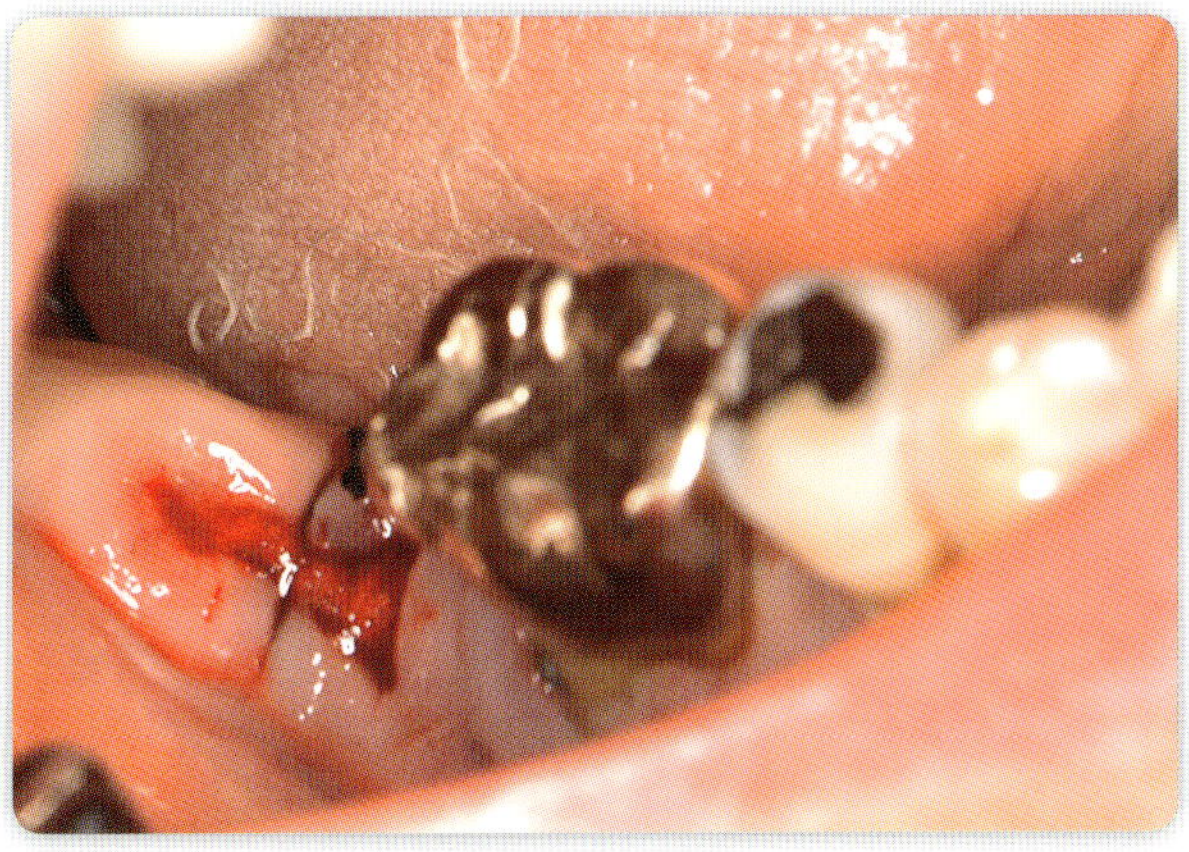

図11 - 1 d　スポンゼル® を填入し縫合した．

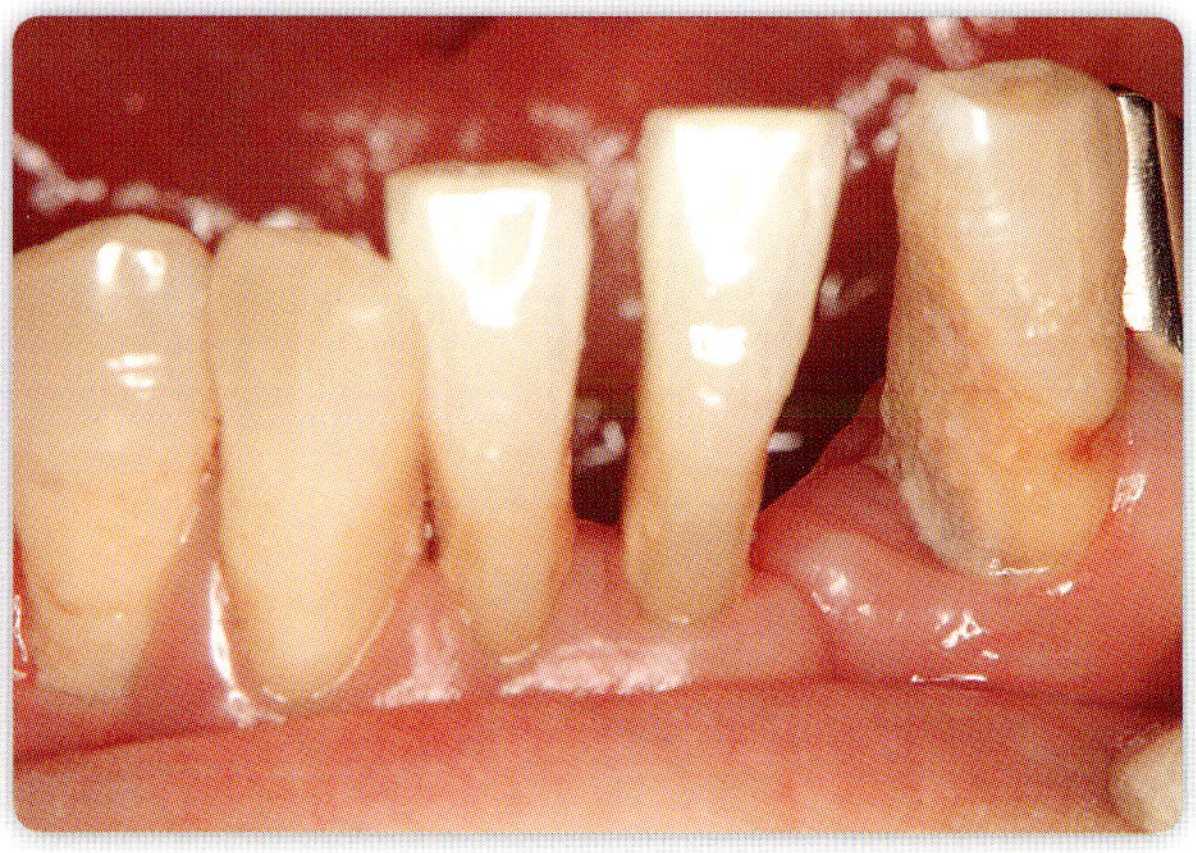

図11－1e　歯周炎の$\overline{1|1}$.

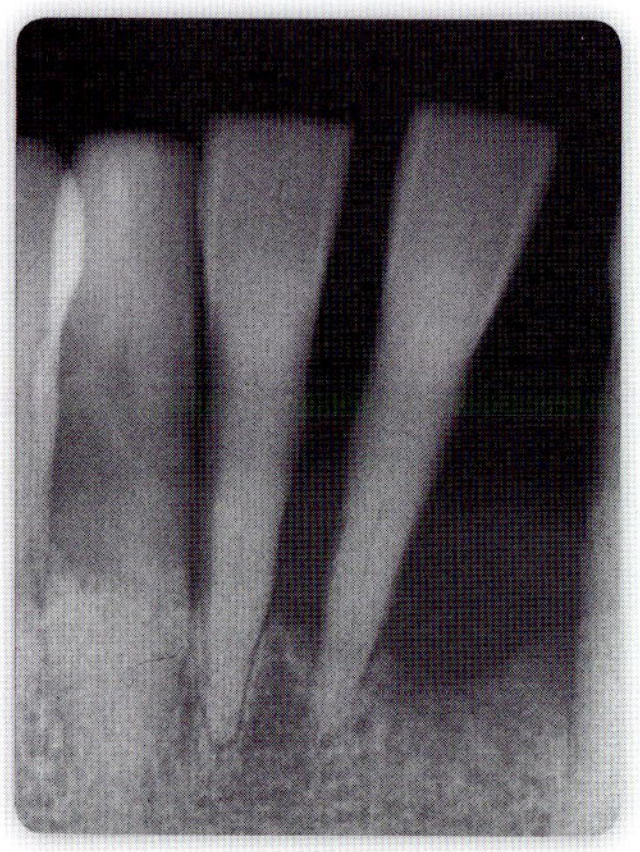

図11－1f　同部のエックス線写真.

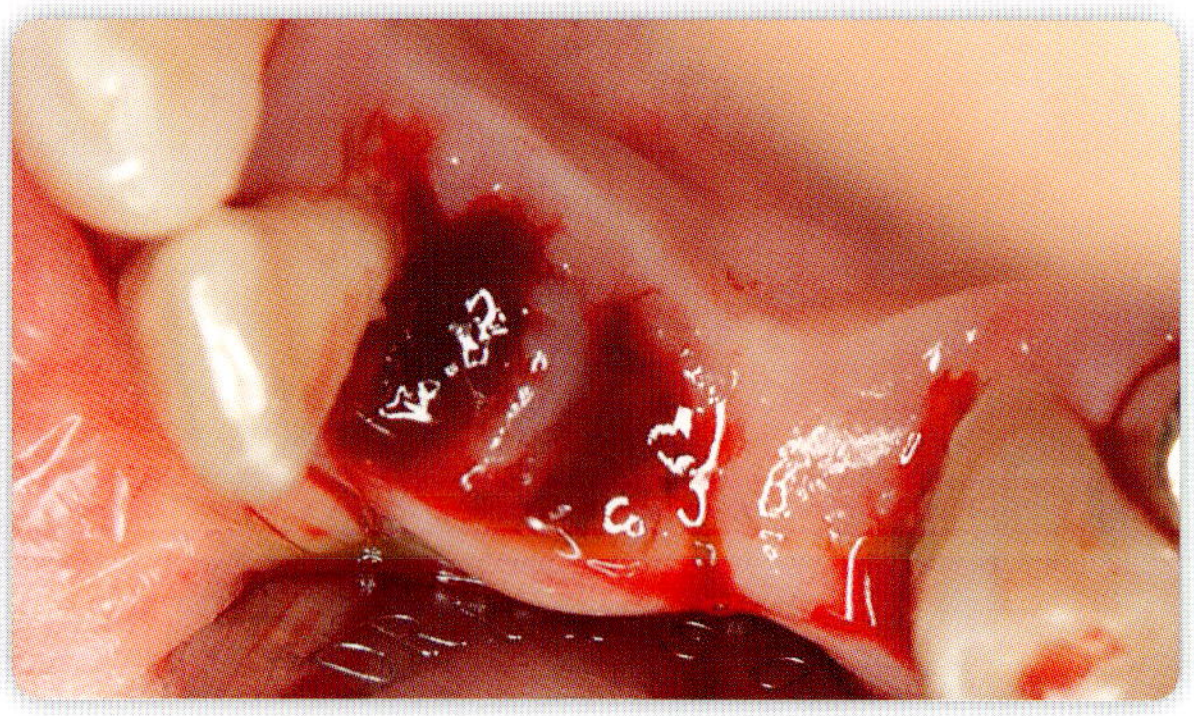

図11－1g　抜歯直後の同部.

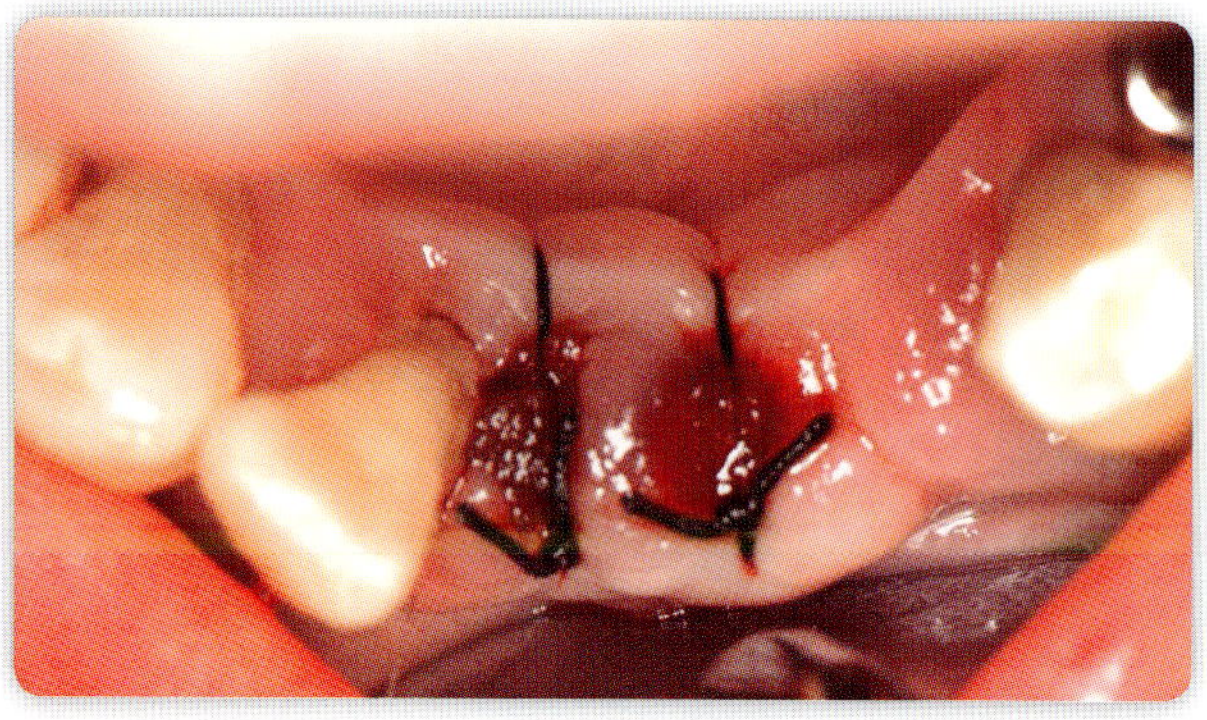

図11－1h　スポンゼル® を填入し縫合した.

歯を行いました.

抜歯は外来通院で行いました．抜歯直後の出血量も軽度で，後出血もありませんでした．ワルファリンと抗血小板薬を服用していましたが，注意事項としては，確実な局所止血処置を行うことです．本症例では，抜歯窩に吸収性ゼラチンスポンジ(スポンゼル®)を挿入し縫合しました．縫合終了時には完全に止血していました.

INR ≧3.5の症例

英国のガイドラインでは，INR 値が4.0までなら，ワルファリンを継続したまま抜歯が可能とされています．欧米では INR 値が5.5以下であれば抜歯などの口腔外科手術を行っていた報告もあります．日本人では，心臓の人工弁置換術後の患者では血栓・塞栓症を起こさないように，INR 値を3.0以上にコントロールされていることがあります．しかし，ワルファリン療法の推奨治療域は2.0～3.0なので，INR 値が3.0を超える場合には注意が必要です．INR 値が3.0を超えている場合には，内科主治医に適切な INR 値であるかどうか対診します．INR 値が3.0を超えている場合には，抜歯は口腔外科のある施設に依頼した方が安全です.

INR ≧3.5で後出血がなかった症例(図11－2)

患者：66歳，男性.

服薬：心筋梗塞，冠状動脈バイパス移植後の患者です．ワルファリン2mg/日とアスピリン(バイアスピリン®)100mg/日を服用.

抜歯：抜歯当日の INR は3.64です．$\overline{2\ 1|}$と$\overline{|2}$の3歯が歯周炎のため動揺が著しく抜歯適応でした．ワルファリンとバイアスピリン® ともに継続したまま抜歯しました

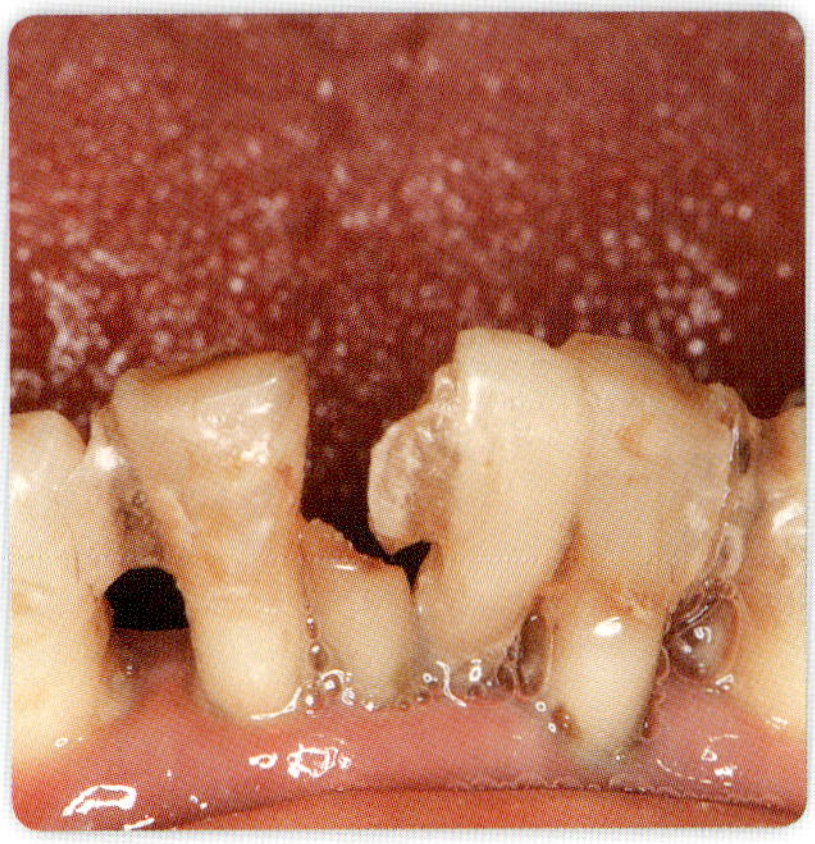

図11 - 2 a　2 1|1 の 3 歯が歯周炎のため動揺が著しく抜歯適応.

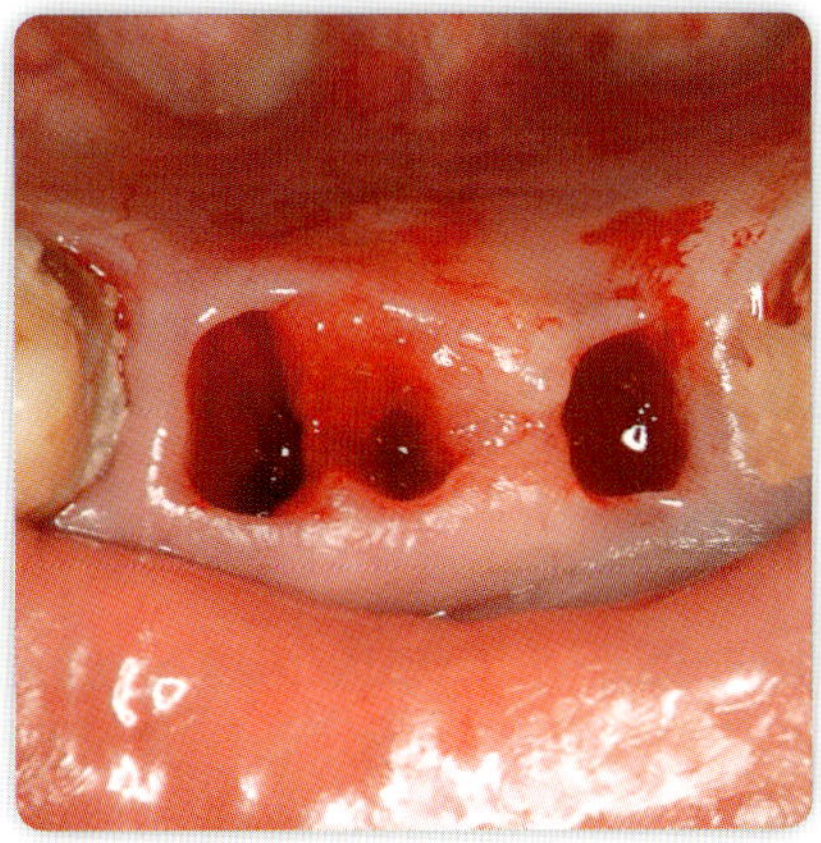

図11 - 2 b　抜歯直後の 2 1|2 部.

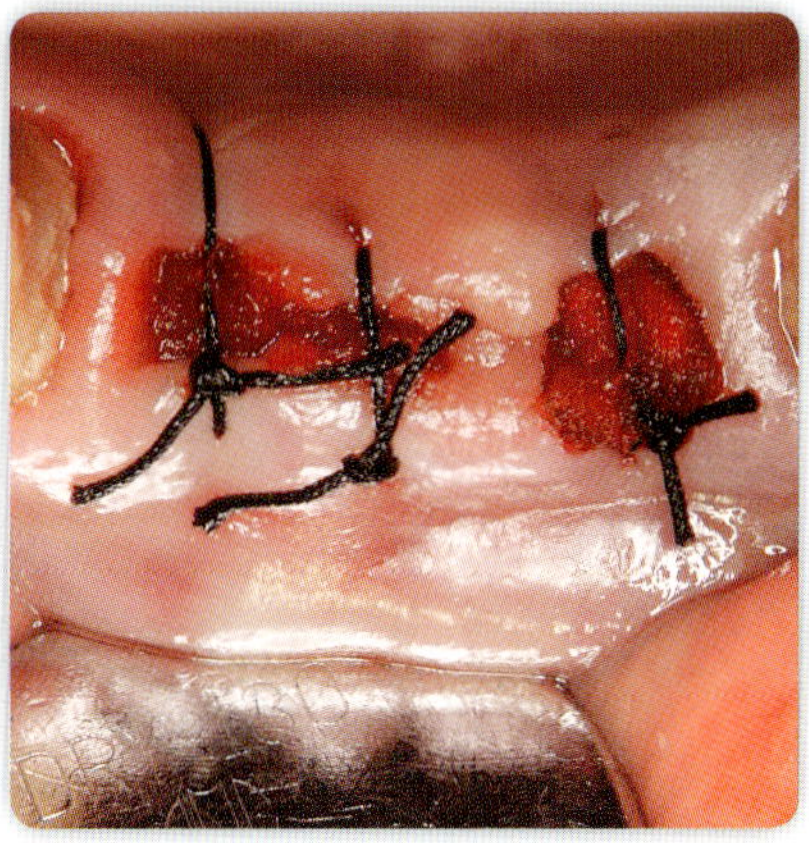

図11 - 2 c　スポンゼル® を填入し縫合した.

が，抜歯中ほとんど出血はありませんでした．抜歯窩にスポンゼル® を挿入し，縫合後，15分間の圧迫止血にて容易に止血ができ，後出血もありませんでした．

INR ≧3.5で後出血した症例（図11 - 3）

患者：77歳，女性.

服薬：心房細動，狭心症，脳梗塞の既往のために，ワルファリン3.5mg，バイアスピリン®100mg/ 日を服用.

抜歯：過去に 6 回，外来通院または入院下でワルファリン継続下に抜歯を行いまし

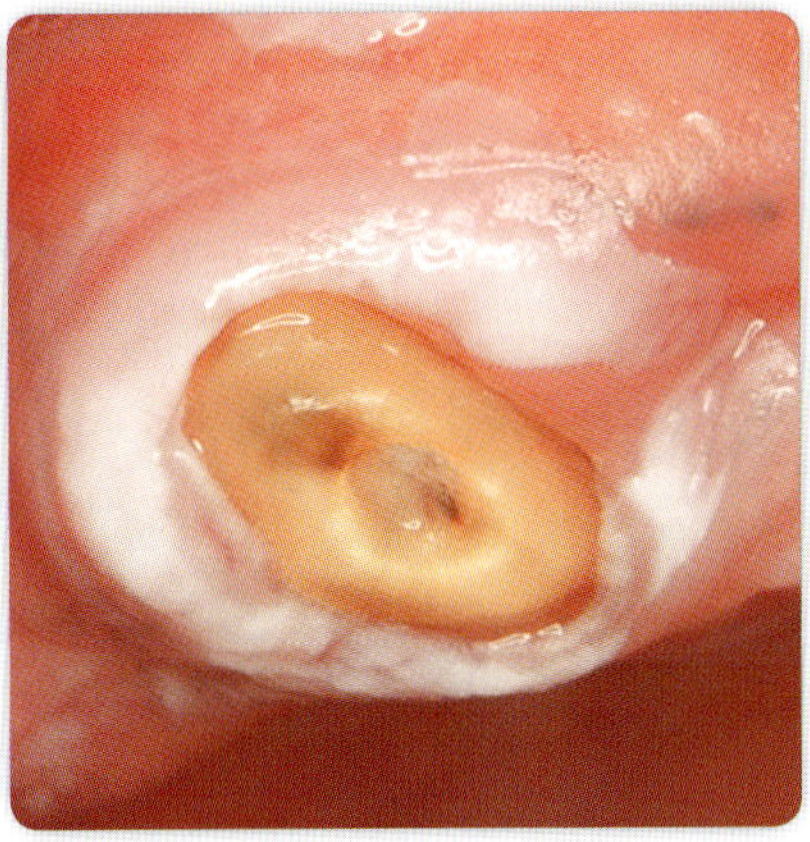

図11 - 3 a　3| は残根で，周囲に白斑を認めた.

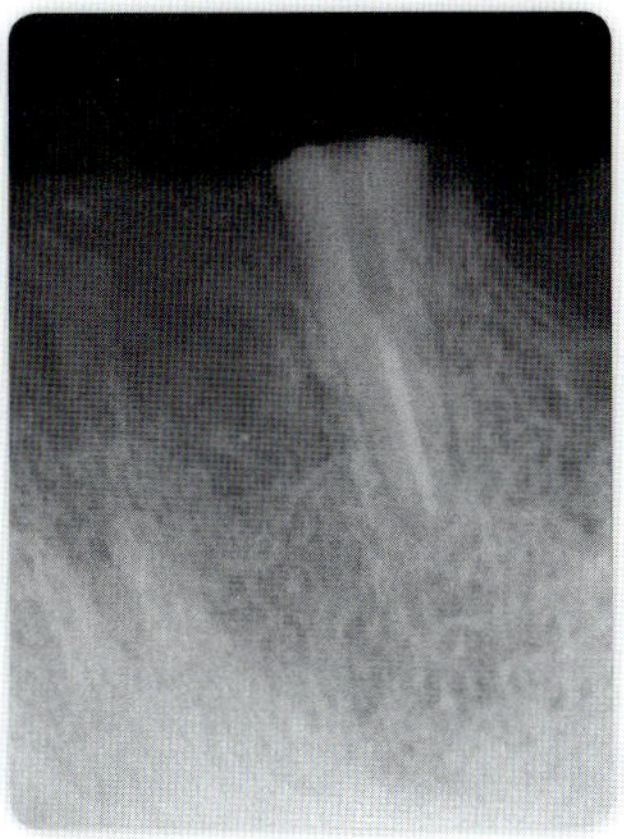

図11 - 3 b　同部のエックス線写真.

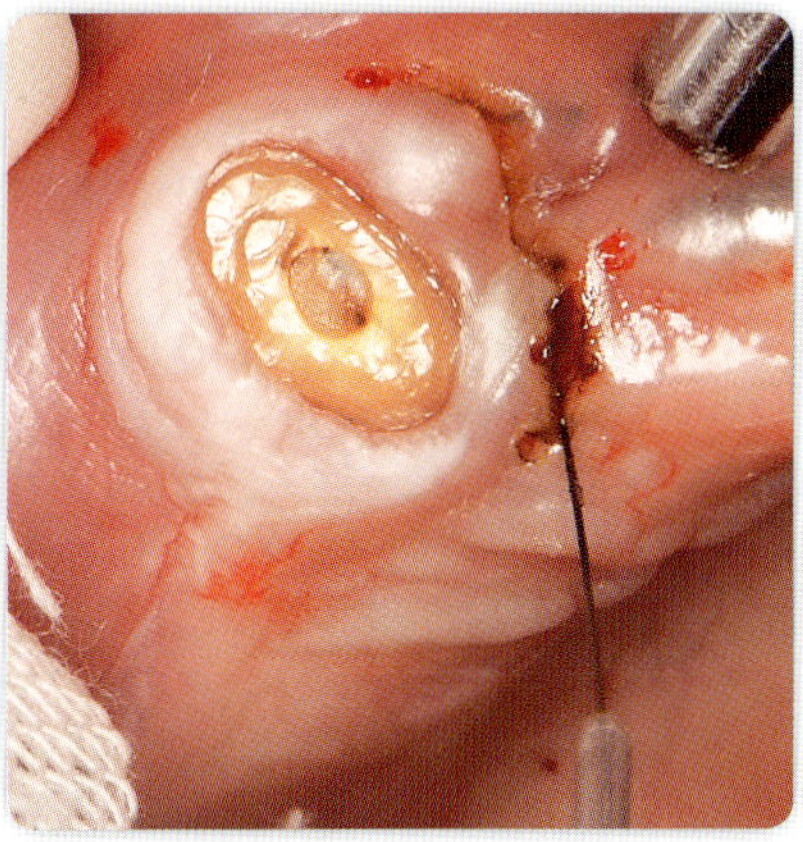

図11 - 3 c　電気メスにて白斑を切除し，抜歯する.

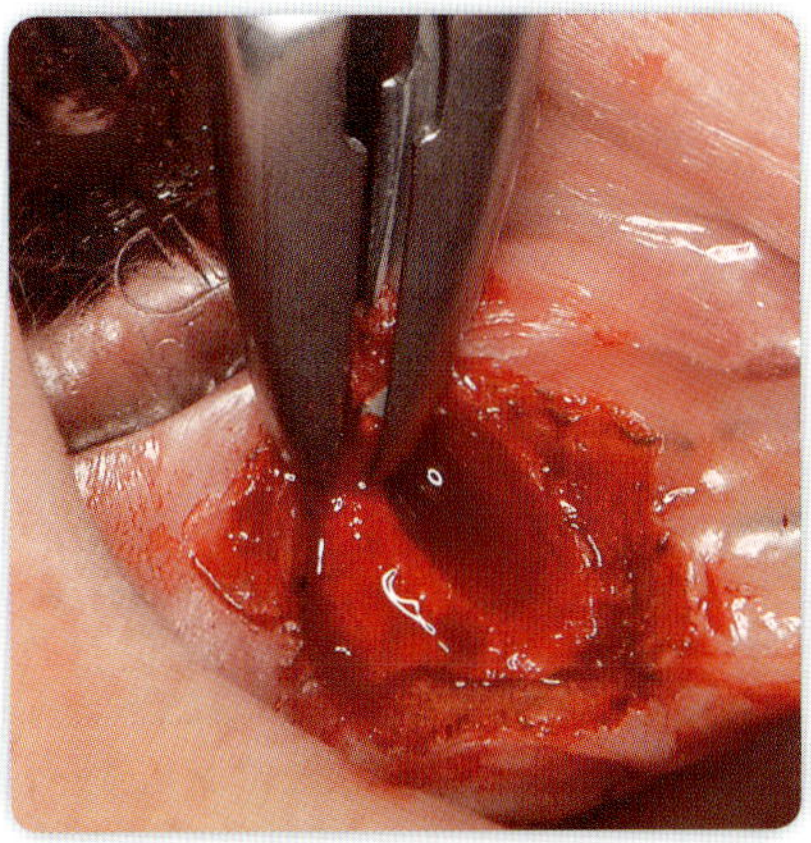

図11 - 3 d　抜歯後，鋭縁を除去．術中出血は軽度であった.

図11 - 3 e　テルダーミス® 単層.

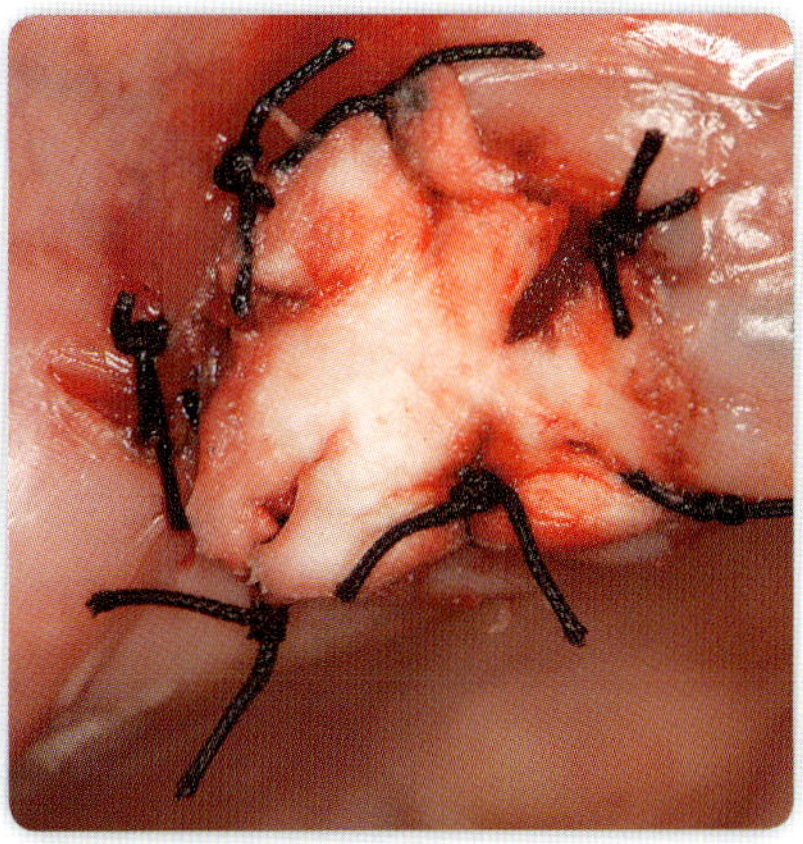

図11 - 3 f　テルダーミス® を貼付し，縫合時には止血していた.

たが，一度も後出血はなく，経過良好でした．3|の残根のために，抜歯適応となりました．抜歯当日のINRは3.92と高値で，出血時間は10分以上でした．出血のリスクはありましたが，INR値が4.0以下であったことと，簡単な単独歯の抜歯で止血ができると判断しました．また，大学病院では当直医が常勤し，緊急時の対応ができるために，ワルファリンを継続したまま抜歯しました(**表11－3**)．

表11－3　症例の経過．

日付	ワルファリン量	INR	処置および内科との連携
6/29	3.5mg	3.92	3|抜歯，白斑の切除
6/30(止血)			翌日の洗浄時には止血していた
7/4(出血)			再縫合し圧迫止血にて止血
7/5(出血)	1日休薬	4.16	局所止血剤の再挿入＋再縫合し止血．止血床の装着を患者が拒否する．血圧が173/114mmHgと高かった．近内科主治医にINR高値を連絡し，ワルファリンを1日休薬，2.5mg/日への減量の指示を受ける
7/7(出血)	2.5mg	3.92	止血床使用拒否したために，テルダーミス® を貼付し，タイオーバーを行い止血
7/10(出血)		4.59	タイオーバーしたガーゼを抜去し，緊密に縫合．INRが再度，上昇したために内科主治医に対診するも患者が内科受診しなかった
7/13(止血)	2日休薬	5.09	口腔内は止血していたが，左目の結膜下出血を認めた．当院眼科および循環器内科に対診した．INRが依然高値のために，2日間のワルファリン休薬の指示を受けた
7/14		3.04	INR値の低下を認め，ワルファリンを7/15から再開した

抜歯はヘーベルで容易に終了し，高周波ラジオ波メスにて白斑の除去を行いました．高周波ラジオ波メスの使用により，白斑切除ではほとんど出血はありません．骨の鋭縁を破骨鉗子にて除去し，骨面が露出しないようにアテロコラーゲン(テルダーミス®)を貼付し，縫合しました．抜歯翌日は止血していましたが，抜歯5日目に軽度の出血をきたしました．再縫合にて止血しましたが，抜歯6日目にも再出血しました．血圧は178/100mmHgと高く，INR値も4.16と高値であったために局所止血処置後，内科主治医に対診しました．INR値が高く，血圧が高いと出血のリスクがあるので注意が必要です．医師より，ワルファリンを1日休薬し，2.5mgに減量するとの指示を受けました．**ワルファリンは医師が厳密に管理しているので，絶対に歯科医師の判断で中断してはいけません．**

止血シーネを作製しましたが，患者がうつ病で，「義歯のようなものを口のなかに入れるのは嫌である」と拒否されました．INR値が1日の休薬ではあまり下がらず，入院を検討しましたが，患者の経済的理由により入院はできませんでした．抗血栓療法患者の抜歯では，止血処置にあたり，患者の協力が得られるかどうかを抜歯前に確認しておくことも重要です．抜歯8日目，11目にも軽度の出血を認め，外来にて局所止血処置を行いました．抜歯15日目の再診時には，止血していましたが，INR値が5.09と高かったために，再度，内科に対診しました．ワルファリンを2日間休薬し，INR値が3.04と下がりました．INR値が5.0を超えていましたが，出血を認めなかったのは，抜歯窩の治癒が進み，幼若な肉芽組織が少なくなったためと推察されます．

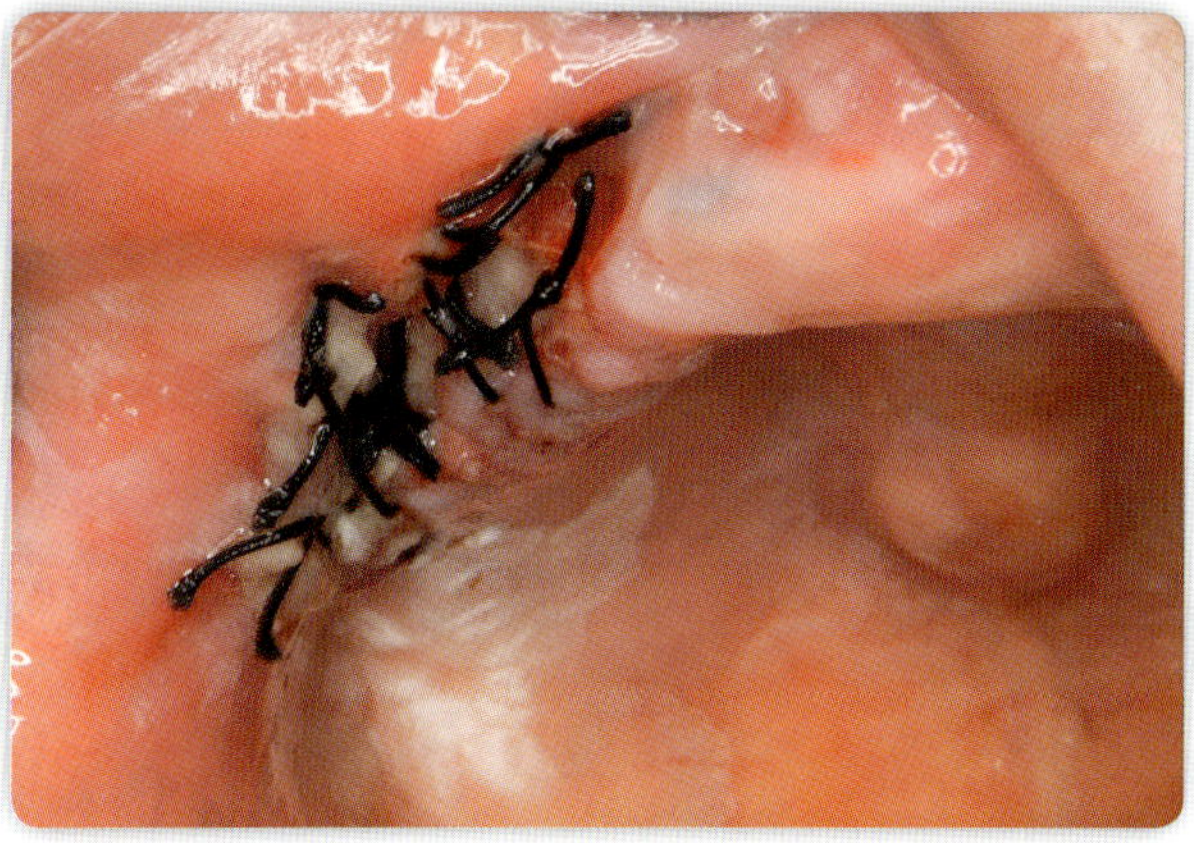

図11 - 3g　再縫合などの局所止血処置を行うとともに，内科主治医にワルファリン療法をコントロールしてもらい，INR値を適正な値に戻した．

ワルファリンの効果は肝代謝に依存するため，投与量の個人差も大きく，服薬コンプライアンス，食物や併用薬によって効果が変動します．同じ量を服用していても，日によりINR値は変動するので，注意が必要です．本症例の後出血の程度はいずれも軽度で，局所止血処置のみで対応可能でしたが，後出血時に備え，医師との連携は重要です．

INR ≧3.5の重度の歯周炎で後出血した症例（図11 - 4）

患者：70歳，男性．

服薬：人工弁置換術後でワルファリン2.5mg/日を服用．

抜歯：87|，8|の歯周炎のために近歯科より抜歯を依頼されました．人工弁置換術

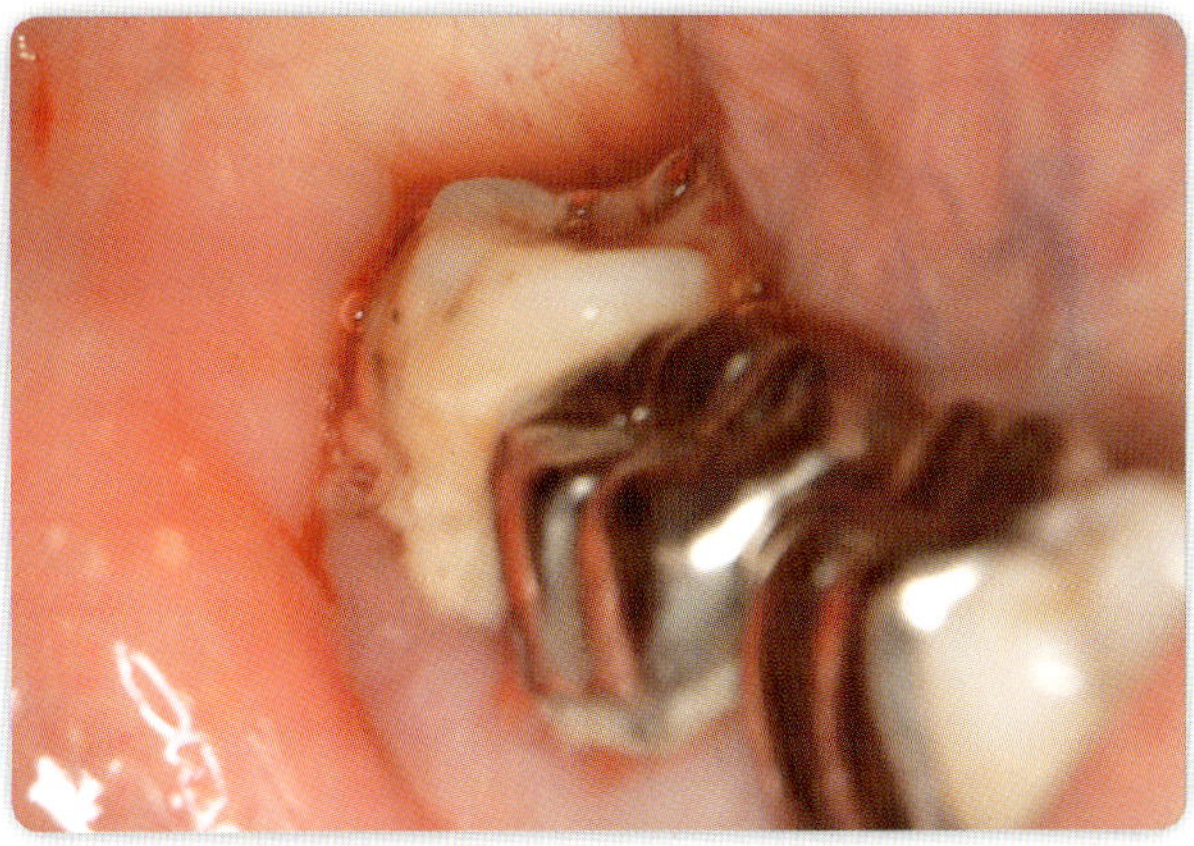

図11 - 4a　歯周炎の8|．

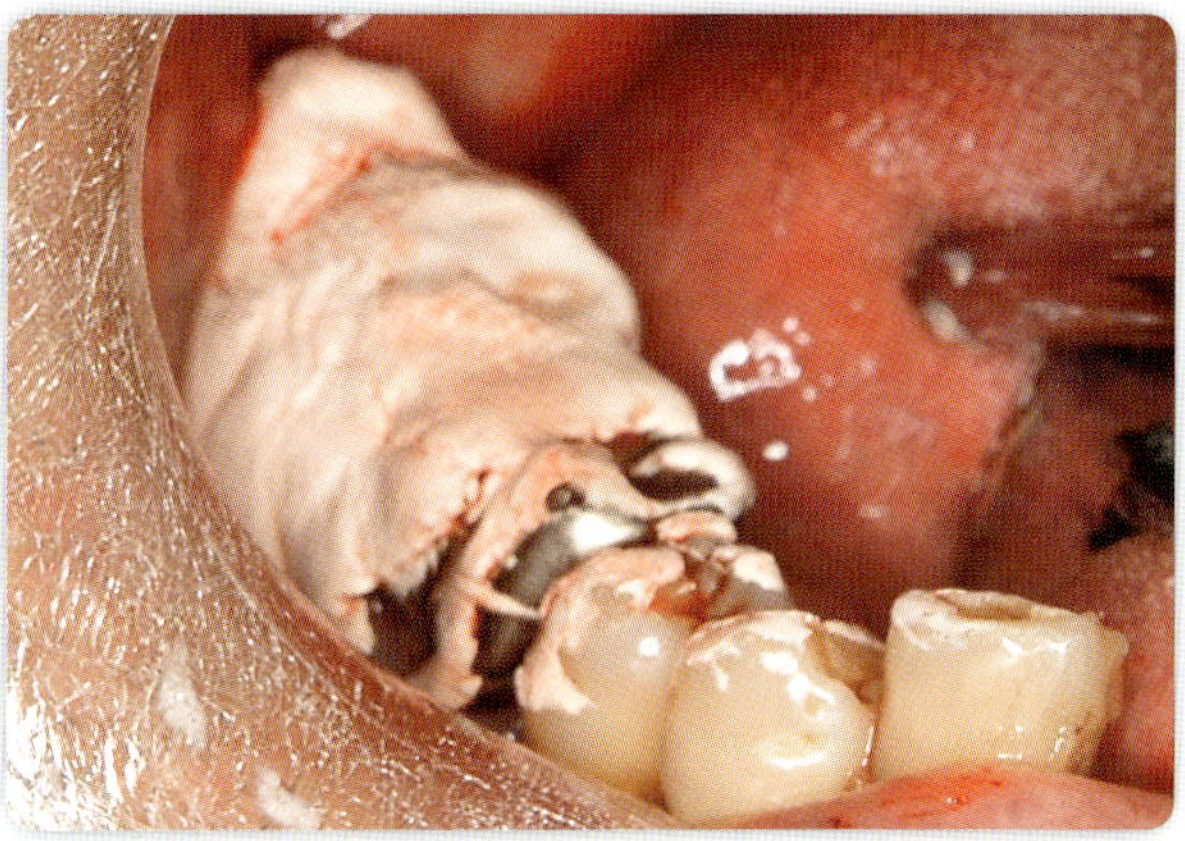

図11 - 4b　スポンゼル® を填入し，縫合後パックを行った．

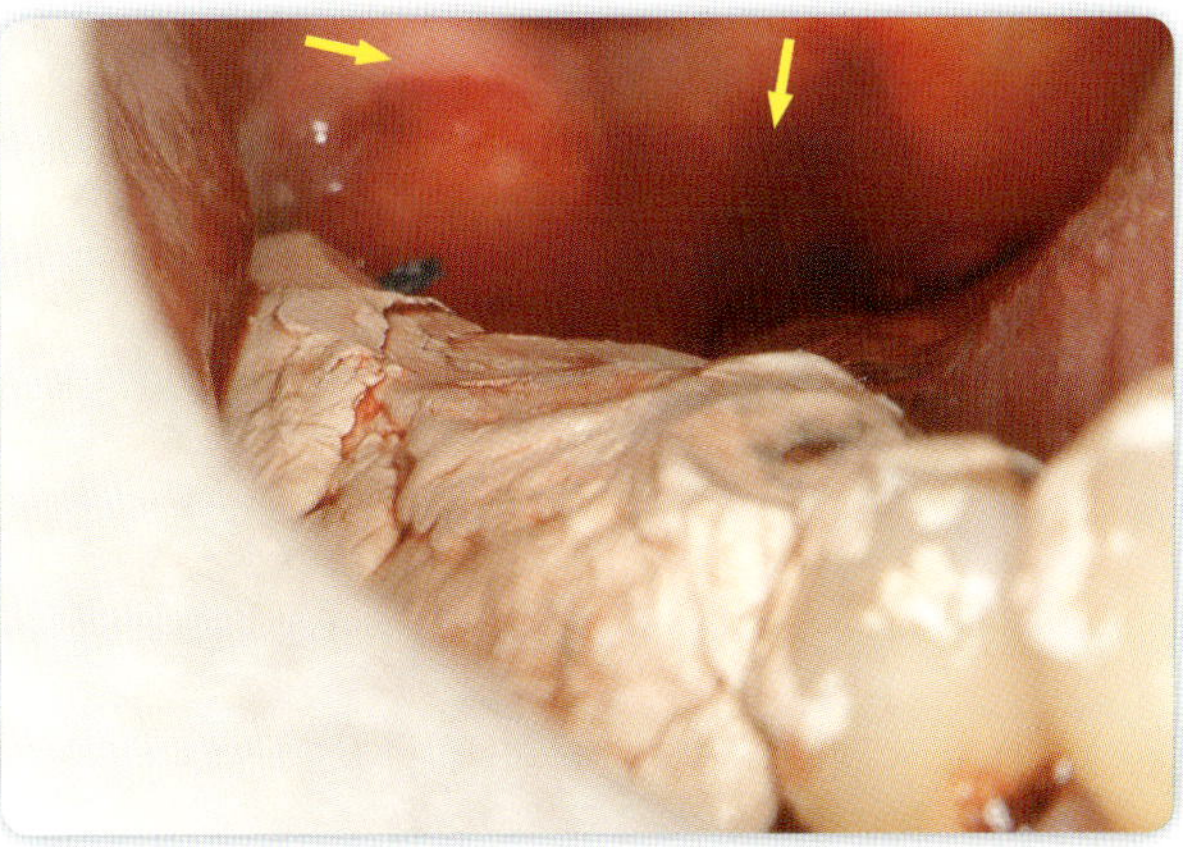

図11 - 4c　翌日，咽頭部に内出血斑を認めた．

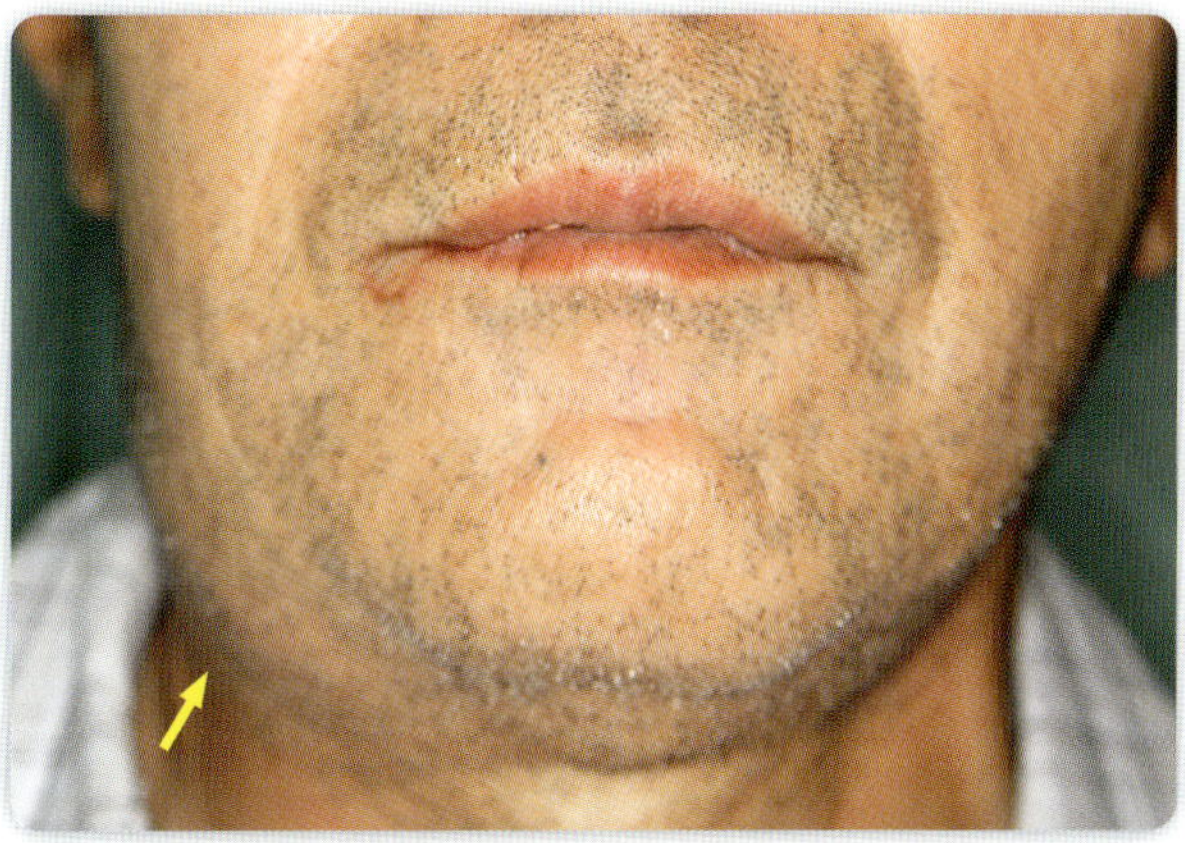

図11 - 4d　鉗子抜歯で抜歯は容易であったが，翌日右側頬部の腫脹を認めた．

後で INR 値が３を超えています．また，患者が遠方から来院しているので，入院下での抜歯を計画しました．感染性心内膜炎の予防のために，抜歯30分前にサワシリン® ２g を服用させました．抜歯当日の INR は3.79でした．２％キシロカイン(1/8万のエピネフリン含有)局所麻酔下に，抜歯を行いました．不良肉芽を徹底的に掻爬し，スポンゼル® を挿入し，緊密に縫合し，下顎はパック，上顎はパックを圧接した止血床を装着しました．抜歯翌日，下顎からの出血があり，再度パックをし直し止血しましたが，咽頭部に内出血斑を認めました．抜歯２日目にも出血したため，抜歯窩にサージセル® を填塞し，止血床を作製し，装着しました．

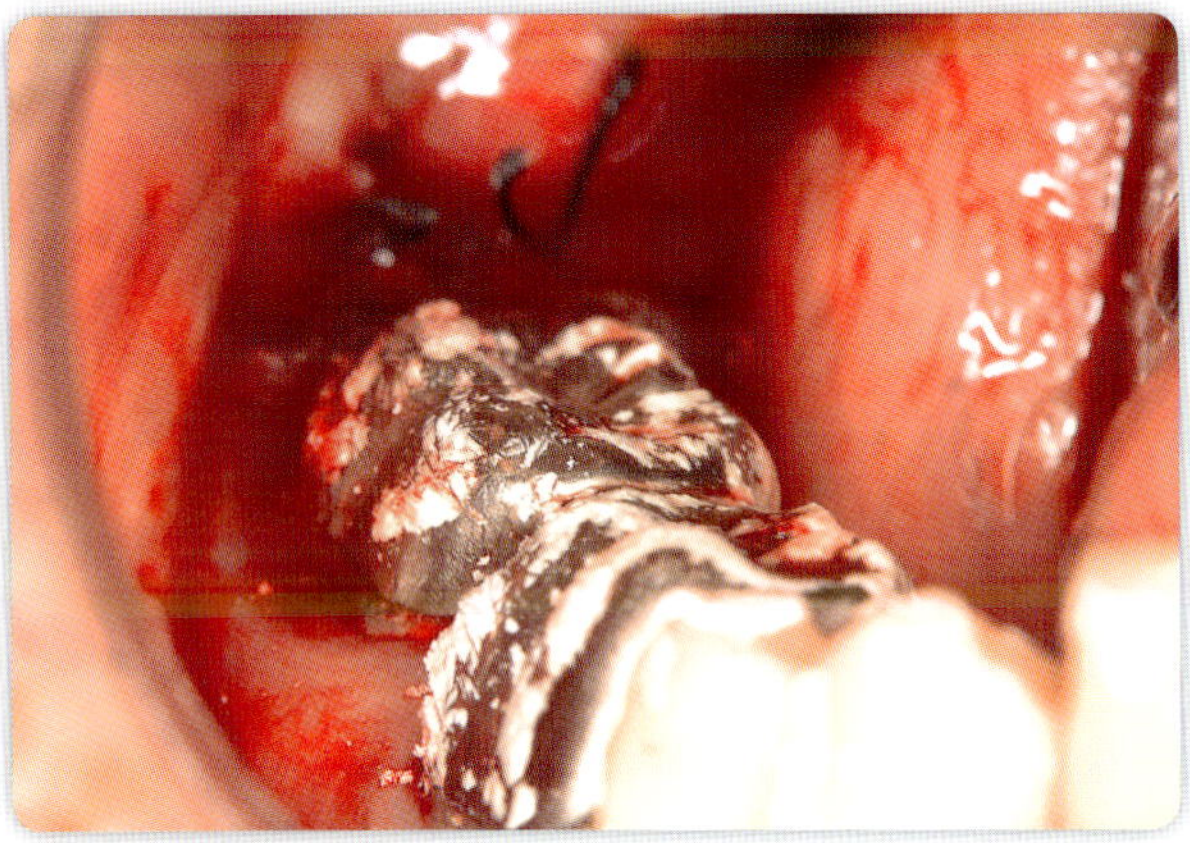
図11－4e　後出血を起こした．

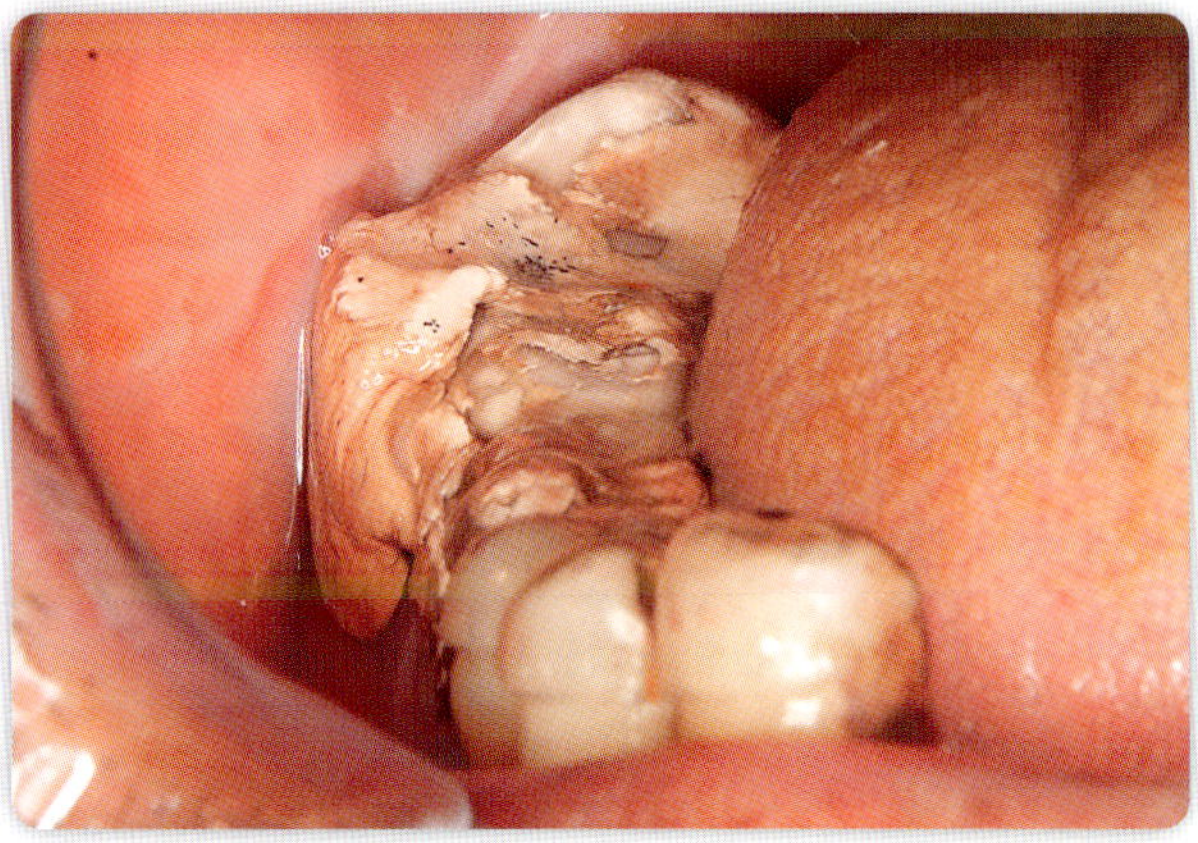
図11－4f　止血床を作成し，再度パックを圧接する．

後出血時の INR は3.87です．心臓血管外科に対診したところ，ワルファリンを２日間休薬し，2.5mg に減量するよう指示がありました．止血床装着後は出血もなく，５日後に止血床を除去しました．

腎機能障害患者(図11－５)

腎不全患者では，尿毒素による血小板数の減少，血小板機能の低下や血液透析患者では抗凝固薬のヘパリンが使用されるので，出血傾向には配慮が必要です．また，重篤な腎機能障害がある場合，ワルファリンの排泄遅延，血漿アルブミン低下による遊離型ワルファリン増加により，抗凝固作用を増強するおそれがあるので注意します．

患者：77歳，男性．

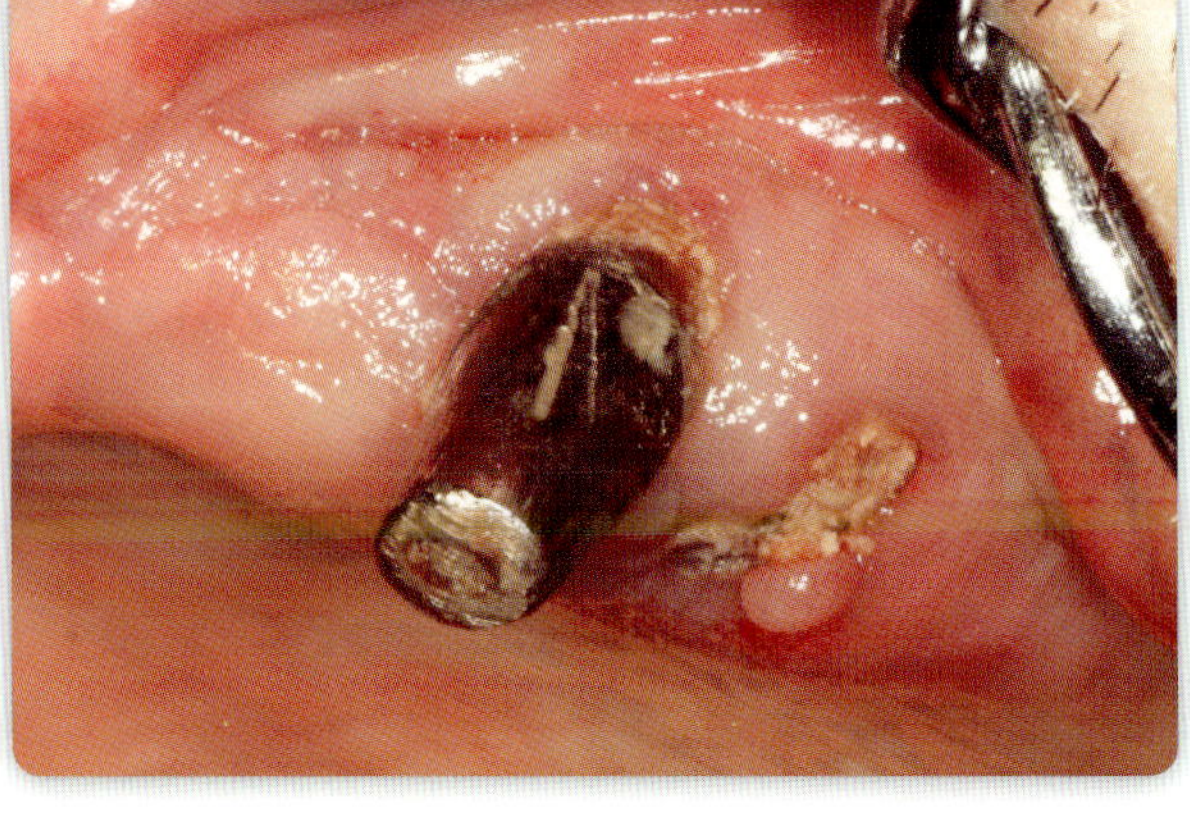
図11－5a　|3 4の状態．

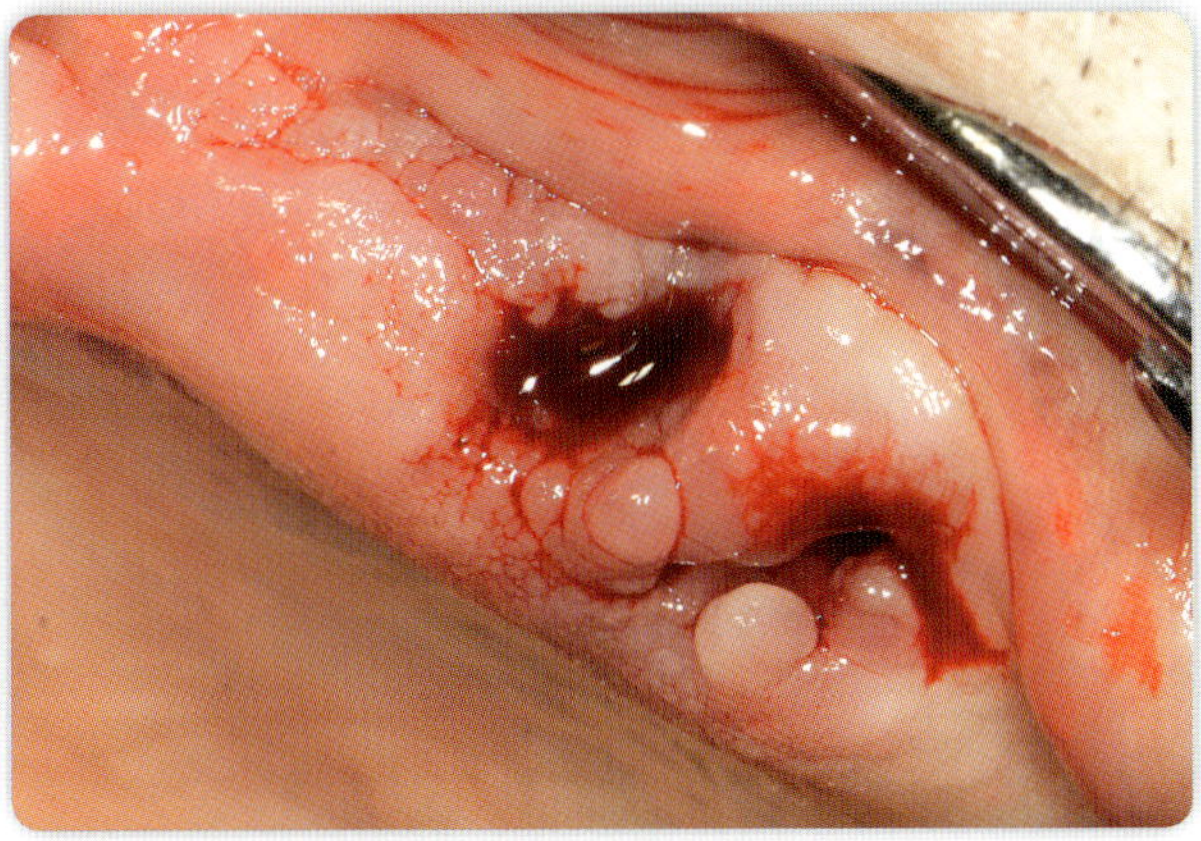

図11－5b　抜歯直後の|3 4部.

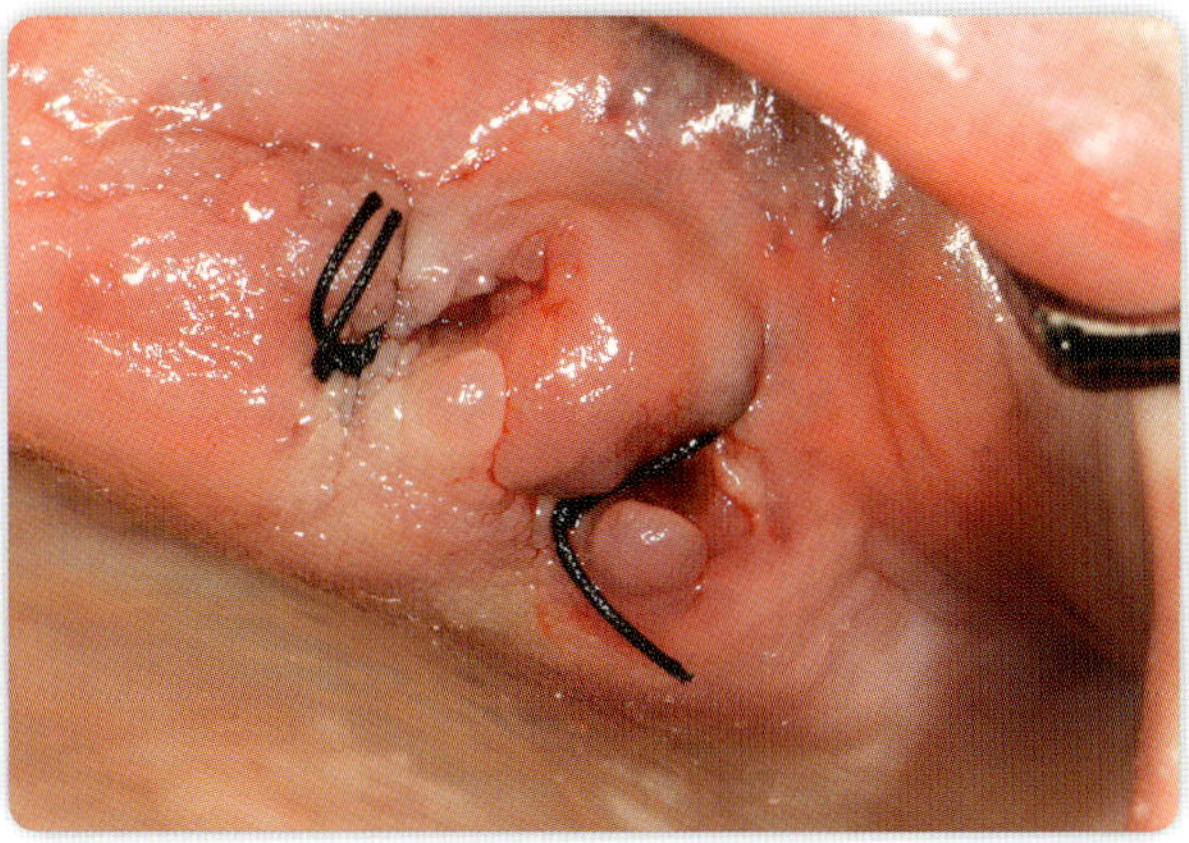

図11－5c　スポンゼル® を填入し縫合した.

服薬：脳梗塞，狭心症，冠状動脈ステント留置後のためにバイアスピリン® とプレタール® を服用.

抜歯：既往歴として，腎細胞癌術後，肝転移，肺癌，胃癌，糖尿病，慢性腎不全のために血液透析を月，水，金曜日に行っていました．尿素窒素は35.5mg/dL，クレアチニンは6.8mg/dL です．出血時間３分30秒，血小板155,000/μL と正常でした．ワルファリンは服用していなかったために，INR は1.29でした．バイアスピリン® とプレタール® は両薬剤とも継続したまま|3 4の抜歯を行いました．抜歯は，透析日を避けて行いました．

抜歯時の出血は少量で，縫合時には完全に止血しました．排泄経路が腎である抗菌薬は，使用により腎機能の悪化を呈するので，使用量には注意します．本症例では医師に相談し，術後の抗菌薬は，フロモックス®100mg/ 日(通常量の１/３量)を投与しました．

肝機能障害患者(図11－６)

血液凝固因子は肝臓で作られるので，肝機能障害患者では出血傾向があります．肝硬変患者では，血液凝固因子の減少の他，線溶亢進，脾機能亢進による血小板減少などによる出血傾向を呈し，抗血栓療法を受けている肝機能障害患者では，より慎重な止血管理を要します．

患者：62歳，男性.

服薬：僧帽弁置換術後，ワルファリンを服薬.

抜歯：心房細動，C 型肝炎のため，入院下で，ワルファリンを継続したまま抜歯し

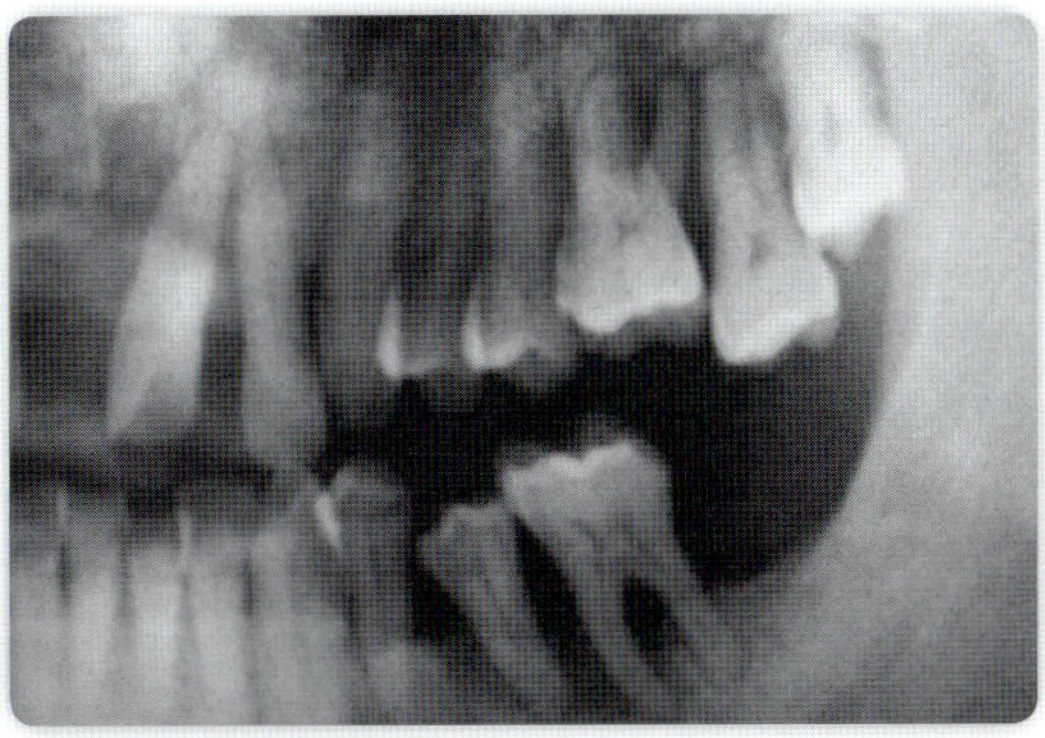

図11－6a　抜歯部位のパノラマエックス線写真.

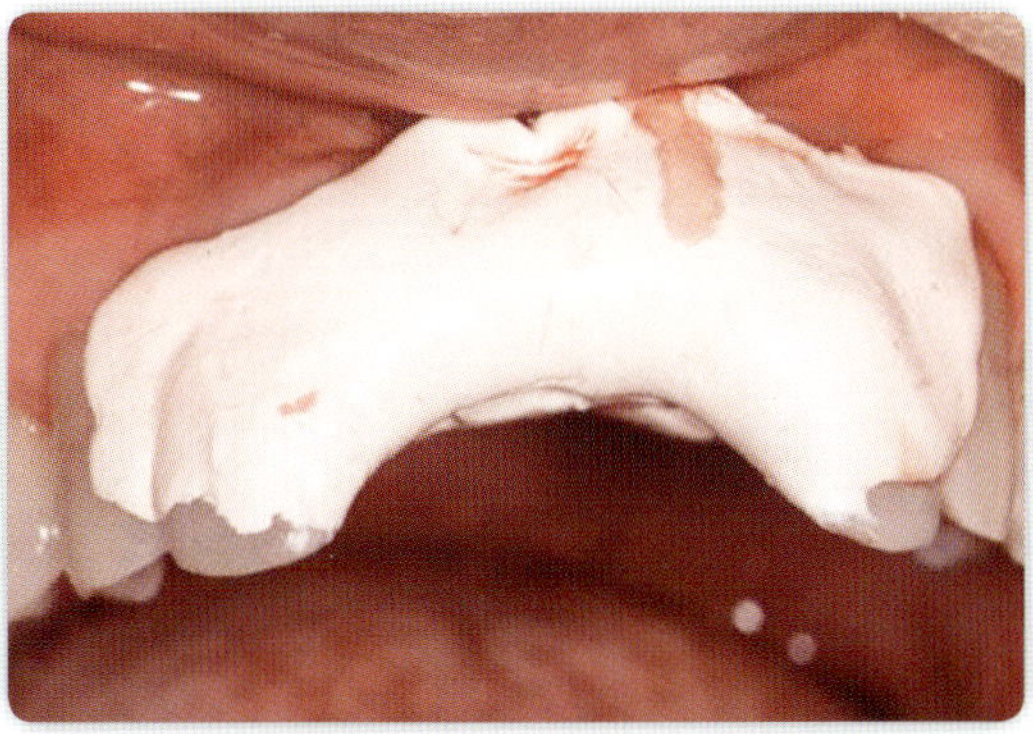

図11－6b　スポンゼル®＋縫合＋パック(|1部).

ました．抜歯当日のINR値は2.02です．⌊1，⌊7 8と⌊5 6の計5歯を同時に抜歯しました．抜歯時の出血は少量で，抜歯窩にスポンゼル®を挿入し，縫合すると容易に止血しました．この症例は敢えて，局所止血方法を変えて処置しました．⌊7 8は抜歯窩にスポンゼル®を挿入し縫合，⌊1はスポンゼル®を挿入し縫合後パックを行い，⌊5 6部はスポンゼル®を挿入し縫合後止血床を装着しました．

抜歯約3時間後に，⌊7 8部からのみ軽度の出血を認めました．そのとき，患者は抜歯後疼痛を訴え，血圧を測定すると，最高血圧が170mmHgと上昇していました．出血の程度は軽度でガーゼ圧迫により容易に止血しました．痛みに対してロキソニン®60mgを投与しました．後出血の原因としては，抜歯後疼痛による血圧上昇による影響が考えられます．その後，出血はなく，翌日退院しました．

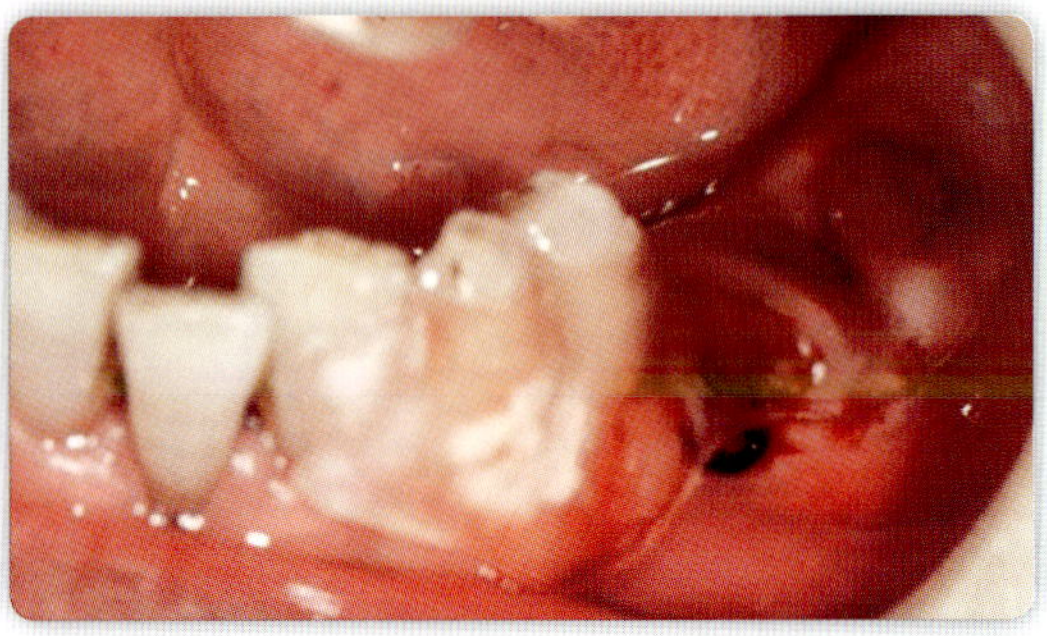

図11－6c　スポンゼル®＋縫合＋止血床(⌊5 6部)．

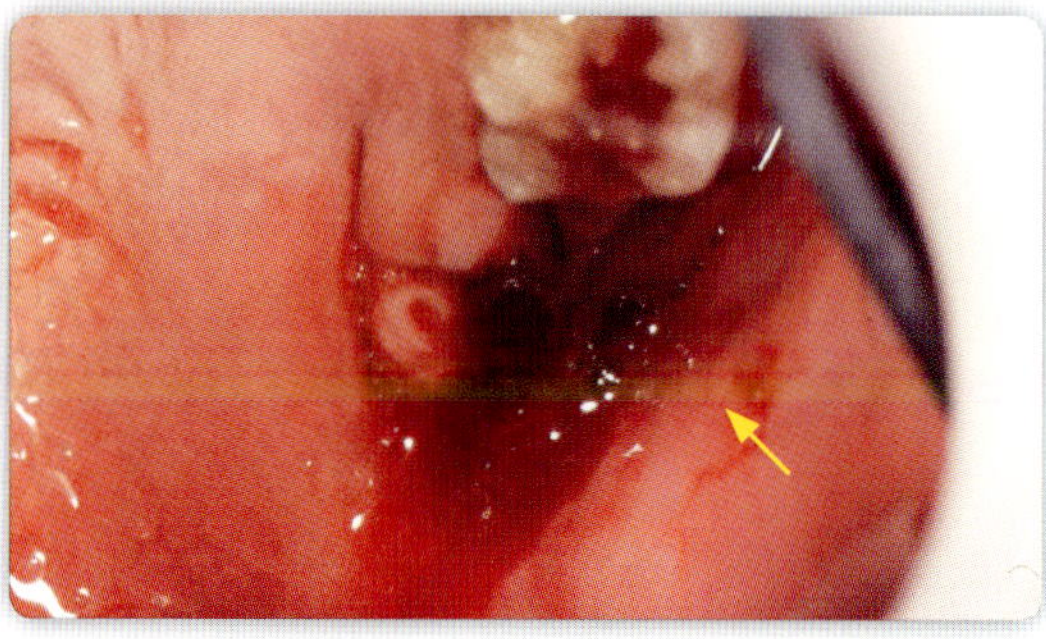

図11－6d　スポンゼル®＋縫合の止血処置をした⌊7 8部のみ後出血を認めた(矢印)．

この患者は，退院3日後にも同部に軽度の出血を認めましたが，スポンゼル®を挿入し再縫合により容易に止血しました．その際のINR値は2.12と，抜歯時に比べそれほど高くはありません．血圧が152mmHgと高かったこととC型肝炎に罹患しているため，出血傾向があった可能性があります．肝機能障害を有する患者でワルファリン継続下に抜歯する場合には，後出血のリスクがあるのでパックや止血床を準備するなど配慮が必要です．

ヘパリン療法中の患者(図11－7)

腎不全患者で透析療法が行われている患者には，ヘパリンを加えて血液の凝固が起こらないように透析操作が行われています．また脳梗塞など血栓・塞栓症を生じ

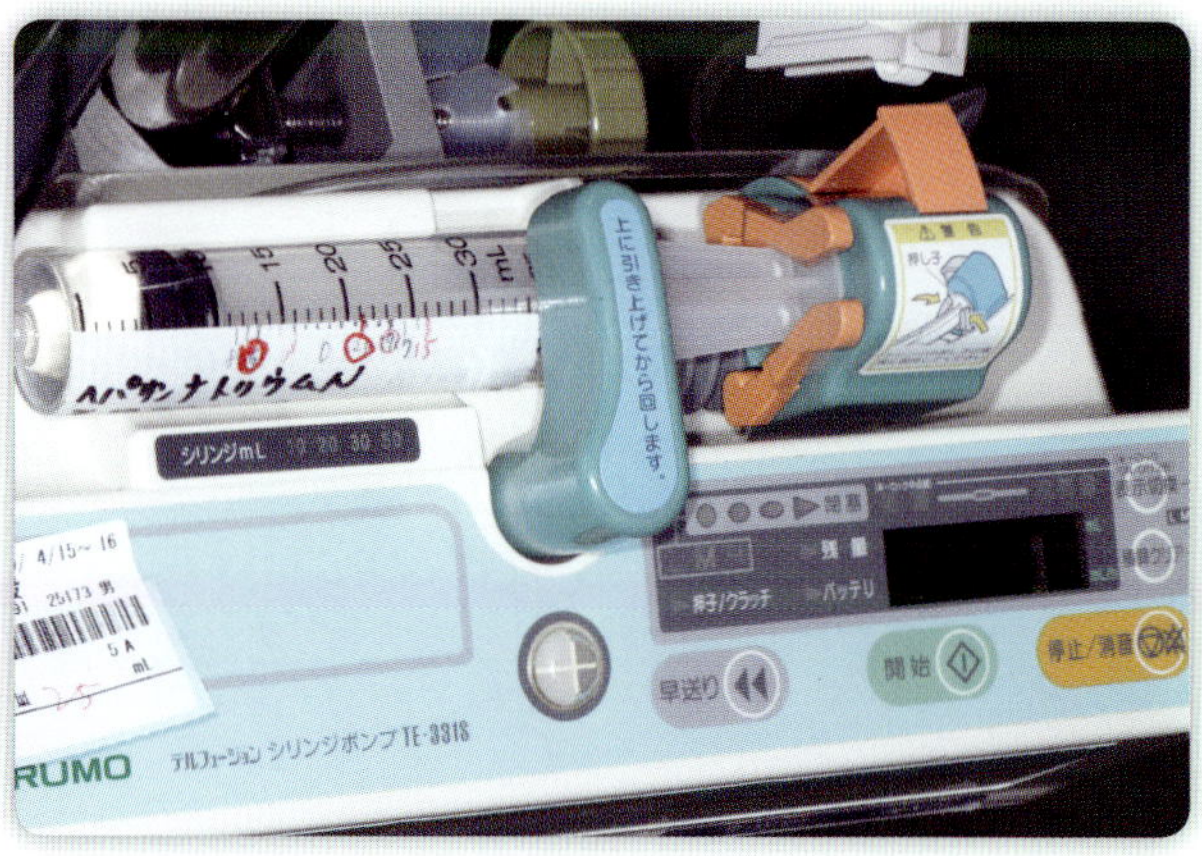

図11－7a　ヘパリン治療．

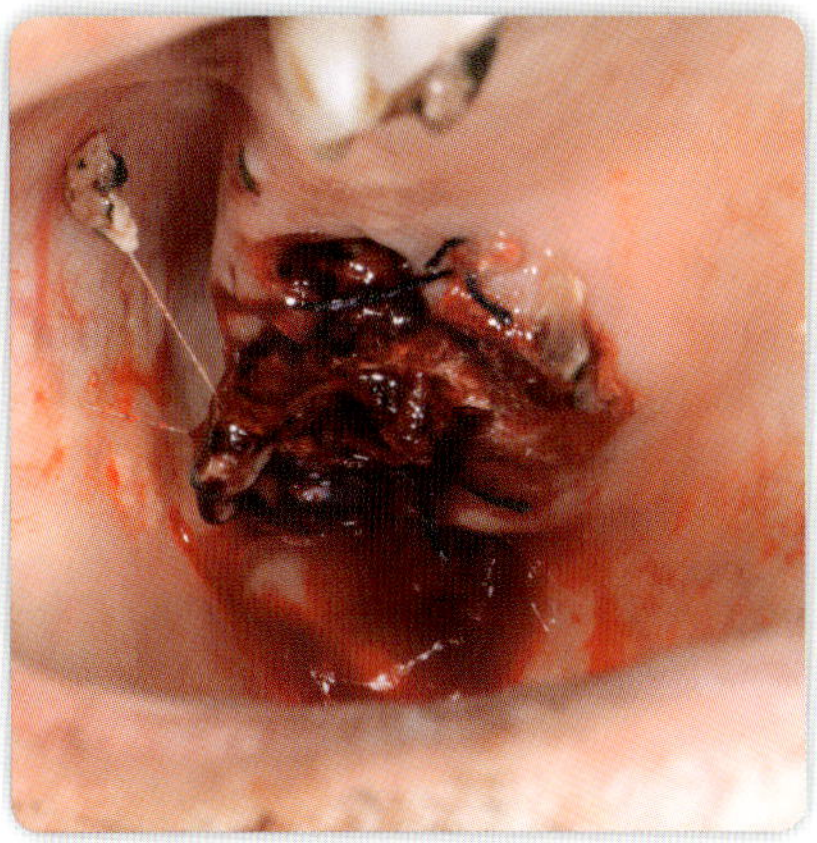

図11－7b　スポンゼル®を挿入し，縫合により止血していたが，ヘパリン療法開始とともに出血をきたした．

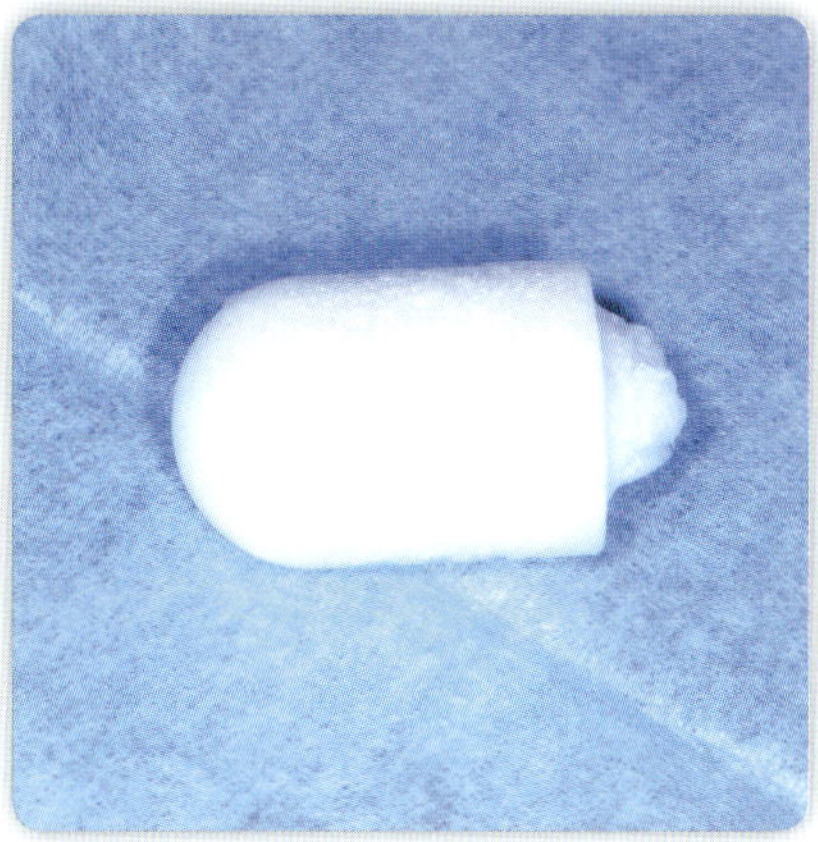

図11－7c　テルプラグ®．

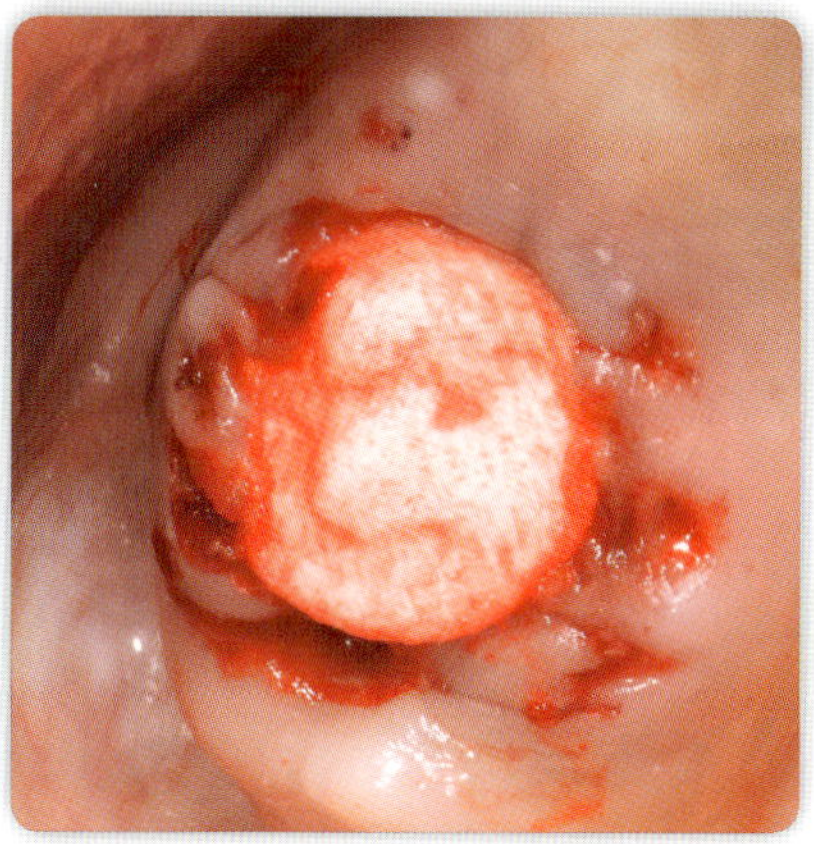

図11－7d　テルプラグ®を挿入した．

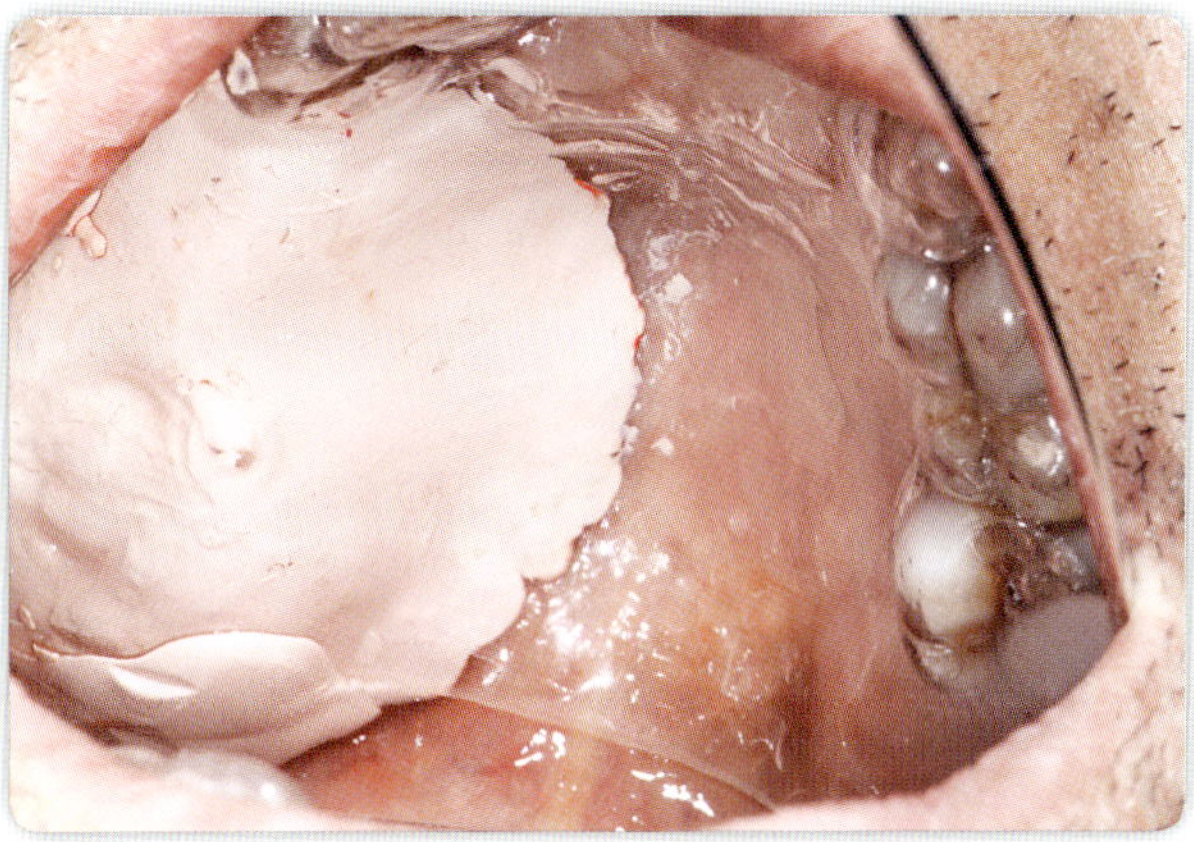

図11－7e　テルプラグ®を挿入し縫合後，パックと止血床にて止血した．

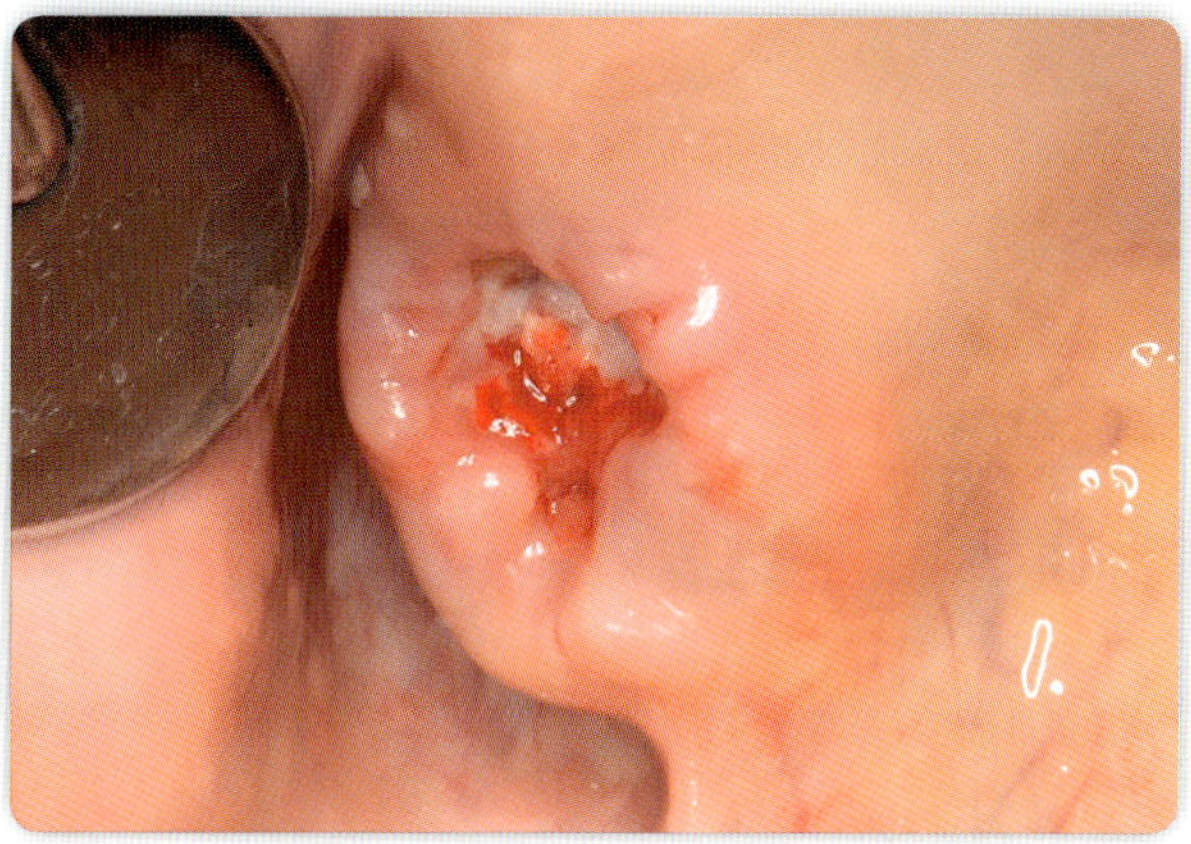

図11－7f　止血床を除去，抜糸時，肉芽が形成され止血していた．

た患者でも，ヘパリン療法が行われている場合があるので，抜歯時には注意が必要です．

患者：76歳，男性．

服薬：機械人工弁置換術後でワルファリンを服用．

抜歯：人工弁置換術を行っていたので，感染の予防のために，抜歯１時間前にサワシリン®2.0g を服薬させました．7|が歯周炎のために抜歯適応で，ワルファリンを継続したまま抜歯しました．抜歯当日の INR 値は1.88でした．抜歯時には異常出血はなく，抜歯窩にスポンゼル®を挿入後，縫合時には完全に止血していました．

内科にて緊急で再度人工弁置換術の予定となったためヘパリン療法が開始され，抜歯５日目に出血をきたし来科しました．抜歯窩に血餅を認め，軽度の出血を認めました．局所麻酔下にて血餅を除去し，スポンゼル®を再挿入し，再縫合を行い，止血床を装着しました．

抜歯10日目にも再度出血し，多量の血餅を認めました．そこで再度，局所麻酔下に血餅を除去し，3000倍ボスミンガーゼを抜歯窩に填入し縫合し，パックを圧接してから止血床を装着しました．翌日，ガーゼを除去し，抜歯窩にテルプラグ®を填入し，再びコーパック®を圧接した止血床を装着しました．止血床は約２週間装着しました．止血床除去時には，上皮化を認めています．ヘパリン療法患者では，抜歯時に止血が困難となることがあるので注意しましょう．

感染性心内膜炎の予防が必要な患者(図11 - 8)

感染性心内膜炎は，血行性に広がった細菌が心臓の弁膜や心内膜，大血管内膜に付着して細菌塊(疣腫)を形成し，血管塞栓や心障害などを起こす重篤な疾患です．歯科処置から感染性心内膜炎を生じることがあります．菌血症を誘発しうる抜歯などの観血的処置の際には，抗菌薬の予防投与が必要です(表11 - 4)．人工弁置換術患者では，弁に細菌が付着しやく，感染性心内膜炎のハイリスク症例です(表11 - 5)．

表11 - 4　歯科口腔手技に際して感染性心内膜炎の予防のための抗菌薬投与が必要な患者．

とくに重篤な感染性心内膜炎を引き起こす可能性が高い心疾患で，予防すべき患者
- 生体弁，同種弁を含む人工弁置換患者
- 感染性心内膜炎の既往を有する患者
- 複雑性チアノーゼ性先天性心疾患(単心室，完全大血管転位，ファロー四徴候)
- 体循環系と肺循環系の短絡造設術を実施した患者

感染性心内膜炎を引き起こす可能性が高く予防したほうがよいと考えられる患者
- ほとんどの先天性心疾患
- 後天性弁膜症
- 閉塞性肥大型心筋症
- 弁逆流を伴う僧帽弁逸脱

感染性心内膜炎を引き起こす可能性が必ずしも高いことは証明されていないが，予防を行う妥当性を否定できない
- 人工ペースメーカーあるいはICD(植え込み型除細動器)植え込み患者
- 長期にわたる中心静脈カテーテル留置患者

(2008年度改訂版循環器病の診断と治療に関するガイドラインより抜粋)

表11 - 5　人工弁置換患者に対する歯科処置についての注意文書(慶應義塾大学病院　心臓血管外科)．

当事者＿＿＿＿＿＿＿＿＿＿殿は，人工弁置換術後のためワーファリンによる抗凝固療法を実施しています．感染症心内膜炎のハイリスク患者です．

循環器患者における歯科処置に対する対処については，2002～2003年度合同研究班による2004年の循環器疾患における抗凝固・抗血小板療法に関するガイドラインに基づいてご処置いただければ幸いです．このガイドラインでは，『抜歯はワルファリンを原疾患に対する至適治療域にコントロールした上で，ワルファリン内服継続下での施行が望ましい．抜歯は抗血小板薬の内服継続下での施行が望ましい』とされています．

止血については，ガーゼなどによる圧迫止血，抜歯窩を縫合することによる止血，局所止血剤を使用することによる止血，抜歯窩を止血用シーネで持続的に圧迫する止血，電気メスによる凝固止血，挫滅止血などの方法，いずれを用いてもかまいません．

抜歯の場合には一過性の菌血症が考えられ，さらにわが国のガイドラインは，抗菌薬による予防を奨励しています．抜歯などの処置の1時間前に，アモキシリン(サワシリン，パセトシン)2gを1回で内服させます．歯科処置のよる感染性心内膜炎のリスクはありますが，歯磨きなどによっても菌血症が起こることが示されており，この予防法が感染性心内膜炎を有効に予防するという保証はありません．そこで，処置後に感染性心内膜炎に罹患する可能性があること，人工弁置換患者に生じた感染性心内膜炎は重症化しやすいことを説明し，原因不明の発熱があった場合には，すみやかに当院循環器科を受診するようにご指示ください．

それ以外は，通常どおりご処置いただきますように，お願い申し上げます．ご不明の点は，お気軽にお問い合わせください．

表11-6　歯科，口腔手技，処置に対する抗菌薬による予防投与．

経口投与可能		
	アモキシシリン	成人：2.0g（注１）を処置1時間前に経口投与（注１，２）
		小児：50mg/kg を処置1時間前に経口投与
経口投与不能		
	アンピシリン	成人：2.0g を処置前30分以内に筋注あるいは静注
		小児：50mg/kg を処置前30分以内に筋注あるいは静注
ペニシリンアレルギーを有する場合		
	クリンダマイシン	成人：600mg を処置1時間前に経口投与
		小児：20mg/kg を処置1時間前に経口投与
	セファレキシンあるいはセファドロキシル（注３）	
		成人：2.0g を処置1時間前に経口投与
		小児：50mg/kg を処置1時間前に経口投与
	アジスロマイシンあるいはクラリスロマシン	
		成人：500mg を処置１時間前に経口投与
		小児：15mg/kg を処置１時間前に経口投与
ペニシリンアレルギーを有して経口投与不能		
	クリンダマイシン	成人：600mg を処置30分以内に静注
		小児：20mg/kg を処置30分以内に静注
	セファゾリン	成人：1.0g を処置30分以内に筋注あるいは静注
		小児：25mg/kg を処置30分以内に筋注あるいは静注

注１）体格，体重に応じて減量可能である．成人では，体重あたり30mg/kg でも十分といわれている．

注２）日本化学療法学会では，アモキシシリン大量投与による下痢の可能性を踏まえて，リスクの少ない患者に対しては，アモキシシリン500mg 経口投与を提唱している．

注３）セファレキシン，セファドロキシルは近年 MIC が上昇していることに留意すべきである．

（2008年度改訂版循環器病の診断と治療に関するガイドラインより抜粋）


ワルファリンを服用している人工弁置換術患者では，抜歯時の出血性合併症と感染性心内膜炎予防に対する配慮が必要です．歯科処置後に発症する感染性心内膜炎の原因菌は，*Streptococcus viridans* です．予防は，*Streptococcus viridans* に対して行うべきであるとされています（**表11-6**）．われわれは，感染性心内膜炎の予防に，ペニシリンアレルギーがない場合には，アモキシシリン２g を抜歯１時間前に内服させています．

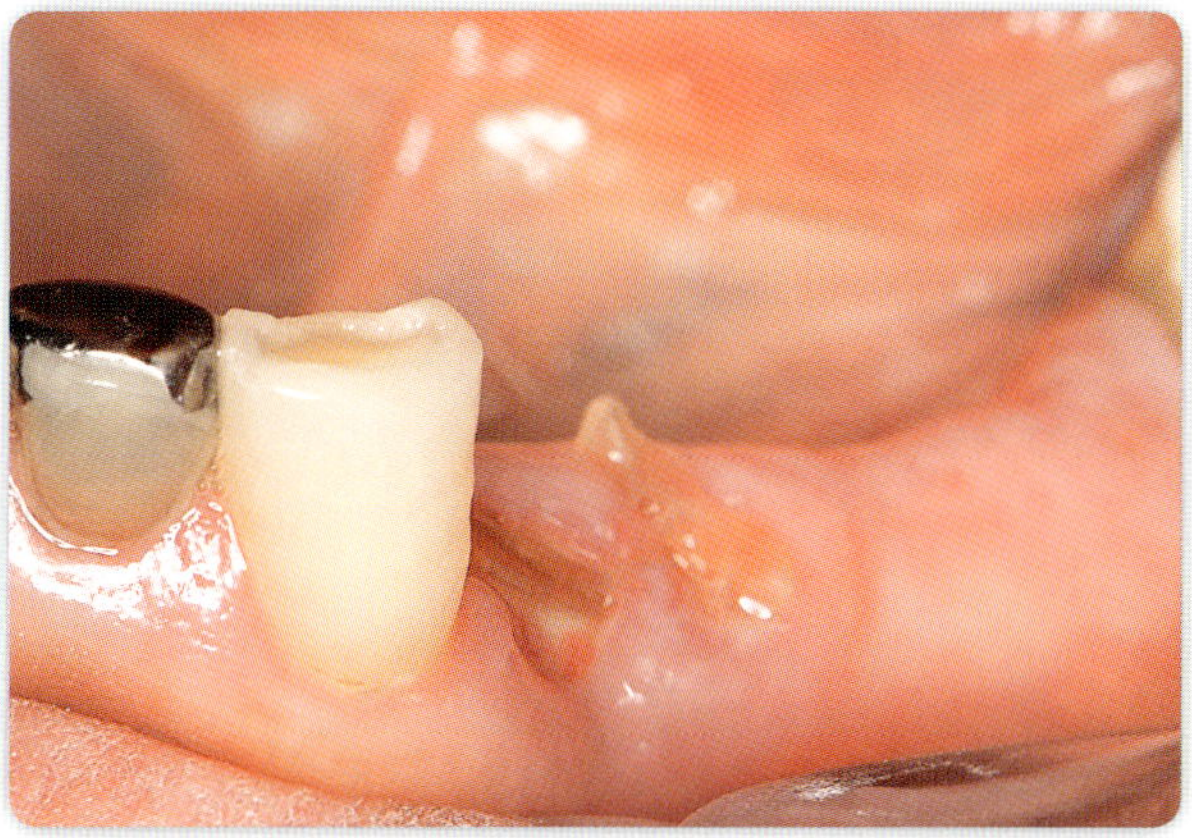

図11-8a　⌐4の歯根破折．

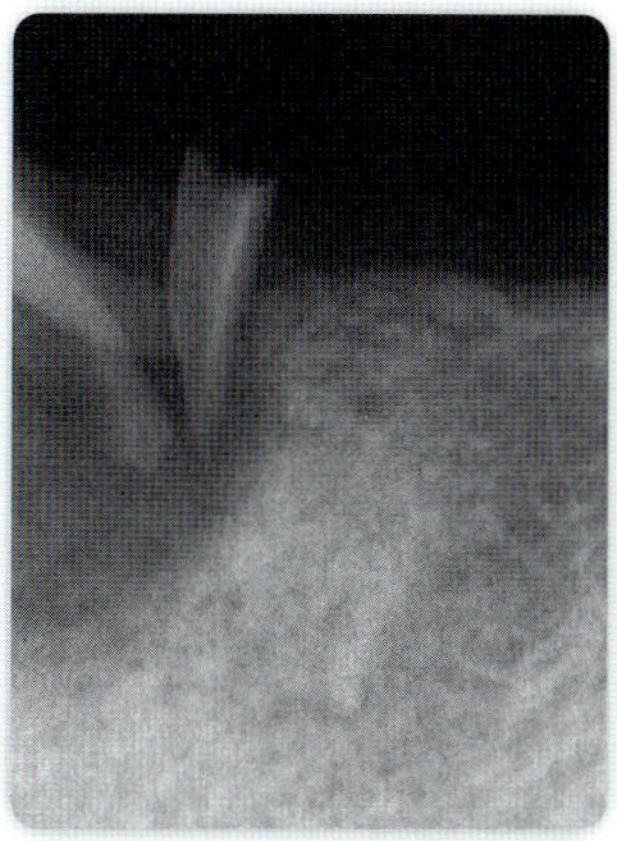

図11-8b　同部のエックス線写真．

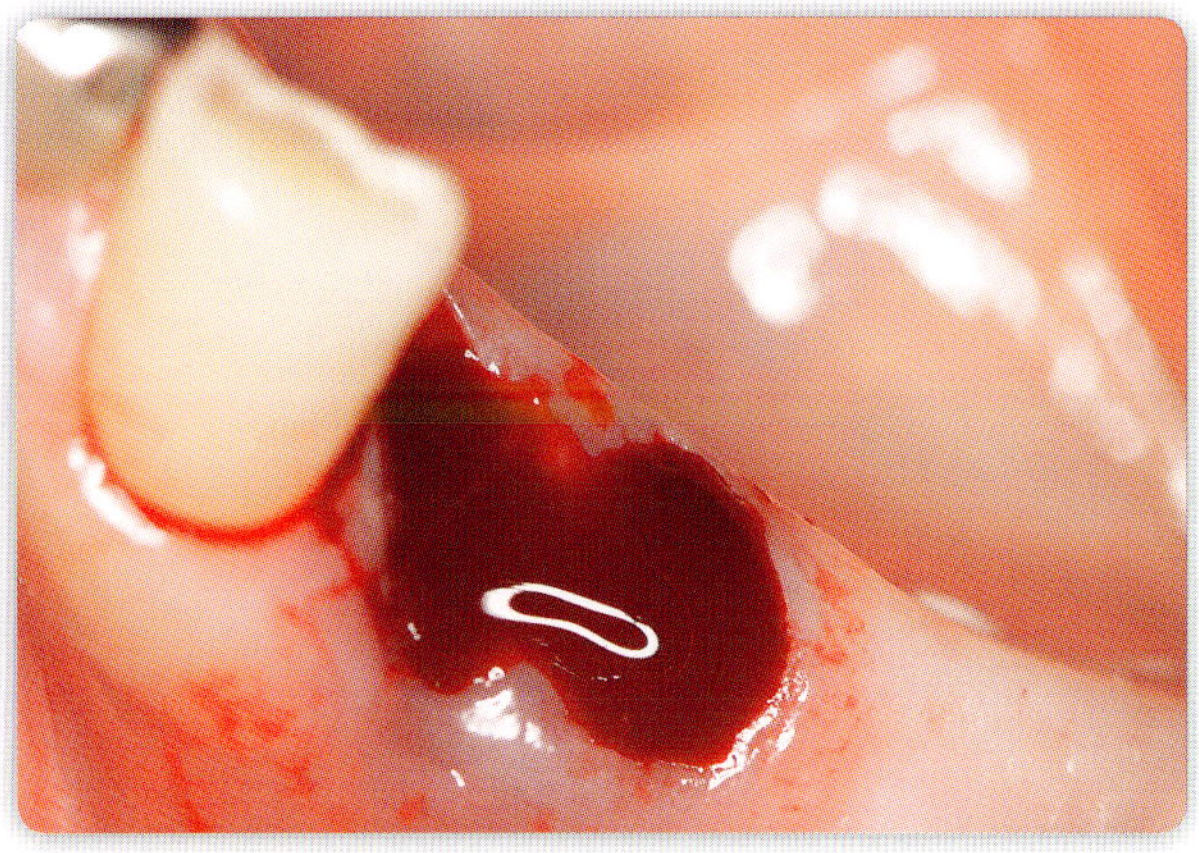

図11-8c 抜歯直後.

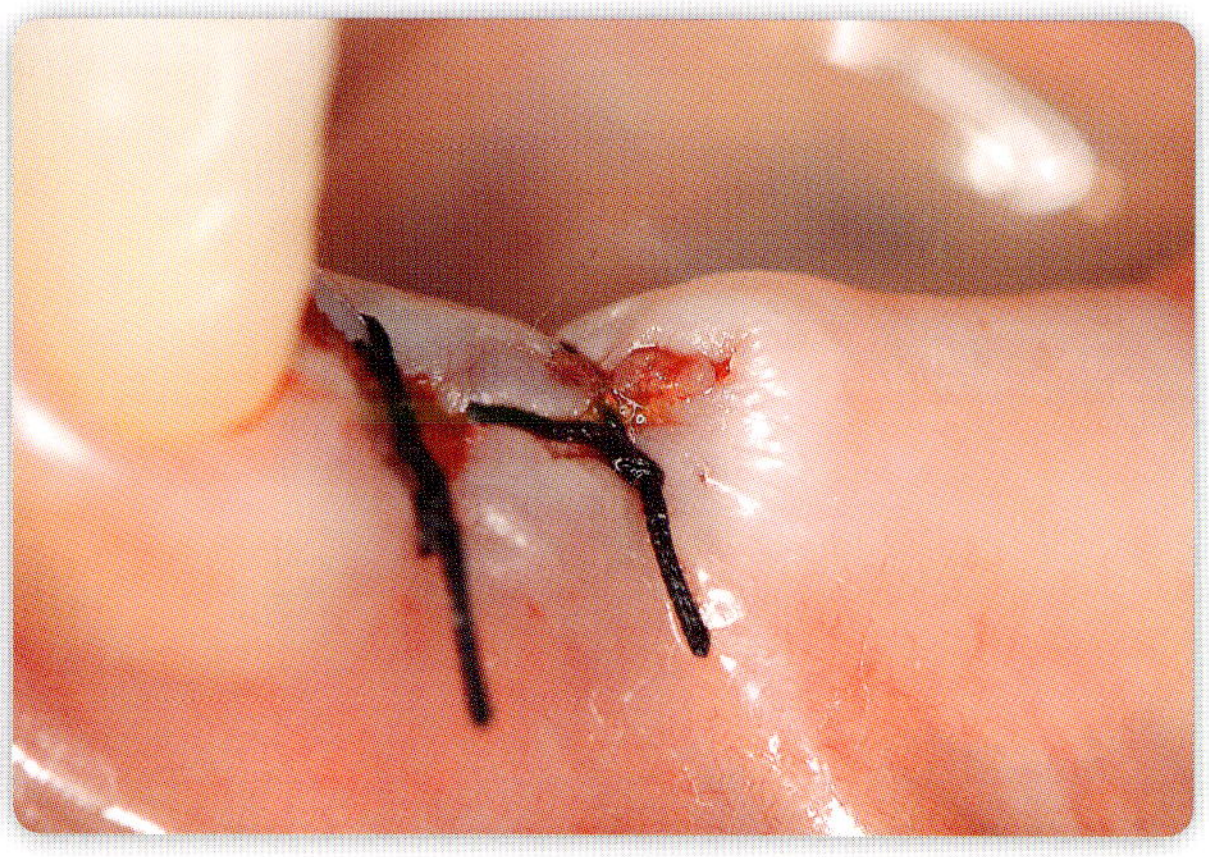

図11-8d スポンゼル® を填入し縫合した.

患者：75歳，男性.

服薬：人工弁置換術後のためにワルファリン4.5mg/日服用.

抜歯：|4の歯根破折のため抜歯が必要でした．機械人工弁置換術後のため抜歯時，ワルファリンを中断すると血栓・塞栓症のリスクが高いため，継続したまま抜歯を行いました．感染性心内膜炎の予防には，抜歯1時間前にアモキシシリン(サワシリン®)2.0gを服用させました．抜歯当日のINRは2.33でした．ワルファリンを継続したまま抜歯しましたが，術中の異常出血もなく，抜歯窩にスポンゼル® を挿入し，縫合すると完全に止血していました．後出血もありませんでした．

米国のガイドラインの感染性心内膜炎の標準的予防投与は，アモキシシリンの単回経口投与で，処置が6時間以内に終了すれば，追加投与の必要はないとされています．しかし米国のガイドラインも，十分に科学的根拠があるものではありません．抜歯後の抗菌薬の必要性に関しては，コンセンサスが得られていませんが，抜歯後はサワシリン®750mg/日を3日間投与しました．

Q12 ヘパリン代替療法って何ですか?

Question

Answer **ワルファリン療法患者では，手術時にワルファリンを中断すると血栓・塞栓症の危険性があります．ワルファリン中断の間，ワルファリンより半減期の短いヘパリンに切り替えて手術を行います．**

大出血が予測される口腔外科手術で，血栓性リスクが高くワルファリンを中断できない場合には，ヘパリン代替療法を行います(表12－1).

表12－1　ヘパリン代替療法(Circ J;68,Suppl. Ⅳ ,2004).

- 手術の3～5日前までにワルファリンを中止し，ヘパリン(半減期が短い)に変更する

↓

- 活性化部分トロンボ時間(APTT)が，正常対照値の1.5～2.5倍に延長するようにする

↓

- 手術の4～6時間前からヘパリンを中止するか，手術直前に硫酸プロタミンでヘパリンの効果を中和する

↓

- 術後は可及的速やかにヘパリンを再開する

↓

- 病状が安定したらワルファリンを再開し，INR が治療域に入ったらヘパリンを中止する

わが国の循環器疾患における抗凝固・抗血小板療法に関するガイドラインでは，大手術の場合は，手術の3～5日前までにワルファリンを中止し，半減期の短いヘパリンに変更して術前の抗凝固療法を行います．活性化部分トロンボプラスチン時間(APTT)が正常対照値の1.5～2.5倍に延長するようにヘパリン投与量を調整します．手術の4～6時間前からヘパリンを中止するか，手術直前に硫酸プロタミンでヘパリンの効果を中和します．いずれの場合も手術直前に APTT を確認して手術に臨みます．術後はできるだけ速やかにヘパリンを再開します．病態が安定したらワルファリン療法を再開し，INR が治療域に入ったらヘパリンを中止します．ヘパリン療法の合併症には，過剰投与による出血やヘパリン起因性血小板減少症があるので注意が必要です．

ヘパリン代替療法にて抜歯と腫瘍摘出術を行った症例(図12－1)

患者：65歳，男性.

服薬：脳梗塞，中大脳動脈狭窄症のため，ワルファリン3.5mg/ 日とバイアスピリン®100mg/ 日を内服.

抜歯：⌈8の埋伏歯の抜歯と智歯の歯冠周囲の嚢胞様病変の摘出術を予定．嚢胞様病変が下顎管と近接し，出血量が多くなることが予測されたので，ワルファリンを中断し，ヘパリン療法に切り替え手術を行うことにしました．バイアスピリン® は継続のまま手術を行いました．ヘパリン療法にて手術を行う場合には，ヘパリンは経静脈投与であるために入院が必要となります．内科に対診し，手術7日前にワルファリンを中断し，入院下で手術の4日前よりヘパリン療法を開始しました．

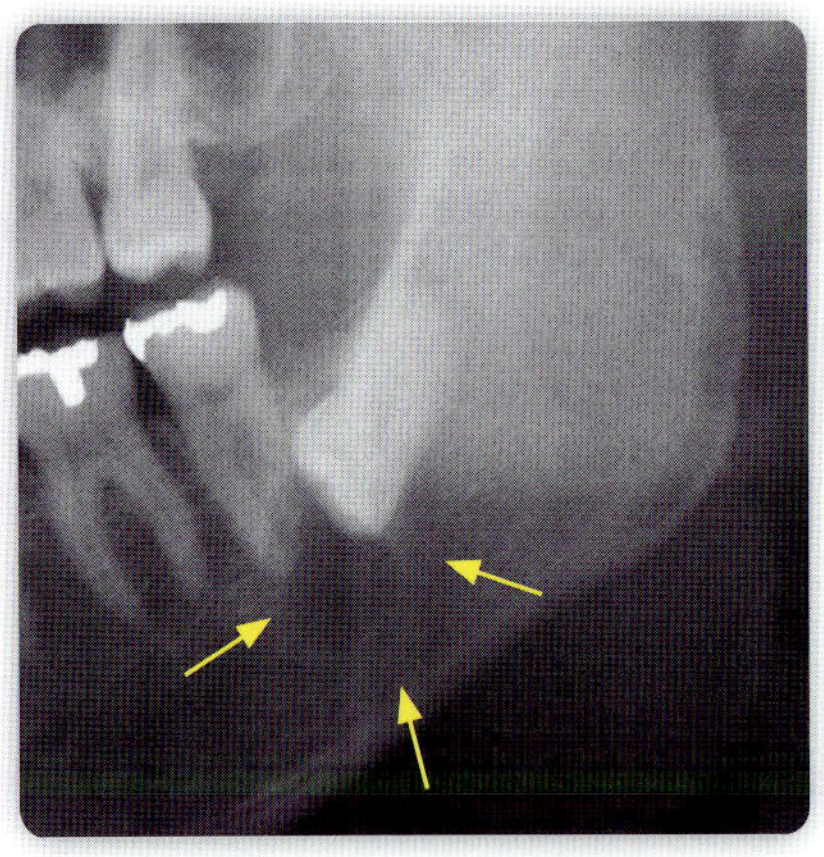
図12－1ａ ⌈8の埋伏歯と嚢胞様病変．

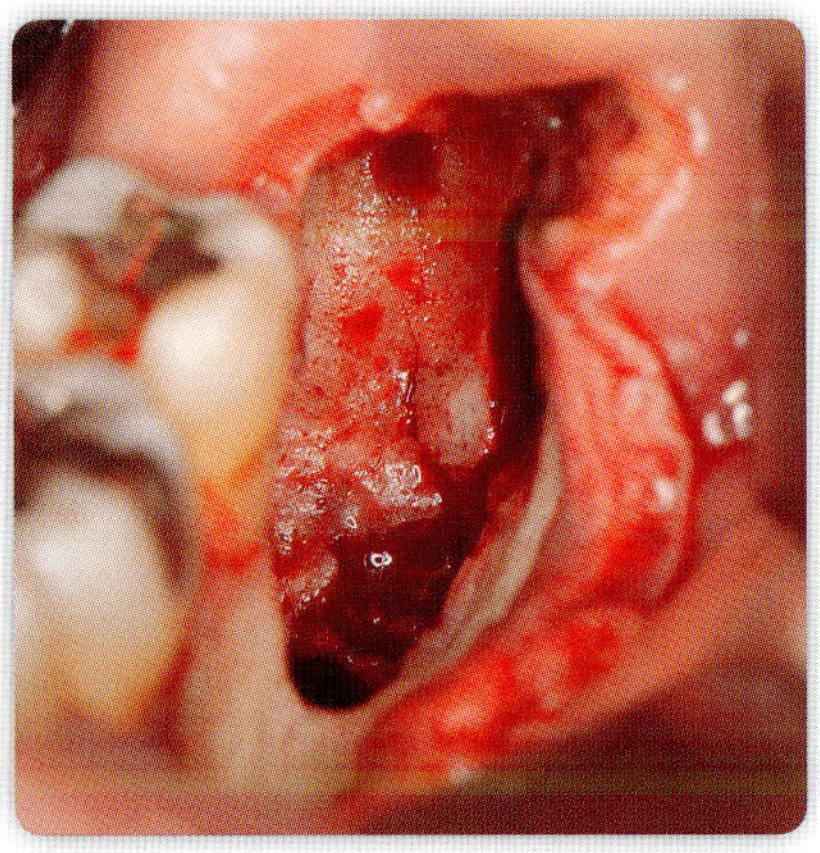
図12－1ｂ 抜歯および嚢胞様病変摘出後．

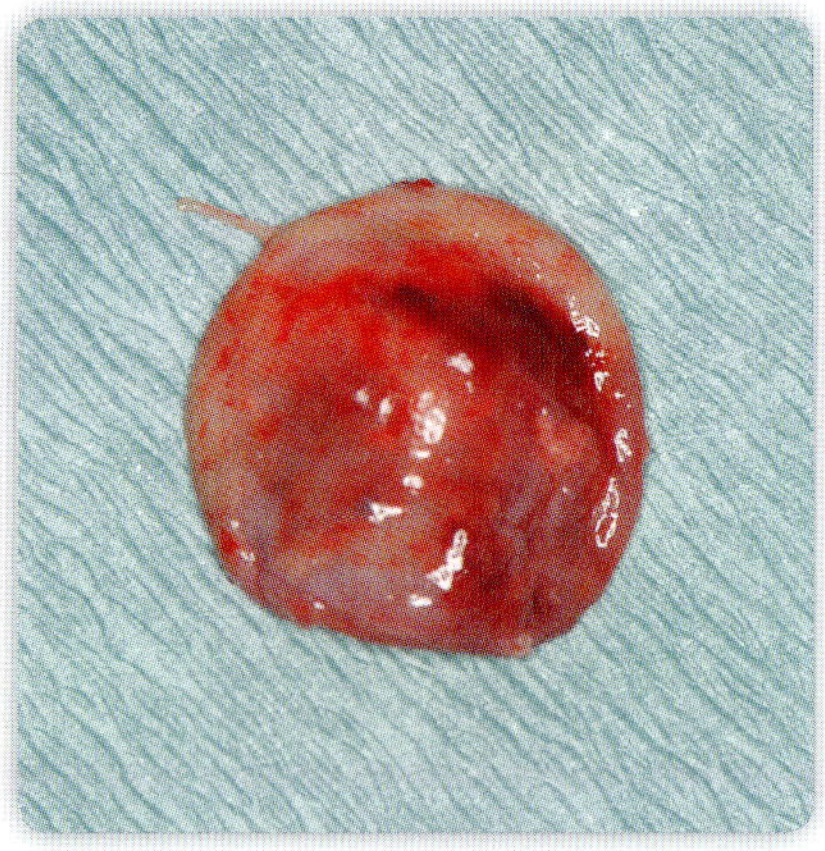
図12－1ｃ 摘出物（角化嚢胞性歯原性腫瘍）．

ヘパリン療法開始前のAPTTは30.7でした．APTTが正常対照値の1.5～2.0倍に延長するようにヘパリンの投与量を調整し，手術前日のAPTTは48.4でした．手術5時間前にヘパリンを中断し，手術直前のAPTTは30.4でした．⌈6に縦切開，⌈7に遠心切開を加え粘膜骨膜弁を形成し，智歯の歯冠周囲の骨を削除し，抜歯および嚢胞様病変の摘出術を行いました．

術中の出血量は少量で，異常出血はありませんでした．病理診断は，角化嚢胞性歯原性腫瘍でした．手術当日夜，止血を確認後，ヘパリンを再開し，翌日にはワルファリンも再開しました．術後7日目のINRが1.72となったために，ヘパリン療法を終了しました．

抜歯に際して，ワルファリン継続群とワルファリンを中断しヘパリン療法に変更した群を比較した論文では，両群に術後出血や血栓・塞栓症の発症について明らかな差はなく，抜歯においては，ヘパリン代替療法の必要性はないとしています．ヘパリン代替療法では，手術時にワルファリンもヘパリンも中断される時間があるので，血栓・塞栓症の合併症を起こすリスクがあります．また，ヘパリン療法時の出血も懸念されるために，われわれもヘパリン代替療法よりも抗凝固薬の服用継続下での処置が望ましいと考えます．しかし，予測出血量の多い中～大手術においてはヘパリン療法への変換が推奨されます．

Q13 ワルファリンを継続したままインプラント埋入手術は可能ですか？

uestion

Answer

現時点では，ワルファリン療法継続下のインプラント治療については，INR ＜3.0で１本の埋入，INR ＜2.0で複数本の埋入手術が可能とされています．しかし，ワルファリン継続下のインプラント治療の安全性についてはエビデンス不足なので注意します．

わが国では，歯科インプラント手術に関してワルファリンを継続したまま手術ができるかどうかの研究報告はほとんどないため，安全性に関してのコンセンサスは得られていません．欧米では，インプラントに関しては，INR＜3.0ならワルファリンを継続したまま手術は可能との報告がありますが，エビデンスが十分とはいえません．

ワルファリンを継続したまま何本までの手術が可能か？　INR 値がいくつまでなら大丈夫か？　１回法と２回法ではどちらがいいのか？　サイナスリフトやソケットリストは可能か？　骨移植や GBR は可能か？　などインプラント治療に関してはまだ十分な検討がなされていません．今後，症例を蓄積しての研究が必要です．

わが国の循環器疾患における抗凝固・抗血小板療法に関するガイドラインでは，「体表の小手術で，術後出血が起こった場合の対処が容易な場合は，ワルファリンや抗血小板薬内服継続下での施行が望ましい」となっています．

そのため原疾患の保護を最優先に，ワルファリンの中断による脳梗塞などの血栓・塞栓症イベント合併を防ぐために，INR 値，埋入本数や手術侵襲の程度を考慮し，インプラント手術ではワルファリンを継続することが望ましいと考えています（表13－1）．

表13－1　インプラント手術における抗血栓療法患者の管理．

- 抗血栓薬継続下での手術を検討
  —日本循環器学会におけるガイドライン—
  「体表の小手術で，術後出血が起こった場合の対処が容易な場合は，ワルファリンや抗血小板薬内服継続下での施行が望ましい」
- ワルファリン服用患者では，原則，手術当日に INR を測定し，INR2.5以下であれば１本のインプラント埋入手術は可能である
- 抗血小板薬服用患者では出血時間の測定する
- 外来手術が可能である
  基礎疾患の程度，年齢，遠方からの来院，手術侵襲などを考慮し，入院の場合もある．
- ２回法では，ほとんどの症例は縫合で止血可能であるが，パックや止血床の準備も考慮する
- 内出血斑の出現の可能性をあらかじめ患者に説明
- 抗菌薬や鎮痛薬の投与には注意
  セフェム系の抗菌薬はビタミン K 欠乏症を起こし，間接的にワルファリンの作用を増強する．セフカペンピボキシル，セフジトレンピボキシルは添付文書上，併用注意とはなっていない
  鎮痛薬の NSAIDs もワルファリンの作用を増強する可能性がある

単独植立症例（図13 - 1）

患者：71歳，女性．

服薬：不整脈のためにワルファリン2.5mg/ 日を服薬．

インプラント手術：|5 の欠損部にインプラント治療を希望し来院しました．INR は1.96です．インプラント治療は２回法で行いました．歯肉を切開し粘膜骨膜弁を形成し，ドリリングを行い，カムログインプラントを１本(直径4.3mm，長さ11mm)埋入しました．埋入手術時の出血量は少量で，後出血もありませんでした．

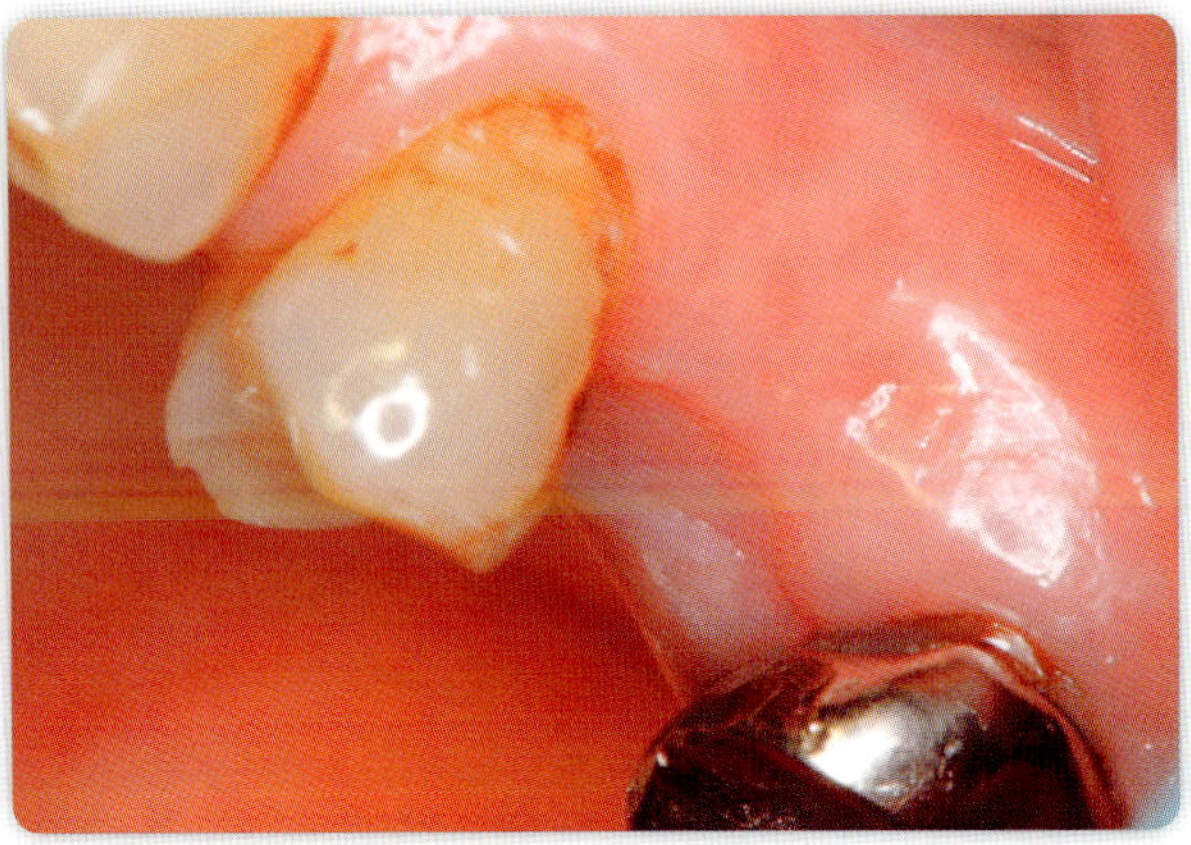

図13 - 1 a　|5 の欠損状態．

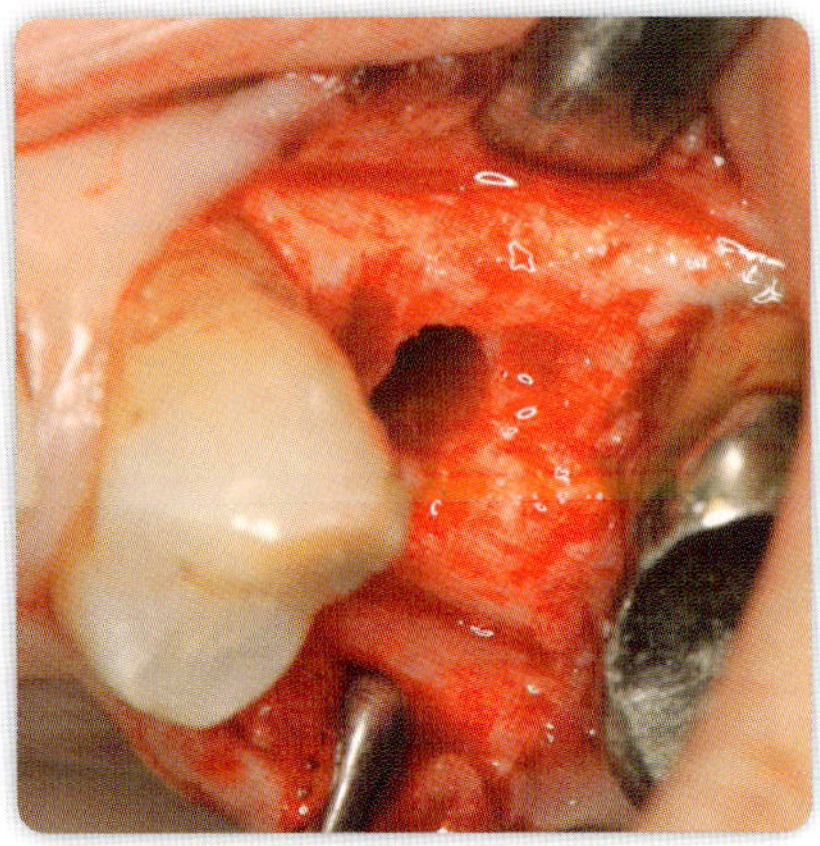

図13 - 1 b　粘膜骨膜弁形成し，ドリリングが終了した状態．

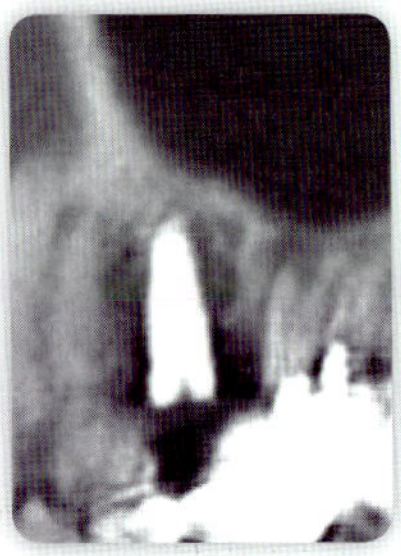

図13 - 1 c　フィクスチャー埋入後の CT 写真．

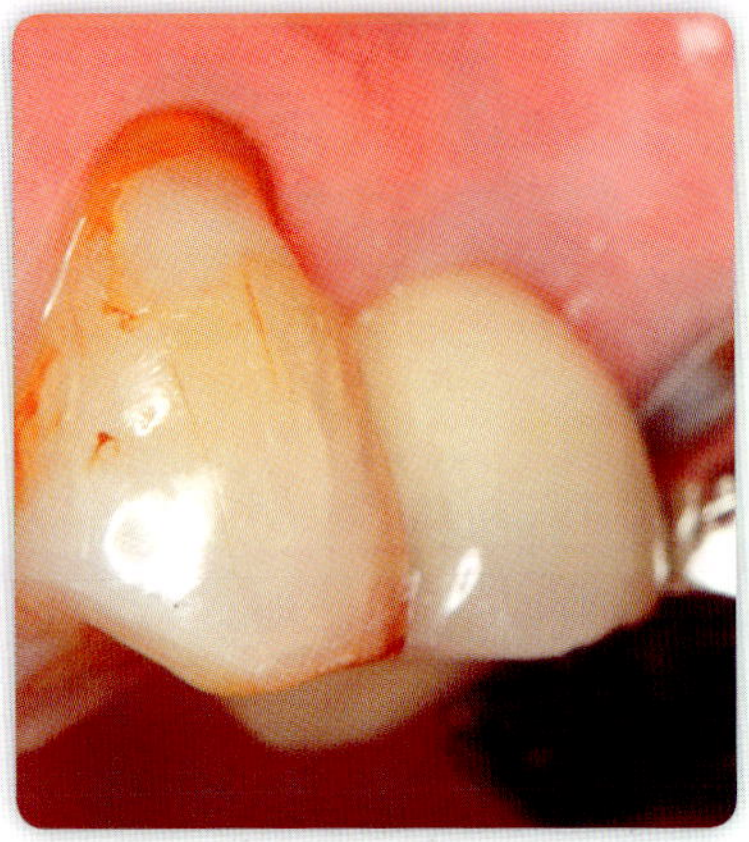

図13 - 1 d　上部構造を装着時．

埋入約５か月後に２次手術を行いました．INR は3.01でしたが，ワルファリンを継続したまま手術をしました．２次手術時も異常出血はなく，上部構造を装着しました．INR がどのくらいまでならインプラント治療可能かどうかの研究は少なく，今後症例を集めての検討が必要です．

単独植立症例（図13 - 2）

患者：69歳，女性．

服薬：人工弁置換術後から，ワルファリン3.2mg/ 日を服薬．

インプラント手術：人工弁置換術後なので，感染性心内膜炎予防のために，インプラント手術１時間前にサワシリン® ２ｇを服用させました．INR は2.52でした．欧米では，専門家の意見とされる「INR＜3.0までならワルファリン継続下に１本のインプラント埋入手術は可能」とのことから，ワルファリンを継続したまま手術を行いました．

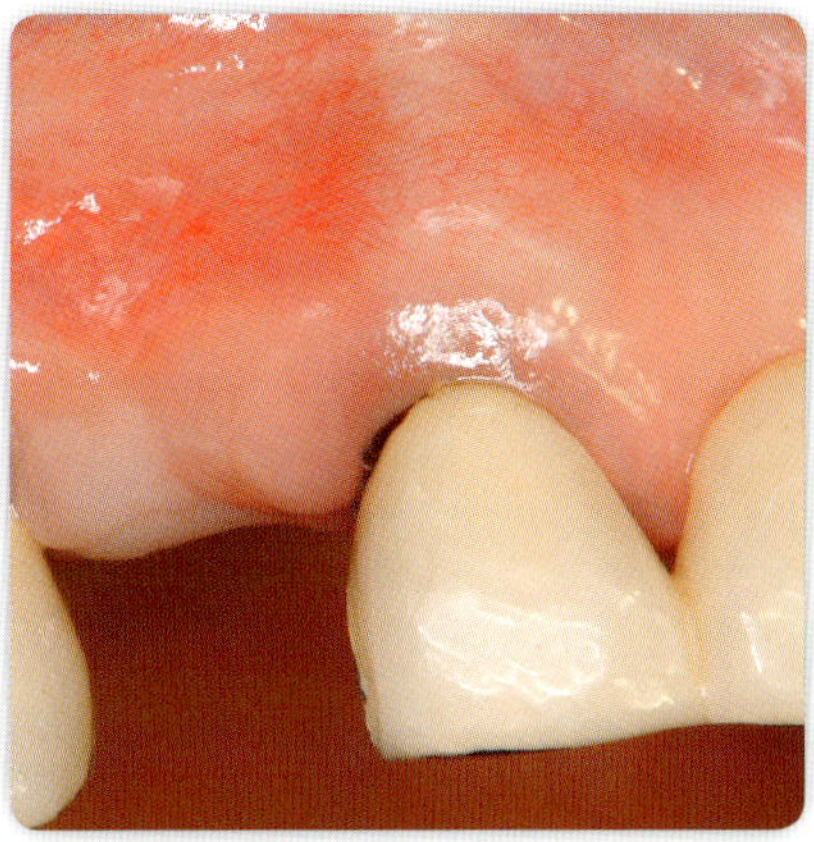

図13 - ２ａ　3|の欠損．

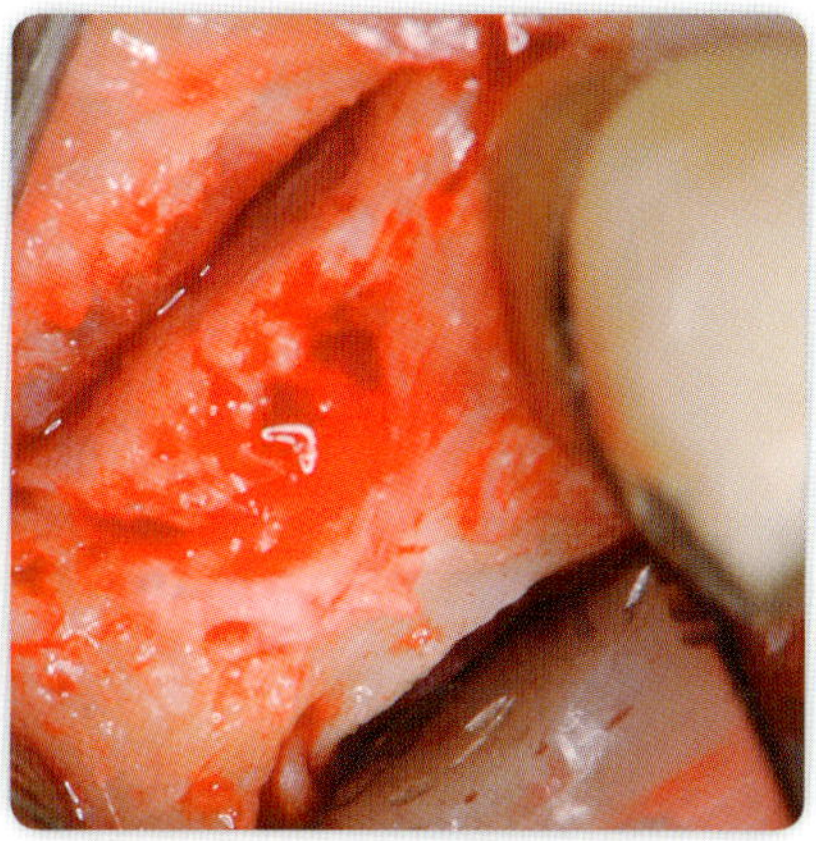

図13 - ２ｂ　切開，粘膜骨膜弁形成．

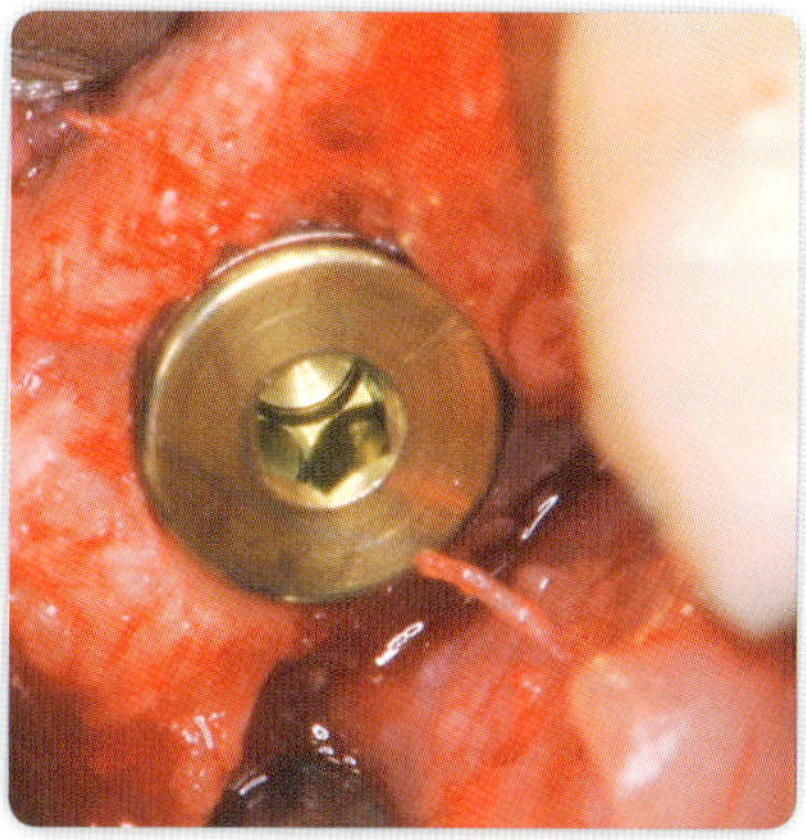

図13 - ２ｃ　フィクスチャーを埋入する．

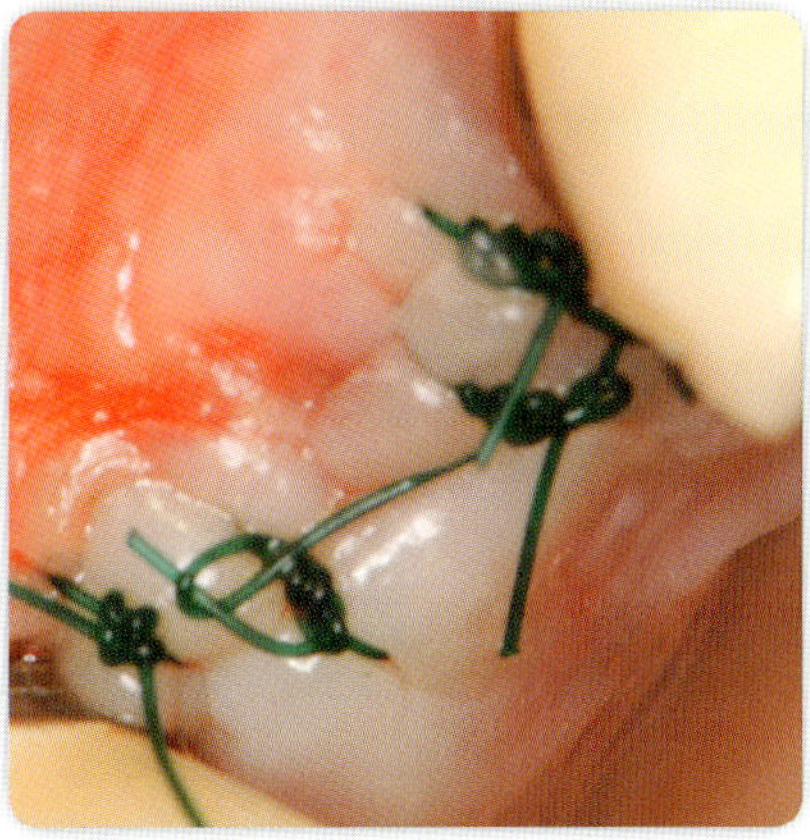

図13 - ２ｄ　縫合終了時．

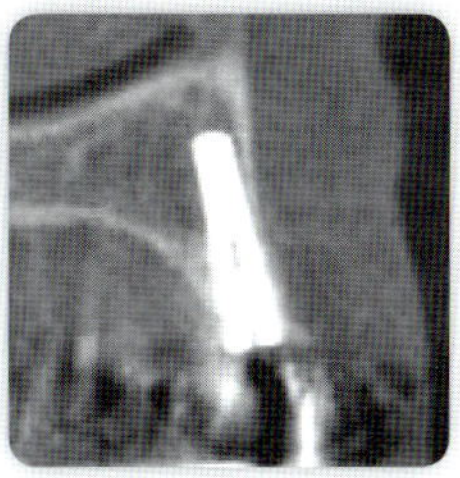

図13 - ２ｅ　術後 CT．

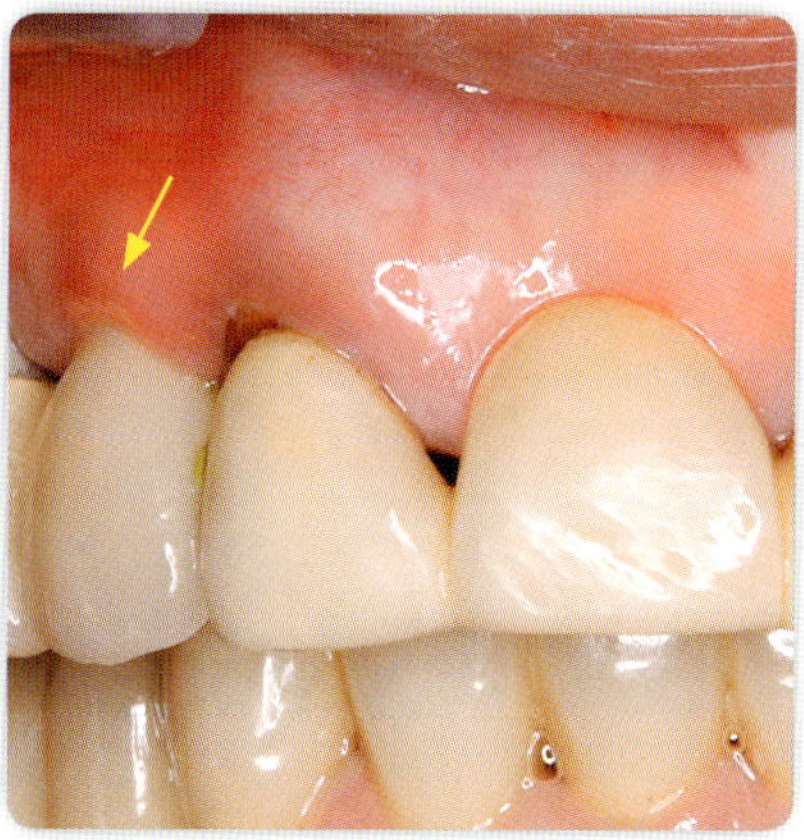

図13 - ２ｆ　上部構造の装着．

3|にカムログインプラントを１本埋入（直径3.8，長さ16mm）しましたが，切開，粘膜骨膜弁の形成，ドリリング，フィクスチャー埋入時いずれも出血で術野が妨げられることはなく，縫合終了時には完全に止血し，後出血もありませんでした．約５か月後に，開窓術の２次手術を行いました．手術当日の INR は2.38でした．埋入手術時と同様に抗菌薬の予防投与を行い，２次手術時も出血性合併症はなく，経過良好で，上部構造を装着しました．

ワルファリン服用患者の複数本のインプラント埋入とソケットリフト症例（図13 - 3）

患者：67歳，女性.

服薬：僧帽弁狭窄症，心房細動のためにワルファリン4.5mg/ 日を服薬.

インプラント手術：上顎左側臼歯部欠損に対して，ワルファリンを継続したままインプラント埋入手術を計画しました．しかし上顎洞底までの距離が６～７mm であったため，ソケットリフトも同時に行うことにしました．手術当日の INR は1.93でした.

|4 部にカムログインプラント3.8×11mm を，|5 6 部にソケットリフトを行い3.8×９mm,5.0×９mm のフィクスチャーを計３本埋入しました．術中の異常出血や後出血はありませんでした．また，ワルファリンを継続したまま２次手術を行いましたが(手術当日の INR：2.54)，出血性合併症はありませんでした.

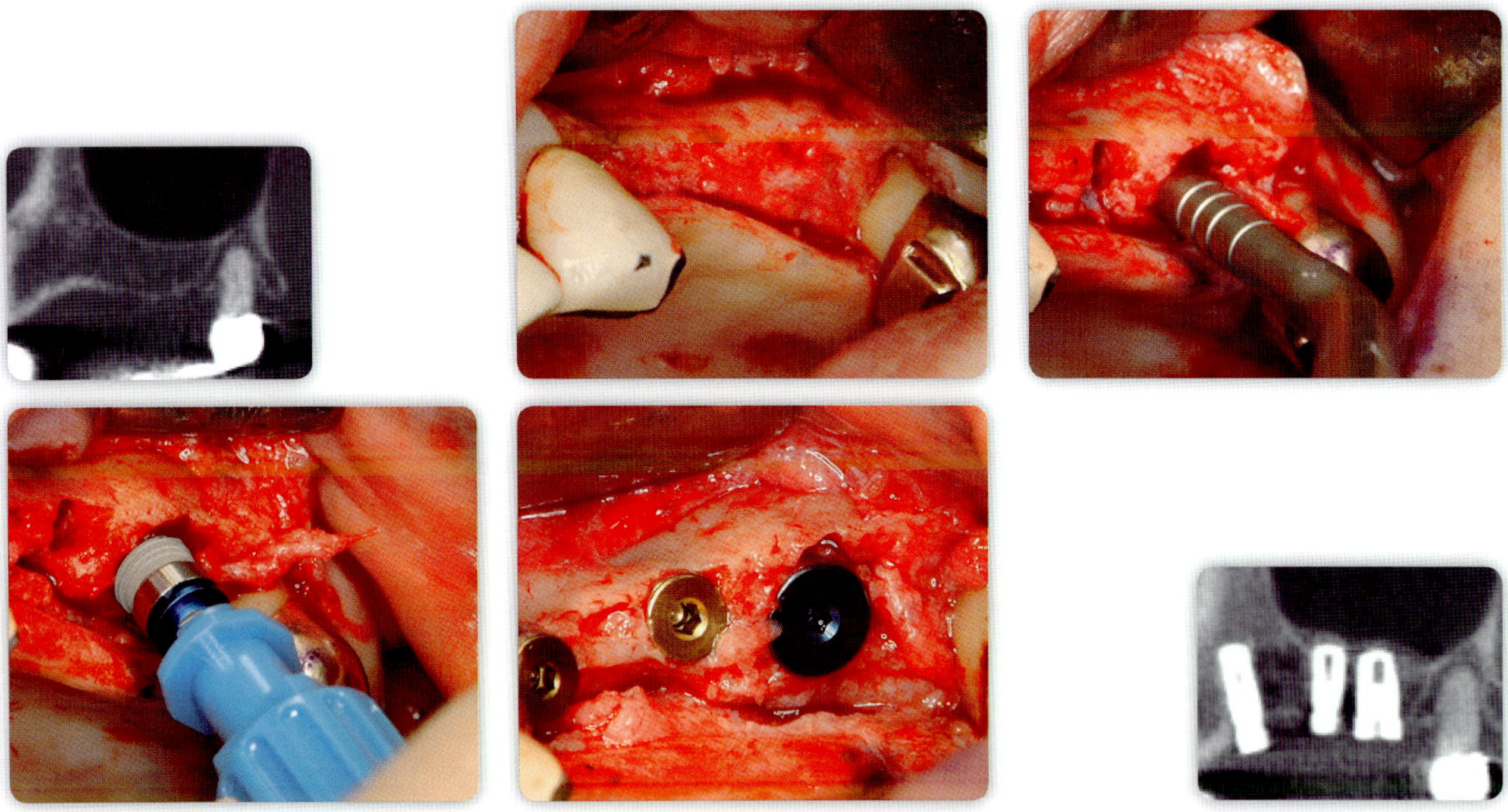

図13 - 3　上顎洞底までの距離が６～７mm であったため，ソケットリフトを行い，フィクスチャー(3.8×11mm，3.8×９mm，5.0×９mm)を３本埋入した．INR が1.93であったが，術中の異常出血や後出血を認めなかった.

Q14 アスピリンなどの抗血小板薬を継続したままインプラント埋入手術は可能ですか？

Question

Answer **アスピリンなどの抗血小板薬継続下のインプラント治療は可能ですが，安全性に関しての研究はまだ十分ではないので，慎重に行います．**

2種類の抗血小板薬を服用していた症例（図14－1）

患者：71歳，男性．

服薬：経皮的冠動脈形成術後よりアスピリン（バイアスピリン®）100mg/日と，硫酸クロピドグレル（プラビックス®）75mg/日の2種類の抗血小板薬を服薬．

インプラント手術：6|欠損部へのインプラント治療を希望．循環器内科の医師より抗血小板薬を中断できないので，継続したまま手術をするよう指示されました．手術当日に出血時間を測定すると，3分30秒と正常範囲内でした．2種類の抗血小板薬を継続したままインプラント埋入手術を行いました．切開時，ドリリング時，フィクスチャー埋入時のすべての過程において術中異常出血はなく，カムログインプラント（4.3×13mm）1本を埋入できました．

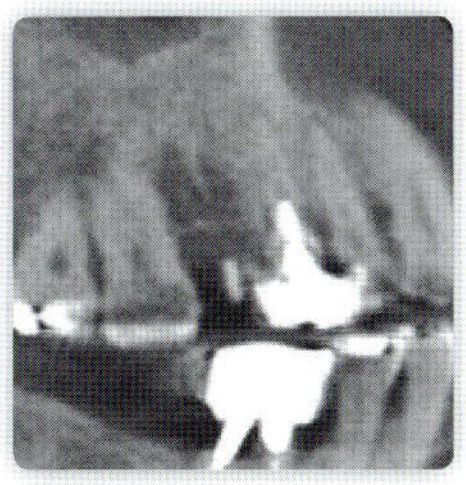
図14－1a　6|の欠損状態．

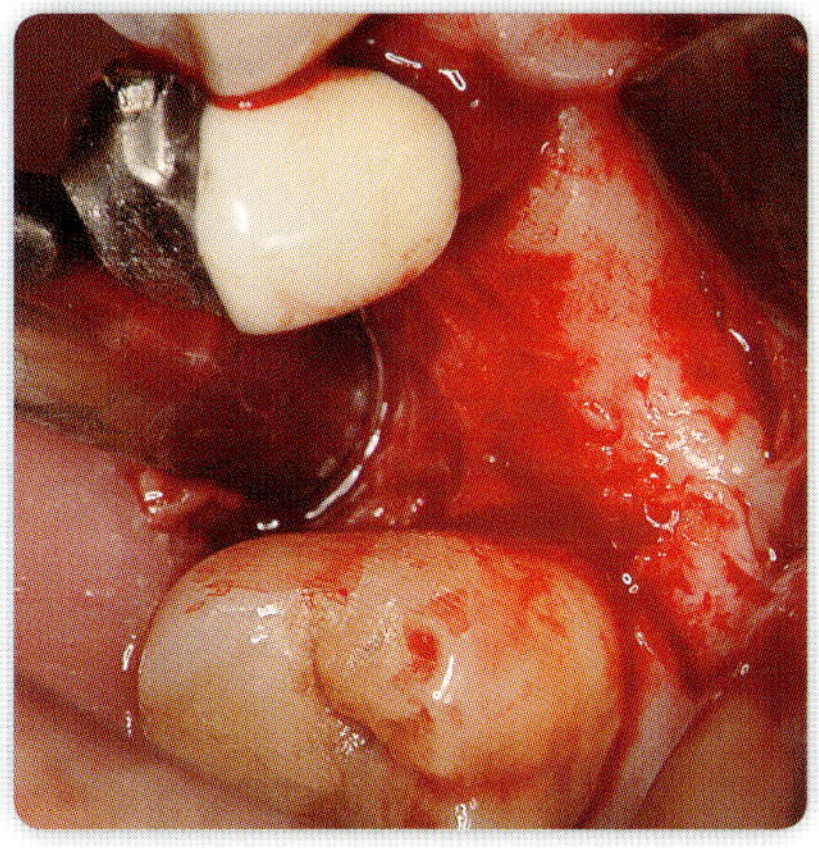
図14－1b　粘膜骨膜弁の形成時．

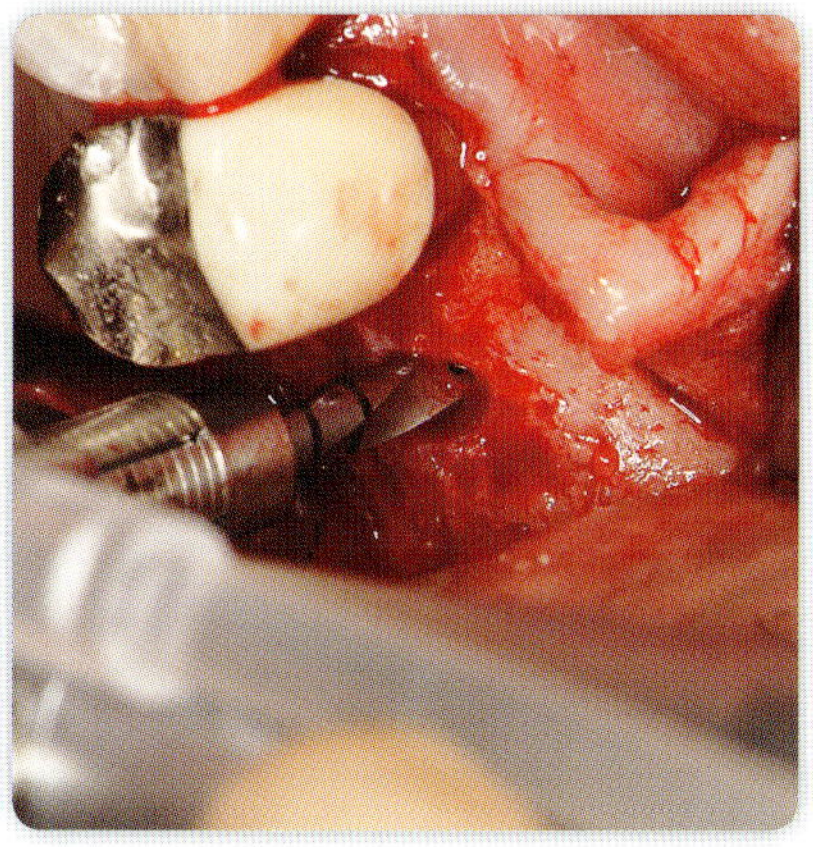
図14－1c　ドリリング時．

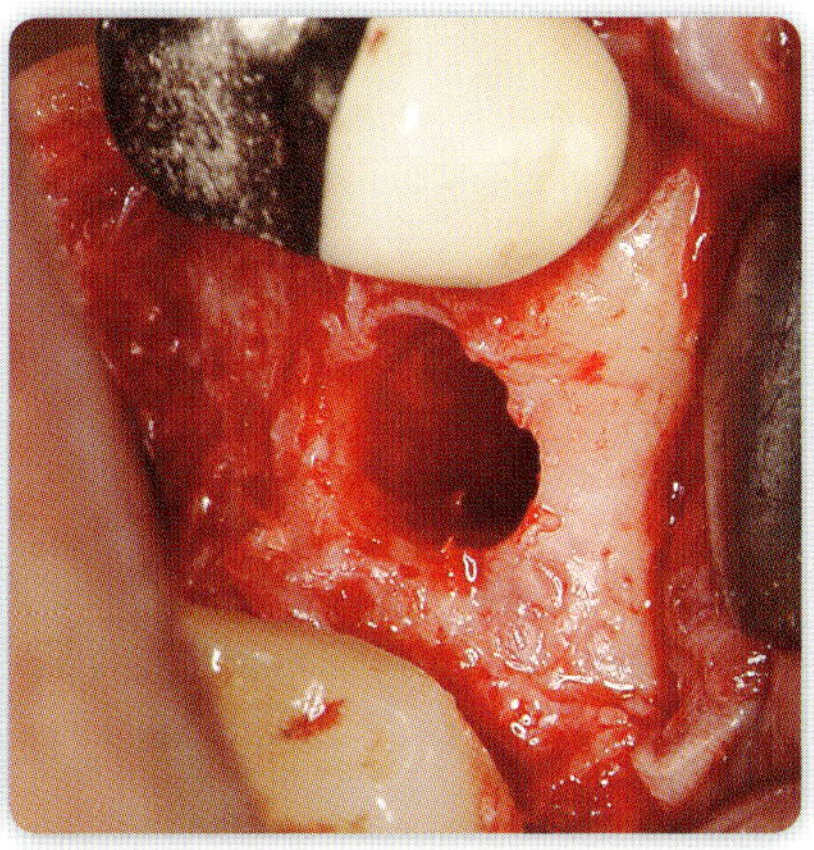
図14－1d　インプラント窩の形成．

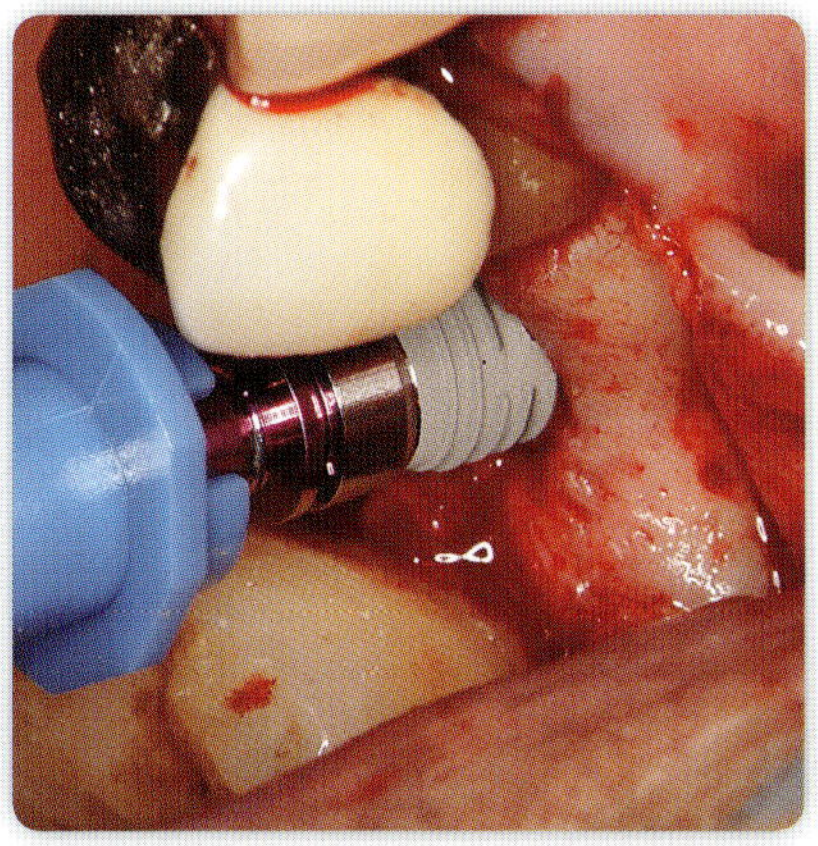
図14－1e　フィクスチャーの埋入．

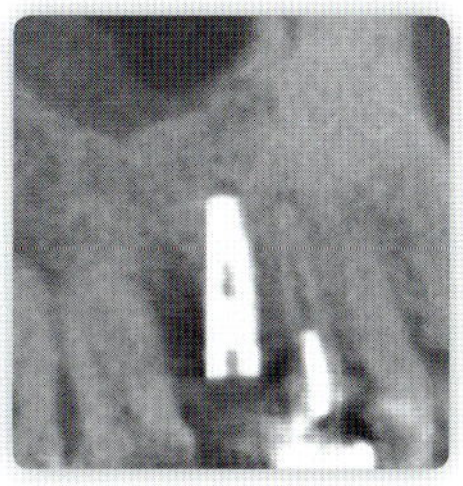
図14－1f　埋入後のCT写真．

ワルファリンとアスピリン服用患者の骨移植と GBR 症例（図14－2）

患者：74歳，女性.

服薬：脳梗塞と心房細動のためにワルファリン3.5/ 日とアスピリン（バイアスピリン®）100mg/ 日を服用.

インプラント手術：下顎右側臼歯部の欠損にインプラン治療を切望し，近医より紹介され来院しました．ワルファリンとアスピリン両薬剤とも継続したままインプラントの埋入手術をしました．手術当日の INR は1.2でした．下顎管までの距離が近接していために，フィクスチャーを埋入時（カムログインプラント3.8×９mm を１本，4.3×9mm を２本），インプラント体の頬側スレッドが露出しました．

そこでドリリング時の骨細片を集め移植し，非吸収性のメンブレン（ゴアテックス® メンブレン）を貼付，３mm のスクリュー（Le Forte システム）２本でメンブレンを固定し，露出部を被いました．ワルファリンとアスピリンの２種類の抗血栓薬を服用していましたが，出血で術野が妨げられるということはなく後出血もありませんでした．約６か月後に同薬剤を継続したまま２次手術を行いました．INR は1.95，出血時間１分30秒でした．術中の異常出血や後出血はありませんでした．オステオインテグレーションも良好でした．

同患者は反対側の欠損部もインプラント治療を行いました（図14－3）．手術当日の INR は1.62，出血時間は４分でした．左側臼歯部に カムログインプラントを３本埋入（3.8×11mm，4.3×９mm，5.0×９mm）し，GBR を行いました．抗血栓療法患者では，後出血でメンブレンの位置が動いてしまわないように，非吸収性メンブレ

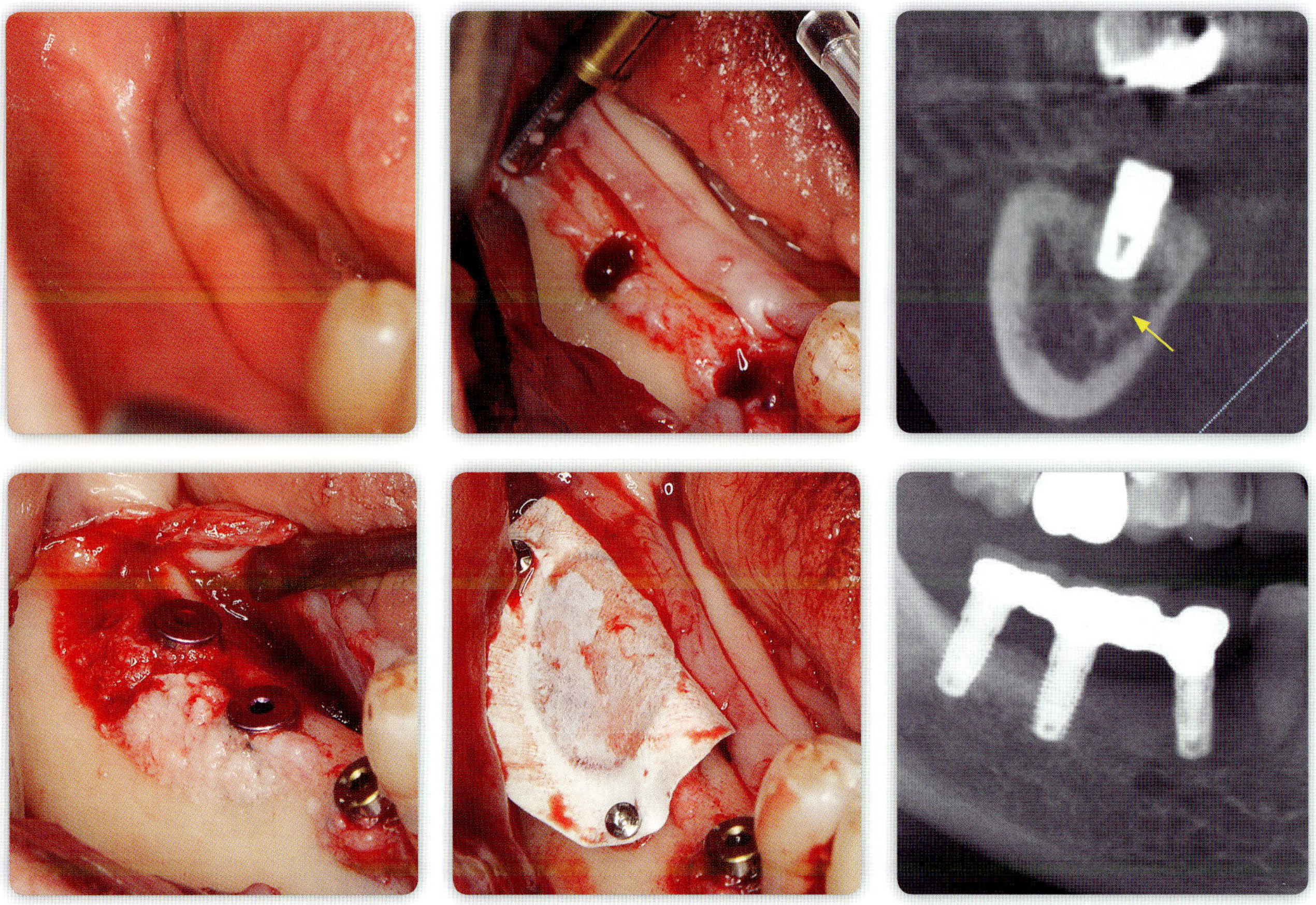

図14－2　骨頂から下顎管（矢印）までの距離は約10～11mm あったため，フィクスチャー埋入しても（3.8×9mm を１本 ,4.3×９mm を２本），インプラント体のスレッドが露出します．そこで，ドリリング時の骨細片を移植し非吸収性のメンブレンで露出部を被った．術中の異常出血や後出血はなかった．

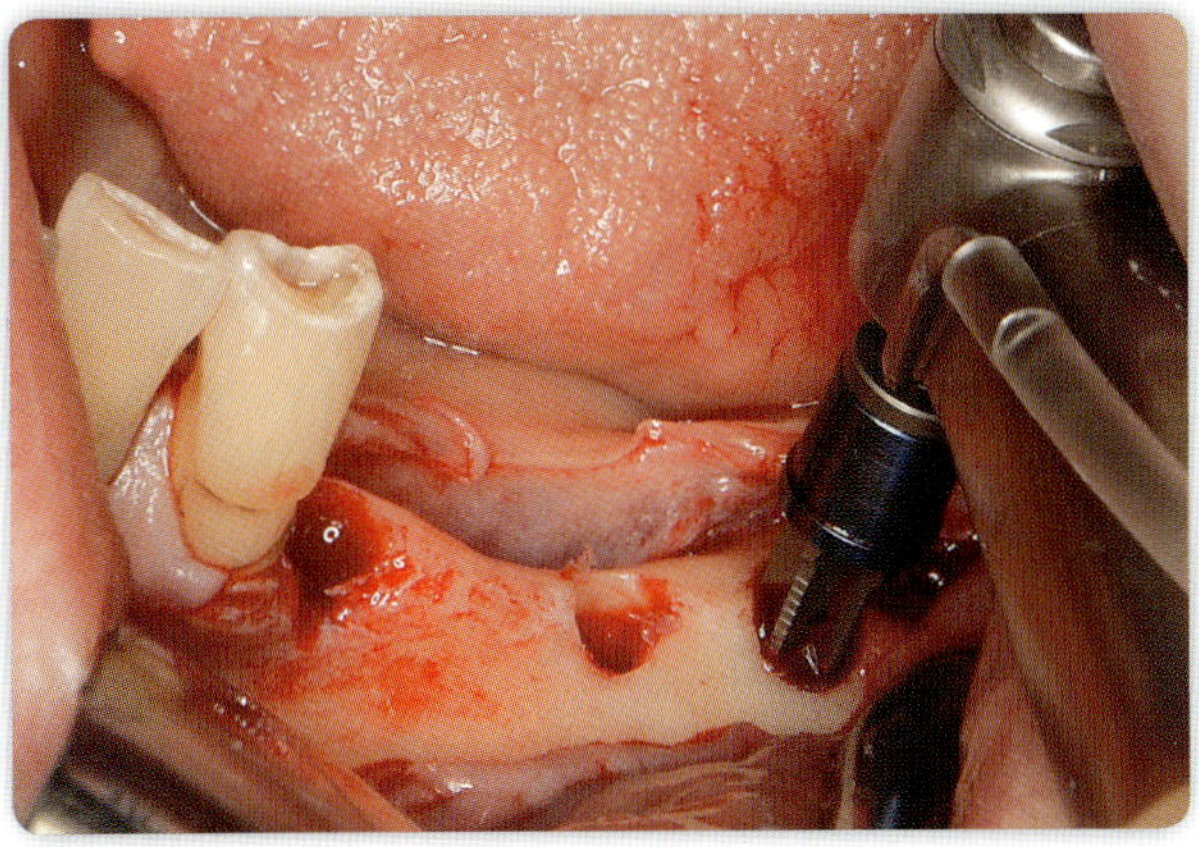

図14 - 3 a　ドリリング時.

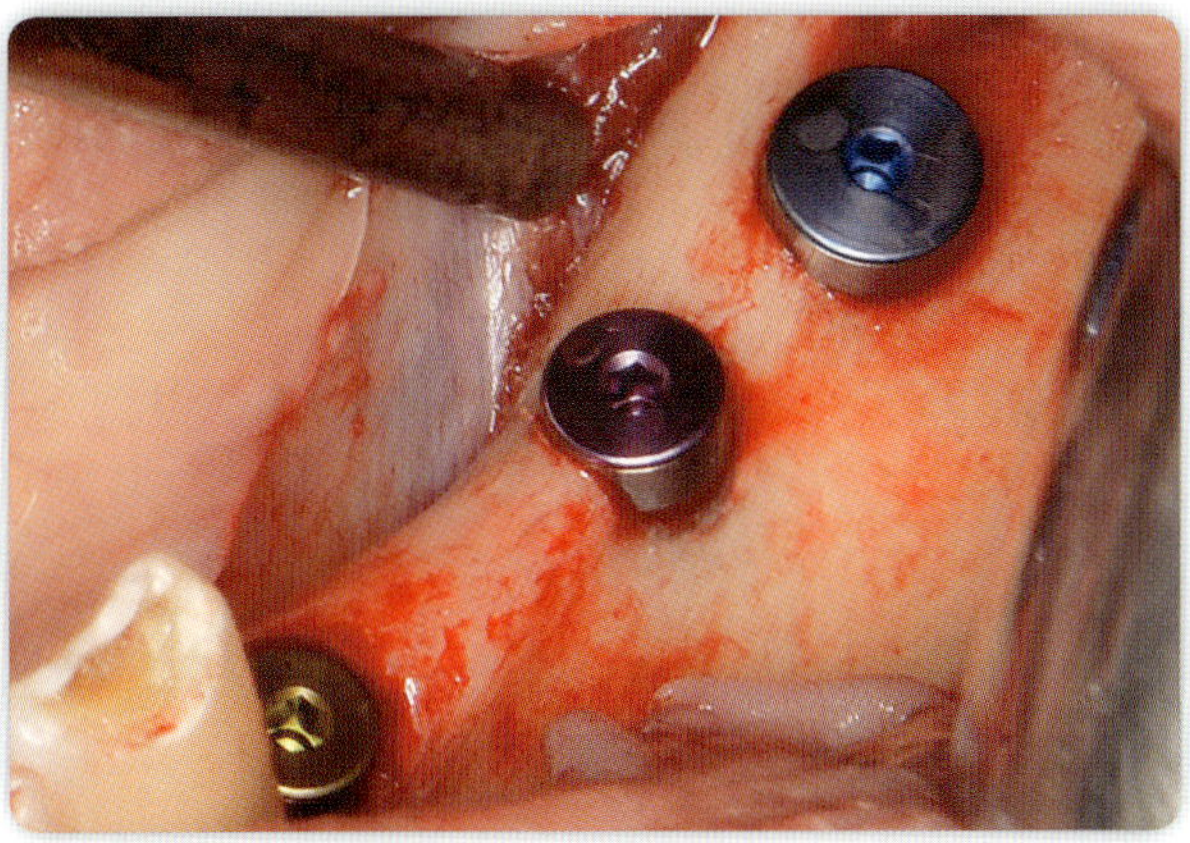

図14 - 3 b　３本のインプラントを埋入した.

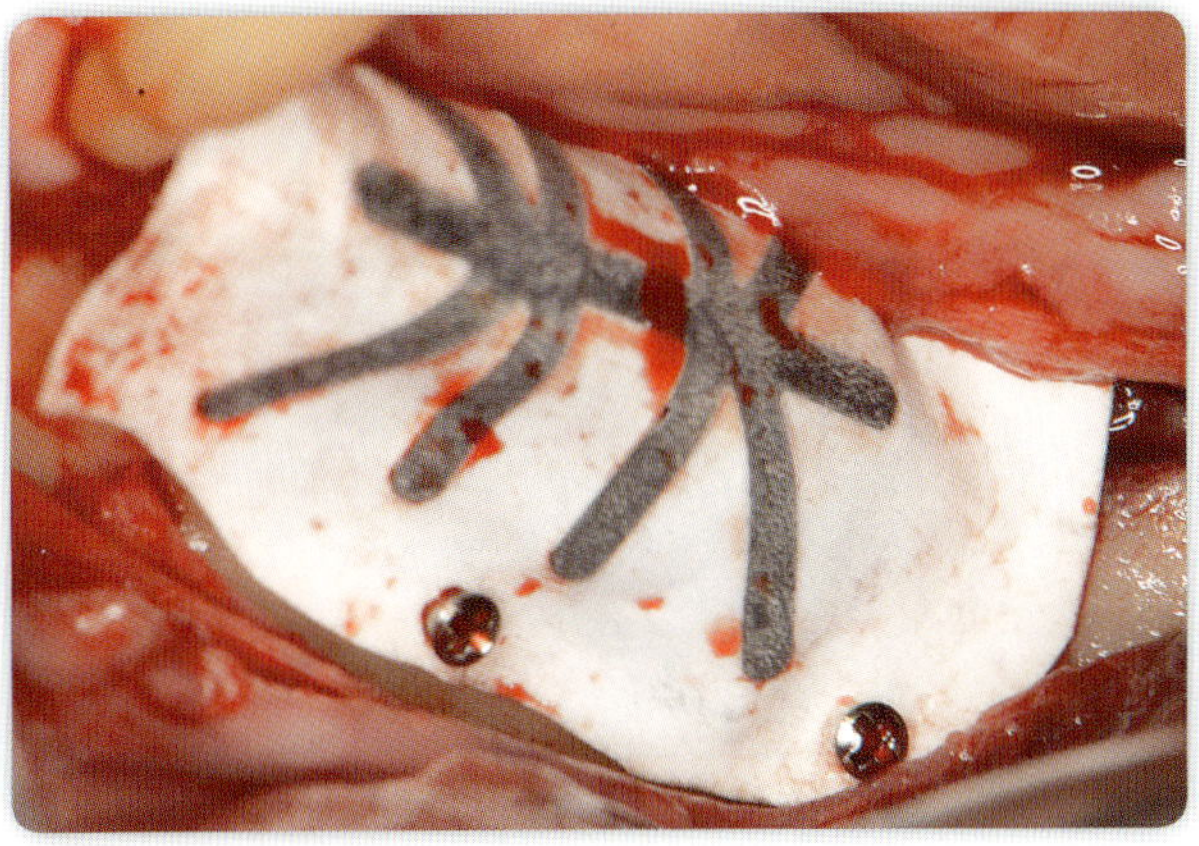

図14 - 3 c　ゴアテックス® メンブレンを使用.

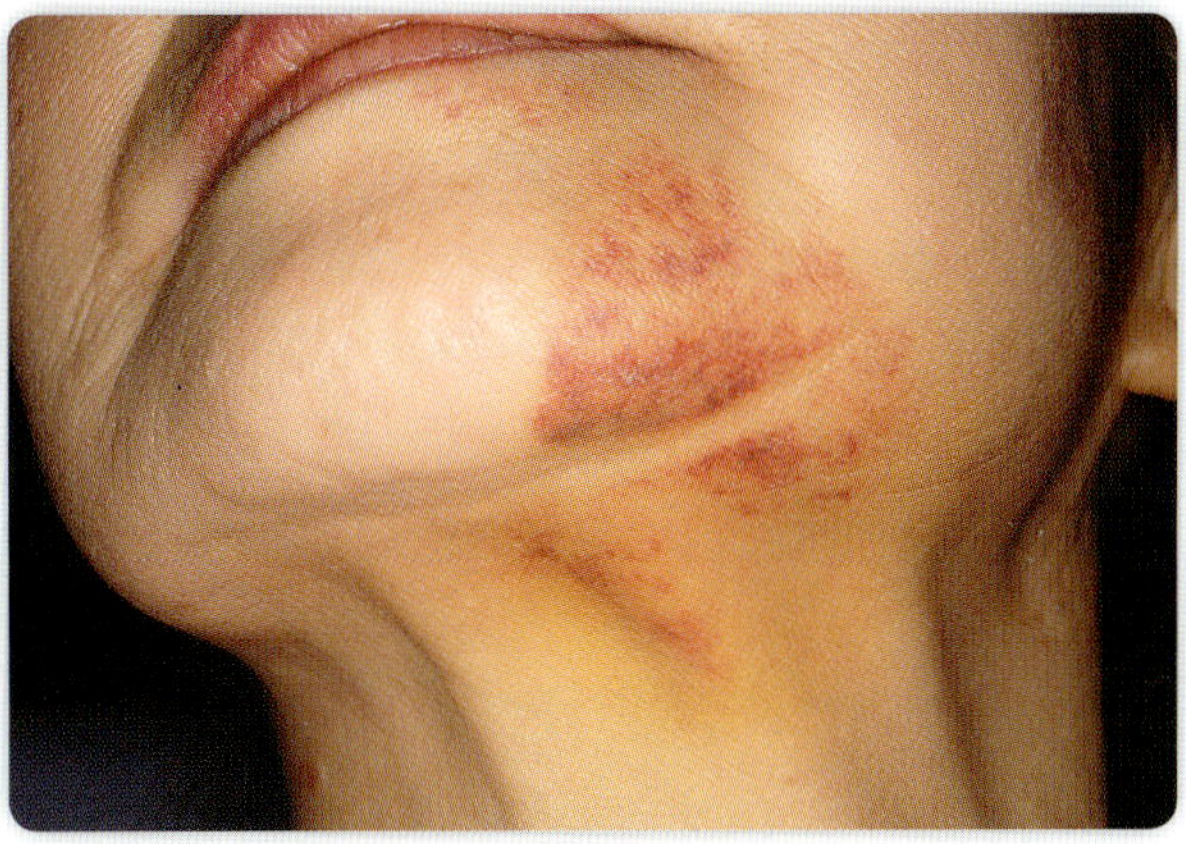

図14 - 3 d　術後に内出血をきたした.

ンを使用しスクリューで固定しました．吸収性メンブレン，非吸収性メンブレンどちらを使用した方がいいのかは今後の検討課題です．閉創する際に，骨膜に減張切開を加えたために術後，内出血をきたしましたが，患者には事前にその可能性を話しておくことが必要です．

Q15 抗血栓薬とビスフォスフォネート系薬剤を服用している患者の抜歯はどうすればいいですか？

Question

Answer 抗血栓療法が治療域に安定している患者では，抗血栓薬を継続したまま抜歯を行います．ビスフォスフォネート(BPs)系薬剤に関しては，薬剤の種類やリスク因子を考慮し，継続するか休薬するかは医師と相談し決定します．

高齢社会の到来により，抗血栓薬とBPs系薬剤を併用している患者が歯科受診することが多くなりました．その際の対応は，抗血栓療法が治療域に安定している患者では，抗血栓薬を継続したまま抜歯を行います．BPs系薬剤に関しては，BPs系薬剤の種類やリスク因子を考慮し，継続か休薬かを医師と相談し決定します(表15 - 1 ～ 3)．

表15 - 1　ビスフォスフォネート系薬剤関連顎骨壊死(BRONJ)発症の危険因子．

①薬剤に関する因子
- 経口投与よりも静脈内投与の方が発症リスクが高い
- BPs系薬剤の種類……第 1 ～第 3 世代があり，第 3 世代での発症リスクが高い
- 投与期間，総投与量

②全身的因子
- ステロイド療法，癌化学療法，ホルモン療法，糖尿病
- 喫煙，飲酒，高齢者

③局所的因子
- ・歯科処置
  抜歯，歯科インプラントの埋入，歯周外科処置など
- ・口腔環境
  う蝕，歯周疾患，義歯不適合による褥瘡性潰瘍など

表15 - 2　BPs系薬剤投与患者の抜歯時の対応．

- ・BPs処方医師との緊密な連携
  BPs系薬剤の種類・量・投与期間などを照会し，抜歯時にBPs系薬剤を休薬するかどうかを決定する
- ・危険因子の考慮
  抜歯後にBRONJを発症する危険因子があるかどうか？
- ・書面によるインフォームド・コンセントの確立
- ・抜歯前の口腔ケアを徹底する
- ・予防的抗菌薬の投与
  抜歯前よりペニシリン系抗菌薬を投与する．ペニシリンアレルギーを有する場合にはクリンダマイシンを投与する
- ・抜歯窩にオキシテトラサイクリン塩酸塩挿入剤(オキシテトラコーン歯科用挿入剤 5 mg)を挿入する
- ・血餅を保持するように縫合，閉創する
- ・定期的な口腔内診査と口腔内衛生指導

表15 - 3　経口 BPs 系薬剤関連投与患者の抜歯に関して（米国口腔顎顔面外科学会の見解）.

①投与期間が3年以上の場合，あるいは投与期間が３年未満でコルチコステロイドを併用している場合
　→全身状態が許せば，手術前の少なくとも3か月間は経口 BPs 系薬剤の投与を中止し，骨治癒が認められるまでは BPs 療法を再開するべきではない
②投与期間が３年未満で臨床的危険因子が存在しない場合
　→予定されている手術の延期・中止や経口 BPs 系薬剤投与中止の必要はない

抗血小板薬のジェネリックと BPs 系薬剤の服用例（図15 - 1）

患者：81歳，女性.

服薬：既往歴は陳旧性脳梗塞のためゼンアスピリン®（アスピリン腸溶錠）100mg/ 日とフレニード®（プレタール® のジェネリック）100mg/ 日を服薬．抗血栓薬のジェネリックも販売されているために，問診のとき，抗血栓薬であることを見逃さないように注意します．また，患者は，骨粗鬆症のために骨密度が低く，ボナロン® 35mg/ 週を約６か月間，高血圧症のため降圧剤（コニール®，オルメテック®）を，糖尿病のためにインスリンを服薬していました.

抜歯：近歯科医に4|の破折を指摘され，紹介来院しました．内科に対診した結果，HbA1c は８％前後であるが抜歯は可能とのことでした．BPs 系薬剤の服薬期間は

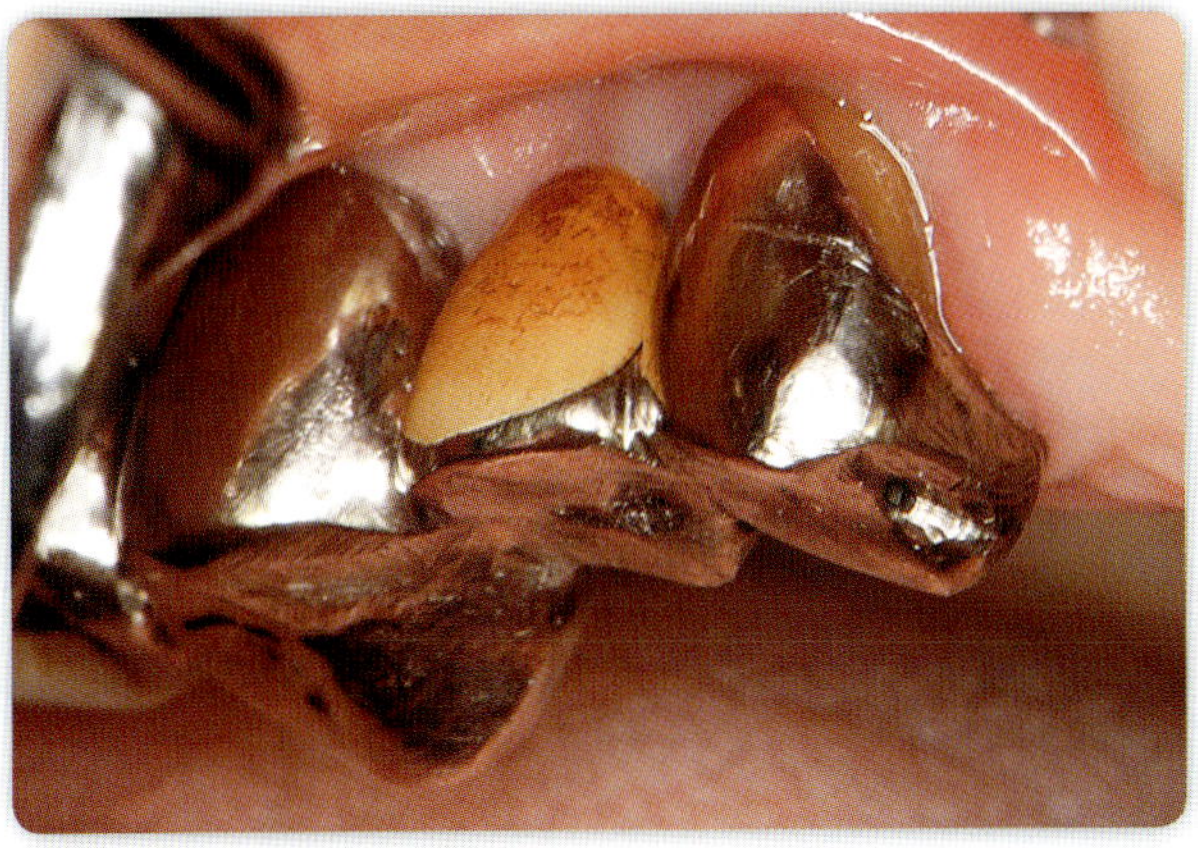
図15 - 1 a　歯根破折の4|.

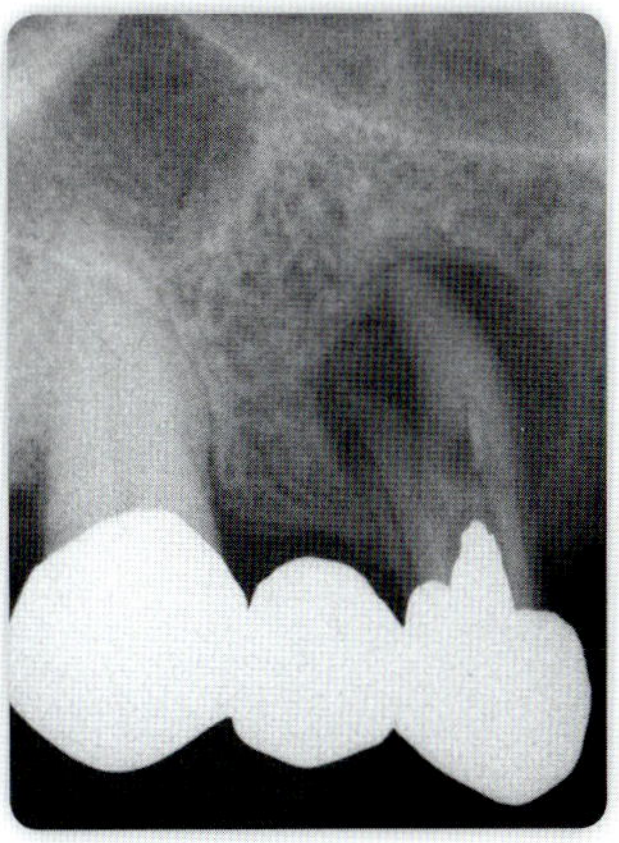
図15 - 1 b　同部のエックス線写真.

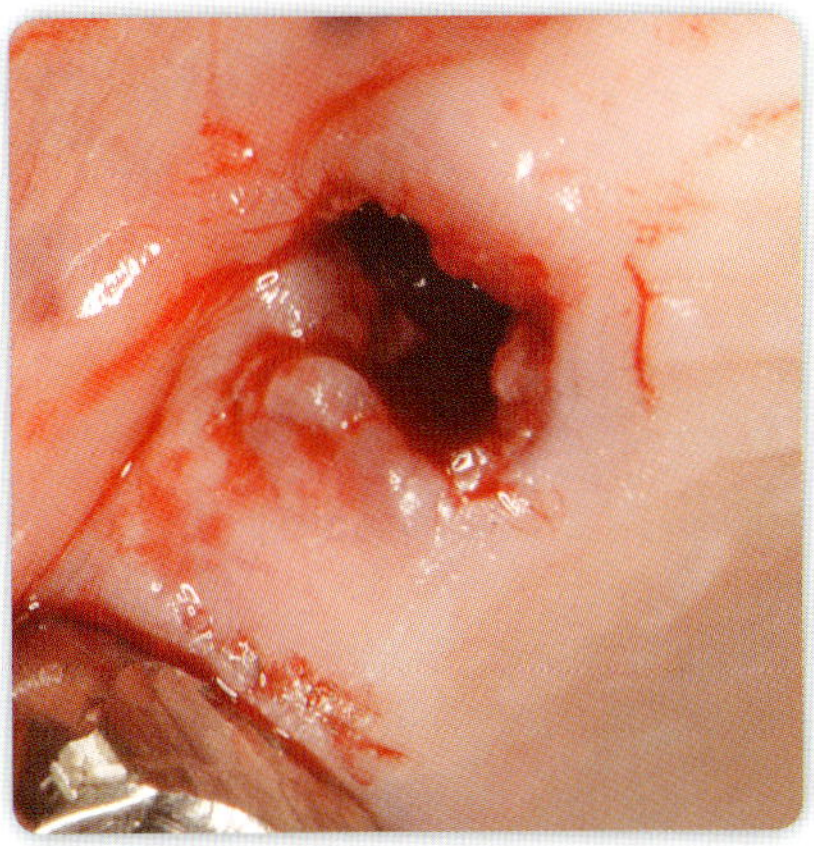
図15 - 1 c　抗血小板薬継続下に抜歯を行った.

図15 - 1 d　オキシテトラコーン®.

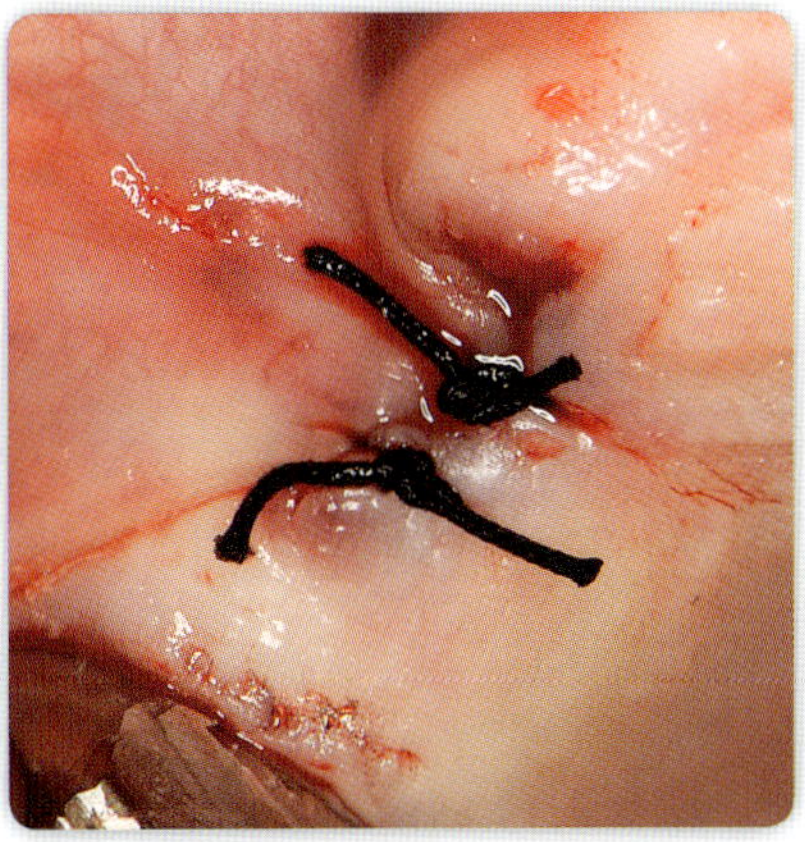
図15 - 1 e　緊密に縫合した.

約6か月間と3年未満でしたが，81歳の高齢者で，糖尿病のためにインスリンが投与されていたために，BRONJ(BPs系薬剤関連顎骨壊死)発症の危険因子があり約3か月間，BPs系薬剤を中断し，抜歯を行うことにしました．また抗血小板薬は継続のまま抜歯を行い，抜歯当日の出血時間は1分と正常でした．感染予防のために，抜歯前日から抗菌薬サワシリン®1.5g/日を4日間投与しました．

2種類の抗血小板薬を継続したまま抜歯を行いましたが，術中異常出血はなく，縫合時には止血していました．出血時間も正常で，抗血小板薬のみでワルファリンは服用していなかったので，抜歯窩にスポンゼル®などの局所止血剤は填入せず，血餅が保持できるようにやや緊密に縫合しました．術後出血もありませんでした．

抗血栓薬服用患者の抜歯では，後出血を防ぐために，適切な局所止血処置を行う必要があります．しかしBPs系薬剤の服用患者では，骨代謝に異常がでて，抜歯後の骨の治癒状態が正常な場合と異なる可能性があります．そのため，吸収性ゼラチンスポンジ(スポンゼル®)などの局所止血剤を使用すると，抜歯窩の治癒不全を助長し，顎骨壊死を起こすのではないかとの不安があります．現在，BPs系薬剤と抗血栓薬服用患者の抜歯の際に，抜歯窩にスポンゼル®を挿入した場合，BRONJの発症原因になるかどうかのエビデンスはありません．症例ごとに対応するべきであると思います．

この症例は，抜歯3か月後，骨の露出もなく，エックス線写真で骨の新生もみられたために，BPs系薬剤の服薬を再開しました．

ワルファリンとBPs系薬剤の服薬症例(テルプラグ®を使用／図15－2)

患者：84歳，女性．

服薬：心房細動のためワルファリン2.5mg/日を服薬．

抜歯：1|1の歯周炎で抜歯適応でしたが，開業医よりワルファリンを服用していたために紹介され来院しました．問診の際に骨粗鬆症があるということで服薬している薬を確認すると，BPs系薬剤を服用していた既往がありました．骨粗鬆症の患者ではBPs系薬剤を服薬している可能性があるために，問診の際に注意します．患者は，ベネット®を2週間，ボナロン®を8週間服用していました．BPsの服薬期間が10週と3年以内で，BPs系薬剤の服薬を止めてから6か月が経っていたので抜歯可能と判断しました．

ワルファリンは継続したまま抜歯を行いました．抜歯当日のINRは2.03でした．

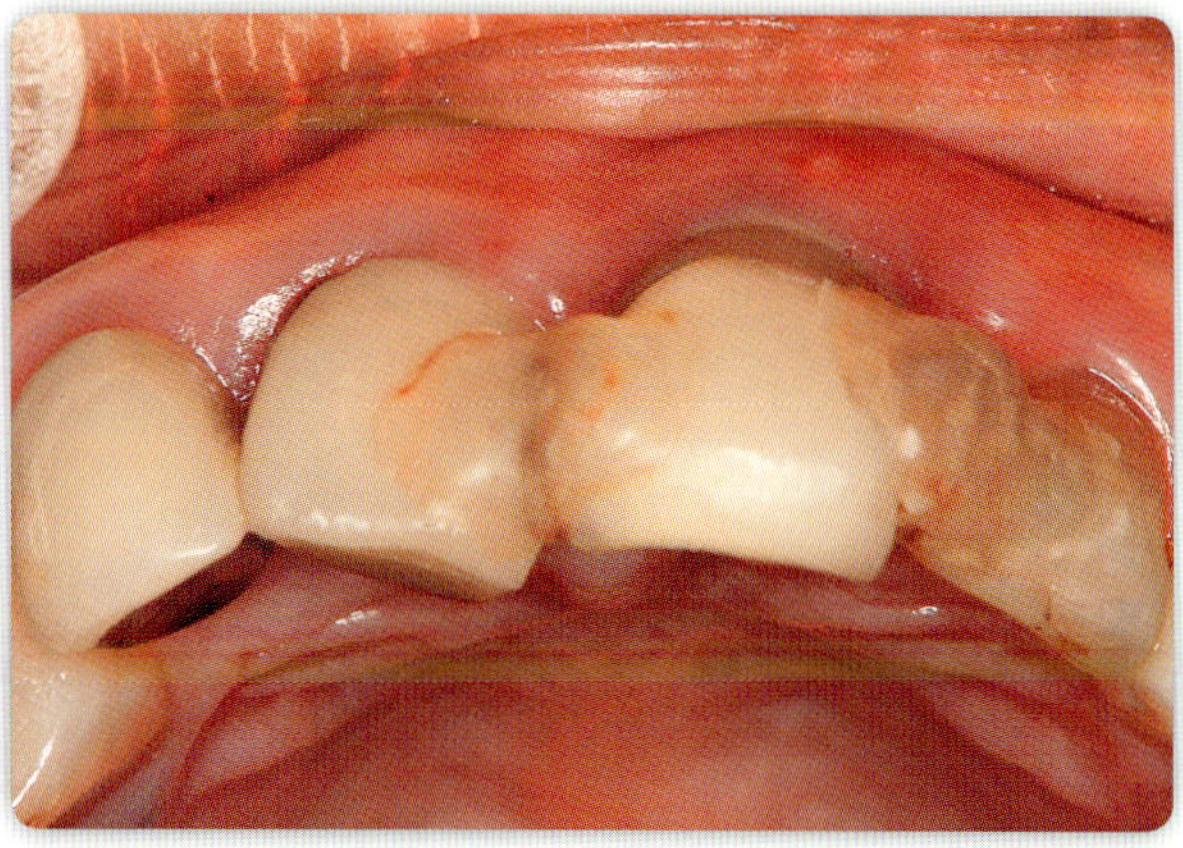

図15－2a　抜歯適応の1|1．

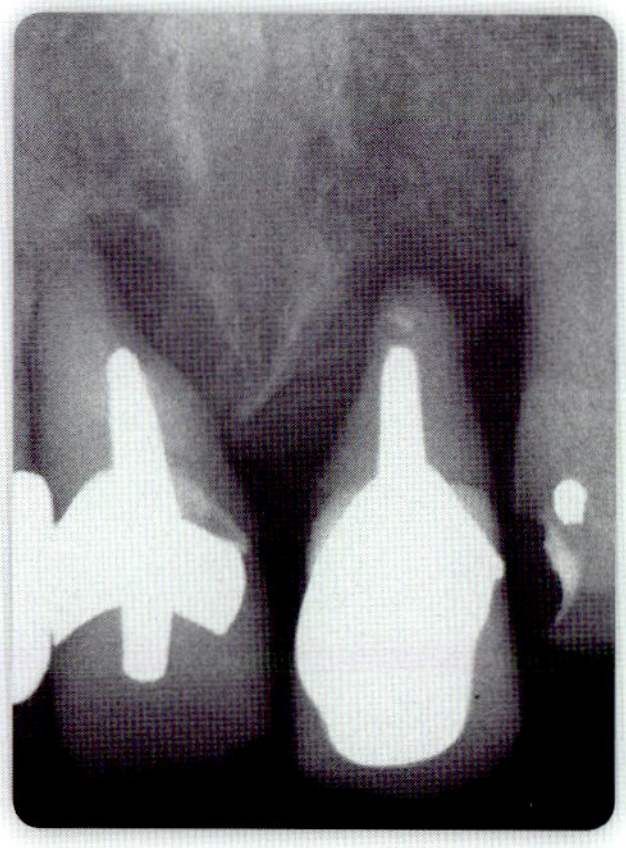

図15－2b　同部のエックス線写真．

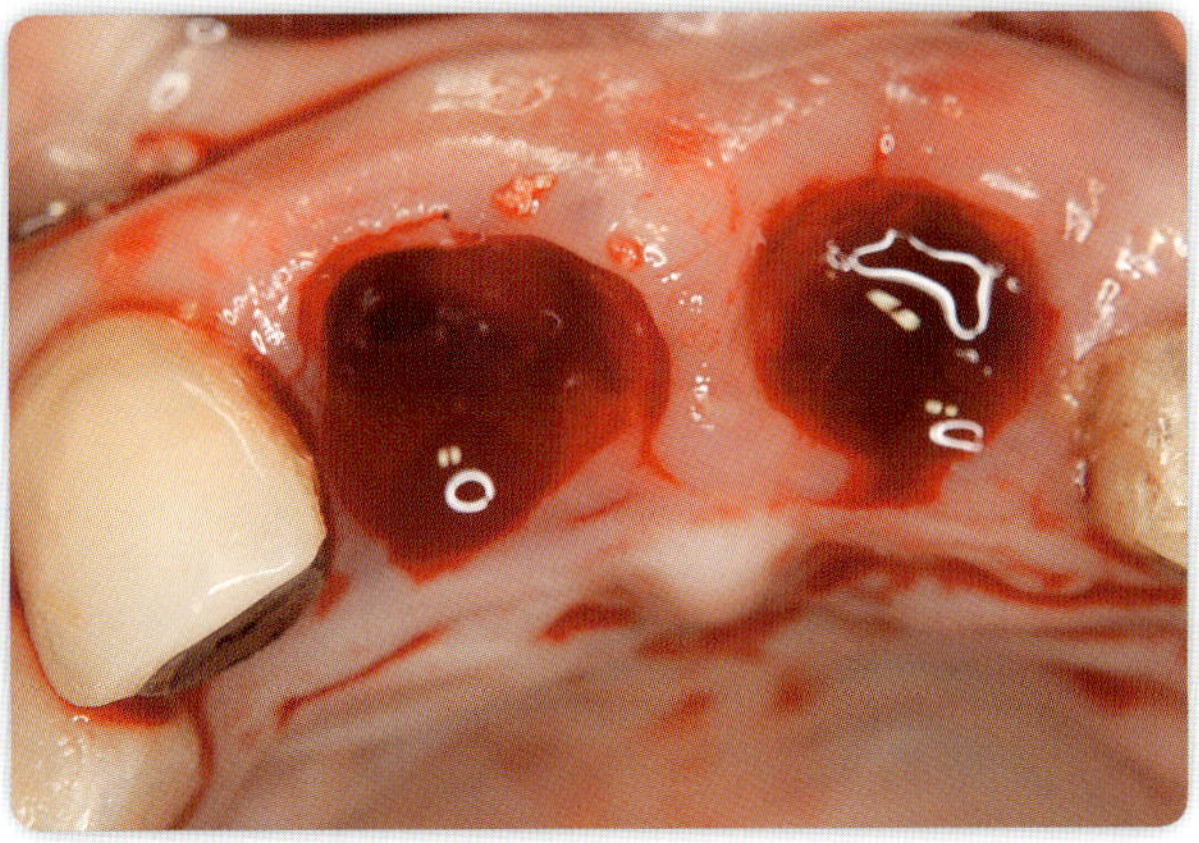

図15－2c　抜歯直後の同部位.

図15－2d　テルプラグ® M.

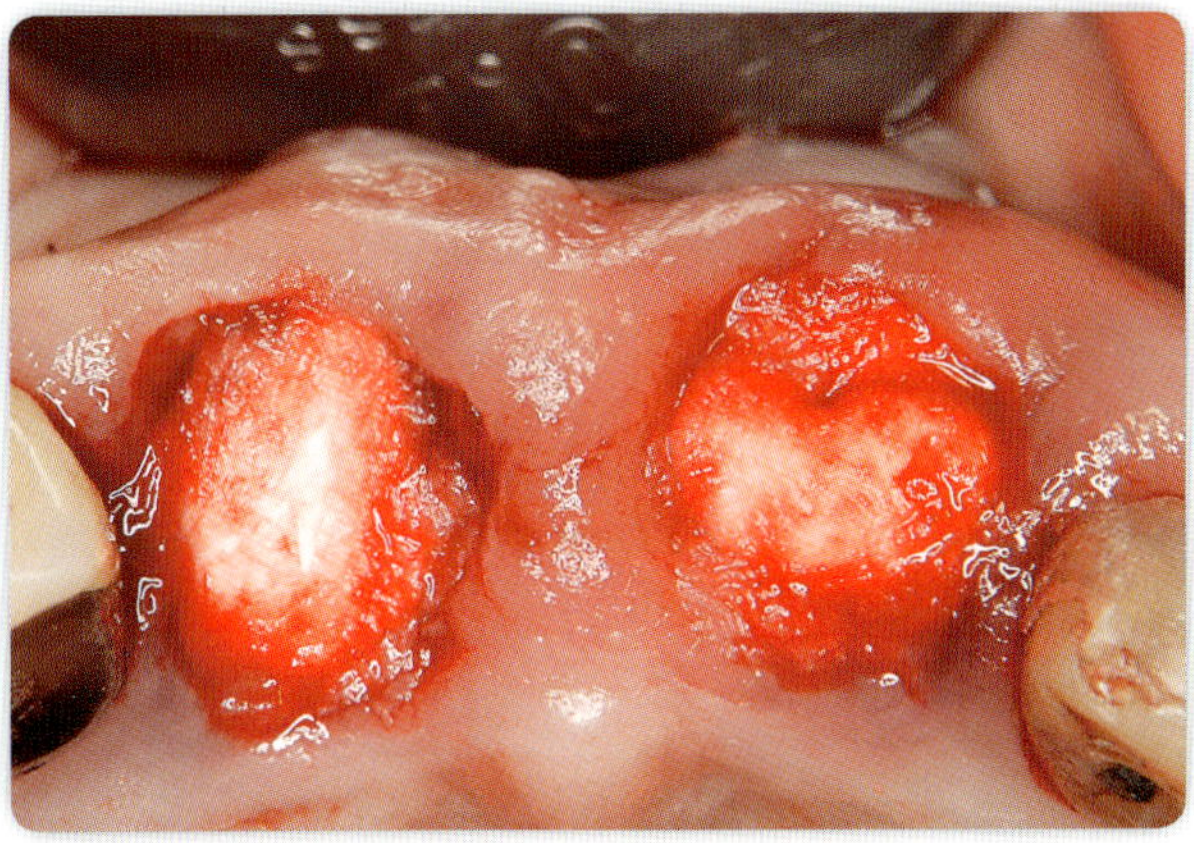

図15－2e　テルプラグ® を抜歯窩に挿入.

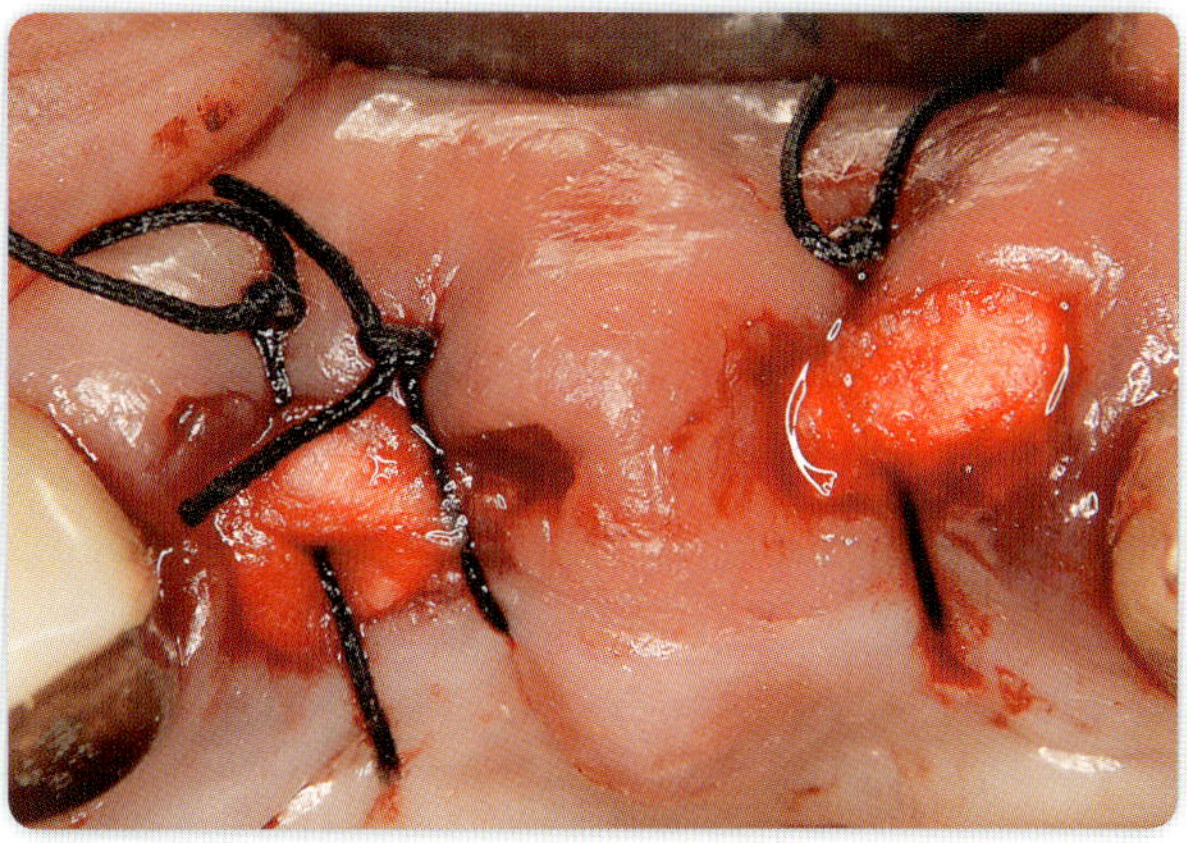

図15－2f　縫合直後，止血している.

抜歯前日より予防投与として抗菌薬サワシリン®750㎎ / 日の服薬を開始させました. 止血と創傷治癒の効果を期待し，抜歯窩にテルプラグ® を挿入し，縫合しました. 後出血も抜歯後の骨の露出もありませんでした.

テルプラグ® の成分はアテロコラーゲンです. その特徴は，創面保護による疼痛緩和，止血効果，肉芽形成促進および熱脱水架橋による低抗原性です. 抜歯創の積極的な治癒促進を目的として開発されました. BPs 系薬剤服用患者の抜歯窩には，スポンゼル® がいいのかテルプラグ® がいいのかは，今後症例を重ねての検討が必要です.

ワルファリン，抗血小板薬と BPs 系薬剤の服用症例（図15－3）

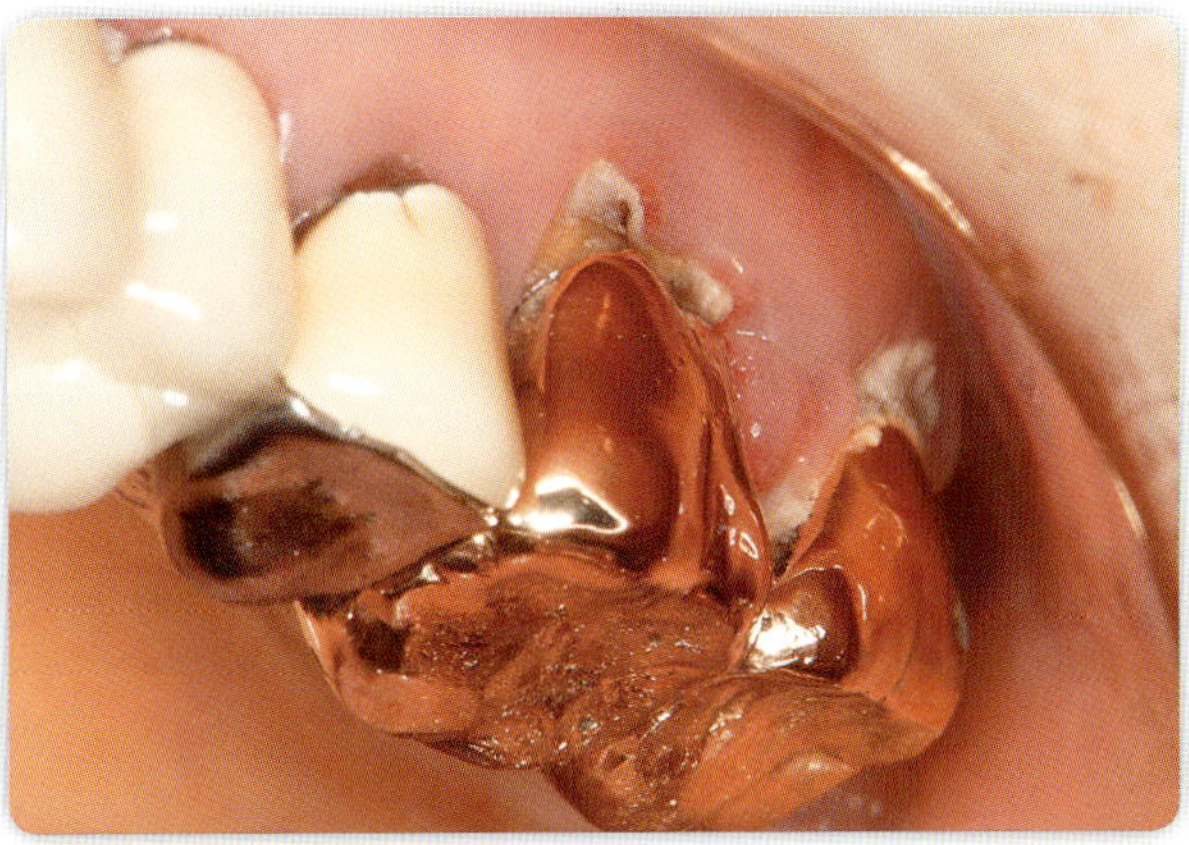

図15－3a　歯周炎のための|6 7の抜歯.

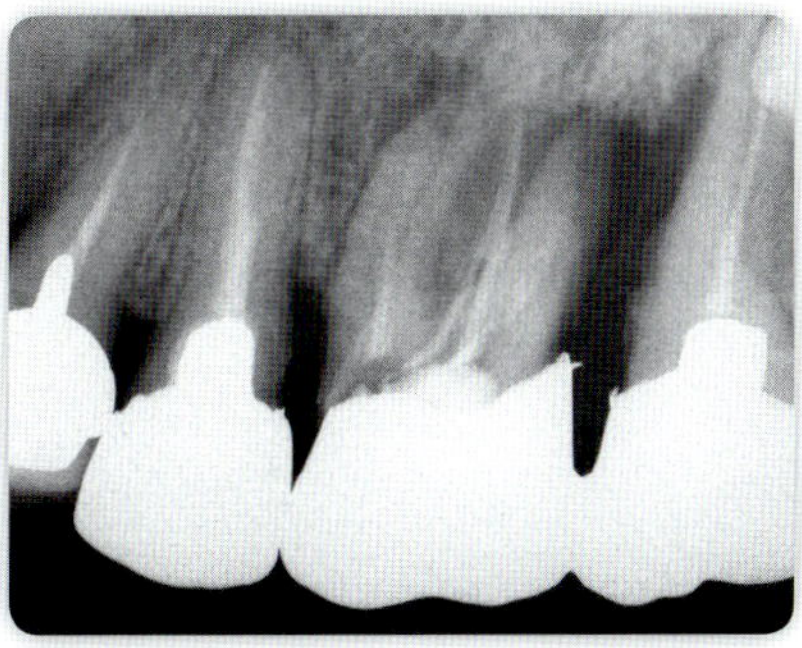

図15－3b　同部のエックス線写真.

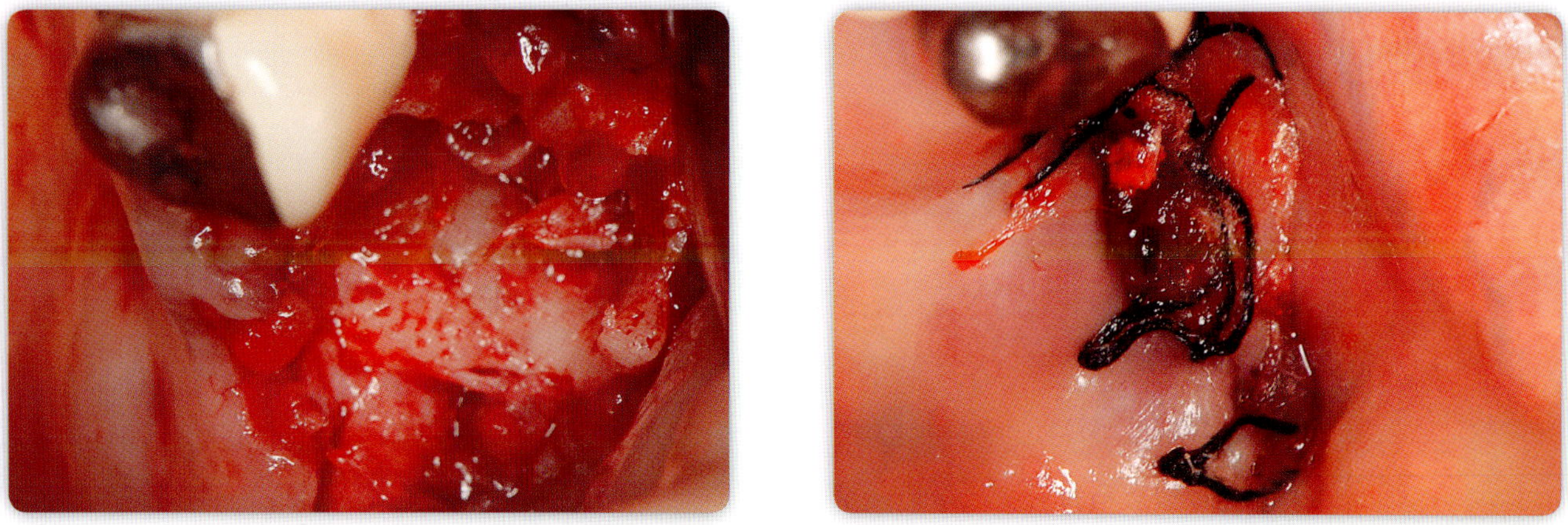

図15 - 3 c, d　ワルファリン，プレタール® を継続下に抜歯したが，スポンゼル® を挿入し縫合後には止血した.

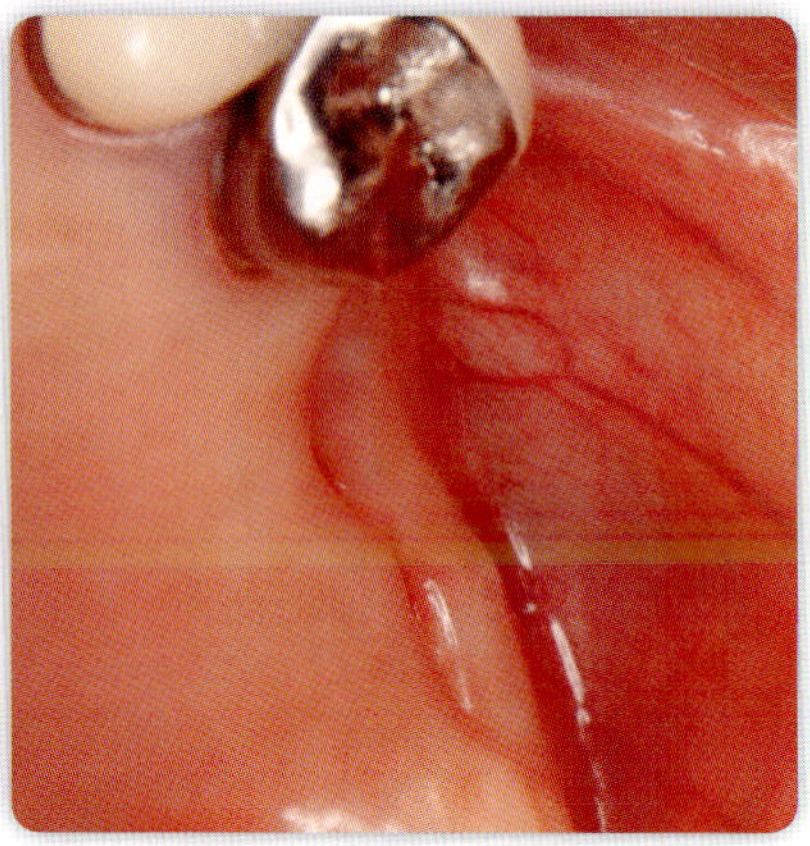

図15 - 3 e　抜歯約３か月後，抜歯窩の治癒は良好であった.

患者：77歳，女性.

服薬：心房細動，脳梗塞のためワルファリン３mg/日，プレタール®50mg/日を服薬．骨粗鬆症のために，ベネット®75mg/日を約２年間服用していましたが，|6 7の歯周炎で抜歯のために約１か月間，中断されていました.

抜歯：抜歯当日の INR は2.67，出血時間は５分でした．ワルファリン，抗血小板薬は継続したまま抜歯しました．感染予防のために，抜歯前日からサワシリン® を５日間服用させました．抜歯の際に異常出血はなく，抜歯窩にはスポンゼル® を挿入し，縫合しました．スポンゼル® を挿入しましたが，抜歯窩の治癒は良好で，顎骨の骨壊死もありませんでした.

参考文献

1. Wahl M. J：Dental surgery in anticoagulated patients. Arch Intern Med. 1998；158：1610‐1616.
2. 矢郷香，臼田慎，朝波惣一郎：抜歯と抗血栓療法．呼吸と循環 54：2006；993‐1000.
3. Yasaka M, Naritomi H, Minematsu K：Ischemic stroke associated with brief cessation of warfarin. Thromb Res. 2006；118：290‐293.
4. Maulaz AB, Bezerra DC, Michel P, Bogousslavsky J：Effect of discontinuing aspirin therapy on the risk of brain ischemic stroke. Arch Neurol. 2005；62：1217‐1220.
5. Chugani V：Management of dental patients on warfarin therapy in a primary care setting. Dent Update. 2004；31：379‐384.
6. 粟田政樹：DES 留置後の抗血小板療法：いつまで続けるか？ Coronary Intervention 3：2007；12‐17.
7. Ziffer AM, Scoop IW：Profound bleeding after dental extractions during dicumarol therapy. NEJM. 1957；256：351‐353.
8. 2008年改訂版循環器病の診断と治療に関するガイドライン．Circ J．2008.
9. Aframian DJ, Lalla RV, Peterson DE：Management of dental patients taking common hemostasis-altering medications. Oral Surg Oral Med Oral Pathol Oral Radiol Endod. 2007；103：S45. el-S45. e11.
10. Perry DJ, Noakes TJC, Helliwell PS：Guidelines for the management of patients on oral anticoagulants requiring dental surgery. Br Dent J. 2007；203：389‐393.
11. 矢郷 香，他：抗血栓療法患者の抜歯．臨床 Q&A．1 版．東京：医学情報社；2008.
12. 日本有病者歯科医療学会，日本口腔外科学会，日本老年歯科医学会編：科学的根拠に基づく抗血栓療法患者の抜歯に関するガイドライン2010年版．東京：学術社；2010.
13. 青崎正彦，岩出和徳，越前宏俊監修：Warfarin の適正使用情報，第 3 版，東京：エーザイ株式会社，2007.
14. 矢坂正弘：アスピリン，抗血小板薬の休薬のタイミング，抜歯，手術など．Prog. Med．2005；25：404‐410.
15. Ardekian L, Gaspar R, Peled M, Brener B, Laufer D：Does low-dose aspirin therapy complicate oral surgical procedures? JADA. 2000；331‐335.
16. 外山佳孝，浜口均：抜歯目的でのチクロピジン休薬後に再脳梗塞をきたした 1 例．障害者歯科．2005；26：2160‐219.
17. 石垣佳希，白川正順：抗血栓療法患者に対する歯科治療の対応―抗血栓剤は止めるべきか．the Quintessence．2004；23：139‐146．
18. 新美直哉，各務秀明，熊谷康司，他：抗凝固療法施行患者の抜歯における出血管理について，綿状アテロコラーゲンの使用経験．日口外誌．2000；46：445‐447.
19. 松浦倫子，矢坂正弘：歯科診療と抗凝固療法，抜歯時ワルファリン療法を巡って．Medical Tribune．2005；（6 月23日）：78‐80.
20. 森本佳成，丹羽均，米田卓平，他：抗血栓療法施行患者の歯科治療における出血管理に関する研究．日歯医学会誌．2006；25：93‐98.
21. 児玉利朗：インプラントの臨床が変わるティッシュマネージメント，新 MGS 法によるテルプラグ・テルダーミスの応用．第 1 版．東京：医学情報社．2008.
22. 松原由美子，村田満：抗血小板薬のモニタリング，抗血小板薬の薬効評価の基本的考え方と実際．医学のあゆみ．2009；228：957‐961.
23. 瀧澤俊也：抗血小板療法の薬効を診る，血小板のなにを診たらよいか？．Heart View．2009；13：111‐117.
24. 式守道夫：経口抗凝血薬療法患者の口腔観血処置に関する臨床的ならびに凝血学的研究，特に維持量投与下での抜歯について．日口外誌．1982；28：1629‐1642.
25. 櫻川信男，上塚芳郎，和田英夫編集：抗凝固薬，適切な使い方．第 2 版．東京：医歯薬出版．2008.
26. Rice PJ, Perry RJ, Afzal Z, Stockley IH：Antibacterial prescribing and warfarin-a Review. Br Dent J．2003；194：411‐415.
27. Wood GD, Deeble. Warfarin：Dangers with Antibiotics. Dental Update. 1993；350‐352.
28. 福田謙一，金子譲：経口抗血栓薬は歯科観血的処置前において服用を中断すべきか？　日歯麻誌．1999；27：363‐364.

プロフィール

朝波惣一郎
Asanami Soichiro

1966年　東京歯科大学卒業
1984年　慶應義塾大学医学部助教授
1988年　西独マインツ大学留学
1999年　中国遼寧中医科大学客員教授
2007年　国際医療福祉大学三田病院教授

＜主な著書＞
『手際のいい智歯の抜歯』クインテッセンス出版，1988年(共著)
『コアテキスト口腔外科学』広川書店，1989年(共著)
『歯科臨床医のためのやさしい薬物療法』第一歯科出版，1992年
『インプラント治療に役立つ外科基本手技』クインテッセンス出版，2000年(共著)
『智歯の抜歯ナビゲーション』クインテッセンス出版，2003年(共著)
『日常歯科臨床のこんなときどうする／口腔外科編』，クインテッセンス出版，2004年(共著)
『薬 '10/'11』クインテッセンス出版，2010年(編著)
『口腔外科ハンドマニュアル '11』クインテッセンス出版，2011年(編著)
『イラストでみる口腔外科手術』2011年(編著)

王　宝禮
Oh Horei

1986年　北海道医療大学歯学部卒業
1992年　アメリカフロリダ大学口腔生物学講座研究員
1995年　大阪歯科大学薬理学講座講師
2002年　松本歯科大学薬理学講座教授・付属病院口腔内科担当
2010年　大阪歯科大学歯科医学教育開発室教授

＜主な著書＞
『分子生物学歯科小事典』口腔保健協会，2003年(共著)
『CBT ナビゲーター』学建書院，2005年
『現代歯科薬理学』医歯薬出版，2005年(共著)
『今日からあなたも口腔漢方医』医歯薬出版，2006年(共著)
『くすりが活きる歯周病サイエンス』デンタルダイヤモンド社，2007年(編著)
『口腔の生理からどうしてを解く』デンタルダイヤモンド社，2007年(共著)
『チェアーサイドの効くオーラルサプリガイド』デンタルダイヤモンド社，2010年
『薬 '10/'11』クインテッセンス出版，2010年(編著)

矢郷　香
Yago Kaori

1986年　東京歯科大学卒業
2010年　慶應義塾大学医学部専任講師
2011年　国際医療福祉大学三田病院歯科口腔外科部長，准教授
慶應義塾大学医学部　歯科・口腔外科学教室　非常勤講師

＜主な著書＞
『抗凝固薬の適切な使い方』医歯薬出版，2008年(共著)
『薬 '10/'11』クインテッセンス出版，2010年(共著)
『抗血栓療法ハンドブック』中外医学社，2011(共著)
『口腔外科ハンドマニュアル '11』クインテッセンス出版，2011年(共著)

これならわかるビスフォスフォネートと抗血栓薬投与患者への対応
歯科治療で顎骨壊死と脳血管障害を起こさない

2011年1月10日　第1版第1刷発行
2015年7月31日　第1版第3刷発行

著　　者　朝波惣一郎／王　宝禮／矢郷　香

発 行 人　佐々木　一高

発 行 所　クインテッセンス出版株式会社
東京都文京区本郷3丁目2番6号　〒113-0033
クイントハウスビル　電話 (03)5842-2270(代表)
(03)5842-2272(営業部)
web page address　http://www.quint-j.co.jp/

印刷・製本　サン美術印刷株式会社

ISBN978-4-7812-0179-5　C3047

定価はカバーに表示してあります